U0520719

重现经典

重现经典
编委会

主编 　陈众议

编委 　[排名不分先后]

陆建德	余中先
高　兴	苏　玲
程　巍	袁　伟
秦　岚	杜新华

| 重现经典 |
| 编 委 会 |
| 推 荐 语 |

近世西风东渐，自林纾翻译外国作品算起，已逾百年。其间，被翻译成中文的外国作品，难以计数。几乎每一个受过教育的中国人，都受过外国文学作品的熏陶或浸润。其中许多人，就因为阅读外国文学作品而走上文学创作的道路。比如鲁迅，比如巴金，比如沈从文。翻译作品带给中国和中国人的影响，从文学领域渗透到社会生活的各个方面。从某种意义上可以说，是翻译作品所承载的思想内涵把中国从古老沉重的封建帝国，拉上了现代社会的轨道。

仅就文学而言，世界级的优秀作品已浩如烟海。有些作家在他们自己的时代大红大紫，但随着时间的流逝而湮没无闻。比如赛珍珠。另外一些作家活着的时候并未受到读者的青睐，但去世多年后则慢慢被读者接受、重视，其作品成为文学经典。比如卡夫卡。然而，终究还是有一些优秀作品未能进入普通读者的视野。当法国人编著的《理想藏书》1996年在中国出版时，很多资深外国文学读者发现，排在德语文学前十位的作品，竟有一多半连听都没有听说过。即使在中国读者最熟悉的英美文学里，仍有不少作品被我们遗漏。这其中既有时代变迁的原因，也有评论家和读者的趣味问题。除此之外，中国图书市场的巨大变迁，出版者和翻译者选择倾向的变化，译介者的信息与知识不足，时代条件的差异等等，都会使大师之作与我们擦肩而过。

自2005年4月始，重庆出版社大力推出"重现经典"书系，旨在重新挖掘那些曾被中国忽略但在西方被公认为经典的文学作品。当时，我们的选择标准如下：从来没有在中国翻译出版过的作家的作品；虽在中国有译介，但并未得到应有重视的作家的作品；虽然在中国引起过关注，但由于近年来的商业化倾向而被出版界淡忘的名家作品。以这样的标准选纳作家和作品，自然不会愧对中国广大读者。

随着已出版书目的陆续增加，该书系已引起国内外读者的广泛关注。应许多中高端读者建议，本书系决定增加选纳标准，既把部分读者熟知但以往译本存在较多差误的经典作品，以高质量重新面世，同时也关注那些有思想内涵，曾经或正在影响着社会进步的不同时期的文学佳作，力争将本书系持续推进，以更多佳作满足不同层次读者的需求。

自然，经典作品也脱离不了它所处的时代背景，反映其时代的文化特征，其中难免有时代的局限性。但瑕不掩瑜，这些作品的文学价值和思想价值及其对一代代读者的影响丝毫没有减弱。鉴于此，我们相信这些优秀的文学作品能和中华文明继续交相辉映。

丛书编委会修订于2010年1月

JACK KEROUAC

DESOLATION ANGELS

孤独天使

[美] 杰克·凯鲁亚克 著

娅子 译

重庆出版集团 重庆出版社

图书在版编目（CIP）数据

孤独天使 /（美）杰克·凯鲁亚克著；娅子译. — 重庆：重庆出版社，2022.8
ISBN 978-7-229-16558-1

Ⅰ. ①孤… Ⅱ. ①杰… ②娅… Ⅲ. ①长篇小说－美国－现代 Ⅳ. ①I712.45

中国版本图书馆CIP数据核字(2022)第070220号

孤独天使
GUDU TIANSHI
[美]杰克·凯鲁亚克 著 娅子 译

出　品：华章同人
出版监制：徐宪江　秦　琥
责任编辑：彭圆琦
责任印制：杨　宁　白　珂
营销编辑：史青苗　刘一锦
书籍设计：潘振宇 774038217@qq.com

重庆出版集团
重庆出版社　出版

（重庆市南岸区南滨路162号1幢）
北京盛通印刷股份有限公司　印刷
重庆出版集团图书发行有限公司　发行
邮购电话：010-85869375/76/78转810
全国新华书店经销
开本：850mm×1168mm 1/32　印张：18　字数：329千
2022年10月第1版　2022年10月第1次印刷
定价：79.80元

如有印装问题，请致电023-61520678
版权所有　侵权必究

Jack Kerouac

CONTENTS 目 录

PREFACE 序 言 12

BOOK ONE　DESOLATION ANGELS　　**第一卷　孤独天使**

PART ONE　DESOLATION IN SOLITUDE　　第一部　荒野里的孤独 27

PART TWO　DESOLATION IN THE WORLD　　第二部　人世间的孤独 125

BOOK TWO　PASSING THROUGH　　**第二卷　穿越**

PART ONE　PASSING THROUGH MEXICO　　第一部　穿越墨西哥 353

PART TWO　PASSING THROUGH NEW YORK　　第二部　穿越纽约 407

PART THREE　PASSING THROUGH TANGIERS, FRANCE AND LONDON　　第三部　穿越丹吉尔、法国和伦敦 473

PART FOUR　PASSING THROUGH AMERICA AGAIN　　第四部　再度穿越美国 519

序　言

P R E F A C E

1957年1月，某个寒冷的夜晚，我遇见了凯鲁亚克，并进入了这本小说的第二部——当时凯鲁亚克计划把这部分小说单独出版，书名为《穿越》。他刚刚离开墨西哥城，开始花几个月的时间穿过纽约前往丹吉尔港。他是一个无家之人，在不同的地方随处停歇，然后再度出发。我想，也许他总是幻想在某个新的终点，他就能够找到对新奇事物及友情的渴望和离群隐遁的个性之间的某种平衡。

　　那晚，我遇见了他——那时距离《在路上》出版还有九个月——杰克对出书的结果毫无概念，并没有预知到他将会一举成名，而他的达摩流浪者生涯也将从此告一段落。他依旧不走运，在一家杂货店用身上最后20美元买东西的时候，店员"黑了"他的钱。艾伦·金斯堡曾请求我拯救他。我当时21岁，正在度过我自己的艰难岁月。我那时的人生哲学是：没什么可失去的。我走进格林威治村第八大道的霍华德·约翰逊酒店，凯鲁亚克就在柜台那里，穿着一件红黑格子短夹克衫。虽然他的眼睛是令人吃惊的浅蓝色，但是他全身上下似乎只有红黑两种颜色——他的肤色被阳光晒成酡红，他的黑发隐约泛出微光。

　　我以前从来没有见过一个像凯鲁亚克那么生气勃勃的男人。不过，当我们都腼腆于交谈，我注意到他看起来多么憔悴疲倦。他告诉我，他最近在一座叫孤独峰的山上做了63天的山火瞭望员，他现在很想重返孤独峰。在杰克去丹吉尔跟巴勒斯汇合之前的两个月里，我们经常在一起厮混，但他从来没跟我说过他那些孤独的日子究竟有多么困苦。

也许，凯鲁亚克那时正把那63天的岁月转化成一部小说，并且给它披上回忆的光芒。《孤独天使》直到1964年才全部完成，其中所包含的虚构成分远远低于被他称为"杜劳斯传奇"的其他九部自传性小说。据凯鲁亚克的传记作家安·查尔特斯所言，这部小说几乎是直接从他的旅行日记里一段接一段抽出来的，而不是通过遥远的记忆转换而成的。它被删节成形，与其说那是一种再创造，毋宁说那就是凯鲁亚克引人注目的、通常也是痛苦不堪的生活年鉴。也许就在我给他带去法兰克福香肠的第二天，凯鲁亚克从口袋里掏出了他在墨西哥城买来的一个黑色笔记本，开始写"穿着红色外套的金色美女，似乎在'寻找什么'……"他后来在《孤独天使》里把我称为艾丽丝·纽曼。

对于凯鲁亚克，写作是一场反抗虚无感和绝望感的战争。它们经常淹没他，无论他的生活看上去多么安稳。他曾跟我说过，当他老了之后，他绝不会感到厌倦，因为他可以捧读自己过去的所有冒险史。当他的"杜劳斯传奇"再无可写之际，他将把所有小说里的人物名字都统一起来，让它们变成一部庞大的小说，以便媲美《追忆似水年华》。事实上，凯鲁亚克自认为是一个"奔跑的普鲁斯特"。不过，在凯鲁亚克的生活里，并没有"老去"一词，尽管他最后的停泊处是在佛罗里达圣·彼得斯堡的一间房子里面。他的文学声望逐渐黯淡，跟朋友们来往日渐稀少。1969年，他死在那里，年仅47岁。

"现在看来，我的生命就是写作，但那只是一些毫无意义的文字而已。"[1] 1943年，凯鲁亚克在给童年好友塞巴斯蒂安·桑帕斯的信里写道。在21岁那年，他已经了悟到自己生命中最重要的事情。他还在同一封信里写下了这样奇异的、预言性的话语："到我33岁那年，我会用一颗子弹了结自己。"[2]

"我觉得现在已经完全到达我成熟的顶峰，文思泉涌，写出了如此疯狂的诗歌和文字，多年以后，我会怀着惊讶回顾这一切，并且懊恼地发现我已经再也写不出一个字了。"[3] 九年之后，凯鲁亚克对约翰·C·福尔摩斯如是说。尽管他活过了他的33岁，接着又活过了34岁，但1955至1956年就有迹象表明，他最富创造力的时期已经接近尾声。在六年的非凡岁月里，他已经一气呵成地写完了7部小说。但就像另外一些少产作家所意识到的那样，自传绝非一个取之不尽用之不绝的资源。哪怕在他孤独峰顶的夏日之前，凯鲁亚克就已经担忧，如果他继续下去，是否只是早在自我重复。对于

---

[1] 杰克·凯鲁亚克《书信选，1940—1956》，安·查尔特斯编，维京出版社，1995。第三十八页。
[2] 同上。第四十一页。
[3] 同上。第三百五十四页。

一个将生命等同于写作的人而言,停止写作就意味着放弃生命。

似乎是为了加重凯鲁亚克的自我怀疑,凯鲁亚克的作品一直未能付梓。直到1950年,哈考特·布雷斯出版了他的第一部小说《镇与城》。他起初认为这让他的努力终于得到了回报,但结果却是这本小说几乎无人问津,预付给他的一千美元也很快就花得一干二净。1953年,评论家马尔科姆·考利当上了维京出版社的出版顾问。他对《在路上》表现出了浓厚的兴趣,那是凯鲁亚克在1951年春天用三个星期一口气打出来的文稿。但维京不敢出版这本充满了明目张胆的性乱生活的小说。1955年6月,凯鲁亚克已经感到无比绝望。当考利和同事凯斯·詹尼逊一起请凯鲁亚克吃午餐时,凯鲁亚克向这两位编辑恳求,让维京出版社每月付他25美元,这样他就可以到墨西哥城的一间阁楼小屋把手头的书写完。对凯鲁亚克而言,这是一个极为严肃的请求,但两位编辑却认为他是在开玩笑。他们其中一个笑着说:"朋友,你不是在打劫我们吧。"又经过一年半极度痛苦的不稳定生活之后,1956年,考利终于明确告诉凯鲁亚克,那年秋天会出版他的《在路上》。(在维京出版社下决心的那三年之中,考利推掉了一系列新书稿。)

具有讽刺意味的是,凯鲁亚克本人对《在路上》并不看好,他认为那只是一部过渡性的作品——在他的全部作品中是分量最轻的一部,比不上他后来创作出来的几部更为激进的实验小说,尤其是《尼尔的幻象》(1972年出版时更名为《科迪的幻象》)、《萨克斯医生》、《杰拉德的幻象》等。他认为这些小说才接近了"杜劳斯传奇"的真正声音——1955年他曾向考利描述过,那是"一种自动写作的风格,它永远不停地继续着,哪怕在我睡梦中的床榻上,骚动也在继续——那种骚动是《芬尼根的守灵夜》的骚动,没有起点,也没有终点。"[1]

从20世纪40年代备受托马斯·沃尔夫影响写作《镇与城》,凯鲁亚克从一名充满诗意的年轻小说家转化为50年代大胆先锋的波普作家,跟他1944年在哥伦比亚大学校园所结识的那群思想独立、不同凡响的年轻作家很有关系。在这群关系密切的男性"团伙"中,有艾伦·金斯堡、威廉·巴勒斯和吕西安·卡尔(他们在《孤独天使》中分别以欧文·加登、布尔·哈巴德和朱利安之名现身)。他们互相推荐阅读(塞利纳、尼采、布莱克、兰波)、评论对方的作品、一起出没于时代广场、尝试大麻和性爱。他们被写进了凯鲁亚克的小说之后,开始以不同的假名成为不同的角色,不断地从一本书进入另一本书。

凯鲁亚克经常能感到他们对他精神深处和理智的吸引。他倾听他们谈话,就像乐迷倾听音乐,他的想象力被他们言词的节奏和韵律激发。通过他正确无误的耳朵和惊人的记忆力,他将他们的声音织进了自己的文章。

---

[1] 同上。第五百一十四页。

在凯鲁亚克看来，他们之中最伟大的空谈者非尼尔·卡萨迪莫属（他就是《在路上》里的狄安·莫里亚蒂和《孤独天使》中的科迪·珀姆雷），一个无师自通的天才。他曾经因为偷车三入科罗拉多劳教学校。1947年，卡萨迪搭了一辆灰狗汽车来到纽约。凯鲁亚克初遇他的那天，是在东哈莱姆区一栋只有冷水的平房里，卡萨迪全身赤裸着过来开门。

卡萨迪具有非凡的性魅力、过人的精力和语言能力。这个21岁的"少年犯"在丹佛的廉租屋和弹子房里长大，不同于凯鲁亚克身边受过大学教育圈子里的任何人。尼尔让凯鲁亚克想起他在家乡马萨诸塞州洛厄尔镇的工人阶级朋友——那是一座工业小镇，他在18岁那年离开，凭着一份橄榄球奖学金来到纽约读大学预科。正是卡萨迪激励着凯鲁亚克离开"衰老的东区"，走"在路上"。在1947年到1950年之间，由卡萨迪驾车，他们一起进行了一趟马拉松似的跨州之旅，其间凯鲁亚克发现了他的伟大主题：通过年轻人的目光去审视战后的美国。这些年轻人已经丧失了美国梦。他们为了去"了解时代"，失去了所有的安全保障，将自己暴露于危险、困难和生活的悲喜之中。凯鲁亚克把自己和他路上的同辈们称为"Beat"（"垮掉的一代"）——它的词根来自beatitude（祝福之意），因此，它所隐含的意义并非挫败垮掉而是蒙受赐福。

"你们别把我看成某个单一的人物——"在《孤独天使》中，也许他将这样告诫读者，"别把我看成一个淫棍、一个水手、一个流浪汉、一个老女人的附庸,甚至是一个同性恋、一个白痴,当我狂饮之际,也别把我看成一个印第安醉鬼……无论如何,一堆令人惊奇的混乱和矛盾(惠特曼说过这可太棒了)对19世纪的神圣俄罗斯要比对这些剪着小平头、面孔阴沉的庞蒂亚克现代美国人更为适合——"

如果凯鲁亚克和卡萨迪分开一段时间,他们会互相通信联系。凯鲁亚克预言卡萨迪将成为一个伟大的作家——因为他天性里那种"精力旺盛的冲动",以及那种一往无前的自由。"不要低估了你的灵感、你了如指掌的街道、约会时刻、旅馆房间、酒吧场所、窗户测量、各种气息、树木的高度,以及诸如此类的东西。"[1] 1950年12月23日,他在给老友的信中这样写道。很可能,这些给卡萨迪的建议他自己应该也曾偶尔为之。(此时,凯鲁亚克正在回一封卡萨迪在嗑药之后写的、长达一万三千字的不可思议的长信,卡萨迪在信里叙述了他和一个名叫琼·安德逊的女人在1946年圣诞期间的情史。)

五天之后,凯鲁亚克坐下来,开始给卡萨迪写他自己的"忏悔录",并宣称"我从此跟任何虚构彻底断绝关系"。这是凯鲁亚克的一个转折点。他突然间发现了一种新的自动写作风格,如同音乐一般自由纯净。为了达到这一目的,创作所谓的"狂野散文",亦即行文不加标点、不假思索的写作风格,他可以献祭一切——健康、心智、婚姻和父性,彻底放弃一切安慰

---

[1] 同上。第二百四十四页。

或者安全感。"那种写作就是一切。"[1]它成了凯鲁亚克的信条，尽管在他的小说里他很少谈到这一点。他怎么可能会承认，对他来说，言语比人类的友情更重要？凯鲁亚克从来不揭示自己的内在动机，他的"生活实录"小说总是带有一种漫无情节的挑衅性。

他是否为此付出的太多？只要读一读凯鲁亚克在40年代后期和50年代中期所写的信件，你就会意识到，他几乎花了近十年的时间"在路上"，投宿在廉价旅馆或者挤进朋友们的房子、扒货运列车、徒步丈量美利坚合众国的宽度和广度，而他同时也遭受羞辱、伤害和无家可归的迷惘。

1951年，就在他的写作风格发生突变并完成《在路上》之后，凯鲁亚克突然结束了六个月的婚姻，并让已经怀孕的妻子琼·哈维蒂自己去堕胎。当她追着他要女儿琼的抚养费时，凯鲁亚克逃到了墨西哥和太平洋沿岸一带，时刻担心着会被警察逮住，然后被迫放弃写作去做苦工。在接下来的七年之中，他一直没有自己的住所——只有一张床和一张书桌，他母亲住在哪儿，他就把它们摆在哪儿。他不时会住在母亲家，打印他的手稿，整理他的日记和信件，安静地生活一段，恢复精神，直到厌倦和孤独又将他推到路上。

在写作一本书和另一本书的空隙里，凯鲁亚克的大部分

---

[1] 同上。第二百五十三页。

时间都在历险。他将再次回到纽约、旧金山或者墨西哥城垮掉派那种狂热的生活中，达到伟大狂欢的极致顶点。他将日益酗酒、嗑药，以获得创作"狂野散文"的激情。他会变得易怒、痛苦、多疑，跟艾伦·金斯堡这类朋友翻脸，因为他们会批评凯鲁亚克的作品。

二十多岁的凯鲁亚克曾经获得过一张让他过上公共生活的处方，也许那种生活更适合他。在很多年当中，他都幻想着跟尼尔·卡萨迪以及其他垮掉派朋友一起分享某座自给自足式的大农庄。(杰克的母亲就像是他最完美的妻子——"野性、疯狂、但却是一个快乐的家庭主妇"[1]——也许也被包括在这个"喧哗的"计划之内，在那里任何事情都有可能发生。)"独自呆在一间房子里或家里是最后的一种不幸。"[2]凯鲁亚克1949年在给卡萨迪的信里曾这样说。但当他的朋友们年逾三十，生活日趋稳定，能提供给凯鲁亚克的激情也越来越少：吕西安·卡尔和尼尔·卡萨迪都已结婚生子，要承担家庭责任；1955年甚至连艾伦·金斯堡都已经跟他的新情人彼得·奥尔洛夫斯基定居下来。只有凯鲁亚克仍然孑然一身，处于无根的孤独之中，"失败和厌倦"令他发狂。"安静生活"成为他的阶段性目标，但他不知该如何去实现它。

1954年，他开始研究佛教，期望能从中得到生活的答

---

[1] 同上。第一百五十八页。
[2] 同上。第一百五十五页。

案。威廉·巴勒斯以他敏锐的洞察力看到了凯鲁亚克绝望的根本，告诫他说："一个人如果只是为了避免伤害，就想用佛教或者其他任何手段从自己的生活里排除爱的话，那么，在我看来，他已经犯了渎神罪，就像犯下了阉割的罪行一样。"[1]

尽管凯鲁亚克对佛教有了深切而智慧的理解，也学会了坐禅，但他对安宁的追求却带有一种疯狂，因而只能导致自我挫败的结局。通过佛教，他可以在思想上克服自身的"空"，把它合理化，但他永远也接受不了它。"'空即是空'是我所了解到的最悲哀的事实。"[2] 在他前往孤独峰度过63天孤独生活的前夕，他曾经跟尼尔·卡萨迪吐露心声。

"我的生活就是一首自相矛盾的长篇史诗。"到达孤独峰之后，凯鲁亚克在日记本里写道。他甚至都不想再动笔写小说——尽管他拥有了世界上的全部时间。他只能每日凝视霍佐敏峰，然后日复一日地记下他的感受——他以冷酷的清醒和无情的诚实进行记录。"孤独峰的问题在于，"他写道，"没有他人，孤单，隔绝。"凯鲁亚克很快就意识到，他必须让自己重新淹没于生活的洪流——去"生活、行走、冒险、祈祷，并不为任何事感到内疚"——在《孤独天使》中，再也没

---

[1] 同上。第四百三十九页。

[2] 同上。第四百七十四页。

有什么比"没有他人"更悲哀和更自我揭示的言词了。"他人",如果他能从混合的记忆或灵感中把他们唤醒,那么,也许他将愿意与他的孤独相伴。但"没有他人"同时也暗示着凯鲁亚克已经感觉到,在他和其他人之间,距离越来越远。他仍然能够才华横溢地观察他们,但他再也无法触及到他们的生活。

1956年的那个夏天,凯鲁亚克在孤独峰顶对"空"的深思与对质揭示了这个男人的生存状态:他尚未完全意识到自身的消耗和倦殆,但至少,他还没有丧失跟随想象去往任何地方的勇气和自由。他担任山火瞭望员将是他"在路上"冒险的最后一站。1957年,他得到了他所不想要的恶名:"垮掉一代的化身",同时也永远结束了他无名的生活。

在《孤独天使》中,杰克·杜劳斯,像凯鲁亚克一样从山顶上下到人间,进入到激动人心的旧金山文艺复兴之中,为他迟迟未能得到的名声找到了一个舞台。他经常心情骚动地漫步在伯克利和旧金山的街道,跟欧文·加登(金斯堡)、科迪·珀姆雷(卡萨迪)和拉菲尔·乌尔索(格里高利·科尔索)一起厮混,那时他已经预感到越来越迫近的丧失。一年之后,当他的第一部小说《在路上》的样书终于面世时,科迪在杰克·杜劳斯面前以一种"不一样的方式"转过脸去。"我看到了所有的文学成就背后的一种新的荒凉。"杰克·杜劳斯这样告诉《孤独天使》的读者。

如果这是小说里一个虚构的瞬间——那么，这也是一个毫无恶意的谎言，它旨在揭示一种结束感——它终于走到了尽头。在此之后，他跟他母亲住在一起，"远离城市"；杰克·杜劳斯用"宁静"描述他感到的悲哀："一种宁静的悲哀就是我能奉献给这个世界的最大献礼。"

***

《在路上》出版前后，跟凯鲁亚克在一起的那些日子里，我总是能感受到凯鲁亚克灵魂疼痛的阴影。但我记得，我本能的抗拒他"齐生死"的论点（他似乎以此来证明，他对父性的拒绝以及对女人的不信任是合理的）。我讨厌被人提醒，万有皆空，但我从来没有明确地表达过自己的观点，以免伤害他的感情。垮掉派作家开启了我这一代人的革命。可当我的生活如此丰满之际，我又如何能够去信仰"空"？我曾经设想过，也许我能够通过爱去救赎杰克·凯鲁亚克，但我错了，没有人能救赎他。

时间不断流逝。1982年，我16岁的儿子好奇地注意到我的书架上有一本用黑黄丝带系着的小册子——阿兰·瓦特的《禅之肉，禅之骨》。我想，那肯定是在我遇到凯鲁亚克之后不久买的，努力接触佛教而去取悦他。当我儿子打开那本书时，一张折叠起来的绿色纸条飘落在地。那是鹰牌打字纸的一张标签。在它的背面，是凯鲁亚克随手用铅笔写下的一段对话碎片。这说明他意识到了我们之间的根本哲学冲突：

有人告诉我
W.C.汉迪刚刚
死了——我说
"他从来就没有
活过"——"啊，你这人。"
她说。

乔伊斯·约翰逊[1]

---

1 美国虚构类和非虚构类作家，因 *Minor Characters : A Beat Memoir* 一书获美国国家书评人协会奖。21岁时，在艾伦·金斯堡的介绍下，她与凯鲁亚克相识相恋。九个月后，《在路上》出版，凯鲁亚克一举成名。

第 一 巻

BOOK ONE

孤 独 天 使

DESOLATION ANGELS

第 一 部

PART ONE

荒 野 里 的 孤 独

DESOLATION IN SOLITUDE

一

　　那些下午，在那些慵懒的下午，我在孤独峰[1]的高山草地上或坐或卧，四周环绕着绵延百里不绝的雪峰，霍佐敏山在北面隐现，南面则是白雪覆盖的杰克峰，一泓湖水流淌于西面远处贝克山积雪的山丘之间，构成一幅令人着迷的画面；东面河流般的山脊绵延起伏，直接插入卡斯卡德山脉。刹那间，我突然顿悟："是我在变化、在行动、在往来、在抱怨、在伤害、在欣喜、在喊叫，是我而不是虚空。"每当我开始思考所谓"空"时，我就面朝霍佐敏山——我的床、椅子和整面草坡都朝北——直到我明白"霍佐敏山就是空，至少对我的眼睛来说霍佐敏山就是空明"。荒凉赤裸的岩石和山峰，从隆起的山头孤兀挺立几千英尺，再从无边的林野上挺立几千英尺；绿色尖峭的冷杉林从我所在的饥馑山脉[2]朝它盘旋蛇行，朝它庄严的、弥漫着蓝色烟霭的山顶蔓延而上，最后融入飘浮在遥远的加拿大上空的"希望云朵"——它们的面目变化无穷，或成团飞掠、或模样狰狞，忽而变成毛茸茸的一片，再乍然变为喷着粗气的猪嘴；忽而又像海鸥飞行，带着噼噼啪啪的声响相互撞击，仿佛在高喊"嗨咻！嗨哟地球！"。霍佐敏山令人敬畏的

---

[1] 孤独峰，Desolation Peak，位于美国华盛顿州卡斯卡德国家公园，1919年，一场大火蔓延两个多月，把孤独峰烧成焦土，因而得名。1956年，凯鲁亚克曾经在这里担任过63天的山火瞭望员，在整个夏天，山上都没有出现过火情。

[2] 孤独峰属于饥馑山脉的一部分，凯鲁亚克的两个朋友曾分别在附近的卡特山和拓荒者山做过山火瞭望员，其中一个朋友就是诗人斯奈德，他对禅宗的推崇影响了整个"垮掉的一代"。正是斯奈德将凯鲁亚克介绍到孤独峰担任山火瞭望员，让他在孤独中体会禅境。

最高峰布满黑黢黢的裸岩，只有暴风雨来临才会将它遮掩片刻。它们像一排排利齿似的，在骤然涌起的云雾之中发出冰冷冷的、暴戾的呼啸声。这时候，我在院子里做着倒立[1]——从这个角度望去，霍佐敏山不像是乘风破浪的帆船，倒像是悬浮在无边大海上的一个轻盈水泡。

霍佐敏山，霍佐敏山，我从未见过的最美丽的山峰。在明亮的日光下，它有时像只斑纹老虎，小溪被阳光透射，峭壁由线条构成重重暗影，皱褶垂直而下，山棱不时隆起——嘘！还有那些山谷裂缝、隆隆回声、陡峭而拘谨的高峰，竟然从没有任何人提及过它、听闻过它！虽然只有八千英尺的高度，但它有一种怎样慑人的气势啊！那一晚，我在孤独峰上20个小时没有合眼，从早晨浓重的雾气到夜晚的星空，突然，霍佐敏峰两个尖峰的暗影倾倒下来，我的窗户一片漆黑——空，我看到了虚空。每次我想到"空"时，我就会看见霍佐敏峰，而心里十分明白——我至少凝视它70天。

二

是的，六月份我曾经这样想过：从这里出发，徒步到华盛顿西北方的斯凯吉特山谷，再找一份工作。"我独自来到孤独峰顶，将其他所有人抛诸脑后，将在这里独自面对上帝或者我佛如来，一

---

[1] 凯鲁亚克经常用倒立来缓解大腿静脉曲张的症状。

劳永逸地找出所有存在和苦难的意义,在虚空中来去自如。"但出乎意料的是,我面对的却仅仅是我自己,没有美酒,没有迷药,连伪装都不可能,只能日复一日地面对着我自己——令人讨厌的杜劳斯——我自己[1]。很多时候我都想到了自己的死,我会因厌倦而哀叹,最后从山顶往下纵身一跳。可日子和时间似乎并未逝去,我没有勇气纵身跳崖,只能一再等待,试图顿悟事实的真相。那一天终于来临,8月8日的下午,我再次走过那条已经被我的步履踏平的高山小径。那是我常走的一条旧路,在很多个雾气弥漫的夜里,提着一盏油灯——平常油灯储藏在一间四面开窗、有着宝塔式屋顶的小木屋里——我借着它微弱的光亮在路上行走。那个下午,它终于来临,在那么多的泪水之后、在那么深的痛切之后、在杀死一只老鼠并准备捕杀另一只老鼠的当下——而我此前从未杀过任何活物——它以这样的言词来临了:"虚空不为任何起伏所搅乱。当我的上帝凝视霍佐敏山时,他会焦虑或者害怕吗?他会屈服于变化无常的暴风雨和天地间的怒号吗?他会笑吗?他不是从头脑混乱的骚动当中、从雨和火的剧变当中、从现在的霍佐敏山当中或者其他任何事物当中诞生出来的吗?为什么我要选择悲喜,而他从不选择?——为什么我不能像霍佐敏山一样?为什么我不能忍受那些布尔乔亚式的陈词滥调或者那些更古老的陈词滥调,比如"既然活着,那就活下去吧"——那个酗酒的传记作者沃德威

---

[1] 凯鲁亚克以杰克·杜劳斯的化名现身本书及《大瑟尔》《杜劳斯之空》等作品中。

得[1]说过"生命别无他物，只是活着"——可是上帝啊，我已经厌倦了！但是霍佐敏山会厌倦吗？我已经厌恶于语言和解释。可霍佐敏山也会如此吗？

> 杲杲北极光
> 照临霍佐敏——
> 虚空更寂然[2]。

即使霍佐敏山将会崩裂、塌陷、化为乌有，它仍然"是其所是"，它是一种"正在经历"，一种当下，它就是正在发生的一切，何必去苦苦追问、痛哭流涕或者以头抢地？正是空谈让忧郁的李尔王变得糊涂，在他那悲伤的沼泽上，他只是一个飘着长髯、切齿痛骂的老怪物，被傻子愚弄——生存并且毁灭，就是这个问题[3]——虚空在生与死之间是否占据一席之地？

虚空是否为自己举行过葬礼？或者准备过生日蛋糕？为何我不能形同"虚空"，那永无休止的无穷，像老杰克峰一样超越平静甚至欢愉（不，还不止于此），引导我的生命从这一刻开始（尽管风正嗖嗖吹

---

[1] W. E. Woodword（1874—1950），美国一位才华横溢的历史传记作家，以《遇见格兰特将军》而名声大噪，丘吉尔称他为最优秀的英文传记作家。

[2] 在《达摩流浪者》中，凯鲁亚克亦提到这种意境，北极光在霍佐敏峰背后映现，令他联想起贾菲（即斯奈德）翻译的寒山诗句"看看那虚空，它更寂静了"，寒山的原诗为"碧涧泉水清，寒山月华白。默知神自明，观空境愈寂"。

[3] 凯鲁亚克有意将《哈姆雷特》中"生存还是毁灭"的名句改成"生存并且毁灭"，表达他自己对生命的独特领悟。

过我的气管)？在水晶球中不可把握的生命映象并非虚空——虚空正是命运水晶球它自身，虚空正是我的全部悲伤它自身，悲伤如同《楞伽经》里那些愚人们看到的光轮："看啊，先生们，天上多么华丽而悲伤的光轮！"[1]——集中精神，杰克[2]，去经历当下，所有的事物都只是同一梦境、同一表象、同一瞬间、同一悲伤的眼眸、同一水晶般清澈的神秘、同一言词——静静地把握住这一切，人啊，重新获得你对生活的热爱，走下山去，你只需要简单地让自己成为——成为——成为同一个无限意念的无限念力[3]，不解释，不抱怨，不批判，不论断，不表态，不发言，不思考，如同江河之水一般流动、流动，成为你的所有，你的所是，你的曾是——"希望"不过是一个词，就像一片飘雪——这是一个伟大的认知，这是一次觉醒，这便是虚空。所以闭嘴吧，生活，旅行，冒险，祈祷并且不要后悔。西梅干，傻瓜，吃掉你的西梅干[4]。你已经成为永恒，并将要永恒，那些从你的脚底升起的焦虑冲动仅仅不过是"虚空"——虚空伪装成一个伪装自己从来不认识虚空的人——

我回到房子里的时候，已经脱胎换骨。

现在我要做的，就是在一个月后下山，重新去拥抱甜美的生活——但同时我又清楚地知道，生活既非甜美也非苦涩，它只是

---

[1] 这是经过凯鲁亚克改写的《楞伽经》故事，说的是人因眼翳而看到光轮并大声向他人告知，其实那光轮的存在与否依赖于眼睛当下的状况。大意是讲"非有亦非无"之意。

[2] 凯鲁亚克的名字就是"杰克"，作者在这里似乎有意使用一种双关词义，既指杰克峰又指杰克本人。

[3] 念力即心念专一带来的精神力量。

[4] 在俚语中，西梅干（prune）又有"傻瓜"之意，作者用同一个词表达这两种语义。

生活而已，从来都是如此。

再见了，我坐在帆布椅上、面朝霍佐敏山的那些下午——寂静朝我的斗室涌来，我的壁炉死寂，我的杯盏闪光，我的柴火——由水滴和其他元素构成的老木头，我用它们在炉子里燃起印第安小火，做顿简易快餐——我的柴火像蛇一样堆在屋角，我的罐头正待开启，我的鞋子破旧开裂，我的锅盘、我的擦碗抹布寂然悬挂，我的房中所有静物窅然无声，我的眼睛疼痛，我的窗户和百叶风声呼啸，近黄昏时暗蓝色的霍佐敏山上的光影流动，隐约可见暖褐色山峦沟壑……而我无事可做只能等待，——并且呼吸（在稀薄寒冷的空气中和西海岸的寒流中，呼吸并非易事）——等待，呼吸，吃饭，睡觉，煮食，洗浴，漫步，观看，这里从来没有过山火——然后开始做白日梦："当我到达旧金山后该做些什么？也许第一件事就是去唐人街订间房子"——不过更为甜蜜和近切的是想象在"告别日"我会做些什么，在九月一个神圣的日子，"我会顺着来时的老路步行两个钟头，在船上跟菲尔[1]相遇，渡过罗斯湖，在那里过夜，在厨房聊天，清早乘小船离开那个小码头（记得问候一声沃尔特），去往马波山，拿到我的薪水，支付我的债务，买瓶烈酒，下午在斯凯吉特山谷喝掉，第二天早上直奔西雅图"——然后继续，去旧金山，然后是洛杉矶，然后诺加莱斯，然后瓜达拉哈拉，然后墨西哥城——然而，虚空仍然寂静不动。

而我将是虚空，不动而永动。

---

[1] Phil，即菲尔·卡特，罗斯湖上的一名摆渡人。

三

噢，我记起了家乡那些甜蜜的时光，虽然当时惘然的我并未领会其中的全部美好。我那时正是十五六岁的年纪，日子对我意味着里氏兄弟的饼干、花生黄油和牛奶，摆放在老式的厨房圆桌上，少年杜劳斯苦苦思索国际象棋的棋局，或者投入自己发明的棒球游戏[1]。洛厄尔镇[2]十月的橘色阳光斜照下来，穿过门廊和厨房的窗帘，形成一道慵懒多尘的光柱，我的小猫躺在光里，用它的虎舌和长牙舔着前爪。一切都已经发生，混乱早已注定，主啊——所以现在，我成了卡斯卡德高山之巅的一名流浪者，穿着破衣烂衫。厨房里能找到的一切，就是这只令人发疯的破炉灶和那个锈迹斑斑的老烟囱——它的顶部被一团粗麻布塞住，没错，是为了防止夜间山鼠闯入。往日时光消逝已久，在那些日子里，我只需要简简单单地来回走动，亲吻我的父母，告诉他们"我喜欢你们，因为终有一天我会成为一个孤独的老流浪汉，孤单而又悲哀"。——霍佐敏啊，在夕阳下孤峰闪烁，难以接近的瞭望塔傲然挺立，像老莎士比亚一样遗世独立——尽管，在方圆数英里之内都没有任何活物听过莎士比亚这个名字，也没有听过霍佐敏山，或者我的

---

[1] 棒球游戏是凯鲁亚克酷爱的游戏，他在7岁时就设计过百余张卡片来玩想象中的棒球游戏，这些卡片保存至今，目前被纽约公共图书馆收藏。

[2] Lowell，位于马萨诸塞州，凯鲁亚克的家乡。

名字……

很久以前在家乡的那些下午，甚或是最近在北卡罗来纳州的那些下午，回忆起我的童年时代，我竟然真的在下午四点吃过里氏饼干、花生黄油和牛奶，真的在柜台上玩过棒球，真的趿踏过一双千疮百孔的鞋子迫不及待地放学回家——就在六个月前，我把鞋子弄坏了，独特的"杰克牌"香蕉裂片鞋——而现在，在孤独峰上，风声呼啸，长歌寂寥，大地上橡梁震动，暗夜充满了它自己的生命，巨大的蝙蝠状旗云一动不动地笼罩着峰顶。

很快，天就要暗下来；很快，我的日子就是吃饭加餐，等待着九月的来临，期待着重回尘世生活。

四

此时，落日橘黄，带着疯狂的激情迅速变暗。朝向遥远的南方，那里有我未来将要热爱的姑娘们的玉臂，粉雪守候在世界的脚底，那里的城市闪着银光。湖面像一个灰蓝的硬底锅，在雾气迷蒙的山底等待着我划着菲尔的船渡过。杰克峰的山额轻云缭绕，冰雪覆盖着上千个橄榄球场般大小的山坡，绵延交错，在夕阳下泛出淡淡的粉红色，看上去就像山脊上蹲着一个令人生畏的冰雪巨人。金角峰在灰色的东南方依然闪着金光，西北角拓荒者山的巨大丘陵俯瞰湖水，阴郁的浮云正在变暗，仿佛在某个秘密的熔炉里锻造着黑夜,不时火光闪耀;群峰如同墨西拿[1]醉酒的武士般朝着落日蜂拥而去——那时圣乌苏拉[2]仍然童贞美丽;我甚至毫不怀疑,只要稍加诱惑,霍佐敏山就将追日而去——幸而,它仍然停留在此,陪伴我共度暗夜。日影飞逝,星辰如雨水般倾落在雪峰之上,四面皆黑,唯有霍佐敏山仍然留着最后一抹淡粉的亮色,稍微偏向北方。每个夜里,北极星如约降临,闪烁着暖橘黄或是暖绿色的光芒,有时则是冷橘色、冷蓝色或石青色,以变幻的色调暗示着不同的预言,称量着这个金色的世界——

那些风,还有那些风——

在那些白昼,我时常坐在老旧的书桌前,面向着南方;这儿有纸和笔,有用松枝烧好的咖啡,有一朵枯萎的、在高山上可以称为奇迹的野兰花,有山毛榉坚果口香糖、我的烟草袋,有拂拭不尽的灰尘,有我读过的破旧的杂志……我面朝南方,默然凝望那些庄严的雪峰,感到等待实在过于漫长。

苍苍饥馑山

树木青且小

努力长成材。

---

[1] 意大利西西里岛的一座海湾城市,中世纪最伟大的骑士狮心王理查德曾在墨西拿与法国国王汇合,共同开展十字军东征行动。

[2] 圣乌苏拉是传说中的贞女,在中世纪欧洲广为流传,据说乌苏拉为一名英国公主,在前往罗马朝拜之后与其他少女同时被杀,后来圣乌苏拉成为少女的保护神。

五

就在我决心怀着爱心生活的前一晚，我为一个梦境所折磨、所凌辱，心里充满悲伤——

"去买一块上好的细嫩牛排！"妈把钱递给德尼·布勒[1]，她让我们去店里买些食品，要做一顿丰盛的晚餐。近些年来，她把全部的信心都转移到了德尼身上，在她眼里，我已经成了一个不可靠的、活得十分暧昧的人，每晚临睡之前都要诅咒上帝，不戴帽子[2]到处闲逛，总是那么愚不可及。那是在厨房里，她说的话自然没错，于是我一言不发，和德尼一起出门。在前面靠楼梯的卧室里，爸正在呼出最后一口气。他躺在灵床上，实际上已经死去——而妈却要一块上好的牛排，一心指望在德尼身上实现她最后的人生理想，非常坚定。而爸是那么瘦弱、苍白，他身下的床单雪白，我感觉到他已经死了。我们在阴郁的氛围中下了楼，讨论了一下去肉店的路。肉店位于布鲁克林市中心弗莱特布希附近的一条主要街道上——罗勃·多纳利[3]就在那儿，他那伙人也都在那儿，光着脑袋，在街上闲逛。德尼的眼里闪出一道光芒，他看到了机会，可

---

[1] Deni Bleu 即 Henri Cru，法裔，凯鲁亚克的终身密友。因他慷慨大度、心地善良，是唯一被凯鲁亚克家庭真正接受的朋友，但具有讽刺意味的是，他却是一个偷窃狂。他亦曾出现在《在路上》和凯鲁亚克的其他作品中。

[2] 戴帽子曾经是西方文明当中的一个重要传统，在维多利亚时代，不戴帽子的女人会被认为精神失常或行为失检。二战之后50年代帽子风潮开始消退，但在正式场合也必须戴上帽子，否则会遭到非议。

[3] 凯鲁亚克在旧金山的朋友。

以带着妈给他的那些钱逃跑、行骗；他在肉铺订了肉食，可我看到他玩了一个小手段，把多余的零钱塞进了自己的钱包，打算背叛她的梦想——她最后的梦想。她把全部希望都寄托在他身上，而我则什么都不是。我们开始往回走，但没有回到妈那儿，我们走到水军派遣处。在看完一场快艇比赛之后，我们在寒冷的、布满漩涡的危险水域里游向下游。看快艇比赛的时候，我设想如果有一条"长艇"，能够潜在这些快艇的下面，然后从终点线冒出头来，比赛就算完成了——而那个参赛者（达令先生）却抱怨说，正是这个原因，害得他的船在下沉时被困住了，动弹不得——大型的官方竞赛应该注意这个问题。

我领头泅渡，水军跟在我后面，我们准备到下一个桥梁和市镇。水很冷，风高浪急，我不停地跟河水搏斗。"我怎么可能到达那里？"我想，"妈的牛排怎么办？德尼·布勒会拿着妈的钱去做什么？他现在在哪里？天哪，我已经没时间想这些了……"突然，从圣路易斯法国教堂前面的草地上，我听到了孩子们在向我大声传递着一个口信："嘿！你妈已经进了精神病院！你妈已经进了精神病院！你爸死了！"我意识到到底发生了什么，夹杂在水兵里在河中游着，跟冰冷的河水搏斗，我唯一能做的就是心中悲伤，在那个惊惧忧怖的早晨心中悲伤，充满苦涩，我恨我自己，一切都已经来不及了。生命如此短暂而虚幻，无法让我改过自新，甚至无法体会到真实的悲伤——事实上我觉得真正去悲伤本身就是一件蠢事。总之，我不知道我到底在做什么，只能顺着河水挣扎，德尼·布勒使我陷入了如此险境，他终于完成了他甜蜜的复仇——或许，他只是想成为一个不折不扣的骗子，而这是他唯一的机会……

……这个令人血液冷凝的消息也许来自这个世界里那些阳光闪闪的冰峰，我们都是些受尽折磨的愚人，在花了好几个星期给妈妈写的一封长信的最后，我加了一个尾声：

妈，不要失望，无论何时，只要你需要，我都会照顾你——我就在这里，在困苦的河流中泅渡，可我知道如何游过去——千万别，你可千万别认为你会被孤零零地遗忘在这个世界上……

她在三千英里之外，我们之间唯一的纽带就是那不幸的血缘关系。

孤独啊孤独，我将如何回报你？

六

也许我会这样疯掉[1]——马车轮子飘游不定，忽远忽近；歌声四起，满载玉米的车子脱轨倾倒；也许你太年轻了缺乏经验，但正好可以在天空飞翔；苍穹之下，月光就像从如潮水般涌来的夜色当中挤出的盐，撒过山肩谷地；远古的巨砾如佛像默然矗立，西太平洋上浓雾弥漫，东一团西一团——唉，微乎其微的人类的希望

---

[1] 凯鲁亚克在这里写了一段不知所云的话，如同呓语，充分体现了他的"自动写作"风格。

啊,重新复原破碎的镜子,颤动巴特纳[1]那倾颓的寺庙,走向其他不可知的事物……

砰!一切戛然而止。

七

每晚八点,坐落在贝克山国家森林公园的各个瞭望点会通过无线电来一场空洞无物的交谈。我会准时拧开我这边的收音设备,开始倾听。

在孤独当中,这可是每天的重大事件。

"他问你是不是马上就要睡觉了,查克。"

"你知道他是怎么回事,查克,每次巡逻都会干些什么。他会找到一块舒舒服服的荫地,倒地就睡。"

"你在说刘易斯吗?"

"——我不知道——"

"——我只用再等三个星期了——"

"——刚好在99号站——"

"你在说泰德?"

"啊?"

"怎么弄才能让炉子热乎乎地烤出松饼来?"

---

[1] 印度东北部城市,比哈尔邦首府,曾是世界佛教中心,其那烂陀寺是玄奘取经之地,1197年至1203年毁于战火。

"一直烧着火就行了——"

"他们只有一条路可走,啊路上到处都是七拐八弯的——"

"哈,真希望如此——可我还要在这里等着。"

嗞嗞嗞嗞,嗞嗞嗞嗞。无线电突然中断,长时间的静默,忧伤而年轻的守望员。

"你的伙计什么时候过来把你捎走?"

"嘿,迪克——嘿,斯笃德贝克——"

"只要多放些木头进去就行了,火炉就会烧得热乎乎的——"

"你还准备那样对他吗,啊就像上次他出现那样?"

"——没错,可是在三个小时里走三四趟?"

我的生活是一场巨大的精神错乱,在任何地方都没有起点,也没有终点,如同虚空,如同轮回。无数的回忆像痉挛一般,扰乱着我的精神,一阵一阵地强力发作,十分清晰。用不着调的英国佬口音唱着《罗蒙湖》,在冷清的、玫瑰色的薄暮时分煮我的晚间咖啡。我转瞬回忆起1942年的新苏格兰(即加拿大东部的新斯科舍省)。我们乘着一艘破烂的船只,从格陵兰岛开出,沿着海岸巡游度夜——瀑布、松林、薄暮时的轻寒、落日、收音机里从战时的美国传来黛娜·肖[1]模糊动人的歌声——我们喝得烂醉,滑倒在地,狂喜从心中喷涌而出,激情燃烧了整个暗夜……后来,我回到了我心爱的祖国,回到了寒冷可厌的黎明——

---

1 美国20世纪二三十年代爵士乐大乐团时代的著名流行女歌手之一。

几乎同时，由于我正在换裤子——为了度过风声呼啸的夜晚需要另外加一条衬裤，我又开始陷入到奇妙的意淫之中。今天早些时候，我读了一本牛仔传奇，不法之徒诱拐了一位少女，跟她在整列火车上单独相处，除了一个老妇人——此刻，老妇人出现在我的白日梦里，她躺在长椅上，而我作为不法之徒，把少女推进了男人的车厢，用枪指着她，她挣扎着（当然会如此），但无法逃脱。她爱慕那些残忍而正直的杀手，而我则是老艾尔达威·莫里哀，一个杀人成性的、挂着冷笑的得克萨斯人，在埃尔帕索[1]把蛮汉撕成两半，或者中止演出，在人们身上射满枪眼。我把她推到座位上，跪下，开始和她粗暴地做爱，而这时老妇人已经入睡，火车继续向前——"太美妙了，我亲爱的"，实际上我置身于孤独峰顶，只能对着自己喃喃自语，但我假设是在对着布尔·哈巴德[2]说话，用他的方式说话，似乎是为了取悦他，似乎他就在眼前，我甚至还能听到他说"别把自己搞成一个颓废的杰克"——这是他在1953年很严肃地告诫过我的话，当时我正拿他的颓废气息说笑，他说"杰克，这种颓废在你身上可不合适"。在孤独峰上，我真希望今晚能在伦敦，跟布尔共度此夜啊——

天上的新月，忧郁的新月，在远方黑暗的贝克河边早已沉落。

我的生活成了一部毫无逻辑的宏大史诗，具有成千上万种特

---

[1] El Paso，得州最西部的一座城市。
[2] 即威廉·巴勒斯，被称为"垮掉的一代"的教父，对凯鲁亚克和金斯堡的影响很大。以《赤裸的午餐》一书引起轰动。

性，它们在这里群集——而我们将即刻转向东方，如同地球即刻转向东方。

八

我唯一能弄到的纸张就是空军用纸，用它来卷烟草抽。一个热心的军官曾经来给我们做过演讲，大肆鼓吹"地面侦察兵团"的重要性，他分发给我们厚厚的表格，要我们记录天上全部的机群情报——在他那偏执狂式的臆断中，显然，那都是敌人的轰炸机。此人是个犹太人，说话语速很快，他来自纽约，令我思乡。"飞行信息记录表"上面布满数字和纵横交错的格子，我用剪刀顺着格子把它剪成方形，卷成粗大的烟卷。当飞机从我头上飞过的时候，我正忙着干这事，尽管他曾经谆谆告诫过我们："哪怕你见到一只飞碟也要写上'飞碟'。"——表格上还印着"飞机的数目：一，二，三，四，很多，未知"，这竟然让我回忆起曾经做过的一个梦，我和奥登[1]站在密西西比河边的一个酒吧里，拿"女人之尿"优雅地开着玩笑——接着是"飞机的类型：单擎，双擎，多擎，喷气式，未知"——我倒是挺喜欢"未知"这一栏的，在孤独峰上，一切都是"未知"——还有"飞机的高度：很低，低，高，很高，未知"，最后加了一个特别注释："范例：敌机，小型飞机"，还有"直升飞艇、

---

[1] W. H. Auden，英国著名诗人，1946年入美国籍。代表作有诗集《看吧，陌生人》，长诗《西班牙》《忧虑的时代》，获多种文学大奖。凯鲁亚克颇为推崇他的文风。

飞机，处于战斗状态或遇难状态"，诸如此类。噢，忧伤，"未知"的悲伤的飞机升起，来吧！[1]

我的卷烟纸是如此悲哀。

"安迪和弗雷德什么时候才能来！"我每每长叹不止。要等他们沿着骡马旧道爬上山来，我才能拿到真正的卷烟纸，还有成千上万的朋友们给我写来的可爱的邮件——

在孤独峰顶，无人相伴，独自面壁，孤单寂寥。可是，霍佐敏山会觉得孤独吗？

九

我的眼睛长在我的手心，控制着车轮控制着皮鞭。

十

为了消磨时间，我玩一种单人的棒球卡片游戏，这是我和莱昂纳尔[2]在1942年发明的——那年他来到洛厄尔镇，那时正是圣诞节前后，家里为过节冻了许多通心粉。这个游戏在匹兹堡普利茅斯队和纽约雪佛兰队之间进行，普利茅斯是我最老的棒球队，

---

[1] "遇难"与"忧伤"是同一个词 distress，凯鲁亚克惯用词义联想法进行写作。
[2] Lionel，其原型为 Seymour Wyse，凯鲁亚克的朋友，也是其爵士引路人。

但现在只能列在第二军团之首位,而雪佛兰队则是一支从底层崛起的球队,去年还夺得过世界冠军。我在桌子上随意洗牌,抽出双方阵容,摆开队形阵式。此刻,孤独峰方圆数百里一片黑暗,我在这里点燃灯火,来玩这个孩子气的游戏——可虚空不也正是一个孩子吗?游戏就这样开始了,最吸引人的是会发生什么、胜利是如何取得的,并且,是由谁取得的。

雪佛兰队的投手是乔·麦肯,已经在我的联盟里度过二十年的职业生涯。他第一次出场才十三岁,在这个年龄我还只会在萨拉家开满苹果花的后院里用指甲玩着钢珠,唉,真是悲哀啊——乔·麦肯创下了1-2的纪录(每个赛季有14场球赛),并且赢得了高达4.86的投手防御率。他是雪佛兰队的明星投手,而盖文排在第二位——雪佛兰队炙手可热,势头迅猛,他们以11-5的比分迎来了棒球联赛新赛季的首场赛事……

在第一次投球局,雪佛兰队就已经领先于对手。老大弗兰克·凯利打出了一个长球,斯坦·奥尔索夫斯基在安打之后从二垒跑回了本垒,被保送到杜菲那儿——啊你仿佛能够听到雪佛兰人长途奔袭、山呼海啸、暴风疾雨般推进比赛,可怜的普茨茅斯好歹轮到了他们的投球局,这就是真正的生活,真正的棒球,我无法分辨它和其它事物之间的分别,无法分辨它和嚎叫的风声和百里之外北极的石头之间的分别,如果——

然而,汤米·特纳以他惊人的速度打出了一记全垒打,这是汤米的第六记全垒打,他真是个光芒四射的明星——他已经创下了15个打点,而他仅仅参加过六局赛事,因为他的伤病,一个平常版的米奇·曼托[1]——

老派·梯布斯紧接着又是一个外野全垒打,普茨茅斯以2比1领先了!……哇!(孤独峰上的球迷,我听见了天上的赛车在冰河时代的裂口轰鸣的声音)

——然后路易斯·巴德格斯特向左送出一垒,乔·麦肯打出异常有力的一击(想想他的投手防御率!)(啪!证明自己!)

乔·麦肯差点一击成功,他放弃了向托德·盖文送垒,值得信赖的亨利·普雷结束了这个正在冲向第三垒弗兰克·凯利的地滚球——真是一场激烈的比赛!

出乎意料,双方投手突然间陷入了一场精彩万分的对决,一个零分接一个零分,谁也没能送出一个球,除了在第二局出现了一个一垒打(那是内德·盖文投出的)。直到第八局,雪佛兰人的扎格·帕克终于打破了坚冰(他的速度也十分惊人),天下无敌、只有他能投出来的一记投球——你以为,比赛会奇峰异起,但你错了!——内德·盖文非常平静地吸起了他的雪茄,镇静自若、宠辱不惊,他的球队再度领先了——

在他的第八局,麦肯朝坏小子路易斯·巴德格斯特(膀粗腰圆的左撇子)打出一垒,艾伦·怀恩偷垒成功,但最令人提心吊胆的莫过于他给托德·盖文打出的地滚球!

直到终局,还是相同的比分,相同的场面。

---

[1] Mickey Mantle,纽约扬基队的巨星,50年代大联盟时代最优秀的选手,一位与伤痛和疾病奋斗一生的英勇战士。

内德·盖文需要做的一切就是要守住三个投球，球迷们屏住呼吸，紧张万分。他必须面对伯德·杜菲——直到这场比赛他的投率为.346、弗兰克·凯利和代打员德克斯·戴维逊——

内德准备停当，深深地吐出一口气，面对着胖乎乎的杜菲——全身紧张——低球，第一个投球。

第二个投球，向外飞去。

球如离弦之箭飞向中心场地，但正好落在汤米·特纳的手里！

还剩两次投球。

"快，内迪！"球队经理西·洛克在大喊大叫，在他的年代，他是最伟大游击手，那时候，萨拉家的苹果花正在盛开，我的父亲正是年轻气盛，在夏夜的厨房喝着啤酒、玩着皮纳克尔扑克，发出大笑……

弗兰克·凯利充满威胁、虎视眈眈地出现在他面前；球队经理，为了金钱和胜利，成了一根鞭子、一支火把——

内迪全身绷紧，发球——

第一个球。

球投出去了。

凯利把球打向右侧，超出了旗杆，托德·盖文拼命追逐，人群疯狂了，山呼海啸，呼啸，呼啸——

"追风少年"西尔曼·皮瓦来了，凯利跑走了。

德克斯·戴维逊，旧日赛场的伟大外场手，夜夜买醉，漫不经心——

内德·盖文已经投出了三个曲线球。弗兰克·凯利站在站边休息,咒骂着,皮瓦还是在第二垒。

只剩一次投球了!

击球手:萨姆·戴恩,雪佛兰接球手,像德克斯·戴维逊一样经验老道,一对嗜酒如命的难兄难弟,他们唯一的分别是萨姆是个左撇子——他们一样高,一样瘦,一样老,一样漫不经心——

内德投出的球,被打向空中——

这一切即将发生:一个越过中场隔离带的惊人全垒打,皮瓦回本垒,萨姆慢慢地跑着,嚼着他的烟草,依然漫不经心,跑向凯利们和疯狂——

第九局的最后几分钟,乔·麦肯守住普茨茅斯就胜券在握了!但普雷犯了一个错误,古克瓦完成了一垒打——列奥·索耶突然出现,眼看麦肯就要得手,但汤米·特纳简单地用一个地滚球成功送垒,杰克·古克瓦的一垒打毫无疑问地成功了,普茨茅斯队员冲了出去,把盖文扛在他们的肩上。

谁敢说,我和莱昂纳尔发明的这个游戏不精彩!

十一

在那个早晨,世界末日降临,他供认了另一桩谋杀案——而实际上它们是同一桩,只不过受害者正幸福地坐在我父亲在撒拉大道的椅子里,我正漫不经心地坐在桌边写作,新的谋杀并没有让我停下来——或许我写的就是这次谋杀。女士们都已经走到外面的草地，可是当她们回来，突然目击谋杀案的发生，该是一个多么惊慌失措的场面啊！不知道妈会说些什么呢？不过，他已经毁尸灭迹，从厕所里把它们冲走了——在阴郁的梦境中，一张黑暗的脸孔向我们窥视下来。

在那个早晨，我醒了过来，时针正指向七点钟。被我扔在石块上等着风干的拖布像是被遗弃在一旁的赫卡柏王后[1]，散开的布条极像女人的发丝。一英里之下，低谷的湖面像一面弥散着雾气的镜子，让人觉得似乎它很快就会映现出湖中女神们愤怒的身影。整整一晚上，我难以入眠，耳鼓里回响着隐隐的雷声——山鼠、老鼠和两只浅黄毛色的小鹿在我睡觉的地方骚扰不休，可那两只小鹿看上去很不真实，皮毛闪亮、形影陌生，像是在这群山之中出现的神秘新物种。它们清干了我碟子里的熟土豆，我放在外面本来就是想喂给它们吃的。我折好睡袋，为了另外一天的到来而把它折叠平整。我靠在火炉边唱歌："哈，咖啡，你酿造的时候，看上去真美……哈哈姑娘，你恋爱的时候，看上去真美……"

(在格陵兰岛，我听到那些姑娘们唱着《北极之雪》……)

---

1 Hecuba，在希腊神话中，她是特洛伊国王普里阿摩斯的后妻，赫克托耳和帕里斯的母亲，而特洛伊战争正是因帕里斯将金苹果判给爱神阿佛洛狄忒而引发的。

十二

我的茅厕位于悬崖边上,其实就是一小丛尖尖的树林。那片悬崖很美,布满了巨石、板岩、古老虬曲的树木,富有禅意。森林在这里只剩下一点尾声,有的已经被截成树桩,有的扭曲着、撕扯着倾覆在悬崖上,似乎随时要往下翻滚。嗒嗒嗒——我用一块石头塞在门缝里,让门开着。每天早晨八点半,涌进来的薄雾新鲜纯净如蜜,带来犹在梦中的清凉。这扇门正对着绵绵不绝的山峦,它们从闪电峡谷一直横亘到东面,闪电溪在谷中奔涌不息,三愚溪与之汇合,而后是绪尔溪、西纳蒙溪和难溪;在更远处,是另一片古老的森林,另一块原始的大地,另一片粗粝的山岩,延绵向东,直到与蒙大拿接壤。在雾气弥漫的日子,从我的茅厕望向远方,如同一幅绘在绢上的中国水墨画,还有些许留白。我内心有点盼望能见着两个笑嘻嘻的老达摩流浪者,或者好几个:一个鹑衣百结地站在山羊角状的树桩边,一个拿着扫帚,其他的握着鹅毛笔,写下空谷回音般的诗句。两个流浪者开始对话:"寒山,空乃何意?"[1]

"拾得,今日之晨,伙房可曾除尘扫地?"

---

[1] 寒山是凯鲁亚克极为崇拜的中国唐代诗僧,他的《达摩流浪者》便是"献给寒山子"的。寒山和拾得对当代美国诗歌影响巨大,对"垮掉的一代"而言,两人疏狂漫游、沉思顿悟的人生成为一种理想。

"寒山,空乃何意?"

"拾得,汝到底扫地否?"

"呵呵呵呵——"

"何故发笑?"

"地面已扫。"

"那么,拾得,空乃何意?"

拾得捡起扫帚,向空清扫,我曾经看到欧文·加登[1]也那么干过。寒山和拾得两人四下漫步,嘻嘻哈哈,隐入雾中,我只能看到近处的几块石头和树干。在头顶,"空"融入高处"法相之云"的茫茫迷雾当中——它并不是一扇漆黑之窗,而是一幅垂直的画卷,勾勒出两位大师的身影和他们之上无尽的空间。

"寒山,尘拂何在?"

"山石之旁,风来自干。"

一千多年前,寒山坐在同样的峭壁之上、隐身于同样的迷雾之中吟诗,拾得在寺庙的伙房扫地,两人互打讥讽;皇帝的使者千里迢迢四下求贤,两人却东躲西藏,宁愿山中隐居度日。刹那间,我目睹寒山现身窗前,指向东方。我顺势望去,只见三愚溪在薄雾中川流不息;回过头去,已经不见寒山。我又转头去看他到底想给

---

[1] 即艾伦·金斯堡,凯鲁亚克的重要友人,他的长诗《嚎叫》成为"垮掉派"代表作。

我指示何物,却只见三愚溪在薄雾中汩汩滔滔,川流不息。

还有谁在?

十三

当我在山峦间行走漫步之际,我又开始了自己漫长的白日梦。只要从这里跑下山去,在99号站,夜里,他们不时会在红红的炭火上烤着里脊肉,还有美酒当庐;一早就可以前去萨克拉门托和伯克利,去找本·法根[1],先对他念出这样的俳句:

徒步千里远
美酒携君饮

夜里,可以睡在法根家的后院草坪上,接着再去唐人街至少过上一夜,沿旧金山漫游一圈,吃上一两顿中国大餐,看看科迪[2],马尔[3],找找罗勃·多纳利,还有其他朋友;在城里东游西逛,

---

[1] 指代现实生活中的 Philip Whalen(1924—2002),旧金山禅宗诗人和牧师,在"垮掉派"圈子里地位很高。凯鲁亚克曾与他一起参加1955年"旧金山六画廊"那次著名的诗歌朗诵会,"垮掉的一代"运动由此肇端。

[2] 即 Neal Cassady,卡萨迪是凯鲁亚克生活当中的重要人物,凯鲁亚克曾经搬到他家,与卡萨迪夫妇同住,并与卡萨迪夫人卡罗琳发展为情人关系,卡萨迪终于忍受不了嫉妒的折磨,与卡罗琳离婚。凯鲁亚克随后也离开了卡罗琳,回到母亲身边。卡萨迪是风靡一时的《在路上》主人公狄安的原型,曾与凯鲁亚克横穿美国。

[3] 原型为 Al Subiette,他跟 Rob Donnelly 是凯鲁亚克在旧金山的朋友。

给妈买件礼物——干吗要计划呢？我要顺着道路一直走下去，期待着种种不期而遇的意外事件，一直走到墨西哥城，再停下来。

十四

我的屋子里有本文集，书名叫《失败的上帝》[1]，其中有篇安德烈·纪德的文章，老式文风，沉闷无聊。那本书是一些前斯大林分子的忏悔录，他们最后因震惊于极权主义的暴行而退出。这是我在孤独峰上仅有的一本书。我陷入了对这个世界的沉思之中——这究竟是个怎样的世界，人与人之间的关爱能够剪灭心中的仇恨，可人们依然在互相斗争不休——这个世界遍布着秘密警察、间谍、独裁者、大清洗、夜半枪决，另一些人在荒野里用枪炮进行大麻革命——而我坐在这里，随意地打开电台听其他伙伴们之间的瞎扯，这个世界便会突然转向一场橄榄球赛，他们这样说："波·佩利格里尼！真剽悍无敌啊！我才不愿跟马里兰的任何人说话呢……"接着他们乱开玩笑，偶尔有简短的中断。我独自思忖："美国像旷野的风一样自由，在那边，也一样的自由，自由得像是失去疆界，似乎边界上并不存在着'加拿大'这样一个名字……"在每个周五的夜晚，加拿大的渔夫们沿着老路，开着旧车，从湖边过来。那场景跃然眼前，那些夜里，微光闪烁，我看着他们，他们的帽子、排

---

[1] *The god that failed*，由英国政治家 Richard Crossman（1907—1974）将法国纪德、意大利西洛内、德国凯斯特勒等六位重要作家针对苏联的杂文结集出版，当时影响十分巨大。

挡、飞虫和车辙。我继续沉于冥想:"周五的夜里,那些无名的印第安人、那些斯凯吉特人将陆续到来,那边有些木材交易站,这里有条道路;长风吹来,吹过自由的步履和自由的鹿角,吹过自由的电波,吹过无线电里年轻而野性的自由言谈,再继续着,吹过大学校园的男孩子们,那些还不知畏惧为何物的自由的男孩子们;风从西伯利亚吹来,穿越千万里之遥的路途,到达美国——这倒是个不错的老国家——"

当我沉思俄罗斯的命运和试图扼杀人类灵魂的阴谋时,情绪低沉颓废,只有那些混杂的声音能让我轻松一点:

"天哪,比分已经26比0了!他们得了零蛋!"

"他们打得就像全明星赛一样!"

"嘿,艾德,你什么时候从瞭望站下来?"

"他已经准备好了,就等着回家了。"

"也许我们该看一眼冰河国家公园[1]。"

"我们会穿过北塔科它州的荒地回家。"

"你说的是黑山?[2]"

"我才不会跟任何锡拉库扎[3]的人说话呢……"

"有谁能在睡觉之前讲个好听一点的故事?"

"嘿,已经八点半了,该停工了,明天再说吧,晚安。"

---

1 Glacier National Park,位于"苍穹之州"蒙大拿州,与加拿大接壤,以自然生态和冰河景观闻名于世。

2 位于南塔科它州,是美国一个较为有名的丘陵风景带。

3 意大利的一个港口城市。

"嘀,你说什么呢,睡死你吧。"

"你的小收音机能收到香港台?"

"没错,你听,哼呀哼呀哼呀……"

"行了,睡吧。"

美国真是太大了,太多的人口,以至于曾经堕落为一个低水准的奴隶制国家。我可以顺着山路下去,让我的余生被酒吧斗殴和酗酒充斥。我会被极权主义者残忍地剃个光头——不过,我倒是真的要去理个发了。

印第安人在剥头皮时预言如下:"从这些围墙开始,笑声会遍布整个世界,给自古以来就弯腰劳作的苦力带来勇气。"

十五

佛祖说,他所言非真亦非非真。它是我听到的唯一真和善。它如同钟声般在远离尘世的法器上敲响——他说:"你的路途遥远,无限无边,你如一滴雨水坠下,你称它为生命,并称之为你的生命。你自以为清醒,可无论你是否在生命轮转中避不思想,生命无非是落入大海的那滴雨水,对于它,时间是何物?又何以惹上尘埃?……在无限之光明海洋,鱼群游向远方,在水底来去穿梭,如同掠过深湖、掠过精神火花。可转瞬之间,它们突然顺着一个白色标记,一路游向思之深处:你已经醒来,这就是那个金色的、光明的来世,一个神秘之谜,在那里,你与尘世无涉。啊,你将要面对人生的真相,而非执迷于世态炎凉或红尘起落;你将要面对来世,唯此一念;你将要万法归一,如我一般成为一个一无所知的伟大智者,一个超离于爱的伟大爱者;万象在你眼前变化无穷,而你了然于心。张开你的双臂拥抱这个世界,它将不断涌现,在你那错乱柔弱的眉毛下面涌现,那种力量将你永远凝结在大爱之中。这就是信仰!你将要得到永生!信仰,对于永生的信仰,出离大地上生老病死的孤独生活,生命超越了大地,光明四起,看哪!"

在这些我夜夜聆听的奇异言辞当中,在许多其他的言语当中,各种思维倾泻而入,源源不绝——"听我此言,变化将生,色不异空,空不异色……"

强大的摆渡者闪着紫红色的金光,衣衫泛出丝绸光泽,将我们以无舟之舟渡向可渡亦不可渡之虚空,爱染明王[1]那合上的眼睑睁开凝视。——入夜,老鼠在山中蹑蹝窜行,用小脚爪滑过冰碴和煤块。作为必死的英雄,我的时间还没有到来,去知我所知,何者为我所知。

无言之言语
星辰亦为言
成败无可说

---

[1] 亦名爱染金刚,以观欲火化为智慧火而去除爱染,解脱身结。佛像呈红色火炎相。

十六

啊,当我离开此处
前往第三街区之时
我要搭上
午夜幽灵[1]
火车滚滚向前
到达圣荷西
比你吹嘘的还要快
啊哈,午夜
午夜幽灵
"大拉链"沿着铁轨
滚滚向前
啊哈,午夜
午夜幽灵
沿着
铁轨
向
前
我们将如烈火到达

---

1 当时在旧金山和洛杉矶之间的一趟夜行货运火车,被流浪者称为"午夜幽灵",俗名"大拉链"。

沃森维尔

车轮穿越铁轨

半夜到达

萨利纳斯峡谷[1]

喔……喔……

午夜幽灵

一路颠簸到奥比斯波

越过高山

穿过城镇

火车滚滚向前

经过瑟夫和坦盖尔

不断靠近大海

月亮照耀

午夜的海面

火车滚滚向前——

加维奥提[2]，加维奥提

哦加维——奥提

一路放歌纵酒

1　Salinas Valley 和上文提到的 Watsonville（沃森维尔）相距不远，是位于加州的两座小镇，其中萨利纳斯是著名作家斯坦贝克的家乡，在他的代表作《愤怒的葡萄》里，提到了这两座城镇。为作家获得诺贝尔文学奖的《伊甸之东》也是以萨利纳斯为背景。

2　Gavioty，加州临海小镇。

卡玛利拉[1]，卡玛利拉

查理·帕克[2]就在那里

发疯了

车轮滚滚向前到达洛杉矶

——哦午夜

午夜

午夜幽灵

沿着铁轨滚滚向前

圣特蕾莎[3]

圣特蕾莎，你会否忧虑

我们将准点到达

沿着午夜

铁轨

  这就是我从旧金山到洛杉矶的行程计划：12个小时的路途，搭上"午夜幽灵"号，躺在"大拉链"的货车车斗里呼呼入睡。睡袋和烈酒只能是一个白日梦，一个像歌声一般遥不可及的白日梦。

---

1 Camarilla，在《达摩流浪者》里为 Camarillo，地名。在此凯鲁亚克写成 Camarilla，有"吸血鬼同盟"之意，很可能是故意笔误，以与"午夜幽灵"对应。

2 即 Charlie Parker，1920年出生于堪萨斯州，后创立比波普爵士风格，成为一代爵士大师。

3 Sainte Teresa，圣特蕾莎，19世纪法国布列塔尼地区的一个女圣徒，1923年被封圣，成为法兰西的守护圣徒。她也是凯鲁亚克家族的敬拜对象。

十七

我已经厌倦了从各个角度观看我的瞭望点。早晨,目光一旦落到睡袋上,我就不由得厌烦地想到晚上还要把它再度打开;中午,我靠在熊熊的壁炉边,便会想到半夜里老鼠会钻进来扒冷灰;我力图将思绪引向旧金山,像放电影似的观看着我在那里将要发生的一切——我看见我自己,穿着一身崭新的黑色大号皮夹克(我准备在西雅图添置的新衣),长长地遮住腰身,甚至遮住两手;我的下身穿着一条新的灰色棉布裤,衬着新的羊毛运动衫(橘色、黄色和蓝色!),梳着新发型,走上唐人街旅馆的楼梯,它们在十二月的寒冷里显得无比黯淡荒凉。或者,去西蒙·达洛夫斯基[1]位于特纳特利斯路5号的房子里混日子,他的房子被挤在疯狂的黑人住宅区当中。这些房子从第三街区一直蔓延到第二十二街区。从窗户望出去,永远可以看到巨大的气罐和被工业烟雾笼罩的旧金山全景:海湾、铁路干线,以及林立的工厂。——我看见我自己,挎着帆布包,穿过从不上锁的后门,走进拉撒路[2]的卧室。拉撒路是西蒙颇为神秘的弟弟,他只有15岁半,唯一愿说的话就是"你做梦了没有"。在十月的一天,我走进了他们的家门,而他们正在学校上学。接着,

---

[1] 即 Peter Orlovsky,凯鲁亚克的友人,在《达摩流浪者》和《梦之书》中均以不同化名出现过。他同时也是"垮掉的一代"中的诗人,并以金斯堡的同性恋人而闻名,两人相伴近三十年。

[2] 凯鲁亚克根据《圣经》故事为西蒙的弟弟取的名字。在《圣经》里,一个拉撒路死而复活,另一个拉撒路出生卑微但死后进入天国。

我出门采购，去买冰淇淋、啤酒、蜜桃罐头、牛排、牛奶，把它们塞进冰箱。接近黄昏之际，他们就会回家，院子里的那群孩子开始为暮色降临兴奋得大喊大叫。我坐在厨房的餐桌旁，看看报纸，醉饮终日。西蒙，长着瘦长的鹰钩鼻子的西蒙，用他镜片后闪闪发光的绿眼珠疯狂地盯着我看，发出浓重的鼻音："杰克！你！哈，你什么时候到的？"他开始气喘吁吁，我不得不忍受着听他气喘吁吁给我带来的折磨，真弄不明白他是怎么呼吸的。

"就今天到的。看，冰箱已经塞满了。我能在这里待上几天吗？"

"行，房间够多……"

拉撒路站在他后面，穿着新衣服，打扮得整整齐齐，一副非常可爱的高中生模样。他只是朝我点头微笑。在我们一顿饕餮之后，拉撒路终于开口了："你昨晚住在哪儿？"我说："在伯克利的院子里。"接着他问道："你做梦了没有？"于是，我就给他讲一个长长的梦境。到了午夜，我和西蒙在街上溜达到第三街区，狂饮烈酒，聊着女人，跟妓女们搭讪。我们从卡米欧旅馆一直走到北海滩，去看看科迪那伙人。拉撒路则独自待在厨房，给自己煎三份牛排当消夜。他是一个外表俊秀的少年，是达尔洛夫斯基为数众多的兄弟们当中的一员。西蒙曾长途跋涉到纽约，把拉撒路带了回来住在一起，照顾他的起居饮食。他有两个监护人兼兄长：欧文和卡夫卡式的作家西蒙，他们既生活在城里，又生活在空中。

拉撒路是一个谜。他喜欢盯着那些搞超自然的杂志上的怪物图片，一动不动地盯上几个小时。有时，他会在城里徘徊，看上去十分怪僻。虽然他自称只有15岁，但体重却高达300磅。他为自己制订了一个伟大的计划，要在新年之前挣到一百万美元。科迪常到这个疯狂的宅子里聚会，穿着一套皱巴巴的蓝色铁路制服，在餐桌边上坐一会儿，然后上蹿下跳地大叫："时日苦短！"接着他马上冲到北海滩找他那帮哥们儿，或者上班开他的火车。街道上，酒吧里，到处都是姑娘，整个旧金山就像是一部精神错乱的电影。我看见我自己进入这部影片，又穿过它，四处张望，却摆脱不了孤独。在街道的附近，就能看到白色的船帆。

我看见我自己，在批发市场里穿梭。这间被用作市场的废弃大厅原来曾是海军通信服务联合公司大楼——多年来我曾一直指望着能在这里弄到一条船。我在街上踽踽独行，一边寻思是否要来点"好先生"巧克力……

我围着甘普百货公司转了一圈，顺便去画框店看看我的"普绪克"[1]。她总是穿着牛仔裤，一件套领毛衣，里面翻出一点小白领。她正在辛勤工作，除了她的裤子之外，我很想把她的套领毛衣、小翻领以及剩下的所有东西都弄到手——这些衣服简直太适合我了。我站在街上朝里盯着她看。好几次，我都偷偷地来到这里，站在"老地方"酒吧的边上，偷偷地向她张望……

---

1 Psyche，普绪克，古希腊神话中的美少女，被爱神厄洛斯所爱，因而被阿佛洛狄忒嫉恨。经过重重阻碍，普绪克还是跟厄洛斯破镜重圆，普绪克成为灵魂的化身。在此应为一绰号，指称被他窥探的女子。

十八

我从梦中醒来,发现自己还在孤独峰上。蓝色薄霭之中,冷杉寂然无声。两只蝴蝶翩然起舞,整座山脉、整个世界退到后面,成为它们的幕布。座钟滴答作响,标示着时日的漫长。当我整夜在梦中穿行之时,群山依然伫立原地,或许从未有梦。

我走出门外,准备铲一桶积雪,倒进那只破旧的洗衣锡盆里化水——这让我想起在纳什维尔的祖父。这时我发现铲子不见了,从悬崖边的雪堤上消失了。我站在崖边往下看,目测着爬下去再爬上来的距离,但没看见那把铲子。接着,我在一块突出的岩石上看到了它,埋在雪泥里。我小心翼翼地滑到雪边的泥地上,闹着玩似的把一块大石头从泥里猛地拉出来,结果它轰隆隆地掉了下去,撞在一块岩石上,裂成两半,如同雷声炸响。它跌跌撞撞地翻下1500英尺,滚过我目力所及的最后一块石头,两秒钟之后,我才听到它落地的声音。

一片寂静。美丽的峡谷没有显示任何生命的迹象,只有冷杉、高山石南丛和那无尽的山岩。身边的白雪在阳光下闪耀着夺目的光芒,我放松下来,慢慢向下爬行,来到湖边。那一面深蓝色的湖水,似乎蕴含着无言的悲哀,湖里映照着天空淡粉色或者说更接近于褐色的云朵。我向上仰望霍佐敏峰,它依然充满力量,红褐色的顶峰高耸入云——我捡起那把铁铲,小心翼翼地择路而上——一边往桶里盛放新鲜净洁的白雪,一边填满某个很深的新雪洞里胡萝卜和卷心菜之间的空隙——我回来了，把桶里的雪倒在锡盆里，在灰土飞扬的地板上泼了点水。我拿着那个桶，像日本老女人似的往下走，穿过美丽的石南草地，给壁炉拾点木柴。

这一刻，全世界都是星期六的下午。

十九

在孤寂之后的时光中，我坐在椅子上，再度进入冥想。

"如果我现在就在旧金山"，我这样开头——我要买一大块克里斯汀兄弟牌咸猪肉，还有其他各种正牌货，回到我的唐人街房间，把它们尽量塞进品脱罐里，再装到我的口袋里拿走。我在唐人街的小巷子里游逛，看看那些孩子们——这些中国小孩牵着父母的手，看起来那么幸福。我还要去杂货店看看那些中国屠户们如何把鸡脖子宰断，看着窗边挂着的美丽腊鸭馋得口水直流。我会继续闲逛，站在所谓"意大利式百老汇"的一角，感受生活，感受那湛蓝的天空和白色的云朵，然后再折回去，看一场中国电影，一边享用品脱罐里的美食，一边喝酒。现在，是下午五点。我会在影院里耗掉三个小时——电影很怪异，完全听不懂对白，甚至连一点情节都弄不明白。如果恰好有中国人过来看到我，他们可能会想"哈，一个白人醉鬼"。

八点，我走出影院，走进蓝色夜幕之中，旧金山四周都是丘陵，旧金山的灯火在夜色中闪亮。我回到旅店，重新装满品脱罐，出门做一次真正的长途漫步，一直走到胃口大开，就去孙向黄老板的老店里[1]大吃一顿。他的店真是不可思议，令人百吃不厌——我会走上丘陵，登上特里格拉夫山坡[2]，找到我的老窝点打尖，它在山嘴一条很窄的小路上。我在那里坐下来，边吃边喝，定睛凝视那面黑色峭壁。它仿佛具有魔力，传递着这个夜晚的信息，带着温暖而圣洁的微光。饮酒，吮吸，最后拧上瓶盖，沿着内河码头边上的小道独行，穿过渔夫们的码头餐厅，海豹的求偶叫声几乎令我心碎——

我继续向前走，穿过密密的捕虾寮，穿过最后几根桅杆，上行到凡内斯，再往下走到腾德龙[3]。那里车水马龙，人声喧闹，酒吧随处可见，妓女们端着鸡尾酒，醉汉们蹒跚着再去买酒。我还是不停地向前行走。我的酒已经喝光，此刻我既兴奋又颓废，顺着主要的商业街向下走，到处是香港水手、电影院、苏打水泡沫……我横穿过巷子，在斯吉德罗喝完最后一滴酒，面对着一排粗糙而破旧的大门，上面沾满石灰和尿渍，窗户破破烂烂，仿佛一个个忧伤的灵魂。那些少年似曾相识，他们在船舱边闲逛，或者拿着一些小纸片——上面总会有一些格言或者祝愿——酒已喝光，我放声高歌，双手和着脚步打着节拍。我走上吉尔尼，重新回到唐人街。这时已近午夜，我坐在公园里一条黑色长椅上，呼吸着空气，目光像

---

[1] 在唐人街的一家中国餐馆。

[2] Telegraph Hill，旧金山是典型的丘陵地带，此山是旧金山最有名的三座丘坡之一。

[3] Van Ness 和 Tenderloin 均为旧金山街区，后者是旧金山最乱的区，有很多成人用品店和影院，路上常见醉汉和吸毒者。

饮酒一样攫取着小街上那家美味餐馆的霓虹招牌闪烁的光芒。有时会碰到一些醉鬼,在夜间的地面上摸索寻找,指望能找到空酒瓶里的一点剩酒,当然最好是找到一只大酒桶。穿过基尼街,可以看到灰色的监狱外,警察们进进出出——

我回到旅馆,订一份中国菜。他们一般会给我上熏鱼、咖喱鸡和传说中的鸭块,好吃得令人发疯。它们盛在精致的银色大盘子里,一揭开盖,香气扑鼻而来——他们还会给我送上茶壶和茶杯,我吃啊——吃——一直吃到半夜——喝完茶,也许会给亲爱的妈妈写封信,告诉她——然后,写完了,我可能会上床睡觉,也可能去一趟"老地方"酒吧,找到那些同伙,一醉方休……

二十

八月的晚上,夜色温柔。我爬下一个斜坡,在冷杉林边上找到一个陡峭的地方,四周遍布着老树桩子。我盘腿而坐,面朝着月亮。橘黄色的半月正在朝西南方沉落,即将隐入山峦背后——西方的天空,泛着温暖的玫瑰色——此刻,大概是八点半钟左右——微风吹过山脚那面湖水,带着芳香的味道,令人回忆起所有对于湖水的美好记忆。我低声祈求观世音菩萨将他的金刚手臂放在我的额上,为我加持[1],让我开悟。对于祈请,他是永恒的倾

---

[1] 加持,指佛教徒可借着信心从诸佛菩萨处获得更大的力量。

听者和回答者。我知道，这一切可能都是个人的幻觉，甚至显得有些疯狂，然而，无论如何，唯有佛陀开示说，这一切并不存在，只是虚空泡影。在接下来的二十多秒里，新的领悟涌入我的精神和心灵："当一个生命诞生时，他就进入了睡眠，并进入梦境，梦见自己的生命；当一个生命死亡时，他被埋进坟墓，这时他将醒来，进入解脱的大欢喜之中。"——"当一切都被说出、一切都完成之时，什么都不重要了。"

无疑，观世音听到了我的祈请，已经用他的金刚臂为我加持过了……

然而，为什么只有在个体的"佛性"亦即心性当中才会蕴含着无限可能？当我读到1922年2月在维也纳的街道上发生这样那样的事情时，会生出一种奇异的感觉。那时我尚未出生，怎么可能在我出生之前就已经有了维也纳，有了维也纳的一切？！——只有心性能意识到它，它的存在与否跟个人的来去无关，跟个人在其中的遭遇无关——2500年前，乔达摩尊者，进行了人类心灵史上最伟大的冥思，终于证悟：心性即佛性。在群山之侧，我的佛性欢喜自在，同时处于开悟和无明之中，但也可能同时处于无无明和无开悟之中。佛法为何要限制自己呢？也许它以"苦"[1]的方式出现，也许它无形无影、不可触及、与苦无涉。

——我看到橘黄色的月亮西沉是因为地球的自转，而一旦

---

[1] 在《达摩流浪者》当中，凯鲁亚克叙述道，通过斯奈德接触佛教之后，他最感兴趣的就是就是释迦牟尼"四圣道"当中的第一条"所有生命皆苦"。

我倒立观望，大地上的群山将形同悬挂在无边大海上的轻盈水泡——如果，在肉眼的观看之外还有另一种"观"呢？我们能看到什么样的微粒层次？此刻，我们用肉眼看到月亮、群山、湖泊、树木，以及一切有情众生[1]，永恒佛性于万法中有大欢喜[2]——它自知乃唯一无我之界，化现于尘世便可解脱苦海、永远安居[3]，在它面前，万有皆空，有如泡影——

——我已经离题万里了——西方天空温暖的玫瑰色变成了静谧的暗色，如同一声轻柔的叹息。小动物在石南花和洞穴里沙沙窜动。我站了起来，两腿酸麻不已。月亮依然橘黄、柔美，最终将沉到最高的山峰之后，将山峦勾勒出重重静美的剪影。那些突起的山石或者树干的剪影像是传说中的柯帝狼[4]，似乎正要对着佛性长啸——

我带着圆满安宁的心性回到陋室。我已经悟到，这个世界只不过是随出生而来的梦幻，我们所能做的就是回到欢喜解脱，回到佛性根本——我们都明白，那就是原初快乐[5]的根本。我躺在黑暗之中，双手合掌，心中喜乐。仿佛北极光闪耀着光芒，而我头下脚上地倒立着观望，它像是大地上一块巨大的冰川，映射着遥远

---

[1] 有情众生，佛教用语，指一切有情识的生命。十法界中，除佛之外，九界有情，皆名众生。

[2] 欢喜，佛教用语，在《达摩流浪者》中，凯鲁亚克曾提到修习过"欢喜三昧"法门，指的是于诸法生欢喜的禅定法门，可离诸猜疑怖畏。

[3] 安居，佛教用语，指通过某种坐禅的方式得到解脱。

[4] Coyotl，印第安玛雅传说中的守护神，由狼化身。为了让灵魂安息，他规定人类死后永远不得返回阳间。

[5] 原初快乐，佛教用语，意即舍弃欢喜愉悦的心境，得到正确的观念，心中只剩最根本的原初快乐。

的阳光。自然，我同时能看到地平线仍然弯曲成弧形。北极光，明亮得足以照透我的房间，如同冰冷的月光。

当你意识到所言所行皆无关根本之时，该是多么圆满欢喜！那么，悲伤呢？当我想起母亲时所感到的哀怜呢？——它们已经觉醒过来，它们并非独自在场，因为心性已经得到解脱，从幻影中、从万有中得到解脱。那些抽着烟斗的自然神论哲学家说："哦，看看神的伟大造化吧，月亮、星辰，等等，真是太珍贵了……"他们不明白他们根本没有资格说这些，因为他们没有对于"空"的原初记忆，不知道"空"为何物以及"空"的缘起——"这一切转眼成空。"我看着眼前的世界，它不过是永恒佛性当中的一次轮回，在宇宙中生生不息，在无我之我中欢喜圆融，这才是佛性。在它的根本而柔和的密法之中，你可以闭上眼睛，感受永恒之寂静——我亲爱的，为众生祈福，为自己的信仰祈福——

那些证悟者，他们一定会选择像孩子一样出生——这是我的第一个顿悟——其实，既无悟者亦无证悟可言。

我在斗室躺下，突然忆起了在我11岁的时候，我家住在菲比大道上。每到六月的夜晚，紫罗兰就在后院里开花放香。那些花朵和香气滑入我模糊不清的梦境，那么短暂，那么脆弱，那么遥远，遥远得失去了可辨认的踪迹，遥远得一无所是。

二十一

午夜时分，我醒了过来，忽然想起爱尔兰姑娘玛姬·卡西迪[1]。我差点就跟她结婚,变成她这个爱尔兰·拉斯·普拉贝尔的老芬尼根[2]。我们会住在乡间村舍——在芦苇荡和河堤古树的环抱中摇摇欲坠的爱尔兰村舍,静穆和谐。在寒冷的新英格兰之夜,我将把自己裹得严严实实,戴着厚厚的皮手套和棒球帽,为她出门干活。为了她——为了她象牙般的大腿、蜜饯似的嘴唇,为了她的爱尔兰土音、她的"上帝的绿土"和她的两个女儿……天啊,如果能让她整夜躺在床上,把她彻底地据为己有,探寻着她的玫瑰花蕾,探寻着她珍贵的深处,那宝石般的深处,美好的深处……我记起了她被牛仔裤紧紧裹住的丝绸般的肌肤,她的叹息——当我们一起看电视的时候,她向后仰着,屈起一条腿放在双手下面,发出叹息。我们就这样待在她母亲的客厅里。那是1954年的10月,我最后一次苦不堪言的洛厄尔之旅——啊,那玫瑰色的葡萄酒,那河底的泥沙,还有她,她的回眸,她的跑动——那真是属于老杜芬斯的女人吗?这个午夜,我坐在孤独峰顶,呆在壁炉边,对那一切感到难以置信。玛姬,我的玛姬……

在轻浅的月色之中,树影暗黑。月光像在给我许愿,未来还将会给我很多的爱情;我随时都可抽身离开,四处漫游——然而,如果,我已经变得白发苍苍,靠在我最后的炉火边,如倦鸟归巢般

---

[1] 指现实生活中的 Mary Carney,是凯鲁亚克在洛厄尔镇青梅竹马的情人,凯曾经专门为她写过一本书。但据玛丽本人及凯鲁亚克少年时的同伴回忆,玛丽同凯鲁亚克并无亲密关系,一切都出自凯鲁亚克的想象。

[2] 凯鲁亚克戏仿爱尔兰作家乔伊斯的小说《芬尼根的守灵夜》而杜撰的一个名字。在乔伊斯的小说里,主人公(芬尼根的化身)的妻子名为安娜·利维雅·普拉贝尔。

回到洛厄尔小镇，那么，我会渴求些什么呢？——冷风嗖嗖地渗进我的陋室，像一首光秃秃的布鲁斯乐曲，而我已经被崇高的责任压弯了腰——那时，谁会爱上这个老迈的、佝偻的、两眼昏花的杰克·杜劳斯呢？再也没有诗人会给我带上桂冠，就像给我的牛奶加上蜜糖，到那时只剩下嘲笑——嘲笑，也许来自心爱女人的嘲笑更容易忍受一些，我猜想——我会从楼梯上摔下来，摔个仰巴叉；我不得不动手洗自己堆积如山的内衣内裤，唠叨着我的洗衣流水线——星期一把它们晾干——幻想着我的非洲主妇们——惹恼着我的女儿们——乞求着我的冷酷之心——可这也胜过躺在冷冰冰的坟墓里，无人亲吻杜劳斯那孤独的双唇。

二十二

星期天的早上，我总会想起妈在长岛的家。这些年来，一般在她读报纸的时候，我会起床、淋浴、喝点酒、看看比分，然后美美地享受她留给我的早点。我唯一需要做的，就是问问她脆皮熏肉的秘方，或者是她放鸡蛋的方式。电视机还没打开，星期天早上的电视节目乏善可陈，不值一看。我看着妈，忧伤地注视着她越来越灰白的头发。今年，她已经62岁了；到我40岁那年，她就成了70岁的古稀老人，成了我的"老妈妈"。在孤独峰的床铺上，我在想，我该怎样照顾她——

白昼变长了，周日缓慢逝去，群峰逐渐黯淡，如守圣安息日一般虔诚。这时，我开始回忆洛厄尔镇河边疲惫不堪的红砖墙磨坊；每到下午四点，孩子们看完了电影，走在回家路上，那时，在洛厄尔——或者在美国别的任何地方，都能看到这种忧郁的红磨坊，笼罩着夕阳的红光，远处飘着云团，人们穿着做礼拜的盛装……我们站在长长的阴影里，感到难以呼吸。

即使是阁楼上的老鼠，也遵守着礼拜天的神圣。它们成群结队地来到教堂，在那里祈祷宣教；而我们，就在教堂附近把它们歼灭掉。

我对星期天已经厌倦了。我所有的记忆也已经厌倦了。太阳过于明亮灿烂，我有些战栗地想，在北卡罗来纳州人们在干些什么。在墨西哥城，人们游荡，围在一起大啃炸猪皮，或者逛公园——哪怕是对他们，星期天也是颓废的。安息日的出现一定是为了减少生活的快乐。

对普通人而言，星期天意味着欢笑；可对我们这些垮掉的黑色诗人，唉——也许星期天就是上帝的透镜吧。

比较一下周五夜晚的墓地和周日清晨的讲坛——

在巴伐利亚，男人们背着手、露着膝盖，到处走动——苍蝇在蕾丝窗帘的背后打着盹，昏昏欲睡；在加里[1]，窗外都是帆船——莫斯科没什么精彩内容——在贝拿勒斯[2]，冰淇淋沿街叫

---

1 Calais，法国北部港口。

2 Benares，位于印度东北部城市瓦腊纳西。

卖，妩媚的女人们揭开篮子上的封盖——在孤独峰上，在卡斯卡德山脉的孤独峰上的星期天啊……

我开始回想红磨坊的细节，它属于谢菲尔德牛奶公司，那家公司坐落在里士满山上，靠近长岛铁路的主干线。川流不息的工作车在红砖墙上留下了数不清的泥印，还有几部报废的工作车就停在附近。云朵从混浊的池塘上掠过，池子里满是火柴、罐头盒和其他的垃圾。当地人从旁边路过，带着周日行人的疲倦面孔。它仿佛意味着，工业化的美国将会被遗弃，并在一个漫长的礼拜日下午彻底锈掉。

二十三

绿色的松毛虫爬行在它的石南丛世界里，丑陋的足节倒正好跟环境相衬。它的头像一滴发白的露水，肥肥的身子差不多拉直了，倒挂着像一只南美洲食肉蚁，在摇摆着、摸索着、探寻着四周，然后把自己藏进了石南丛里——在这绿色的丛林，它成了绿色的一部分，吸吮着草叶的液汁。它扭动、窥探、把头伸向四面八方。它正躲在一片陈年石南灰色的针叶丛里，身上落满斑驳的阴影。有时，它停下来，一动也不动，像蟒蛇一样安静，无声地凝望着天空，昂着头小睡片刻。我向它吹一口气，它就像管子似的打个滚，飞快地撤退，敏捷地隐蔽，同时又谦恭地准备接受来自上天的任何意外——我再吹了一口气，它变得无比地悲哀，不安地把头搭在肩上。我准备放过它，让它逃进看不见的地方，或者聪明地装死。它爬走了，不见了，石南丛微微摇动。我趴在地上再去找它，看到它的头上仍然悬着几颗浆果，它仍然倒挂着探头探脑，它仍然守着它那个小小的圈子。

我想我们都疯了。

我在想，我自己的旅行，我的旧金山和墨西哥之旅，是否也像它的一样悲哀，一样疯狂。但耶稣基督啊，不管怎么样，那都比倒挂在孤独峰的岩石上强多了。

二十四

尽管天气炎热，但孤独峰上的某些日子开始变得清凉，浸润着纯净美好的气息，向我预示着十月的到来，预示着我的自由生活——墨西哥城的印第安高原，比这里还要清凉和纯净——那是令我魂梦萦绕的高原，天空堆满云朵，像是阿罗汉的须发。我自己似乎也立即见性见佛，长袍飘飘地站在金光闪烁的绿色山冈上——

在卡斯卡德的夏天，八月是一个炎热的季节，但已经能看出秋天的迹象。每到下午，东面的斜坡就避开了太阳的直射，空气立即清凉起来，带有山风的轻寒，那里的树木也开始枯萎，即将进入另一个季节。

我想起了世界职业棒球大赛，还有即将开赛的全美橄榄球赛

(嗞嗞作响的收音机里已经传出了中西部地区充满激情的声音)。我想起了加州铁路沿线的那些酒窖；我想起了在西部带着秋天气息的广袤天空下，大地上那些圆石；我想起了无垠的地平线、宽广的平原和无尽的沙漠、仙人掌和牧豆树一直蔓延到远远的红土高原，我梦想着能够一直不停地行走下去，直到在"无"处遇到"空"。我一直梦想着西部的徒步和流浪生活，收割者们满载而归，睡在他们令人生厌的袋子里，心满意足地在星空下露宿。

入夜之后，秋天的暗示转换到卡斯卡德山脉背后的天空上，那颗金星开始闪出暗红色的光芒，看到它，我就会想："我的恋人会是谁？"所有的一切——那些嗡嗡叫的小虫子，那些淡淡然的微光，这一切都将抹去，夏日消隐而逝。猛烈的西风将从海上吹过来，当我的头发被风吹乱之时，我就将背起帆布包，沿着来时的旧路，唱着冬天的歌谣下山，走向更多的冒险，或者说是更多冒险的渴望。在我的身后，以及在你们的身后，是一片苦泪之海，它们在大地上已是饱经沧桑。当我翻看孤独峰的全景照片时，我看到了1935年，一群老马和骡子关在栅栏里。如今，栅栏已荡然无存，但四面青山依旧，毫无变化。老杰克峰上同样积雪覆盖，跟现在完全一样。大地的恒久不变猛然撞击了我的心，在原始的年代，它便是如此这般；而这些群山，在公元前584年[1]，亦是如此这般。所有一

---

1 公元前584年，释迦牟尼父亲净饭王病重，释迦牟尼前往迦毗罗卫王宫，跟父亲见面，并讲解法义。据称净饭王由此证道，在喜悦之中去世。凯鲁亚克在此提到这个特殊的年份，从某种角度揭示了内心的矛盾：既像凡人一样渴望长生，又渴望能像净饭王一样得道成佛。

切无非如泡沫、如露水,我们却渴望长生,我亦如此。生命有如从山峰颠簸而下,圆满俱足或非圆满俱足,带着无明的神圣气息,如电光石火般掠过。

下午,西风更加迅猛。它们从不动声色、不可目视的西方吹来,带来了清凉的气息。再猛烈一些,更猛烈一些吧,让冷杉更快地凋零,让我前往那纯净的、奇异的南方——

二十五

闭上眼睛,你就能见到如来实相[1]。张开眼睛,看到的就是色相。对于我,在孤独峰上的暗室之内,在漫长的时日之中,"色相"以各种活生生的、纷乱的碎片瞬间涌现——在那里,在木柴的上面,扔着一本牛仔故事,真是不堪卒读。书里充斥着莫名其妙的感伤、空洞无物的议论和愚蠢的对话,16个牛仔挎着双枪,为一个窝囊废效命——相对来说,我倒是更喜欢他的坏脾气和大马靴。窗边有一罐麦克米兰机油,我把它添在煤油里,加旺火焰。用火来点火,听起来有点像巫术。它燃起大片昏暗的火焰,把咖啡煮开。我的煎锅挂在钉子上,下面还挂着另一个大铸铁锅,特别笨重,几乎都没法使用。用完的煎锅老是不停地往下滴着油脂,不时让我想到精液。我把它们刮下来,倒在林子里——反正也没人管我。下面

---

[1] 如来,梵文名为 Tathagata,在此原文以 "Ta" 指称。如来实相,佛教用语,如来即实相,《涅槃经四十》:"无相之相,名为实相。"与短暂易变之"色相"相对。

就是那只旧火炉,轮流烧着水壶或长柄咖啡壶,偶尔也会烧烧茶壶。在那边的小桌子上,放着油腻腻的碟盏,周围堆着钢丝球、抹布、擦碗布,看上去混乱不堪。还有一个脏乎乎的蓄水池——我每星期清洗一次。

储物架上依次放着罐头食品(我吃得很少)和其他食物。一个汰渍洗衣粉的盒子——上面印着一个家庭妇女手捧汰渍,鼓吹着"汰渍,为每个人而造"——一些前任山火瞭望员留下来的饼干盒,我从没打开过。他们还留下几瓶我不爱吃的果酱——我拿去喂了墙角的蚂蚁——那几罐花生黄油大概是杜鲁门时代的山火瞭望员留传下来的,发出腐烂的气味——我用来腌洋葱的罐子,在午后阳光的照耀下散发出烈性苹果酒的味道——"厨房之香"牌肉汁,用来炖肉特别好,但很难从手指上洗掉;"厨王"意大利面,多么快乐的名字,它让我联想起玛丽女王号邮轮在纽约靠岸,厨师们戴着他们的贝雷帽,涌往各个城市,涌向那闪烁的灯光;或者联想起另一类徒有其表的厨师,他们留着胡髭,现身于电视烹调节目,在厨房里大唱意大利咏叹调——盒装的豌豆汤,用它煮腌肉味道不错,丝毫不逊于华尔道夫[1]的水准。这是杰里·瓦格纳[2]向我介绍的做法,当时我们徒步走到波特罗牧场,在那里扎下帐篷准备露营。他在一整锅豌豆粉汤里加入了煎腌肉,在夜色朦胧的溪水边,

---

1 Waldorf-Astoria,通称华尔道夫酒店,是美国一家极为有名的酒店,位于纽约曼哈顿。

2 Jarry Wagner,在凯鲁亚克的作品《大瑟尔》里指代斯奈德。

汤锅溢出了浓稠的香气，令人垂涎欲滴——还有剩下半袋的黑豌豆，装在透明的玻璃纸袋里；我用来做松饼的一袋黑麦粉，也可用来做玉米饼——一坛1952年留下的泡菜，在冬天里结了冰，泡菜像是醋水上面的一层壳，看起来有点类似墨西哥绿椒——我的玉米粉、还没开封的印着印第安酋长商标的卡柳梅特发酵粉[1]——一罐新的黑椒——立顿汤料盒是一个叫爱德的他妈的孤独的前任留下来的——然后，是我的腌甜菜，宝石般的暗红底色反衬着洋葱的雪白色泽——蜂蜜已经吃掉了大半，在寒夜里，心情不好的时候，我会喝上一杯加蜜的热牛奶——最后一瓶还没打开的麦氏咖啡——一瓶红醋，我从来也不会使用这玩意儿，我倒宁肯它是一瓶红酒，看上去也真像红酒，都显得那么深红和神秘——在那后面是一瓶糖浆，我有时直接拿着瓶子喝，满嘴都是糖浆那特殊的味道——雷·克利斯普饼干盒，装满了干干的、悲哀的饼干，为了在这些干干的、悲哀的山岩中度日——还有一排积尘多年的罐头，装着冰冻的干芦笋，色泽黯淡，而且缺少纤维，吃起来的口感像是吸吮冰水——一罐煮土豆，没什么用处，只能拿去喂小鹿——最后两罐阿根廷烤牛肉，当我在那个寒冷的暴风雪天，跟安迪和马丁一起骑着马，初次到达瞭望塔之际，就发现了大约价值30美元的肉罐头和吞拿鱼罐头，真是棒极了，这是在我过得紧巴巴的日子里从来不敢奢望的美味——"伐木工"果汁，一只大高

---

[1] Calumet，印第安所使用的一种烟斗，被视为和平的象征。卡柳梅特发酵粉在美国十分有名，70年代末，电影大师库布里克在影片《闪灵》当中，特意强调了这种发酵粉，以表达微妙的种族象征意义。

罐,也是前人留下的礼物,用来烤饼真是妙不可言——菠菜,铁一般的菠菜,在它的架上岁月里从来不会丧失它本来的香味——还有一个装满土豆和洋葱的大盒子,啊,我真希望眼前能有一杯冰淇淋苏打和一块牛腰肋排!

"巴黎生活",我想象着墨西哥城的这座酒店,我走进去,在铺着豪华桌布的餐桌边坐下,要一瓶上好的波尔多白葡萄酒,一份鱼片,几份甜点,一杯咖啡和一支雪茄,啊,然后,沿着里福马林阴大道[1]漫步,去看一场带西班牙文字幕的法国电影,中间还会突然插进墨西哥新闻纪录片……

霍佐敏山,那些岩石,从不吃喝,从不储藏,从不叹息,从不梦想遥远的城市,从不等待秋天,也从不撒谎——或许它渴望这样——呸!

每个夜里我都依然追问上帝"为什么",但仍然未能得到回答……

二十六

回忆啊,回忆,这个甜蜜的世界,却带着苦涩的回味。那时,

---

[1] Reforma,通译为改革大道,被誉为墨西哥城第一街。这条大道是为纪念墨西哥史上第一位印第安人总统贝尼托·胡亚雷斯进行的改革事业而建的。

我在落基山脉,用小音乐盒放起莎拉·沃恩[1]的《我们的父》,黑人女佣露拉太太竟在厨房里啜泣起来,所以我把音乐盒送给了她。那么,现在,在北卡罗来纳州的荒凉松林和草场边上,每到周日清晨,你从你男人那光秃秃的、黑孩子成群的老房子里出现,就能听到莎拉女神的歌声——"因为国度、权柄、荣耀都是你的,直到永远,阿——门"。她的声线战栗着,发出"阿——门"那个"阿"的颤音,如同风铃的震颤,达到了声音的极致。

苦涩?"疾苦"爬虫穿透了凡人的生活,带来烦恼,无法抹掉,哪怕你坐在餐桌边它也不会放过你。相信永生的愚人们出生、离开、再生,这就是所谓的"人类"——像长着翅膀的公蚁一样,它们的命运就是被母蚁抛弃,然后死去。它们在玻璃窗上爬行的轨迹是多么的徒劳!它们往上攀爬,到顶之后就会掉下来,然后再往上爬,直到精疲力竭地死去。某个下午,我在地板上见到一只蚂蚁,它在肮脏的尘土里爬来爬去,试图从毫无希望的境地里找到出路——看哪,这不正是我们在做的一切吗?无论我们现在是否洞察真相,都无改这一事实。

甜蜜?偶尔也会有如甜蜜——当锅里的晚餐正在咕咕冒着香气,我垂涎欲滴的时候。那口神奇的锅里炖着甘蓝、胡萝卜、烤牛肉、面条和香料,坐在一个小山坡上,赤膊上阵,盘腿而坐,一边用筷子吃着一边哼着小曲——月光弥漫的夜晚十分温暖,西面天

---

[1] Sarah Vaughan,与艾拉·菲茨杰拉德(Ella Fitzgerald)、比莉·哈乐黛(Billie Holiday)并称为爵士乐三大歌后。她天分绝佳,在四五十年代红极一时,影响力至今不衰。

空闪着红色的光芒——这就够甜蜜了。那些微风、那些谣曲、那些沿峡谷罅隙而下的密密的松林——再加一杯咖啡，一支香烟，何须打坐参禅？而在世界的别处，人们正在用卡宾枪开火交战：他们的胸膛用弹药夹交叉成十字架，他们的腰带因为系着沉甸甸的手榴弹而下坠，他们口渴、疲惫、饥饿、害怕、疯狂……上帝在创造这个世界时，想必同时设计了我和我那悲哀痛苦的心灵，而布尔·哈巴德正在地板上笑得打滚，嘲笑着人类的痴愚。

在夜里，坐在桌边，我看到了黑糊糊的镜子里反射着我的影像，一件皱巴巴的衬衫，一张布满皱纹的愁苦的脸（早该刮脸了），长着嘴唇、长着眼睛、长着头发、长着鼻子、长着耳朵、长着胳膊、长着脖子、长着喉结、长着眉毛——在这一切映象的背后，是空。在七千亿光年的无边黑暗迷宫中，这"空"被一束偶然性的短暂光芒照亮。我眨了眨眼睛，歌唱着关于都柏林小巷月亮的淫词艳曲，以及墨西哥日落时分的哀歌，歌唱着爱情、心灵和龙舌兰烈酒——桌子上堆着纸张，半闭着眼睛看过去那堆纸张像牛奶一样美丽，像卡通画里堆积的纸张，又像是一部俄罗斯老片中的某个真实画面。油灯照下来，隐住了一半的阴影——凑到镜子前细看，我看到了蓝色的双眼、古铜色的皮肤、红润的嘴唇和每周蓄上一次的髭须。"勇气，是它让我们坚持生活，并且去面对冷冰冰的死亡吗？不，当一切都已被说出、已被做出之后，那就什么都无所谓了……"真相就是如此，如来目视万象、拈花一笑。我在尘世受尽折磨，还有什么可以信仰？当刀剑斩去我的手足时，又该如何？

恨羯陵迦国王[1]让我死得如此苦楚吗?

还是让我们在天堂般的宁静中入睡吧。

二十七

在一个月色如水的星期二夜晚,我打开了无线电,收听他们的粗话交流会,还有关于闪电的各种消息。护林员留话给克雷特山的帕特,让他通知我马上回话,我照做不误。他问我:"你那儿看到闪电没有?"我回答:"这里月色很好,正吹着北风。""好吧,"他带着点神经质和疲惫不堪的情绪说,"看来你过得不错。"正在那一瞬间我看到南方的闪电。他想让我通知大比瓦的小分队,但我没有收到回音。突然之间,无线电台激动起来,地平线上电光闪烁,像是《金刚经》里的倒数第二段经文[2]。石南丛里传出了不祥的声音,屋顶上的风声十分可疑,似乎在孤独峰顶度过六周孤寂枯燥的生活之后,一切都将结束了。我将再次下山,只是因为那遥远的火光和那遥远的声音,以及那沉暗不明的滚雷。月光依旧,杰克峰顶旗云散去(但孤独峰依然云山雾罩)。我能分辨出雪峰的冰冷侧影——一朵巨大的蝙蝠云从30英里或者60英里开外缓缓飘近,遮住了月亮。它抹去了悲哀,在云雾中穿行——我走在风声猎猎的院子里,

---

1 在《金刚经》里,佛陀提到他的前世经验,他曾被羯陵迦国王切掉四肢,因"无我"而无嗔。羯陵迦王国后被阿育王所灭,皈依佛教的阿育王因杀戮甚多而心生悔意,由此停止武力扩张,以佛法治国。

2 《金刚经》倒数第二段经文为"一切有为法,如梦幻泡影,如露亦如电,应作如是观"。

感觉有些奇怪，也有些欣悦。闪电在山峰跳着金黄色的舞蹈，帕萨腾森林已经两处起火，克雷特山上的帕克激动不已地向我通报"我正在记录闪电的形状"。其实他不必这么做，因为闪电实在太远了，不管是距离我还是他都不少于30英里——一边散着步，一边想起了杰里·瓦格纳和本·法根，他们曾经在克雷特山和拓荒者山的瞭望塔里写诗。真盼望能看到他们，我心里生起奇异的感觉，似乎我已经离开山峰，离开整个枯燥混乱的生活——在某种程度上，是因为今晚这场骚动，当我打开又关上房门的时候，房门似乎也激动起来，似乎它是有人格的——诗人们曾经写过这样的诗句。洗衣盆、星期五的夜晚、尘世中的男人，将要发生什么事，或者将要去做点什么事。这不再是8月14日星期二的孤独峰之夜，而是世界之夜、闪电之夜。我在院子里漫步，观想《金刚经》里的经文——以防万一闪电击中我，将我席卷到睡袋里去，而我还带着对上帝的惊惧战栗或心惊肉跳，听着滚雷恰好从避雷针上轰然而过——"如果一个修行者需要悲悯一切具我相、人相、众生相及普遍之相的真实有限性存在，那么，他也应该悲悯非存在。"当然，这是我自己对经文的解释。今夜，诸法呈现，而诸理皆空，这些经文比以往更为真实可见："如梦幻泡影，亦露亦如电……"

"我会让你知道——喔，又一道闪电！我会让你知道，啊，事情的真相是什么。"帕特在无线电里喋喋不休，同时在山火记录本上划上叉叉，记下他对雷击起火的判断。每四秒钟他就要"喔"上一次，我觉得他老这么"喔"着实在是太滑稽了。我想起了我和欧文跟我们的"喔噢船长"在一起的情形:甲板上拥挤着形形色色的吸血鬼、蛇神崇拜者、神秘的旅人、小丑,在航行中,轮船似乎将要到达世界的尽头,并且万劫不复,而船长仍然在说着"喔噢"……

> 如泡亦如影
> 喔
> 电光刹然逝

"喔!"当人们把汤溅出去时发出惊叹。这真是可怕,但历经万事之过客必然对一切已发生之事均感欣然,所以,即便闪电将孤独峰上的我——杰克·杜劳斯击成碎片,如来也会欣喜观看,甚至还不仅仅是欣喜。

二十八

大风嘶嘶作响,带来了尘埃沙暴,也把闪电带到了近处。避雷针噼啪接受着从斯凯吉特峰顶劈过来的闪电,巨大的能量倏然而逝,电光沿着避雷针、电缆,最终消失在孤独峰的苍莽大地之中。——没有雷电了,只有死亡——嘶嘶、噼啪,我躺在床上,感觉到大地在震动——十五英里以南,卢比山东面,就在黑豹峰附近,可能燃起了一场很大的山火,发出橘红色的光芒,闪电再次击中火区,烧起了更大的火焰,灾难性的火光远远地映照过来,让我发出了"哦喔"的惊叹。——是谁燃烧着正在这里哭泣的眼睛?

　　雷电落山峰——
　　母亲之挚爱
　　强大如钢铁

在浓稠带电的空气中,我忆起了湖光大道,我就是在与它邻近的柳潘路上出生的。那是1922年的一个夏夜,天空中电闪雷鸣,湿润的走廊带着震颤,电车闪着火花,木头都淋湿了,我的婴儿车在门廊里晃动,忧郁而潮湿,被笼罩在带着果香的电光天体之下,仿佛如来正在遥远的闪光里哼唱,低沉的雷声则来自子宫的深处——这夜的城堡——

将近午夜,我一直紧紧地盯着窗外的深黑夜色,竟然产生了幻觉。周围四处都是火花闪耀,有几处恰好就在闪电溪附近燃烧,点点闪烁,如同幽灵的磷光鬼火,越来越近,越来越近,一直烧进我电火四溢的眼球。风暴停歇下来,在虚空中从四周轻扫而过,掠过山头,在这催眠的风声中我终于入睡。我在急速的雨声中醒来,天色阴沉,只在南方露出一方银色的天空。在177度16分,我看到了一场大火,在雪峰之中留下了一片褐色焦土,大火竟然燃烧了整个雨夜。在闪电溪和西拿蒙峰之间则看不到昨夜那些磷火的痕迹。雾气弥漫,雨水下降,日子骚动不宁。到了下午,寒冷的北风刮了过来,从霍佐敏峰刮来,空气中顿时有了寒冷的雪意。天色铅灰,岩石冰冷发暗——就着一杯黑咖啡吃完美味的烤薄饼早餐之后,我一边洗着碟子一边朝着山谷大喊大叫:"上帝啊,她就是你的!"

> 时日逝如水
> 一去不复回
> 我竟浑无觉

我在日历上的8月15日那一天划圈的时候,忽然有此感叹。我看看墙上的时钟,已经是十一点半了,一天又快过了一半——我走到院子里,用湿布把鞋上的夏日积尘擦掉(鞋已是破旧不堪),一边散步一边思考——院门上的铰链松了,壁炉架上了锁,我不得不等到一个月之后才能洗个像样的澡,不过我倒是无所谓——雨水又重新来临,山火都将渐次熄灭。在我的梦里,我梦见我跟科迪的妻子伊芙琳[1]争论了一番她对女儿的期望。我们是在旧金山一艘游艇上一间阳光明媚的船舱里,她给了我一个历史上最仇恨的表情,扔给我一根电线,让我的五脏六腑都被电流猛然击中。但我决定跟她对抗到底,坚持自己的观点,并开始坐在椅子里冷静地跟她对话。在一个很久以前的梦里,我梦见跟母亲一起观看海军舰队

---

[1] 即卡萨迪的妻子卡罗琳,在卡萨迪及凯鲁亚克辞世后,她写了一本《不在路上》,详述了她跟卡萨迪及凯鲁亚克之间的情感纠葛。

时,就是在这同一间船舱里——可怜的伊芙琳,听我附和科迪的观点——科迪说她把唯一的落地灯献给主教是很愚蠢的。她洗着盘子,心都碎了——可怜的人类啊,无论在何处都会心碎。

二十九

在那个雨天的下午,由于回想起杰里在四月的米尔峡谷为我们做的一顿美味中餐,我决定做一次中国菜。我在锅里加进了中国酸甜酱油,疯狂地把甘蓝、泡菜、蜂蜜、糖浆、红酒、甜菜汁、浓缩沙司(又黑又苦)等等一锅炖了,边上米饭小锅的锅盖一直被蒸汽吹得跳舞。我在院子里走了走,给自己打气:"中式晚餐总是那么棒!"我突然想起了在洛厄尔镇,仿佛看到了我父亲和李陈、餐馆窗户外的红砖墙以及香气四溢的雨水。那里的雨水将带着红砖墙和中国大餐,穿过平原和山峦上空那些孤独的雨层,来到旧金山。我又想起了雨衣和那些微笑的唇齿,那些不确定的回忆、模糊的手势、回廊、城市、雪茄烟、付账的柜台,中国厨子从大锅里铲出一大勺米饭,把勺一翻,米饭就盛到中国小瓷碗里。这碗圆乎乎的冒着热气的米饭很快端到你面前,还有各种香气扑鼻的调料——没错,"中式晚餐总是那么棒"。我看到一茬又一茬的雨水,一茬又一茬的白米饭,一茬又一茬的红砖墙——老式的红色霓虹灯在闪光,像是红砖灰烧出来的火焰。啊,那甜蜜的无以言述的翡绿天堂!白色的美冠鹦鹉、大笑不止的混血儿、中国的火烈鸟——

你在明代花瓶或者其他古旧朝代的花瓶上看到的一切都在这里重现。米饭、蒸汽，如此富足并带着木头的香气，看上去就像飘过湖泊峡谷上空的云朵，就像今天从生机勃勃的冷杉丛林被风吹过的那些云朵，飘向潮湿而粗粝的山岩——

三十

我梦到了女人。那些女人穿得漫不经心，悄悄走动着。一个坐在我身边的女人把我的手从她的身上移开。她的身体柔软而圆润，但我并没有做出任何努力去把手留在她身上。其他的女人，还有姑妈舅妈们都在注视着我们——那个可怕而傲慢的婊子——她是我妻子——一边冷笑着去上厕所，一边说着脏话；我则盯着她瘦小的屁股——我被关在昏暗的房子里，是一个供那些女人发泄肉欲的白痴。她们都仇恨我，沙发上躺满她们拿来交换的胴体，这间屋子充满了寻欢作乐的淫靡，又像是一口煮肉锅——一切都如此疯狂，我设想自己如果够幸运的话应该可以逃出去，并一头撞在栏杆上。

——我醒来了，满心欢喜地发现自己被救出来了，被救到旷野的群峰之中。她们那些波动的肉体、那些带露的洞穴，将会把我困在那间灰暗的屋子里，照射着灰暗的阳光，我心怀恐惧，永生不能解脱。一堆警察堵在门口，那后面就是监狱吗？真是一出流血的喜剧。在这个伟大而英明的舞台上，当后宫里妻妾成群，更为伟大的宗教信仰将离我而去。后宫——天方夜谭[1]，她们此刻都已置身天堂。祝福她们哀怨的心吧！羊羔里面有着母羊，天使带着女性的翅翼，到最后都是母亲。她们将宽恕我的讥屑，原谅我墨守成规的习性。

(霍，霍，霍。)

三十一

在我的生活里，8月22日是个奇怪的日子。近几年来，它一直是季节变化的转折点。在这一天，赛马场要召开一场最大的赛马会；当我还是洛厄尔镇上的一个孩童时，就跟赛马场结下了很深的缘分，那种竞赛游戏——八月秋凉，它是夏日的结束，繁星满天的夜里，树影在窗外轻轻摇晃，姿态华美。这时，堤上的沙子开始触手清凉，蛤壳在沙里闪闪发光，月亮穿过天空，在沙地投下萨克斯医生[2]的身影——"莫希干春天"赛道是一条带着马萨诸塞州西部风味的赛道，未经加工，笼着薄雾，围栏外面挤着钱包干瘪的老迈看客。骑师们和赛马分别来自东得克萨斯州、怀俄明州和老阿肯色州，八月的大赛属于大众——比赛终了，夏天即将结束，比赛

---

[1] 这里凯鲁亚克用了一个生造词 "Harem-scarem"，它戏仿了 "harum-scarum"（冒失鬼）的词形，用 Harem(后宫)和 scarem 合成新词。1939年，推理小说作家 John Dickson Carr 曾以 Harem Scarem 为题创作了一篇小说，充满浪漫氛围，表明天方夜谭处处存在。90年代，加拿大一个硬摇滚乐队取名为 Harem Scarem，从而令这个生造词风行一时。

[2] 在1952年，凯鲁亚克在墨西哥城写下一本小说《萨克斯医生》(*Sax Doctor*)，虚构出萨克斯医生这个"反罪恶大王"，他努力把这个世界从"罪恶的世界大蛇"的喷着死亡气息的口中拯救出来。

的结果、获胜者的名字，无不带有一抹秋天的味道，就像是现在山谷里装在篮子里的苹果的味道，或者雪茄的味道、悲剧结尾的味道。在最后一个温暖的夜间，夕阳从莫希干赛道的围栏上消逝。月光升起，从秋天最早的铅色乌云里透出悲哀的光华。转瞬之间，天气转凉，然后越来越冷。

这是一个孩子的梦——整个世界都在睡梦之中，一个可以反复苏醒的睡梦。如果真是这样，一切或许会更为美好。

结束了，赛马会，把我的8月22日变成一个悲剧。1944年的这个日子，是巴黎解放的日子；那一天，也是我被允许出狱十个钟头跟我的第一个妻子结婚的日子[1]——那是纽约一个炎热的下午，我们在议会大街附近，荷枪实弹的探员紧随身后。想起来那已是多么遥远……我情绪低落，那个八月的日子，父亲把我保释出来之后，一句话都不愿意跟我多说——此刻，八月的月光穿过云层而来，已不是秋凉，而是秋天的寒意。秋天可以从冷杉林子里辨认出来了，远远的、烟雾笼罩的湖水映衬着它秋色初染的轮廓。天空一片银白如冰雪，呼出来的热气结成一团雾水。很快，一切都要结束了。这就是斯凯吉特山谷的秋天。而我怎么可能忘怀一个更疯狂的秋天，在麦瑞马克山谷[2]，冷雾淹没了月亮，带着果木的芳香，柏

---

[1] 当年8月14日，凯鲁亚克受到朋友卢西安·卡尔杀人的牵连，以转移证据罪入狱。卡尔是凯鲁亚克的非作家朋友，据说当年正是他向凯鲁亚克提供了写作《在路上》的那卷著名的打印纸，而且最后面的咬痕也是卡尔所养之狗的作为。凯鲁亚克跟第一任妻子艾迪·帕克结婚的原因之一，是为了筹集保释金。从布朗克斯监狱押送他到市政府大楼去的警察做了他们婚礼的见证人。

[2] Merrimack Valley，凯鲁亚克的家乡洛厄尔镇就坐落于这座山谷之中，是美国著名的秋季赏叶区。

油屋顶如浓黑的墨汁，散着乳香；木头和叶子烧出烟雾、大雨倾盆、护膝发冷；门打开了，带着秋天的味道；夏天的门打开了，秋天带着苹果般的笑容开开心心地进来了——在它身后，寒光闪闪的冬天正蓄势待发。在洛厄尔，在初秋的夜晚，房屋夹缝之间那些数不清的巷陌仿佛隐藏着秘密，修女们的祈祷声随处可闻。在林子里，聚集着印第安人，抽着烟斗，就在那儿。有什么东西飞速掠过，但不是飞鸟。独木舟划过的池塘，映着月光的湖泊，山冈上的狼，野花，消逝……木堆，谷仓，马匹，铁轨，栅栏，少年，大地……油灯，厨房，农场，苹果，梨树，鬼屋，松林，长风，午夜，旧毯，阁楼，尘土……栅栏，草地，树枝，小路，枯萎的花朵，去壳的老玉米，月亮，云彩，灯光，店铺，道路，步履，鞋子，声音，店铺的窗户，大门不时开合，衣服，热气，糖果，冷风，寒战，神秘……

三十二

据我所知，所谓"林业署"一方面只不过是个托词，是极权政府为限制人类使用森林而采用的暧昧手段，警告人们不许在这里扎营，不许在那里撒尿；这么干是违法的，那么干是许可的——想想远古时期，天地苍茫，太初有道，人类的黄金时代和千禧福年——另一方面，它则是商业利益的幌子，整个商业行为的最后结果，"苏格兰纸业"这类公司年复一年地以林业署合作方的名义砍伐森林，而林业署则一再吹嘘森林的木材储量——似乎我也拥有人均拥有的那部分木材量，虽然我在森林里既不能扎营又不能撒尿。结果是全世界的人都在用这些美丽的树木擦他们的屁股。

说到闪电和山火，一旦森林起火，美国人个体又能损失什么呢？在数百万年的历史里，大自然又是如何处理这种生态循环？在月夜，我情绪抑郁地躺在床铺上，在这世上最糟的地方凝视这个世界的无边恐惧。1953年一个炎热的夏夜，妈去了南方看外祖母，我走在街道上——在牙买加大道西北角的瑞奇蒙山上的那些街道，突然之间，仿佛就是为了配合我那压抑的步伐似的，我突然陷入了绝望之中。那是我父亲去世的前一夜。就在那街道上，某个冬夜，我打了一个电话给马德琳·沃森，想跟她约会，看看她愿不愿意嫁给我——也许是想看看自己是不是疯了，我觉得自己是个疯癫的流浪汉和疯癫的天使……我意识到，无论在哪儿，都不可能逃出世界的无边恐惧……

（马德琳惊呆了，吓坏了，她说她已经有了一个固定的男朋友，说不定她在猜想，为什么我会在这么多年之后给她打这个电话，是不是我出了什么问题？）

（当然也许她一直都在暗恋着我……）

（我能看到她的脸，就在我的床边浮现。她的脸上带着悲剧性的、美丽的意大利式轮廓，泪水四溢，让我很想吻她。她坚定，可爱，就是我所喜欢的那个样子。）

……想想吧，就算我生活在纽约，无边恐惧仍然在场——脸色苍白、长满痘痕的电视剧明星们打着细长的银色领带，出现在瑞典式自助餐桌上，成了我的无边恐惧。我情绪极度低落，想着他们通常住在河边大道和八十街那些被风吹得摇摇欲坠的公寓；或者回想着寒冷一月的早晨，在第五大道那些豪宅的后院里，垃圾整整齐齐地堆放在焚烧炉边上。天气无比寒冷，天空似乎是恶意地露出玫瑰色曙光，透过中央公园的枯枝败叶映射下来，但我却没地方可歇息，也没地方去暖和一下。因为我不是百万富翁，甚至没有任何人会理睬我——无边恐惧也出现在月色清辉的罗斯湖，那些冷杉对你毫无裨益——无边恐惧出现在墨西哥城，医院边上的松林里，那些疲劳过度的印第安孩子们在周末守着市场的货摊，直到深夜；无边恐惧出现在洛厄尔镇，吉普赛人呆在米德萨斯街无人光顾的店铺里，绝望沿着街道一直蔓延到铁轨的交汇处，树木在河边自在生长，与你无关——无边恐惧出现在旧金山北海滩的街道上，在星期一早上雾气弥漫的北海滩，漫不经心的意大利人在转角买盒雪茄，或者只是盯着你看；有偏执狂的老黑人怀疑你要欺负他们；甚至疯狂的文化人都怀疑你是FBI，在寒风呼啸中闪躲着你——带着空荡荡的大窗户的白色房子，来自伪善者的电话——无边恐惧出现在北卡罗来纳州，在冬夜电影散场之后的红砖小巷中，在南方一月的小镇里——啊，在六月——"六月·埃文斯"[1]在一生的讽刺之后死去，这很正确，她不知名的坟墓在月光下斜视着我，告诉我一切都是正确的，该死的正确，需要摆脱的正确——无边恐惧出现在唐人街，在黎明时分，他们猛力盖上垃圾桶，你醉醺醺地走过去，令人厌恶而又可耻——无边恐惧出现在

---

[1] 有据可查的 June Evans 为20世纪50年代的一名女演员，并无多大名声，跟当时声名赫赫的贝蒂·戴维斯一起演过 Beyond the Forest，她演某个无名的小配角；还在 The Jackpot 里演过洗衣妇。

随时随地,在巴黎,布热德分子[1]在码头上撒尿。同情就意味着悲哀的理解,我不再企图让自己快乐。你可以肯定这个否定那个,但一旦拥有了"空"的属性,你就只能正视眼前的空间,看着人们脖子僵硬地缩在各种毛皮、各种盔甲里,在通往彼岸的渡船上发脾气或者嗤之以鼻。你只能正视着虚空之空间,和空间之虚空。唉,永恒的净土啊,这些痴人正是你世间万相中的一部分,请你把他们带走,努力把他们带到真如实相之中,那永恒的、不会变幻之真如。原谅我身上的人类弱点吧,让我这样死去,又这样出生。让我成为虚空寂静。就像一个迷失在梦境中的快乐孩子,他听不到同伴的呼唤,他感受不到同伴的牵扯,但最终他在这迷思之中发现了为他的同伴所惊奇不解的纯粹与真实。你永不可能再回到那种纯粹之中。以充满爱意的幸福目光跳出迷思,你会成为一个梦中天使。

三十三

在某个清晨,瞭望塔的无线电交流会带来笑声,成为一个记忆。那是早上七点,阳光清澈,无线电里有人说:"30号怎么样,

---

[1] 50年代中期出现在法国的右翼运动,由皮埃尔·布热德领导,成立了一个保护小商人和手工业者利益的联盟,要求降低税收。

30号清楚吗?"这意味着30号站正在播音。接着,"32号,十八频道。"然后,"34号,十八频道。"最后,"33号,十七频道,10分钟怎么样?"(即停播十分钟)"下午吧,伙计们。"

在那个明媚清冽的早晨,我听着这些充当山火瞭望员的大学生们在无线电里嗞嗞震颤的声音,仿佛看到他们,在九月的清早,穿着新鲜的开司米毛衣,经过校园里带露的草坪,互相开着玩笑,就像现在一样。他们有着珍珠般的面容,清洁的牙齿,光滑的头发——也许对某些人而言,这才是所谓的青春,而不是胡子拉碴地在小木屋里满腹牢骚。不,只有那些人才拥有年轻而甜蜜的青春——他们有个做牙科医生的父亲,要不就是功成名就的退休教授,他们穿过长长的窄廊和灯光,心满意足地横穿草坪,走向学校图书馆成排林立的深色书架——

去他妈的,谁会在意这个呀。我还是个大学在校生的时候,每天都会睡到下午三点,并且创下了哥伦比亚大学一个学期内的旷课纪录。我被可怕的噩梦所折磨,比如我忘了所有的课程,分辨不清所有的教授;或者梦见自己孤独地徘徊在罗马大剧院的废墟或金字塔的月色下,那里鬼影幢幢,到处都是被废弃的建筑,它们太过华丽也太过阴森,实在不适合做课堂……

早上七点的高山冷杉并不在意这些,它们只管自顾自地滴下露水。

三十四

对于我,十月份是一个伟大的时刻。这就是我反复谈论它的原因。1954年的10月是一个狂野而安静的月份,我记得那时我跟妈住在里士满山,抽着老玉米穗子烟丝。我每天都通宵不眠,创作一部行文精致、早已深思熟虑的散文,试图刻画一个具有永恒属性的洛厄尔。夜里,我用热牛奶和雀巢咖啡调制加奶的咖啡,带着浓香的烟斗,最后在洛厄尔进行了一次巴士旅行。我徘徊在我的出生地,我度过童年时代的街道,吃着麦金托什红苹果,穿着日本印花衬衫(印着白色、深褐色、深橘色的图案),罩着浅蓝色的夹克,跋着白绉布黑泡沫鞋,以至于这座西伯利亚式单调市镇的居民们都好奇地盯着我看。我意识到,在纽约普普通通的一个人,到了这里就成了耀眼的、甚至是女人气的明星。尽管我穿着一条肥大过时的褐色灯芯绒裤,也不会改变这个印象——唉,褐色灯芯绒和红苹果,玉米穗子烟斗,袋子里一大包的烟丝——不是用来吸烟而是用来炫耀的。我走在路上,踢着路边沟槽里的落叶,就像我在4岁时干过的那样。洛厄尔的十月,我住在贫民窟似的房间里(老火车站附近的车站旅馆),度过了洛厄尔之旅的完美夜晚。我已经成为一个彻底的佛教徒,或者说,一个对世界、对人生如梦的觉悟者——

一个无比美好的十月。我结束了这次故地重游,回到纽约。一路经过绿树茂盛的城镇、掩映其间的白色尖塔、新英格兰干枯古老的褐色大地、巴士前面年轻甜美的女大学生,在夜里十点半抵达曼哈顿，回到灯红酒绿的百老汇大街，买了一品脱的低劣烈酒，一边走，一边喝酒，一边唱歌，在第三大道穿过人行道的时候突然看到了我的老情人伊斯特拉。她跟一大群人混在一起，包括她的新丈夫哈维·马克[1]（《裸者和死者》一书作者）。我只能目不斜视，等他们转过去之后，再转向闹市区。我穿着怪异，走在纽约的大街上，发掘出纽约街道的狂野气息。"洛厄尔啊洛厄尔，还跟我们离开时一样，阴沉而衰老；看看纽约的人们，彻夜狂欢，节假日和周末就更加疯狂了……在这无望的虚空中，还有什么出路？"

我大步走向格林威治村，走进蒙特马特爵士酒吧，要了一杯啤酒。在昏暗的灯光下，这里满是黑人，混杂着知识分子、通灵术士、瘾君子和艾伦·伊格尔[2]这样的音乐大师。坐在我边上的是一个带着贝雷帽的黑人少年，他问我："你是干什么的？"

"我是美国最伟大的作家。"

"我是美国最伟大的爵士钢琴大师。"他宣称。

我们为此干了一杯。坐在钢琴旁，他以一些奇异的和弦震动了我。那疯狂的、无调的旋律，跟传统爵士乐完全不同。侍者在一旁捧场说，他的确很伟大。

外面是十月的曼哈顿之夜。在码头批发市场，木桶烧着火，那是海岸工人残留下来的。我停下来，暖了暖手，啜一两口小酒，

---

[1] 其原型为 Norman Mailer，美国小说家、散文作家、编剧、导演及文学评论家。1948年因二战小说《裸者和死者》一举成名。

[2] Allen Eager，出生于1927年，美国的一位爵士乐萨克斯管大师。

听着河道里轮船发出的卜嘣声。我抬头望去,这里的星空一如洛厄尔。十月,忧郁而苍老的十月,温柔、多情而伤感,所有一切都将最终收拢起来,成为一句爱的完美铭文。我将带着它去见如来我的主,去见上帝,对他们说"主啊你欢欣,荣耀归于你,你向我展示了你的作为,主啊,现在我已做好准备,要从你这里获取更多,此刻我不会抱怨,此刻我心境澄明,彻悟这是你的虚空外表。"

……这个世界,上帝的可显现之思……

三十五

直到此刻,那场雷鸣电闪的风暴还是干爽的,闪电频频击中干燥的木材,随后终于带来了一阵降雨,让火势稍微减弱,随后山火继续蔓延,荒野里火光四闪。贝克河边的山火烧出了一团巨大而朦胧的烟雾,飘在孤独峰下方不远处的小比瓦峰上,我误以为那里起火了。在他们推算了山谷的走向和烟雾的飘移之后,我才知道是我看错了。

在风暴中,我看到东面的斯凯吉特峰背后有一道火红的光芒。四天之后,飞机察看到一大片枯枝焦土,三愚溪边上仍然烟雾缭绕未散。闪电溪森林的火势最大,在22英里开外,我都能见到浓烟滚滚,从卢比山脉腾空而起。强劲的西南风令大约两英亩左右的火区迅速蔓延到八英亩左右。无线电台快疯了,我这片林区虽然毫无动静,但护林员吉恩·奥哈拉每次听到那些新的消息都要发出一阵哀叹。在贝灵汉人们装配了八个灭烟器，空投到陡峭的山岭之间。我们斯凯吉特这边的工作人员已经全部从大比瓦峰赶了过去，到达湖边，乘上小船，穿过又高又长的山路，赶赴浓烟升腾处灭火——

这是一个阳光灿烂的日子，风很大，是一年之中相对湿度最低的一天。

这场大火是克雷特山上激动万分的山火瞭望员帕特发觉的。火势离他很近，结果他错误判断了山火的发生地。还是拓荒者山上的内德·高迪在飞机上确定了准确的位置，所以，这是属于高迪的山火——"他的"山火。这些人都是森林里的野心家，他们非常在意这到底是"他的"还是"我的"山火。

"吉恩，你在吗？"瞭望山上的霍华德问道，准备传递来自斯凯吉特前沿领队的消息。领队就在山火下方，拿着步话机，向上注视着陡峭的、难以接近的岩壁。

"山壁几乎是垂直的！喂，4号站，他让你从上面下来，可能要用绳子，别停下来……"

"好吧，"奥哈拉叹息道，"让他准备行动。喂，33号呼4号……"

"33号……"

"麦卡锡去小机场没有（麦卡锡和林业监督要员正在火场上空盘旋巡察）？"

33号立即呼叫小机场注意观察。但麦卡锡有可能正在贝灵汉的办公室里或者家里待着，对森林火灾漠不关心，因为这不是"他的"山火。哀叹着的奥哈拉，一个讨人喜欢的男人，从不说粗话，不像那个眼神冷酷的盖尔克。我想如果我能在这个至关紧要的时候发现一场山火,我就可以发表一通以"我憎恨你的悲伤"打头的宣言。其实,这不过是大自然的纯洁燃烧,仅仅是自然在焚烧自然……我坐下来,吃我的芝士面条晚餐,喝着很浓的黑咖啡,观看着22英里外的烟雾,听着无线电台里的消息……

三个星期后,我就要前往墨西哥城了。

下午六点钟,太阳静静地散射着火热的光芒,风势仍然很强劲。飞机在我头上盘旋,对我喊话:"我们要给你扔下一些电池!"我出了门,向他们挥手示意。他们也像林白[1]那样,摆了摆单翼机向我示意,绕着我的山头飞了一圈,从天空扔下一个无与伦比的大包裹。它挂在一个粗布降落伞上,在强风之下,越离越远,越离越远,我吞着口水目送着它飘过山峰,缓缓飘向海拔1500英尺的雷电峰。眼看着我的希望就要落空;这时,一根神奇的冷杉枝钩住了降落伞,包裹落下来,挂到了悬崖边上。我吃完饭,背上帆布包,往下攀落,找到了那个其重无比的大包裹。我把里面的东西塞进帆布包,割断伞包绳带,把降落伞盘卷在胳膊上,可怜巴巴地、汗流浃背地踩着石头往上爬,爬向我可爱的小屋。不到两分钟,我就汗如雨下了。我看着远山闪现的点点火光,像是一片花海,而《楞严经》[2]告诉我,这不过是感觉之幻相——

---

1 Lindbergh,出生于美国底特律,1927年单独驾机飞越大西洋,从纽约不间断直飞巴黎,震惊世界,成为一代偶像。

2 《楞严经》是凯鲁亚克最爱读的一本佛经,经书中多次提到"虚妄乱想""浮虚妄想凝结"等。

可知道这一切有何现世意义呢？所有的一切都有何现世意义呢？

三十六

那恰好就是"幻境"之意——它意味着我们都愚蠢地相信所感知之物的实在性。在梵语里，"MAYA"[1]（摩耶幻境）这个词表示"欺骗"。那为何我们明知如此却仍要自欺欺人呢？这就是习惯的力量，我们通过染色体，把这一恶习代代相传。哪怕大地上只有最后一个生命，正在吸吮着冰川底部的最后一滴饮水，只要这生命一息尚存，这一习惯就不会剪灭，它就存在于山岩和石阶之间。

可山岩和石阶何在？它们并不存在，现在不存在，以后也不会存在。世上最纯粹的真相在我们的感知之外，因为它是如此纯粹，以至于一无所是，因而无法被感知。没有觉者，也没有意义。哪怕四百金身长龙庄严地降临于此，对我说"我们被告知佛陀就在这座山峰……我们走遍了所有村庄，跋涉了许多年，终于到达了这里。你是独自一人吗？"——"是的"——"那么你就是佛陀"。四百长龙降服拜倒，我在金刚寂静里顿成完美之相。——哪怕如此，我亦不会惊讶（为何惊讶？）。哪怕在那一刻，我也会很清醒地意识到，没有佛陀，没有觉者，没有意义，没有达摩，唯有摩耶幻境。

---

[1] Maya，佛教中的"幻化"之意，同时也是释迦牟尼的母亲（摩耶夫人）之名。

三十七

闪电峡谷的早晨,美如梦境。小鸟在啾啾啁鸣,长长的黛蓝色晨雾笼罩着冷杉林,淡淡地掩着阳光。溪水不断地流逝,坚实的树木顶端凝着轻烟,四周滴满露水。金橙色的、虚幻的天空千变万化,光芒如盛开的花朵照亮我的瞳仁,让我在幻化的假象中看到一切。耳道迅速保持平衡,将听到的内容净化为声音,心灵忙碌烦扰地不断辨识差异——风干的动物粪便,清早蚊蝇飞行的声音,东飘西荡的云朵,阿弥陀寂静的东方,起伏不断的山丘……这一切都只是某人梦境流变幻化的种子(种子?),通过神经末梢形成感知。我想说的不仅于此。我的上帝啊,为什么我们要过这种被愚弄的生活?为什么我们要愚蠢地生活下去?树身长满虫洞,水滴从天空循环到牛仔裤腰,纸浆从森林公园循环到纸业公司,尘土从荒地干土循环到排水沟,浸泡、扬起、旋转,带着虫洞的绿叶试图摆脱轮回之苦。唧唧唧唧,清早的小虫子在反复地持续悲鸣,吟唱着法[1]的空之"空"。我已经说够了,这里根本没有"荒野里的孤独",没有这一页,没有这些词句,只有出于习惯之力对事物存在的预设。

唉,无明的兄弟们,无明的姐妹们,无明的我!没有任何可写之事,一切都是空无,而我写的就是一切!时间啊时间!万物

---

[1] 原文为法文loi,"法"之意。在佛教术语里,"小者大者,有形者,无形者,真实者,虚妄者,事物其物者,道理其物者,皆悉为法也"。

啊万物！为什么啊为什么？愚昧啊愚昧！三愚十二愚无穷无尽的六千五百万愚人的世纪！我还能做什么呢？我们的祖先就是如此，他们已经死去，尸骨化成了尘土，这些愚夫，他们没有通过染色体把证悟传递给我们。我们对后代也只能如此，在久远的未来，在他们的降生处，尘土充满空气，到底是尘土还是空气又有什么关系呢？来吧，孩子们，就在此刻，觉醒吧！来吧，时间已到，觉醒吧！仔细看着，你正被愚弄和欺骗；仔细看着，你正在梦幻之中！来吧，就在此刻，看啊！存在和不存在，差异何在？骄傲、仇恨、害怕、轻蔑、脆弱、诽谤、猜疑、不祥之兆、闪电风暴、死亡、砺石……谁告诉你拉达曼托斯[1]就在那里？谁错误地写下是谁为何如何等待噢事物 I I I I I I I I I I I O MODIIGRAGA NA PA RA TO MA NI CO SA PA RI MA TO MA NA PA SHOOOOOOO BIZA RIIII............I O O O O ......M M M ...... SO-SO-SO-SO-SO-SO-SO-SO-SO-SO-SO-SO[2]

此后那里将不复存在

一切有为将归于无有

轰

---

[1] Radamanthus，据希腊神话，他是宙斯和欧罗巴之子，后来成为乐土的统治者和冥界的三位判官之一。

[2] 这是凯鲁亚克的自动写作法之极致，不顾及文辞的意义，而从字形、声音等进行自动联想。

山谷之上
群峰之下
飞鸟
醒来！醒来！醒来！醒
醒 醒 醒 觉—醒—
觉—醒—觉—醒—
觉——醒——
就在此刻

这就是智
千年鼠辈之智
兽形的、至为完美的
鼠辈

黑色黑色黑色黑色布铃布铃布铃
布铃黑色黑色黑色
布铃布铃布铃布铃
黑色黑色黑色黑色
布铃布铃布铃

三十八[1]

比如刀剑，桨叶或灾难，浮华的青年，一阵狂风，卷走落叶的激流，空气，喇叭号角之声，该受到谴责的火药爆炸，谴责，寻找恶果之过错，诘难，对喧嚣争吵之非难，恶意诋毁，熊熊大火，烧毁于万恶的火焰，发出火光，无可指责的纯洁，火把，燃烧的火堆，无可责难的清白的道道光芒，爆发，燃烧，可谴责的一切，将死的火焰，带着记印的森林，修理树皮，刷白的记印，漂白，穿过道路或迷径，沸腾，半熟，表皮，宛如杏树，用削下的皮作标记涂白，一棵树，在白色的表面涂上白点，一匹马或一头母牛，面色苍白，冻牛奶，宣布，发表，宛如海苔做的果子冻，广泛宣告，预报，竹芋粉、玉米粉或者类似之物，纹章，修饰，装饰，美食艺术，惟妙惟肖的外套，柔和，温和，芳香的温柔手臂，纹章艺术，饰以具有某种描述性或者解释性意味的、光滑的外层图案，奉承的手臂，手臂的外套，表达喜爱的艺术，艺术的漂白，变得苍白或白色之吻，心旷神怡，日渐苍白，无力的荒凉，无遮蔽的荒芜空茫，白色或苍白，无趣的冰冷的剪报，上面没有文字、没有印刷也没有热

---

[1] 此章为一堆意义含混不明的词语随着意识活动喷涌而出，为凯鲁亚克自动写作的登峰造极之作。

情,刻印着苍凉的苍凉,虚空之空白之苍白,无可度量的彻底的遮蔽,目光空洞,纸张潮湿,未被触痛,被字迹遮蔽发暗,形式缺乏观察,燃烧的潮湿的彩票没有中奖,颜色发暗布满污渍,燃烧着虚空,精神虚空变异之污渍,绵羊般白色的叫喊,羊毛毯之绵羊的轻泣,为了床而哀怨地咩咩叫唤,覆盖着马血,血在流血流血的女人被包裹起来或覆盖起来或者抽掉流出的血

  被血玷污的善良之毯
  因污渍消隐而号叫
  在失去光泽之近处吹响号角
  谄媚夷平一切哄骗之裂痕背叛污点
  鳕雪巧舌如簧诱骗瑕疵和过错
  发言
  从爱尔兰之布拉尼古堡[1]

  摧毁并撕碎赞美或荣耀
  部分约束置放于
  信心之中
  闲聊的告密者

---

[1] 即 Blarney-Castle,位于爱尔兰第二大城市科克,它是著名的吻石墙(Kissing-Stone或Blarney-Stone)所在地。据说吻过这面"巧言石"后,便能滔滔不绝雄辩四方。

虚空愚蠢之吹嘘——
拳击，打在脑袋或自夸之上

把人群聚集起来就会出现贵族
和令人垂涎的不义之财，
以及后来的某人
进行备受煎熬的商业交易，阻滞不前
如同烤肉

你可曾明白？

三十九

  月亮——她悄然出现于山冈之上，斜视万物，似乎十分鄙夷这个世界。她的眼睛大而悲伤，慢慢在天空展现出全貌。她没有鼻子，两颊如海，下颚斑驳，喔，这是一副多么古老而悲哀的满月之脸呀。浅浅的对你我发出一个惨淡的、谅解的笑容——她面色苍苍，像一个不事梳洗的女人——她的面颊似乎能够发声——"这就是我来到的地方吗？"她说，"奥—拉—拉，"她的眼角长出了皱纹，悬挂在峭壁上方，像一只失色的柠檬，显得如此悲哀——

  她让古老的太阳走在前面，这些日子以来，他一直在追逐着她，月亮跟他玩起了猫鼠游戏，让他领先——她唇上染着不均匀的胭脂，像是一个还没学会涂唇膏的小女孩——她的额头因火山岩而突起，她的王国拥挤着女神、月华和金色的神火。在她那金色的净土上，天使撒下幻象的花朵。在她那蓝紫色相间的黯淡王国，她就是上帝，她就是女王。太阳留下肆意的光芒，但她并未因此成为他的附庸；像往常一样，她给整个夜色镀上一层银色清辉，在天空越升越高，她的胜利取决于我们面朝东方地跪在大地上。从她那环绕着小行星的斑驳面影上，我看到了新婚颂诗般圣洁的玫瑰花海——芳香四溢的暗影标志着她平滑运行的轨迹，也标识着她尘土飞扬和乱石林立的表面——月球上的暗影像稻草上那些巨大的蚊蝇，带着笑容似的嗡嗡叫着——她戴着一层隐隐发光的淡紫色面纱，玫瑰花在她头上织成一道美丽异常的花冠，从这个角度望过去绚丽夺目。而后，花冠似乎散落下来，像一绺绺美丽的闪光的发辫；随后黯淡下去，成为遮住眉头的一道薄纱，仿佛浸染着无限的哀愁——凹凸不平的表面变换着表情，那冷峭的颅骨显得如此悲哀，月亮尽力抚平接缝，克制着自己的情绪——在貌似一只昆虫腿部的地方，她显得十分柔和——面纱被吹散开去，朝着西面飘拂而去的那一角被染上了深深的紫黑色，薄烟遮住了她的脸庞低语绵绵……她因为朦胧而越发美丽，而神秘的印记一再透露出深重的忧郁。月亮水平运行于天空，微带冷笑地向我们这些疯子露出她圆润的表面。行，我要它——这只是一个古老黯淡的星球而已，只是因为我们自己在行星运行的轨迹上转动颠倒，它才来临。这些姿态，这些铭文[1]究竟想说明什么呢？

——她终于揭开了面纱，露出清晰的荒野；她高昂着头颅，任面纱滑落，褪成如丝如缕的薄雾。她是如此柔和，就像婴儿的眼眸，甚至比他在梦境里看到的羔羊和仙女更加柔和。几块云朵在她的脸颊形成了酒窝。接着，又给她恶作剧似的加上了一撇扭曲的胡须，这时，她看上去就像查理·卓别林。她徐徐上升，没有一丝微风吹拂，西方仍是一片漆黑，而南方则是充满英雄气概般宏大的紫红光芒。北方是一片白色条状和淡紫色丝绸般的冰雪，和北极圈亘古不变的旷野……

四十

我在一个早上发现了熊的粪便。还有其他迹象表明，这个庞然大物对冻成冰砣的牛奶罐很有兴趣。它用巨大的爪子压扁了它，并愚蠢地用利齿咬了进去，试图把发酸的奶酪弄出来。

我在薄雾中坐看带着几分神秘色彩的饥馑山脉。冷杉林淹没在云雾之中，峰峦隐约难辨。带着雾气的风吹过来，有点像雪风，但比雪风微弱得多。在这片颇具禅意的神秘之雾中，熊在某处昂

---

[1] 铭文和姿态没有什么内在联系，但在英文里，铭文（POSY）和姿态（POSE）字音很接近，凯鲁亚克经常使用这种字面联想法。

首阔步——那来自原始蛮荒之熊。这一切，他的住房，他的后院，他的领土，巨熊国王能用他的爪子轻易撕碎我的头颅，把我的脊背像棍子一样折断。巨熊国王，排泄出巨大而神秘的黑色粪便，而它们来自于我扔掉的那些残羹冷炙。也许查理会在陋室里看杂志，而我在雾中唱着歌，但如果熊扑了过来，我们俩都会玩完。这是一种多么巨大的力量啊……

他长着一双奇特的眼睛，从闪电峡谷那未知的迷雾中向我蹑足爬来，显得温柔而又沉静……在阴冷的秋风中，我似乎分辨出了熊的迹象——他会把我带回我的摇篮，我的发源地——他披覆着有力的、充满生气的皮毛，再度觉醒……他的脚趾带着蹼，威武有力——据说在下风口，你能嗅到一百码开外熊的气息——他的眼睛在月光下闪闪发亮——他和雄鹿彼此回避着对方——哪怕我凝望终日，他都不会在那寂静的、神秘的雾气中暴露自己的形迹，仿佛他是一头不可接近、不可知之兽——他拥有所有的西北风、所有的冰雪并掌管着所有的山脉——他巡视着未知的湖泊，每到清晨，那珍珠般纯净的日光在冷杉林里投下阴影，照耀着他闪闪发光的躯体——他已经这样在大地上巡视过数千年——他目睹过印第安人和英国军队的来来往往，而且将再次目睹已往的一切——除了在溪水旁边，他始终在聆听着寂静，它满怀喜悦地奔涌着。他了解构成世界的轻物质，但从不言说，从不为意义而叹息，也从不抱怨。他只是咬着、扒着，向前穿过森林，丝毫不在意那些死气沉沉或者生气勃勃之物——在夜里，他的大嘴用力咀嚼，在星光灿烂的夜晚,我能听到他的声音穿山越岭而来。他将走出迷雾,他庞大的躯体将走近我的房子,在窗外用他巨大的火焰般的眼睛盯着我。

他就是化身为熊的观世音菩萨。
我一直在等待的就是他。

四十一

在午夜的睡梦之中,雨季忽然来临。大雨倾盆而下,浇灌着整片森林,并浇灌着麦卡利斯特和闪电溪的那场大火。当救火人员在林子里冷得发抖之时,我正睡在温暖如烤箱的睡袋里,美滋滋地做着梦——我还梦见自己在灰暗的冷水池里游泳,那好像是属于科迪和伊芙琳的池子;在我的梦里同样也在下着雨,我心满意足地从池子里出来,到冰箱里去拿鱼。科迪的"两个儿子"(实际上是汤米和布鲁西亚·帕尔默[1])在床上玩耍,看着我涂抹一块黄油——

"听着——现在你听到了声音。"这是说我翻寻食物的声音,像只耗子弄出来的。我不管不顾,坐下来开始吃抹好黄油的葡萄干吐司;伊芙琳回到家里,看到了我。我向她吹嘘我刚才游得如何如何——她似乎十分嫉妒地看着我手中的面包,但却说:"难道你

---

[1] 二者均为爵士乐手。

就找不到更像样一点的食物吗?"——

我像如来一样穿过万事万物,现身于旧金山,走向斯盖德罗街道。它很像霍华德街,但它不是。它有点像堪萨斯城的西街17号,沿街都是摇摇晃晃的门脸,以及白鬼们[1]打架斗殴的酒吧。走在街上,我看到了店铺和酒吧里架子上的廉价白酒,那是流浪汉们最喜欢盘桓之地。我转过街道拐角,准备转向迪尔比街,而几乎与此同时我看到了一篇新闻报道,关于华盛顿特区教管所的那些野孩子们——一头红发的野孩子们,外表粗鲁、一头黑发的偷车贼,一群年少的恶棍,他们刚从牢里出来,坐在州议院门前的公园长椅上。新闻照片上,一个黑发女子穿着牛仔服,喝着可乐——报道里详细介绍了这个女孩如何地臭名昭著。她是诱惑男人的老手,成打成打的男孩被送进教养院,就是为了能亲近她。而她只不过想在他们面前招摇过市,炫耀自己——就像照片里那样。那群少年懒洋洋地靠在长椅上,凝视着她,微笑着面对镜头。在梦里,我几乎因为她竟然如此下贱而发疯,可当我醒来之后,我却意识到这只是她可怜的诡计。她其实是想从其中一个男孩那里受孕,让自己变得温柔起来,变成一个女人,充满母爱地抱着怀里的婴孩。

我看到这群少年正在走向迪尔比街。我改变了计划,不去迪尔比街了。我徘徊在百老汇和唐人街的附近,企图寻找一点娱乐,但梦里破落的旧金山却让我失望。这里什么也没有,只有木

---

[1] 黑人对白人的蔑称。

头房子、木头酒吧、木头酒窖和地下室，这仿佛是1849年的旧金山——唯一不同的是那些郁郁寡欢的、闪着霓虹灯的西雅图式的酒吧，以及雨水。

我从一个接一个的梦里醒来，回到了冷雨凄风的现实生活。雨季已经来临，山火季节已近尾声。我回想起如来对大慧菩萨说过的话："大慧，你作如何观，如是之人……"（我努力搜寻着梦境里的细节，毕竟这只是一个梦）"如是之人，是愚是智？"主啊，我领悟了这一切——

薄雾升山谷
群峰
清如洗

薄雾染林峰
梦境
幻如许

四十二

我在山火培训学校的那个星期，认识了老布莱基·布莱克，他就是那种满地都是的无所不知的男人。我们戴着锡制帽盔到处跑，学习如何开设山火隔离带，直到火势彻底被扑灭（我们把手伸进冷冰冰的灰烬）；学习如何使用火灾巡视器，用它辨别火势方位……布莱克是一个冰河区护林员,别人把他介绍给我时说,他是杰里·瓦格纳的老朋友——由于在里德学院受到的指控(他在左倾会议上大肆发表无政府演讲),在FBI探员的干预下,杰里丢掉了这份山火瞭望员的工作。这真是非常可笑,似乎他会投靠莫斯科,从这里跑出去,在夜里放上一把火,再跑回自己的瞭望塔;或者在眼睛里装一个无线电通讯器,用眼波来发射信号——

老布莱基说:"妈的那个黑眼睛的小伙子走了之后真是无聊,妈的他真是一个很棒的救火员,也是一个很棒的山火瞭望员,还是一个好小伙子——看来现在什么也不能说了,要不FBI就会找你的麻烦……反正我准备只说我的心里话,我也的确是这么干的——我真想弄明白,他们怎么才能让男孩子长出像杰里那样的黑眼睛……"这就是老布莱基说话的方式——老布莱基,长年累月地生活在丛林里,一个老式的伐木工人,曾经度过了一段那样的生活——加入过世界产业工人组织,经历过被多斯·帕索斯[1]和左翼通讯大加颂扬的埃弗雷特惨案[2]。我喜欢他个性的真诚,还有他贝多芬式的悲愤;他有一双大大的悲哀的黑眼睛,是个60岁的老头,体型巨大、健壮,大腹便便,胳膊粗壮,站得笔直——每个人都热爱他——

---

1 Dos Passos,美国作家,出生于芝加哥,其代表作是《美国》三部曲。他思想激进,支持美国共产党,向往革命。

2 Everett Massacre,1916年11月5日发生在埃弗雷特的一起惨案。当时,近300名世界产业工人组织成员搭乘维罗纳号轮船抵达埃弗雷特码头,而当局组织了200多人阻止他们靠岸,发生冲突,导致7人死亡,50多人受伤,这一天被称为"流血星期日"。

"不管杰里以后打算做什么,他都会过得很快乐。妈的,要知道他在西雅图有一个中国小女人,哦,他可真会过日子……"老布莱基把杰里当作他的儿子小布莱基看待,因为杰里也是在西北长大的,在俄勒冈州东部的荒凉农庄长大,把他的青年时代全部用来攀岩、在地势险恶的峡谷里扎营、在山顶向如来顶礼、攀登像奥林匹斯山和贝克山那样的高峰——我似乎能看见杰里在霍佐敏峰来去自如,像一只敏捷的羚羊——"他读的那些该死的书,"老布莱基说,"关于佛陀的那些书,杰里这小子还挺聪明。"布莱基于翌年退休了,我几乎不能想象他会做些什么,不过总抹不去这个印象——他走在孤独而漫长的钓鱼之路上,我看到他坐在溪水边,垂下吊杆,看着他脚下的土地,他悲哀,体型巨大,像贝多芬一样坐着,思考着布莱基·布莱克为何物,这些森林又为何物;在森林里有着最高的了悟,而他必将穿越——

　　在这一天,雨季来临,我能听到无线电里布莱基的声音,正在跟冰河区的山火瞭望员做交代:"现在我想要你做的就是弄一份目录,每样东西的目录,把它带回到站里!"他说:"留心我的口信,路边有匹马跑掉了,我最好把它追回来。"不过我知道布莱基只不过是想到外面溜达溜达,离开电台,走进马匹中间——森林就是他的林阴大道——老布莱基跑过来了,体型巨大,在潮湿的山林里追赶着一匹奔马。在8000英里之外,在日本的一座山间寺庙里,他的年轻的崇拜者、佛教的半修行者和森林的全知者杰里,剃着光头,口念"南无阿弥陀佛",正在茶室树下合掌打坐冥思。

雾中日本跟雾中华盛顿西北部并无差别，感觉一致。不管身在何处，佛陀都同样古老、同样正确。落日西沉，在孟买，在香港，在马萨诸塞州的切姆斯福德，天色都同样昏黄——我在雾中呼唤着寒山——无人回应——

　　寂静之声音
　　乃是汝所得
　　唯一之指引

　　——在我跟布莱基交谈时，他的热忱在我的胸口引起一阵战栗——永远如此，男人永远是男人。可布莱基是否因此而比男人少点什么——他既没结过婚也没养过孩子，从不遵从自然规律去繁殖更多的小布莱基，为这世界增加更多的行尸走肉？在下个冬季的雨夜，他暗色的面孔将带着沉思的神情，板着脸靠在炉火边，目光虔诚；这时，会有金刚和莲花手臂在他的额上（或我的胸前）加上玫瑰花环……

　　荒凉复荒凉
　　汝因何缘由
　　得此荒凉名？

四十三

星期日到了。仅仅因为它是个星期日,也就是说,它会在我的大脑记忆里引起一阵痉挛式的发作(哦,神圣的月亮!)。我记起了在林恩街珍妮姑妈家的星期天里,那时克里斯托弗叔叔还活着。吃过一顿酱汁饱满的意面美食(3罐番茄酱,12瓣大蒜,半匙俄勒冈香草,拌入九层塔和洋葱)之后,我喝着美味的、热得烫嘴的黑咖啡,吃着甜点——由三小块可爱的花生黄油跟葡萄干和梅子做成的甜点,上帝啊,这真是太可口了!我想,我回忆珍妮姑妈的原因,就在于饭后的这种恬然自足,大家都只穿着衬衫,一边抽烟一边喝着咖啡交谈。

仅仅因为它是个星期日,我还记起了那些暴风雪的日子。爸和我、比利·阿尔托德一起玩着帕克游戏公司推出的吉姆·汉密尔顿足球游戏。爸穿着白衬衫(自然也没有穿外套),抽着雪茄。在那一刻,我们之间充满着人间的快乐和满足。

我走到院子里,冷风带着雾气吹过来。我正在煮意面,餐前散步通常能让人开胃。当我在寒风中长时间漫步时,那阵痉挛还在发作,各种各样的记忆抽屉塞满脑子、不断向外溢出,几乎令人窒息。是某种神秘之物造成了这痉挛和发作,如果能把自己解脱出来,那么人类将会无比甜蜜和纯净。在我思想的繁花之下,枝干则是对人类的悲悯。星期日,普鲁斯特的星期日,就是尼尔·卡萨迪作品里的星期日（以一种隐匿的方式），就是我们心灵之中的星期日，就是已逝的墨西哥大公们记忆中奥里萨巴广场[1]的星期日，教堂的钟声穿过空气，有如花朵开放……

四十四

我从GWADDAWACKAMBLACK[2]中究竟学到了什么？我学到了恨我自己，因为我自己仅仅是我自己，甚至连我自己都不是；一成不变是件多么单调难忍的事啊……黑死病……嘀啵啵……我学到了不接受事物的本来价值，不接受寒山这个疯子，也不接受我的拖把；我学到了去学，学到了不可不学……啊……

在整个下午，这种思绪快把我折磨疯了。还剩下一个星期了，我整天无所事事，闲得无聊。已经整整下了五天的暴雨，天气寒冷无比。当我把山里的蓝莓送进嘴里之时，手上的洋葱味道突然让我坐立不安，渴望立即下山。洋葱的味道让我想起了汉堡包、生洋葱、咖啡、餐车上的洗碗水，我想立即回到那个拥有这一切的世界里去，坐在凳子上一手拿汉堡一手端咖啡，听任雨水打湿外面的红砖墙。我要找一个地方写诗，写下关乎心灵而不是岩石之诗。最可怕的是，孤独山之行让我在自我的无底深渊的底部发现了我自

---

[1] Orizaba Plaza，墨西哥有名的集会广场。

[2] 为凯鲁亚克自动写作的生造词，原意不可解。

己，而且失去了幻想的余地。我的意识变成了碎片——

四十五

终于，孤独峰顶的最后一天到来了。在我醒来那一刻，这个世界迅速退回原位，"带着像思想一样迅捷的翅膀"（或者说"像爱之思一样迅捷"）。那块咸肉还在院子里放着，已经被花栗鼠啃出好些缺口；它们整天围着它转，露出它们可爱的小白肚皮，有时则呆呆地在一旁站着出神——神秘的鸟雀和鸽子降临到院子，把草地里我的蓝莓一抢而光——就如预言所说，生命造物从空中而来，以野地里的果子为食。所谓我的蓝莓，其实本来就是它们的蓝莓——我每吃一口西瓜，它们的储藏里就少了一块——我夺走了它们相当于十二火车皮的食粮——

孤独峰上的最后一天，很容易就过去了——我感到厌倦，妓女们叫嚣着要热水——我回想起我在这里的日子，回想起杰里·瓦格纳，他教我爬山——1955年那个疯狂的秋天，他带我去爬马特霍恩峰[1]；那时，北海滩的每个人都在为罗斯玛丽的自杀而悲痛欲绝（《传奇》中的故事），他们的宗教信仰遭到强烈打击，阴郁激动的情绪达到了顶点——杰里教我挑选背包、雨布、睡袋、露营厨具，为登山准备好一份份的葡萄干和花生米——在离开孤独峰的前夜，我

---

[1] 1955年10月，凯鲁亚克和斯奈德以及约翰·蒙哥马利一起去爬马特霍恩峰，斯奈德爬到了峰顶，而凯鲁亚克半途而废放弃，结果获得了"懦夫如来佛"的封号。

从包底的塑料袋里找到几颗葡萄干和花生米,用它少做了点儿甜点,带着塑料味的葡萄干和花生米把我一下子拉回到过去,让我回忆起决定去爬山和来到孤独峰的无数理由。我们徒步在漫长道路上讨论着"背包革命"和流行全美的"百万达摩流浪者"的所有观点——他们自我放逐,离开社会,走向崇山峻岭。噢,弥——生——时代[1]给了我整个社会,给了我千娇百媚的娼妓。她们面容美丽动人但胳膊粗壮、浑身脂肪、下巴厚重,她们的双手放在裙子和光溜溜的大腿之间——啊,那带着可爱肉窝的膝盖和足踝——吊带松落到手臂下面,故意酥胸半露,这是自然赋予她们的魅力。在膝盖和小腿交汇的地方,你能窥探到大腿的一个小角落,丰满而充满肉欲,再往上看,则是更深的黑影……

杰里当然不会否定这一切,不过对我而言已经足够了!足够多的石头、足够多的树木、足够多扑棱扑棱的飞鸟……我要回到那有灯光有电话的地方,回到那将跟女人们一起弄得皱巴巴的床上;那里铺着厚厚的华贵的地毯承接你的步履,那里的戏剧舞台充满激情,你可以对那个重要命题不假思索:那超越一切者将会寻找你还是他者?……

我还能够用雪来做什么呢?我说的是真正的雪,在九月已经冻成了冰,我再也不能把它弄碎了装在桶里了——我倒是宁肯抽出亲爱的、长着红色肉结的佛陀身下的坐垫,在永劫轮回的红砖

---

[1] YaYoi,日本的弥生时代。弥生时代约从公元前3世纪开始,是日本新时期时代一种新文明的开端,生产水平有了飞跃,由渔猎的游牧生活进入农耕时代。

墙外徘徊,也胜似在这布满虫蚁的山林里上蹿下跳——它们的唧唧声与大地和睦而神秘的声响合而为一——啊,在这里甜蜜也是足够的,每天午后在草地上的小睡,四周一片安谧,倾听着电波传递的秘密——在这里甜蜜也是足够的,每天落日时分,那最后的落日——到最后,我终于确定它就是最后的——坠入差参的山峰背后,天空像一片美丽的红色大海——而在周末夜里的墨西哥市,在我的旅馆房间里,会放着一盒巧克力,一本博斯韦尔的《约翰逊传》[1],一盏床头灯;或者在巴黎,秋天的下午,看着孩子们和护士们待在微风吹拂的公园里面,隔着铁栅栏和古旧的纪念碑——对了,还有巴尔扎克的墓地——在孤独峰,孤独被知识化了;在这个充满秘密的世界的狂躁之下,孤独并不存在——

四十六

灰色的小鸟欢快地飞到后院的岩石上,左顾右盼了一会儿,开始啄食某些看不见的细小之物——幼小的花栗鼠漠然地穿过它们中间。小鸟飞快地抬头,注视着一只翩然振翼的黄蝴蝶——

我突然涌上一阵冲动,想冲出门外,大叫几声"呀啊啊啊呀——",不过,这却会惊走这群小动物。我的喊叫对于它们小小的心脏而言是一种无法承受的惊恐——我关上了四面所有的百叶

---

[1] Boswell,英国杰出的传记作家,为英国著名辞书编纂家塞缪尔·约翰逊写了一本传记《约翰逊传》,已成为西方传记文学的经典。

窗，坐在光线黯淡下来的房子里，只剩下房门还开着，明亮而温暖的阳光和空气从那里涌了进来，似乎要把我从通向世界的最后一个出口里挤压出去——我坐着，思忖——这是我在此的最后一个下午了，到底那些被关押了20年的囚犯在他们的最后一个不自由的下午会想些什么呢——我所能做的一切就是坐着、等着，期待着那一刻的到来——我把风力计和磁力计都关掉了，所有能关掉的都关掉了。我需要做的最后一件事就是盖上深垃圾坑的盖子，把瓶瓶罐罐洗干净，把收音机重新包装好、把天线收起来、把便所彻底掩上石灰，然后说声再见——

在玻璃窗上，我古铜色的面影看上去竟是如此悲哀！在深色的底子上，能看到脸上的皱褶，这意味着生命过半，人到中年，接下来便是衰老，以及试图求得解脱的无休无止的斗争——这是一个寂然无风的下午，幼小的冷杉丛开始枯黄，它们已经度过了夏日的狂欢。不久之后，这里就将是一片冰天雪地——再也没有时钟嘀哒作响，再也没有男人心怀梦想，一切都被大雪覆盖，石头被埋在雪下，世界一片岑寂。一如既往地，霍佐敏山将披上白色丧服，但丝毫没有悲伤的情绪——

再见，孤独峰，你已经见过我了——或许那将生而未生者和已逝者的天使们将如云朵般环绕着你，撒下来自乐土的漫天花瓣——那穿越万物者已经穿过了我，还曾穿过我的笔尖，可我已经无话可说——那些小冷杉林很快就会长大成材——我把我的最后一个罐头扔到悬崖之下，听到它"克朗克朗"滚下去的声音，一直滚到1500英尺之下。这悬崖下面已经堆积了15年由山火瞭望员扔下去的罐头盒,这令我回想起(又一次地回想)每到周末,洛厄尔那巨大的垃圾场,我们在生锈的铁栏杆边上玩耍,垃圾场发出阵阵臭味,我们却把它当成一个了不起的庞然大物——垃圾统统被收进了破破烂烂的车子,这些破车指望着靠那拖拖沓沓的离合器驶上如丝缎般平滑的超级高速公路,从林阴大道开到劳伦斯——我最后一个孤独峰上的罐头盒,在谷底发出它最后的"哐朗"声,我心满意足地听着,那赤裸的毫无遮掩的声响——退回到世界的起始,旋风呼啸着告诫我们,我们全部都会被风吹走,就像碎片和声音似的消逝于长风之中——带有疲倦眼神的人们已经意识到了这一切,他们等待着不可抗拒的变化和衰老——或许,在他们的内心深处,仍然具备去爱的能力,而我只是不知道那个词到底意味着什么——我所想要的一切只不过是一支蛋卷冰淇淋——

四十七

在这63天里,我唯一留给孤独峰的就是一堆粪便,看上去只有婴儿大小——这就是男人不如女人的地方——可霍佐敏峰甚至连眉毛都没有动一下——金星在东方升起,一片红光,这是我在孤独峰的最后一晚,一个微凉的秋夜,岩石和空气都笼着一层奇异的蓝色——从现在开始的24小时之后,我希望自己已经到达斯凯吉特河边,盘腿坐在带锯末的树桩残根上,喝着一瓶波尔多红葡萄酒——

向星辰致敬！——现在，我知道了那奇异的山岚到底是什么——

好啦，已经足够了——

那穿越一切者现在穿越了一小块被废弃的、用来保温的碎片，它看起来跟院子里的垃圾差不多，而它曾是对人类很重要的、完整的绝缘体的一部分，但现在它只是它的所是。那穿越一切者是如此欣悦，我拿起它，心里"嗨！嗨"呐喊着，把它扔到西方那聚拢的、宁静的薄暮之中。它在空中划出一道黑色的轨迹，而后砰然落地，一切不过如此——那闪闪发光的褐色碎片——当我说它是那闪闪发光的褐色碎片之时，我真的确定它就是"那闪闪发光的褐色碎片"吗？——

我和你不也同样如此嘛——

把我所有的一切都包裹起来，迈着"塔昆式的悄无声息的步子"[1]，沿着黯淡的光芒走向预言中的那个星球。那自由的乐土在视野里像是一只灯泡，刹然进入我的脑海——启示——觉悟——我能看得无比通透，那碎片由什么样的物质所组成，啊，啊嘎，哦嘎，呃喽……

查理，等着我，我会跟雨人一起下山。你能看到的一切就是一切之否定。哒—哗—啦——吧啦——你听到否？去你的，我已经厌倦了把想说的话说出来，反正一切都无关紧要——该死的耶稣基督啊——问题在于：事情如何才能真正结束？

---

[1] 引自莎士比亚《麦克白》第二幕。典故取材于古罗马，塔昆是罗马王政时期最后一位国王，据称他强暴了同族之妻鲁克丽丝（另一种说法是他的儿子赛克斯所为），鲁克丽丝召回丈夫，嘱咐他报仇雪耻后自杀。

第 二 部

PART TWO

人 世 间 的 孤 独

DESOLATION IN THE WORLD

四十八

现在，故事开始了，自白开始了……

整个夏季，我在那荒凉的山脉上、在那孤独峰之巅有所领悟。现在，我正设法把我的领悟带到山下的世界，带给旧金山的那些老友们。而他们，宁愿拼命非难这个时代和现有生活，也不愿涉及那雪山林莽之上的孤独和永恒。他们倒是反过来给我上了堂课。此外，我在孤独峰对今生来世之感悟，以及荒郊野寺的全部高僧大德之证悟，对我们这个战火纷飞的社会和车水马龙的城市显得毫无意义——这是一个怎样的世界啊，友情无法取消敌意，敌意倒取消了友情；坟茔和骨灰盒则取消了所有一切。时间足以无声无息地死去，然而，我们所隐身其中的时代，又有何可称颂？有何可言说？有何可为？布鲁克林以及其他任何地方那些水蛇一般扭动的肉体，那些患病的肠胃，那些怀疑的心胸，那些萧条的街道，那些思想的碰撞，那些战火中充满憎恨和仇恨的人性……

我背着我的包、带着我的内心领悟到达旧金山之后，发现的第一件事情就是所有的人都在混日子——他们荒废时间——漫不经心——为琐事口角——在上帝面前茫然无措——甚至连天使都在明争暗斗——而我所领悟的道理正是——在这世界上，每个人都是天使。我和查理·卓别林都看到了每个人身上天使的翅翼，并不是只有那些长着翅膀、带着渴望和悲哀的微笑的小女孩才能成为六翼天使。你可以是在洞穴里甚至在下水道发出嘲笑的、在大型派对上赤条条出现的同性恋;你可以是身着脏汗衫、荒谬可笑的华莱士·比里;你可以是在可怕的贫民窟里拉屎的印度女人;你还可以是相信美国政府、两眼放光的乐天派;你甚至可以是欧洲首府里那些令人厌恶的知识分子——无论你是谁,我都能够看到那巨大而悲哀的无形之翼在你们的肩上,而令我尤为悲哀的是,这些翅翼无形无影,从来未曾,也将永远不会拥有任何实际用途,而我们所做的全部努力无非就是与死亡搏斗……

这一切究竟是为什么?

那么,我为何与自己较劲?让我招供自己犯下的第一桩谋杀案吧,就从这里开始,然后继续这个故事;而你,带翅膀的天使,你自己来做出审判吧!——这里就是阴曹地府——这里,我颠倒地坐在地球表面,被重力攫获,杂乱无章地写作这个故事,而我明知写作毫无意义,但我也深知沉默更无意义——这真是一个令人痛心的秘密……

为什么我们不能换一种活法,而只能喋喋不休地争执生活的惊骇可怕?上帝啊,我们竟如此这般地生活着,苍老不堪;有些人发疯了;每件事情都变得那么邪恶——邪恶,正是邪恶变成了伤害,一旦事情有可能平静下来,邪恶就会马上煽风点火,令它土崩瓦解——

超乎这一切之上的,是我的内疚悔恨之心——然而,我的内疚悔恨对你无济于事,对我自己也是如此——

在那雪山之巅,我犯下了谋杀罪——我谋杀了一只老鼠——

啊，它长着两只小小的眼睛，正在恳求地看着我，它已经被我邪恶地刺伤了——我找到了它在立顿绿茶盒子里隐匿的藏身小窝，那里面满是绿茶末。我用棍子击中了它，用电筒照定它，移开茶包。它看着我，眼睛里充满恐惧的色彩，像人一样的恐惧——所有的生命都会在恐惧之下战栗发抖。它身上也带着小小的天使的翅翼，以及我赋予它的那一切；就在它的头顶，我给了它猛烈的一击。它当即毙命，眼珠爆裂，被绿茶末覆盖——打死它的那一刻，我几乎哭了起来，一边忍不住叫了出来，"可怜的小生灵！"似乎这一暴行并非出自我的手——我走了出去，把它扔下了悬崖。我赶紧把还没有被它毁掉的绿茶包清理出来，茶的味道仍然很好——我把它扔掉，然后取下洗碗盆（那是我藏食品的地方，把它挂在天花板上，然而那些机灵的老鼠还是能找到办法跳进去）；我在盆里灌满水，放到雪地里。第二天一早，我看到盆里漂着一只老鼠的尸首——我走向悬崖边，四下逡巡，结果又看到了一只死老鼠——我想，它一定是个忠贞不贰的配偶，因为伴侣已死，它无法忍受这种悲伤，所以在盆中自杀了——不祥之事已然发生，我将为这小生命的殉道受到惩罚。随后，我突然意识到，这其实是同一只老鼠。在黑夜里，我扔掉它的时候，恰好把它扔到了盆底。而悬崖边垃圾堆里的那只死老鼠则是更早一点、被天才的水盆捕鼠器淹死的老鼠——这种办法是我的前任们发明出来的，而我从来没有认真用过这一招：用根棍子撑着罐头盒，顶部放着诱饵，老鼠跑过来偷吃的时候，罐头盒翻转，老鼠就会掉进水里。那天下午，我正在看书，忽然听到床上方的阁楼传出了声响,那是小家伙拼命挣扎溺水的声音。我不忍听下去,走到院子里,差点哭了出来。等我回去之后,一片沉寂。第二天,这只淹死的老鼠拉长得像只鬼怪,脖子极度瘦长,尾巴上的毛在水里飘荡——天啊,我已经谋杀了两只老鼠,而且,正准备谋杀第三只。我看到了它——它正用两只细小的后腿站在橱柜后面,小心翼翼、提心吊胆地向上窥探,露出它白色的脖子。我对自己说"够了,我已经受够了",然后回到床上,决定让它在我的地盘活蹦乱跳地活下去——然而,最终它还是被弄死了。它那可怜的还不足一握的身体,那可厌的老鼠尾巴。我已经做好准备,准备死后将因为谋杀老鼠而被关在地狱,而我杀它的原因只是因为我害怕老鼠——我冥想着慈悲的佛陀,他不会害怕一只小小的老鼠,还有耶稣,甚至是约翰·巴里摩尔[1]——在费城的童年时代,他养着耗子当宠物。"你到底是男人还是耗子""老鼠和人类的最佳相处方案是什么""不要杀死一只老鼠"还有"居然害怕一只耗子"……诸如此类的话扰乱刺痛了我——我请求被宽恕,试图悔改和祈祷,然而,我不由自主地想到,天使是不会杀生的,而我既然杀害了生命就意味着我已经放弃了一个神圣无垢天使的位置,那么,这个世界定会对我开战——我觉得它已经对我开战了——小时候,我曾经冒着自己会受到伤害的危险,拆散了一个专门谋杀小松鼠的帮派,而现在……我明白了,我们所有人都是杀手,在前世我们就是杀

---

1 John Barrymore,美国著名喜剧及电影明星,有名的巴里摩尔电影世家缔造者,其家族以影视成就、酗酒恶习及悲剧命运而闻名。

手,作为一种惩罚,我们又再度来到世上——对于死后之人,唯一的惩罚就是再生。在此世,我们必须停止谋杀(否则又将被迫进入轮回),因为我们与生俱来的神性和神力可以实现我们的意念——我回忆起很久之前的一个早晨,父亲在淹死一只刚出生的小耗子时那种怜悯之情,而我的母亲在一旁低语"可怜的小东西"——而现在,我却已经加入了杀手的阵营,再也不能自诩虔诚和优越。站在老鼠之前,在那么一刹那间,我似乎感受到自身的神性和无罪;然而,片刻之后,我再度成为一个肮脏的谋杀犯,一个与其他所有人毫无区别的凶手——现在,我再也不能从天国得到庇护了。我站在这里,天使的翅翼上滴着受伤者的鲜血,如此渺小但也可能恰好相反;我试着想告诉大家该如何去做,但我却不知道除了你所做的之外还能再做什么……

不要嘲笑——一只老鼠也有着它小小的跳动的心脏。那只我让它留在橱柜后面苟活的小老鼠,它真是"像人一样地"受惊了。那个瞬间,它正被一个巨大的野兽用棍子瞄准,但它丝毫不明白自己已经被死亡选中——它向上看着,四面窥探着,举着小爪子,支着两条后腿,喘着粗气——而它已经成为猎物了——

在月光如水的后院,当那母牛似的野鹿静静地向我凝视之际,我也回望着它的侧腰,就像在用步枪瞄准一样。当然,我决不会杀死一头鹿,它的死可是太惊心动魄了;然而,它的腰眼还是会让我想到子弹,想到它被一支利箭射穿——人类的本性充斥着杀戮——圣弗朗西斯[1]对此应该戚然于心——假设有人跑到圣弗朗西斯修道的地洞，向他转告全世界那些无聊的知识分子或存在主义者对他的种种评论，例如："弗朗西斯，你躲在这里，像个受惊的愚蠢的野人，想逃避那个悲哀的世界，在这里风餐露宿，假装自己是个热爱动物的圣徒；你逃避真实的社会，沉湎在你那六翼小天使的假想之中，而此时此刻，人们正在伤心流泪，老妇人坐在街角饮泣，时间的蜥蜴在火石上悲鸣不已，而你，你，把自己当成圣人，隐身在地洞里无所事事，其实跟其他凡夫俗子一样令人厌恶。你以为你比别人了不起吗？……"这时，弗朗西斯也许会愤而把来人杀掉——谁知道呢？我像大家一样热爱阿西西的弗朗西斯，但我可不敢断言他会不会这么干。也可能他会杀死折磨他的人——反正不管杀还是不杀，结果都一样，这个令人发狂的所谓虚空并不在意我们所做的一切，因而一切都毫无分别。我们所能肯定的不过是万物皆生命，否则它们就不会在此呈现——其他的便源于沉思、判断，根据事物的感觉分辨好和坏、这与那。没人知道神圣而洁净的真理何在，因为真理是秘不可见的——

所有的圣人最后都会进坟墓，跟谋杀者和仇恨者一个样，尘土不会分辨善恶，照样吞噬所有的腐尸——无论他们生前做过什

---

[1] St. Francis(1182—1226)，方济会创始人。他出生于阿西西一个富裕家庭，一天骑马路过麻风病人时，忽然心中怜悯，下马与病人亲吻，不久便立志献身于传道和慈善事业，并立誓清贫，以行乞为生。他的信条被不少信众追随，成为一个颇有声势的教团。

么。我们都明白，不管做什么其实都是一样，因为它们全都无关紧要——

我们到底该做什么？

很快，大地上就会涌现一批新的凶手。他们没有任何原因地肆意屠杀，仅为了证明这一切都无关紧要；他们自认这些行径跟贝多芬最后的四重奏或者是博伊托[1]的安魂曲在价值尺度上没有任何分别。教堂将轰然倒下，蒙古骑兵将朝欧洲版图撒尿，愚蠢的国王们在骸骨上打着饱嗝，而人们对所有一切都视若无睹；最后，地球将灰飞烟灭，化成一片原子尘埃——有如太初之时。而虚空还是虚空，带着毫不在意的、令人发狂的微笑依然故我，我在万事万物上都能辨认出这一微笑——树木，岩石，房屋，街道……这就是所谓的"神秘的上帝之笑"吗？但如果上帝不代表着公义他还会是上帝吗？于是他们将点燃蜡烛，发表演说，而天使们愤怒了。啊，可是，"我不知道，我不关心，这一切都无关紧要"将会是人类最后的祷词……

与此同时，在宇宙的每个角落，在这些无穷无尽的星球之外的无穷无尽的宇宙空间（多如恒河沙数），在这些无穷无尽的肉身之内的无穷无尽的空间和"星球"（亦即在烦人的永恒能量中进行着该死的电磁排序的那些原子），谋杀和其他一切无益的行为都在继续进行。自有时间之初，谋杀就已经开始了，而且还将永远进行下去。我们，以我们的公义心

---

[1] Boito（1842—1918），意大利诗人和作曲家，与威尔第合作过《奥赛罗》《法斯塔夫》等歌剧。

所能认知的一切就是——它仅仅是它所是，只意味着它自己，它无可名状，只是一股极端业力[1]——

那些信仰人格化上帝的人们，相信上帝会分辨善恶的人们，不过是在怀疑的阴影背后自欺欺人，他们相信上帝会保佑他们，无论如何，他将盲目地保佑着那些盲目的人们……

"无限"正在无限地变换着花样，用幻境和真空来自娱自乐，但从不受制于此二者，无限意欲包罗万有——

我在山巅如是沉思——与此同时，我正在经过埋葬鼠尸的土堆，这是每天去排泄秽物时的必经之路——"好吧，让我们保持中立，让我们有如虚空。"可我已经厌倦了，所以必须下山重返尘世，然而却无法把握我的生活，它不过是怒火，是丧失，是破碎，是危险，是混合，是恐惧，是愚蠢，是自负，是冷笑，一切都是狗屁狗屁狗屁……

灯烛燃为灰
蜡烬凝如泪
——此即我所知

---

[1] 因人的作为形成的一种力量被称为业力，在佛教里，它用于解释一切因果的产生。

四十九

我从山路跋涉而下,扛着满满的大包,一边听着鞋底在石头和地面上发出沙沙梭梭的声音,一边思忖道,能让我在这个世界上穿行下去的正是我的双脚——或者说,我的双腿。我为它们感到骄傲。在它们出发不到两三分钟之后,我回头最后看了一眼已经拉上百叶窗的小屋,向这开始陌生起来的住所道别,甚至还屈膝跪别——就像人们会向环舞着已逝者和未生者之天使的纪念碑下跪;在那些被闪电照亮的夜晚,这间小屋就是我的应许之地。那一刻,我突然害怕做俯卧撑了——面向大地,双手着地,当我瞥视霍佐敏峰之际,它似乎正张牙舞爪地向我的身体倾覆而下——雾气迷茫——你对黑暗习以为常,跟幽灵友善相处——寒山诗云"寒山多幽奇,登者但恒慑"——你对一切都习以为常,你深知神怪并非虚言,但它毕竟空无一物,甚至不一定在此。而在这颗星球的大地之上(或者倒过来看),有很多比黑暗和眼泪更为可怕之物。人哪,你的双腿将会背叛你,最终你会背着来复枪,痉挛而亡——没有时间、没有目的去思考这一切了,这是一个秋天的季节,你心花怒放,踏着重重的脚步沿着山路向下而行,朝向那遥远的、奇异的、令人热血沸腾的城市而行——

奇怪的是,现在时间已到——在漫长的时间之流中——我正在离开这个可恨的、乱石林立的地方,我居然没有激动之情。山路即将转过弯去,回头再也看不到小屋了,这时,我本该为它——我曾经的避难所虔诚祷告，但我只是说了句"呸——骗子"。我想山峰会明白其中深意，虚空亦然。那么，喜悦呢？——我曾经预设过的喜悦呢？我曾以为，在这下山的道路上，我将满怀欣悦，一路都将是新鲜明媚的雪岩、新奇神圣的树木、掩映其间的可爱花朵……事实上，却是沉思和焦虑取代了喜悦。在饥馑山脉的尽头，回首只见苍山，不见曾经栖居之处。这时两腿已是疲惫不堪，我坐了下来休息，抽根烟——唉，我茫然四顾，看到了那面湖水，仍然是在遥远的低谷，仍然是那往日的景象。可是，噢，我的心情缠绕交错，仿佛另有所见——上帝已经为它撒下了一丝瓦蓝色的薄雾，弥散如同不可名状的尘埃；晨曦刚过，北面天空露出一卷浅桃色的云朵，倒映在天蓝色的湖水里，像一大片玫瑰花瓣。它是如此短暂、稍纵即逝，似乎在言语说出之先便已消逝；它是如此脆弱易散，因而让我的心情紧系于它，并如此沉思：“上帝特意为我带来了这美丽而神秘的一幕……"再也没有旁人在此凝望——这令人心碎的秘密风景似乎是上帝在跟我游戏，令我目睹现实之幻境，如同视线在液体理解力的池子里消逝而去。我几乎因为意识到"我爱上帝"而哭泣。我与他在此山产生了私情，我爱上了上帝。无论在下山的路途中会发生什么，他将与我同在，因为我就是上帝，我将自行其是，舍此其谁？

当我入冥思
此身即佛陀——
舍此其为谁？

五十

我坐在高山上,枕着背包的带子。背包靠在一个草坡上——山花遍野——杰克山还在原地,还有金角峰——霍佐敏山消隐在孤独峰之后——在那遥远的湖泊尽头,尚未见到弗雷德和小船的踪影。如果有的话,应该能在湖面的水波上看到一个虫子似的小点——"该继续行路了"——不能再浪费时间了——在余下的两个小时里,我还得走五英里路呢——我的鞋底已经走穿了,我用厚纸板垫了进去。不过现在厚纸板也已经被磨破了,我只能背着70磅的重包,穿着长袜在石山上跋涉——这显得极为可笑,身为山之歌者和孤独之王,竟以如此狼狈不堪的方式下山——啊,我站了起来,汗流浃背,继续向下,向下。穿过土石路,在陡峭的羊肠小道上往复穿行,我有时干脆抄捷径从斜坡向下滑,像滑雪一样用脚向下滑——鞋里全塞满了碎石子——

我在往下走!这世界是多么欣悦啊!但我的脚底疼痛不已,它不可能跟这世界一同欣悦的。大腿更加酸痛,两股战战,像是再也无力负重,只能走一步算一步——

我终于看到了七英里之外小船的影子。弗雷德来了,准备在这条山路的尽头跟我会合。两个月前,驮满了东西的骡子被拉下船,就在这条山道冒雨向上攀行,屡屡失足滑倒——"我会正好跟他在那里碰面"——"还有船"——我笑了起来——但是,路况越来越恶劣了。前面的羊肠小道是在草丛间曲折迂回,而这里却是灌木丛生,牵绊着我的背包;路上的砾石像刀子似的硌着我已经疼痛欲裂的脚板。那些深及膝盖的芒棘丛里暗藏着各种危险——汗如雨下——我的拇指紧紧拉着背带,把背包尽量往上拉,让重心落到肩上——它比我想象的要重得多——我似乎看到了他们正在笑话我。"老杰克还以为他能背着包在两个钟头内下山呢!他连一半路都走不到!弗雷德在船边苦等了一个小时之后,又跑过去四处找他,最后不得不等到半夜,他终于踏着月光来了,一边走一边哭,'妈妈,你怎么能这样对我'……"我突然敬佩起在前不久的闪电溪大火中扑灭山火的队员来了——不仅要背着灭火器,被灌木牵绊、挥汗如雨,而且还要冲向熊熊大火,在闷热艰苦的环境下作业,在毫无希望的山岩和砾石间奔走。——而我,哈,将在22英里之外,享受着我的中式晚餐,看着这里的浓烟——我继续向下而行——

五十一

下山的最佳方式就是跑着下去,让胳膊自由摆动,身体顺着重心垂落,让双脚带着你往下跑——可是我,根本没法用脚,因为我没鞋了。就像常言所说的那样,我是"赤脚"而行。我"趿拉""趿拉"地往下走,别说大步大步地穿山越岭,就连每走一步都困难重重,鞋底那么薄,脚板时不时就被砾石划伤——这是一个班扬[1]式的清晨,我必须把注意力从脚板转移开——我时而放声高歌,时而沉思默想,或者像我在孤独峰上靠在炉火边那样发呆做白日梦——但是这条路仿佛是我的因果报应——没有任何办法能逃避那火烧火燎的脚板和酸痛无比的大腿。脚底已经磨出了水泡,每一步都像在针尖上行走。我气喘吁吁,汗流浃背,还得应付蚊虫叮咬。我无法逃避,你也无法逃避,只能一路向前,穿越永远在你左右的有形虚空——你那牢骚满腹的性格便是一种有形虚空——我必须马不停蹄地赶路。我的全部注意力都集中在那只小船上,它一时闯入视野,一时又从视线里消逝。天哪,如果在这山路上过夜会是什么样的情景?应该是满月了,而这满月也照着整座山谷——你能听到流水的潺潺声,嗅着雪茄的香味,听着收音机……这里的溪水已经干涸,水流还不够我的手掌宽。溪水长流不息,我洗了洗脸,喝了点水,头昏脑涨地继续上路——主啊——生活究竟有多甜美?是否甜蜜——

有如
幽谷之冷水
解饮疲乏之旅程

——解饮疲乏之旅程——山路上满是骡子在六月份上山时留

---

[1] 约翰·班扬,英国作家,以《天路历程》闻名于世,书中叙述一名基督徒翻山越岭、历经艰辛寻求真道的故事。

下的蹄痕。当时，路上有一棵断树挡住了去路，骡子翻不过去，只能绕着断树在边上另外开一条路出来。天哪，我不得不在这些饱受惊吓的骡子里把一头母骡子拼命往上拉，安迪在一旁抱怨道："妈的，我才不干这种事呢，竟然去拉母骡子！"就像前世的一个梦境，我牵着母骡，使劲往上拉；安迪拽着缰绳，用力扯着骡的颈子；马丁用棍子刺着母骡的屁股——我们力图把受惊的骡子拉出沟堑——不断地刺痛骡子——那天雨雪交加——此刻，我坐在这里抽着烟，审视着那次兵荒马乱中留下的痕迹，都已经在九月的大地上干涸成形了——四周长出了很多可以食用的野菜——一个男人倒是可以躲进这座深山野岭，就靠野菜为生，带点肥肉，就着印第安小火煮野菜吃，天长地久地活下去——快活枕石头，天地任变改。中国古代诗人寒山吟唱道——没有地图，没有背包，没有山火瞭望员，没有电池，没有飞机，没有电台警讯，天地一片和谐，只有蚊虫低沉的嗡嗡声和溪水的潺流声——可是，这不过是上帝营造的幻境，而我是这幻境的一部分，是这幻境当中具有自我意识的一部分，它让我领悟这个世界并生活于其中。我一边念起了金刚经文："汝若在此，若非在此，若在若非在，当作如是观"——"永恒佛性自行其是"——于是我起了身，背上包，用拇指紧紧拉住背带。足踝的疼痛略有减轻。我走得越来越快，越来越快，变成一路小跑，最后快步如飞。我弯腰用肩背负着背包，就像中国女人用肩胛荷柴那样，运动着僵硬的膝盖，吱吱咯咯地穿过灌木丛中的砾石小道。在拐弯的地方，我不时地会摔上一跤，从路上摔了下去，再叫嚣着重寻旧路，幸好，它还在那儿，道路的存在就是为了让人沿着它行走——在山脚，我会碰到正准备爬山、行装单薄的少年，而我则是鼓鼓囊囊地背着大包。我要在这座城里与屠夫们喝得烂醉，这虚空之春天——我突然失足摔倒，腰臀着地向下滑，幸而背包起到了缓冲作用。唉，什么样的言词能够形容这种从山路砰砰嘭嘭摔下去的感觉呢？——扑通、嗖嗖——一路到底，浑身臭汗。每次撞痛脚指头的时候，我就忍不住大叫一声，"够了！"——它已经因踢橄榄球而受伤，它已经伸不直了，让我走路一瘸一拐。我的脚指头是在哥伦比亚大学的一场混战中受伤的，正好在哈雷彗星划过的光芒照耀之下，一个来自桑达斯基的流氓用他的鞋钉和粗壮的小腿碾伤了我的脚趾头——它再也不能复原了——脚趾的底部和顶端都已经撕裂，每当砺石硌着脚底时，我得把整个脚踝都扭过来以保护脚趾——没错，扭转脚踝，这就是巴甫洛夫说的"既成事实"[1]，甚至厄拉佩添兹[2]也不可能更好地告诉我，怎么才能自我欺骗，假装脚踝还没被拉伤或是扭伤——这是一次舞蹈，山石与山石之间的舞蹈，同时也是受伤与受伤之间的舞蹈，一路舞下山去，诗意犹在——而且，整个世界都在等候我！

---

[1] Fait accompli, 在巴浦洛夫的学说里，"既成事实"与"心理事实"相对应。
[2] Airapetianz, 研究回声定位法的科学家。

五十二

西雅图正处于烟笼雾绕中。那些滑稽模仿秀和脱衣舞,房间里的那些雪茄、葡萄酒和报纸,那些烟雾,那些渡口,那些早晨的咸肉、鸡蛋和吐司——这样的甜美之城就在山下。

再往下走,茂密的森林出现了。深褐色的树木粗壮高大,空气纯净清爽,西北一片郁郁葱葱。蓝色的松针,透着清新的气息。小船在湖面划出了一道痕迹。它即将载我而行,不过,现在还是让我继续自由摆动,向下而去吧——以前也曾有过这样的秋天,乔伊斯还为此写下了一个长达两行的单词——brabarackotawackomanashtopataratawackomanac![1]

当我们到达之际,我们将点燃三只蜡烛,为三位死者守灵。

还剩下半英里的路途,但道路比刚才更加难走。大大小小的砾石在脚下如同沟壑纵横——我终于哭了起来,为自己哭泣,诅咒着这条山路——"为什么它永远都无法终止!"——这是我所能想到的最严重的抱怨了,我在孤独峰顶的窝棚门边也曾这么抱怨过:"事情到底什么时候才能终了?这是一条生老病死永劫轮回的道路,在时间和空间里永远轮回下去。一切必须终了,可是天啊,它却永远都无法终止!"我发足狂奔而下,但最后实在不行了,只能一屁股坐在地上——我头一次感到如此筋疲力尽,毫无头绪。

---

[1] 未能找到出处,也许曾在乔伊斯的书里出现过。从下文来看,有可能出自《芬尼根的守灵夜》,该书以艰涩难懂、新词迭出而著称。

小船正朝这边划过来。

"可我无法到达了。"

我在地上坐了很长一段时间,脸色悒郁,无比绝望——"我无法到达了"——而小船正在不断地向我靠近。它就像是计时文明,按时运作、准点无误;也像是铁路上的火车,尽管你赶不上但你还是得知其不可为而为之,要去尽量追赶——它已经被波塞冬和他的英雄们用钢铁般的力量摧毁了,被高僧大德用机锋禅语摧毁了,被神摧毁了——我挣扎着站起来,努力想迈出步伐,可我已经无法迈步,我根本走不动路,我努力支撑着的双腿对我像是某种异己的神秘之物——啪啦啪啦——

最终,我看到我的脚在我面前迈动,像是拉长两臂把某个极为沉重之物抱到一个平台上,那扭痛感实在难以忍受——仅仅稍次于赤脚的疼痛——我的脚底板已经满是血泡和裂口,像犁一样穿山越岭,像醉汉一样向下滚落,不断地滚落,但又不彻底——如果醉汉真这么滚落,会比我的脚板伤得更重吗?——唉,我的每一步履、膝盖的每一起落,都要靠着那双扎满棘刺的脚迈出,就像在剪刀上行走,一路虫豸遍布,林子里枭声四起——尘土——我累得跪倒在地。

剩下的路就这样挣扎着走走停停。

"唉,该死的,唉这该死的一切!"最后的一百码,我声嘶力竭——船已经停了。弗雷德发出了一声尖利的呼啸,不似猫头鹰的枭声,倒像是印第安人发出的长啸。我把手指放到唇边,回了他一声口哨——在我跋涉余下这段路途的时候,他跑回船上看一本西部牛仔的小说。我不希望他听到我的哭喊,但他绝对能听到我迟缓无力的脚步声——噗拉噗,噗拉噗——悬崖边有块石头上的小石子扑簌簌掉了下去,野花对我毫无兴趣……

我一边走着,脑子里只有一个念头"我无法到达了"。这个念头像是发着磷光的底片,灼热地在脑子里过着电影,"但你必须到达"……

荒凉兼荒凉
下山复下山
道路何艰难

五十三

好了,现在一切都好了。湖水就在眼前,水波拍打着漂浮的木头,发出刷刷的声响。我已经走向浓阴覆盖的小径,只剩最后几步就将到达船边——微笑像水波一样浮到脸上。我笨重地迈步,拖着两只脚板一步步朝前挪动。左脚板起了个大水泡,我想可能是被某块锋利的碎石割伤了脚底板——

我的情绪为到达而兴奋不已,甚至没有意识到我已经回到了这个世界之中……

在世界之尽头,无论遇到谁,也不会比遇到弗雷德更美好了。弗雷德是个护林员。他属于老式的林中住民,每个人无论老幼都很喜欢他——他郁郁寡欢地住在简易房里，脸上带有一股悲凉的神色，无精打采地凝望着眼前的虚空。他有时一言不发，让你自斟自酌，而他在一旁恍惚出神——你若注意他的眼神，就能从中领会到那些无法言说的内容——他总是看着远方，而那里空无一物——这里的林中住民，都具有伟大的菩萨之寂静——噢，布莱基·布莱克喜欢他，安迪喜欢他，他的儿子霍华德也喜欢他——今天摆渡的不是那个忧伤的老好人菲尔，他休假了。弗雷德戴着一顶稀奇古怪的帽子，伸着长得不可思议的帽檐，在他绕着湖岸拉船过来的时候，他用这个来遮阳——

"山火防守员来了。"戴着纽扣帽的渔民们相互传言。他们来自贝林翰和奥达，或是斯科霍姆希和温哥华，来自松树繁郁的小镇，来自西雅图的市郊。他们轻轻松松地坐在湖边，悠闲地撒网捕鱼——湖中那些欢愉自在的秘密鱼群曾经一度是天空的飞鸟，但它们堕落了——天使们也堕落了；这些渔夫，失去了翅膀，必须糊口——那里，他们寻求着欢愉的死鱼之欢愉——我曾经见过这一幕，鱼儿在钩上张大着嘴喘气——"如果狮爪近在咫尺，就让他撕开我吧……但这种勇气于事无补……"鱼儿上钩了——

渔夫坐岸边
悠然撒渔网

老弗雷德的全部工作就是全神贯注地察看渔民们的营火，提防它们不慎烧成野火，或者是烧到了林子里——他有一副巨大的双筒望远镜，能看清最远处的湖岸——是否有非法的露营者——小岛上是否有醉醺醺的派对，他们会带来一堆睡袋和豆类罐头——有时也能看到姑娘们，中间偶尔也有几个美女——在那摇荡的船只上，女人成群结队地出现，秀着大腿，甚至是全身。在这个生老病死、永劫轮回的世界上，这些可怕的女人们，展露着她们的大腿，向前转动着轮子……

何物于尘世
推动轮回转？
此物两腿间。

弗雷德看到了我，开动发动机，慢慢向我靠近，以便能够更清楚地审视疲惫不堪的我。他一开口就问了我一个什么问题，但我听不清楚，所以问道，"嗯哼？"他好像觉得十分惊奇。可是我们，在那孤独的旷野里像鬼魅似的消耗了一整个夏天，早就丧失了所有的知觉，让时间变得相对短促，同时也能让自己恍若生活在别处——我知道，一个刚下山的山火瞭望员，看上去就像一个淹死鬼再现人世——弗雷德再问了我一次，原来他问的不过是如此："上边的气候怎么样？热吗？"

"不热。一股强风从西边吹了过来，可能是从海边吹来的，山上一点都不热，比这里还要凉一点。"

"把包扔给我。"

"不行,它实在太沉了……"

弗雷德已经走到船缘,不由分说地把我的背包拽了过去,用力伸长胳膊,把它扔到了底舱。我爬到船上,向他指了指脚底——"看,鞋底都磨穿了……"

弗雷德开动了发动机,我们离岸而去。我的脚被右舷的水浪泡湿了,我在伤口上贴了几片邦迪——喔,浪花涌了过来,撞击着我的双腿。我就着浪花把膝盖下面的部分洗干净,破损变形的羊毛袜已经完全湿透了。我把它拧干,放在噗噗噗的发动机上方烘干——

我们噗噗噗地重返世界了。在这个美丽的早晨,阳光灿烂,我坐在船头,一边吸着弗雷德给我带来的骆驼牌、幸运牌香烟,一边跟他聊天——发动机噪音很大——我们不得不向对方喊话——

在这个喧嚣的世界里,我们都得彼此喊话,人们在谈话室里互相喊话,或者耳语,众声喧哗融入到一片深远、纯净而神圣的静穆之中,只要你学会了如何倾听,你就能永远听到这静穆之声——为什么不呢?向前走,大声叫喊,做你想做的一切——

我们谈到了山上的野鹿——

五十四

快乐啊快乐,汽油在湖面上留下了一点尾烟——快乐啊,我匆匆浏览了弗雷德那本西部牛仔的书。这本粗制滥造的书里，第一章出现了一群戴着邋遢帽子、面带冷笑的男人，他们在石头缝子里杀人，他们的脸上闪现出仇恨的、钢铁般的蓝光——悲哀、憔悴、疲惫的老马和粗犷的丛林——很多念头在脑子里纷纷掠过——"哦，算了吧，这只不过是一个梦境，谁会在意呢？那穿越一切者穿越着一切，而我与你同在"——"穿越亲爱的弗雷德吧，神啊，让他领会那无上欢喜"——"穿越一切吧"——整个宇宙，不就是一个子宫吗？上帝的子宫或者说佛陀的子宫——这只是同一存在的两种不同的语言表达，而不是两个上帝——真理是相对的，世界也是相对的——万事万物都是相对的——火是火，亦非火——"别把睡梦中的爱因斯坦叫醒，他正在福佑之中"——"因此，这只是一个梦境，所以闭上眼睛，享受一切吧——心灵之湖水——"

弗雷德不太爱说话，特别是跟老安迪在一起的时候。安迪是个十分饶舌的家伙，来自怀俄明州的赶骡人，不过他的饶舌通常只是为了填补空白——此刻，我坐在这里，抽我的第一包香烟，弗雷德可能觉得在63天的孤独之后我需要跟人说说话，所以不时跟我说上几句——跟人类交谈的感觉就像跟天使一同飞翔。

"公鹿，两只公鹿……真的……有个晚上有两只小鹿在我的后院吃东西……"我对他大喊以便盖过发动机的噪音，"熊，还有熊的踪迹……还有蓝莓……""奇怪的飞鸟……"我又开始沉思，还有那些花栗鼠，脚爪上沾着从老牲口栏边捡来的燕麦——在那遥远的1935年的小马和老马——

而今

何在？

"在山窝子里还有野狼！"

五十五

荒凉之旅——我们以大约每小时三英里的速度缓缓划过湖面。我靠在后挡板上，懒洋洋地晒着太阳，身心放松，不再喊叫——整个人毫无感觉——弗雷德突然转了弯，开向拓荒者山，把猫儿岛甩到后面，穿过了大比瓦峰的山嘴，然后顺着漂标上的小白旗向前开船——每年八月，大量被砍伐的木材通过霍佐敏山的湖水运送下来——现在它们把湖面挤得满满的，我们不得不把它们推开，才能让船通过——随后，弗雷德开始仔细阅读一份带着小漫画的保险手册，上面的条文统统都在提醒那些焦虑不安的美国人，他们似乎十分关心在死后能让亲人们获得什么样的利益——真是太妙了——在前面，湖面如镜，岸边坐落着罗斯湖度假村的房子，还有浮台——对于我，这就是以弗所[1]，万城之母——我们对准它径直开过去。

湖岸到了。在这里，我曾消磨过一整天，在礁石之间的沙地上东挖西掘，爬到护林所的垃圾坑上东瞧西看，跟一个叫泽尔的

---

[1] Ephesus，古希腊小亚细亚的重要港口城市。

小男孩谈天说地——他拥有四分之一的印第安血统,他会一转眼就跑下水坝,消失得无影无踪。他跟哥哥一起砍下雪松,拿去卖钱——"我不喜欢为政府工作,真该死我得去趟洛杉矶。"——在水边,挖完了坑,在灌木丛里转弯抹角地上一趟泽尔挖的茅坑。我蹲下来,向前面漂着的罐头船里扔小石子。我就是尼尔森海军上将[1],如果它们没有起航离去,我会让它们直达圆满正觉的永恒佛性——它们最后碰上了木头和巨石,罐头船里淹进了水,但一直没有沉没。啊,真英勇!——耳边传来轰隆轰隆的声音,我想,或许我可以不用船就回到对岸去,但是当我从浮标木桩跳起三英尺高以避开起伏的水面、想跳到那根半泡在水里的木头上去时,我意识到这样做肯定会把自己弄得浑身透湿。所以我放弃了,退了回去。——这是六月的事了,而今已是九月,我将继续向下行走,沿着美国的侧肋,穿过四千英里的距离——

"我们在浮台上吃中餐,再去接帕特。"

帕特也是今天清晨离开克雷特山瞭望所的。他凌晨三点出发,走了大约15英里山路,下午两点会在迅雷湾等着弗雷德——

"好啊,不过你去接他的时候我可要小睡一会。"我说——

当然,喝点老酒也不错——

我们轻松自在地上了浮台,把小船的缆绳系好,弗雷德帮我把包拎了上来。我仍然光着脚,但感觉好多了。干净宽敞的厨房

---

[1] Nelson(1758—1805),英国最著名的海军上将,于特拉法尔加战役殉职。

里满是食物,架子上放着收音机,还有一堆给我的信件——不过我们一点都不饿,喝了点咖啡之后,我拧开收音机。他出去接帕特,这一个来回大概需要两个小时。转瞬之间,我又独自一人,听着收音机,喝着咖啡,抽着香烟,拿着一本奇特的口袋读本,讲的是圣迭戈一个成功的二手车经销商的故事,他看到一个女孩在药店偷东西,想到的却是"她的屁股真优雅"——喔,我又回到了美国——收音机里突然传来维克·戴蒙[1]的歌声,在山顶的那些日子里,我已经完全忘记怎么唱这首歌。这是一首怀旧老歌,我其实倒也没有全忘光,只是一时想不起来。此刻,他正在大乐队的伴奏下献唱——这是多么美妙动人的美式音乐啊!

在这世界上,
在平凡的、不平凡的人群中,
因为有你,多么开心……

——在长长的"你"之后接着呼吸的气息,然后继续"在这世界上,我们高估了快乐,低估了财富……"一段轻哼,"因为有你,多么开心……"我听说波林·科尔在1947年教会了莎拉·沃恩这首歌。美妙的亚美利加音乐掠过罗斯湖面,在西雅图电台主播说完那些优雅、美妙、迷人的词句之后,哦,维克唱道——

---

[1] Vic Damone,出生于路易斯安那州,60年代大乐团时代末期的摇滚歌手。

你手的触感

留在我的肩上……

在这不急不缓的旋律中,加进了一把华丽的小号,"克拉克·特里[1]!"我分辨出他的小号,甜美绚丽;老浮台在水波上轻轻低吟,光线柔和明朗。还是这同一座浮台,在风高浪急的夜里,月光将悲泣着为水波镀上一层银辉——哦,最后的西北方那灰色的悲哀啊,此刻,我已无处可去——在此之外的世界如同一块奶酪,而我则有如幻境,而歌声如此美妙……

五十六

世界一片和谐。在这艾米莉·狄金森式的午后静谧之中,群山从天蓝色的湖边拔地而起,峰顶覆盖着多年沉积的春雪,忧郁的夏云泛染淡淡的粉色,啊,蝴蝶飞舞——虫子在灌木丛中唧唧鸣鸣——船上没有虫鸣,只有轻柔如莲的水波拍打着浮标。水流从厨房不断循环倾入无尽的江河之水,让空气变得清凉,想喝水的话,随便喝就是——阳光灿烂——炽热的阳光已经烘干了我的袜子,弗雷德给了我一双旧鞋,让我穿着它去买一双新鞋——我已经去护林署的工具仓弄回了一套工具,把散落的鞋底跟皮面重新钉

---

[1] Clark Terry, 美国爵士乐史上伟大的小号手, 曾为艾灵顿公爵的老搭档, 长于即兴演出。

在一起。穿着厚厚的短袜,一定会很舒服——在山上或者在战火之中,能把袜子烘干或弄到一双新袜子可真是一件了不得的事。

孤独之天使
天使之异象
孤独之异象
孤独天使

没过多久,老弗雷德和他的小船一起回来了。在大约一英里开外,我看到他身边小小的木偶似的剪影,那是帕特·伽通,克雷特山的山火瞭望员。他回来了,跟我一样,气喘吁吁,欢欣雀跃。这是个俄勒冈波特兰男孩,在整个长夏,我们都在无线电里聊天——"别着急,很快就能回去了——"很快,十月也将到来——"呀!等到那天,我一定要飞下山去!"帕特嚷了起来——不幸的是,他的包太沉了,比我的要沉两倍,别说飞,根本走都走不动,幸而在临近罗斯湖的最后一英里山路,一个好心的樵夫帮他扛了下来。

小船靠岸了。他们系好缆绳,我倒挺想帮他们系的,因为我以前常干这个,把粗壮的缆绳系在比我的腰身还粗的缆桩上;绳索摇晃着,节奏强烈,颇为有趣。——还因为我想显得对大家有点用处,算是一点回报——他们下了船。一整个夏天都听着帕特的声音,现在终于可以好好打量他一番,但我觉得他好像不像是他本人，倒像是别的什么人——不仅如此。当我们待在厨房里，他从我身边走过去之际，我突然有种可怕的感觉，似乎他已经突然消失了，从此地突然消失。我不得不赶紧回头察看——刹那间，天使消逝无踪——这是两个月孤独生活的必然结果，而不在乎那座山到底叫什么名字——他所在的克雷特山，从我所在的孤独峰就能看到，它恰好位于一座死火山的边缘地带，整座山峰白雪皑皑。克雷特山常年经受着来自四面八方的所有风暴，从卢比山和拓荒者山、从东方以及从我所在的北方刮来的风暴，因而那边的积雪要比孤独峰更厚。他说，每到夜里，野狼都会发出长嚎，他从来不敢在夜里外出——如果在波特兰郊区的童年生活里，他曾因窗玻璃上出现的陌生脸孔而惊恐过，那么，此时的他已经有足够多的假面来掩盖镜子里那彻夜忧虑的眼睛——尤其是在多雾的夜晚，你甚至会堕入到布莱克嚎叫的虚空之中，或者堕入到那个30架飞机在迷雾中失踪的老日子之中——

"你在这儿吗，帕特？"我开玩笑似的说——

"没错，我得说我在这儿，而且还准备马上就走。你呢？"

"没问题。可是我们还得走上一段路，穿过那水坝，妈的……"

"我不知道我还能不能再走了，"帕特诚实地坦白道，他已经一跛一跛的，"从日出之前到日出，我走了足足15英里路，我的腿完全麻木了，跟死人一样。"

我拎了拎他的包，至少有100磅重。可是从林业署宣传处拿上5磅的图片文字资料他都嫌重，把它们扔在半路上。他的包塞得满满的，上面还有一个睡袋——上帝保佑，他的鞋还有鞋底。

　　我们高高兴兴地吃了一顿午饭，是一块重新加热的猪排，还有奶油、果酱和另外一些我们很久没有吃到的东西。我一杯接一杯喝着浓咖啡，弗雷德说起了麦卡里斯特大火。据说，空投了好几百吨的东西下来，现在漫山遍野散落得到处都是。"应该跟印第安人说一声，让他们把这些东西找到手，统统吃掉。"我想这么说，但问题是，印第安人在哪儿呢？

　　帕克宣布说："我以后再也不当山火瞭望员了。"我重复了一遍他的话——而后——过完这个夏天，帕特的小平头长长了许多，我这时才惊讶地发现他真是太年轻了，大概19岁的年龄，而我，已经34岁，实在太老了——这倒不会让我难过，反而挺让我开心的——毕竟，等帕特50岁的时候，他就不会在意这些了。我们将在行走之时行走，在告别之时告别——包括那永久的告别。到那时，我们三人各自的灵魂将会归来，以不同于现在的形式归来，但不再回归到三个肉身之中，而只是穿过尘世——我们将是上帝的灵魂天使，那么，坐下来，祝福吧——

　　"老弟，今晚我可得喝点啤酒。"我说——一瓶葡萄酒也行——"而且，坐在河边"——但这话我并没有说出来，我不会把所有的话都说出来给他们听——帕特既不抽烟也不喝酒——弗雷德不时哼两声。两个月以前，我跟老安迪跋涉在上山的路上，他从马波山买了一夸脱12度的黑莓酒,差不多在到达纽哈雷[1]之前我们就把它全部喝掉了——在安迪拔开瓶塞之前,我许诺说,我会给他买一大瓶威士忌表达感激之情。但今天他恰好没在这里,他正在大比瓦峰背着包上山呢。我窃想,我这回可以偷偷溜掉了,不用花四美元给安迪买酒啦——我们在饭桌旁聊了半天,然后把所有的行李都堆在一起——弗雷德扑通扑通地开动了发动机,穿过浮台……汽油抽水泵、船只、出租屋、滑车和齿轮……小船顺流而下,开往罗斯大坝那高大雪白的坝墙。

"帕特,我帮你背包吧。"我这么说主要是为了炫耀自己身强力壮。我一秒钟都不愿去想自己说过的话,因为佛教的智慧之书——即《佛说能断金刚般若波罗蜜多经》——这是我的《圣经》,据说是由口述记录而成的——否则还能如何——这是由释迦牟尼佛亲口传述的——书里说,"行可慷慨,然思之慷慨即为言,而言无非言也"。帕特感激万分,立即背上了我的帆布包,而我去背他那巨大无比、重得要命的大包。我背好背带,挣扎着想站起来,但背包实在太沉了,我得像阿特拉斯[2]那样拼了老命才能勉强起立。弗雷德在船上冷笑着,显然不乐意看到我们离开。

"再见了,弗雷德……"

"好啊,再见。"

---

1 Newhalem, 位于斯凯吉特河上的一座堤坝。

2 Atlas, 古希腊神话中的背天巨人。

我们开始走路。没走几步,我就觉得有点什么玩意儿硌着我的脚。我们在坝上停下来,我在鞋子里找到了一小块渔夫们抽的香烟盒碎片,它把鞋底顶得鼓了出来。我们继续前进——我被大包压得全身发抖,举步维艰,两腿又开始酸痛无比——沿着大坝而下是一道非常陡峭的阶梯——走了一段,它又开始向上盘旋——这让我的腿稍微轻松了一点。我拼命弯腰背着包向上走,汗如雨下——我们两人都精疲力竭,在路上歇了好几次——"我们永远都到不了啦。"我不停地说,一路上喋喋不休,胡言乱语。"帕特,你在山上的时候是不是觉得生活更纯粹了?——是不是更加热爱生活了?"

"那当然。"帕特说,"离开这里我可真是开心极了。"

"今晚我们要在破房子里过一夜,明天一早回家——"

他可以搭我一程,下午五点从99号公路出发去弗农山。不过我不想等了,准备一大早就自己出门开始我的背包流浪——"我会在你之前到达波特兰。"我跟他说。

最终,我们走到了大坝下面,与水面平齐的路段。我们上气不接下气地穿过大坝发电机组——就像穿过阵地上的火力射击一样——汗流浃背——"船在哪儿靠岸?"

帕特的睡袋原本顶在我的胳膊下面,现在滑出来,松开了,我就那么背着它,现在已经顾不上那么多了——我们到了渡船停靠的码头,那里有一段窄窄的木板路。我们踏过去的时候,坐在那里的女人和狗都得挪开为我们让道。然后,我躺倒在地,把背包垫在头下，点上一根香烟——我们到了。前面不再有路了。渡船会把我们带到迪亚布罗，带到某条道路边，再走短短一段路，在匹兹堡巨型升降台旁，我们的货车就在那里等着我们，开车的司机名叫查理。

五十七

我们大汗淋漓地背着包，费劲地挤到船上。有两个疯狂的渔民，推着一辆二轮车过来，车里装着一堆工具，还有一个发动机——他们正好赶上了点，船来了，我们一拥而上——我摊手摊脚地坐下，放松休息，进入冥思——帕特在船尾，跟一些游人夸耀他这个夏天的生活——渡轮要穿过峭壁之间的狭长湖面——我靠着坐椅，拢起胳膊，闭上眼睛，冥想着已去的风景——它们能为眼睛所见，同时又要比仅为眼睛所见更为丰富——你肯定也明白这一点。轮船开动了20分钟之后，我感到船速放慢下来，开进了一个船坞——那么，我是否还要背上帕特的大包，把好事做到底？——到了那里之后，我们还有大约四分之一英里的痛苦行程，那段路尘土飞扬，在峭壁上转个弯——啊，一个巨大的升降台正在迎接我们。它会把我们送到几千英尺之下，下面有着整齐的房子和草坪，布满无数的吊臂和电线，跟迪亚布罗大坝相连。这座充满电力的大坝也是一座魔鬼般的大坝——它是全世界最阴暗的角落，只有一家杂货铺，而且不卖啤酒——人们浇灌着他们监狱似的草坪,孩子们在跟狗玩耍——好一幅美国中等工业城市的午后景象——升降台里,害羞的小姑娘穿着母亲的衣裳,男人们说着闲话,电梯开始吱吱嘎嘎地向下降落,缓缓地把我们带到了地面的山谷之中——而我还在思绪飘飞:"从距离四千英里开外的墨西哥高原朝墨西哥城步行,如果每小时走一英里的话……"——我打个了响指,反正没人管我——这个壮观的钢铁怪物摇摇晃晃地带着我们不断向下,成吨没有焊接过的黑色钢铁铸成了升降台——帕特对此指手画脚(他以后想当一个工程师)。帕特略有一点口吃的毛病,一激动起来就口齿不清,嗓子眼仿佛被堵住了,张着嘴一时说不出话来。但他头脑清晰——并且具有一个男人的高贵品质——在整个夏天的无线电台对谈当中,帕特的确说过不少可笑的蠢话。他不断地"喔喔"惊叹,情绪容易激动,但在无线电台最疯狂的还是福音传道的耶稣会士弟子内德·高迪。当登山者和灭火队员来访的时候,他会发出尖利的狂笑——我从来没有听过这么狂野的笑声。他的声音嘶哑,一旦陌生人不期而至,他就会严重失态——而我,所有的电台记录不过是"霍佐敏营地,42号站",像一句美丽的诗,日复一日地吟诵;我也会跟老斯科迪谈谈天,其实说的都是废话;还会跟帕特交换寥寥数语,跟高迪讲点笑话,说说我做了顿什么样的早餐,或者是我的感受,以及引起感受的原因——帕特是这群人当中让我最为解颐开怀的一个——

到达升降台的底部,还没看到那辆货车的踪影。我们坐下来等着,一边喝水一边跟一个小男孩聊天,他带着一条非常出色的牧羊犬，共度这个完美的下午——

货车终于到了，果然是老查理开的车。他是马波山的职员，60岁，住在一间小小的活动房里，做饭，打字，微笑待人，测量木方——在铺位上看书——他的儿子在德国——他在那间大厨房里，给每个人洗碗涮盆——他戴着副眼镜——头发灰白——每到周末，当我跑下来找酒喝的时候，他就一头钻进深山老林里，带着他的盖革计数器[1]和一根钓鱼竿——

"查理，"我跟他打招呼，"我敢打赌，在齐瓦瓦[2]山区有大量铀矿——"

"在哪儿？"

"在新墨西哥城南部和得克萨斯，老弟——你没看过《碧血金沙》吗？那个探矿的老傻瓜比别人跑得快，他找到了金矿，一座山都是黄金。他们第一次在浪人街的收容所见到他的时候，他还穿着睡衣裤呢，那个人叫什么来着，老沃尔特·休斯顿？"

我不用说得太多，就能看到查理的表情变得沮丧起来。他们根本听不懂我说的话，这里面夹杂着加拿大地区法语口音和纽约口音、波士顿口音、俄克拉何马移民口音，甚至还有西班牙文，甚至《芬尼根的守灵夜》的爱尔兰口音。——他们停下来，跟一个护林员谈了几句话；我躺在草地上，看到一群孩子们在一棵树下的

---

[1] Geiger Counter，一种用来观察和测量射线密度的仪器。

[2] Chihuahua，位于墨西哥北部。

围篱边跟马玩儿。我走过去看了看——这是迪亚布罗这座沉闷之城多么美好的瞬间！帕特也躺在草地上——这是我的建议，我们这些老酒鬼都知道草地的秘密。查理跟林业署的一个老家伙谈天。美丽的牡马在我的指尖喷着鼻息，他金色的鼻子爱抚地蹭着我的手指。一匹小母马挨在他身边——当我轻言细语跟马说话的时候，孩子们笑了起来。其中一个三岁的小男孩，怎么都够不着这匹马——

他们向我示意该走了，我们上了车，枕着背包，朝马波山的活动房屋进发——有一搭没一搭地闲聊——片刻之间，那离别的伤感刺痛了我，从此，我将离开这群山环抱的世界；装满木材的大卡车在这条窄路上鱼贯出入，我们不得不靠边停车，给它们让路——在路的右侧，是经过大坝层层拦截后的斯凯吉特河。顺流而下，就是我深爱的、天蓝色的罗斯湖——这是一条宽广的激流，在暗夜里洗涤着金沙，流向西边几英里外的太平洋，那边居住着夸寇托族人[1]——我所热爱的纯净的河流，我喜欢坐在它的岸边，坐在锯木灰堆上喝酒，在夜里，星斗似乎也在咝咝醉饮。我看着群山被笼罩在风雪之中，摇摇欲坠。——纯粹的、碧绿的河水，卷起浪花，啊，在这亚美利加的土地上，我所见过和你所见过的所有河

---

[1] Kwakiutl，生活于北美地区西北太平洋沿岸的土著印第安人。

流——川流不息地向前奔涌，永无止境。在托马斯·沃尔夫[1]的视野里，美国在她黑夜的河流里化为江河之水，与河流一同奔向大海，并在那里得到清洗和重生。在夜里，我们转向密西西比河，河水在峡谷里发出雷霆般的轰鸣；我睡在甲板上，浪花四溅，天上雷鸣电闪，大雨瓢泼，充满了三角洲的气息；墨西哥湾吞吐着水流，将它们分割成不可接近的水道，穿越无数山岭，而孤独的美国人居于其间，只有微光照拂。迷失而无畏的恋人们从仙人桥上扔下来的玫瑰花，顺水漂流，直入大海，在阳光照耀下散出湿气，再度回归，再度回归——亚美利加大地的河流，河岸边的所有树木，所有树木上的所有绿叶，所有绿叶里的所有绿色世界，所有绿色世界里的所有纤维分子，所有分子里的所有原子，以及我们的所有器官、所有组织、所有思维、所有大脑细胞、每一细胞里的所有分子和原子、每一思维里那无穷无尽的宇宙——恍如气泡，恍如气球——所有在微波上舞蹈的月光，无尽绵延，遍布每一角落，与亚美加利无涉。一样的月光，照着亚马逊河、黑非洲大地的尼罗河、达罗毗荼人[2]的恒河、长江、还照着梅里麦克河和斯凯吉特河……

---

1 Thomas Wolfe(1900—1938)，美国作家，以自己的生活为小说的内容，代表作为《天使，望故乡》。他曾经说过：一切严肃小说都是自传性的。他是凯鲁亚克最欣赏的作家之一，也是他模仿的对象，凯鲁亚克的第一部小说《镇与城》便带有明显的沃尔夫风格。

2 Dravidian，印度的一个古老民族，又译德拉维达，提倡苦行文化。

蛋黄酱

罐头里的蛋黄酱

顺流而下

五十八

  我们穿过阴暗的峡谷，它大约绵延15英里。右拐过去一英里，就是一条铺着柏油的道路，两旁绿树掩映，一排排农舍俨然，路的尽头就是护林站。这条路特别适合飙车，两个月前，我搭了一辆顺风车——那已经是我背包之旅的最后一段行程，开车的有点喝高了，时速开到90迈，转到沙砾路之后，减到50迈，一路尘土飞扬。下车道别后，他调了个头，怒吼着狂飙而去。护林官马丁第一时间接见了我："你是约翰·杜劳斯？"然后又补了一句："他是你的朋友？"

  "不是。"

  "那我就得教教他怎么在隶属政府部门的道路上开车了。"

  我们又回到了这里，不过比上次要慢得多。老查理紧紧握着方向盘，我们夏天的工作已经告一段落——

  活动房屋在一棵大树下面（上面漆了一个懒洋洋的数字"6"），久已荒废。我们把东西扔到铺位上——上面已经扔满了毛巾和一些色情小说，这是最近那场麦卡里斯特大火的消防队员留下来的垃圾——墙上挂着锡盔，屋里还有一部坏了的老收音机——我动手把淋浴炉里的火烧旺，准备好好洗个热水澡——我忙着跟火柴和柴火打交道，查理走过来扔下一句"把火烧旺一点"，拿起一把斧头（他已经把它磨利了）；我目瞪口呆地看着他一斧头把木头彻底劈开——他已经六十岁了，而我都没法像他那样劈柴！"查理，我的天哪，我以前从来不知道你还能这样用斧子！"

"哦嗬。"

他鼻尖上有点酒糟红，我猜想他肯定是个老酒鬼——不——他是喝酒的时候喝酒，工作的时候工作——帕特在厨房里热一锅炖牛肉——重新回到峡谷之中，是如此的温柔愉悦。温和无风，几片变黄的秋叶飘落在草地上，家里的窗户透出温暖灯光——护林员奥哈拉的家。他有三个孩子，还有格尔克的家——片刻之间，我突然意识到这的确已是秋天了，一年已逝——秋天的乡愁虽然黯淡但并不伤痛，如同夜晚空气里的轻烟缭绕，你知道这一切都无伤大雅，"哦好吧，哦好吧，哦好吧"——我到厨房用巧克力布丁、巧克力奶、还有杏仁和浓牛奶把肚子填得满满的，最后还吃了一大碟冰淇淋——我在餐单上写下自己的名字，为这顿饭付了60美分的餐费。

"你已经吃完了吗？要不再来一点炖牛肉？"

"不用了，喜欢吃的都吃过了——我已经心满意足。"

查理也吃了点东西——我有张几百美元的支票，现在还躺在办公室里，不过晚上已经关门了。查理答应帮我去拿——"现在，我去酒吧喝啤酒，绝不超过三块钱。"——而我打算过一个安静的夜晚，洗个澡就睡觉。

我们到查理的拖车里坐了一会儿，就像是中西部的农村走亲戚的感觉。我无法忍受这种沉闷无聊的气氛，跑回去洗澡——

帕特很快就打起了鼾，但我辗转反侧，难以入眠——我走出门，坐在一根圆木上，在这印第安人的夏夜里抽烟——思索着这个世界——查理在他的拖车里睡觉——整个世界都安然无恙。

在我前面的道路上，将出现另一些遥远而更为迷狂的天使，以及危险，我无法预见这一切，只能保持中立。"我将穿越一切，就如同穿越一切者。"

明天是星期五。

最后我还是睡着了。在海拔这么低的地方，睡袋里十分闷热，我只好把半个身子露在外面——

早晨起来，我刮好胡子，在中午的大餐之前吃了顿早餐，到办公室去拿我的支票。

晨曦书桌映晨光
清雅之音最动人

五十九

护林官就是奥哈拉，他是一个好脾气的人，笑口常开。他朝我点头，跟我说话，令人愉快。查理像往常一样，烂醉着坐在办公桌前。助理护林员格尔克披挂着全套护林员的行头——在大火之后，他受了处罚——一条传统的背带裤，一件蓝色水洗布衬衫，嘴里叼枝雪茄，眼镜小巧精致，把他的妻子留在餐桌边，自己就过来上班了——他的口头禅是："好了，这对你们没什么害处。"他的意思是，哪怕我们（我和帕特）觉得自己就快要死了，照他看来还是一切正常——他们给我一张大额支票，把我扫地出门，让我漫游世界。我把鞋里塞满报纸，蹒跚着走了一英里半的路，到镇上去交了51美元17美分的赊账——这是我夏天吃掉的全部伙食费，再去邮局汇款——在草坪边的绿色长椅上，我吃着卷筒冰淇淋，看最新的棒球赛事消息。但报纸实在太新了，我能闻到它的油墨味，这让我的冰淇淋在味觉上变得有点发酸。我在想，把报纸吃下去的话，会让我生病的——所有的报纸都会让人生病，美国会让人生病，我不能吃报纸——可他们出售的所有饮料都是报纸，超市的大门将向孕妇自动打开，响起铃声——报纸太干燥了——一个快活的推销员从我面前走过去，问我"看到什么新闻没有"。

《西雅图时报》。

"是的，棒球新闻。"我回答道——舔了舔我的卷筒冰淇淋，准备横穿美国——

我经过了狂吠的狗，经过了西北地区的那些人们——他们坐在村舍门口聊着汽车和钓竿，步履蹒跚地回到活动房屋——我走进厨房，吃了五个鸡蛋当中饭，还吃了黄油面包——准备上路——突然奥哈拉和马丁闯了进来，跟我说他们接到了瞭望山的山火报告，问我能不能去看看？——不行，我不能去。我给他们看了我的鞋底，弗雷德的鞋也解决不了问题，绝不可能走山路——如果去查看的话，很可能是一场虚惊，不是山火而是工业烟雾——不管怎么说，我不想去了——他们热切地期望我回心转意，但我主意已定——他们走了，我觉得十分遗憾——我一瘸一拐地回到活动房屋跟他们告别，查理从办公室那边朝我大喊："嘿，杰克，你瘸给谁看呢？"

六十

我走了。查理把我载到十字路口，我们高高兴兴地道别。我背着包绕着他的车转了一圈，跟他说"我走了"，就开始拦第一辆顺风车，但它没有停下来。——我对帕特说，就在吃中饭的时候我曾对他说："这个世界既颠倒又有趣，它是一个疯狂的幻境。"此刻，我对他说："再见了，帕特，以后再见。"我跟他们都道了声再见，查理说——

"给我寄张明信片。"

"带照片的明信片？"

"行，什么都行。"我已经安排妥当，把最后一笔开支提前寄到了墨西哥，所以，当我到达世界尽头的时候，我倒真的可以给他寄一张阿兹特克人[1]披着大红头巾的明信片——我能想象得出来，

---

[1] Aztec，墨西哥原住民，创造了阿兹特克文明，同时也留下不少未解之谜。举世闻名的太阳历是阿兹特克文明的代表作。

他们三个都会骂我几句然后哈哈大笑——我是说格尔克、奥哈拉和查理这三个——

"再见了查理。"而我从来就不知道他的姓。

六十一

我又在路上了。查理和帕特都走了。我开始行路,准备步行半英里,走过那段弯路——如果他们再回来的话,就不会再见到我了——来了一辆车,它跟我不是一个方向,但还是在我面前停了下来。车里的正是菲尔·卡特,罗斯湖上的另一个摆渡人。一个俄克拉何马老好人,像大山一样心胸宽广,为人忠厚。他车里还有一个八十岁的老头,正用他发亮的眼睛打量着我——

"杰克,碰到你可真开心。这是温特先生,孤独峰上的那间小屋当年就是他造起来的。"

"温特先生,那间小屋真不错,您是个能工巧匠。"我一边说,一边回想风呼啸着刮过屋脊,渗入钢筋混凝土的屋梁,但小屋仍然屹立不动——除非天雷炸响令大地震动,或者在900英里以南的磨坊谷又诞生了一位佛陀——温特先生目光炯炯地盯着我看,咧嘴而笑——像老康尼·麦克——像弗兰克·洛伊德·赖特一样,嘴咧得特别开——我们握手道别。菲尔,他是一个老男孩,他会在无线电里读那些男孩子们的信件,你从来没有听过那么悲哀和真诚的声音——"妈妈想告诉你,吉——吉——吉尔西在8月23日出生了，一个非常可爱的小男孩——信里是这么说的(菲尔开始插话)——我觉得有些书面错误，你妈妈的信在拼写上有点毛病……"老菲尔是俄克拉荷马州的，切诺基[1]先知大声疾呼——他穿着夏威夷运动衫，跟温特先生一道离开——此后，我再没有见过他——菲尔大概38岁到40岁——坐在电视机旁——喝着啤酒——打着饱嗝——上床睡觉——醒来祷告，亲吻妻子，给她买些小礼物，上床，睡觉，开船，粗枝大叶，从不发表意见，从不论断他人，从不说三道四，只讲最平实简单的话语，很有入道之意。

我继续绕那段弯路，天气炎热，太阳暴晒，劳累不堪。这对于我，将是一个背着重包徒步跋涉的大热天。

农舍边的狗朝我吠了几声，但并没有妨碍我——雅基族[2]行走冠军、老纳瓦霍[3]人杰克以及自我原谅之夜晚之圣人，朝暗影里走去。

六十二

终于绕过了那段弯路，现在安全了，不用担心帕特和查理碰到我之后再笑话我，甚至奥哈拉和格尔克都可能开车路过这里，

---

1 Cherokee，美国土著民族之一，原居北卡罗来纳州大雾山下，1838年被迫向俄克拉何马迁徙。

2 Yaqui，墨西哥印第安土著民族，以巫术和口头传说闻名于世。

3 Navajo，美国最大的印第安土著民族，其古老语言在二战中被美国作为密码使用，纳瓦霍族人由此被称为"风语者"。

看到我——他们的夏日瞭望员——还傻呆呆地、孤独地等候在空荡荡的路边，等候着会搭我走四千英里路程的顺风车——这是九月明媚的一天，有点热，我不时用一条丝质的大花红手帕擦擦汗，等着车。——又来了一辆车，我翘了翘大拇指做出搭车的手势，车停了下来。车里坐着三个老男人。我把背包解下来，让它挂在一边肩膀上——

"你要去哪儿，小伙子？"那个鹰钩鼻的老司机和善地问我，嘴里还叼着烟斗——另外两个人好奇地看着我——

"西雅图，99号公路，弗农山，旧金山，都行——"

"上来吧，我们搭你一段路。"

他们要上99号公路去伯林翰，比我的路线偏北，我估计我应该在斯凯吉特谷附近下车——我把背包扔到后座上，上车跟两个老家伙挤在一起。我无思无想，也不管身边紧挨着的那家伙可能不太乐意——我感觉到在对我最初的好奇消失后，他变得有点生硬。我正在滔滔不绝地回答他们的一切问题——真是三个奇怪的男人！开车的男人感觉迟钝，心地善良，乐于助人，一切听从神的带领——他身边那个男人是他最好的朋友，也是一个虔信者，但不像他那么友善热心，对一切行为动机都持有怀疑态度——空中满是天使——后座上的老头看起来是个十分有趣的老实人，这意味着他很正常，所以一辈子都只能坐在后座上，像我一样观看着、好奇着，也像我一样有点傻、还有点月亮女神的味道——最后我说："这股风吹过来挺舒服的——"我准备开始一场冗长的谈话；这时司机正在转弯，竟然没有一个人吭声，整部车陷入一片死寂。我就像一个年轻的巫医，被这三个老巫医要求保持沉默；因为世事不足挂虑，我们都是不朽之佛陀，洞悉沉默的奥义。我安静下来，车轮滚滚向前，车内鸦雀无声。我被渡到彼岸，他们则是毗卢遮那法身佛、卢舍那报身佛、释迦牟尼化身佛三身[1]。我一手伸到右边的车窗外，风从我的脸上吹过。在悬崖峭壁间生活了那么久，看到道路不免心情激动。我注视着路边的每一座村舍，每一棵树木，每一块草地，这是上帝创造出来让我们得以看见、得以行走、得以穿越的美丽小世界，而它与那个从我们的胸中带出呼吸并把我们最终带向坟墓的残酷世界是同一个世界。对此，我们无可抱怨，也最好别去抱怨——契诃夫的沉默天使和悲哀天使在车的上空盘旋——我们上了一条老水泥路，开过一座窄桥，前面一英里长的路上布满了卡夫卡式的灰色水泥工厂、吊臂和铲车——再过去就是美国式的乡村街道，两旁的小斜坡用来停泊汽车，阴暗的店铺嵌着明晃晃的玻璃窗，五元和十元便利店，穿着棉布衣的女人们买着大包小包的东西，老农夫塌着腰走进食品店和五金店，透过昏暗的门窗能看到邮局里的人们……我能清楚地看到墨西哥边界的风景——那是我将背包流浪四千英里然后到达的风景（在两个月前俄勒冈的格兰迪斯山口，一个肥胖的牛仔开着碎石机车想掠走我的背包，幸好我及时把它拽了回来，而他竟然对我笑了笑）（我朝他挥手要他退回来，感谢上帝他没有看到。"他现在肯定被关起来了，

---

1 三身为佛教用语，即法、报、化三身。临济祖师解为："清净心光即法身佛，一念无分别心光即报身佛，一念无差别心光即化身佛。"

这个小子,叫流浪鲍勃什么的,又酗酒又赌博又抢劫,肯定被抓到牢里去了")(虽然有此遭遇,但日后我也不会回避那些孤独的墨西哥牛仔。他们带着宽檐帽,坐在酒吧里,抽着雪茄)——三个怪老头在西德罗-沃利路口把我放下,我可以再搭车上99号公路。感谢他们——

我走过发烫的路面,朝镇子里走去,准备买双新鞋——我在加油站梳了梳头,出来的时候看到一位漂亮女人,正在人行道上忙着分配罐头,她的宠物浣熊朝我爬过来,蹲在那儿把香烟滚来滚去,玩腻了之后把它长长的灵敏的鼻子伸进我的手心,想弄点吃食——

我再度出发——穿过曲折蜿蜒的道路,那边是一间工厂,一个值班的家伙紧紧地盯着我,好奇得不得了——"瞧瞧那个背着背包的家伙,在路边等着搭顺风车,这个该死的家伙想去哪儿?又是从哪来的?"他一直盯着我,我只好一直往前走,然后迅速闪进树丛里撒了泡尿。我穿过高速公路碎石路段之间的小水潭和盖着油布的草地沟水排,朝锡德罗伍利大步跑过去,我的鞋已经四分五裂——我要赶紧找到一家银行,恰好前面就是银行,我背着包走进去的时候,有几个人盯着我看——而伟大的行路者杰克的旅程即将开始,他庄严神圣地走进银行,把政府支票换成旅行支票——

我找了一个漂亮的女职员,精致的红头发,诚挚的蓝眼睛,告诉她要换旅行支票。我跟她说我来自何处,去向何方,她显得很有兴趣。我说"我要去剪发了"(整个夏天我都没理过头发),她回应说"我看你好像没有剪发的必要"。她对我品头论足,我知道她已经爱上了我,而我也爱她;我知道今晚我可以跟她手牵着手在星空下漫步于斯凯吉特河滩,而她——这位甜蜜的可人儿,并不介意将要发生的一切——她会容许我侵犯她的每一寸土地,那正是她所渴望的一切;美国女人需要伴侣和情人,她们整天站在冷冰冰的银行里,跟一张又一张的钞票打交道,然后在汽车旅馆里吃喝拉撒;她们需要亲吻的热唇,需要河流和草地,一直到老——我全神贯注地欣赏着她美丽的腰肢,甜蜜的眸子,温柔的刘海之下温柔的眉黛,还有她小小的雀斑和她轻巧的皓腕。我丝毫都没有注意到在我的身后已经排起了六个人的长队,嫉妒而怒火中烧的老女人们和匆匆忙忙的小伙子们;我赶紧取出支票,立即抽身,背起我的包就走——回头一看,她正忙于应付下一位顾客——

不管怎么说,这该是我十个星期以来喝第一杯啤酒的时间了。

那儿有个酒吧……就在隔壁。

这是一个炎热的下午。

六十三

我在这间宽敞明亮的酒吧里要了一杯啤酒,背对着吧台坐下来,卷了一支烟抽。一个颤巍巍的八十岁老头拄着根拐杖进来,坐在我的邻桌,老眼昏花地等着上酒——高更啊!普鲁斯特啊!如果我能像你们一样或画或写,我一定要描绘他那张衰老而肮脏的面孔,那是所有男人悲哀的预告,没有热唇,没有河流,没有星空，没有跟你做爱的甜心，一切转眼成空，一切不可复回……他哆哆嗦嗦地花了五分钟时间才摸出可怜的钞票——手不停颤抖着——盯着吧台——酒吧侍者正在忙碌。"他为什么不自己起身走过去，要一杯啤酒？——"啊，这将是一个令人自豪的故事，在这个下午的酒吧，在西德罗-沃利镇，在华盛顿西北，在这个世界，在孤独混乱之"空"中——最后他咔嗒咔嗒地敲着拐杖，要求侍者过来照应——我喝完一杯，又要了一杯——我想替他要杯啤酒。——可是，为什么要打扰他呢？难道黑杰克非要冲进来开枪扫射，而我将因从背后射杀希区柯克而在西部名声大振？齐瓦瓦少年啊，我无言以对——

两杯啤酒并没有让我飘飘然。我意识到，灵魂无需酒精——

我离开酒吧，去买鞋——

主街道，店铺，体育用品，篮球，橄榄球——这是为正在到来的秋季准备的应季货品——幸福的艾尔默[1]少年将在橄榄球赛场驰骋纵横，在学校宴席上大啃牛排，情书接踵而至。我了解这一切……我走进一家商店，踢踢踏踏地走到里面，脱掉那双破鞋。一个小男孩拿给我一双蓝色的帆布鞋，带着厚厚的、柔软的鞋底。我穿上试着走了几步，简直就像在天堂里漫步——我掏钱把它们买了下来，把旧鞋扔在店里，昂首阔步地出了门——

我在一堵墙边蹲下来抽烟，打量着这座小小的午后之城。城

---

[1] Elmer，加拿大魁北克西南部的一个城镇，位于渥太华沿岸，人口众多。

外的干草堆和谷仓、铁路、木材厂，就像马克·吐温书中的城镇，在内战中格兰特将军让这些城镇变成无数阵亡将士的坟茔——这令人昏昏欲睡的氛围却也点燃了"石墙"杰克逊[1]的弗吉尼亚灵魂之火，一路杀戮——

好啦，我歇够了——该重回高速公路，继续我的旅程了——

我等了大概十五分钟。

"背包流浪，"为了坚定意志，我开始思考，"你能从中得到善业和恶业。善业将补足恶业，就在这条路上——"我看了看路，它的确就在那模糊不清的道路尽头，无望、无名也无意义。"等着吧，会有一个家伙把你带到西雅图，让你今晚就能看报喝酒，只要你耐心等待——"

果然有人在我面前停了车。这是一个金发少年，因为溃疡而不得不退出西德罗-沃利高中橄榄球队。他曾是一颗正在冉冉上升的新星，比我的个头还更胜一筹，现在去了摔跤队练摔跤。他膀大腰圆，年仅17岁。我也曾经练过摔跤，所以我们一直都在谈论摔跤。

"你是属于职业摔跤队的选手？四脚着地，有人压在你背上，然后摔跤？"

"没错，我可不是电视上那些狗屎废物，我们都是来真的……"

"他们怎么计算点数？"

---

[1] Stonewall Jackson，杰克逊将军为美国内战期间的南军统帅，与李将军齐名。在南北战争的首仗马拿萨战役中，杰克逊就以骁勇顽强赢得了"石墙"的外号。上面提到的格兰特将军则是北军取得最后胜利的关键人物。

他详细回答了复杂的计算方式，让我一路到达弗农山。我突然对他心生愧疚，因为我不能停留下来，跟他摔跤角力，也无法跟他一起投掷橄榄球。他是一个孤独的美国少年，像那些少女们一样，寻求着简单的友谊，纯洁的天使；我战栗地想到校园里那些拉帮结伙的学生，他们把他从父母手里和医生的告诫里夺走，他所得到的一切就是在没有月亮的黑夜里弄点不义之财——我们握手道别，我走到下午四点钟的烈日下。这时，路上车水马龙，下班回家的车辆汇成了一条河流。我站在加油站前面的一个拐角，每辆车都小心翼翼地拐着弯，没有任何人注意到我。我几乎空等了一个小时。

　　一个胆小可笑的男人把他的凯迪拉克停下来等人。当他看到我搭车的手势时，露出了假笑。然后他立即把车掉头，在街上停了一会儿，然后他往前开了一段路，再掉了一次头，从我面前扬长而去。我沉默地注视着他，他在前面停了车，他的表情惊恐不安。美国啊，你到底对你的孩子们做了什么？！尽管商店里充斥着全世界最好的食品，最甜蜜的糖果，最新鲜可口的粮食和瓜果，还有斯凯吉特山谷富饶而润泽的土地出产的乳脂食物——一辆MG[1]开了过来，天哪，是瑞德·柯恩！他身边还带着一个女孩。他以前说过这个夏天会待在华盛顿。我开始叫，"嗨，瑞德！"当这辆车在加油站的行驶道上猛然掉头时，我才发现他根本不是瑞德·柯恩。他脸上带着"我不知道你是谁"的冷笑，但那甚至不是冷笑，而是

---

[1] MG，英国有名的赛车品牌。由塞西尔·金伯创立，他曾在 Morris Garages 汽车公司担任总经理，MG便取名自"Morris Garages"的首字母。

怒火中烧，他的车轮、他的离合器都在怒火中烧。MG绝尘而去，熏人的尾气喷到我脸上。其实，在那时候我也不敢确定他到底是不是瑞德，说不定他变了，疯了——对我发疯了——

凄凉。
盛开。
虚空。

这辆车上竟然坐着个八九十岁高龄的雅利安人，白发苍苍，佝偻在坐位上，在巨大的方向盘对比下显得无比衰老。他停了车，我追上去，打开车门。他向我眨眨眼睛："进来吧，小伙子。我可以捎你一段。"
"多远？"
"哦——几英里路吧。"
这让我想起了1952年在堪萨斯的遭遇。那是日落时分，我在路上也搭了几英里路的便车。车子以80迈的速度冲向丹佛，每个人的身体都被拉成了球形。——我耸耸肩："因果，这就是因果……"我上了车——

他还算比较健谈，但不至于喋喋不休。我观察了一下，他的确已经很苍老，不过也很有趣。他独自驾着老爷车出行，从每个人身边擦肩而过。我们的车离开高速路，他以每小时80迈的速度穿过农田——"上帝啊，如果他突然心脏病发作怎么办？"——
我紧盯着他和方向盘看。"你的身体吃得消吧？"

"我没问题,先生。"他说完,竟然把车开得更快了——

我正被一个疯狂的老菩萨超度,带我穿过无河之河,抵达净土——他要不就马上把我带到那里,要不就根本不会把我带去——这就是你的因果,现在,它像蜜桃一样成熟了。

我紧紧抓牢了……毕竟他不是酒后驾驶。1955年我在佐治亚州碰到一个肥仔,在软质路肩上把车开到80迈,而且,他一直侧过头来看我而不是看着路——那天晚上月色朦胧,道路本来就看不太清楚。我一路受到惊吓,不得不改变主意,提前下车搭巴士去伯明翰。

不——这是爸爸把我安置在农庄敞开的大门口,这是他的榆树走廊、他喂养的猪,我们握了握手,他出去弄晚餐——

我向那里走去,身边车流不息。我知道我已经耽搁了,要迟到了……

一辆货车开到我前面去了,但突然慢了下来,在我身旁扬起一片尘雾。我朝它跑过去,纵身一跳——多么异想天开啊,你碰到的这些英雄人物!他有一双巨大的拳头,他不怕任何人,他能说会道,还能架设桥梁。在他身后就是他的大桥,货车里装满水泥、撬杆和各种工具……我跟他说我要去墨西哥,他说:"好吧,墨西哥。我和我老婆把孩子们放到拖车里,然后启程……从每一条道路到达美洲中部……在拖车里吃喝拉撒……我让我老婆讲西班牙语……我要在每个酒吧里喝点龙舌兰酒……这对孩子们也是很好的教育……只要几个星期就够了,我顶多去一趟蒙大拿,随便看看就穿过东得克萨斯回来……"他至少有230磅重,膀粗腰圆,全身都是肌肉,我看没有哪个流氓敢向他动粗——他把我带到埃弗里特。迟昼的日光仍然炎热,带着一种凄凉的凝滞感;凄凉的红砖房和钟楼跃入眼帘,我感觉非常糟糕——埃弗里特令人情绪低落——愤怒的工人们开车鱼贯而行,精疲力竭,臭气熏天——没有人注意到我,但人人都面带冷笑——太糟糕了,这简直是地狱……我意识到,我应该返回我的山间小屋,在清冷的月光下过夜……(想想埃弗里特惨案!)

可是,冒险之旅将回到因果报应——我已经走到了尽头,即将走向死亡——我要洗净我的牙,花光我的钱,等到时间终了。或者,一直等到我成为地球上最后一个老妇人,在最后的洞穴里啃着最后一根骨头,在最后一个夜晚喋喋不休地进行最后一次祷告,而后永不再醒来……再然后,跟天堂的天使们进行交易——但在那种奇异的星际速度之下、在那种狂喜之中,也许我们对一切都已经毫不在意了……可是,天哪,埃弗里特!高大的锯木厂、遥远的桥梁、了无生气的炎热的人行道……

等了半个多小时,我满怀沮丧,走进一家供应便餐的小餐馆,要了一个汉堡,一杯奶昔——在背包流浪时,我允许自己增加一点餐费预算——女招待一脸冷漠的蠢相让我更加陷入沮丧的深渊。她身形迷人、细致整洁,但却显得神色黯淡,一双蓝眼睛里没有丝毫感情色彩。而事实上,她的全部注意力都在某个中年男子身上,他正准备去拉斯维加斯赌钱,他的车就泊在外面。他要走的时候,她对他叫了一句,"什么时候带我兜兜风吧!"他那副自以为是的神态令我吃惊,同时也激怒了我。"哦,我会记着这事的……"他做出这类空洞的回答；我打量着他，他理着小平头，戴着眼镜，看上去丑陋平庸——他出了门，坐上车，开向拉斯维加斯——我几乎咽不下这里的东西——我付了钱，匆匆离开——背着包穿过了马路——啊，喔哟——我总算来到了谷底。

六十四

我站在这里，站在阳光之中。我一直没注意到，在我背后偏西的地方，橄榄球队正在灼热的太阳下厮杀混战——直到另一个想搭便车的海员从我身边走过去，嚷着"加油，加油"，我这才看到了他，也同时看到了那些玩橄榄球的孩子们，甚至还同时看到了一辆车、一张兴趣盎然的脸，车停了下来。我朝前跑了几步，赶上车，看了橄榄球赛最后一眼——这时，一个男孩正抱了球向前冲，但被对方绊倒，压在下面……

我上了车。他像是某种类型的秘密同性恋者，这种人一般都有一副好心肠，所以我指了指另外那个海员："他也想搭便车。"我们把他捎了上来，三个人挤在前座上抽烟，朝西雅图出发——至少看上去如此。

断断续续地谈论了一番海军——十分的沉闷。"我驻扎在布雷默顿[1]，一般都是在周六晚上过来，但如果我调任可能更好一

---

[1] Bremerton, 位于华盛顿州，为海军基地，布雷默顿造船厂是二战时最重要的海军造船厂之一。

些……"我闭上了眼睛。——我对驾车者所在的学校表示了一点兴趣,他在华盛顿大学念书,他有意把我带到校园里看看,我替他把这想法提了出来。我们把海员放下,他懒洋洋地拎着一个纸袋,里面塞着他女友的内衣,估计还有其他形形色色的体己用品,他让我看了放在上面的丝裙……

华盛顿大学的校园景色秀丽,新盖的大型宿舍楼排列着成千上万扇窗户,俨然永恒。漫步其间,正好可以消减旅途带来的狂躁。啊,对我而言,校园的整个景区就像一个中国人,我无法辨识全貌,因为我的背包实在太沉重了。我搭上了第一辆到西雅图市区的巴士。我们从海边掠过,海水拍岸,古老的平底船穿梭其间,红日西沉,堕向桅杆和屋顶背后。这就是迷雾中的老西雅图,桅索上的老西雅图,这也是我从小就在各种科幻侦探小说里所熟知的西雅图。在我所读的那些蓝皮书里有很多老故事。一百多人冲进酒窖,喝得奄奄一息,全部被麻醉了送上船,运到中国去……低矮泥泞的小平房边,海鸥飞舞。

少女之足迹
穿行沙砾间
屐齿印青苔

船桅遍布的西雅图……舷梯,甲板,船头柱,水边码头的老式机车,蒸汽,白烟,贫民窟,酒吧,印第安人……在我童年视野中的西雅图，我看到印第安人在那些锈迹斑斑的旧舢板中间，年代久远而黯然失色的围栏竖立于迷津入口……

　　海边小木屋
　　郁郁冷灰色
　　窗牖映霞光

我告诉巴士司机，我已经到站了。我跳下车，步履沉重地经过市政厅和水池边的鸽群。我知道在哪儿能找到一间上好的平房，有床，还能洗热水澡……

我走到了第一大道，向左拐，把商店和西雅图人甩到身后。天啊！我的眼珠子差点掉了出来——这里到处都是人，在傍晚时分散步的人，他们喧哗着，拥挤着，显得奇异怪诞——印第安少女穿着闲散的装束，印第安少年理着托尼·柯蒂斯[1]式的发型，手牵着手——俄亥俄州的名门望族们把车停在一边，去超市购买面包和肉食——醉鬼们出没——我从拥挤而阴郁的人群中穿过，以不可思议的速度经过酒吧大门口，手拿起饮料，抬头看着电视机里约翰尼·萨克斯顿和卡门·巴西利奥[2]在龙争虎斗。……"嘭"的一

1　Tony Curtis，好莱坞影坛常青树，1958年因主演《逃狱惊魂》荣膺奥斯卡影帝，此后一直盛名不衰，2004年获柏林电影节终身成就奖。
2　Carmen Basilio，美国五六十年代拳击明星，与拳王阿里为同门师兄弟。1957年9月，他与中量级拳王雷·罗宾逊的一战成为拳坛经典战役，一举夺走世界中量级王冠。

拳重击……我想起来，今夜是星期五夜晚，全美国都是。在纽约，现在刚好十点钟，这场争霸赛在拳击馆开战，在北河沿岸的酒吧里，挤满了观看比赛的观众，每人至少要喝上20杯啤酒。在电视上能看到一群美国人坐在前列，为拳赛下注，他们来自迈阿密，打着手绘领带——这就是美国的星期五拳击之夜，这是一场重要赛事。甚至在阿肯色州，他们也在博彩厅里关注这场比赛——每个城市，无一例外，都在看着这场比赛，芝加哥，丹佛……到处都弥漫着云山雾罩的雪茄烟味……啊，我早已忘了这些悲哀的脸孔，而此刻，我看到了他们，一切又回到心头。整个夏天，我在山顶漫步、祷告，四面都是山岩和雪峰，迷途的飞鸟和熊罴——而他们，在抽烟喝酒，同时也在漫步、祷告，为他们自己的灵魂，以他们自己的方式。这一切都铭刻在他们脸上的疤痕之中……我得进那家酒吧喝几杯。

我转身回来，走进酒吧。

我把背包扔到地板上。酒吧人满为患，我坐在一张吧台边，要了一杯啤酒。这张吧台已经有人了，这是一个老男人，他面朝大街的另一个方向。我从人缝里找到一个角度观看比赛，还有那些面孔——他们显得很温暖，那种人性的温暖，充满了内在的爱意。我的目光能穿透他们——我像一束纯洁新鲜的雏菊，我可以对他们发表演说，劝诫他们，警醒他们——然而，就在那时，我看到了他们脸上倦怠的神情，像是在说"你要说的一切我们早就听厌了，我们到这里来，是为了等待、祷告，然后在星期五晚上看场比赛，然后喝酒……"我的天哪,他们已经喝醉了!在西雅图,每个人都是酒鬼……

除了我这张蠢脸,我再也没有什么可以给他们的了……我转过脸—— 一个酒吧男招待匆忙走过,他不得不抬腿跨过我的背包。我把背包移开,他向我道了谢——这时,萨克斯顿向巴西利奥出了一拳,但力量不足,巴西利奥毫发无损。巴西利奥步步为营,四下出击——这是勇气与智力的对决,而勇气将取得最后胜利——酒吧里的每个人都属于巴西利奥勇气派,而我则属于智力派——我赶紧从那里溜了出来——到了午夜,他们自己将会干上一仗,这群无赖——你必须变成一个狂野粗暴的受虐狂约翰尼,啊,从纽约来到西雅图,在酒吧里打上第一架!你必须在脸上弄点疤痕,经历疼痛!……

我走出酒吧,走向我的贫民窟旅馆过夜。

度过我的西雅图之夜。

明天,我的道路通往旧金山。

六十五

斯蒂文斯旅馆是一家老式旅馆,屋子十分整洁。通过巨大的玻璃窗,能够看到瓷砖地板、痰盂、旧皮椅、一只嘀哒作响的挂钟,以及升降机里穿着镶银制服的店小二——每晚1.75美元,在这一带算是顶高的价位，但最重要的是这里没有臭虫——我订了房，跟店小二进了升降机，到了二楼，找到我的房间。我把包扔到摇椅上，把自己扔到床上——柔软的床垫，净洁的床单，缓解了身体的疼痛。我要在这里待到明天下午一点，再结账走人——

啊西雅图，酒吧里那些悲伤的面孔，你不知道你已经颠倒而混乱……你那些无尽虚空之中悲伤的生命、悲伤的人群；你的大街上、房间里一切颠倒而混乱，你的器物颠倒混乱，被重力所控制；唯一能够阻止你彻底脱轨的就是关于宇宙精神的那些法则；上帝啊——你在期待上帝吗？可他是无限的，所以他是不可能存在的。期待左翼分子？那也毫无区别，亲爱的布朗克斯[1]歌者。这里什么都没有，只有原初的精神本质，它以陌生的形态出现，你尽可用美好动听的名字给它命名……啊，我起了床，到外面去买酒和报纸。

在玫瑰色和蓝色霓虹闪烁的街道上，有个吃东西喝酒的地方，还在放着拳击赛。吸引我注意力的是一个穿汗衫的家伙，他在巨大的记分牌上小心翼翼地写下当天的棒球比赛分数，就像回到了老日子……我站在一旁看着。

老天，报摊上满是色情画报，充斥着丰乳肥臀——永恒之中的丰乳肥臀，令人生厌——我想，"美国已经疯了，到处都是性，永远不知餍足。肯定有什么东西出了错，在某个地方，可能这些色

---

[1] Bronx，纽约市最北端的一区，亦为一种鸡尾酒名。

情小说很快就会变得死板——不可思议的死板，它们只会展示胴体上除了乳头和那个洞穴之外的每一寸肌肤"……哦，当然我也会看，在铺位上，跟其他的性成瘾者一起看。

最后我买了一期圣路易斯的《体育新闻》，恶补棒球联赛的新闻，还读到了所有艾森豪威尔总统在火车上向大家挥手致意的消息。我买了一瓶意大利产的斯威兹科洛尼葡萄酒，我想这应该是最好的葡萄酒，因为它的价格十分昂贵——我急忙往回走，下了坡，看到一家表演模仿秀和脱衣秀的夜店。"今晚就去看脱衣舞吧！"我想到波士顿的老霍华德，哈哈大笑起来。我最近读到一篇文章，说菲尔·西尔弗斯[1]如何把老掉牙的滑稽表演发扬光大，把它变成一门精致的艺术——是啊——它的确是……

我回到房里，背后垫着枕头，脚上穿着长袜，伸到床沿上，一边读报一边喝酒，打发了一个半小时的时间。我的胃里充满了液体，街道就在外面——这让报纸最后变得索然寡味。我小心翼翼地把酒倒进一个便携式小水壶（这是以前为防路上干渴准备的），把它塞进外衣口袋，走向西雅图的夜晚……

霓虹灯光俨然

中国餐馆映现

少女穿过暗影

---

[1] Phil Silvers，美国五六十年代的喜剧巨星。

眼睛——陌生的黑人小孩带着惊恐的眼睛。我想用我的眼睛去责备他，因为在他身上竟然还保留着南方的种族隔离色彩，我几乎真要责备他了，但我不想引起他的注意，所以我还是转开了目光，看向别处——并没有菲律宾人垂着双手，在此穿行，他们开着神秘的桌球屋和酒吧——这是一条超现实主义的街道，一个便衣站在酒吧款台，我走过去的时候，他显得有些不自然的僵硬，就像我要去偷他手里的酒似的——大街小巷——年深日久的屋顶之间积着陈年的雨水——月亮从市中心升起，升到天空，淹没于众光之中——格兰特药店闪着耀眼的白光，它隔壁的索姆·麦克安斯店也在闪烁着，再过去是一家电影院，正在放《爱是如此光芒四射》[1]，一群漂亮女孩排着队等候——路边的石子，黢黑的后巷响起飞车急转弯的刺耳声音——马达在轮胎上空转，一下又一下的轰轰声——在美国到处都能听到这种声音——美国土地广袤——我爱极了这一点——整个美国最好的事物已经融为一体，分布在酒吧区、贫民区以及时代广场……那些面孔那些灯光那些眼睛……

我走向朝海的后巷，这里空无一人。我坐在路边石阶上，背后是一堆垃圾罐头。我一边喝酒一边看着老波兰俱乐部里的老男人在黯淡的灯光下玩皮纳克尔[2]，四面是光滑的绿墙，挂着壁

---

[1] *Love is a Many-Splendored Thing*，好莱坞影片，其同名主题曲至今传唱不衰。

[2] 一种两到四人玩的牌戏，使用48张纸牌，通过采用轮圈抓牌或形成某种组合计分。

钟……轰隆！一艘远洋货轮穿过海港——西雅图港口，它来自布莱默顿，雪白的油漆甲板上码着整箱的伏特加，等着我在雨中畅饮……普吉特湾[1]树木环绕……拖船在港口鸣响……我喝着酒，一个温暖的夜晚。我徜徉街头，向脱衣秀漫步而去——

我到得很及时，刚好赶上第一个舞娘出场。

六十六

这个小妹是从海湾那边过来的，叫麦丽蒂。她不应该在没有滑稽模仿秀的时候跳脱衣舞。她的胸部完美无缺，但大家都提不起兴趣——她显得太纯净了，不够挑逗——在昏暗的场子里，一切都颠倒混乱，观众们想看的是风骚舞娘——而风骚舞娘现在正在化妆室的镜子面前做准备，让自己颠倒混乱——

帘幕拉开了，埃西出场了。我在昏暗的场子里抿了一口酒。两个小丑出现在舞台上，灯光突然大亮。

脱衣舞开始了。

亚伯戴着一顶帽子，穿着长吊带裤，他不停地拉完这个扯那个。他有一张疯狂的脸，像姑娘们一样，不停地咂吧着嘴唇，像一个古老的西雅图精灵。而"瘦子"则身材瘦高，一头卷发，面色清秀，就像春宫图上的男主角——

---

[1] Puget Sound，位于华盛顿州。西雅图介于普吉特湾和华盛顿湖之间。

亚伯：你去了什么鬼地方？

瘦子：快去拿钱来。

亚伯：你说什么鬼话，钱——

* * * *

瘦子：我已来到墓地

亚伯：你在这想干啥？

瘦子：挖坑埋尸。

* * * *

他们讲着这一类的笑话，在每个人面前转了一大圈。这是一个简陋的场子，门脸十分简陋。每个人都被自己的麻烦所困扰。——舞娘从台上出来了。亚伯正在喝酒，玩了点小花招把整瓶酒一口喝干——每个人——演员和观众，都在盯着那个舞娘——她走在台上，她的步态就已经风情万种……

她终于出场了。她的艺名叫洛丽塔，是一个西班牙舞娘，一头长长的黑发，一双黑色的眼眸，打着狂野的响板。她开始跳脱衣舞，叫了一声"喔嘞！"，把外衣脱下来扔在一边。她轻晃着脑袋，露出皓齿。每个人都贪婪地看着她，从香肩到玉腿。她急速旋转，打着响板；她的手指慢慢地松开裙带，脱掉整条裙子，露出一条缀满金属亮片的、贞洁带似的漂亮亵裤，晶莹闪烁。她舞动着身体、踢踏着脚步，把头发垂到地板；弹风琴的就是那个"瘦子"，奏着极度悲凉而狂野的爵士——我的脚掌和手掌都在打着节拍，这就是爵士，多么美妙！洛丽塔最后似乎欲解胸衣，但并没有把它解开，而后退到舞台一角——洛丽塔——这是我目前最喜欢的舞娘——我在黑暗中向她敬了一杯酒。

灯光转亮，亚伯和瘦子又出现在台上。

"你在墓地做什么？"瘦子坐在桌后扮法官，手里拿着槌，审判亚伯。

"我到那边埋尸体。"

"你该明白，这是违法的。"

"可在西雅图，这不违法——"亚伯一边说，一边指向洛丽塔——

洛丽塔用浓重而迷人的西班牙口音说："他就是尸体，我就是他的殡仪承办人……"她一边说一边扭着臀，每个人都被她迷死了；场里突然暗下来，每个人都哈哈大笑起来，包括我，还有我后面的一个粗壮黑人，他激情澎湃地大喊大叫，每到妙处都要热烈鼓掌——

接着一名黑人舞者上场，为大家表演踢踏舞。不过他年龄太大了，跳得气喘吁吁，看来不太济事。弹风琴的瘦子努力想让音乐跟上他的节拍。我后面的那个男人叫着："哦啊！哦啊！"似乎在说"你还是滚回家去吧！"……他竭尽全力、绝望地跳着，我暗自为他祷告，祈望他能跳好踢踏舞，我对他满怀同情。他刚从旧金山过来，找到了这份职位，也许他会越跳越好。在他跳完之后，我拼命为他鼓掌——

这是一场伟大的人间戏剧，展示在我那无所不知而又无比孤独的眼眸前——颠倒混乱——

瘦子在麦克风前宣布:"现在,恭请西雅图红发小姐基蒂·奥格拉蒂出场!"她走上台,瘦子又跳回到风琴后面。奥格拉蒂个头很高,迈着碎步款款而来,长着一头红发,和一双碧绿的眼睛,卖弄着风情——

(哦,埃弗里特惨案——我究竟身在何处?)

六十七

美丽的奥格拉蒂小姐,我似乎能看见她小时候的摇篮——我已经见到了它们,并且,在将来的某一天,我还会与她相遇,在巴尔的摩,她斜倚在红砖墙的窗户边,身边插着瓶花,染着眉毛,头发上满是香波——我将要遇到她,我已经遇到她,在她腮边,有颗美丽的黑痣。我父亲曾经看过齐格飞[1]的美人儿,那是在菲尔茨[2]的戏里,他在快餐店对一位三百磅的超肥女招待发问:"你难道不是老齐格飞女郎吗?"——那女招待看着他的鼻子反击道:"你身上有个东西真是大得可怕。"她转身就走,菲尔茨看着她的肥臀说:"你身上也有个东西大得可怕!"……我已经遇到她,就在窗边,玫瑰花旁,美丽的黑痣和尘埃,一张陈旧的舞台表演证书,几扇后门,在这场景里,世界被呈现出来——发黄的节目单,寻常巷

---

1 Ziegfeld(1869—1932),音乐剧史上的传奇人物,创造了华丽绮靡、美女成群的表演形式,被称为"齐格飞歌舞"。他创造的齐格飞歌舞团是百老汇最大的歌舞团。1936年好莱坞推出《歌舞大王齐格飞》一片,获多项奥斯卡奖。

2 美国著名喜剧明星和百老汇舞台明星,长于讽刺,但终身酗酒。

陌,积尘中的舒伯特剧院[1],写给墓园的诗歌……菲律宾人在巷子里撒尿,在午夜波多黎各[2]纽约将会倒塌……耶稣会在1957年7月20日下午两点半钟现身……我将看见活泼美丽的奥格拉蒂小姐,在舞台上仪态万方,取悦那些掏钱买票的观众,像只小猫咪一样柔顺。"这就是她,瘦子的女人,她是他的女人,他把她的花带到更衣室,他为她随时效劳……"

她努力想显得野性,但心有余而力不足。她秀出了胸部,获得了一片口哨声。亚伯和瘦子又出现在明亮的灯光下,跟她玩那套小把戏。

这回亚伯是法官,坐在桌后,拿着槌,"梆"地一敲。他们已经拘捕了瘦子,因为他犯了猥亵罪。他们把他带到奥格拉蒂小姐面前。

"他犯了什么猥亵罪?"

"他什么都没做,他就是猥亵本身。"

"为什么?"

"瘦子,给他看看。"

瘦子穿着浴衣。他转过身去背向观众,解开襟带——

亚伯目瞪口呆,倾斜着身子,差点从审判桌后面掉下来。

"世界末日啊,怎么会这样!谁以前见过这样的玩意儿?先

---

[1] Shubert Theater,位于纽约百老汇中心地带。

[2] Porto Rico,波多黎各原为印第安人居住地。1508年西班牙殖民者庞塞·德莱昂在此建立殖民地。1898年美西战争后,波多黎各被割让给美国,成为美国的殖民地。1952年,波多黎各通过了宪法,宣布波多黎各为美国的"自由邦",实行内部自治。

生,你能确定这全都是你的吗?这不仅是猥亵而且是过错!"亚伯就这样插科打诨,引起哄堂大笑。音乐起,灯光再暗,聚光灯里,瘦子胜利地宣告:"现在,有请野性女郎——莎丽娜!"

他又跳到风琴后面。在爵士乐的伴奏下,野性莎丽娜出场了——她引起了全场狂热地激情——她长着一对小猫似的、斜视的眼睛,一张带着邪气的面孔——像猫须一样生动活泼——她像一个小小的女巫——只是没带扫帚——她跟随着节奏,来到台上——

莎丽娜
美丽的头发
妖魅的女郎儿

六十八

她很快就弯到地板上,把仅穿了遮羞布的胴体朝上挺——她假装因为疼痛而扭动,她的脸部扭曲,露出贝齿,垂下头发,香肩蠕动如蛇。她两手撑着地板,面前昏暗的场子里都是男人,其中还有大学生——呼哨声四起——琴声低了下去,奏起了与脱衣舞同样暧昧的布鲁斯——她的双瞳野性十足,冷冷地斜睨到右面包厢,对那里的达官要人们做着秘密的下流动作,——她在包厢里秀了一圈,回到舞台上,指尖悄悄地滑向裙带,缓缓解开罗裙;她故意逗弄着裙带,手指在那里急切迂回;她露出了大腿,越露越多,甚至能看到腹部一角；她转过身，一边露出臀部，一边发出慵懒的声音——她像一杯丰盛的果汁，每个毛孔都散发出甜蜜成熟的气息——我不由自主地想，在更衣室，瘦子会对她干些什么……

我一直在喝酒，喝过了头，有点发晕，这个世界里整座昏暗的剧院在我身边旋转，一切都很疯狂，一切都精神错乱，我模糊地记起了那些远山，颠倒混乱，喔，狞笑，酒疯，性满足……在这个疯狂的变幻戏法的虚空之中，在对爵士乐对舞娘的阵阵掌声和欢呼声中，坐椅上的观众到底会干些什么呢？——这些垂帘、帷幕，甚至假面，究竟有何意义？灯光变换着强度，从任意一处照向任意一处，玫瑰，石竹，破碎的心，忧郁的男孩，天真的少女，西班牙黑斗篷，黑之黑色……啊，喔，我不知道该做什么，莎丽娜野性女郎正背向观众，缓缓扭动她美妙的腰肢，似乎某个假想的天神赋予了她永恒的劳作——很快我们就会有一大群孕妇、一堆被扔在巷子里的避孕套以及溢满星球的精液和破酒瓶；很快高墙就会被筑起来，保护她的安全，在某个西班牙疯国王的宫殿里，墙上浇铸混凝土，扎上碎玻璃，任何人都无法越过高墙，任何人都无法接近她——除了苏丹的手风琴师，他将目睹并见证她汁液似的丰盛、她的生命力，然后一头栽入那毫无生命力的坟墓，而时候一到，她的坟墓也将同样了无生气。蚯蚓会热爱那最初的黑色汁液，而后，一切化为尘土，化为原子的尘土，这就是天堂之船——整个世界就在剧场里号叫。我看到远处，悲恸的人们在烛光下哭泣，我看到远处，所有的古阿卡德人和古闪族人，高级妓女海伦乘船渡海，离开最后的战场;我看到远处,破碎的镜子化为无穷小,再化为一无所有,只有如雪的光芒四处弥漫,穿透黑夜,太阳升起……乞讨、磁力、重力狂喜地穿越着,一言不发,甚至全无微小的声息,甚至连穿越也没有,甚至连存在也值得怀疑……

可是,啊,莎丽娜,她来了,悲哀地跟我上床,让我在今夜温柔地爱你,度过漫长的夜晚,直到黎明来临,直到朱丽叶的太阳已经升起而罗密欧的药水已经喝下,直到我在你玫瑰花瓣似的红唇上消除了轮回之干渴,在你的玫瑰般新鲜的花园里融合,留下救世的液体,为虚空诞下另一个哭泣的婴孩。来吧,甜蜜的莎丽娜,我与你的肉体激战,我将用我的心护卫你颤抖的大腿,亲吻你的双唇和面颊,然后躺卧歇息,内心深爱你的每寸肌肤……

演出结束了——灯光亮起——人们陆续离开——我吸吮着最后一口酒,我的子弹,晕眩而又疯狂。

可它并不能让我昏沉到麻木。整个世界不可理喻,也许我最好还是回到我的山野之中。

我在厕所朝一个菲律宾厨子大叫:"嘿,姑娘们真迷人,你说对不对?对不对?"他勉强地同意了我这个在小便池撒尿的醉鬼的意见——我回来,上楼,准备看下一场表演。也许下次莎丽娜会抛下一切,与我相遇,此爱绵绵无期。——我的天哪,这是场什么电影呀!锯木,灰尘,烟雾,木头在水里溅起浪花,灰蒙蒙的画面,戴着头盔的消防员穿梭在灰蒙蒙的阴雨之虚空中,大声播报:

"位置西北——"然后变成彩色的滑水画面，我看不下去了，从左侧的出口离开了剧场，继续喝酒……

一出门，我就被西雅图夜间的氛围触动了。戏院在一座山坡上，门边的红砖墙上霓虹闪烁，亚伯和瘦子还有那个跳踢踏舞的黑人匆匆跑出来，脸上还淌着汗，去赶下一场演出。甚至就是走这样一条普普通通的街道，那个跳踢踏舞的黑人都气喘不已——看来他很可能患有哮喘或者某种严重的心脏疾病，根本不应该跳舞或进行剧烈运动——瘦子在街上看起来很普通，也很陌生，我意识到他不可能跟莎丽娜有一腿，应该是包厢里的某位要人、某个"甜心"干的好事——可怜的瘦子——亚伯，永恒脱衣舞之小丑，像往常一样谈吐自然，在生活的真实街道上，带着有趣的表情边走边说。我看到他们，这三个戏子，这三个杂耍伶人，悲哀啊悲哀……他们或者会在街角匆匆喝上几口，或者狼吞虎咽吃点东西，然后赶紧去串场——为了生活——就像我的父亲，你的父亲，所有的父亲一样，在这黑暗而悲哀的大地上，为了生活而劳作不休——

我仰望天空，看到了星斗，一如既往，如此孤独，而在它们之下的天使甚至不知道自己就是天使——

莎丽娜将会死去——

我也将会死去，还有你，你也将死去。我们都将死去，甚至连星辰都将坠落，一个接一个，在那未来的某个日子。

六十九

在一个杂货摊边的中餐馆里，我订了一盘中国炒面，打量着中国女招待和年轻貌美的菲律宾女招待，她们也在打量我，我继续回敬了她们一番，不过很快就投入到我的中国炒面里了，然后结了账，晕乎乎地离开——今夜，在这个世界上没有一条道路会把我带向一个姑娘，旅馆不会让她进门，总之，也没有任何姑娘会过来。我只不过是一个34岁的老杂种，没有任何人想跟我上床。一个住在贫民旅馆的流浪者，嘴里、牛仔裤和又脏又旧的衣服上满是酒味，谁会在意他呢？随便在哪条街上都能扫出一堆像我这样的人来。当我回到旅馆之后，我看到一个整洁的跛足男子带着一个女人，一起进了升降梯。一个小时之后，当我洗完热水澡，全身放松准备睡觉的时候，突然听到他们就在我的隔壁房间颠鸾倒凤，把床轧得吱吱乱响——我想："这一切都是在路上决定的。"我闷头去睡，没有姑娘在怀，只能在梦里梦见跳脱衣舞的女郎——啊，真是天堂！带给我一个妻子！

我此前曾经结过两次婚，有过两个妻子，我赶走了一个，又从另一个身边逃开。还有上百个可爱的姑娘，她们或者背叛了我，或者想把我榨干。那时，我还年轻，十分坦率，并且勇于向她们提出要求——而现在，我凝视着镜子里的那张阴暗的面孔，令人作呕——在梦里，我们在星光下做爱，流连于马路边和人行道，破碎的玻璃碴让我们无法温柔地进入。到处都是黯淡的面孔，无家可归，无人相爱，满世界都是，无比肮脏，在漆黑的巷子里手淫(有一次在纽约的米尔斯旅馆，我看到一个60岁的老男人手淫了两个多小时)……那里什么也没有，只有纸卷，还有痛楚……

啊，我想，无论如何，就在前面某处，一定有个美丽可爱的女郎在夜里等着我。她会走过来，牵着我的手，那也许会是一个星期二——我将为她唱歌，重新变得纯洁无瑕，像年少时节被爱击中心窝的乔达摩，索求着她的奖赏——可是太迟了！我身边所有的朋友都变得又老又丑，臃肿不堪，我也一样，生活里只剩下一些不成功的梦想——而"空"，将有它自己的道路。

荣耀的主，如果你不开玩笑，那就转向宗教信仰吧。

直到他们在地上重建乐园，完美无罪的日子来临，我们都赤身露体，在园子里亲嘴，一起参加献祭——献给伟大的爱之乐园里亲爱的上帝、世界的爱之圣殿里亲爱的上帝——直到那刻，流浪者——

流浪者——

什么都没有，只有流浪者——

我睡着了。这不是荒山之巅斗室之中的睡眠，这是在房间里的睡眠，外面车来车往，这个疯狂而愚昧的城市。黎明到来，星期六的早晨在灰色调和孤独中开启——我醒来，梳洗一番，就出发了。

街道上空荡荡的，我走错了路，在店铺之间乱窜。周末无人上班。有几个郁郁寡欢的菲律宾人在街上走动，赶到我前面去了——我的早餐在哪里？

我这时才发觉，下山时脚上起的水泡已经恶化，我几乎没法走路了。我根本不可能背着我的大包，再走一两英里的路去搭车——南下——我决定先搭巴士去旧金山。

没准会有个情人在那里等着我。

反正我有足够多的钱可花。而钱只不过是钱而已。

等我到达旧金山之时，科迪这家伙正在做什么呢？欧文、西蒙、拉撒路和凯文呢？还有那些姑娘们呢？我不再做这种夏天的白日梦了，我要马上过去亲自看到所谓的"真实状况"——

"从贫民窟下到地狱。"我登上山坡，很快就发现了一家不错的自助餐馆。那里价廉物美，你可以随心所欲地喝咖啡，从柜台上拿到咸肉和鸡蛋，到餐桌上吃饭，随意浏览报纸上的新闻——

柜台里的男人真是和蔼可亲。"你想要什么样的鸡蛋？"

"两面金黄。"

"好的，先生，马上就来。"他所有的用料、煎锅和刮铲都整理得干干净净，这是一个真诚可靠的男人，他不会因夜晚而沮丧——那糟糕的、无性的夜晚——他会在早晨起床，哼着曲子去上班，为客人准备食物，而且彬彬有礼地称呼他们为"先生"。鸡蛋端上来了，显得高雅精致，边上还有一点小土豆；烤馅饼涂满了融化的黄油，啊，我在巨大的厚玻璃窗户边坐下来开吃，喝着咖啡，看着窗外阴沉的、空寂的街道——虽然空寂，但还是有个穿着上好斜纹布料外套的男人，踏着他上好的皮鞋在街上走动。"啊，这是一个幸福的男人,他衣冠楚楚,在早晨的街道上满怀信心而行……"

我拿了一纸杯的葡萄干,撒在烤馅饼上,一边喝着另一个纸杯里的热咖啡……每件事物都非常美好,无论在哪儿,孤独都是孤独,而孤独正是我们所有的一切,孤独其实并不可怕——

我在报上看到艾森豪威尔在火车上朝着人们挥手演讲,阿德莱·史蒂文森[1]如此优雅又是如此虚伪、如此自鸣得意。我看到埃及的暴动,南非的暴动,中国香港的暴动,监狱里的暴动,地狱里的暴动,随时随地的暴动,孤独中的暴动……天使反抗"无"之暴动。

吃你的鸡蛋
并且
把你的嘴闭上

七十

一旦你从孤独之中进入世界,对万事万物的感觉都会变得更为敏锐。我感受到西雅图的每一细节——我结了账,背着大包,走在西雅图的大街上,成群结队的漂亮姑娘吃着卷筒冰淇淋,在5元10元店购物——街道转角,我看到一个古怪的报贩,用四轮货车载着一堆过期的杂志和一堆线绳,这是西雅图早已过时的老式职

---

[1] Adlai Stevenson(1900—1965),美国律师及政治领袖。

业。——"《读者文摘》应该写写他。"我一边想着,一边走到巴士站买了一张去旧金山的车票。

车站里挤满了人,我把包存在行李间,轻松自在地四下闲逛。我在车站里坐下,卷了一支烟抽,然后走到外面街上,找到一个冷饮柜想喝一杯热巧克力。

一个金发美女正在忙碌。我走过去,先要了一杯浓奶昔,走到柜台最里面坐下——很快柜台前就拥满了人,我看她根本就忙不过来——我最后还是要了一杯热巧克力,我觉得她有点不太乐意,大概心里在抱怨"我的天啊"……两个十几岁的小痞子进来要买带番茄酱的汉堡包,她找不到番茄酱,只好跑到后面的储藏间里去找。更多的人涌到柜台前,饥肠辘辘。我四处张望,看看是否有人能帮她一把;那个药店职员戴着眼镜,一副事不关己的模样。最后,他过来了,坐下,为自己点了一个鱼片三明治。

她差不多要急哭了:"我找不到番茄酱!"

他翻过一页报纸:"这是真的吗……"

我仔细观察他。一个衣冠楚楚但冷酷无情的白领,一个无政府主义者,对一切漠不关心,但坚信女人们会对他趋之若鹜——我又仔细揣摸她,典型的西海岸女郎,或许曾经做过舞女,甚至是脱衣舞女,但她做不下去,因为她不够野性,就像奥格拉蒂小姐——但她住在旧金山,通常住在坦德尔劳恩。她很受尊重,富有魅力,心地善良,工作努力,然而某个地方出了错,她成了生活的牺牲品,但我不知原因何在——或许是因为她母亲——我不知道为什么没有男人到她的身边来接近她——这位金发美女大约38岁，丰满美丽，维纳斯式的身材，一张完美的浮雕式的面孔，厚厚的意大利式的眼睑，带着悲伤的意味，高高的两颊丰盈柔和，泛出奶油般的肤色。但没有人注目于她，没有人想要她，她命中的男人还未到来。也许，这个男人永远不会到来，她将像所有的红颜一样年华老去，在插着花枝的窗边，坐在那永恒不变的摇椅中摇啊摇……哦，西海岸！……她会怨天尤人，她会津津乐道她自己的故事："在我的一生里，我努力过，竭力去做到最好。"……那两个十几岁的少年坚持要涂番茄酱，她告诉他们实在没办法找到，他们便阴着脸开始吃汉堡——其中一个面貌丑陋的男孩取了吸管，充满敌意地把它戳来刺去，仿佛要把谁戳死似的，他那种又快又狠的劲头让我惊骇——他身边的伙伴眉清目秀，但肯定有他喜欢这个谋杀者的理由，所以两人结为密友，也可能在黑夜里一起向老头下手……而她已经被各种要求弄得头昏脑涨：热狗、汉堡（这时我自己也想要吃汉堡了）、咖啡、牛奶、橙汁……药店职员坐在一边看他的报纸，吃他的三明治，对周围的一切不闻不问——一绺头发从她额头垂下来遮住一边的眼睛，她几乎要哭了——没有人关心，因为谁也不会在意——今夜，她会回到她整洁的小窝，带小厨房的小窝，喂猫，上床，发出一声叹息，而她是那么美丽，是你见过的最美丽的女人——她的门口没有安装"烈骑"[1]——一个女性之天使——今夜，我这样一个流浪汉，和一个无人怜

1　Lochinvar，美国知名水暖公司品牌，创建于1919年。

爱的她……这就是生活，这就是法则，这就是你的世界——刺！杀！——漠不关心！——这就是你真实的虚空之面目。冷漠——这就是这个空荡荡的宇宙所赋予我们的东西——冷漠冷漠冷漠！

在我离开之际，我惊讶地发现，她对我猛盯了她一个小时的行径不仅没有假以辞色，反而带有某种默契似的给我找了零，匆匆抬起头，用她温柔的蓝眼睛看了我一眼——我想象着今夜，我在她的房里，开始倾听她的怨诉……

可我的车马上就要开走了——

七十一

巴士离开西雅图，在99号公路上奔驰，开往波特兰南部——我舒舒服服地坐在后座，抽着烟，看着报。在我边上是一个聪明伶俐的男生，看上去有点像印第安人。他说自己是菲律宾人，因为知道我会说西班牙语，他最后用西班牙语说白种女人都是狗屎——

我感到全身发冷。尚武的蒙古游牧民族将说着这样的话，重又蹂躏西方世界；他们将这样鄙夷地谈论药店里那个可怜的金发小妇人，而她已经竭尽全力……上帝啊，如果我是苏丹！我决不会允许他们这样待她！我会把一切安排得更好！但这只是痴人说梦。为何烦恼？

这个世界如果不能自我解放，就将无法生存。

吸吧,吸吧!吸住天堂的奶头!

上帝和狗互为镜面。[1]

七十二

在雪与岩之间,我感受到纯粹的激情。岩可坐,雪可饮,还可朝着房子扔雪球——我为昆虫和将死的公蚁激情燃烧,我为耗子和杀死耗子激情燃烧,我为天宇之下延绵不绝的雪峰激情燃烧,我为满天星斗的夜晚激情燃烧——激情,我成了一个愚夫,而我应该去爱、去忏悔……

而今,我回到这个可厌而虚幻的世界之中,此刻,我该如何作为?

坐在愚人间

自身成愚人

这就是一切

阴影来袭,夜幕降临,巴士吭哧吭哧地往下盘旋——有人在睡觉,有人在看书,有人在抽烟——巴士司机的脖子警觉地直挺着——波特兰的灯火在山垣河水之间隐约可见,很快,波特兰的大街小巷从车旁一掠而过——接着进入俄勒冈,穿过威拉梅狄

---

[1] 上帝和狗的英文字母分别为"God"和"dog",恰好是反过来写的对应关系。

山谷——

黎明时分，我从不安宁的心境中醒来，看到沙斯塔山和荒凉的黑山丘。不过，现在山脉已经无法让我动容了——我甚至都懒得朝窗外看。——已经太迟了，不过谁又在乎呢？

萨克拉门托的阳光依旧照耀着，对于它的长昼而言，现在只是下午时分。巴士在一个凄凉的小镇停了一会儿，我吃着爆米花，蹲下来等着——叭！——喇叭一响，重新开车，到达瓦列霍[1]，海湾遥遥可见，仿佛在云蒸霞蔚的海岸线上预示着某种新事物的开端——旧金山就沉睡在她的海湾里！

然而，无论何处都是孤独。

七十三

看到大桥了。巴士穿过奥克兰湾大桥，驶向旧金山。水面波纹黯淡，充斥着远洋渡轮和轮船，随时要把你带到另一个海岸，就像我住在伯克利的时候一样——在醉饮一两夜之后，老城铁带着我跨越河面，把我带到另一个海岸，宁静而自足。我们——我和欧文，在城铁从河面上穿过的时候讨论着什么是"空"——我看到了旧金山的屋顶，令人激动，近乎信仰。那耸立的建筑群，美孚石油的红色飞马，蒙哥马利街的华屋大厦，旧金山旅店，山坡，不可

---

[1] Vallejo，以加州历史上著名人物 Mariano G. Vallejo 将军命名的镇，位于加州西部，曾一度是加州首府。

思议的俄国人，不可思议的有钱人，所有悲哀的道路后面不可思议的米申区[1]——很久以前，我曾经跟科迪一起在一座不起眼的铁路桥边，在紫色落日里看到过它——旧金山，北海湾，唐人街，商业区，酒吧，海湾，贝尔旅店，葡萄酒，街道，此间少年，第三大街，诗人，画家，佛教徒，流浪者，瘾君子，姑娘们，百万富翁，MG，当巴士或地铁穿过旧金山大桥，将看到一路光怪陆离，五光十色，如纽约一般令你心乱——

我的朋友们都在这里，在这座城市的某处。一旦见到我，他们就会露出天使般的笑容。这倒也不坏——孤独倒也不坏……

七十四

喔，一座永远变换的戏台，旧金山就是如此，它给了你自认有罪的胆量——"这座城市会注意到，你已经将它变成了你自己想要的那座城，带着显而易见的局限性，无论是在界碑上还是记忆中……"或者是这样的感觉——"喔，街巷，我要在你的道路上饮酒作乐……"据我所知这是唯一一座可以在街上招摇过市公开喝酒的城市，而且无人注目——人人对你避之唯恐不及，就像被视为洪水猛兽的乔·麦考伊——"他是那里的杂役？"——"不，他是一个老水手，经常往返于中国香港、新加坡，他喜欢在哈里逊街的

---

[1] Mission，旧金山阳光最灿烂的地区，餐馆云集，建筑风格混杂。

后巷喝酒……"

巴士开进哈里逊街，过了一个斜坡，开向七个街区外的第七大街，汇入了周日的城市车流之中——在街上，像乔这种人随处可见。

世事难料，任何事情都可能发生。"长尾"查理·乔从洛杉矶来到这里，拖着衣箱，梳着金发，穿着运动衫，戴着粗笨的腕表，带着他的快乐女友明妮·奥佩尔，她在洛伊乐队唱歌——"喔咿……"

灰狗巴士站的黑人行李托运员就像欧文描述过的那样，像穆罕默德的信使——密西西比啊，他们对这个国家会有什么样的想法？他们在这里，衣冠整洁，打着领带，可谓全美最整洁衣着之人，似乎在雇主面前以此代表着他们的黑人身份，而雇主们对他们的基本判断就建立在领带打得是否完美上。有些人戴着眼镜，有些戴着戒指，彬彬有礼地抽着烟斗，也有大学男生，社会学家——我对旧金山的这一切了如指掌——周围一片噪声——我背着大包，穿过城市，在人群中左冲右突，以免撞到别人，但好像永远都到不了商业区——我有点渴，而且孤单，在这个星期天的城市——第三大街人头涌动，成群贱民在大声嚷嚷，讨论神的起源——我朝唐人街走去，沿路观看每一家店铺，每一张面孔，试图找到天使究竟在哪里指示这个美好而完满的日子——

我对自己说："我应该在屋里理个发了"——"因为首先，我要去听萨克斯风。"我马上去找周日下午的摇滚爵士即兴演奏会。他们还在那里，那些戴着墨镜的金发美女，那些穿着漂亮外衣的黑发美女，身边坐着她们的小男生——他们把啤酒倾入口中，抽着香烟，吞云吐雾，打着节拍，和着布鲁·摩尔高音萨克斯的拍子——我想，"一会儿我们就可以听到歌手的演唱了……"整个夏天，我都在制造自己的爵士乐，在院子里或者在夜间的屋子里唱着曲子，看着天使将从何处而至，会从哪里步下天梯……音乐——所有这些严肃的面孔都让你变得更加疯狂，音乐才是唯一之真——音乐混合着宇宙的心跳，最后物我两忘。

七十五

我在旧金山了。而我将继续在此，见证这座城市种种不可思议的场景。

我从两个横穿加州的菲律宾绅士那里得到了建议，于是穿过城市，来到贝尔旅馆，订了一间房。周围都是中国人。

服务员几乎是迫不及待地想取悦于我。在厅里，几个妇人低声用马来语交谈。我突然想到，这些声音会穿门破户而出——所有的声音，中国人的声音和其他一切声音。我甚至听到了法国人的和声，那是店主的声音。在铺着地毯的阴暗大厅里，回旋混合着每个房间发出的声响，夜深人静时分吱吱嘎嘎上楼的脚步声，壁钟钟摆踢踏踢踏的声音，窗栏杆后面德高望重的80岁驼背老头的声音，还有猫的动静……我在等候处等候着，服务员给我找了零。我拿出一把小巧的铝制剪子，它能力有限，连夹克上的扣子都剪不下来，但是剪剪头发还凑合——我凑到镜子前，观察剪发的效果——不错，我又弄了点热水刮胡子。我摆好姿势，看到墙上挂着东方女孩的裸体挂历。对着一幅挂历，我也有很多事情可干。("啊，"在脱衣舞秀场，一个流浪者对另一个流浪者呻吟，"我已经来了！")

带着火热的短暂的激情。

七十六

我出了门，穿过哥伦布街和基尔尼街，碰到一个流浪者，他穿着长长的浪人外套，对我唱着小曲："当我们穿过纽约的街道，我们穿过了它，没有这个可耻的家伙在等我！"我们一起冲过马路，在车边漫步，有一搭没一搭地数落着纽约……然后，我走到"地窖"[1]，走下木楼梯，走进一间宽阔的地下室，右边的房子就是酒吧，还有演奏台。我进去的时候，杰克·明格尔[2]正在吹小号，在他后面是一头金发的疯狂钢琴师比尔，敲鼓的忧郁少年有张俊秀的脸，满头大汗，鼓点强劲而又绝望。一开始我都没看见他，他隐身在一个暗黑的角落里——但我来得太早了，还没有正式开场，要我稍候再来，到时我就可以淋漓尽致地欣赏到杰克·明格尔在

---

[1] The Cellar，位于第五大道，是当时旧金山最前卫的爵士酒吧。

[2] Jack Minger，当时颇有名气的爵士小号手。

乐队中的演奏了。看来我不得不在附近找个书店逛逛。一个叫颂雅的17岁少女仪态万方地朝我走了过来，跟我说："你认识拉菲尔[1]吗？他需要弄点钱，正在我那儿等着呢。"拉菲尔曾是我在纽约的一个老友——以后我还会再说颂雅的事。我赶紧跑进酒吧去看了半天，正打算走人的时候，突然看到一个男人，长得很像拉菲尔，戴着墨镜，正在演奏台上跟一个女人叽呱着。我一路跑过去，其实应该说是快步疾走——以免把他们演奏爵士的节奏给搞乱了。我仔细打量着他，想看清楚他到底是不是拉菲尔。但他一直对我视而不见，还在跟他的姑娘聊天；我正打算倒立过来再看看，忽然发现他并不是拉菲尔，便赶紧打住——小号手一边吹号一边好奇地看着这一切，他以前就知道我是个疯子，今天又冲进来倒立找人然后又跑了出去——我离开酒吧，回到唐人街，准备吃完饭再回来看演出。河虾！子鸡！肋排！我找到孙向黄的店子，店里上了一种新的啤酒。男店员看来酷爱洁净，一直在店里擦擦洗洗，甚至过来把我啤酒杯下的桌面都擦了好几次。我夸他"你们这间店可真是干净"，他却回答说"这是新牌子……"

我想找个包间——但没找到——我上了楼，那里有一间挂着垂帘的大包房，可以装下一大堆人。他们把我赶了出来，说那是为

---

[1] Raphael Urso，即 Gregory Corso(1930—2001)，意大利裔诗人，他从小是孤儿，一直在街头流浪，16岁因抢劫入狱，后来因《结婚》和《炸弹》两诗闻名于世。

家庭聚餐准备的，我不能独自占用。可接着，他们就再也不理我了。我一直等着服务员过来，但谁也不来。我只得静静地下了楼——终于找到一个包间，嘱咐服务员："不要让别人进来，我想自己一个人坐在这里吃饭。"沾着褐色酱汁的河虾，咖喱子鸡，糖醋排骨——我一边吃着这顿中式晚餐，一边喝着新牌子的啤酒。这真是一顿令人恐怖的肉食大餐，我不可能把它们吃完——但我最后居然吃得一点不剩，然后结账走人。在午后迟昼的公园里，孩子们在沙盒和秋千间嬉戏玩耍，一个老头坐在椅子上发呆——我走过去坐了下来。

那些中国小孩用沙子玩着游戏，像在演出盛大的舞台剧——一个父亲过来，领着他的三个小不点回家——警察穿过马路，走进监狱——这就是旧金山的星期天。

一个长着络腮胡的家长式人物朝我颔首致意，在一个老友身边坐下，两人开始高谈阔论。我勉强能听出来，他们说的是俄语。

空气开始凉爽起来，我沿着唐人街红尘滚滚的街道漫步，就像我在孤独峰顶曾经设想过的那样。美丽的霓虹闪烁，店里的面孔映现，格兰特大街张灯结彩……

我回到旅馆，在床上歇了一会儿，抽烟，倾听着从旅馆后院飘进窗口的各种声音，杯盏相碰、车来车往、中国人谈话的声音……这是一个巨大的喧哗的世界，哪怕在我自己的房间里仍然充满喧嚣，那些强烈的、席卷而来的寂静之声冲击着我的耳鼓——我放松身心，感到星光体远离，于迷狂中顿悟一切。而一切皆白。

七十七

这是北海滩的传统。罗勃·多纳利曾经在百老汇旅馆有着相似的经历。他灵魂出窍，洞察了整个世界，然后回到旅馆，在床上醒来，发现自己已经穿戴整齐，正准备出门。

老罗勃说不定正斜戴着马尔·戴姆雷特的尖角帽，出现在"地窖"里……

但是"地窖"此刻悄然无声，正等着乐手们到来。那里没有一张熟面孔，我靠边站着。查克·贝曼和比尔·斯里沃威兹各从一边走了进来——贝曼看上去很疲惫，眼睛浮肿，穿着轻便软底鞋，看上去显得很酷——比尔一向粗枝大叶，身上穿了件褴褛的运动衫，脚上趿着一双磨损不堪的便鞋，在口袋里塞满了诗稿——贝曼很高，四面张望了一下就走了，不过他还会回来的。我最后一次见到比尔的时候，他问我："你去哪儿？"我当时朝他大喊大叫："去哪儿有什么分别吗？"现在，我向他道歉，解释说我当时宿醉未醒——作为弥补，我们去"老地方"喝啤酒。

"老地方"是个木头装饰的酒吧，非常可爱，淡淡的褐色调。空气里飘浮着锯末灰，玻璃杯里盛满啤酒，一架任人弹奏的旧钢琴，一个摆放着小小木桌椅的楼上包间——谁会在意呢？一只猫在椅子上打瞌睡。男招待一般对我都很友好，但今天，此地是个例外——我给比尔叫了啤酒，我们坐在一张小圆桌边聊天，聊到塞缪尔·贝克特[1]，以及其他的诗人和诗歌。比尔认为贝克特是一个终结，一切都已经结束。他的镜片在我眼前反着光，长长的脸上带着严肃的神情。我难以相信他对死亡会抱着严肃的态度，但看来如此——"我要死了，"他说，"我写了一些关于死亡的诗……"

"诗在哪儿呢？"

"老弟，我还没写完呢。"

"我们还是回'地窖'听爵士吧。"

我们转过街角，刚到门口，就听到里面传来一组男高音和女低音，小号引领着他们合唱——我们正好在乐曲暂停之际及时赶到，一个男高音开始独唱，曲调很简单，是"乔治亚·布朗"——他音域宽广，唱得厚重而响亮——他们从菲尔莫尔[2]坐车过来，带着姑娘或者独自一人。在星期天的旧金山，这些色彩鲜艳的男人，穿着炫目的运动服，闯入你的视野——他们带着乐器，坐上的士，或者自己开车，涌入"地窖"，演绎古典音乐和爵士乐。黑人也许就是美国的救星——上次我在"地窖"，极目所见全是白人，他们粗暴无礼地挤作一团，最后发展成斗殴。我的老友雷尼被打倒了，他的对手是一个250磅的流氓水手，因在纽约常跟狄兰·托马斯和吉米这两个希腊人酗酒而臭名昭著——现在，一切都很平静，没

---

[1] Samuel Beckett(1906—1989)，出生于爱尔兰的一个犹太家庭，1928年移居巴黎。其代表作《等待戈多》令荒诞剧盛极一时，1969年获诺贝尔文学奖。

[2] Fillmore，旧金山最有名的会馆之一，创始于1912年，作为舞厅开张，五六十年代则成为黑人音乐的重要阵地。

有一丝斗殴的氛围。爵士开始了。现场开始骚动,所有的美女们都现身了,一位黑发美女跟男朋友在酒吧里喝酒——我觉得似乎在哪里见过她,短发,慵懒,穿着一条简简单单的口袋裙,双手插进口袋,跟每个人打招呼——他们在楼梯口上上下下——男招待是乐队的正式成员,而长着小胡子的重音鼓手正张着蓝眼睛仰望天空。一切都汇入到节拍之中——这就是垮掉的一代[1],这就是节拍,这就是不断持续的节拍,这就是心脏的节拍。它敲击着,敲向整个世界,敲出过去的真相,像是远古时期,奴隶们划着船打出来的节拍;或者是仆人们转动着纺锤发出来的节拍……那些面孔!没有任何一张面孔能跟杰克·明格尔相比——他高高地站在舞台上,他身边的黑人小号手吹出狂野而令人眩晕的小号,而杰克则以一副难以形容的姿态俯视着众生,还有腾腾烟雾——他的脸像所有你认识的人,像街上随处可见的脸,一张甜蜜的脸——难以形容——他那悲哀的眼,残忍的唇,渴慕的光,与节拍一同摇摆,庄严宏伟……在药店门口等待……一张像哈克一样的面孔(你在纽约时代广场能看到哈克,昏昏欲睡而又时刻警醒着,既悲哀又美好、阴郁、颓废,刚从牢里放出来,一个受难者,在人行道上备受折磨,对性爱和伴侣饥不择食,对万事万物都敞开心扉,随时准备着被引入一个新的世界)——那个音域宽广的黑人男高音,声音清澈、厚重,有时略显迟钝,甚至不再像是音乐但又永远在音乐之中。它永远在此,带着激情;五色杂陈的流浪汉也在此,对于他们,这些和声过于复

---

1 The Beat Generation,在国内一般通译为垮掉的一代,也有常译为"避世青年"或者"疲沓派"。其中,beat 有节拍和颓废之意,反映了当时垮掉一代的写作风格和世界观。

杂,已经超出了他们的理解力——但是音乐行家们在倾听——鼓手是一个敏感的12岁黑人少年,他还不到能喝酒的年龄,但却已经登台演出,长相柔弱,有点像迈尔斯·戴维斯[1]的少年时代。他节奏强劲地敲击着鼓点,站在我身边的一个戴着贝雷帽的黑人鉴赏家大为欣赏地说,"此鼓只应天上有"——金发比尔正在弹钢琴,配合所有乐队都游刃有余——杰克·明格尔吹着小号,我注视着他,在他头上飞舞着菲尔莫尔的天使,我喜爱他——了不起——

我靠墙站在场外,没有啤酒,身边是来来往往的听众,还有斯利沃。查克·贝曼回来了。这个少年是来自西印度群岛的有色人种。六个月前,他闯入我们的聚会,我和科迪那帮人正在听查特·贝克[2]的唱片,在房子里飘飘欲仙地一起跳舞。他的音乐妙不可言,优雅完美,令人颤动……此刻,贝曼也像那天一样,兴奋得手舞足蹈地跑了进来……每个人都在到处张望,这就是爵士的力量,这就是垮掉的一代。你看到某个人,打声招呼,然而扭头旁顾,再跟另一个人打招呼,然后回头,然后再扭头,再环顾……这一切都如此荒谬,如同精神错乱。在爵士乐中,所有的事物从所有的地方涌来,"嗨""嘿"一片……

嘭!嘭!鼓手开始独奏。用他年少的手击打着爵士鼓、架子鼓、铙钹和所有的打击乐,引起一阵阵喝彩——他只是一个12岁

---

[1] 素有"黑暗王子"之称的小号巨擘,是一位奠定50年代酷派冷调风格、开创60年代末期 Jazz-Rock 融合新乐风的爵士大师。

[2] 冷爵士时代的小号大师及爵士歌手,乐风优雅沉郁。

的少年——今后在他的生活道路上还会发生什么?

我和斯利沃回应着鼓点的节奏,后来那个穿口袋裙的姑娘跟我们搭讪。她叫吉娅·瓦伦西亚,是个了不起的西班牙人类学家的女儿。她跟加州的印第安人住在一起。他老人家很有点名气,三年前我在圣路易奥比斯波铁路局卖苦力的时候还读过他写的东西——在他死前的一段录音带里,他激情洋溢地发表演说:"啊,把我的黑色还给我!"——而今,太阳依然如旧,但印第安人已经不在,瓦伦西亚老头已经不在,只剩下他这个博学多才、魅力无穷的女儿,听着爵士乐,双手斜插在口袋里——她跟所有相貌堂堂的男人搭讪,无论是黑人还是白人,她都喜欢——而他们也都喜欢她——她突然对我说:"你不想给欧文·加登打个电话吗?"

"会的,我现在刚到!"

"你不是杰克·杜劳斯吗?"

"是的!你是——?"

"吉娅——"

"啊,这是一个拉丁名字?"

"哈,你这个男人,样子怪吓人……"她的口气很严肃,让我突然意识到自己与一个女人谈吐的方式有问题,我的目光,我的眉毛,我的粗线条的、疯狂的、目光闪烁、瘦骨嶙峋的面孔……她指的就是这些——我能感觉得到——而我自己也常被镜中影像所惊吓——而如果是一些柔情万种的姑娘们,带着你所知道的所有悲哀,看向镜子……那就更糟了!

她跟斯利沃聊天，他没有吓住她。他多愁善感而又严肃认真，她就站在他的身边。我凝视着她，小小单薄的身子，带着女性的柔弱；她的声音低沉，风度优雅迷人，带着某种怀旧的气息，看上去完全不属于"地窖"这个地方——她应该出席上流社会的鸡尾酒会，在威尼斯和佛罗伦萨与艺术家们倾谈，或者成为霍桑小说的女主人公……我真的喜欢她，倾心于她的迷人魅力……

爵士乐的乐声冲击着我的意识，我闭上眼睛，物我两忘，倾听内心的意念。我想大叫："我就是一个傻瓜！"那将是多么宏伟的音调！……而现在他们正挤在那里，听着强劲的鼓点和钢琴的和音……

我问她："怎样才能找到欧文的电话？"——而后，我忽然想起来，我刚才逛书店的时候，从美丽迷人的颂雅那里拿到了拉菲尔的号码。我拿了一个硬币溜到一边去打电话，就像某次，在纽约的"鸟岛"[1]酒吧，我溜到一边的电话亭，那里有种相对的宁静；忽然间，我听到附近洗手间传来斯坦·盖兹[2]的萨克斯风，是雷尼·特里斯泰诺[3]的乐队，音乐静静流泻，我意识到，斯坦·盖兹无所不能——我打通了拉菲尔的电话，他接起电话就问："是谁？"

"拉菲尔？我是杰克——杰克·杜劳斯！"

---

[1] Birdland，纽约最为著名的一间爵士酒吧。
[2] 爵士乐领域里旋律即兴的代表人物。60年代掀起拉丁舞爵士乐风潮。
[3] 盲人钢琴家，他在古典音乐基础上所开创的节拍结构、和声试验，影响了"咆哮爵士"，也影响了酷派爵士，甚至也可以说他影响了日后许多前卫爵士以及自由爵士。

"杰克！你在哪儿？"

"'地窖'！你快来吧！"

"我去不了，我现在身无分文！"

"你就不能走过来吗？"

"走过去？！"

"我一会儿给欧文打电话，跟他一起搭出租车去接你。半个小时后我再回电话给你……"

我打欧文的电话，但他不在，哪儿都找不到他。"地窖"里每个人都显得昏昏然，酒吧招待自己把啤酒搅起泡沫，喝得满脸通红，一个个都喝高了——那个黑发的女人醉得从凳子上滑了下去，她的男人把她抱到了女厕所——不断有人涌进来……全都疯了……哦，孤独的我沉默的我……最后，理查德·德·切利[1]的到来盖过了这一切。这个疯子，夜里独自徒步旧金山，据说就为了考察当地的建筑、大杂烩风格的装饰、海湾窗户以及花园围墙。在夜里，一路傻笑着，踽踽独行。他滴酒不沾，倒是储藏着不少甜腻腻的糖果、巧克力。他的口袋里还披着几段绳子、半把梳子和半把牙刷。不管他在谁家的房子里借宿，他都要把牙刷放到炉边烤半天，或者呆在浴室里不出来，洗上好几个钟头，用各种刷子刷他的头发。他完全无家可归，一直在别人家找张床睡觉，每月一次去银行领他的生活费，仅仅够他勉强活下去。这笔钱是他家里寄来的，似

---

[1] 旧金山的一个流浪者。

乎是一个神秘而优雅的家庭，但他从来闭口不谈。他的衣服真是难以形容，像是围在脖子上的一块头巾，穿在身上的牛仔裤和一件可笑的夹克——不知道他从哪里翻出来的油漆斑斑的夹克；给你几颗薄荷糖，吃起来带肥皂味。理查德·德·切利，一个神秘者，六个月之前，他就已经踪影杳然。直到某天，我们开车经过一条街道，发现他正走进一家超市。"那是理查德！"我们全都跳下车来，跟着他进去。他弄了很多糖果，还有花生罐头，我们不得不帮他买单，他又跟我们混到了一起，带着他特有的、难以理喻的说话方式，比如"月亮是一片茶叶"，然后在座位上仰头望着它……六个月前，他去我在磨坊谷的棚屋里待了几天，受到了我的欢迎。他把所有的睡袋都挂在窗口（除了我藏在草丛里的睡袋），结果它们全都被扯破了。在我搭车前往孤独峰之前，我最后一次去磨坊谷看那间棚屋，发现理查德正睡在一屋子的鸭毛里，令我目瞪口呆——这就是他的典型风格——在他腋下的纸袋里，装满了各种深奥的书籍——他是我在这个世界上认识的所有人当中最有智慧的一个；垃圾堆里放着他的肥皂、蜡烛和一堆动物内脏杂碎。哦，我的天哪，我已经记不清那些杂物清单了——最后，在一个飘着细雨的夜晚，他带我绕着旧金山走了好长一段路，就为了去一套临街公寓的窗户看上一眼——那是两个同性恋的房子，不过他们当时不在家……理查德走过"地窖"，走到我的身旁站着。像往常一样，在这种嘈杂的环境里，我根本听不清他在说些什么。不过，这又有什么关系呢——他看上去很兴奋，四处张望，每个人都在等待着下一波刺激,但根本就没有下一波……

"我们一会儿干吗去?"我问——

谁都说不出个所以然来——斯利沃,吉娅,理查德,等等,他们就那么站着,混在"地窖"的人群中,等待着时间流逝,等待着,就像贝克特笔下的主人公,无望地等待着……而我,我一定要去做点什么,到达某个地方,建立某种和谐,我要说话,我要行动,我要跟他们一起沉沦,跟他们一起癫狂……

那个黑发的漂亮女人醉得更厉害了——她穿着一袭漂亮的黑色紧身丝裙,将她美妙的身形展现得淋漓尽致。她刚走出洗手间,旋即又跌倒在地——四周都是疯子,我根本记不住那些精神错乱式的愚蠢交谈,那实在太疯狂了!

"我不行了,我要去睡了,明天我再去找你们……"

一个男人和一个女人走过来,请我挪个地方,好让他们研究一番我身后墙上挂着的旧金山地图。理查德轻率地咧嘴笑着问他们:"你们是从波士顿来的游客吧?"

我又去打了一次电话,还是找不到欧文。那我只能回到贝尔旅馆蒙头大睡了,就像在山上那样入睡。这个时代的确太疯狂了——

但斯利沃和理查德都不想放我走。每次他们都只让我离开几步,我发现自己脚不点地,我们都脚不点地,似乎在期待着什么,而那"什么"却是虚无——它撕扯着我的神经,占据了我的意志,最后我不得不满怀伤感地跟他们道别,走进夜色之中——

"科迪明天十一点会来我家!"贝曼大喊大叫,我终于听清了他说的话。

在百老汇大街和哥伦布大街的转角,在一家著名的小吃店里,我跟拉菲尔通了电话,要他明天一早到贝曼家里碰头。

"好的,可是你听着!我在等你电话的时候刚写了一首诗!一首非常了不起的诗!是写你的!我要把它献给你!我能现在就在电话里念给你听吗?"

"念吧……"

"诗的题目就叫《给杰克·杜劳斯,佛之囚徒》,这就是这首诗的风格……"他在电话里絮絮叨叨给我念完了这首精神错乱的长诗,我靠在汉堡柜台边听着。他边叫边念,我听懂了每个单词,明白了他的每个含义——这个曼哈顿东区底层的意大利天才,从文艺复兴时代复活的天才。我感到无比的悲伤,上帝啊——在城市里,我的诗人朋友们念给我听他们的诗——就像我在山顶所预知的一样。它在城市里进行着,颠倒混乱——

"真美,拉菲尔,真棒,你是最伟大的诗人——你现在已经做到了——真伟大——不要停顿,一定要毫不停顿地写下去,文不加点,不假思索,不停地写作。现在,我想听听你的脑子里到底在想什么……"

"你看到了吗?看到我在做什么了吗?你明白吗?"他在发"明白"这个音的时候就像在说"明摆",带着某种纽约的味道,带着世上某种新事物的味道。一个城市底层的诗人，就像克里斯托弗·斯马特[1]和布莱克[2]，就像疯子汤姆[3]，像那些街头巷尾的男人。伟大而又伟大的拉菲尔·乌尔索啊，在1953年，他跟我的姑娘上床，几乎令我发狂——可是，谁做错了什么呢？我的过错不比他们的少。这一切，都记载在《地下人》[4]里了——

"了不起的拉菲尔，我们明天见。睡觉，安静——彻底安静下来，沉默就是终了，我曾经跟你说过，我的整个夏天就是这样度过的。"

"了不起，真了不起，我明白，你参透了沉默，"他的声音热情而悲哀，通过这可怜的电话机穿透过来，"你参透了沉默，令我哀伤，不过我也会的，相信我，我会的……"

我回到房间睡觉。

可是主啊！我碰到了一个老迈的夜班职员，一个法国人，我不知道他的名字。当我的老友马尔住在贝尔的时候，在他那间亮着电灯泡的房间里，我们大碗喝酒，向莪默·伽亚谟[5]致敬。漂亮

---

[1] Christopher Smart（1722—1771），英国诗人。1739年进入剑桥大学就读，以创作拉丁文诗作闻名。《大卫王之歌》成为他的传世之作。

[2] 应指 William Blake（1757—1827），英国浪漫主义诗人，是一位复杂的多重人物，同时还是作家、雕刻家。他具有强烈的宗教情怀，在他有生之年，从未得到过公众认可。

[3] 莎士比亚《李尔王》中的一个角色。

[4] The Subterraneans，凯鲁亚克另一部描写垮掉流浪生活的小说，完成于1958年。

[5] Omar Khayyam（约1048—1123），意为"造天幕的人亚伯拉罕的儿子莪默"。波斯著名诗人。数学家。天文学家，曾参与修订穆斯林历法，企图"缝补科学的天幕"，然而传世的却是薄薄的一册抒情诗集《鲁拜集》，版本之多仅次于《圣经》。在《鲁拜集》中曾谈到喝酒放歌的乐趣。

的姑娘,垂着短短的发卷,待在我们身边。这个老职员对我们十分恼怒,总是对我们毫无理由地大喊大叫,令人生厌——时间过去两年了,他好像换了个人似的,一直弓着腰,嘴里咕哝着去给你开锁。这老头已经75岁了,他变得和蔼可亲,死亡的临近打开了他的眼睑,让他看到了启示之光。他不再疯疯癫癫,不再令人生厌了——甚至在我要求他(我真的要求了)站在椅子上弯腰把壁钟挂好的时候,他还温和地对我笑了——他腰酸背痛地下来,领我回我的房间——

"先生您也是法国人吗?"我说,"我本人就是法国人。"

他这种新的温和也是一种新的佛性虚空。他连问都不问,就帮我开了门,带着悲凉的笑容,仍然躬着腰,向我道别:"晚安,先生,一切都好,先生。"——我惊呆了——反复无常了73年之后,他开始等候着那一刻的到来,度过几年露水一般美好的时光,然后被埋葬。在墓穴里,仍然躬着腰,虽然我不知道到底会是怎样的情形——我会给他献上花束——我想从现在开始,为他献好几百万年的花束……

在我的房间,在我睡梦的床上,金色的、永恒的无形花朵撒落下来,撒落着,无处不在。这是圣特蕾莎的玫瑰花雨,撒遍地球上的每一角落,遍及每一个体——哪怕是那些混乱的男人和轻率的女人,哪怕是后巷里那些撒着酒疯的醉鬼,哪怕是千里之外、六千英里之上我的阁楼里那些吱吱嘎嘎的老鼠,也会永远地分沾她的玫瑰花雨——在我们的睡梦之中,我们了悟这一切。

七十八

  我踏踏实实地睡了十个钟头，醒来的时候，像玫瑰一般新鲜——不过，已经赶不上跟科迪、拉菲尔和查克·贝曼的约会了——我赶紧跳起来，套上我的短袖纯棉运动衫，我的牛仔外套，斜纹棉布裤，匆匆忙忙向外冲。星期一的旧金山，吹拂着清晨的海风——这是一个多么美丽的蓝白点染的城市！——这是多么清新的空气！——教堂的大钟悠然敲响，唐人街市场传来叮叮当当的声音……在清爽的、铃声叮当的空气中，净洁的人行道拖着黑色的暗影，在兰波[1]式的风化乳白屋顶之下，白色的轮船触目可见，穿过金门大桥……

  空气十分清澈。一路过去，大商店、蔬菜柜、各色酒类、糕点铺鳞次栉比——特里格拉夫山坡寂寥无语，混乱的木头房子里，传来孩子们的嬉闹声——

  我穿着蓝色新布鞋大步向前，鞋底柔软，有如天堂——昨晚拉菲尔发表了他的评论："喔，就像是同性恋穿的鞋！"——天哪，我看到欧文·加登就在马路对面走着——噢！——我朝他又叫又吹口哨又招手，他终于看到了我，睁圆了眼睛朝我挥了挥手，然后迈着他独特的步伐，穿过车流，跑了过来——他的脸上已经长满了阿拉伯式的胡须，他的眼睛闪着烛火一般的光芒，在眼窝里递

---

[1] Rimbaud（1854—1891），法国天才诗人，19岁前便已完成了全部诗作，随后前往非洲从商，在35岁时病死。他自小流浪在外，习性怪癖，其中一个就是喜欢在屋顶上裸露。

送秋波。他丰满而诱人的红唇从大胡子的包围中突围出来,像古代的先知一样,似乎即将说出预言——很久以前,我就把他视为在最后一堵墙之前痛哭的犹太先知,但他现在已经成为公众人物了,纽约《时代周刊》曾经长篇累牍地报道过他——他是《嚎叫》的作者(即艾伦·金斯堡),一首狂野无羁的长诗,讲述我们自己的生活。它是这样开始的:

> 我看见这一代最杰出的心灵毁于疯狂
> ……

不过,我不知道他说的疯狂所指何意。1948年的一个夜晚,他在哈雷姆区住宅出现了"天空降下巨大的机器"的幻觉——他臆想中的巨大的约柜和鸽子[1],他不停地发问:"你明白我的精神状态吗?——以前你有没有出现过真正的幻觉?"

"当然有过。你到底想说什么?"

我永远不知道他在转着什么样的念头,有时我觉得他可能是拿撒勒[2]的耶稣再世,有时我被他搞得发疯,认定他就是陀思妥耶夫斯基笔下那些穿着破裤子的可怜的魔鬼,在房子里傻笑——他是我少年时代的理想主义英雄,他应该在我17岁的年龄出现——

---

1 Ark-dove,约柜是《圣经》里提到的最神圣之物,据说它放置着出自上帝之手的"十诫"。鸽子是《创世纪》中"信义"的象征,同时也是圣灵的可见形式。

2 Nazareth,位于加利利一座山顶上的小村庄,据《圣经》记载拿撒勒是耶稣的出生地。

我记得他那坚定而奇特的语调，他的声音低沉，清晰而富有激情——不过他看起来好像被这种旧金山式的激情弄得精疲力竭，而我如果怀有这种激情，肯定撑不过24小时就得趴下——

"你猜猜看谁来了？"

"我知道，是拉菲尔。我现在就赶去见他和科迪。"

"科迪也在？在哪儿？"

"在查克·贝曼家里。每个人都到齐了。我要迟到了，快走！"

我们一边赶路，一边谈起千百件难以忘怀的往事，几乎在人行道上跑了起来——孤独峰上的孤独杰克现在正跟他的大胡子同胞竞走——我的玫瑰在等着我——

"我和西蒙要去欧洲！"欧文宣布道。"你和我们一起去吧！我母亲给我留下了一千美元。我还有另外一千美元的存款！我们一起去吧，去看看那个旧世界的异乡人！"

"好啊，我也去。"

"我还能再拿到几个美元——有这个可能。什么时候去呢，伙计？"

我们谈论和梦想着欧洲，我们要大量阅读各种资料，包括陀思妥耶夫斯基的《在欧洲的古老石头上哭泣》，还有兰波早年那些激动人心的意象（1944年，我和欧文在哥伦比亚大学曾经一边吃土豆一边写诗）——对于欧文，去欧洲也是一个悲哀的梦想，浸透了宿雨和悲凉。站在埃菲尔铁塔上，感到愚昧而疲惫——我们挽着胳膊，爬上了贝曼家的山坡，敲开了门，冲了进去。理查德·德·切利躺在床上（就像我说过的那样),转过身来对我们淡然一笑——其他人和贝曼在厨房里,一个黑头发的印第安人想跟另一个法裔加拿大人(跟我一样)做交易。我在昨晚进"地窖"之前跟他聊过天,他还冲我大叫"再见了,兄弟!"——现在,他对我大叫"早上好,兄弟!"我们到处乱转,拉菲尔不在,欧文提议我们去常喝咖啡的老地方找找,肯定能把所有人一网打尽。

"他们都会去那里……"

但谁也不在那里。我们又跑到书店,哈!拉菲尔迈着他的长步、甩着他的两手出现了。他一边走一边嚷嚷,说的全是诗句,我们也同时都在嚷嚷——我们在旧金山转来转去,穿过街道,走下山坡,想找个地方喝杯咖啡——

我们在百老汇街找到了一家咖啡店,坐下来,滔滔不绝地谈诗谈书,哈!一个红头发的女孩走了进来,跟在她后面的正是科迪!

"杰克!我的老弟!"科迪像以往一样,模仿着喜剧明星老菲尔兹的语气。

"科迪!坐下!噢,天哪,一切都是这么凑巧!"

它终于实现了。它总是在那些伟大而颤动的季节里得以实现。

七十九

但在这世上,这只是一个平凡的早晨。招待端来平凡的咖啡,我们的激情不仅平凡,而且终将消减。

"那个女孩是谁？"

"她是从西雅图来的一个疯女孩，去年冬天听我们朗诵过诗。她开着一辆MG跟另一个女孩一起过来，打算尽情玩乐。"欧文告诉我。他什么都知道。

她在那儿说："杜劳斯从哪儿弄得这么生气勃勃？"

生气勃勃。在午夜，与怒吼的熊相遇，谁能不变得生气勃勃？

拉菲尔叫道："我的诗稿全部都丢在佛罗里达了！在迈阿密的灰狗终点站！那些新诗是我所有的诗！我的另一些诗丢在纽约！杰克，你曾在纽约待过的，你说编辑们会怎么折腾我的诗？而我早期的诗稿全部都丢在佛罗里达了！想想看！居然有这种事！"这就是他说话的方式。"这些年来，我从一个灰狗站到另一个灰狗站，跟办公室里所有的负责人交谈，乞求他们把诗还给我！我甚至哭了！科迪你听说没有？我哭了！但他们根本无动于衷！他们居然把我叫作讨厌鬼，就因为我几乎每天都去第五十街上的灰狗办公室，乞求他们把诗还给我！这是真的！"——就像还有别人说他听说过此事似的，拉菲尔又补充道："我从来不叫警察，除非一匹马摔倒了，而且摔瘸了腿！居然有这种事！"他把桌子拍得山响——

他长着一张恶作剧的小脸，当他突然陷入悲哀或者陷入沉默之际，这的确是一张伟大的、沉思的阴郁之脸。他凝视着——板着脸——有点像贝多芬——他的鼻子和轮廓都有点粗糙，面颊和眼睛却很柔和，他长着一头淘气的黑发，从来没有梳过，从他宽宽的额头垂到眉间，像个少年似的——他只有24岁——他的确是个少年，而所有的少女都为他疯狂……

科迪在我耳边窃窃低语："那家伙，拉菲尔，那男人，哇，妈的，身边姑娘成群，他知道怎么下手。我跟你说，杰克，你听着，一切都已经安排就绪，我们要在赛马场弄它一百万，就在今年，我的朋友！"他提高了声音，"我的二次投注法[1]已经成功了，已经疯狂地成功了！"

"去年你就这么说过。"我记起来，那天我还把350美元押在他的二次投注上（那时他还在工作），结果他输掉了所有的赛马，而我则在干草堆边上烂醉如泥，身上只有35美分，还得回到铁路局去通知科迪他已经输光了。不过他倒是没事，因为他总共已经输掉五千美元了——

"这就是时机，就在今年！到明年——"他继续说着。

这时，欧文开始读他自己写的一首新诗，在座的人都为之疯狂——我告诉科迪我要他（我的热血老哥）把我带到磨坊谷，拿回我的旧衣服和手稿。"我会的，我们一起去，我们全部一起去……"

我们冲到科迪那辆1933年雪佛兰双人小汽车前，但挤不进去。我们拼命挤，结果把车都快挤破了。

"你们觉得这辆小车能去得了吗？"科迪怀疑地说。

"我走的时候你那辆大车呢？"

---

[1] 在现实生活中，尼尔·卡萨迪（即科迪）热衷赌马，他曾经发明一种投注方式，即反复投注当月胜出的热门赛马，经常能赢不少钱，但又往往会在一天内把它们统统输掉。

"运了大麻,被没收了……"

欧文说:"听着,你们都去磨坊谷,下午回来跟我碰头。"

"好吧……"

那个红发女孩挤在科迪身边,拉菲尔因为比我矮也比我轻就坐在我大腿上。我们出发了,朝欧文挥手告别。他晃着他的大胡子,在街上手舞足蹈,在北海滩的街头展示他的热情——

科迪开起车来绝不心慈手软。他飞快地穿街走巷、转弯抹角,没有发出一点噪音。他从车流中找到出路,拐上山坡,穿过十字路口,横贯金门大桥(交了过桥费),在高临水面的空气里穿行,如同穿越梦境的大门。科迪开始大喊大叫:"我哭了,因为我对不起恶魔岛[1]!"

"他们在干吗?"——游客们坐在观光车里,拿着望远镜眺望洁白的旧金山,或者用相机拍照。

每个人所有的话都在同时说出……

这又是我的老科迪了!一贯如此的老科迪,最疯狂的老科迪。在我们的左边,是太平洋蓝色而平滑的深渊,它是海洋之母,也是和平之母,朝日本延伸过去……

太棒了,我感到妙不可言,心中狂野。我找到了我的朋友们,胸中被生命颤动的喜悦所充满,诗意向我们涌来。哪怕是科迪,在谈到他所谓的二次投注法时,也带着美妙的诗一般的韵律——

"我的朋友,为什么五年了我仍然一贫如洗?为什么我要成

---

[1] Alcatraz,北海滩区著名的离岛监狱恶魔岛。《勇闯夺命岛》里的恶魔岛便是此岛。

为一个慈……慈善……善善……"

"慈善家……"

"放弃所有的钱财，给那些需要它们的人！接受它的时候，要像你应得的那样……"他经常引用先知埃德加·凯斯的话。他是一个美国俄克拉何马巫医，从来没有学过医术，却敢于走进一个受到病痛折磨的男人家里，解开老式领带，躺在床上，进入催眠迷思的状态——男人的妻子走过来问他："他为什么会有这样那样的病症？"他回答："这样那样是血栓静脉炎，血液在他的静脉和动脉里凝结成块了。因为在他的前世，他喝过活人献祭的血……"再问："怎么才能治好？"回答："每天倒立三分钟——做一些运动—— 一小杯威士忌，或者100标准强度[1]的威士忌，或者波旁酒，让血液变稀……"然后他回过神来，又变回他自己。就这样，他治好了成千上万的病人，在他自己的诊所，在弗吉尼亚、亚特兰大……他是科迪的新上帝——这个上帝甚至比姑娘们更对他胃口。科迪开始说："我几乎就要完成了，就差那么一点点……"

"啊，为什么？"

他像往常一样保持沉默，严肃而坚定——当我们飞越金门大桥时，我感觉到，科迪和拉菲尔好像不太合拍——我想知道是为什么——我可不希望我的朋友们吵嘴——至少，我们应该和睦一致地死去，我们会像中国人似的号啕大哭，因为老科迪、老杰克、

---

[1] 美国的一种酒精含量强度标准。

老拉菲尔、老欧文,或者是老西蒙(达洛夫斯基)都死了,解脱了……

"我的脑袋不行了,我不在乎!"拉菲尔叫道。

"那个狗东西怎么不再来了,他得花几块钱弥补我的损失,不过亲爱的,我会给你看看……"科迪对潘妮(就是那个红头发女孩)耳语道。她是一个奇怪的女孩,又兴奋又忧郁地喝着酒,疲乏不堪的样子。她跟我们这帮人混在一起,因为除了科迪之外,其他人都没有对她表现出特别的"性趣",相反还老是把她推开,叫她回家——

当我们到达磨坊谷之后,我惊讶地发现她竟然是个佛教徒。我们在山顶那间棚屋里面七嘴八舌地瞎扯,我转过身,发现她就在那里,像一尊红宝石雕像,有如梦幻。她盘腿靠墙打坐,双手合十,目光凝视虚空而无所见,或许耳亦无所闻……这真是一个荒谬的世界。

这间棚屋也同样被荒谬笼罩——这是凯文·麦克洛治[1]的屋子,我的老友凯文也长着一副大胡子,但他是一个木匠,有一个老婆和两个孩子,永远穿着带着锯木灰的工装裤,光着上身,具有家长的威严。他善良、敏感而谨慎,非常严肃,也是一个佛教徒。老木匠亲手搭了一间摇摇欲坠的木头棚屋,门廊还没完工。棚屋建在青草山上,毗邻鹿野苑。这是一个真正的、带着古老气息的林苑,在月光如水的夜晚,你能看到不知来自何处的野鹿卧在青草上,或者在高大的桉树下啃着野草——达摩流浪者早已洞悉,依

---

[1] 其原型为 Locke McCorkle,凯鲁亚克的一个朋友,20岁时开始接触佛教,在美国亚洲研究学院跟艾伦·瓦茨学习禅宗,成为一名佛教徒。

山而下，正是这个庇护所；野鹿早已来到这片神圣之林，它们栖息在这里的年代比加州存在的时间要久远十二倍以上——在高高的山冈上，棚屋掩映在蔷薇丛中，木头的屋子外面，荒草萋萋，野花遍地，灌木成林，树木如大海般发出啸吟……这间棚屋，由那个老木匠呕心沥血地亲手搭建，他完成了它——伟大的木匠！——凯文对它修修补补，用粗麻布覆住墙面，挂上美丽的佛像，摆上茶壶和一套精美的茶具，在瓶子里插上蕨叶，用煤气烧茶。这里是他的佛教庇护所和茶室，供人参观，或者为停留三个月以上的客人提供住宿，不过，客人必须是佛教徒，能够理解"道可道，非常道"[1]，比如我。每到星期三，凯文就会向老板请假，而老板质问他："那谁来抬木头的那一头？""你另外找个人吧。"凯文离开漂亮的老婆和孩子们，沿着鹿野苑的桉树林爬到山顶，手里捧着经卷，到棚屋里待上一整天，冥思打坐，研习经文。盘腿冥思，参悟般若——他参阅铃木[2]的注经，研读《楞严经》——他说，"如果美国的每个劳动者都能用一天的时间来参禅悟道，这个世界将会多美好！"

凯文是个23岁的英俊小伙子，长相严肃，蓝眼睛，一口好牙，说话带有悦耳的节奏。他是一个迷人的爱尔兰帅哥——

我和科迪、潘妮、拉菲尔跟凯文的老婆聊了一小会儿，把车停在邮箱边，就在炎热的阳光下沿着那条小路上山，闯入凯文的

---

[1] 此处凯鲁亚克可能混淆了佛教和道教的概念。

[2] 即铃木大拙，日本现代著名的禅学思想家，向美国等西方国家大量翻译和介绍禅宗，被誉为"世界的禅者"。

冥想日——尽管今天是星期一,但他没有去上班。他正像一个禅师似的烹茗煮茶。

他看到我们,十分开心地笑了起来——

我们在一旁说笑,而潘妮在凯文打坐的蒲团上坐下,开始进入冥想。

这实在太有趣了——

科迪站着,开始讨论上帝的普遍性问题,而拉菲尔大叫,"什么?什么?你是想说一切都有神性、上帝内在于一切事物?这么说,她也是上帝,我的上帝?!"拉菲尔指着潘妮说。

"那自然。"我说——

科迪继续下去:"当我们离开地球……"

"我再也不想听这家伙说话了,我不想被他的话毒害!科迪是天使还是魔鬼?"

"科迪是天使。"我说。

"天哪,别再说了!"拉菲尔叫了起来,因为科迪还在喋喋不休地说——

"……到达土星之后,也许那里根本没有救世主,一切都会变成石头,婊子养的老杰克也会变成石头……"

"我要出去了!这个人就是魔鬼!"

两个人打起了口水仗,互不相让。潘妮坐在那里,全身发着光芒,像一朵玫瑰,脸上和手臂带着淡淡的雀斑,还有一头火红的头发……

"出去眺望那些美丽的树木吧，"我劝拉菲尔出门看看，他果然出去了，然后又回来了。在这个空隙，科迪说："尝尝这里的茶吧，老兄。"他用日本茶具端给我一杯热茶。

"精力充沛的救世主在这金色山冈上得到了他的声望……"我自言自语，像往常一样用这种方式把脑子里的线头整理出来。

在地板上盘腿打坐的凯文猛然笑了起来。我看着他，这个印度佛教徒，他那光滑的足底总让我觉得以前跟他似曾相识，似乎是在某个寺庙，我是一名传道者而他则是一个舞者，与外围的妇人们跳舞。——他是多么灵巧地承受科迪和拉菲尔那些急风暴雨般的相互指责啊！他笑不可支，几乎喘不过气来——他的腹部平坦挺直，正是一个年轻瑜伽修行者的腹部——

"哇，"科迪说，"甚至有些禅师能看到人们头上的光环，它们彻底反映出实体的内在思想，就是那样！"他连续击着自己的手掌，他的声音被突如其来的激动所哽塞，接着陷入长时间的沉思默想，缄口不语。而后，他又开口了："每个人都会受到因果报应，在每个人身上，都有善念与恶念之争，我能在他们的头顶看到这一切。个体可以通过冥思驱走恶念，我能在你的头顶看到两种念头居于其间……"他凝望着天花板。如果说拉菲尔是个意大利人——文艺复兴时期的意大利人，那么此刻的科迪则是一个希腊人——一个罗马/雅利安人的混合血统（他自称为"亚特兰蒂斯人"[1]），像是

---

1 Atlantean，古希腊传说中的远古文明，大力神阿特拉斯曾是其中一个国王，最后亚特兰蒂斯岛受到天谴，永远地沉于大海。

斯巴达的竞技选手,他的祖先将追溯到原始的游牧民族。

科迪继续解释道,有一些东西会潜移默化地影响我们,渗透了我们的毛细血管和血脉,就像受到星辰和月球的牵引——"比如说,月亮能使人发疯,老兄,那是火星的重力牵引……"

他的火星把我吓坏了。

"火星是最近的星球!那是我们的下一个旅行之地。"

"从地球旅行到火星?!"

"这不算什么,还要继续下去……"凯文在一边听着发笑。科迪还在说:"还要再去下一个星球,一个接一个,去那些疯狂的星球上,直到宇宙的边缘……"科迪曾在火车上做过司闸员,现在还穿着一条司闸员的工装裤,平整而洁净;在蓝衣服里面穿着一件上浆的白衬衫,而蓝色的工装帽则留在那辆可怜的1933年雪佛兰小车里了……啊,科迪救济过我很多次——一个可靠的男人——同时又是一个多么焦虑而骚动的男人!——啊,老科迪,这是一个多么奇特的男人!

我还记得孤独峰上做过的那些白日梦,此刻,它正一一变成现实。一切都是虚空,当我和科迪开着车、虚空地盯着前面时,悟到了这一点。科迪出去鼓捣他的车,我坐着,同时冥想着科迪和那辆车。科迪的手臂坚定地握着方向盘,在车流里避开碰撞,游刃有余。我们早已明白一切都是虚空——某个夜里,我们听着车里天堂般的音乐,忽然听到马达的嗡嗡声。"你听到了吗?"我问科迪。——"听到了,"科迪问,"那是什么?"没错,他早就听到了。

八十

我非常惊讶地看着拉菲尔返回屋里，更为惊讶地发现他手里拿着他的诗稿。他在院子里静静地看了一阵树木，现在回来了，说："我的小册子里有一片树叶。"——科迪听到了，并不信任他，但我注意到了他看拉菲尔的目光——这是两个不同的世界，乌尔索和珀姆雷，他们的名字都有所意味，一个是意大利甜歌手，一个是爱尔兰司闸员——他们相撞——就像木头撞向大海——拉菲尔说："杰克应该写点莫名其妙的短歌，就能成为哈姆林的领袖人物。"他指的是像他写的那一类短歌。

"哈，如果那就是他想做的，那就好哇好哇好哇……"科迪像部机器似的发音，没有音乐，没有歌声。

拉菲尔的声音像唱歌："你！我姑妈早就告诫过我，不要跟你珀姆雷来往，不要去下东城……"

科迪打了一个饱嗝作为回应。

这就是他们斗嘴的方式——

同时那甜蜜温柔的耶稣之父约瑟——凯文留着约瑟胡，微笑着，倾听着，屈身端坐在地板上。

"凯文，你在想什么？"

"我在想，如果明天我找不到该死的驾照，该有多惨。"

科迪凝视着凯文，当然，他已经这样凝视他好几个月了，像一个同道的爱尔兰父亲一样，也许像一个同道中的男人一样——

科迪曾经在这里进进出出,至少吃过成千上万顿饭,并且带来所谓的真道——科迪被马尔称为"牧师",西蒙则被他称为"疯狂的俄国人"(他的确如此)——

"这些日子西蒙去哪儿啦?"

"哦,今天下午五点钟我们会去接他。"科迪语速很快。

"西蒙·达洛夫斯基!"拉菲尔叫了起来。"一个疯子!"他说"疯"的方式,就像在说"疯——儿",真的很东方——奇怪而疯狂的波罗的海小巷男人——真的很令人眼花缭乱的谈吐……就像你在堆满废弃轮胎的后院里听到那些小孩子们的交谈——"他已经疯了。"拉菲尔把双手放到头上,一边敲一边笑,像绵羊一样,奇怪地带着一点骄傲阙如的谦卑。现在他也盘腿坐在地板上,尽管他根本坐不住,很快就会倒下。

"奇怪而又奇怪的世界。"科迪说道。他离开了一点,然后又回到我们之中——一个契诃夫式的沉默天使降临到我们中间,我们一片死寂,倾听着日子的嗡嗡声和寂静的沙沙声,最后科迪咳了起来,但很轻,"吭——哈——"仿佛在预示着——带着他巨大的烟雾,和那印度的神秘——凯文显然看到了这一切,于是带着他独特的温柔看着科迪,惊讶而又疑问,蓝眼睛里带着清澈的惊奇——科迪现在也看到了,眼睛眯成了一条狭缝。

在我们这一个半小时的交谈和思想当中,潘妮一直用非常正规的佛教打坐姿式坐在那里——我们都在等候着某件事情的发生。它发生在全世界的每一个地方,但只有在某些地方他们会给你打预防针,而在另一些地方他们则只是谈着生意。

我们都找不到立锥之地。

八十一

世界以及发生在世界上的事情只不过是一个故事——我们下山去凯文的大房子,他的妻子伊娃是一个甜蜜可爱的绿眼睛长头发赤脚美女,她允许自己的小女儿玛雅光着身子到处跑,在高高的草丛里嬉戏。她准备了一顿大餐,不过我一点都不饿,所以我发表了一个简短的声明:"如果不饿的话就不要吃东西,这是我在山上学到的东西。"所以科迪和拉菲尔狼吞虎咽地开吃了——而我则在听唱片——吃完中餐,凯文跪在他最喜欢的蒲团上,从一个白色的封套里掏出一张精致的唱片,凯文说那是全世界最棒的印度音乐,他们同时也会播放格里高利圣歌——牧师们和弟兄们的圣歌合集,唱得非常美,并且收揽了比石头更为古老的音乐——拉菲尔非常喜欢文艺复兴风格的音乐——以及瓦格纳,我在1952年的纽约首次邂逅他的时候,他曾经叫嚣,"除了瓦格纳,其他均不值一顾,我想在你的头发里喝酒放纵!"(对女孩约瑟芬说)——"在爵士乐中跳舞!"——尽管他是一个非常虔诚的爵士乐迷,应该酷爱爵士乐,而且,他的节奏感事实上也来自爵士,但也许他自己不知道——不过他带着意大利风格,对无调性音乐缺乏兴趣——你可以自己去评判他——而科迪则热爱所有音乐,是一个伟大的行家,我们第一次放印度音乐给科迪听，他立刻就对鼓点产生了兴趣。凯文说："这是天下最精妙、最深奥的节拍！"我和凯文甚至推测过达罗毗荼人对印度音乐发展是否做出过贡献。科迪能听出软鼓、手鼓和葫芦的节奏，鼓点贯穿了整个音乐——我们来回放着格里高利圣歌和印度音乐，凯文的小女儿每次都一边听一边开心得叽叽喳喳说个不停。在几年前的春天，她们夜夜躺在婴儿床上，听着这些唱片入睡。她们早已熟悉了那缠绵的长笛和木管乐器，那细腻的葫芦和那比非洲鼓更为轻柔的印度鼓点，而那个古老的印度演奏者，则守着沉默之誓约，弹拨着往昔之竖琴。科迪会在这天堂般的音乐里陷入沉醉之中，而其他人则会变成石头——走在凯文家附近的那条小路上，就能够听到他的高保真音响播放着哥特式的圣乐、琵琶或者日本的曼陀铃，甚至是无法理解的中国音乐——有时他会举行盛大的晚会，在后院里烧起熊熊篝火，某些参与者——比如欧文、西蒙·达洛夫斯基，还有杰里，赤身裸体地站在那些女人们中间，跟研究亚洲的学者亚历克斯·奥姆斯谈禅宗，他看来对此漠不关心，自己喝着酒，对我重复着一句话："佛教肯定会越传越广……"

　　午饭已经结束。我们准备返城。我从凯文家的阁楼上找回了我的手稿和一些旧衣服——我欠他15美元，是上一个春季住在他这里欠下的钱。我给了他两张一共15美元的旅行支票，他误解了我的意思（当时我们在阁楼上，他的眼睛温柔而忧伤），以为我让他帮我兑换支票，居然给我找回了15美元皱巴巴的现钞。凯文静静地看着我们，然后问我："杰克，我什么时候还能再见到你？"就像六个月前的那个夜晚，我和他一起离开磨坊谷，坐在水滨码头后院，一边喝酒一边凝视着眼前的一片峭壁，那是特里格拉夫山坡从低洼升起的一片绝壁。在夜里，我们望着万家灯火，凯文非常开心能跟我共度一个美好的夜晚，一边喝酒一边凝望峭壁，沿着街道漫步，而不是坐在"老地方"喝啤酒……

我们又挤进了科迪的小车，调了头，朝凯文和艾娃挥手道别，穿过大桥，返回城市。

"啊，科迪，你是我见过的最疯狂的男人……"拉菲尔勉强退让了一步——

"听着，拉菲尔，你说你是冒险诗人拉菲尔·乌尔索，那就来吧，明天跟我们一起去赛马场冒险！"我劝诱他——

"妈的，如果不是太晚了，本来我们可以今天就去的！"科迪骂骂咧咧地说。

"好极了，我跟你们一起去！我倒要看看科迪怎么赢钱。"

"包在我身上！"

"明天，我们到颂雅家去接上你。"

颂雅是拉菲尔的女人，不过科迪自从去年见到她之后(很自然地)就坠入了情网，科迪曾经跟我说过一次……"马塞尔·普鲁斯特不可能是个同性恋，不然他写不出那样的书来！"……科迪会爱上每个漂亮的姑娘，他为了追求颂雅，便投其所好地拿出棋盘来跟她丈夫对弈。有时他会带上我一起去，她则慵懒地坐在椅子里，伸着两腿，看着他们下棋。她会问我："杜劳斯，你用一生的时间去孤独地写作，不觉得单调吗？"——我点头同意，看到了她裤子上的开口。科迪正用他的象吃掉王后身边的卒子,显然也看到了这个开口——但后来她还是拒绝了科迪,她说:"我知道你在追求我。"最后,她还是离开了她丈夫,然后跟来自东部的拉菲尔同居了……"我们到颂雅家去接你。"

拉菲尔说:"呀,我正在跟她冷战呢,都已经离开她一个星期了。杜劳斯,你可以上她。"

"我?让科迪上吧,他都疯了……"

"不,不!"科迪说,他已经把她从记忆里抹掉了。

"今晚大家都去我的公寓吧,我们喝酒读诗,"拉菲尔说,"我要开始打包了。"

我们回到咖啡廊,欧文正在那里等着我们。同时进门的还有西蒙·达洛夫斯基。他独自一人,目前以开救护车为业。然后是杰弗里·唐纳德[1]和帕特里克·麦克里尔[2],这两个旧金山的老诗人都仇恨我们——

吉娅也走了进来。

八十二

此刻,我已经被加州劣质酒灌伤了,我还在继续猛喝,眼前

---

[1] 原型为 Robert Duncan,垮掉派诗人和作家。

[2] 原型为 Michael McClure,50年代美国文化英雄之一。

的景象变得一片模糊，令人晕眩——吉娅走了进来，双手像往常那样插在裙袋里，用她低沉的声音说："《小姐》杂志星期五晚上会过来给你们拍照……"

"给谁？"

"欧文，拉菲尔，还有杜劳斯。下个月是《生活》杂志……"

"你从哪儿听说的？"

"别算上我，"欧文拉着科迪的手要他一起来，科迪说，"星期五晚上我还有事。"

"但是西蒙会跟我们一起拍！"欧文胜利地宣告道，攥住了达洛夫斯基的胳膊。达洛夫斯基简单地点了点头，然后问道："之后我们可以饮酒狂欢淫乱吗？"

"那就别算上我……"吉娅说。

"我可能也不会参加……"科迪说。每个人都给自己倒咖啡喝，坐在三张不同的桌子边上，其他的波希米亚人和地下人在我们身边来回走动。

"但是我们必须在一起干！"欧文叫道。"我们都会一举成名的，唐纳德，麦克里尔，你们都一起来吧！"

唐纳德32岁，圆滚滚的，面目清秀，眼神忧郁，举止优雅，目光静静地凝视着一切。麦克里尔大概20来岁，是一个剪着小平头的年轻人。他看着欧文，非常直白地说："哦，我们今晚就会单独拍照……"

"什么？你们拍照，居然不带我们？！"欧文叫了起来。他突然意识到这里面有着什么阴谋诡计,眼神瞬即暗了下来。他们之间有联盟,有不和,还有分道扬镳——

西蒙·达洛夫斯基对我说:"杰克,我已经找了你整整两天了!你去哪儿啦?你在做什么?最近做过些什么梦?你还好吗?有没有女孩松开过你的裤腰带?杰克!看看我,杰克!"他让我看着他,他那粗野的面孔上长着鹰钩鼻子,他金色的长发已经剪成了板寸,他那薄薄的嘴唇(像欧文一样),就像一个刚刚高中毕业的男生。"我有数不清的事情要告诉你!全都是爱!我发现了美的秘密!那就是爱!每个人都爱!随处都爱!我会跟你解释的……"在接下来的拉菲尔诗歌朗诵会之后,西蒙站起来打算发表一通关于爱的长篇大论,欧文和拉菲尔没有反对,实际上他们对此根本漠不关心。

"你会讲些什么?"

"我不会漏掉一字一句的,我要把所有一切都讲出来,讲给他们听——我要让他们哭……美男子杰克老兄你听着!这是我的手向你伸出!握住它,让我们握握手!你知道今后的某天会发生什么吗?"他突然模仿欧文的样子哭了起来,有时候他会模仿科迪,毕竟他只有20岁。"下午四点去图书馆,吃着覆盆子药丸,你知道吗?"

"覆盆子?"

"棒极了!在我胃里……"他拍了拍,——"瞧见没?我的胃里充满欲望,我突然闯入了达洛夫斯基的同性恋之梦——至少我看到了这种可能性……"

"你的意思是，一个荒谬者之梦？"

"——一种可能性，在我的心里去构建大爱的可能性，哪怕在现实生活中，它也并不在我心之外，你明白吗？在达洛夫斯基深深的地牢之中，我看到了一束爱的光芒，它搅起了我的泪水，感动了我的心，泽被万物，你明白吗？达洛夫斯基做了那个梦，看见他醒后在抽屉里放了一把枪，准备射杀自己，砰！"他的手正对着自己，"他感到一种极度迫切的愿望去爱，去布道——是的，去布道，这就是他的布道词：'去生活，并且去把我所知道的真理宣讲出来！'在拉菲尔和欧文的诗歌朗诵之后，那就是我布道的时候了。我会在众人面前感到窘迫，我的内心充满了爱的念头和字句，为什么人们不能彼此相爱？在他们面前，为了表达我的想法，说不定我会哭泣——科迪，科迪！嘿，你这疯狂的年轻人！"

他跑过去，捶打着科迪。科迪正哼哼哈哈地答着话，看着自己的老铁路表，准备离开，而我们都在乱转。"我想在我和欧文之间建立一种像巴赫赋格[1]似的关系，能清楚地看到每两个音部之间各种元素的对位变化——"西蒙结结巴巴地说，把头发向后撸，显得十分神经质，"我们一起参加派对，把衣服都脱光——我和欧文，进行一场盛大的狂欢放纵。在你回来之前，我们和一个叫斯利沃威兹的姑娘认识了，那个夜晚真是——我只用了半分钟就完事了，这还是第一次。我早已经不再做梦了，事实上，一个多星期前

---

[1] 赋格是一种以主题和模仿性答题组接起来的一种音乐对位形式，巴赫是史上最伟大的赋格大师，《赋格的艺术》被视为他的音乐遗嘱。赋格的原意为"逃走"，主题和答题由各音部依次模仿，有如前逃后追。

我做了一个伤感的梦,不过我已经不记得到底梦见什么了,只留下孤独之感……"

然后他抓住我:"杰克,睡觉,读书,写字,聊天,散步,性交,观看,然后继续睡觉……"他热切地建议着,用焦虑的眼睛直视着我,"杰克,你得多跟姑娘们上床,我们今晚就要让你上床!"

"我们要去颂雅家——"欧文在一旁听得津津有味,现在插了一句。

"我们大家全都把衣服脱了,集体狂欢——杰克,来吧,狂欢吧!"

"他到底在说些什么!"拉菲尔走过来,叫了起来——"疯子西蒙!"

拉菲尔彬彬有礼地把西蒙推开,西蒙站在那里,像个小男孩子似的,向后撸他的小平头,无辜地朝我们眨眼:"可这就是真理!"

西蒙希望自己能够"像科迪一样完美",不管是当司机,还是当一个交谈者——他很崇拜科迪(你应该明白马尔为什么把他叫作"俄罗斯疯子")——总爱天真地做一些危险的事情,比如,突然朝一个陌生人跑过去,充满热情地亲吻他的脸颊。那个陌生人其实是欧文·明可[1],他对西蒙训斥道:"你不知道你刚才是在找死吗?"

西蒙被明可的话弄得很困扰,他完全不能理解——幸而我们都在他的身边保护他,而明可还算是个好人——西蒙的确是俄罗

---

[1] 其原型为Allen Temko,属于垮掉派的外围人士。

斯人，想要热爱整个世界，是19世纪陀思妥耶夫斯基笔下那些精神错乱的主人公——伊波利特、基里洛夫们[1]的后代。下午五点，我们在地下室碰头，一起吃着佩奥特[2]，里面有两只鼓、一把长号，还有钢琴，西蒙坐在那盏垂着古缨的红色长明灯下，他那憔悴的面孔染着奇异的红晕。我突然意识到："西蒙·达洛夫斯基，他才是旧金山最牛的人物。"那晚，我们在街上横冲直撞，我背着包，大叫："伟大的真理天空啊！"一群中国人从牌室里走出来。西蒙看上去有点像查理·卓别林，但骨子里还是带着俄罗斯人的气质，他跳着舞冲向一家人头涌动的休息室，人们正坐在休闲椅上看电视，做出种种丰富的表情——惊讶、双手惊恐地掩向嘴唇、左顾右盼、叹息、踮脚、谦卑、鬼鬼祟祟，就像让·热内[3]戏剧里巴黎大街上的那些醉鬼和呆瓜，像一场精心制作的假面舞会——这个俄罗斯疯子，西蒙·达洛夫斯基，老是让我想起我的叔叔诺埃尔。我常跟西蒙说，我的叔叔原来在马萨诸塞州生活，他也长着那样的面孔、那样的眼睛，喜欢模仿其他人的表情，然后说"嘻嘻哈，我就是歌剧院魅影……"说来也怪，西蒙的工作也很像惠特曼，在医院里做护工，护理那些老弱病残、临死之人。现在，他给一家小医院开救护车，每天围着旧金山打转，把那些

---

[1] 分别为陀氏小说《白痴》和《群魔》中的人物，两人都死于自杀。

[2] Peyotl，一种从南美仙人掌尖端里提取的毒碱，有迷幻作用。

[3] Jean Genet(1910—1986)，法国传奇戏剧家，当过小偷，进过监狱，以《小偷日记》一举成名。《阳台》为其戏剧代表作。

被伤害的和被凌辱的人抬上担架——他们往往是在可怕的小黑屋里被发现——把他们送到医院。面对血流和哀号，这一刻的西蒙不再是俄罗斯疯子西蒙，而是护工西蒙——绝不会伤害任何一个人身上的汗毛……

"啊，是啊，就是这样。"科迪最后结束了这场谈话，走了，回铁路段去上班。走到街边，科迪跟我说："我们明天去赛马场，你在西蒙家等我。(我们都睡在西蒙家)"……

"好的。"

诗人唐纳德和麦克里尔答应把我们剩下的人马带到第三大街，黑人居住区的边上。此刻，西蒙那个十五岁半的弟弟拉撒路正在厨房煎着土豆，捋捋头发，漫想着月亮上的男人。

八十三

当我们进屋的时候，没错，他正在煎着土豆。高大俊秀的拉撒路正在读高中一年级，他对老师说："我们都想自由地言说……"此外，他不断地重复同一个问题："你做梦了没有？"他老是想知道你到底在做什么梦，你说的时候他会频频颔首——他也想让我们给他找个女孩——他的轮廓十分完美，长得像约翰·巴里摩尔，以后绝对会是一个美男子。不过，现在他孤孤单单地跟兄长西蒙住在一起。他的母亲和其他疯狂的兄弟们都远在东方，西蒙不得不对他多加照顾——他会被送回纽约，但他很不情愿，因为他想去的地方是月球——他把西蒙买回来的全部食物一扫而光，下午三点，他起床之后就会煎掉所有的羊排，然后把它们统统吃光——他把全部时间都花在他那头金发上，最后我让他用我的梳子，他居然把我的梳子藏了起来，我不得不重新把它找出来……然后，他把收音机开到最大音量听爵士乐——再然后，他就在屋子外面走来走去，在阳光下漫步，问一些稀奇古怪、匪夷所思的问题，诸如"你认为太阳会掉下来吗？"——"你说的那些怪物真的存在过吗？"——"会不会还有另外一个世界？"——"你被蒙住眼睛了吗？"——"你是不是20岁？"……

四周前，他骑车冲下山坡，经过钢铁公司办公大楼的时候，就在铁路地下通道的附近，撞到了一辆车上，摔坏了腿——现在还有点跛——他也非常崇拜科迪——科迪对他的受伤非常紧张——哪怕在最为狂野不羁的人身上，也隐藏着一种质朴的同情——"那个可怜的孩子，老弟，他几乎走不了路……这段时间他可真惨……我总是为拉撒路感到担心。没错，雷兹[1]，再多加点黄油……"这个害羞的大男孩雷兹就为我们鞍前马后地效命，不时地把头发朝后梳——桌边静悄悄的，大家都不多说话——西蒙称呼雷兹是用他的真名埃米尔："埃米尔，你要去商店吗？"

"还没到时候。"

---

[1] 对拉撒路的昵称。"雷兹"是lazy（懒惰）一词的谐音。

"现在几点？"

长时间的停顿。然后是拉撒路深沉而成熟的声音："四点。"

"你不准备去商店了？"

"现在就去。"

西蒙拿出一沓商店的宣传单，店员们挨家挨户地塞给大家，上面印着每天的特价商品。这样他就用不着像以前那样，非得把所需商品一条条开单写下来。现在他只需要在宣传单上划上圈就行了，比如

泰德尔香皂
今日只需45美分

他把这个划上圈，并不是因为他们真的需要香皂，而是因为它能节省两分钱——他们两人的脑袋凑在一起，这两个血统纯正的俄罗斯脑袋凑在宣传单上，划上一个又一个的圈——然后拉撒路出门，手里攥着钱走上坡去商店，徜徉好几个小时，研究科幻小说的封面，再回来……

"你去哪儿了？"

"看了看罐子……"

我们到达之际，老拉撒路正在煎土豆。从走廊里回望，太阳照耀着旧金山——

八十四

杰弗里·唐纳德是一个举止优雅而又悲哀厌倦的诗人。他去过欧洲,去过伊斯基尔[1]和卡普里岛[2]这一类的地方,以华丽典雅的诗风著称。这是我第一次跟他见面,他刚跟纽约一个出版商谈到过我,所以我感到非常惊讶,我们走到外面的阳台上看风景——

第三大街在旧金山的南面低地,布满了煤气管道、水管和工业轨道,烟雾沉沉,到处都是令人作呕的粉尘。在那些屋顶背后,蓝色的河流涌向奥克兰和伯克利,在薄暮时分,在那神圣宏伟的巨大玫瑰色云朵下面,平缓地绕向山脚——左边的那部分城市显得苍白而悲凉——这是西蒙和拉撒路的典型居所,四周都是黑人区,他们备受大家喜爱,孩子们成群结队地在他们的房子里玩着射击游戏,大喊尖叫,拉撒路努力让孩子们安静下来,他是他们的英雄——

我挨着悲伤的唐纳德,心想他是否也在想着我所想的一切,他是否在意这一切,或者,他是否会思考这一切——突然间,我注意到他已经转过脸来,用严肃的目光盯着我,我赶紧把目光转开——我可受不了这个。我不知道该对他说些什么,或者该如何

---

[1] Ischia,意大利南部位于第勒尼安海的一个岛屿,在那不勒斯湾的入口,被称为"绿宝石岛",以温泉闻名,是一个旅游中心和疗养胜地。

[2] Capri,意大利南部,位于那不勒斯湾南部的一个岛屿。自古罗马时代以来就是一个度假胜地,以其蓝色洞穴而闻名。

向他道谢。此刻,年轻的麦克里尔待在厨房里,他们正在面包和果酱中间朗读诗歌——而我很疲倦,我对所有一切感到疲倦,我该何去何从?我该怎么办?我该如何穿越永恒?

蜡烛点燃了……

"我猜,你去过意大利吧?——你打算以后做什么?"我最终找了话说。

"我不知道我打算做什么。"他带着一种冷幽默悲哀地说道——

"当一个人做什么的时候,他就在做着什么。"我轻率而漠然地说。

"我常听欧文说起你。我读过你写的东西——"

实际上,他对我非常和蔼可亲——而我能理解的一切却都是疯狂——但愿我能跟他表明这一点——但他知道我知道——

"最近还能再见到你吗?"

"哦,那是肯定的。"他回答。

两天之后,他在罗斯家里为我安排了一个小型的晚餐派对,罗斯在会上朗诵诗歌(我羞于开口)。她在电话里邀请我过去的时候,欧文站在我身边低声问:"我们可以一起去吗?"

我问她:"罗斯,欧文也可以去吗?(欧文说,"还有西蒙。")……还有西蒙……"

"当然,当然可以。"

欧文又低声说:"还有拉菲尔……"我再问罗斯:"诗人拉菲

尔·乌尔索呢?"

"行,没问题。"

"还有拉撒路……"欧文继续在一旁提示。

"还有拉撒路……"

"好啊,来吧。"

于是在我的晚餐派对上,唐纳德身边站着一位美丽优雅的女人,为大家提供了一顿疯狂的晚餐,有火腿、冰淇淋和蛋糕……

唐纳德和麦克里尔离开之后,我们狼吞虎咽地吃完了晚餐,然后冲到拉菲尔女人的公寓,整夜纵酒长谈。欧文和西蒙很快就脱光了衣服,全裸出现(这是他们的招牌标志)。欧文甚至玩弄着颂雅的肚脐——而拉菲尔这个来自下东城的家伙肯定不希望任何人玩弄他女人的肚脐,也不喜欢坐在那里看裸体男人——这是一个粗暴的夜晚——我发现我手里有了一件庞大的拼贴活计……潘妮也来了,坐在角落里——这是旧金山老式的出租屋,地板很高,到处扔着书本和衣服——我坐在一夸脱啤酒边上,谁也不看。在我的思绪之外,唯一吸引我的就是拉菲尔挂在脖子上的银色耶稣受难像,我跟他说了——

"那你就拿去吧!它是你的了!"他马上把银像解下来,递给我。"真的,拿走吧。"

"不用不用,我就戴几天,然后还给你。"

"你拿着吧,我本来就想把它送给你的!你知道我为什么喜欢你,你明白我的痛苦……我不想坐在这里看着裸体男人在我面前走来走去……"

"怎么了?"欧文问道。他正屈膝跪在颂雅的凳子上,揭开她的一片衣角,触摸着她的肚脐。而美丽迷人的小东西颂雅本人打算证明没有什么能打动她,所以任他肆意妄为。西蒙一边看着,一边做着祷告——事实上,欧文和西蒙都有点颤抖——夜里很冷,窗户大开,啤酒又是冰的。拉菲尔坐在窗边沉思,不言不语,也不去责骂他们。("你难道认为我会愿意让你玩弄我的姑娘吗?")

"欧文,拉菲尔说得对——你不明白——"

我试图让西蒙明白这一点,他比欧文还想要更进一步——他想要的是那种彻底的放纵狂欢。

最后拉菲尔发出了一声哀叹,摇着手说——"唉,你们这些人啊!杰克,戴上十字架吧,戴着它,很适合你。"

它坠在一根细小的银链上,我把它绕过脑袋,戴在脖子上——我感到一阵莫名的欣悦——这时,拉菲尔开始读金刚经的经文,就是我在孤独峰上意译过的那段经文,此刻从他唇边涌出。"拉菲尔,你能弄懂它吗?你会发现一切道理尽在其中,需要你去理解……"

"我知道你的意思。是,我能弄懂它。"

我读了一段经文,目的在于把他们的注意力从争风吃醋上引开——

"须菩提,菩萨若要教人以法,须生无所住心,即不为美色所惑,不为天音所迷,不为美味所动,不为芳香所感,不为柔软所触,不为意念所困。菩萨应如是布施,不为上述种种幻相所惑。何以故?若其布施不盲目惑于种种幻相,则其福德将无可限量。须菩提,你作如何观?东方之天其深广可丈量不?"

"不也,世尊!东方之天其深广不可丈量。"

"须菩提,则北方、南方、西方之天其深广可丈量不?或宇宙四角、或上或下或其中深广可丈量不?"

"不也,世尊!"

"须菩提,若菩萨亦如是布施,不为存在之感知及真如之幻相所惑,则其福德亦如天空无可限量。此法应教度众生……"

他们都专注地听着……然而这房中有某种我无法融入的无形之物……像珍珠般高贵的人们陷入了沉默。

我看到宇宙之谦卑
世界将会因此得救——
猎户星座闪耀天穹
一、二、三、四、五、六、七——[1]

它结束了一个糟糕的夜晚,我们离开拉菲尔各自归去,让他独自沉思。他大概正在跟颂雅争执,准备打包离开——我和

---

[1] 在古罗马神话中,猎户星座由月神狄安娜的爱人Orion(奥里翁)所化。狄安娜中了阿波罗的诡计,误杀了奥里翁,后悔不已,让他变成天上的星座。在猎户星座前是金牛七星,这大概是诗中从一数到七的原因。

欧文、西蒙、潘妮回到公寓，拉撒路又在炉子上做吃的，我们继续喝啤酒，喝得烂醉——最后，潘妮几乎是哭着跑进厨房，她想跟欧文上床，但欧文都已经呼呼大睡了。我说："宝贝，坐到我的大腿上吧——"最后，我上床睡觉，她爬了进来，用她的胳膊抱着我，一边说："我只是想在这座发疯的房子里找个睡觉的地方……"

早上，我醒了过来，脖子上挂着那个十字架。我意识到，无论厚薄，我都将戴着它，并且不断自问："如果一个天主教徒或基督教徒看到我戴着这个聚会狂饮，他们会说什么？而如果我走到耶稣面前问他'我能戴上你的十字架吗'，他又会说什么？"

无论如何，我是否都可以戴上你的十字架？世间是否有炼狱存在？

"……不盲目惑于……"

八十五

第二天一早，潘妮第一个起床，到外面买回咸肉、鸡蛋和橙汁，为大家做了一顿丰盛的早餐。我甚至开始喜欢她了——她拥抱着我，亲吻着我——这时西蒙和欧文都出去上班去了，欧文在奥克兰的商船上干活，把船开进船坞。科迪进来的时候，我们正在床上浓情蜜意地叽叽咕咕，他叫了出来："啊，这就是我想在早晨看到的一切：小伙子和姑娘！"

"我今天能跟着你吗？能整天跟你在一起吗？"她问我。

"当然可以。"

科迪又输掉了赛马。他点了一支烟，坐在餐桌旁，又开始聚精会神关注今天的新一轮赛马，就像多年以前我的父亲一样……

"咖啡里只要加一点点糖，亲爱的拉撒路……"他说。

"好的，先生。"

拉撒路在厨房里忙来忙去，折腾着数不清的面包、鸡蛋和咸肉，还有牙刷和发梳，以及一堆漫画书——这是旧金山一个阳光明媚的早晨，我和科迪兴致勃勃地在餐桌边坐下。

我们又开始高声谈论上帝这个话题。我们希望拉撒路能够有所理解。有一半的时间我们都是为他而高谈阔论——他站在一边傻笑，一边向后梳着他的头发。

科迪状态不错，我试图想让他明白一点东西。他说："当你说上帝就是我们的时候，这一点没错，"——可怜的科迪——"他就在这里。我们不必奔向上帝，因为我们在此。杰克，他就在这里，面对他吧，老弟，去天堂的道路真他妈的是一条漫长的道路！"科迪严肃地大叫。拉撒路微笑着，懒洋洋地看着炉子。这也是他被叫作"雷兹"的原因。

"拉撒路，你明白了没有？"

他当然明白了。

"言语而已。"[1]我对科迪说。

"我们从星光体开始。你应该知道灵魂是如何被引向发光的黑夜,他会经过一条笔直的通道而去……他将在徘徊迷失中重新投生为人,重新开始这场生命游戏。他蠕动着、前进着,从一边到另一边,而这是一个充满探索的过程,就像赫·齐·威尔斯[2]说过的女仆一样,从一边到另一边,清扫着一座厅堂,逐步前行——他将开始星际旅行,从一个星球到另一个星球,也许会到达火星——要知道,他会冲破所有的警戒线,以一种不可思议的星际速度……"

"言语而已!"

"真的,真的,可是然后……听着,杰克,有个家伙身边老是有一种背叛的氛围,说不定他就是犹大的转世,他将会——人们将会嗅出他的味道,互相追问'刚才那个从街边走过的叛徒是谁?'——他的全部生活就被这个祸因给毁了,这就是他的因果报应,他得偿还为了一点银子而出卖耶稣的罪……"

"言语而已……"

我不停地重复这句话,我的意思也的确如此——我想让科迪闭嘴,好让我说一句:"上帝不过是言语而已——"

---

[1] 他们正在谈论上帝的话题,而在《新约·约翰福音》中的开首便是:In the beginning was the Word, and the Word was with God, and the Word was God。中文和合本译为:太初有道,道与神同在,道就是神。近代有学者指出,首句应译为"太初有言",上帝即"言"。杰克突然将话锋转向"Words",应该与此有关。因此,后文杰克又表示。他想说的就是,上帝不过是言语。

[2] Herbert G.Wells(1866—1946),著名的科幻小说家。以《时光机器》和《世界大战》为其代表作,后者讲述了人类与火星人之间的星球大战,轰动一时。

而一切都不过是言语——但科迪坚持认为并偏执地想要证明，这是一个在物理意义上实存的世界，他坚信眼前看到的身体就是真实存在的身体，最后灵魂将出窍："当他到达火星之后，他可能会被那里炎热的生存环境所阻止，他也许会变成一块石头，或者继续……"

"请你严肃地告诉我，那他的肉身会去天堂、到达上帝的面前吗？"

"当然会。不过，要知道，那可得经过一段漫长而又漫长的道路……"科迪愉快地点燃了一支烟。

"言语而已——"

"好吧，你说言语就言语吧——"

"'飞鸟'而已——"

科迪丝毫没注意到我已经把"言语 (words)"替换成了"飞鸟 (birds)"。

"直到最后，肉身得到彻底的净化，成为无垢的存在，就像一件从未穿过的衣服，这时，实体将进入天堂，回到上帝的面前。这就是为什么我会说'我们此刻并不在此！'"

"我们无法控制我们此刻的存在，我们也无法逃避我们的报应。"

这让科迪愣了一分钟。我经常以这种措辞方式令人晕眩。

"天堂的存在确切无疑。"我又补充了一句。

科迪并没有点头称是——显然，他并不完全赞同我的意见。

假如像他所说的那样，我们都将灵魂出窍，到达另一个无限遥远的星球上，那么，问题到底出在哪里呢？

"言语而已！"我叫了起来，就像拉菲尔大叫"那样的欢淫！"。

"难道你没有发现吗？"科迪带着欢欣感激的神色眉飞色舞，"所有的一切都可以预先为我们解决，我们只要照做就行了……这就是我今天想去赛马场的原因。"科迪继续说，"我会赢回一大把钱。老弟，跟你说，我记不清有多少次去博彩窗口跟那个男人说买5号，只因为我听到不知道谁说了一句5号，而实际上，我自己真正想买的却是2号……"

"那你为什么不直接说给我2号，而不是5号，我刚才弄错了，那样他会把2号换给你吧？"

我和拉菲尔仍然沉醉于昨天科迪那场赛马谈话带来的震颤之中，就像在赛马现场一样。

科迪没有回答我这个问题，他继续说："因为有个声音在冥冥中跟我说，5号……"

"你的意思是说你在脑海里听到了这个声音？"

"这个无形之人也许是想让我赢，也许想让我输，但他显然已经预先知晓了赛马的结果。老弟，我不明白自己为什么这么可笑，你知道，就像'懒惰的维利'[1]一样，他永远不会跟你说'曾经'或

---

1 *Lazy Willie*，美国60年代的乡村名伶波比·珍特莉唱过的一首民谣，整首歌以一种轻松的幽默感抱怨 Willie 是个懒惰的少年，贪睡晚起，不割草，不喂骡子，不收大豆，不挤牛奶，等等。随着这首歌的风行，Willie 成为懒惰的代名词。

者'永远',总之,我们无论是'曾经'还是'永远'都不会再有第二种选择……"

"那么至少,你确信脱离肉身的灵魂想让你输掉?——可是你又说你的二次投注法永远不会输。"

"绝对不会输。"

"那到底是怎么回事?"拉撒路在另一个房间问道。他正在那间房子里,坐在床边梳着头,一边放着音乐。

"所有的道路都是一条道路——预感,一切都是预感。比如,预感能让你感觉到那个背叛者,他惊吓了街上的每一个路人;预感也能让你分辨出妖魔鬼怪——或许只是出于臆想……"科迪用凯尔特人[1]式的语言回答道。

"那些灵魂一堆堆地排满了队,一直排到无尽的天空,你这个该死的鸟人科迪,你告诉我接下来会发生什么?"

哦,他的衣服发出一阵窸窸窣窣的声音,他的脸上带着甜美的表情——科迪突然从椅子上站起来,挥着手臂侃侃而谈,试图证明他的观点——马尔说得对——科迪就像一个传道士。雷兹跑了过来,观看着科迪的手舞足蹈。科迪将会朝地板斜躺下来,以手

---

[1] 印欧民族的一支,最初分布在中欧,在前罗马帝国时期遍及欧洲西部、不列颠群岛和加拉提亚东南部。凯尔特人被认为是爱尔兰人的祖先,以语言智慧而闻名。

撑地，然后一个鲤鱼打挺爬起来，像在表演尼金斯基[1]的舞蹈，再飞奔过去，在你的鼻子面前拼命挥手——他想让你感受来自上帝的风与热——

"在无法再行分割之处，必会存在着最本质的光——"我评论道，又加了一句："言语而已。"

"耶稣基督来到世上，他的因果就是了解自己是上帝之子，并被派来以死赎罪，为人类获得永远的平安——"

"是为了所有的生命——"

"不对，不包括蚂蚁。你明白吗，他做到了，在十字架上就死。那就是他作为耶稣的因果羯磨[2]——你好好想想，那意味着什么。"

在大地上日渐凋零消逝的昂格人[3]……

---

[1] Nijinsky，俄罗斯芭蕾舞蹈天才及编舞天才，被称为"舞神"。
[2] Karma，佛教用语，音译为"羯磨"，即因果之意。
[3] Onge，昂格人，安达曼群岛一带的黑人人种。

八十六

科迪说"但是上帝不在言语之内",可他并不是真正关心所谓"言语",他关心的是去赛马场。

"好了,我们现在要做的是马上钻进我的小破车,我先带你去看一只性感小猫,再去拉菲尔那里,然后一起去赛马场!"他说话的口气就像赛马播音员。他把钥匙、香烟和报纸都塞到口袋里,我们就立即出门了。潘妮本来正在外面自在地梳着头,这时也不得不一路小跑跟上我们,一起挤到车里——科迪是不会等人的。我们把拉撒路孤单单地留在寓所里,让他待在屋里,整天发愣。我们就像赶生意似的冲下陡坡,右转,再右转,再左转,然后再右转,来到第三大街,在路口等了一会儿,在它即将转成绿灯之时就冲了出去。科迪可不想浪费一分一秒——"时间就是一切,我的朋友!"他大声嚷嚷着。他详细阐述了他的时间理论,以及——我们必须尽快。"只要我们有时间,事情就永远不会结束!"他大喊大叫,几乎接近哀嚎。

"你他妈的到底在说什么呀?"女孩也叫了起来,"看在基督的分上,我听到的全都是什么时间啊上帝啊这些该死的东西!"

"闭嘴!"我们异口同声地说。科迪更加抽风了,把车飙进第三大街,酒鬼在空瓶子上跌跌撞撞地往前走,他一边咒骂一边转弯——"嘿,放松一点,别紧张!"潘妮叫了起来,科迪的手肘撞痛了她。他看起来十分疯狂，随时都有可能去抢银行或者杀警察。他的样子就像是1892年俄克拉何马狭地的不法之徒。迪克·特雷西[1]在把枪子射进他的脑袋之前，也会被他吓得发抖。

商店里那些漂亮姑娘十分打眼，这是科迪的描述："这个不错，竟然就在这样的商店里干活。屁股真漂亮。"

"你这家伙！"

"不过这个还不如那边那个漂亮，一半都比不上——嗯，多诱人的正面！多诱人的侧面！——臀部小巧——令人神魂颠倒。"

神魂颠倒。他已经被弄得五迷三道，完全忘了自己是谁。一群孩子们在周边看着他疯狂地发笑。不过，他从来不在成年人面前扮演小丑。他可是个仁慈悲悯之辈，必须保持一张荒凉的面孔。

"看看另外那个，她可是个美人儿，不是吗？"

"在哪儿呢？"

"哦，你这家伙！"

"我们去吃东西吧！"我们到唐人街吃早餐，我叫了一份糖醋排骨和杏仁鸭，还有橙汁，啊哈。

"孩儿们，现在，我会让你们明白，这才是值得铭记的一天！"科迪在餐馆里宣布道，把赛马情报从一个口袋塞进另一个口袋。"上帝保佑，"他一拍桌子，"我要把所有的损失夺回来！"

---

[1] Dick Tracy，风靡一时的漫画神探，由漫画家古德始创于1948年。

一个迷人的中国女招待端着盘子走了过来，但没有在我们面前停留。科迪茫然地看着她。当菜单拿过来之后，科迪点了一份传统的火腿煎蛋早餐或者说中餐。我们在波士顿的老联合牡蛎馆吃饭的时候他也是这样，特立独行地点了一份猪排。我拼命吃杏仁鸭，可无论如何都吃不完。

车里已经挤不下了，我们只好把潘妮放到拐角，然后再冲去看科迪的新女友。我们一个急刹车把车猛地停下来，冲进她的房子，她穿着一套贴身内衣，正在镜子前扎头发，涂口红。她说："我正准备去菲律宾摄影师那里拍裸体写真呢……"

"噢，那样好吗？"科迪带着夸张的热情说。当她在镜前化好妆之后，我的眼睛都没法从她身上移开。她实在太他妈的完美了，科迪就像是秘密色情刊物图片上的淫魔，站在她的身后，贴近她，但又始终没有碰触到她的身体。他回过头来热切地看着我，指着她，用手指勾画出她的曲线，仍然没有触及她。我看着这幕艳情表演，坐了下来。他继续着淫邪的手势，她继续涂抹着她的红唇。她叫奥吐尔，是一个疯狂的爱尔兰小女孩。

"亲爱的，"她最后终于结束了装扮，点了一根大麻。这时我目瞪口呆地看到，一个三岁多的小男孩走了出来，朝着她说："妈妈，我能有一个画着宝宝眼睛的浴缸吗？亲爱的？"他说话十分机灵，令人难以置信。接着，她丈夫从地下室走了过来，跟小男孩一起在房子里到处跑。我实在受不了这种局面的考验，赶紧拿起一本禅宗的书开始读。科迪虽然满不在乎，不过我们还是很快就离开了，准备把她载到菲律宾摄影师那里拍照。他们匆匆忙忙地往外跑，我跟在他们后面，很不幸地发现那本书还在我手里。我只好折回去，重新按响门铃——这时科迪已经把漂亮女人奥吐尔挽在了怀里。她丈夫站在楼梯口，向下盯着我看，我说，"我忘了放下这本书，"然后跑上去把书还给他，"我真的忘了——"他朝我大声说："我知道你忘了，老弟。"他实在太酷了，跟奥吐尔真是绝配。

我们把奥吐尔带到她要去的地方，然后去找拉菲尔。

科迪一路都在发疯："你看到她身上的小内衣没有？多么甜蜜可爱的小美人……可是现在因为拉菲尔，我们要迟到了！"

"拉菲尔是个多好的小伙子！我告诉你，他有多好！——你跟他到底有什么过节？"

"他是那帮无法理喻的人——意大利帮的人——"

"老弟，那帮人的确粗野低劣，不过拉菲尔不一样，他是一个伟大的诗人——"

"老弟，你可以跟他玩在一起，不过我觉得他不可理喻。"

"为什么？就因为他总是在大喊大叫？可那就是他说话的方式！"（"就像沉默一样高贵，就像黄金一样高贵。"我想补充几句。）

"不是因为那个——没错，我能理解拉菲尔，老兄，难道你不知道我们曾经——"他沉默下来，没有再谈下去。

但我知道我能——我能吗？——拉菲尔能证明他自己是一个伟大的男人。男人，破衣服，男人，煎锅，狗与上帝互为镜面。

"他是一个好人。而且，他也是一个朋友。"

"朋友——"科迪不屑地说,他很少像这样冷嘲热讽。就像我在前世所崇拜的塞缪尔·约翰逊博士[1]一样,带着爱尔兰凯尔特人式的刚硬,像石头一样经受惊涛拍岸,绝不屈服。但在这顽固与讥讽的背后,凯尔特人的纯粹本质将缓缓渗透这块石头——他那讽刺的音调就像是爱尔兰耶稣会学校培养出来的,乔伊斯就在那儿念过书。更不用说,还有托马斯·阿奎那[2]这位神学思想家,也被封为耶稣会学者。——科迪曾经去读过教会学校,做过祭坛服事——在他不安分地到处捣乱之后,牧师们差点拧断了他的脖子。——不过他现在又回归到了信仰之中,重新信仰耶稣基督了,并且在耶稣基督之中——在基督教国家里,我们都用大写的"H"来指代他——

"看到拉菲尔送我的十字架了吗?"

"是啊……"

科迪也许并不赞成我戴这个——不过我不去想那么多了——它给我带来了奇异的感觉,然后,我把它遗忘了——每件事物都将各得其所——在很久以前我曾说过,每件事物都带着神性的光芒——那是很久以前,在万物出现之前,我就已经说过——那不过是些修成正果的言语——

---

1 Samuel Johnson(1709—1784),英国伟大的作家与批评家,《英文字典》编纂者。死后因博斯韦尔的传记《约翰逊传》而声名大噪。

2 Thomas Aquinas(1224—1274),出生于意大利望族之家,为经院神学家的代表人物,《神学大全》为其重要作品。19世纪,耶稣会提出"返回经院"的口号,重新把阿奎那神学奉为圭臬。

"好吧，我们现在就去那该死的里士满，路那么远，我们得抓紧时间！——你觉得他会在吗？"我们已经开到拉菲尔的门口。

"我跑去叫他，我去按铃。"我冲上去按铃，一边大叫拉菲尔的名字。拉菲尔在台阶上出现了，边上的一扇门也打开了，一个老女人探出头来看。

"我马上就下去！"

我回到车旁，拉菲尔很快就冲了下来，跨过门廊高高的台阶，跑了过来。我给他打开车门，科迪开始发动车，我把门砰地关上，把我的胳膊伸到车窗外面。

"呀，你们这些家伙，还跟我说十二点就能准时到达——"

"午夜十二点。"科迪嘀咕道。

"午夜？！你这该死的珀姆雷，你怎么跟我说的来着？——你，好啊你，我现在总算知道你了，我明白了，这一切都是阴谋，到处都是阴谋，每个人都想在我头上来一砖头，把我送进坟墓——我最后一次梦到你，科迪，还有你，杰克，在那个梦里有许多金色的飞鸟和可爱的小鹿在我身边，我就是慰问者，我扬起我神性的裙裾，给所有那些需要的孩子。然后，我变成了山神潘，在一棵树边，我为他们吹响了绿色的芦管，而你，你就是那棵树！珀姆雷，你就是那棵树！——我明白了，你根本就不理解我！"

他的双手举了起来，手势像是在芟剪着什么或者是在收割着什么。他就像一个典型的意大利人，在酒吧里对着坐在黄铜栏杆里的听众大放厥词——喔，我惊讶地听着这突如其来的话语，在拉菲尔的每个字眼里，都有着无比的精妙。我相信他，他一定做过这个梦，科迪也能看出来，他一定做过这个梦，这是真实无欺的，我看着科迪，他一言不发地听着，开着车，在车流里穿梭——

"那样会让时间断裂吗？"科迪突然开口，"——如果你看到一个徒步者，或者一辆车，眼看就要发生一起车祸了，你撞过去，就像什么事都不会发生似的撞过去，然后，如果一切都没有分崩离析，那你就到了时间的断裂处，并且赋予了它们上帝的荣恩。在那庸常的时间里，也许刹那之间你的身体会分崩离析，老兄，一切都已经在那厅堂里算计好啦，就在那里，他们在制造着戚—嘎—里—洛斯[1]……"

"天哪，珀姆雷——我根本听不懂珀姆雷到底在说什么！他老是在说这些废话！把我的耳朵都听出茧子来了——没完没了——我受不了啦我投降！——老兄，第一场赛马的时间是几点？"在说最后这句话的时候，他的声音突然变得低沉，而且彬彬有礼，带着感兴趣的口吻。

"拉菲尔，你真是一个嘲弄者！"我叫了起来，"拉菲尔，嘲弄者！"（科迪刚好在说："要知道，这些伙计喜欢嘲弄别人……""那又怎么啦？""没什么，挺好……"）

"第一场比赛我们已经赶不上啦……"科迪脸色阴沉地说，"所以我们也玩不了双赌法[2]……"

---

[1] 原文为 cee-ga-ree-los，是一个无意义的生造词。

[2] 在赛马比赛中，在一天内通过选择两次指定比赛获胜的赌法。

"可是谁想玩双赌呢?"我叫道,"几率太低啦!你能选中两场比赛的胜者的概率最多只有百分之一或者五十分之一,妈的!"

"双赌法?"拉菲尔说着,用手点着自己的嘴唇,突然陷入了沉思。我们坐在那辆1933年的小破车里,嘎吱嘎吱地艰难前进。你可以透过玻璃窗看到三张面孔——中间是拉菲尔的脸,似乎一无所见,一无所闻,眼睛直视前方,如同佛陀;而在这部天堂般的破车的司机位上,则是科迪的脸,正狂热地谈论着数字,一只手挥来舞去;第三个人或者说第三个天使正满脸惊讶地聆听着——因为科迪正在跟我谈二次投注法,需要六美元下一注,再加五美元下第二注,再加四美元下第三注,再加……他算来算去,头注,二注,三注,大概一轮需要20美元40美分……

"数字……"拉菲尔像是在很远的地方说话。不过他拿出了钱包,掏出了30美元。也许他能用它挣到100美元,然后喝得烂醉,再去买一部打字机。

"那我们该怎么办呢,既然你不相信我。我请求你去看看,看看我怎么运用'懒惰的维利'的体系,让他整天赢钱——懒惰的维利,你该看看拉菲尔,他那只老手是怎么赌的赛马,在他死后,他们会在俱乐部外面找到他,发现他钱包里已经装满了四万五千美元的现钞!……"

"可是我身上只有30美元!"拉菲尔叫道。

"该来的时候,它会来的。"科迪继续做着靠所谓的"懒惰的维利"体系发财、成为百万富翁的美梦。然后他要建起一座座修道院，为撒玛利亚人提供避难所，向那些贫民窟的流浪汉施舍美钞，甚至连坐电车的都能得到施舍——接着他要买一辆奔驰，一路穿越埃勒帕索高原公路，一路开向墨西哥城。"老弟，我要加大油门，在笔直的高速路上开到165迈，当你转弯的时候，就要降到80或者100迈，用刹车转弯，这时车轮跟马路擦边撞击会弄得车摇晃起来——"他大概演示了一下，加大油门，然后又同时减速，让我们正好在红灯前停了下来——尽管他是色盲，但他还是能意识到那是红灯，因为前头的车都停了下来——莽撞、无畏而高贵的科迪，在他眼里看到的将是什么样的灰暗景致？我可以问问拉菲尔，然后他会这样回答：

"那是一个灰色而完美的神秘世界。"

八十七

我们在彩旗飘飘的赛马场赛道边上，正面看台下人头涌动，全是赌徒。科迪挽着我和拉菲尔的胳膊，向我们解释道："我先说说我们怎么做。这一整天我们就用我的二次投注法来赌马，我赌独赢，拉菲尔赌位置，杰克赌连赢……"在第二场赛马期间，他部署了他的赢钱计划，现在我们已经来到下注点，他伸长了脖子，赌注公告牌正不断更新着二次投注的结果——我们后来才发现，拉菲尔对此根本一窍不通，但当时，谁也没有意识到这一点。

"我不赌，"我说，"我从不赌博——我们喝杯啤酒吧——看看那边,有啤酒,有棒球,有热狗——"

后来,拉菲尔在赌马时暴露出他的无知,令我们大惊失色,我们才知道,原来他根本不懂什么叫"二次投注"。他说:"我要赌9号马,那是一个神秘的数字。"

"那是但丁的神秘数字!"我惊叫道。

"9号——9号?"科迪看着他,犹豫不决,"那个小坏蛋为什么是三十比一的赔率?"

我不由怀疑地看了看科迪,想搞清楚他是不是也像拉菲尔那样不懂装懂。突然之间,好像一下子每个人都变得像傻瓜。

"我的啤酒呢?"我问,仿佛服务员正端着啤酒站在我身后。"等我喝杯啤酒再下注吧。"

拉菲尔掏出钱来,严肃地点点头。

"当然,我要赌独赢——你们懂不懂?我会赌5号马。"科迪说。

"不!"拉菲尔笑着喊道,"我要赌9号马!难道你搞不懂吗?"

"现在我懂了,"科迪勉强让步道,于是我们都跑去下注。我在啤酒柜台买酒,而他们一下子就冲进了排队下注的赌客中间,马匹都已经候在跑道上,跃跃欲试,很快就将奔驰而出,而信号员即将出现(现在已经出现!),而投注速度仍然缓慢,赌客们不由你推我搡,陷入一片混乱,谁也来不及看上一眼实实在在的赛场上活生生的赛马,到处都是闪烁的数字、迷蒙的雪茄烟和混乱的脚步。我的视线穿过拥挤的人群、穿过赛马场,遥望着远方的金门大桥,远远地横卧在水面之上。这是加利福尼亚里士满金门赛马场;而在涅槃之中,它却不过是微不足道的一只蚂蚁。我能分辨出远方穿梭的汽车——它们真是渺小得令人难以置信——这是空间的诡计——多么令人敬畏啊,在起跑门,渺小的骑师们拍着他们的赛马,而我们离得太远,根本看不清楚,只分辨得出高贵的骑师们朝马脖子俯下了身——系着缰绳的马颈真是美丽迷人——砰!赛马出发了——我们甚至还没来得及买份赛马指南,所以我不知道科迪的5号马或者拉菲尔的9号马的骑师到底穿着什么颜色的丝绸,我们只能乖乖地等着,直到赛马冲过70码到达终点,才能在大屏幕——那钻石般闪光的屏幕上看到号码。解说员的声音已经消逝在人群的狂啸之中,我们只能跳着脚去争看一个接一个的号码;骑士们则松弛下来,在会所四周漫步,对他们而言,比赛已经结束;马迷们则频频受到第三轮赛事统计结果的沉重打击——不过,科迪的5号马却投中了,拉菲尔的9号马几乎跑到了最后一名,看来这是匹但丁的老马——他们举着灯火把这匹马带进我的梦中——科迪得意洋洋地宣称:"太好了,这就是二次投注法带来的胜利,本来就能赢,我没说错吧?我不怕输,因为输得越多,我最后会赢得越多。"

"怎么可能?"拉菲尔惊讶地追问。

"因为如果我的二次投注法在这一轮输了,那么我的赌金就会累积增加,所以,只要继续赌下去,我就能把赌金越滚越大,最后会把我输掉的钱全部赢回来,而且还会赢一大笔钱。"

"这都是些数字的玄机。"我说。

"太惊人了!"拉菲尔嚷道。他一定在内心进行如下思索:"某个神秘的数字还会再让我得到预示。也许还是'9'这个数字。这就像轮盘赌,需要冒险一搏。多尔戈鲁基[1]把他的全部一切拿来孤注一掷,结果终于建好了房子。我也要成为多尔戈鲁基!我才不管它三七二十一!如果我输了,那就说明我不过是泡狗屎;如果我是泡狗屎,那不过是因为月光恰好照在狗屎上!月光照在狗屎上!"——"吞噬了我的姑娘!"

按照西蒙的说法,每天"诗的灵感都会钻进拉菲尔的脑子,成为一首伟大的诗歌"。西蒙就是那么说的。

八十八

我们刚准备为第三轮赛马下注,一个老妇人朝我们走了过来。长着一双蓝色的天真的大眼睛,梳着紧紧的小圆髻,宛然格兰特·伍德[2]笔下的人物,你甚至觉得她身后一定有一座哥特式的谷仓。她语气十分真诚地跟科迪说(各种迹象表明他们以前一定认识):"赌3号马,赢了给我一半——我没钱——只需要2美元。"

---

1 Dolgoruky,应指俄罗斯大公尤里·多尔戈鲁基,他于公元1156年亲手缔造了莫斯科城,为俄罗斯帝国的兴起奠定了坚实的基础。

2 Grant Wood(1892—1942),美国乡土画派的重要代表画家,以中西部生活为基础的画作而闻名,创造了一种朴实、坚厚而又经过艺术简化的风格,其代表作为《美国的哥特式》。

"3号马？"科迪看着赛马资料，"不行，那家伙赢不了——"

"3号马在哪儿？"我寻找着它的踪影。它在12赛道，成绩排在第七位。

"当然它也可能继续排在第七位。"科迪大声说道。拉菲尔盯着这位故作高贵的老太太看，她说不定就是科迪的母亲，从阿肯色州过来看赛马，心里为科迪感到焦虑不安；所以科迪最终为她下了注，而且加上他自己的赌注，把钱全部押上。因此，在第三轮赛马中，科迪用自己那套系统赢来的钱就根本填补不了这种神经错乱式的下注。同时，拉菲尔还是继续押他的神秘9号马。"拉菲尔，如果你今天想赢钱的话，还是跟着我下注吧。"科迪告诫他，"第四轮比赛我们用二次投注法下注，赌10号马。"

"2号马！那是我心爱的号码！"拉菲尔下了决心，带着孩子气的笑容看着我们。

"那些骑师！看，拉菲尔，看看那些骑师！"我对拉菲尔嚷嚷，"看他们身上那些美丽的丝绸赛马服！"他们已经从围场里跑了出来，但拉菲尔根本不屑一顾。"看看他们，多么奇异的小东西——多么奇怪的小舞者——"

而拉菲尔的脑子里唯一想的事情就是"2号马"——

第四场赛事已经开始，就在我们的眼皮底下，起跑门已经拉起，六匹重达千磅的赛马冲出赛道，那些雄壮的矮种赛马，威风凛凛的骑师，穿过看台下面起点和终点之间的半英里赛程。然而，没有人（除了那些在太阳下面、铁丝栅栏边上玩着的孩子，他们的父母不论是白人还是黑人，都正在赌马)——没有任何人愿对赛马看上一眼,他们的眼睛看不到其他任何内容,只有数字;他们挤在烈日之下,纷纷探出头去看那灰色的牌子,或者看《每日赛马》;还有一些马迷正在看手里的马经资料,寻找神秘的预感。我一直在看马经,最后突然得到了奇异的预感——那匹叫"经典面孔"的马似乎有望获胜。或者,是那匹"杰克祖父","梦游者""夜间执事"也不错(听起来就像是在贝尔旅馆的老男人,俯视着我们在赛马场上种种微不足道的努力)——早些天,科迪在赛马场上的表现令人目瞪口呆。他在火车站工作,为海湾草场[1]赛马专车剪票;每天,他穿着司闸员制服出现,戴着遮住半边脸的工作帽,黑领带、白衬衫,背心,笔挺整洁、神气活现。他带着那时候的女朋友(罗丝·玛丽)赶在第一场赛马出场,把马经资料折得整整齐齐地塞在口袋里,得意洋洋地排在缓缓移动的赌徒队伍里,等着到窗口下注,然后就开始输钱,输得一塌糊涂、衣衫不整。现在他不再戴着帽子出现,把帽子藏在了火车上;而且因为老输钱,所以把注意力转向了女人。"啊哈,她正跟她的老爸爸看电子牌呢——"有时候,他甚至会用他那双迷人的蓝眼睛在老太太身上下工夫,骗她们为他下注。当一天终了,他回到火车上的时候,总是无比悲哀地在厕所里刷着他的制服(让我帮他刷背),然后跟那群沮丧的赌客一起回到火车上,开始他的工作,随着火车在孤独的落日时分返回到海湾区。——而那天,他没穿神气笔挺的制服,却穿着一条倒霉的牛仔裤,把他绷

---

[1] Bay Meadows,位于旧金山的一家赛马场,能容纳2.5万名观众。

得紧紧的，身上套着一件针织运动T恤，显得黯然失色。我对拉菲尔说："瞅瞅那边正在下注的俄克拉何马老男人，那就是科迪，一个粗犷的西部牛仔。"拉菲尔看了一眼，不由微微一笑。

拉菲尔现在只想赢钱，对诗歌毫无兴趣——

这一轮结束了，我们坐在看台的长椅上。虽然起跑门就在下面，但从我们这个角度看不到它。我想走到栅栏边去，向拉菲尔解释何为赛马——"你瞧那个站在岗亭里的信号员，他会按下一个按钮，然后就会响铃并且把栅栏门打开，骑师们就会从练习场冲出来——你仔细观察那些骑师，每个人手里都拿着一条钢鞭——"

如今，约翰·朗登[1]已经跻身于伟大骑师之列，还有伊沙米尔·瓦伦祖拉[2]，以及被称为"普里多"的那个墨西哥骑师，他似乎特别喜欢骑在马上兴致盎然地观察四周的人群，而其他骑师或者发呆或者吃东西。

"科迪去年做了一个梦，梦见普里多骑着火车赛跑，但错了轨，当他最后一次拐弯的时候，火车爆炸了，只剩下普里多骑在小小的'赛马引擎'上，孤独地胜出了。我说，'噢，普里多赢了'——于是，科迪另外给了我40美元，让我跟着他继续下注，为每一场比赛下注，但无一命中！"我把科迪的梦说给拉菲尔听，他正在咬着

---

[1] Johnny Longden(1907—2003)，在他的骑师生涯间，骑过不少名马参赛，共赢得过6023次胜利，成为唯一一个在肯塔基赛马大会上身兼骑师和驯马师两职的获胜者。而他首次获得胜利正是在"海湾草场"赛马会上。

[2] Ishmael Valenzuela，美国60年代著名骑师，与名驹Kelso合作获得过不少赛马大会头奖。

自己的手指甲——

"我想我应该重新押9号——"

"你真荒谬，老兄！"科迪恳求道，"我跟你说，当他们发现'懒惰的维利'死翘翘时，他身上竟然有两张未兑现的、价值四万五千美元的赢奖票券——"

"拉菲尔，你听着，"我插嘴说，"'懒惰的维利'不过就坐在赛马场喝咖啡，也许还戴着夹鼻眼镜，在最后一分钟他看了看号码，过去投注，而且在比赛开始之后还跑去撒尿——拉菲尔，一切都在号码之中——按照几率，你不能老是在失败的马上投注，你会蒙受很大的损失——"

"没错，很大的损失，拉菲尔，你得听我的，才会赢钱——"

"好吧，好吧！"

"我会赢钱的！"

突然人群发出一声尖叫。一匹马在起跑门里面突然暴怒地直立起来，把骑师给抛下了。拉菲尔惊得喘不过气来——"看，他们把那匹可怜的马抓起来了！"

马夫冲了出来，骑上了那匹马，把它弄出场，退出了这场比赛。所有的赌注都变了。

"他们也许会受伤的！"拉菲尔痛苦地叫道——但科迪对此毫不在意，也许他本来就是科罗拉多的牛仔，以梦为马。我们看到那匹不听话的马在远远的椭圆形赛道上被鞭子收拾，但谁也不在意它了，每个人都在为赛马呐喊助威；那个被摔出去的骑师一动不动地躺在起跑门里,像一个白色的斑点,显然受了伤,也许已经死了。但所有的眼睛都在看着赛场,那些疯狂的天使们正在为"无慈悲心"的因果报应而狂奔——"马怎么样了?"呐喊声汹涌澎湃地淹没了决赛跑道,我也在喊着,像赎罪似的看着那个发生意外的地方,对比赛置若罔闻。——科迪赢了——马受伤了,救护车开了进来,把骑师送进了医院——不是西蒙开的救护车——这个世界太大了——只有金钱、只有生活,人群狂呼乱叫,数字闪烁不定,但这些数字转瞬就会被遗忘,整个世界也会被遗忘——记忆被遗忘——寂寞的金刚不动而动——

赛马冲了出来,被鞭打着向前狂奔,你能听到骑师抽打马匹的声音,你能听到踢踏声和口哨声,"呀!"当赛马转过第一个弯之后,所有的眼睛都会转向电子显示牌,去盯着上面的数字,而它们都是涅槃之道上所发生之事的符号象征——科迪和拉菲尔的马已经遥遥领先——

"我想它一定会第一个冲到终点。"我根据经验判断道。它已经领先二又二分之一个身位,现在被骑手控制得牢牢的,正不慌不忙在向前冲刺。转过弯后,这批纯种马冲了过来,筋疲力尽,奔扬的马腿闪着悲暗的光芒,扬起一片尘埃。骑师们都十分粗暴——我们的马正在前方,超过竞争者,赢得了比赛。

"啊!唉!"他们冲去领取数目可怜的赌彩。

"看到了吧?只要跟着你的老朋友科迪下注,你就不会输!"

我们在男休息室、啤酒柜台、咖啡柜台和热狗之间绕来绕去。

最后一轮比赛开始了,天空染上了迟昼的赤金,赌徒们汗涔涔地等待着信号枪发令——赛道上,那些在首轮赛马时神采奕奕的人们现在都已经衣衫不整,垂头丧气,疯疯癫癫,有些人正在掘地三尺地搜寻丢失的赌券,或者是马经,要不就是钞票——这个时候,科迪开始留意马场的姑娘们,我们不得不绕了好几圈,挤到她们身边,偷看着她们。拉菲尔发话了:"别管女人了,现在马怎么样了?珀姆雷,你这个性成癖者!"

"看,科迪,你本来赢了我们错过的第一场赛事……"我指着大黑板说。

"啊——"

我们都觉得彼此有点厌烦了,就分别到小便池去撒尿,但在那儿又碰到一起。最后一轮已经跑完了。"啊,我们马上就能回到那个美好的城市了。"我暗自思忖。它横亘海滨,充满了永不会实现的承诺——除非是在我的臆想之中——我一直在这样胡思乱想,而科迪则在赢得他所失去的,又失去他所赢得的,一切都转瞬即逝,无法把握——不仅仅是金钱,更是忍耐和永恒,是的——永恒!它意味着超越全部时间的总和,超越所有孤注一掷的骰子,直到永永远远!"科迪你既不可能赢也不可能输,一切都是泡影,一切都是忧烦。"这就是我的思想。而我只是一个狡猾的非赌徒——他永远也不会在天堂下注,他是一个最虔诚的基督徒,试图披戴自己的肉身效法基督,最后将会汗颜地意识到,其实一切都在于好坏之间——闪耀着,颤抖着,去信仰——一个生命之牧师。

今天是科迪大丰收的日子，每一匹马都赢了钱。"杰克你这个婊子养的，哪怕每次从你那牛仔裤里榨出可怜巴巴的两个美元，跟着我下注，你今晚就已经有40美元的大钞。"他说得没错，但我也不觉得遗憾——拉菲尔收支平衡，还是那30美元；而科迪赢了40美元，他得意洋洋地把它放进钱包，仔细地把钞票按大小顺序排好，最小的票额放在最外面——

这是他的幸福时光——

我们走出马场，穿过停车坪。我们的小破车停在铁路支线旁边。我说："这就是你停车的地方？你每天就把车停在这里？"因为科迪赢了钱，所以你根本无法制止他以后每天都来。

"是啊，亲爱的老弟，六个月后，你会在这个地方看到一辆奔驰——或者至少也应该是辆纳什·雷宝轿车——"

八十九

风景有若梦幻，一切变化莫测——我们坐上一辆小车回来，当我看到白色的太平洋当中那座被染红的城市，不由回忆起落日余晖中的杰克峰最高处如霜染红，直到落日彻底西沉，只留下一点点最后的光晕，把地平线勾出侧影。有人牵着一条小狗穿过马路，我说："墨西哥小狗真是幸福——"

"——我活着，我呼吸，我不可能每天都无所事事，我必须要让我的系统运作起来，所以我赌马，为了建立这套系统，去年一年输掉了五千美元——你明白我对它有多投入了吧？"

"真是太棒了！"拉菲尔叫道，"我们一起来完成吧！你和我！你搞出系统，我用它赚钱！"拉菲尔极其少有地给了我一个半心半意的笑容。"现在我看到你了，我认识你了，珀姆雷，你是真诚的——你的确是想赢钱——我相信你——我知道你就是耶稣基督令人恐惧的同辈兄弟，我不想再下错赌注了，那就像写错了诗一样，就像看错了人、站错了边一样！"

"每件事物都有它的正面。"我说。

"也许吧，但我不想再冒冒失失地撞运气了——我不想成为堕落天使。"他的话带有一种透骨的悲哀和焦虑。"你！杜劳斯！我看到你满脑子想的都是，想坐在贫民窟里跟流浪汉喝酒，啊，我永远也不会做这种事，想都不会想，为什么要给自己找罪受呢？——我只想赢钱，我可不想整天叫嚣着哦啊噢我迷失了我的道路，哦啊金灿灿的甜心我已经迷失了我的道路，可我并没有迷失——我要去请求天使长，让我赢钱。听！那光明使者听到我的请求！我听到了他的号角！嘿，科迪，嗒嗒嗒啦嗒啦，每次比赛前，他都会吹响长号。你没注意到吗？"

他和科迪现在简直是同一个鼻孔出气，我突然意识到我终于成功地等到了他们重归于好，成为朋友——我终于等到了——此刻，他们的不和没有留下一丝痕迹——至于我，就像是从无形的地牢里被释放出来，心情激动，万事万物都令我愉悦，都渗透到我的内部，我的雪片般的想法有如无数光粒穿透了宇宙的本质，一掠而过——我似乎看到了"虚空之墙"——自然，它并没有逾越到我的快乐之外，我因为看到科迪和拉菲尔和好而充满快乐；这与其他一切无关，而同样地，无即是有；万物的审判者已经缺席，我没有理由去跟一个缺席者诡辩——正是那个"缺席审判者"以无为之为建造了这个世界。

无为之为。

在唐人街，华灯初上，科迪跟我们分手，赶紧跑回家去告诉他老婆赢了钱。我和拉菲尔在暮色中漫步格兰特街，东走西逛，不久之后我们就在市场街看到了一场怪物电影的海报。"杰克，你对科迪的赛马怎么看？它太好玩了，我们星期五一定要再去！听着，我正写一首真正伟大的新诗——"突然，他停了下来，目光落到了阴暗的中国商店里面被关在笼子里的小鸡身上："看看！看看！它们都会被宰掉！"他在街上停了下来，"上帝怎么会创造一个这样的世界？"

"你再看看里面，"我说，那里面有很多白花花的盒子，"那些可怜的鸽子——这些小鸽子全部都会被宰掉。"

"我不想从上帝那里得到一个这样的世界。"

"我不会因此而谴责你的。"

"这就是我要说的,我不想要——这样被宰掉!"

(佛陀说:"众生都因受罚的恐惧而颤抖。")

"他们会在桶子上拧断它们的脖子。"我说。我以一种典型的法国式表达省略了"S"[1]这个音,西蒙也常这么干,不过他是以俄罗斯人的方式省略掉的——我们俩都有点口吃的毛病。拉菲尔从不口吃。

他滔滔不绝地打开了话匣子:"那些鸽子全部都要死掉,我早就应该睁开我的眼睛,我不喜欢这样的世界。不过这不关我的事——哦杰克。"他表情痛苦地看着那些家禽,它们正站在黑暗的街店角落等死;以前是否曾经有人站在唐人街家禽店的玻璃窗外为它们哭泣过?如果有,那一定是个沉默的圣人,像大卫·德·安吉利[2]那样的天使——拉菲尔的痛苦触动了我,令我落下了苦涩的泪水;我看到了这样的景象,为之痛苦,我们都为之痛苦,如同人们死在你的臂弯里,你几乎无法承受但生活还得继续,就像什么都没有发生过似的,难道不是吗?不是吗,读者们?

可怜的拉菲尔,他曾在家乡的老屋目睹父亲之死。"我们把红辣椒用绳子穿起来,挂在天花板下烘干,我母亲靠在火炉边,我的

---

[1] 指"necks"(脖子)中的"s"这个音。

[2] 其原型为 philip Lamantia(1927—2005),出生于旧金山,少年时即以诗才闻名,15岁时出版了第一本诗集。后来他在纽约结识了金斯堡等人,参与到了"垮掉的一代"的活动中。

姐妹们都疯疯癫癫的——"拉菲尔说——月亮映照着他的青春年代,"鸽子之死亡"凝视着他的面孔,就像你我那样,但是可爱的拉菲尔啊,这一切已经足够了——他只不过是个孩子,我看到他在我们中间睡觉的样子,离开他吧,让他独自与自己相对,我是这群柔弱孩子的老守卫——拉菲尔将会安枕在天使们和黑色死亡的软羊毛上,而不是成为一片将要化为虚无的过去之物——没有叹息,拉菲尔,也没有哭泣?——诗人正在哭泣——"这些小动物的脖子将会被那些鸟人砍掉。"他说——

"那些鸟人手里拿着长长的尖刀,刀锋在下午的太阳下闪闪发光。"

"是啊——"

"一个中国老人快乐地住在房子里过日子,抽着大烟——世界之鸦片,波斯之鸦片——他的全部家当就是地板上的一张床垫,一台便携式收音机,而他的工作就在那床垫之下——《旧金山纪事报》却把它刻画成一个悲惨世界,一个可怜的牲口棚——"

"啊,杜劳斯,你疯了!"

(在今天早些时候,在一顿震耳欲聋的喊话之后,拉菲尔曾对我说:"杰克,你是一个天才。"他指的是一个文学天才。尽管在今天早些时候,我曾经跟欧文说,我感觉到自己像一片云,在整个夏天从孤独峰上俯视他们之后,我已经变成了一片云彩。)

"我只是——"

"好了,我不想再想这件事了,我要回家睡觉,我不愿在梦里见到奄奄一息的肥猪和桶里的死鸡——"

"好吧。"

我们快步走过市场。我们走到电影院门口,看到了墙上怪物电影的海报。"这是毫无意义的海报,我们肯定不会去看的。"拉菲尔说。"电影里根本没有怪物,只不过是一个打扮起来的月亮人,我想看可怕的恐龙和另一个世界里的木乃伊。谁愿意花五十美分去看一个浑身都是机器和管道的怪人呢?——而且有个姑娘在怪物的救生圈里。啊,算了吧,我要回家了。"我们等到他的公共汽车,他上车走了。明天晚上我们会在晚餐时碰头。

我沿着第三街漫步,不知为何心情十分愉快——这是一个伟大的日子。也许那还将是一个更伟大的夜晚,但我同样不知原因。人行道走在脚下软软的。我经过了一个自动唱机店,以前我常在这里听里斯特的曲子,喝酒聊天,"嘿,你在这里干什么?""我从纽约来,"纽约人说,"这家伙!""没错,这家伙。""比波普[1]城市。""比波普城市。""耶!"——里斯特演奏着《在一座西班牙小镇上》,一个懒洋洋的下午,我坐在第三街的阳光巷道里,喝着酒——或者聊着天——模样千篇一律的美国老怪物在我面前来来往往,蓄着白色胡须,穿着破衣烂衫,提着柠檬小纸袋——我路过了我的老旅馆,凯米欧旅馆,贫民区的人通宵达旦地饮酒作乐,你能在黑漆漆的铺着地毯的大厅里听到他们的声音——叽叽嘎嘎的——这就是世界末日,谁也不会在意——我在墙上写下了伟大

---

[1] Bebop,一种爵士乐。

的诗句——

  神圣之光芒在此凝视

  神圣之寂静在此倾听

  神圣之味道在此嗅知

  神圣之空虚在此触摸

  神经之蜂蜜在此品尝

  神经之迷狂在此思想

  真是愚不可及——我无法理解夜晚——我恐惧人群——我独自快乐行走——无所事事——当我在孤独峰的后院里散步时，跟我在第三街的大街散步一样糟——或者说一样好——二者有何分别呢？

  仍然是那座旧钟摆，仍然是那盏旧霓虹灯。我经过印刷设备大楼的时候，想起了我的父亲，我喃喃自语："可怜的爸爸。"我似乎能切身地感觉到他，一切都栩栩如生，仿佛他将立刻现身，跟我发生感应——然而以这种方式还是那种方式感应并无区别，都只不过是已逝之往事。

  回到房中，西蒙不在家，欧文正在床上冥想，偶尔安静地跟拉撒路说上几句话。拉撒路坐在另一张床的床沿上。我进了门，打开窗户，让满天星斗透进来。然后我打开睡袋，准备睡觉。

  "妈的欧文，你干吗那么悲伤？"

"我在想,唐纳德和麦克里尔都不喜欢我们。拉菲尔不喜欢我,而且他也不喜欢西蒙。"

"他喜欢西蒙,真的——别老是——"他打断了我,从他乱糟糟的床上向天花板伸出双手,发出一声长长的悲吟——

"哦,都怪这个家伙!"

看来在他和他的亲密爱人之间发生了不愉快的分歧,某些人也许靠得太近,而另外某些人则离得太远。不过在我的非政治性才能中,有些东西已经渗进了欧文的头脑。他的黑眼睛因为怀疑和恐惧而黯淡,透露出无言的愤怒。他的眼睛鼓鼓的,他的嘴唇僵硬。他将为他温柔的心肠付出巨大的代价。

"我不想争吵!"他叫道。

"好啦。"

"我只想要带翅膀的天使——"他总是这么说,他总是希望每个人都能在天堂手拉着手亲密无间。"手拉着手,那多好!"

沉默的愠怒和屈从玷污了他的空间、他的天堂——他见到的是摩洛神[1],和其他许许多多诸如巴力-马杜克[2]之类的邪神——欧文站在非洲的中心,撅着阴郁的嘴唇,穿过埃及、巴比伦、埃兰[3]并创建帝国,最原始的闪米特黑人与哈米特白人[4]密不可分,无论

---

[1] God of Moloch,摩洛神,《旧约》中亚门人和腓尼基人所信仰的神灵,以小孩为祭品向他献祭。

[2] Bel-Marduk,巴比伦的主神。巴力做前缀代表神名。

[3] Elam,埃兰,亚洲西南部的古国,在今天的伊朗西南部。

[4] Semite,被认为是诺亚长子Shem的后裔,现居近东与北非。Hamite,被认为是诺亚次子Ham的后裔,现居东非和北非。

是通过字义还是通过推理。他在巴比伦的夜晚，看到了摩洛那张充满仇恨的面孔。他在尤卡坦见到了雨神，在丛林石岩间点着一盏阴暗的煤油灯。他已经神游物外了。

"我今晚要睡个好觉。"我说。"今天真是个伟大的日子——我和拉菲尔看到了一群待宰的鸽子——"我跟他讲了一整天发生的事情。

"你成了一片云彩，这让我有点嫉妒。"欧文一本正经地说。

"嫉妒？喔噢！——一片巨大的云彩，那就是我的所是，一片巨大的云彩，周围全是水汽——"

"我真希望我也是一片巨大的云彩，"欧文一本正经地叹了口气，当他取笑我的时候，他从来不笑，他总是一本正经，而且对一切显得全神贯注。他不过就是想了解"巨大的云彩"，如此而已。

"你跟拉撒路说过你在窗口看到的绿脸没有？"我问他。但我接着就睡了，不知道他们后来到底说了些什么。我在午夜醒来一小会儿，看到拉菲尔已经回来了，睡在地板上。我翻了个身，接着睡。

真是完美的安眠！

早晨，拉菲尔睡到了床上，欧文出了门，西蒙却回来了。他今天放假。"杰克，我今天跟你去佛教学院吧。"我已经计划了好几天了，曾经跟西蒙说起过。

"好啊，不过你会觉得厌烦的。我还是自己去吧。"

"不会的，我想跟你去——我想让这个世界更加美丽——"

"怎么才能让这世界更加美丽？"

"做你所做的事情，并且去帮助你；当我对美了解越多，我就越能在美中成长壮大。"他显得非常严肃。

"这真不错,西蒙。好吧,我们走吧——我们要步行——"

"不,不!这里有公共汽车!看到没?"他指了指,手舞足蹈地试图模仿科迪。

"好了好了,我们搭公共汽车。"

拉菲尔要到别的地方去,我们吃完东西,开始梳洗。我在浴室倒立了三分钟,以缓解我的紧张,并且医治我充满悲伤的血管。在这三分钟里,我不停地担心有人会突然闯进浴室,把我推倒在浴缸里……在浴缸里,正泡着拉撒路宽大的衬衫。

九十

我常会陷入一种轻微的狂喜状态,比如当我从第三街步行回家的时候,尽管那一整天都郁郁寡欢,因为我不喜欢那个真正伟大的日子,它似乎已经被某种感觉给破坏了;尽管天空湛蓝、阳光灿烂,尽管西蒙尽量取悦于我,但我仍然打不起精神,直到下午的迟昼——我们搭公共汽车到波尔克,走上团花簇锦的百老汇山,空气十分清新,西蒙一直手舞足蹈地畅谈他的想法——我理解他的每个想法,但是我仍然阴沉沉地提醒他,一切皆空——最后我突然打算结束这个话题:"我已经苍老,不再是一个年轻的理想主义者,我已经超越了它——难道现在我又得重新再来一次吗?"

"可这是现实,这是现实!"西蒙嚷了起来。"这个世界充满了无限的魔力！只要你去爱每个人，他们就会爱你！我看得清清楚楚！"

"就算这是现实，我也已经厌倦了。"

"可你不能厌倦！因为如果你厌倦了我们就会厌倦，而如果我们厌倦了疲惫了就会放弃，这样整个世界都会重新堕落，一片死寂！"

"世界本来就是如此！"

"不，它应该充满生命力！"

"这有什么区别呢！"

"啊，亲爱的杰克，你可别这样说，生命就是生命，血液流动，万物生长，挠着痒痒。"仿佛是为了证明他的话，他开始挠我的软肋。"你看，我一挠你就躲开，你痒痒，你活着，你的脑子里有着活生生的美；你的心里有着活生生的快乐；你的体内有着活生生的性欲！你只要去做，去做就行了！每个人都热爱手拉着手并肩走在路上——"我觉得他是在跟欧文说话，而不是跟我。

"可我他妈的已经厌倦了。"我说。

"别这样！醒醒吧！快乐起来吧！我们现在是去哪儿？"

"正在通往伟大佛学院的山坡上，我们会去保罗的地下室——"

保罗是一个高大的佛教徒，金发碧眼。他是佛学院的看门人，他在地下室里微笑度日，在"地窖"夜总会里，他会站在一边，双眼微合，面带笑容，两只脚板和着爵士乐的节奏跳舞，看上去很享受爵士乐以及身边的疯狂交谈——然后他会慢慢点燃他那只严肃的大烟斗，抬起严肃的大眼睛，透过烟雾盯着你看，微笑着，一个了不起的小伙子——他常去山上那间废弃的小屋，晚上就打开睡袋，睡在黑漆漆的房间里。有时候，我们会上山，给他带酒过去；早起之后，他会打会儿坐，然后漫步野花丛中，一路沉思默想，等他回来的时候，往往会给我们带来新的想法——"杰克，就像你说的，如果风筝想飞向无限的话，必须要有一根长长的尾巴；我刚刚在想，我是一条鱼——我可以游过无迹可寻的大海——水是没有方向、没有道路、没有街衢的——我拍着我的尾巴，向前游动——我的脑袋好像跟我的尾巴毫无关系——"他蹲在那里示范给我们看，"拍着尾鳍，无需目标，不必焦虑，向前游弋。我的尾巴只管游动，我的脑子用来思考——我的脑子在思想的泥潭里挣扎，可我的尾巴却摇摆着把我带向正确的道路……"——真是长篇大论——一个奇怪的沉默而严肃的男人——我想去找一篇手稿，或许会在他的房间里，我总是把它扔在任何人的箱子里，也许是基于这样的想法：如果你看不懂，那就把它扔了。如果你能看懂，那也把它扔了。我会捍卫你的自由——我在想，保罗也许已经把我的手稿给扔了，我笑了起来，那样也好——保罗曾经是个物理学家，学过数学，还学过工程，然后成了一个哲学家，现在成为一个不谈哲学的佛教徒——"摆动我的尾鳍。"

"哇，"西蒙叹道，"这是多么美好的一天！太阳普照万物，美女成群结队，人生夫复何求？杰克！"

"好啊西蒙，那就让我们成为天使吧。"

"我已经成为天使了,亲爱的老兄,请给天使让路。"

我们走进地下室的阴暗通道,进入保罗的房间,门户微开——无人在内——我们到厨房找保罗,却看到一个黑人少女,自称来自锡兰。她长得窈窕美丽,美中不足的是略显丰满——

西蒙问她:"你是个佛教徒吗?"

"我不是这里的学生——我下周就会回锡兰。"

"难道这里不是很好吗?"西蒙频频看着我,一边欣赏着她的美貌。西蒙想上她,到这所宗教大学的楼上宿舍,把她按倒在床上——我猜她可能会有她的底线,容忍到一定程度然后彬彬有礼地婉拒——我们从客厅往下走,看到某间房子里有个年轻的印度女人,正躺在地板上,身边是她的孩子、大披肩和书籍——我们跟她说话的时候,她探起了身——

"保罗回芝加哥了。"她说,"到他的房间找找手稿吧,说不定会在那儿。"

"喔。"西蒙盯着她看——

"然后你们可以到楼上的办公室找阿姆斯先生。"

我们轻手轻脚地回到客厅,开始傻笑个不停,跑去上厕所,梳头,聊天,然后下到保罗的房间,进去乱翻他的东西——我们找到了一个一加仑的水壶,里面装满了勃艮第酒,我们毫不犹豫地把它倒进了精致的日本茶具,又细又薄——

"别把这些茶杯打破了。"

我懒散地坐在保罗的桌前,给他草草写个便条——我绞尽脑汁，想捏造一点禅宗笑话或者神秘的俳句——

"这是保罗坐禅的蒲团——在雨夜，他生起炉子吃完东西之后，就会坐在这里，在黑暗中冥想。"

"他会冥想什么？"

"无。"

"我们上楼去看看他们到底在做些什么。杰克，走吧，别光坐着，走吧！"

"去哪儿？"

"不管去哪儿，别停下来——"

西蒙以他疯狂的"西蒙在此"的惯用式手脚并用，先用手做了一个"嘘"的动作，然后蹑足而行，不时发出惊叹，就像是在探索亚登森林[1]——就像是我曾经做过的那样——

一个秘书模样的女人冷冰冰地绷着脸，盘问我们到底是谁想见阿姆斯先生。我被激怒了，我只不过是想在门口跟他说几句话而已。我怒气冲冲地转身下楼，西蒙在后面叫我回去，那个女人似乎有些不知所措。西蒙又开始了"西蒙式"的手脚并用，似乎他伸手是为了支持我和那个女人合演一幕精巧的剧目——最终，门开了，亚历克斯·阿姆斯先生走了出来，他穿着一套晃眼的蓝制服，抽着烟，就像一个街头混混。他用小眼睛斜视着我们，对我说："哦你来了。"然后指指办公室："怎么过来的？要不要

---

[1] Forest of Arden，位于莎士比亚家乡斯特拉福西部。莎剧《皆大欢喜》便是以此为背景。

进去坐坐？"

"不用了，我只想知道，保罗有没有把手稿放到你这里，那是我的手搞，或者你是不是知道——"

西蒙来回看我们两个，似乎很迷惑。

"不，我根本不知道。什么都没有。也许在他房间里。另外，"他极度友善地说，"你看到纽约《时代》杂志对欧文·加登的报道没有？——那里面居然没有提到你，全都是——"

"哦，我已经看过了。"

"不管怎么说，很高兴见到你。"他最后这样表示，一边看着我和西蒙，一边点头。我说："我也是，亚历克斯，再见。"我冲下了楼，冲到街上，西蒙在后面大喊大叫——

"你干吗不过去跟他握握手拍拍背做个朋友呢？——你为什么一边说话一边向后退，话还没说完就穿过大厅跑了？"

"我没什么可说的。"

"可是世界上有那么多的话题可以说呢，花啊树啊——"

我们匆匆走到街头，一边走一边争吵，最后在人行道边的一堵矮石墙上坐了下来。石墙正在一棵树下。一个绅士模样的男人走了过来，拎着一大袋的杂货。"我要告诉整个世界，就从他开始吧！——嘿，先生！看看这里！他是一个佛教徒，他会告诉你关于净土的爱，还有树……"那个男人匆匆瞥了我们一眼，加快了离去的脚步——"我们坐在蓝天之下——却没有任何人愿意听我们说话！"

"没关系西蒙,他们都已经了然于心。"

"你应该坐在亚历克斯·阿姆斯先生的办公室里,坐在可笑的椅子里跟他坐而论道,谈谈往事,可你却那么惊慌失措——"

我预见到,如果在接下来的五年里我继续跟西蒙在一起厮混,那么这一切还会卷土重来。我在他这个年龄时也曾像他一样。我想,我最好还是超脱出来——我们用语言来解释语言——我不想让西蒙失望,也不想往这个年轻的理想主义者身上泼冷水——西蒙对兄弟手足之情抱有坚定的信念,但不知道这能坚持多久,不知道什么时候会被另一片云彩覆盖……不过也许永远不会——总之,我感到怯懦,没法继续跟他待在一起。

"水果!那正是我们需要的水果!"他看到了一家水果店——我们买了哈密瓜和葡萄,把哈密瓜破开,然后狂呼乱叫地穿过百老汇隧道,让声音在隧道里激荡回响;我们大声咀嚼着葡萄,口水四溅地吃着哈密瓜,把果皮扔得到处都是——我们到了北海滩,走到百吉饼店去看能否碰到科迪。

"继续!继续!"我们飞快地走下窄窄的人行道,西蒙一边在身后推着我,一边喊着——我不想浪费任何一粒葡萄,我把它们全都吃得干干净净,一颗不剩。

九十一

喝完咖啡,很快就到点了,也许快迟到了——我们要去罗斯·怀斯·拉祖利[1]家参加晚餐派对，欧文、拉菲尔和拉撒路会在那里跟我们会合。

我们迟到了。我们花了很长的时间爬上山坡，我被西蒙逗得哈哈大笑，他老是说些匪夷所思的话，诸如："快看那边的狗——它的尾巴被咬了——它肯定打架了，被对方疯狂的狗牙咬了——这会给它一个教训，让它以后知书达理，再也不敢打架了。"我们找了一对开MG运动车的夫妇问路："我们怎么才能去那个特——特——什么名字来着？特伯斯特顿？"

"哦，我知道了，是赫柏斯顿！没错，往前四个街区转右。"

我永远搞不懂"往前四个街区转右"是什么意思。我就像雷尼，他手里总是拿着一张地图，那是面包店的老板给他画的，"你要这样这样走"；然后雷尼穿着整齐的制服，迈着坚定的步伐从面包店出门了，因为他根本不知道他们到底想让他去哪儿——（有一整本关于"博爱先生"雷尼的书，安吉利说，我们今晚肯定会碰到他，就在狂野派对的那间豪宅里，在诗歌朗诵之后——）

我们终于找到了地方，女主人前来开门。她长相十分迷人，我喜欢她清澈而庄重的眼睛，尽管人到中年却仍然带着诱人的秋波——它将触动情人的灵魂——我进了门，西蒙企图腐蚀我拉我下水或者劝我改宗——传道士科迪已经找不着北——如此美妙的妇人，戴着优雅的眼镜，细细的丝带似乎连着某种头饰，要不就是

---

[1] 其原型为 Ruth Witt-Diamant，曾担任旧金山诗歌中心的负责人。

耳环，我已经记不清了——竟然有这样一位光彩照人的优雅女子，出现在旧金山这座偏居一隅的华屋之中，四面都是林木茂密的山丘，野树篱上开满红色花朵，花岗石山墙一直延伸到北非海岸的古老遗址，最后转向倾圮的欢场废墟；蒙哥马利街的酒徒们在那里避寒取暖，在巨大的壁炉里生起火，用小车在地毯上推着酒——雾气涌了进来，罗斯夫人在这座屋子里一定会偶尔感到玉臂生寒，在寂静中颤抖——哦，在她"华丽的睡袍"中（如W.C.菲尔茨所言），她会做些什么？坐在床头，倾听楼下奇异的声响，然后离开，去完成她自己的命运，沉思她面对失败的计划，日复一日——每天清晨，她怀着美丽和哀愁起身，到明亮的黄色厨房里看她的金丝雀，心中明白它将要死去——我回想起我的克莱门特大婶，不过她们俩可一点也不相像——"她让我想起谁来了呢？"我自言自语——她让我想起了我在另一个世界的古老恋人——我们度过了一个愉快的晚上，她和她的女诗人朋友伯尼斯·华伦仪态万方地陪大家下楼，一个疯狂的夜晚开始了，一个疯子躺在疯狂上，猛吹着小号，显然是愚蠢的新奥尔良派的即兴重复——我承认他吹得不错，在街上听起来一定花团锦簇——然后我们（西蒙、欧文和我）带着女士们去狂野的爵士厅，那里铺着红白台布，还有啤酒，真是棒极了。粗野的男人们（跟我一起分享迷幻剂）整夜在那夸夸其谈，其中一个新来的家伙是从拉斯维加斯来的，不修边幅，但却无可挑剔，他脚上的那双便鞋做工精致，再适合拉斯维加斯不过了——去到赌场，在鼓点和疯狂的节奏中推出天牌，这时钹音铿锵，低音部分突然万声齐发，而后骤然低沉；令人惊异的鼓手斜着身子向后,看起来几乎要摔倒了;他敲出强劲的鼓点,成为低音小提手的核心——罗斯·怀斯·拉祖利跟我一起看着这一切,人们在出租马车里展开优雅的会话(马蹄橐橐、橐橐响,詹姆斯[1]的《华盛顿广场》);我最后做了一件事情,也许会让罗斯(56岁左右)永难忘怀——就在她的房子里,就在她的鸡尾酒会上。我陪着她最好的朋友走了二又二分之一个街区(拉菲尔的女朋友颂雅的房子就在那附近)去搭公车,最后那位老太太打了一辆出租车——"哦杰克,"我回到了酒会,"你对詹姆斯太太真是太好了。她绝对是你见过的最出色的女人!"

此刻,我还站在门口,听她发表欢迎辞:"你们都来了,我真高兴!"

"真抱歉我们来迟了——我们坐错了车——"

"你们都来了,我真高兴。"她又重复了一遍,关上门。我觉得她似乎担心我在这个饭厅里迷失自己的方向,诸如举止失当、极尽嘲讽——"真的很高兴。"她又再次重复道。这时我意识到,这不过是个单纯的小女孩的逻辑,她不断重复着善意的言辞,以便让我们尽量保持优雅的举止——她的确营造出一种表面的纯净氛围,但却激起了暗中的敌对情绪。我看到杰弗里·唐纳德笑得很开心,我想,一切正常,我可以进去、坐下、保持一切正常。西蒙坐在他的位子上,嘴唇极为谦恭地"喔"着。拉撒路也在,像蒙娜

---

[1] Henry James(1843—1916),生于美国纽约,后长期旅英。《一位女士的画像》为其代表作。《华盛顿广场》写于1880年,这本小说令华盛顿广场名声大噪。这里用的是"自发表现"写作法,因为詹姆斯太太要打出租车,所以让凯鲁亚克对亨利·詹姆斯和出租车产生了联想。

丽莎一样微笑着，双手放在碟子两旁以表达礼节。他把大叉子放在膝盖上。拉菲尔懒洋洋地陷在椅子里，偶尔会突然叉一片火腿吃，他那双优雅而慵懒的手悬在半空，有时大声说话，有时沉默不语。欧文留着小胡子，显得一本正经，但正在内心暗自发笑（因为开心），所以他的眼睛频频眨动。他的视线从一张脸孔扫到另一张脸孔，他的眼睛是褐色的，如果你想盯着他瞧，他一定会狠狠地盯着你看。我们曾经进行过一轮挑战，互相盯了二十分钟，或者十分钟，我记不清了，他的眼睛变得越来越疯狂，而我的却越来越疲累——先知的眼睛——

唐纳德穿着一套精致的西装，在一个姑娘身边笑着（那姑娘的服饰十分昂贵），谈着威尼斯和它的景致。我身边是一个漂亮的年轻姑娘，她在旧金山读书，刚来不久，在罗斯家找了个房间住。我在想："罗斯会介绍我认识她吗？或者她对所有的诗人们包括拉撒路都了如指掌，知道他们无论如何都会跟随我？"那姑娘起床之后就为罗斯做家务，我挺喜欢她这样。不过她系着一件围裙，一件仆人用的围裙，起初把我给搞糊涂了。

唐纳德是多么优雅出众啊，如一支欢愉的竖笛，他坐在罗斯身边，妙语连珠，那些词我一个都没记住，是因为它们实在太他妈完美了，诸如"我希望它不要像西红柿那么红"等等，而且，他会突然发出一阵笑声，跟身边每个人一样；而我却只能傻呆呆地犯下大错，十分失礼，他们满心以为我要说一个笑话，而我却是这样开头的："我一般都是坐大拉链货车……"

"谁也不想坐大拉链货车！"——杰弗里说——"我对你这些废话根本不屑一顾，什么在哪里坐大拉链，然后如何跟流浪汉换酒喝——杜劳斯，你为什么会干出这种事来？"——"真的不是开玩笑！"

"但那是一辆头等货车，"我这么一说，每个人都哄然大笑，我看着隐在笑声后面的欧文，固执地说给他听："没错，'午夜幽灵'是一辆头等快车，它过站不停。"欧文已经从科迪和我那里对此了如指掌——但是那些发笑的人都是些天才，我只能拼命搜寻记忆里有关"道"的教义，用来安慰自己。"惹人发笑的圣人比一口井更有价值。"因此我像一口井似的坐在波光闪烁的酒杯旁，给自己倒了一大杯勃艮第红葡萄酒——可其他所有人都开始效仿我——实际上，我给女主人倒的酒比我自己还多——在罗马的时候，我常说——

派对的话题完美地转移到我们如何发起革命的主题上。我试图弥补自己的缺陷，开始跟罗斯交谈。"我在纽约《时代》杂志上看到过你的人物专访，你是旧金山诗歌运动背后最重要的精神力量——嘿，那就是你吧？"她朝我眨眨眼。我觉得她似乎在说"你真是个淘气的孩子"，不过我也不打算努力显得机智诙谐。那是一个令人放松的美好夜晚，我喜欢美食、美酒和美谈，而乞丐则不会喜欢后者。

拉菲尔和欧文继续着那个主题："我们抛弃一切条条框框！我们脱光衣服读我们的诗歌！"

他们在这看似彬彬有礼的场合大声嚷嚷,不过似乎也显得很自然。我再看看罗斯,她又对我眨了眨眼,似乎她对我十分了解——感谢上帝,当罗斯去接电话的时候,其他人都纷纷去取墙上挂着的外套,只有我们这帮人还留在桌边。拉菲尔叫了起来:"这就是我们要做的一切,我们要打开他们的视野,我们要轰炸他们!用炸弹!我们不得不这么做,欧文,我真遗憾——这是现实——这全都太真实了。"他站起来,开始把裤子脱到膝盖,不过他只是在开玩笑,就在罗斯回来的时候,又敏捷地系上了裤子。"兄弟们,现在我们可以爽一把了!朗读时间快到了!"

"大家各自开自己的车走吧!"罗斯号召道。

我一直在笑个不停,这时赶紧吃完我的火腿,喝完我的酒,匆匆跟正在静悄悄刷碗的姑娘说了几句话——

"我们全都得脱光,《时代》杂志不会登我们的照片的!我这是我们的荣耀!面对它吧!"

"我就会在他们面前雄起!"西蒙猛地敲打着桌子,睁着那双列宁式的严肃的大眼睛。

拉撒路斜靠在他的椅子上,津津有味地听着大家说话。这时,他也开始敲他的椅子,罗斯站在那里看着我们,眨了眨眼,表示允许我们离开——这就是她的方式——所有这些疯狂的小诗人在她的房子里大吃大喝,感谢上帝,他们没有把罗尼·特克尔带过来,他会带走所有那些银器的——他也是一个诗人——

"来吧,开始一场反对我的革命吧!"我叫了起来。

"我们要开始一场反对怀疑论者托马斯[1]的革命！我们要在我们的帝国里创建天国乐园！我们要降祸于中产阶级，让赤裸的婴儿们成长起来，跑满地球！"

"我们要从担架上挥舞我们的裤子！"欧文叫道。

"我们会在空中跳跃，抓住婴儿！"我喊着。

"太棒了。"欧文说。

"我们会朝着所有的疯狗狂吠！"拉菲尔耀武扬威地尖叫道。桌子嘭嘭作响。"它将——"

"我们会让婴孩们在我们的膝上蹦蹦跳跳。"西蒙直接对我说。

"婴孩们，我们就像死神，我们将以膝脆地，饮无声之溪。"这是拉菲尔说的话。

"喔！"

"那是什么意思？"

拉菲尔耸耸肩。他张大嘴："我们要用铁锤敲他们的嘴！那里将有火中的铁锤！铁锤自己将淬火而生！它将嘭嘭地敲破他们的脑袋！"他说"脑袋"的方式令我们大家印象深刻，他说得很可笑，听起来像是说"鸟袋"……

"我什么时候能成为一个宇宙飞船的指挥官？"拉撒路对我们的革命不感兴趣，发出这样一个问题。

---

[1] 应指十二门徒中的托马斯。据《新约全书》记载，他直到看到创伤时才相信耶稣已升天。

"拉撒路！我们会给你金子般的幻想情人，而不是发动机！我们会绞死旧金山的模拟像！我们要杀死脑袋里所有的婴孩！我们往所有垂死马匹的喉咙里灌酒！我们要带上降落伞参加诗歌朗诵！"

（欧文抱住了自己的头。）

这些只是他真正说出来的东西的沧海一粟。

我们每个人都提出了自己的愿望。欧文的愿望如下："我们要在好莱坞的电影里露出我们的屁股眼。"

我说："我们要吸引黑帮匪徒的注意力！"

西蒙说："我们要给他们看看，我们的阴茎里也有黄金头脑。"

这就是这帮人的做派——科迪说："我们要靠某个被我们帮助过的人，去往天堂。"

九十二

如正在消逝的光线一般穿过万物，不必焦虑——

我们分成两拨，坐在两辆车上，唐纳德在前面带路，去参加诗歌朗诵。我很不喜欢这个朗诵会，实际上很难忍受。我脑子里已经在谋划着偷偷到酒吧里，然后再等着跟他们碰头——"谁是麦里尔·兰德尔[1]？"我问——他准备朗诵自己的作品。

---

[1] 其原型为 James Merrill（1926—1995），美国诗人及作家。1976年，他的长诗《神圣喜剧》获普利策文学奖。

"他是一个文质彬彬的瘦高个,戴着饰边眼镜,打着上好的领带。你曾经在纽约维蒙跟他见过面,不过你忘了,"欧文说,"他挤在那些人群当中——"

高高的茶杯——也许听听他优雅的谈吐会很有趣,不过我不愿坐在这里听他那些虚矫的作品,他们的做派就是把作品题献给被他们模仿的有史以来最伟大的诗歌——我宁愿被拉菲尔层出不穷的新词轰炸,我甚至宁愿听拉撒路写的诗歌——

罗斯小心翼翼地开车去市里,穿过旧金山拥挤的道路。我不由地想:"如果是科迪开车的话,我们都已经打了个来回了。"——有趣的是,科迪从来不参加什么诗歌朗诵会或者其他仪式。他只参加过一回,是为了给欧文的首次朗诵会捧场。那次欧文最后一个上场,念完《嚎叫》之后,全场一片死寂。这时科迪站起身,穿着他的周日套装,走上前去握住诗人的手(欧文是他的密友,1947年他们曾经一起徒步旅行得克萨斯等地)——我一直记得那一幕,并且视之为友谊、高品位和低姿态的典型象征——我们的膝盖在车里相互碰撞、上下颠簸——这时罗斯正在慢慢地找地方停车——"别急,别急,就一小会儿,很快就泊好了,"然后叹息,"好了好了就这样——"我觉得她似乎在说:"哦,罗斯,你为什么不能好好待在家里,吃你的巧克力,读你的博斯韦尔,所有这些社会活动只会给你脸上带来焦虑的皱纹——而一个交际化的笑容毫无意义,只不过是露出牙齿而已。"

大厅里已经挤满了早到者,有个女孩管入场券,还有节目单,我们无所事事地聊天，后来我和欧文出去买了一点白葡萄酒，让舌头放松——真有意思，唐纳德身边的姑娘已经不见了，他独自待在人群中，流畅地插科打诨——拉撒路站在后台，我蹲着喝酒——罗斯把我们送到目的地就算大功告成，她就像是一位母亲，开着交通工具去天堂，而她所有的孩子们都不相信房子着火了——

对我最有吸引力的是接下来在这里会搞一个大型的派对活动，我已经看到了大大的潘趣酒杯。这时大卫·德·安吉利来了，他像个阿拉伯人似的悄然而行，胳膊搂着一个叫伊薇特的法国美女。哦，我的天哪，他喜欢普鲁斯特笔下那些优雅的主人公，比如牧师。如果说科迪像个传教士，那么大卫就像个牧师，不过他总是能找到漂亮姑娘——我觉得，唯一会让大卫打破他的天主教誓言的事情，可能就是他会再结一次婚(他已经结过一次)、养一群孩子——在我们所有人中间，大卫是长得最帅的一个，他轮廓可谓完美无缺，就像泰龙·鲍尔[1]，甚至比泰龙·鲍尔更细致、更深沉；而他说话的口音则让我无法判断他来自何处——就像是一个在牛津受过教育的摩尔人[2]，大卫身上混合着阿拉伯和阿拉姆人[3]的气质(或者像奥古斯丁那样的迦太基人)，而实际上他是一个家世良好的意大利批发商(现已去世)的儿子。他母亲住在一间豪华公寓里，摆满昂贵的桃花心

---

1 Tyrone Power(1913—1958)，50年代好莱坞巨星，外形英俊，主演过《西点军魂》《荡寇志》《黑天鹅》《碧血黄沙》等卖座大片。

2 摩尔人居住在非洲西部，阿拉伯人的后裔，属于开化得比较晚的蛮荒文化，跟作为文明象征的牛津具有强烈的对比性。

3 Aramaean，闪族人中的一支，据《旧约》记载阿拉姆为亚洲西南部一古国，基本与今叙利亚共存。

木家具和银餐具，地下室被意大利火腿、奶酪和葡萄酒塞得满满当当——而且是意大利本国货——大卫就像个圣人，至少他看上去像个圣人，他的个性极富魅力，从少年时代开始就是一个"邪恶找寻者"（当科迪跟我初次见面时，他就跟我们说："试试这些药丸子，它最后会让你们死去活来。"这话把科迪吓得再也不敢尝试）——那天夜里，大卫优雅地躺在床上的白色毛皮床罩上，身边卧着一只黑猫；在这种氛围下，他开始读《埃及度亡经》，同时传递着大麻；他说话的方式很奇特，"但是，多么了——了——不起啊，真——真的"；不过，自从"天使把他从椅子上敲下来"之后，他开始出现幻觉，远远地出现了一本又一本的《教父选集》，而他被敕令从出生起就要保持对天主教的虔诚，因此他没法长成今天这个优雅而略带嬉普士[1]诗人味道的大卫，而是突然间变成了一个光芒四射的圣奥古斯丁，沉思以往的过失，并且献身于十字架的幻象—— 一个月之后，他去一家特拉比斯特修道院[2]待了一段时间，接受沉默的试练——而原来在家的时候，他总是像加百利天使长一样说个不停——他是一个好人，才华横溢，乐于解释，有问必答，"你们这些佛教徒根本就不值一提，都是摩尼教[3]的残渣余孽，杰——杰——克，面对它吧——无论如何

---

1 Hipster，二战后在美国出现的一个新词，同"hippy"（嬉皮）有关，但含义更深远、更广泛，指社会群体中某一类型的人：信奉存在主义或吸毒、迷恋爵士乐，与传统道德观格格不入。

2 Trappist Monastery，特拉比斯特教派为天主教西笃会的一支，以苦行和发誓沉默为特征，1664年建立于法国西北部的特拉比斯特修道院。

3 Manichaeism，3世纪兴起于波斯，由 Mani（摩尼）创始，故名。摩尼认为菩提和基督都是先知，否认基督的肉身性。该教奉《波斯古经》为经典。

你受过洗礼，你看，根本不存在任何问题，"他举起他优雅白皙的牧师之手做了一个手势——此刻，他悄然走了进来，彬彬有礼地参加诗歌朗诵会；人们私下传言，说他准备改变宗教信仰，而他每次都准时参加诗歌朗诵会，但对改宗一事绝口不提，保持缄默；现在他很自然地在胳膊里挽着光艳照人的伊薇特，自己也英气逼人，穿着一套简洁的衣服，打着简洁的领带，新剪了一个平头，让他那张完美的脸孔更加活力四射——尽管过了一年时间，他的脸已经由孩子气的完美成长为男人式的完美而显得更为庄重——

我一看到他就说："你越来越有男人味了！"

"你说的'男人味'是什么意思？"他叫了起来，一边跺脚一边笑——他以阿拉伯人的方式无声地走过，露出他柔软白皙而温和的双手——不过无论在他人生的哪一个阶段，只要他开口说话，我就会发笑。他真的非常风趣，而且永远保持着笑容，让我觉得他的笑容本身似乎就是一个微妙的笑话（一个了不起的笑话），而且他希望你能意识到这一点，而他闪光的同时也有疯狂的想法，就隐藏在这个微笑的面具背后，直到你能听到他内在的思想，而这是他永远不会开口表达的（如果他开口的话，毫无疑问，用词一定极为风趣）——"你在笑什么呢，杰——杰——克！"他对我大声说道——他在发"a's"音时，带有一种明显的混合口音——第二代意大利裔美国人的口音，但一种强烈的英国化的风格又覆盖了他的地中海式的典雅，从而创造出一种出色而奇特的英语方式，我从来没有在别的地方听到过——慈善大卫，文明大卫，在我的陋室里，他曾经（在我的强烈要求下）

穿上我用雨披折成的卡布其式雨衣[1]，然后到一棵树下冥想。在那个夜里，他也许双膝跪地开始祈祷，而我则在灯光下捧读"摩尼教"经籍；当他回来之后，我想搞明白他到底是怎么通过雨衣看到东西的——他看上去很像个僧侣——每个星期天早上，大卫会带着我去教堂，在圣餐仪式后，他的舌下含着正在溶化的圣饼，目光虔诚地低垂着(尽管具有某种幽默意味，但极富魅力)，穿过长廊，双手紧握，是一个完美的牧师形象，吸引了所有女性的视线——每个人都在跟他说："大卫，你应该像圣奥古斯丁那样写一本忏悔录！"这把他逗乐了："可是，各位！"他笑了起来——因为大家都知道他是一个什么样的人，他曾经历过地狱，现在正朝向天堂飞升，而每个人都相信他握有某种被久已遗忘的秘密，而那正是被圣奥古斯丁、圣方济、圣罗耀拉[2]或者其他圣人从自己的生活经历当中剔除掉的部分——此时，他握着我的手，向我介绍他的蓝眼睛美女伊薇特，然后在我身边蹲下，喝了一口我的白葡萄酒——

"你最近在干吗？"他笑着问。

"你会参加朗诵会后的派对吗？——太好了——我打算出去泡吧——"

"好吧，别喝醉了！"他又笑了。他总是在笑，如果他跟欧文

---

[1] Capuchin，卡布其雨衣是一种带风帽的斗篷，来源于卡布其修会（圣方济创办的托钵僧修会），僧侣们披着头巾穿着长袍，后来发展为卡布其斗篷。

[2] St. Ignatius of Loyola(1491—1556)，耶稣会创始人。他生于罗耀拉，原本醉心于功名，对宗教毫无兴趣，后负伤养病时读到《基督的生活》和《圣贤花絮》，决心献身于宗教生活，发誓永怀仁慈，永守清贫，并于1540年正式成立耶稣会。

在一起，他们就会哈哈哈哈笑个不停，此起彼伏；他们空空的脑袋就像拜占庭式的圆屋顶，互相交换着某种深邃难言的秘密——一片接一片的马赛克镶嵌瓷片，原子其实也是"空空"——"桌子空荡荡，每个人都走了，"我唱着西纳特拉的"伤心布鲁斯"——

"哦，空荡荡的生意啊，"大卫又笑了起来，"真的杰克，我希望你能展现出你的知识结构中最出色的方面，而不是佛教徒那种消极的东西——"

"哦，我根本就不是佛教徒——我根本什么都不是！"我嚷着，他笑着，而且轻轻地拍了拍我。他以前曾经跟我说过："你受过洗礼，水中神秘的圣灵曾经触摸过你，感谢上帝——否则我就不明白你身上到底会发生什么——"这就是大卫的理论，或者说信仰，那就是"基督从天上降落下来是为了释放我们"——圣保罗制定的肤浅教义对于他就是金科玉律，因为他们都降生在基督那个史诗时代，人子被父送到大地上以开启我们的目光，并以他的生命为最高献祭——而我告诉他，佛陀根本不会死得那么鲜血淋漓，他只是在一棵永恒之树下平静地圆寂，进入忘我之境。"可是，杰——杰——克，所有的事情都必须符合自然规律——"他的意思是，所有的事情，除了基督，都必须符合自然规律，都必须遵循超自然规律所制订的戒律——事实上，我经常担心会碰到大卫，他的狂热给我的脑子带来副作用，他热情洋溢，不遗余力地推广他的宇宙正统观——他曾去过墨西哥，步履遍及每个教堂，跟修道院的僧侣们结下了深厚的友谊——大卫也是一个诗人，一个文雅而不同寻常的诗人，在他早年(很早很早以前)的诗歌当中，充满着灵异的佩奥特幻觉——甚至超过我感受过的所有幻觉——但我从来没能成功地把大卫和科迪凑到一起谈论基督教——

现在朗诵会已经开始了，麦里尔·兰德尔把他的手稿放到了前台。我们在厕所里把酒统统喝完之后，我跟欧文悄声说，我想出门泡吧。西蒙低声说："我跟你一起去！"欧文也蠢蠢欲动，但他必须继续待着——拉菲尔已经坐下，准备好听朗诵，他说："我知道朗诵很无聊，但也许会听到意想不到的诗歌。"——那个小男人。所以我跟西蒙匆匆地溜了出去，这时兰德尔正开始朗诵他的第一行诗句：

"十二指肠之深渊把我带向边缘
吞噬我的肉体"

诸如此类的东西。我听到了几句，不想再听下去，因为我感觉到他精心安排思想的匠气，而不是思想自身不可制约的自然流露，瞧——就算是我自己也不想站在那里——哪怕是朗读《金刚经》。

我和西蒙发现了一家令人惊叹的酒吧，两个姑娘坐在桌边等着被勾搭。在酒吧中间，一个孩子在钢琴上一边弹奏着爵士一边唱着歌；另外有三十多个男人在喝着啤酒——我们略费了一点口舌，就坐到姑娘们旁边了，不过我觉得她们不可能跟我或者是西蒙发展。而且，我坐在那里是希望能听到爵士，而不是她们的抱怨。后来爵士换了一种风格，我走过去，站到钢琴前面——那个孩子我以前在电视里看到过，非常天真幼稚，十分兴奋地抱着吉他弹唱、跳舞，而现在，他已经平静下来，努力成为一名酒吧钢琴师——在电视里他曾让我想起科迪，一位更年轻的音乐家科迪，在他的老午夜幽灵吉他声中，我听到了《在路上》这首老诗，在他的脸上我看到了信念和爱情——此刻，似乎整个城市都在拉着他下坠，他懒懒地换了一个新的音调——最后我跟着哼了起来，他开始弹奏《欢乐已逝》，非常正式地邀请我唱这首歌。我唱了，轻声而闲散，如同六月的奥斯陆，这就是男人唱爵士的风格，含糊不清，闲散而无所谓——可怜的好莱坞百老汇式的孤独——与此同时，不甘心放弃的西蒙还在跟那两个姑娘搭讪——"你们都去我住的地方吧……"

欢乐之际，时光易逝。似乎就在片刻之后，欧文就走了进来。不管到哪儿，他都睁着他的大眼睛，就像幽灵般出现。他似乎拿准了我们会到这里（大概有两三个街区的距离），你想逃都逃不掉。"你们果然在这儿。朗诵会已经结束了，我们全都准备去参加一个大型派对，你们在这干吗？"在他后面跟着拉撒路——

在派对上，拉撒路让我大吃一惊——那是在某座府邸里，镶板隔出一间图书室，里面摆着一台豪华钢琴和成排的皮质安乐椅；巨大的房间里挂着枝形吊灯，还有油画作品；奶油色的大理石壁炉边，放着纯黄铜柴架；桌上摆放着一个巨大的潘趣杯和无数纸杯——在这个午夜的鸡尾酒派对上，在所有那些嘤嘤嗡嗡、大喊大叫之中，拉撒路独自待在图书馆里，盯着一张14岁少女的油画肖像，问他身边一个举止优雅的同性恋："她是谁？她在哪儿？我能见到她吗？"

拉菲尔正懒散地躺在睡椅上，大声呐喊着朗诵他自己写的诗，"佛——鱼"等等，他把它们从外套里掏出来——我从伊薇特身边蹦到大卫身边，有个女孩正好背对着伊薇特，原来是潘妮，她又出现了，正对着勒维斯克[1]的油画出神——派对越来越嘈杂——我甚至跟诗人兰德尔搭了讪，交换了关于纽约的一些看法——后来我把潘趣杯里的酒倒进我自己的杯子，这可真是一个艰巨的任务——拉撒路在整个夜晚表现出一种镇静自若的态度，再次令我大吃一惊——你一转身，他的手里就端起了酒杯，一边笑着，可他既不喝酒也不说话，整夜一言不发——

在这样的场合，大家的说话聊天，只能是吵吵嚷嚷，众声喧哗，向上升起，似乎撞上了天花板，化为隆隆雷声。如果你闭上眼睛倾听，会听到"嘭瓦唏、嘭瓦唏"的冲撞声；因为每个人都企图强调自己说出的话，但每个人又随时都可能被打断、被淹没，于是声音越来越大；狂饮还在继续着，潘趣酒已经被那些因聒噪而干渴的舌头消灭光了，派对最后演变成一场吵闹叫嚷的狂欢，主人开始担心邻居们的投诉，最后要耗掉一小时左右的时间来彬彬有礼地结束这场聚会——总有一些不知趣的人迟迟不肯离开，比如

---

1 其原型为 Robert LaVinge，旧金山艺术家，金斯堡的朋友。

说，我们——其结果往往是被彬彬有礼地推出门外——例如，我还想把潘趣酒倒进我的杯子，但主人最好的朋友十分温柔地把潘趣杯从我手里拿开，告诉我："它已经空了——而且，派对也已经结束了——"最后场面一片混乱，一个波西米亚人拼命把免费雪茄塞进自己的口袋，主人慷慨地把雪茄放在柚木雪茄盒里，敞开供应——事实上，干这种事的人就是画家勒维斯克，一个一贫如洗的画家，一个疯子，怀着淫荡的目光，头发全部剃光，只剩下细细的绒毛，像个恶作剧的小精灵；头上还有淤伤，那是前一个晚上他喝醉摔倒留下的痕迹——不过他仍然是旧金山最出色的画家——

主人们一边点头一边把我们送到花园甬道，我们醉醺醺地大声唱着歌。"我们"指的是：拉菲尔，我，欧文，西蒙，拉撒路，大卫·德·安吉利和画家勒维斯克。这个夜晚才刚刚开始。

九十三

我们坐在路边的石头上，拉菲尔倒在地上，面向我们盘腿而坐。他开始胡说八道，空气中霎时充满各种手势——我们有些人也盘腿而坐——他发表了一通长篇大论，充满了酒醉后的欢欣；我们都醉了，不过我们都能感觉到拉菲尔心中那如飞鸟般纯净的欢欣。可是警察来了，从巡逻车里走了下来。我站了起来："我们走吧，我们的声音太大了。"每个人都跟着我走，不过警察已经来到我们跟前，盘问我们的身份。

"我们刚从那边那个派对出来。"

"你们闹得太厉害了——我们已经接到邻居的三个投诉电话。"

"我们马上就走。"我一边说一边站了起来。警察们正在依次打量着留着大胡子的欧文·亚伯拉罕，保持着残留绅士风度的大卫，故作姿态的疯子画家，然后看着拉撒路和西蒙，认为对于收容所而言，我们的人数实在太多（绝对如此）——我用道家的思想教导自己，不要与权力抗衡，这也是我唯一能够选择的方式——这是唯一的直线，正好穿过——

我们现在又重新拥有了整个世界——我们在市场街买了酒，然后八个人一起跳上公共汽车，在后面喝酒，然后跳下车，在街道中心大喊大叫——我们爬上了一座小山坡，走过长长的小径，抵达山顶路边的一块青草地，俯瞰旧金山的灯火——我们坐在草地上喝酒——每个人都喋喋不休——然后往上走到某个人的公寓，是一所连着后院的宅子，那里震响着高保真留声机的声音——勒维斯克摔倒了，他以为是西蒙打了他，对我们嚎哭——我也开始嚎哭，因为西蒙竟然打了人，大家都醉了，变得十分脆弱，大卫最后离开了——但是拉撒路"看见了"事情的经过，勒维斯克是自己摔倒受伤的，第二天大家起床谁也没有打谁——这是一个愚蠢的夜晚，但充满着欢欣，当然，这绝对是因喝醉而引起的欢欣。

第二天，勒维斯克拿着速写本过来了。我告诉他："谁也没有打过你！"

"是吗？听到这一点真让我开心！"他咆哮道——我曾跟他说，"你肯定就是我在1926年死去的兄长，他9岁就成为一个伟大的画家，你什么时候出生的？"但此刻我意识到，他们根本不是同一个人——如果是，那轮回也一定已经扭曲了人性。勒维斯克有一双蓝色的大眼睛，充满热忱，乐于助人，十分谦卑，但他会在刹那之间就在你眼皮底下变得疯狂起来，在街上乱舞，这一招曾让我大受惊吓。他还会嘻嘻哈哈地笑着跟在你后面缠着你……

我研究他的速写本，坐在走廊上望着这座城市，度过安静的一天。我跟他一起画速写，其中一张我画了拉菲尔睡觉的速写，勒维斯克说："噢，这的确是拉菲尔的腰身。"然后拉撒路和我一起，用卡通画铅笔在他的速写本上画各种幽灵。我真希望能再看到这些绘画，尤其是拉撒路奇特的幽灵轮廓，他一边画一边带着呆呆的笑容……然后，看在上帝的分上，我们买了猪排，拉菲尔还和我讨论了一番詹姆斯·狄恩。"真是恋尸癖！"他叫了起来，意指那些年轻的姑娘们居然会狂热地迷恋一个已经死去的演员，而不管那个演员到底怎么样——我们在厨房做了猪排，那时天色已晚。我们又出去散了一会儿步，沿着那条奇怪的路线，走过了崖上青草边上的一块空地，然后就下来了。在星月之夜，拉菲尔快步前行，有若抽大烟的中国人；他的双手笼在袖子里，脑袋低垂着，不偏不倚地向前直行；夜里很黑，感觉奇特，人陷入了一种悲伤之中；他抬起眼眸，扫视了一眼四周，看上去彷徨无助，很像一幅老照片里在伦敦的灯光下抽大烟的理查德·巴瑟美斯[1]。实际上，拉菲尔正走向灯光，然后穿过另一种黑暗——双手笼在袖子里的拉菲尔显得悒郁萧瑟，带着一种西西里式的风格，勒维斯克对我说："噢，我倒希望我能把他那个样子画出来。"

"你先用铅笔画吧。"我说。因为我已经画了一整天都没有成功，浪费了不少墨水——

我们回到家，我上了床，钻进了睡袋，窗户敞开着迎接满天星光——而我带着我的十字架睡去。

九十四

第二天一早，我和拉菲尔、西蒙就出门散步去了。早上天气炎热，我们穿过了一个巨大的水泥工厂，一个铁器厂，还有一些院子。我很喜欢散步，一路向他们指指点点——开始他们怨声载道，后来他们对一块巨大的电磁铁产生了兴趣，它把一大堆废料举起来，然后再倾倒下去。"只要断开那个开关，电一断掉，物体就会掉下去。"我向他们解释。"物质与能量守衡——而物质和能量的总和就是空。"

"是啊，可是你看看那个该死的玩意儿。"西蒙说，嘴张得大

---

[1] Richard Barthelmess，美国二三十年代的演员，曾经在1919年由格里菲斯执导的默片《娇花溅血》中饰演男主角程环，是一个文弱、谦卑、被动而终究无能的善良中国人，不可避免地带着当时西方主流社会对中国人的偏见。

大的。

"它太了不起了!"拉菲尔一边叫,一边把拳头朝我擂过来——

我们继续向前走——我们想看看科迪在不在铁路段——我们经过铁路工人的储物间,我甚至想看看我还能不能在这里收到邮件——两年前我在这里做过司闸员——然后我们又走了出去,准备到海滩去找科迪——在咖啡店——我们搭了一辆公车——拉菲尔抢到后面的座位,高声说话,一阵渴望全车厢的人都听他说话的狂躁——而西蒙则在吃刚买的香蕉,他想跟我们比比谁的香蕉大。

"我的更大。"拉菲尔说。

"你的更大?"西蒙叫道。

"没错。"

西蒙一本正经地反复比来比去,最后终于认可了拉菲尔的话。我看到他的嘴唇翕动,念念有词——

我们终于看到科迪,他正在路上,开着他的小破车,以每小时40迈的速度爬上陡坡,而后突然调头泊住车,欣喜若狂——车门大开,他探出身来,先露出他那张笑容满面的大红脸,在大街上朝我们大声喊话,同时提防着街道上呼啸来去的车流——

我们冲向一个漂亮姑娘的住宅,那真是一所漂亮的宅子。她一头短发,正躺在床上,裹着毛毯。她病了,她长着一双大而忧伤的眼睛,她让我把留声机里西纳特拉的歌开大一点儿声,她有他的全部专辑——没错,我们可以用她的车——拉菲尔想把自己的东西从颂雅那里拿走,拿到开派对的那家新公寓里,勒维斯克大声叫好,科迪的车实在太小了——然后我们就可以去赛马场——

"不行!你们不能开着我的车去赛马场!"她叫了起来。

"好吧——""我们马上就回来——"我们都围在她身边,恭维她,然后坐了一会儿,甚至沉默了许久,直到她终于把头转过来看着我们,最后她跟我们说话了:

"你们想去哪儿?"——"总之,"——吸了吸鼻子——"喔,"她说,"放松——""我很在乎那辆车,你们明白吗?——可以说是喜欢,你们明白吗?"

是的,我们都明白,但我们不能就这样把时间耗在这里,所以我们去了赛马场,但拉菲尔的活动浪费了太多时间,科迪意识到,我们又错过了第一轮赛马——"我又错过了翻倍的机会!"他狂怒地吼叫——他龇牙咧嘴——他真的很在意他的赛马。

拉菲尔终于把所有的袜子和物品都找齐了,颂雅说:"听着,我不希望你那些狐朋狗友来打扰我——我还要生活,明白吗?"

"太好了。"我说。这是一个全心全意投入爱情的小女孩——她的意思是,她已经有了新男友——我和西蒙搬走了一大箱唱片和书,搬上了车,而科迪正在生闷气——

"嗨,科迪,快出来,去看漂亮姑娘——"他压根儿不想去。后来我只好跟他说"我们需要你的肌肉去搬东西",他终于出来了。当我们把一切都打点妥当,然后回到车里准备出发时,拉菲尔说:"好啦,全都在这儿了!"

科迪抢白了一句："哼，肌肉。"

我们又开车到了他的新公寓，我这才第一次发现那里有架漂亮的钢琴。主人艾尔曼没有露面。勒维斯克也住在这里。拉菲尔至少可以把他的东西存在这里。这时，赶第二场赛马都来不及了。最后我劝科迪干脆放弃这次赌马，下次再去，明天先看看比赛结果，今天下午就什么都别干了，还不如无所事事地消磨半天。

于是，他把国际象棋的棋盘拿了出来，跟拉菲尔下起了棋，把拉菲尔杀得丢盔弃甲作为报复——他的怒火早先就已经压下去了，当他倒车的时候，他的手肘撞了拉菲尔一下，拉菲尔叫了起来："你为什么碰我？难道你不觉得——"

"他碰了你，是因为你把他拉去给你搬东西，让他误了赛马。他这是在惩罚你！"我还耸了耸肩——科迪听我们这么一说，心里顿时获得了满足。此刻，他们开始在棋盘上厮杀，科迪大叫："我将死你！"我在听唱片，大声放着奥涅格[1]的曲子，而拉菲尔则在听巴赫——我们无非是为了打发时间，我还跑出去买回两箱啤酒。

正在房间里睡觉的主人艾尔曼终于走了出来，跟我们打了个招呼，又回去睡觉了——他对音乐的嘈杂完全免疫——现在拉菲尔在放唱片，安魂曲、瓦格纳，我跑过去，又放起了塞洛尼斯·蒙克[2]的爵士乐——

---

1 Arthur Honegger（1832—1955），法裔瑞士作曲家，长年旅居巴黎，法国现代音乐的拥护者，20世纪最重要的作曲家。主要作品为《太平洋231号》，此外还有歌剧《大卫王》和五部交响曲。

2 Thelonious Monk，美国爵士乐史上最伟大的作曲家及爵士钢琴家。

"太可笑了！"拉菲尔审视着他无可挽回的败局，叫了起来——然后他说："珀姆雷，你让我根本没法下完这盘棋。你把我的棋子统统都拿走了，你再把它们放回来吧，哇——"科迪飞快地在棋盘上移动着棋子，我不禁怀疑他是否就是麦尔维尔笔下的《大骗子》[1]，以不可思议的手法在玩着秘密象棋的障眼法。

九十五

科迪进浴室洗漱刮脸，拉菲尔则在钢琴前面坐下，用一个手指猛敲琴键。

他开始敲出一个音符，然后两个，然后又回到一个音符——

最后他奏出了旋律，一段前所未有的动人旋律——科迪的剃刀还在脸颊上，就忍不住宣称它美如"卡普里小岛"——拉菲尔开始弹奏和弦——很快他就弹出了整首练习奏鸣曲，十分完美，甚至有了过渡乐章和副歌，然后再以新的主旋律回到副歌，真是令人目瞪口呆。他如此突然地奏出完美的音符，继续演绎他的意大利式情歌——西纳特拉、马里奥·兰萨、卡鲁索[2]，

---

[1] *The Confidence-Man*，赫尔曼·麦尔维尔创作于1857年。书中写了一次航行，是在愚人节那天进行的，乘坐的是一艘名为"诚实号"的轮船，但船上却有诸多的坏蛋或是骗子——而实际上他们很可能是以各种形象出现的同一个人。

[2] Mario Lanza, Caruso，均为意大利男高音。

这些纯粹清澈的歌里总有一抹大提琴似的忧伤，圣母玛丽亚的忧伤——一种吁求——拉菲尔式的吁求，像肖邦似的，柔软而聪慧的手指触及琴键，我站在窗边，凝视着拉菲尔弹琴，心想："这是他的第一支奏鸣曲——"我发觉每个人都在凝神静气地聆听着，科迪在他的浴室里，而老约翰·艾尔曼待在床上，盯着天花板倾听着——拉菲尔只弹白色的琴键，也许在他的前世（除了肖邦），他可能曾是一个卑微的管风琴弹奏者，在钟楼里奏响早期的哥特式管风琴，不会使用次音音阶——因此他永远只使用主音（白色）琴键，却仅凭着它们就演绎出难以置信的动人旋律，越来越悲伤，越来越令人心碎。他真是一个纯粹的飞鸟般的歌者。他自己也这样说："就像小鸟在歌唱"，而他的语调是如此灿烂华丽。我倚在窗口倾听着，每一个音符都如此完美；这是拉菲尔有生以来第一次坐到钢琴前面，而他的听众都那么郑重其事，比如躺在床上的主人艾尔曼，他本身就是个音乐家；曲调是那么忧郁，又是那么唯美，纯粹如他的声音，从净洁的指间流淌出的他想要表达的纯净声音——那纯净的声音有如他任意挥洒的双手般纯粹，因而，双手能够寻觅到如歌的音乐灵感——一个游吟诗人，一个文艺复兴时期的民谣歌者，为贵妇们弹着吉他，令她们为之落泪——他也令我落泪了……我倾听着，泪水涌上了我的眼眶。

"我到底在窗边站立了多久？我是一个音乐大师，然后发现了一个新的音乐天才。"我庄严地想道——也许在我的前世，我还是我，而拉菲尔则是一个新的钢琴大师——在窗帘背后，整个意大利都在为玫瑰而哭泣，月亮照耀着爱情之飞鸟。

我把他画了下来：他就着烛光，宛若肖邦，或者列勃拉斯[1]，吸引了成群结队的玫瑰般的女人，并且令她们黯然泪下——我把他画了下来，一个自然的杰出作曲家的开端，他的作品将被灌录在磁带上，然后被记录下来，那将是全世界第一首自由创作的旋律和交响乐，那将是属于太古的纯粹音乐——我甚至看到，他作为一个音乐家将比作为诗人更为伟大。然后我想，"肖邦终于找到了自己的传人，那就是乌尔索，诗人——"我把这一切告诉了拉菲尔，他毫无异议地接受了我的观点——然而他奏出了另一支曲子，跟第一首同样美妙。我于是明白，他能在任何时候做到这一点。

今晚我们都要去给杂志拍照，拉菲尔对我嚷了起来："千万别梳头——就让头发乱蓬蓬的吧！"

九十六

我站在窗边，像巴黎的花花公子一样地斜倚着，心里想着

---

[1] Liberace，美国钢琴大师，演奏风格十分华丽。赌城拉斯维加斯设有他的博物馆。

了不起的拉菲尔——他那伟大的纯粹，以及他对我的纯粹的注目——他还让我挂着十字架。他的姑娘颂雅刚才还问："你再也不戴十字架了吗？"她的声音仿佛在暗示，"戴着那疲累的十字架跟我一起生活吗？"——"不要梳头，"拉菲尔对我说，这个身无分文的拉菲尔——"我视金钱如粪土。"——在卧室里躺在床上的那个男人很难理解拉菲尔，他走了进来，开始弹钢琴——而第二天，我看到钢琴的主人终于跟我有了同感，拉菲尔又开始在钢琴上弹奏，仍然那么完美，他的开头比前一天更为缓慢，也许是因为我太过急切地想被他的音乐天赋打动——他真是一个音乐天才——然后艾尔曼从他那间颓废的卧室里走了出来，穿着浴衣四下踱步，而每当拉菲尔的手指碰触出一个完美而纯粹的音符，我就看着艾尔曼，而他也回望着我，似乎我们互相都暗自会意——然后他站在一边，久久地凝视着拉菲尔。

在两首奏鸣曲之间，我们照完了一堆可怕的照片，然后集体醉酒，在拍完照之后，又有谁愿意保持清醒呢？我们将被称为"冰与火的诗人"——我提议拉菲尔站在我和欧文中间，我说："拉菲尔最矮，所以应该在中间。"我们三个互相挽着胳膊，这就是我们在美国文学史上的姿态。有人说："瞧瞧他们三个！"他们就像在谈论那些身价百万的外场手——我就是左外场手，敏捷、卓越的跑垒者，垒打出长长的弧线，从我的肩头划过，而我具有破壁而出的力度，一切在我面前都将被粉碎，我就是泰·柯布[1]，我击垒、跑垒、盗垒，坚不可摧，他们称我为"the Peach"——不过我已经疯狂了，没有人喜欢我的个性，我不再是卢斯姑娘所爱之人——在中场是拉菲尔，长着一头秀发，完美无缺、毫不费力地完成每一击，那就是拉菲尔——右外场手就是严肃的欧文，卢·格里克[2]，在哈莱姆河畔布朗克斯的窗前，用左手击出长长的本垒打——后来，我们摆出了伟大接球手的姿态，本·法根，长着一双粗腿，他就是米奇·柯克兰[3]，在垒局中左冲右突……

我原本想在本·法根在伯克利的住处拍照的。他的房子带着一个小院子，还有一棵树。在布满星光的秋夜，我曾在那棵树下睡觉，在睡梦之中，落叶飘拂下来——在那里，我和本曾经进行过一场激烈的摔跤比赛，最后以我的手臂和他的后背受伤而告终，我们就像两头角斗的庞然犀牛。我们经常玩摔跤游戏，最近一次是在纽约的一间阁楼上，我和鲍博·克里姆摔跤，随后我们放了一部法国影片，看着那些戴贝雷帽的家伙闲聊——本·法根脸色红润而严肃，一对蓝眼睛，一副大眼镜，他比我早一年在拓荒者山当山火瞭望员，对那些山峰了如指掌——"快起床！"

---

1 Ty Cobb，传奇性的美国棒球外场手，在12次击球比赛中居美国棒球联盟之首，并曾连获九次冠军。他的绰号为"the Georgia Peach"，故凯鲁亚克自称为"the Peach"。

2 Lou Gehrig，美国棒球明星，绰号"铁马"，是全美最优秀的击球手之一。

3 Mickey Cochrane，1948年入选美国棒球名人堂。

他叫醒我，这个佛教徒——"别像只土豚一样！"土豚喜欢吃蚂蚁——"佛说，坐有坐相，站有站相。"而我问他："为什么太阳会透过树叶照下来？"——"那是你的错。"——我再问："你冥想你的屋顶漂走了，这到底有何禅意？"——"禅意就是马在中国打嗝，牛在日本叫唤。"——他在打坐冥想，穿着肥大的破裤子——我仿佛看见，他就这样坐在虚空之中，而且身体前倾，面带微笑——他写过很多长诗，叙述他如何变成一尊32英尺高的金色巨佛——他真是与众不同——他就像擎天柱一样强大——世界将会因他的存在而更美好——世界一定会变得更美好——当然这需要我们付出努力——

我付出了努力，我说："啊，好啦，科迪，你会喜欢拉菲尔的——"然后，我在周末把拉菲尔带到了科迪的房子里。我会给每个人买啤酒的，不过我肯定会喝掉大半——所以我会多买一些——直到我破产为止——用光所有的卡——我们，我们？我不知道该做什么——不过我们都是相同的——我已经完全明白，我们都是相同的，如果我们彼此疏离，我们都会活得筋疲力尽——停止憎恨——停止怀疑——

难道你不会死吗？

那为何要暗害你的朋友和敌人呢——

我们全都是朋友，也全都是敌人，现在，到此为止，停止战争，觉醒吧，那只不过是一个梦幻，环顾你的四周，那只是一个梦幻，它并不是那伤害你的金色大地——尽管你认为它正是那伤害你的金色大地,那只是祝福满溢的安宁之金色永恒——祝福那细小的蚊蚋——不要杀生——不要在屠宰房做工——我们可以种植绿色植物,发明原子能工厂,掉下一个又一个面包和那无比美味的化学排骨和黄油罐头——为什么不可以?——我们的衣服将永远不破,完美的塑料——我们将拥有万用灵药,让我们度过死亡的短暂瞬间——我们都会欣然同意,死亡正是对我们的奖赏。

每个人都将支持我、赞同我吗?那好,你们每个人都将为我所用,受到祝福,并在这里坐下。

九十七

我们出门喝得大醉,在布鲁·摩尔的高音萨克斯风中,冷眼看着"地窖"酒吧里的一切。摩尔把萨克斯的吹口放在嘴边,他的两颊鼓得像圆球,就像哈里·詹姆斯[1]和迪兹·葛拉斯彼,而不管什么音调,他都能吹出完美漂亮的和音——他几乎不在意别人,自斟自饮,他有点醉意了,眼神越来越迷离,但他决不会错过一个节拍或者音符,因为音乐就是他的心灵,在音乐当中他将纯粹的信息传递给这个世界——唯一的问题在于,没有人理解这一信息。

比如,我坐在乐池的边缘,正在布鲁的脚边,面对着吧台,我

---

[1] Harry James (1916—1983),美国爵士乐史上的伟大小号手。

的头低垂到了啤酒之上,当然这是因为谦卑,不过我还是看到无人倾听——金发的、黑发的姑娘们挎着她们的男人,而他们之间互相用眼神较量着,在这里充满着几乎随时都可能发作的紧张气氛——而在女人们的眼眸里战争即将爆发——所有的和音都消逝而去——布鲁正在吹奏《布鲁斯的诞辰》,当他加入合奏时,他总能奏出一种完美漂亮的新理念,像是在宣告未来世界的荣耀美丽,钢琴师(金发比尔)以一种彼此理解的和弦融入其中,而那神圣的鼓手,双眼仰望着天堂,轻快地敲出天使般的节奏,让每个人都全神贯注——当然,低音部的手指拨动着弦索,或者滑过琴弦,发出和谐的琴音——每一个乐师都在倾听着,黑孩子们隐在暗处,黑色的脸却在闪光,睁圆白色的眼眸,表情诚挚地拿着饮料,倾听着——它仿佛在预言着人类的美好之处,而他们将听到和谐的真谛——布鲁从不在那几个合唱部分泄露他的信息,他的新理念已经变得疲惫,他在这时准备放弃了——他开始演奏新的音调——我只能如此,用鞋尖打着节拍,承认他是对的——在间歇时,他坐在我的旁边,但却沉默寡言,而且显然刻意地表示出他不打算多说什么——他已经通过他的小号说出了一切——

但就算来自天国的时间蛀虫吞噬了布鲁的生命,就像吞噬我和你那样,在这个世界上,当你进入苍老垂暮之年,生存将越发困苦,那么,为什么不可以生活在和谐之中?

九十八

所以,让我们像大卫·德·安吉利那样,秘密地跪下来祈祷吧——让我们祈祷:"哦,一切的思想者啊,请善待我们——"让我们向他或它恳求,善待我们——所有他所思想即为善,上帝,这个世界即可得救——还有什么呢?当我们秘密地跪下来祈祷之时,还能祈祷什么呢?

我已经如实倾诉了我的平静。

在泡吧之后,我们还去过马尔家(马尔是他的名字,他叫马尔·戴姆雷特),他衣冠楚楚,戴着一顶英式小软帽,穿着整洁的运动衫和格子内衣——不过这个可怜的家伙,他的妻子贝比在磨坊镇病了,当他出来跟我们喝酒的时候情绪很是焦虑不安—— 一年多以前,我听到马尔跟贝比吵架之后曾经对他说:"吻她的子宫,爱她,别再吵了。"——这句话起了一年的作用——马尔是西联的电报传送员,全日制工作,每天都沿着旧金山的大街小巷送电报,目光平静——马尔彬彬有礼地跟我一起走到我藏酒的地方——我把酒藏在一个废弃的中国杂货盒子里,我们像往昔那样干了几口——他不想再多喝酒,不过我劝他:"这几口酒不会给你惹事的——"哦,马尔真是个好酒徒!我们躺在地板上,收音机不停地响着,贝比正在工作,而我们躺在这里,跟罗勃·多纳利一起躺在这里,在这个雾气弥漫的寒冷日子,我们醒来只是为了谋求一醉——为了另外五分之一瓶芳香的葡萄酒—— 一边喝一边喋喋不休,然后,我们三个又在地板上再次入睡——这是我经历过的最糟糕的狂饮——连续三天三夜，不知自己是否还活着——完全没必要如此——

仁慈的主，善良的主，无论你如何命名，总之，他善良——祝福并守望。

主啊，守望那些思想吧！

我们就那样过着日子，醉酒，拍照，晚上住在西蒙家，早上跟欧文和拉菲尔在一起，被我们的文学宿命不可分离地缠绕在了一起——那是一件重要的事——

我倒立在浴室里，以便治疗我的腿病，这些天来烟酒过度；拉菲尔从外面打开浴室的窗户叫道："看！他在倒立！"于是，每个人都跑过来偷看，包括拉撒路，我骂道："妈的！"

后来，潘妮问欧文，"我在这座疯狂的城市和你的疯子朋友之中还能做什么？"欧文回答说："哦，你去街角倒立吧！"——这个回答真是公正极了，孩子们不应该再打架。因为整个世界都立于火上，一切皆在燃烧——眼在燃烧，所见之物在燃烧，所见之眼在燃烧——它意味着纯粹的能量，但又并非如此。它是天赐福音。

我向你允诺。

我知道因为你知道。

走上那奇异的山冈，走进艾尔曼家，拉菲尔为欧文演奏了他的第二支奏鸣曲，但欧文并不能真正理解他的音乐——欧文了解心灵的一切，了解心灵的言说，所以来不及了解和音——他了解旋律，并向我介绍过最美的弥撒曲，以及长着胡子的莱昂纳多·伯恩斯坦[1]在曲终时那高张的双臂——我跟他说:"欧文,你真是个不错的引路人!"——当贝多芬聆听着光芒,小小的十字架出现在家乡的地平线上,他那枯瘦悲哀的脑子领悟了和弦,神圣而和谐的宁静,这时,根本无须对贝多芬的交响乐多说什么——或者对他演奏奏鸣曲的手指多说什么——

而这只是同一事物的不同形式而已。

我知道打断这样的一场神话是不可饶恕的,然而我必须把话从胸腔里挤出来,否则我会死去——我会绝望地死去——

尽管,绝望地死去并非真的绝望地死去,那只是进入永恒佛性,而它并非善。

可怜的艾尔曼发着热,躺卧着,我走出去帮他叫医生,而医生说:"我们可没办法——让他喝点果汁多休息。"

拉菲尔叫道:"艾尔曼,你应该给我们来点音乐,教我们弹钢琴!"

"等我一好就教。"

那是一个苍凉的下午——在那野日暗淡的街道,画家勒维斯克跳起了疯狂的光头舞,我被吓坏了,就像看到了魔鬼之舞——这些画家如何能做到?他仿佛在叫嚷着什么可笑的言词——我们三个,欧文、拉菲尔和我,走在孤独的路上——"我嗅到了一只死猫的味道。"欧文说——"我嗅到了一个中国亡灵的气息。"拉菲

---

[1] Leonard Bernstein(1918—1990),美国指挥大师、作曲家。曾任纽约爱乐乐团指挥,也是第一个建立国际声望的美国指挥家。

尔说，像以前一样，他把双手笼在袖子里，在夕阳西沉的暮色之中拾级而下——"我嗅到了一朵死去玫瑰的味道。"我说——"我嗅到了一种甜蜜的麻布味道。"欧文说——"我嗅到了能量的味道。"拉菲尔说——"我嗅到了悲哀的味道。"我说——"我嗅到了冰冷的玫瑰色的鲑鱼味道。"我补充了一句——"我嗅到了孤独的甜苦的味道。"欧文说——

可怜的欧文——我看着他——我们已经认识15年了，在虚空之中互相凝望而焦虑，而此刻，一切都在趋向终点——黑暗终将来临——我们需要勇气——我们需要用钩子钩住这美好阳光下的思想。一周之后，所有的一切都将被遗忘。为什么要死？

我们悲哀地回到房间，艾尔曼给了我们一张票去看戏，因为他去不了。我们让拉撒路好好准备一番，去度过他一生中的第一次歌剧之夜——我们给他打上领带，帮他挑选衬衫——我们帮他梳头——"我该干点什么呢？"他问——

"只管看人听音乐——这是威尔第的歌剧，让我先跟你讲讲威尔第！"拉菲尔嚷嚷道，然后讲解起来，结果花了大量口舌解释什么是罗马帝国——"你必须先知道历史！你必须读书！我告诉你该读哪些书！"

西蒙也在场，我们打了一辆出租车到剧院，把拉撒路放下，然后去酒吧跟麦克里尔碰面——诗人帕特里克·麦克里尔，我们的"敌人"，同意在酒吧跟我们会晤——我们把拉撒路放在人流和鸽群之中，剧场里面灯火通明，剧院俱乐部，私人储物柜，盒子，窗帘，面具，这是一部威尔第歌剧——拉撒路将在震撼中被淹没——可怜的孩子，他是如此害怕孤独——他很担心人们会怎么对他品头论足——"也许你会碰到一些女孩们！"欧文鼓励他，把他往里推，"进去吧，欣赏吧，亲吻她们，在她们身上偷香，梦想她们的爱情。"

"好吧。"拉撒路同意了，我们看见他跑了进去，穿着那套凑成的西装，领带飞扬—— 一个"帅哥"(他的老师曾经这样称呼他)用他的一生去看一场死亡歌剧——希望歌剧——去等待——去观看——用整个一生去梦想那失落的月亮。

我们走了，出租车司机是一个很有礼貌的黑人，他认真地倾听拉菲尔发表关于诗歌的言论——"你必须读诗！你必须发现美和真！你难道不知道什么是美和真吗？济慈曾经说过，美就是真，真就是美，你长得很帅，你应该知道这一切。"

"我该去哪里读这些书呢，或许是图书馆……？"

"去海岸！或者去北海滩的书店，买那些小诗册，看那些痛苦者和饥饿者如何分说痛苦和饥饿。"

"这是一个痛苦和饥饿的世界。"他又自作聪明地补充了一句。我戴着一副墨镜，背着我的帆布包，准备在周一补"货"，我凝神听着他们说话。那样真好。我们穿过蓝色的街道，谈论着真挚的话题，就像雅典公民。拉菲尔就是苏格拉底，他将展示一切，而出租车司机就是阿尔基比亚德[1],对他照单全收。欧文则是冷眼旁观的宙斯。西蒙是阿喀琉斯,正在变得越来越强大。我则是普里阿摩斯[2],悲悼着我失去的城池和被杀的儿子,悲悼着历史的荒芜。我不是雅典的泰门[3],我是克罗伊斯[4],为燃烧棺椁的真相而悲泣。

"没错,"出租车司机首肯道,"我应该读诗。"然后他友善地向我们道别,给我们找回零钱。我们冲进酒吧,走向后面那昏暗的场所,就像都柏林的后院。令我吃惊的是,拉菲尔竟然向麦克里尔发起了攻击:

"麦克里尔!你根本不知何谓美和真!你写诗但你的诗是赝品!你过着没心没肺的生活,过着布尔乔亚式小业主的生活!"

"什么?"

"你就像用一条破板凳杀死屋大维一样可耻!你这个元老院自以为是的元老!"

"可你为什么要说这些——"

"因为你恨我,把我看成狗屎!"

---

[1] Alcibiades(B. C. 450—B. C. 404),伯罗奔尼撒战争时期的雅典将军,他野心勃勃、气质超群,进行了西西里远征,最后却倒戈叛逃,导致雅典城的覆灭。

[2] Priam,特洛伊国王,帕里斯和赫克托耳之父。

[3] 莎士比亚戏剧中的人物,一个挥金如土、慷慨大度的雅典贵族,后来遭到不幸,为朋友所抛弃,随之变得愤世嫉俗。

[4] Croesus 是公元前6世纪小亚细亚吕底亚国极富的国王,后人以"像克罗伊斯一样富有"来表达富可敌国。

"拉菲尔，你这样可不像是从纽约来的意大利好人呀，"我一边朝他叫一边笑着，以表示"我们知道拉菲尔只是因为受了伤害，我们停止争吵吧"。

但小平头麦克里尔不可侵犯，他反唇相讥说："因为你们这些人根本不懂得何为语言——除了杰克。"

好吧，如果我懂得何为语言，那我们就别再用它来斗嘴了。

但拉菲尔使用了他狄摩西尼[1]式的雄辩口才开始了滔滔不绝的谩骂，并指手画脚，不过他会时不时地微笑一下——而麦克里尔也带着笑——那是穿裤子的诗人之间建立在隐秘焦虑之上的一种相互误解，有别于那些穿袍子的诗人，就像盲荷马可以歌咏而不受尘世或编辑干扰，不会被听众拒绝——前台的那些阿飞被我们的叫嚷和会话的内容给提起了兴致——"诗歌"，当我们离开酒吧的时候差点打了起来，不过我对自己说："如果为了十字架，我将为保护十字架而战，可是现在，我宁愿离开，淡忘这一切。"我真的这么做了，感谢上帝，我们平安无事地来到了大街上——

不过西蒙却让我失望了，他在满是人群的大街上撒尿，有一个男人走过来问他："你为什么这么干？"

"因为我想撒尿。"西蒙回答——我赶紧背着包朝前走，他们尾随着我们而笑——在自助餐厅我们喝了一点咖啡，而拉菲尔却对餐厅里的全体听众发表了一通宏论，因此，没有人再来招待我

---

[1] Demosthenes（B. C. 384—B. C. 322），古雅典政治家和最有名的雄辩家，其成名作为号召雅典市民起来反抗马其顿入侵的一系列演讲，《反腓力辞》尤为知名。

们——他谈的是诗歌和真理，但他们却以为他是个疯狂的无政府主义者（从我们的外表判断）——我的十字架，我的帆布包——欧文和他的大胡子——西蒙和他疯狂的外表——无论拉菲尔做什么，西蒙都看得如醉如痴——他毫不在意其他的一切，人们感到莫名恐慌，而西蒙则认为："他们是想了解关于美的一切。"他断然判定。

在公车上，拉菲尔又在向全体乘客发表演说，哇，哇，这次是关于政治的演说，"投票给史蒂文森[1]！"他叫道（原因不明），"投票给美！投票给真！坚持你的权利！"

我们快下车了，车停了。我们刚喝完的啤酒瓶在公车汽车后厢板上滚动，发出噪音。在开门之前，黑人司机义正辞严地告诫我们："以后再也不要在我的车上喝酒……我们这些平头百姓已经活得够烦恼了，你们还要给我们添麻烦。"他对拉菲尔说了这番话，而拉菲尔并不那么真诚地唯唯诺诺了一番，尽管没有任何乘客反对我们，这只不过是一出公车剧而已——

"这是一辆开往死亡的该死的巴士！"在大街上，拉菲尔说，"司机明知如此，但却不愿改变！"

我们冲到车站跟科迪碰面——可怜的科迪，穿着他的制服，偶尔到车站酒吧打个电话，却被一伙疯狂号叫的诗人包围了——科迪看看我，似乎在问我："你就不能让他们安静一点吗？"

"我有什么办法？"我回答说，"除了友善建议之外别无他法。"

---

[1] Adlai Ewing Stevenson(1900—1965)，其祖父担任过美国副总统，而他本人是1952年和1956年民主党总统候选人。

"去他妈的友善！"整个世界嚎叫起来。"我们需要秩序！"而一旦有了秩序，秩序就建立起来了——我说："让我们宽恕一切吧——坚强起来——宽恕——遗忘——跪在全能者的面前祈求宽恕和遗忘——飘雪的天国即将来临。"

科迪很不乐意把拉菲尔和我们这班人带上火车——他说："你至少也得把头发梳梳，我好告诉列车长你是什么人（前火车职员）——"所以我为了科迪梳了梳头。或者说，为了秩序。一切都好。我只想穿过世间，主啊，去到你跟前——我宁愿舍弃埃及艳后克莉奥帕特拉的怀抱，也要依在你的怀抱里……直到那将一切怀抱淹没为同一怀抱的暗夜到来。

我们告别了西蒙和欧文，火车开往南方，开往黑暗——这朝我的三千英里墨西哥之旅迈出了第一步。就这样，我离开了旧金山。

九十九

在科迪的鼓动下，拉菲尔一路都在向身边的金发美女兜售他关于美和真的理论，后来美女在米尔布莱下了车，没留地址，接着拉菲尔就在座位上睡着了——我们沿着铁轨一路开进黑夜。

黑暗之中，司闸员科迪提着灯到来——他用的是特制的小灯笼，所有的列车长、乘务员、扳道工都用这种小灯，而不是那种笨重的大灯——它正好可以塞进蓝色制服的口袋，我走到站台上去看看四周，而拉菲尔在座位上睡得像个迷路的孩子（烟雾、院子，有若梦幻，如同孩提时跟父亲一起坐火车穿过一座挤满狮子的巨大城镇的梦幻）——科迪一路小跑到车头，拉下制动器，然后给出"通行"的信号，疏通一辆为星期日准备的花车——科迪不停地上蹿下跳，我在他的工作里看到了一种暴躁和一种对信心的渴望，他希望他的工作伙伴能够完全信任他，因为他信仰上帝（上帝保佑他——）火车司机和消防队员注视着他的信号灯在黑暗中摇晃，他从前踏板跳了下来，照亮扳道开关进行扳道转换——每一根铁轨线都有一个不同的名字——对于铁路工人而言，这是一套完美的逻辑程序，而对其他人却毫无意义可言——那就是他们的工作——科迪是铁路上的金牌司闸员——所有的乘务员都紧紧地盯着科迪看，他们知道，科迪不会浪费时间，不会搞砸工作，他启动了花车，他会将花里的菩萨送到爸爸那里——他的孩子们将会在婴儿床上唉声叹气——因为科迪来自那个放任孩子们哭泣的地方——"通过！"他一边说一边摇着他巨大的手掌——"到一边去，杏树！"——他又跑回到前踏板，我们又将停下来——我看着，在这模糊地散发着水果香味的寒冷夜晚——星光刺痛了你的心脏，它们何必在此？——不远处，山丘上微弱地闪烁着街巷的荒凉灯光——

我们停下来。科迪在员工厕所擦干双手，对我说："老弟，你不知道我正在前往茵湖岛[1]！你看着吧，我最终将会再度学会微笑。就靠那些马我会阔绰起来的，那时我会整天都面带笑容——

---

1 Innisfree，爱尔兰诗人叶芝曾经写过一首诗 *The Lake Isle of Innisfree*，在叶芝笔下，茵湖岛充满了田园牧歌的气息，近似于陶渊明的世外桃源。

你不相信?你没看到那天发生了什么吗?"

"没错,不过这并不重要。"

"什么不重要?你是说钱吗?"他朝我露出牙齿咆哮,也许我那茵湖岛似的恬淡把他激怒了。

"好吧,你会成为百万富翁。不过别给我游艇、美女和香槟,我最想要的就是森林中的一间小木屋,孤独峰顶的一间小木屋。"

"还需要一个机会,"我手指向前跳跃着敲打出这些字句,"我会通过西联汇款给你汇钱去玩这套系统,很快我们就会把我们的生意扩大到全国——你管纽约片,我还会留在铁路上,把铁路片包揽下来,然后我们派瞌睡虫老拉菲尔去热带公园小岛——他可以管佛罗里达片——欧文管新奥尔良——"

"马龙·白兰度负责圣塔安妮塔[1]。"我说——

"还有马尔和整班人马——"

"西蒙去沙丁鱼俄罗斯——"

"让拉撒路去俄罗斯,我亲爱的孩子……"他用拳头重重一击,"我制服的后背需要刷一刷,这是刷子,你能帮我把背上的斑点刷掉吗?"

于是,我就像一个骄傲的新奥尔良老电影院的门房那样,在一辆旧火车上,帮他刷干净了背上的斑点——

---

[1] 圣塔安妮塔赛马属于美国一级赛马。

"好啦，我亲爱的孩子，"科迪说着，把马经报整齐地放到制服的侧口袋里，然后我们朝着桑尼维尔开去——"老桑尼维尔就在那里。"科迪说着，我们叮叮当当驶进站台，他朝乘客们大叫"桑尼维尔"，他叫了两次，有些乘客打着呵欠起来了——桑尼维尔是我和科迪曾经并肩工作过的地方，列车长说科迪的话太多，而科迪正在向我示意如何踩柴油机的踏板——（如果踩错了，就可能被碾进去，有时在黑暗之中容易出现疏漏）（你站在黑暗的铁轨之上，什么也看不到，因为一辆平板货车像蛇一样穿行过来）——科迪就是天国列车的列车长，我们全都要让他剪票，因为我们都是良善的羔羊，相信玫瑰、羔羊和月亮的眼睛。

水自蟾宫来
倾落何太速

一〇〇

周末，我带拉菲尔去他的住地，这让科迪发疯。其实他根本不在意，但他认为伊芙琳不喜欢他，或者诸如此类的事情——我和科迪从圣荷西的火车下来，把拉菲尔摇醒，进入科迪的新房车，一辆雷宝旅行车。他情绪疯狂，故意把车开得横冲直撞，拼命急转弯，不过轮胎倒是一点声响都没有，他以前就学会了这窍门——"好吧，"他似乎想说，"我们回家睡觉吧。另外，"他大声说，"你们这两个家伙明天就自娱自乐吧，看一场橄榄球赛，'包装工'对

'猛狮'队，我大概六点回来，然后周一一早第一班火车把你们拉回去——我正在工作，你看，所以你们不用担心生活——好啦，到了，"他把车开进一条狭窄的乡村公路，然后又拐到另一条小路上，开上车道，开进车库——"这就是我的西班牙庄园公寓，我要赶紧睡觉。"

"那我睡在哪儿？"拉菲尔问。

"你睡客厅沙发，"我说，"我用睡袋睡草地，就在后院里。"

我们就这样说定了。我走到后院，在灌木丛下打开我的背包，把睡袋铺在带露水的青草上，星辰冰凉——星夜的空气深入肺腑，我像祈祷者一样钻进睡袋——睡觉本身就像祈祷，只不过这次是睡在星光之下，如果在半夜、在凌晨三点醒来，你会看到天穹那片灿烂美丽的银河，而你就居于其间；银河有若云层，汇集着恒河沙数般的宇宙，甚至更多，不可计数，没有任何一部带着洗脑精神的通用自动计算机能够数算出我们能看到的这一切的边界——

在满天星辰下入睡真是一件惬意的事，哪怕地面起伏不平，你得不断调整四肢才能适应——还有大地的潮气，不过这反而会令你昏昏欲睡，就像回到旧石器时代——克鲁马努人[1]和格里马迪人[2]，他们自然而然地睡在大地上，敞开在露天之地，凝望着面前的星空，试图计数那燃灯般的星星，或者那模糊星光里的秘

---

[1] Cro-Magnon，一种早期的人种，在旧石器时代晚期居住在欧洲，面颊很宽，身材很高。人们首先是从在法国南部的克罗马努山洞中发现其残存骨骼对其有所了解的。

[2] Grimaldi Man，旧石器时代晚期的人。

密巫术——无疑,他将发出疑问:"为什么?""为什么,如何命名?"——星光之下旧石器人那孤独的唇语,那游牧之夜——篝火发出噼噼啪啪的声音——

啊,他的弓箭发出啸吟——

丘比特射中了我,我只是睡在这里,静静地睡在这里——当我醒来的时候,天已黎明,天色灰暗,露水成霜,我移到低一点的地方继续睡——在那间房子里,拉菲尔在睡觉,科迪在睡觉,伊芙琳在睡觉,三个孩子在睡觉,而每个人(甚至包括那条狗)都拥有一种完全不同的睡眠——而一切即将在温柔的天堂迎来黎明。

一〇一

我被令人愉快的声音惊醒,那是两个小女孩和一个小男孩的声音:"杰克,起来!快来吃早餐。"当他们说"吃早餐"时就像是在唱着圣歌。他们在我的灌木丛附近探索了一番就走了。我起了床,把睡袋扔在秋日的草地上,进屋洗漱——拉菲尔坐在角落的椅子上发呆——在这个清晨,金发美女伊芙琳艳光四射。我们互相朝对方咧嘴而笑,开始聊天——她说:"你为什么不在厨房的长椅上睡觉?"而我说:"我喜欢睡在院子里,我总能做些美梦——"她说:"哦,有人能在今天做美梦也是挺不错的事。"她给我端来了咖啡。

"拉菲尔,你到底在想什么呢?"

"我在想着你的美梦。"他茫然地咬着指甲说。

科迪在卧室忙碌着，上蹿下跳地换着电视机组件，然后点上一根烟，趁节目空隙到厕所完成他的每日"如厕早课"——"噢，看这妞怎么样？"当他看到肥皂广告上的女主角时，就会来这么一句。而厨房里的伊芙琳会回他一句："她肯定是个老巫婆。"

"哈，"我对科迪说，"无论什么时候我都可以让她爬上我的床——""哦，算了吧。"她会这样回应。我们的生活就是这样。

整个一天，没有人喜欢拉菲尔。他饿了，问我要点吃的。我向伊芙琳要了一点果冻三明治，那是我自己做的——我跟孩子们一起散步，通过小小"猫王国"的"魔法走廊"——两边都是李树，我在外面吃了顿饭，然后我们一起穿过道路和田野，看到一棵魔法树，树下有间小小的魔法屋，是一个男孩子自己搭起来的——

"我说，他到底在这里干吗？"

"哦，"9岁的艾米莉回答，"他坐着，唱歌。"

"他在唱什么？"

"他喜欢唱的呗。"

"而且，"7岁的伽比说，"他是个很好的男孩子。你应该看看他。他真有趣。"

"是的，嘻嘻，他真有趣。"艾米莉说。

"他真有趣！"5岁的提米也来凑热闹。下面的地很低矮，他们都牵着我的手往下走，其实我已经把他们给忘了——突然之间，我像是跟一群小天使徘徊在孤独之中——

"我们走那条秘密小路吧。"

"走捷径。"

"给我们讲个故事。"

"不行。"

"这条路通向哪里?"

"通向国王。"我回答。

"国王?哼。"

"哦艾米莉,"伽比突然插话,"你不觉得杰克有趣吗?"

"他当然有趣。"艾米莉的声音几乎像在叹息,极为严肃。

提米说:"我用手玩给你们看。"他用神秘的手势模仿着鸟的形状。

"那里有一只鸟在枝头唱歌。"我提醒他们。

"哦,我听到它在唱了,"艾米莉说,"我想去更远的地方看看。"

"好,别迷路。"

"我是树上的巨人。"提米开始爬树。

"抱紧一点。"我说。

我坐下来,打坐,放松—— 一切都安好——太阳温暖地透过树枝——

"我爬得很高。"提米说着往上爬。

"是很高。"

在我们回去的路上,一只狗跟过来,擦着艾米莉的腿。她说:"噢,它就像人一样。"

"他本来就是人。"我说("或多或少是这样")。

我们回到科迪的房子,兴高采烈地吃着李子干。

"伊芙琳,"我说,"有三个孩子真是奇妙,我看不出他们之间的区别——他们都同样的甜美。"

科迪和拉菲尔正在卧室里看电视赛马,一边吵吵嚷嚷地下注——我和伊芙琳坐在客厅,就宗教问题展开了一场安静而漫长的交谈——"那不过是用不同的言词和句子表达同一件事情,"伊芙琳说,摆弄着手里的佛经和其他读物——我们经常谈到上帝。她听天由命地接受了科迪的粗野,因为事情本来就该如此——某天,当孩子们往窗户上扔鸡蛋时,她甚至对上帝满怀感恩:"我感谢他给了我去宽恕的机会。"她是个非常漂亮的小女人,还有一个第一流的老妈——她根本不在意一切事物的基本原理——她似乎真的证悟了我们常常谈到的冰冷的虚空,但却表现出一种温暖——你还想要什么?在墙上,挂着她14岁时做的金属基督像,从他被刺伤的一边喷出了鲜血,极具中世纪风格——在这幅基督像上面,还有她女儿两幅很棒的肖像画,简单地着了点色——下午,她穿着浴衣出现,明艳动人,让你感觉住在旧金山真是幸运;然后,她做着日光浴,而我给她和孩子们展示天鹅如何潜泳或者如何进行双手反拍——拉菲尔看球赛——科迪出门工作了——回来了——这是一个安静的乡间周日午后。没什么事会令人激动。

"孩子们,你们真是非常非常安静。"科迪脱下他的司闸员制服,换上他的浴衣。"晚饭,亲爱的……"然后他补充一句,"难道我们在周围就找不到任何东西吃吗?"

"是的。"拉菲尔回应道。

然后伊芙琳端出一顿十分美味的晚餐，我们在科迪点燃的烛光下就餐，孩子们在吃饭前先做一个小的祷告——"请净洁我们的食物"——不会比这更长了，孩子们一起祷告，伊芙琳注视着他们，我闭上眼睛，而拉菲尔感到愕然——

"真是疯了，珀姆雷，"他最后开口道——"你难道是真的、真的在真诚地信仰这个吗？——那么只有一条道路可走——"这时科迪把电视机频道转向俄克拉何马复活治疗巫师的节目，拉菲尔说："真是狗屎！"

科迪不同意——最后在治疗巫师要求大家祷告的时候，科迪跟电视观众一起祷告了几句，根本不理会拉菲尔——晚上，科迪家来了个女人，她曾经上过电视节目《64000美元问题》[1]，自称是布朗克斯的屠妇。她长着一张天真严肃的脸，也许有点装腔作势，也许没有，伊芙琳和科迪跟她握手（就在床尾，在枕边，而拉菲尔正盘腿坐禅，而我在门口喝啤酒）。"你不觉得那只是一个单纯而真诚的基督徒吗？"伊芙琳说，"就像老式的好亲戚一样——非常得体的基督徒——"科迪附和说，"亲爱的，正是如此。"拉菲尔则叫了起来："谁想听她说话，她杀了猪！"科迪和伊芙琳的表情很震惊，他们都盯着拉菲尔那大大的眼睛，因为他这句话实在太突如其来了，他们意识到他说得对，她把猪杀死——

拉菲尔打击了科迪之后，感觉好多了——那真是一个有趣的

---

[1] *The 64000 Dollar Question*，是1955年由CBS制作的一个高额电视竞赛节目。

夜晚,我们都因为萝丝玛莉·克鲁妮[1]的电视节目而感动不已,她唱得实在太美了;还有《百万美元电影》节目,但科迪没让我们看完,他转到了一个体育节目,接着又突然换成音乐,接着又是问题栏目,然后再转,牛仔们在风尘弥漫的山坡上射着玩具枪,然后砰的一声他射中了一张焦虑而夸大的面孔,或者是《你问问题》节目——

"我们怎么看节目呀?"拉菲尔和伊芙琳异口同声地提出异议——

"但所有的节目其实只是一个节目,科迪知道自己在做什么,科迪了悟一切——拉菲尔,看着吧,你就会明白的。"

我走进走廊,去探查某个声音的来源(科迪说:"你去看看怎么回事。"),结果我看到了一个长着大胡子的君士坦丁堡元老,穿着黑色山羊皮外套,戴着眼镜,欧文·加登从俄罗斯的幽暗里冒出头来——我被我看到的场面吓坏了!——我连跑带跳地冲回房间,在半惊半吓的恐惧中告诉科迪"欧文来了"——在欧文身后,是西蒙和吉娅[2]——西蒙脱掉衣服,跳进月光下的泳池中,就像1923年,在迷惘一代的鸡尾酒会上某个救护车司机的行径——我带他们坐到露台的椅子上,月光照着波光闪动的泳池,科迪和伊芙琳先去睡了——吉娅站在我身边,笑着,穿着裤子,手插在衣兜里踱步——有那么一刹那我甚至以为她是个小伙子——她就像小伙子一样懒散,像小伙子一样抽烟——

---

[1] Rosemary Clooney(1928—2002),爵士乐女歌手,在乐坛上有长达近六十年的演出。2002年获格莱美终身成就奖。

[2] Gia Valencia,原型为 Gui De Angulo,摄影师和艺术家,其作品深受"垮掉的一代"推崇。

我们中的一员——西蒙把她推向我:"她爱你,杰克,她爱你。"

我们坐在高速路边、十个街区之外的一家餐馆里,我戴上拉菲尔的墨镜——我们要了一壶咖啡,盛在宝矽咖啡壶里——西蒙在一片嘈杂声中,把碟子、吐司和烟屁股堆起来,堆成高高的一垛脏垃圾——经理注意到了我们,我让西蒙别再堆了,"已经够高了。"——欧文用细小的声音唱着圣歌——

"平安夜
圣善夜——"

他朝着吉娅微笑。

拉菲尔在沉思。

我们回到科迪家,我继续睡在草地上,他们在车道旁边跟我们告别,欧文说,"我们会坐在院子里跟你告别。"

"没必要,"我说,"如果你们准备走的话。"

西蒙像兄弟一样亲了亲我的脸颊——拉菲尔把他的墨镜作为礼物给了我,我已经把十字架还给了他,不过他还是希望由我保留——真是悲哀——我不希望他们看到我疲倦的道别的脸——我们的眼睛里已经留下了时光黯淡的印迹——欧文点点头,带着那种单纯的友善的悲哀,令人信服,充满鼓励:"好的,我们在墨西哥见。"

"再见吉娅。"——我回到后院,看着他们把车开走,在一把沙滩椅上坐了一会儿,抽着烟——我像校园主管或者电影导演似的盯着那池水看着——就像激滟水中的圣母——超现实主义的泳池——然后我看着厨房门,那里很暗,我眼前快速掠过幻觉,暗黑的男人们戴着银色的玫瑰念珠和银色的饰品,在他们暗黑的胸前戴着十字架——它一掠而过,转瞬即逝。

在那黑暗之中,万物会闪现怎样的微光啊!

一〇二

第二天夜里,我吻别了伊芙琳和孩子们,科迪开车送我回圣荷西车站。

"科迪,我昨晚出现了幻觉,看到一群暗黑的男人,就像拉菲尔和大卫·德·安吉利、欧文,还有我,全都站在黑夜之中,在我们暗黑的胸膛前都戴着闪闪发光的银质十字架和项链!——科迪,基督将会再临。"

"哇,书亚[1],"他温和地点头,握住方向盘,"所以我说——"

我们停在修车场,望着吐着烟雾的火车头、一台新的柴油机和修车场的管理员,光线十分耀眼。就是在这里,我们曾一起做过微不足道的司闸员——当火车启动的时候,我非常神经质,总是想从车里下去,沿着铁轨,追上"幽灵",不过他跟我说:"老弟,这只不过是并轨转道而已——要等到火车头连上才会开呢——你会看到的……

---

[1] Shuah,《圣经》人物,亚伯拉罕和基土拉所生的六子之一。

不过杰克你得一路小心，把握自己，记得我经常跟你说的话，老弟，在这个孤独的世间，我们做了这么久的朋友，我比以前更爱你，我不想失去你——"

我为我的流浪之旅准备了半品脱的威士忌，拿给他喝了一口。"你就这么走了，这是男子汉的做派。"他说着，看着我喝下威士忌，摇了摇头——他从一排免费停泊的车里倒过车头，看着我穿上我搭货车的老夹克，袖子掩住双手，臂章上还留着悲哀的污点，也许来自史前的某次朝鲜战争(这件夹克是在埃勒帕索一家破落的印第安商店里买的)，他凝视着我，已经从城市衣裳里蜕身而出、一身夜行装扮的我——我想知道他到底会怎么看我——他对我谆谆告诫，十分细心。他希望我能从消防工人的边上绕过去，但我不喜欢要穿过六七根铁轨才能走到那根主铁轨(那就是"大拉链"即将出发的地方)——我将在夜里穿行——还是从火车司机那头走过去吧。我们像往昔的时光那样，为着怎样过铁路而争执。他那套复杂而如刀锋般尖利的俄克拉何马逻辑体系总是建立在想象出来的恐惧之上，而我的简单愚蠢错谬百出的理论则建立在一个法裔加拿大人的安全感上——

"可你走火车司机那边，他们会发现你的！"

"我会躲在乘客的车队里。"

"不要——快进来。"

就像往昔那些偷车的日子，这个体面的公司职员，偷偷地溜进了空车里，像小偷一般鬼鬼祟祟地四下张望，脸色煞白，尽管四周一片漆黑——我拒绝无谓地把背包藏进去，就站在汽车中间等

着——他从一扇黑漆漆的窗户里朝我窃窃低语:

"不管做什么,一定要保持警惕!"

突然间,一个铁路工人提着一盏绿灯从我们中间穿过,给出了"出发"的信号。火车头发出巨大的轰鸣声,而那巨大的绿色光束恰好照到我身上,我赶紧退后,一边藏身一边颤抖着,这都是科迪把我吓的——我本来想跟科迪一起喝口我已经戒掉的威士忌,但我却自夸道:"上班时永不喝酒。"很严肃地表明了我的职责:我得抓住火车移动的把手,背着大包爬上平板货车。其实,如果我喝了一口酒,我就不会像现在这样瑟瑟发抖——当班工人看到了我,科迪又在一旁对我窃语:

"保持警惕!"

工人朝我叫道:"碰到麻烦了吗?"

他这句话立即被我理解为:"你没钱了所以要扒货车?"或者"你被警察逮住了所以要躲在这里?"不过我还是很本能地、若无其事地回应道:"没事,我很好——"

他马上回应道:"那就好。"

当那辆火车缓缓地转向主轨道时,那耀眼的光芒几乎刺瞎了我的眼,我说:"我要在那里赶上它。"我想向铁路工人说明,我是一个活泼而单纯的好小伙,不会在这里搞什么破坏——科迪缩在职工窗口里面,如死般沉默,我想他肯定蜷在地板上——

他曾经跟我说:"杰克,你一定要看到至少20节车厢从你面前经过,从玛格丽特隧道穿过时,别离车头太近,你会被机油尾气熏死的。"但当我等着20节车厢从我面前经过时,我却突然感到害怕起来,它越开越快,轰隆隆向前开。我只等到六七节车厢经过就从藏身处跑了出来,再等了两节车厢,心脏嘭嘭乱跳。试跳了几次,最后我开始跑,跟一个前把手保持平衡,然后我攥住了一个把手,心惊肉跳地跟着它跑,气喘吁吁,终于攀着踏板一跳,仿佛如梦初醒,又简单得像是什么都没有发生过,优雅而又可笑,用无力而晃动的背部把自己撑住,已经看不见的科迪一定还在某个地方。我朝他挥了无数次手,想让他看到我已经上车了,再见了老科迪……

我们所有的恐惧都是虚空,是梦幻,就像上帝所说——那就是我们死去的方式——

夜色已经笼罩了海岸,我喝着威士忌,朝着星星放歌,想起了前生前世的零星片段。我是地牢的一个囚徒,而此刻,我却置身于敞开的空气之中——向下,向下,就像我在《孤独之歌》里所预言的那样,穿过烟雾缭绕的隧道,我用红色的大花丝巾掩住鼻子,开往奥比斯波。我看见镇静的黑人紧挨着我,镇静地在货车驾驶室里抽着烟,就在每个人的前方!可怜的科迪!可怜的我!到了洛杉矶的早晨,用融化的冰水洗漱之后,我进了城,买了一张车票,我是前往亚利桑那的唯一乘客。经过了一段沙漠昏睡之后,来到了墨西哥。另一辆车突然出现在我们旁边,我看到了20个年轻小伙子坐在车里,被看守着,送往监狱。这是一辆囚车,其中有两个人转过来看到我,而我唯一能做的就是慢慢抬起手,缓缓地朝他们晃了晃,他们慢慢地露出笑容,我把脸转了过去——

孤独峰,你还想要什么?

第 二 卷

BOOK TWO

穿　　　　　　　　越

PASSING THROUGH

第 一 部

PART ONE

穿 越 墨 西 哥

PASSING THROUGH MEXICO

一

此刻，在经过那孤寂群山之巅两个月的孤独生活之后（在那里，我既不提问也无法与人接触），我对生活的观念发生了彻底的逆转。此刻，我渴望重现往日那孤独的宁静，而内心却又隐约地贪恋着尘世之欢——诸如脱衣秀、性爱、安慰、美酒佳肴——所有一切在山上错过之物——我明白，此刻我的生活需要寻求宁静，如同一个艺术家那样，但又不止于此——要像一个沉思默想者那样，以冥思代替行动，亦即中国道家所说之"无为"，这将是所有的生活道路当中最美好的一条道路，是介于喧哗的行动与"摩登"的世界之间一种隐修式的激情——

它证明我能够在这个最为物欲横流的社会里"无为"而为。我从华盛顿州的山巅下来，来到旧金山，而如前所述，在整个星期日寻欢买醉，身边是那些孤独的天使、那些诗人、那些发起旧金山文艺复兴革命的英雄人物——在狂欢一周之后，带着宿醉和一点疑虑不安，我跳上了一辆去洛杉矶的货车，前往老墨西哥，继续我在城市中的孤独之旅。

这很容易理解。作为一个艺术家，我需要孤独，需要"无为"之哲学。我便可以安心地整天做着白日梦，在恍惚出神的遗忘之中，将这些年来的经历打造成故事，继而形成章节。——事实上，不可能每个人都成为艺术家，所以我的"无为"哲学也不可能对每个人都适用——在这方面，我是一个怪人，有点像伦勃朗——伦勃朗一方面忍受着那些忙碌的市侩们在酒足饭饱之后在他面前摆出矫揉造作的姿势,另一方面,他会在午夜,在所有的人为了翌日的生计入睡之后,细细研究画布上的光与影。市侩们希望伦勃朗成为一个艺术家,这样他们就不必在午夜敲开他的门,然后向他询问:"伦勃朗先生,你为什么要过这样的生活?你为什么要这么孤独?你到底梦见了什么?"他们当然不希望伦勃朗转过身去,对他们扔下这样一句话:"你们必须像我这样生活,生活于孤独之中。除此别无道路。"

我正像伦勃朗那样,寻求着一种宁静的生活,完全献身于沉思和创作,完全献身于我的艺术——亦即我的散文和故事,叙述我见到的一切以及我如何见到这一切。我也寻求这样的生活,从孤独之中静观这个世界,一心不乱地冥想这个世界,不为其表面纷纷所惑,它已因其可怕、可恶而变得臭名昭著——我希望自己是个道士,眼观天象,将历史翻云覆雨——不过在加缪时代之后,并非所有的事情都能得到许可了吧?

但我从不企求——甚至与我伟大的决定相悖离、与我孤独的艺术经验相悖离、与我贫乏的自由相悖离——我从不企求能被这个世界所理解——我觉得这是不可能的……

好吧,一切从细节开始,这就是生活的真相——

二

最开始一切正常。白天,我看到在洛杉矶市外有一辆狱车;

夜晚，在亚利桑那州的沙漠地带我被几个便衣拦住——那是凌晨两点左右，我在满月之下徒步而行，然后在图森附近打开睡袋睡觉——便衣们发现我身上带着足够住旅店的钱，便盘问我为什么要睡在沙漠里——对警察是没法解释的，要不你就得来通长篇大论——那些日子，我成了腰粗腿壮的太阳之子，体重165磅，每天背着大包健步如飞。我在路上自己卷烟抽，学会了在河床里舒舒服服地纳凉，而且仅用几角钱就能过好日子——而今，在那些声名狼藉的文字之后，在酒肉穿肠过之后，在多年躲在房子里逃避着他们之后（他们在半夜向我的窗户扔小石子："杰克，来吧，到处都是狂野的派对！"）……噢……圆圈似乎又闭合了，我越来越像个布尔乔亚，大腹便便，脸上露出怀疑和优裕的痕迹——因而，当警察在凌晨两点的高速公路上把我截住之时，我甚至希望他们能脱帽敬礼。——而不过就在五年前，我还那么狂野粗暴。他们用两辆车把我夹击在中间。

聚光灯打在我身上。我站在马路中间，穿着牛仔裤和工装服，背着巨大的帆布包。他们问我："你要去哪儿？"——这也是一年之后，在纽约的电视聚光灯下他们问我的问题："你要去哪儿？"——可你根本无法跟警察讲理，就像你无法向公众解释说："我要寻求平静。"

可这有什么关系呢？

还是静观其变吧。

又及：设想一下，你在东京街头，去跟那些疯狂的街头舞者说，你要寻求平静！

三

墨西哥——一座适于艺术家的伟大之城，在那里住得便宜吃得好，周六晚上有很多乐子，包括应召女郎——你也可以在街上四处闲逛，不会受到任何阻拦。每到半夜，警察们就忙于照应自己的业务，去防止罪行发生——在我眼里，墨西哥是快乐而激荡的，尤其是在夏日的凌晨四点，雷阵雨迫使行人匆匆忙忙地一路小跑，人行道闪闪发光，映射着蓝色和玫瑰色的霓虹、印第安人的足印、巴士、雨衣、小小的杂货店、修鞋摊，女人们和孩子们的声音混在一起，甜蜜而快乐，男人们像阿兹特克人一样，严肃而又掩饰不住激动之情——这时，在孤独的小屋里点上一支蜡烛，开始书写这个世界的故事……

每次，当我重返墨西哥，我都会惊讶地发现，我已经忘却了它的某种沉闷之感，甚至是阴郁之感。当你看到一些印第安人，穿着褐色发锈的衣服、开领白衬衣，把包卷在报纸里，等着环城巴士，车上坐满了人，还有很多人拉着吊环而立，车里阴暗郁悒，没有一点亮光——这时，阴郁之感便油然而生。这车将用半个小时把你从起伏不平的后街拉到简陋的土屋贫民区，那里充溢着动物尸骨和粪便的味道——可是，对阴郁的墨西哥男人进行任何夸大的描述并因而自得是不公平的，而且也是不成熟的——我不想这么做——他的生活是一种恐惧——突然之间，你会看到一个肥胖的印第安老妇人，披着大披肩，手里牵着一个小女孩，她们要去糕点铺买回漂亮的大糕点！那小女孩显得无比快乐——只有在墨西哥，在这种纯净和甜蜜之中，生与死才不会虚度……

四

我从诺格拉斯坐巴士进城，马上租了一间楼顶砖棚，按照我个人的品位做了一点装饰，然后点燃蜡烛，开始记录我的下山之旅以及我在旧金山的疯狂之旅。

楼下是一间阴暗的房子，住在那里的是我的老友，60岁的布尔·哥内斯，他为我奉献了他的友情。

他生活得十分安然自在。

他佝偻着身子，慢吞吞地做着手头的事情，似乎永远都在摸索着，在衣服、抽屉、衣箱、地毯和报纸堆里搜寻着他藏好的仿佛无穷无尽的毒品——他说："没错，先生，我喜欢安然自在的生活。我猜你在搞艺术，你自己也是这么说的，不过我倒是有些怀疑——"他从眼镜一角斜视着我，看看我的反应。"而我则有我的毒品，只要还能吸毒，我就能安安心心地坐在家里，阅读赫·齐·威尔斯的《世界史纲》，我猜我都读过一百遍了……只要我手边有杯雀巢咖啡，一片火腿三明治，一张报纸，再睡个好觉，我就心满意足了，唔……"

"唔"是哥内斯的结束语。他总是会发出低沉、震颤的呻吟，仿佛埋藏着秘密的笑声和喜悦——哪怕在说完"我要上床睡觉了"之后，他也会加上一声"唔"的尾音，这只不过是他说话的方式——就像一个印度歌手，会一边唱歌一边吹奏葫芦或敲着达罗毗荼手鼓一样。老圣人哥内斯，是我从无邪的时代至今所接触过的无数人物之一——此刻，他又在浴衣里搜索着一份可待因碱，他忘记前晚就已经把它吞服下肚了——他衣衫褴褛，在每一扇吱吱嘎嘎响的柜门上都安了一面等身长镜，柜子里面挂着旧衣破衫，是从纽约弄来的旧衣服，这位已有30年上瘾史的老男人在衣兜里藏着大麻——"其实所谓瘾君子跟所谓艺术家是一回事，"他说，"他们都喜欢孤独，都需要得到满足。他们都不会像无头苍蝇似的到处寻求某物，因为一切均自内心获得。他们可以终日独坐，不假它求。他们生性敏感，对自己热爱的书籍爱不释手，或者盯着我从墨西哥杂志上剪下来贴到墙上的图片。我也喜欢看那些图片，有阵子整天都目不转睛地盯着看呢——唔，唔，唔……"

他转过了身。他个子高大，像是有魔法的巫师，转身去准备三明治。他的手指苍白纤长，像镊子一般灵巧地揭下一片面包，把火腿仔细地摆在中间，几乎要花两分多钟的时间。然后，他再盖上一片面包，拿到床上去，坐在床沿，闭上眼睛，在考虑他到底能不能吃它,然后"唔,唔,唔"。"是的,先生,"他一边说一边开始在侧面的抽屉里搜索着旧棉花,"瘾君子和艺术家之间有很多的共同点。"

五

哥内斯住房的窗户开向墨西哥式的人行道,每天都有上千墨西哥阿飞经过,也能听到孩子们的笑声——从街上能看到他那粉色窗帘,像是波斯人的窗帘,或者说带有某种吉卜赛风格——透过窗户,你能看到他那张破床摆在房子中间,也盖着粉色窗帘布,还能看到他的安乐椅——这椅子有些年头了,不过他伸直了腿躺在上面倒也还是挺舒服,他的身体几乎都与地面平行了——另外还有他的"小火炉",是用来烧水刮脸的。其实那是一盏旧加热灯,或者诸如此类的东西,倒过来做成的"小火炉"——我实在无法胜数他房中这些古怪、简单、然而又完美的小摆设——还有一只可怜的小桶,是他撒尿用的,每天他都得把它提上楼,倒在那唯一的厕所里——当我成了哥内斯的邻居,这类家务活就全都归我了,现在我已经帮他倒过两回马桶——每当我提着尿桶上楼的时候,院子里的女子们就会紧盯着我看。这时我会想起神圣的佛陀之言:"在我五百次的生死轮回中,我用一世接一世的生命去学习谦卑,去把所谓圣人的生活也看为低下。"——比这个更直接的是,我知道我现年34岁,理应帮助一个老人,而不是懒洋洋地、心满意足地闲躺着——我想起了我父亲,在1946年,父亲病得奄奄一息的时候,我曾如何地扶他上厕所。别把我说成十足的受难者,我需要做更多的事情来弥补我那白痴般的罪过和愚蠢的自夸。

哥内斯的住房里洋溢着一种波斯风格。他像东方王公大臣似的住在里面,偶尔尝点来自另一个城市的毒品,就像他已经注定被国王的妻子下了毒,而他出于某种暧昧不明的邪恶理由,对此秘而不宣,只发出几声"唔,唔,唔"的声音。

每次,他去城里弄吗啡,我跟他一起坐出租车的时候,他总是紧紧挨着我,瘦骨嶙峋的膝盖紧紧贴着我的膝盖——在屋子里,哪怕是需要提醒我聆听他高谈阔论,他甚至都不愿用手碰到我的胳膊;然而,在出租车里,他却显得老态龙钟(也许只是为了糊弄出租车司机吧),并拢双膝紧挨着我,像个穷困潦倒的老骑师,低低地陷进座位里,甚至紧靠着我的手肘——可是,一旦我们下了出租车,走上人行道之后,他又故意落在后面,跟我保持七八步的距离,假装我们不是一道的。这是他喜欢玩的另一个把戏,在他被放逐的土地上糊弄那些旁观者(他说,"从辛辛那提来")。——出租车司机看到的是一个老弱病残,而过往普通人看到的则是一个禹禹独行的老灵通术士。

哥内斯已经远近闻名,因为他每天都要偷一件值钱的外套,20年来在纽约从没间断。然后,他再把它们统统典当掉,去换回他的毒品——真是一个伟大的小偷。

"我第一次到墨西哥的时候,那些杂种竟然偷走了我的表。我马上走进一家表店,一只手做出种种手势,另一只手弄了一块表出来,你瞧瞧!我当时气疯了,所以想碰碰运气,可店里的伙计根本什么都没看到!我又拿回了我的手表!——作为一个老偷,我讨厌碰到更糟糕的事情……"

"在墨西哥商店里偷表!"我说。

"唔,唔,唔……"

然后他派了我一件差事,去转角的商店买熟火腿,被希腊裔的店主用机器切成薄片的火腿。店主是个典型的惜钱如命的中产阶级,倒是有几分喜欢老哥内斯,把他叫作"戛赫瓦先生",听起来有点像梵语——然后我走到起义大街,去买他每周必看的《新闻报道》和《时代》周刊,他坐在安乐椅上,从封面看到封底,因为吗啡的作用而异常兴奋。有时候,他会在句子看到一半的时候睡着了,等他醒来之后,又接着从刚才中断的地方继续看下去,很可能再看几行又会睡着,坐在那里打盹,而我则在这个安静好男人的陪伴下神骛八极、心游万仞——在他的房内,在流放之中,尽管落魄,却有如高僧大德。

六

我还得去趟超市,为他买他最心爱的糖果和冷藏起来的奶酪三角巧克力——去洗衣店的时候,他跟我一起出门了,目的就是为了戏谑一下那里的中国老店员。他会这样说:"今天有鸦片吗?"然后做出一个烟管的手势,"不过别告诉我哪里有。"

那个有鸦片瘾的中国人会很窘迫地说:"没有,没有没有……"

"中国瘾君子是世界上最守口如瓶的人。"布尔·哥内斯说。

我们又坐进了出租车去市区。他带着虚弱的笑容,气息奄奄地靠在我身上——他说:"告诉司机,看到药店就停下来,你去帮我买点'药',给你五十比索……"于是我和司机都照做了。"不知道有什么办法能让药剂师变蠢一点。这样他们就不会老是想要告发我了。"在回家的路上,他总是让司机做这做那,比如在电影院停下来什么的。他最后让司机停在最近的一家电影院附近,再走好几个街区回去,这样,出租车司机就搞不清楚他的住处了。"当我越过国境线的时候,谁也别想拿我怎么样,因为我已经把东西藏到屁股后面了。"

这该是什么样的场面—— 一个老男人穿过国境线,把毒品藏在屁股后面?

"我弄到了一副医用橡皮手套,我把它灌满了毒品,放在后面——谁也没法拿我怎么样,因为我把手放到了屁股上。然后,我再从另一个镇子穿过国境线回来。"

等我们完成出租车之旅回来的时候,女房东会问候他一声以表达敬意:"戛赫瓦先生!"他出门从来不上锁,钥匙就挂在门上,打开房门,屋里显得阴冷潮湿,用煤炉加热也无济于事。"杰克,如果你真的想关怀一个老男人,那你就跟我一起去墨西哥西海岸吧,我们可以住青草屋,在太阳下和鸡飞狗跳中抽着本地鸦片。我喜欢这样终老一生。"

他的脸庞清瘦，苍苍白发像少年似的整齐而光滑地用水向后梳。他趿着一双紫色拖鞋，躺在安乐椅上，因为刚过完瘾而兴奋不已，重新再读《世界史纲》。他整天都会就各种问题对我发表各种演说。当我该去楼顶的棚屋里写作的时候，他说："唔……唔……唔，现在还早着呢，你就不能再过一会儿吗……"

在那粉色窗帘外面，整座城市都在夜里"唔唔"地浅吟低唱。他继续嘀咕道："杰克，你对俄耳甫斯主义一定有兴趣……"

于是我坐在他身边，而他又睡了一小会儿。我静坐着，思考着，我总是在不断地思考："在这个世间，谁能把这个温柔的老家伙叫作瘾君子呢？——贼或者非贼，贼在哪里呢？……偷窃成癖……就像其他受人尊重的日常工作一样……贼？"

七

除非他因缺少毒品而毒瘾发作，我不得不为他去贫民窟跑腿之外（那里鱼龙混杂，一片荒凉，黑人私生子们坐在粉红色的窗帘背后），大部分时间我都在顶楼安静度日。我喜欢星空、月色，凉风习习，从乐曲飘飘的大街上吹过来。我或许会坐在房顶边，俯视街衢，倾听着自动唱机里放出来的恰恰舞音乐。我喝点小酒，服点丸药（有时为了兴奋，有时为了催眠，有时为了沉思）——当一日将尽，所有的洗衣妇都已入睡，我便拥有了整个屋顶。我穿着软底靴，随意漫步。或者，我走进阁楼，为自己再煮一杯咖啡或者可可。我写完一整部小说，又开始另一部，然后再写完一整本诗集。

可怜的老布尔曾经一度跟那摇摇晃晃的铁楼梯作斗争。我给他做碗意大利面，他上来吃过之后，便在我的床上小睡片刻，他的烟准会把床单烧个洞。醒来之后，他会就兰波或其他什么问题慷慨陈词一番。他最长的演说是关于亚历山大大帝，古希腊，马拉美[1]，佩特罗尼乌斯[2]。他也会关心一些时事，比如苏伊士危机(啊，那些天上的云朵并不会关注苏伊士危机)，还会说说他在纽约和波士顿、塔拉哈西和列克星敦的往事、他最喜欢的老歌，还有他的老伙伴艾迪。"艾迪每天都去同一家服装店，跟店员聊天说说笑笑，出来的时候就已经把店里的某件衣服塞进腰带里了。我不知道他是怎么做到的，这也是他的一种神秘恶作剧。这家伙用燃油炉吸毒。给他带五格令[3]他会一次吸完，全部。"

"亚历山大大帝又到底是怎么回事？"

"我知之不多，只知道他的骑兵们挥着剑。"然后他又睡着了。

那个夜晚，我看到了月亮，这阿兹特克的月光。我甚至还在月光下的屋顶上画了幅画，用的是蓝色和白色的建筑用漆。

---

1 Stephane Mallarme(1842—1898)，法国象征派诗人及理论家。《牧神午后》为其代表作，德彪西据此作曲，亦成为印象派音乐经典。

2 古罗马作家，贵族出身。他精于享乐，得到尼禄皇帝赏识，被召为廷臣，主管宫中娱乐，故有"风流总裁"之称。

3 Grain，1格令相当于0.0648克。

八

这是我生命当中的一个平静时期。

但有些变化却在潜滋暗长。

或者换一个角度,把这个故事叙述得更为动人一点(我现在已经喝醉了)——我是一个寡妇的儿子,她身无分文,寄居于亲戚篱下。而我所有的一切,则是夏季做山火瞭望员所得的报酬,已经换成了可怜的五美元支票——而那个肮脏的旅行背包,则装满了旧汗衫,还装着花生和葡萄干(以防饥荒),或者其他流浪生活所需要的零碎——我年过34岁,相貌正常,但穿上牛仔或奇装异服之后,人们甚至不敢正眼看我,因为我太像一个逃出来的精神病人,而且力大无穷,带着天生的灵敏嗅觉,能在制度之外养活自己,每天在这个对于怪癖的看法越来越狭隘的世界上从一处流浪到另一处——穿过美国中部的城镇时,我知道自己看上去十分怪异惹眼——我按照自己的方式生活。——我似乎听谁(阿德勒[1]?还是埃里克·弗洛姆[2]?)在什么地方说过,我有一种"不合群"心理。——不过我还是决意要过得快乐。陀思妥耶夫斯基说过:"给人类一个乌托邦,他就会故意把它毁灭掉,脸上还带着笑。"我准备用同样的笑容来反驳陀

---

[1] Alfred Adler(1870—1937),个体心理学的创始人,人本主义心理学的先驱,现代自我心理学之父,精神分析学派内部第一个反对弗洛伊德的心理学体系,其代表作为《神经症的性格》。

[2] Eric Fromm(1900—1980),出生于德国,在美国工作生活,新精神分析学派的代表人物,强调社会条件对心理的作用。代表作为《逃避自由》和《爱的艺术》。

思妥耶夫斯基。——我也是一个声名狼藉的酒鬼，不醉不归。我在旧金山的朋友说我是一个禅疯子，至少也是一个酒疯子，不过他们还是跟我一起坐在月光下，一边喝酒一边唱歌——在21岁那年，我被美国海军除名了，原因是"精神分裂型人格"——我告诉队医，我无法服从纪律。——其实我甚至无法说清楚到底是怎么回事——我的"垮掉派"作品变得声名狼藉，来访者不断问我问题，我只能竭尽所能，回答一切我能想到的答案——我没有勇气要求他们让我独处，我在《大瑟尔》里写到的伟大人物大卫·怀恩[1]后来说："告诉他们，你忙于采访你自己。"客观地说，在这个故事的开头，在哥内斯的屋顶上，我是一个野心勃勃的幻想狂——谁也无法阻止我写作大部头的散文诗歌，尽管它们一钱不值，甚至连出版的希望都没有——我不停地写作，只因我是个理想主义者，我相信生活，而且试图用我最迫切的涂鸦来给生活一个说法。——意想不到的是，这居然是一种崭新的写作样式，我成了这种写作的创始人——瞧，我居然对此懵然无知。这是一条新的道路，既非小说，亦非艺术精品，无需深思熟虑，你感到不可遏止的心跳，如同真火灼烧。这一刻，你似乎必须发下誓言：要么开始写作，要么永远沉默。那一往无前的内心忏悔，如此纯粹；精神成为语言的奴仆，甚至来不及撒谎，也无法粉饰，这倒不仅仅是因为歌德所写的《诗与真》那种辩证关系，也因为在我童年时代无法磨灭的天主教

---

[1] David Wain，其原型为 Lew Welch，"垮掉派"作家和诗人，在《大瑟尔》里以出租车司机形象出现。

堂——我写下那些手稿，一如我此刻面对这廉价的笔记本，点着蜡烛，在贫穷与光荣中写作。光荣——为它自身的光荣而战。我就是提让[1]，我难以解释这一切，也无法解释叫"提让"的原因，是因为读者不会阅读我的早期作品，也不会去理解这一切的背景——所谓的背景就是我哥哥杰拉德在临死之前跟我说过一些话，可我已经全然忘记，或者说几乎全然忘记——当年，我只有四岁。他似乎说的是对生活的敬畏，不，至少是对于生活理念的敬畏，而我把它理解为生活本身就是圣灵——

我们都局促于肉身之内，而鸽子正在召唤着我们，让我们重返圣灵之天国。

我正是为了这一荣耀而写作。而我的朋友们——欧文·加登和科迪·珀姆雷对我赞赏有加，鼓励我继续下去，而尽管我极其渴望听到这些赞美，但无论如何，我都会继续下去——那是一种怎样的光芒在照耀着我们的生活啊——那是堕落之光，天使们正在堕落——这是对生活的一种阐释方式(而非纽约大学研究会的那种阐释)，它让我继续堕落，与撒旦一起堕落，与佛陀的人类理想一起堕落——究竟，卡夫卡为何要把自己变形为一只大甲虫——

别把我看扁了—— 一个登徒子，一个海员，一个流浪者，只能跟一帮老女人甚至同性恋厮混，一个傻瓜，而且还是一个酒鬼，备受打击而无力还手——事实上，我甚至不知道我究竟是什么东

---

[1] Ti-Jean，加拿大民间传说里的法裔英雄。在《孤独天使》里，杰克·杜劳斯的法文名字就是"Ti-Jean"。

西——或者是某种不同寻常之物，如同雪花（我现在说起话来就像西蒙，他正在朝这边赶过来）。总而言之，是一个矛盾的混合体（惠特曼说过这样也挺好），更适合在19世纪的俄国生活，而不是生活在充斥着小平头和苦瓜脸的现代美国……

"我是否已言尽于此？"这是理查德·巴克利[1]的临终遗言。

因此，计划如下——他们将到墨西哥城与我会合。孤独天使再度来临。

九

伟大诗歌《嚎叫》的作者欧文·加登跟我气味相投，但他并不像我这样需要孤独。他总是被朋友们包围着，每到夜里，就会有一些满脸胡子的客人轻轻敲开他的房门。欧文从不会离开他的伴侣——身兼随从和爱人两职的西蒙·达洛夫斯基。

欧文是个同性恋，并且也公开宣称自己是个同性恋，穿着彬彬有礼的上装和一条橄榄球教练裤，从费城到斯德哥尔摩一路招摇过市——事实上，在来墨西哥跟我会合的路上，欧文已经在一次诗歌朗诵会上把自己的衣服全脱掉了。当时，一位听众激动地质问道："你说的赤裸到底是什么意思？！"——听众指的是在他的诗里出现的"赤裸美女"和"裸露！忏悔"一类的句子——而

---

[1] Lord Richard Buckley（1906—1960），美国超现实喜剧演员，他的《恺撒大帝》成为嬉皮文化的电影代表作之一。

他，竟然二话不说，当众把自己身上的衣服全部脱光，赤裸裸地站在那群男女面前，幸而那是一群被流放出巴黎的超现实主义听众——

他和西蒙一起来墨西哥。那个金发碧眼的俄罗斯少年西蒙只有19岁，以前并不是同性恋，但他爱上了欧文、爱上了欧文的诗歌和他的灵魂，从此成为欧文的伴侣。欧文让另外两个男孩子先来墨西哥，一个是西蒙十五岁半的弟弟拉撒路，另一个是纽约的拉菲尔·乌尔索，一位年轻伟大的诗人，后来写过《炸弹》，《时代》周刊登了其中一段，以表明它的荒谬可笑，可是人人都喜欢这首诗。

大家应该知道，作为一位作家，我自然会认识很多同性恋，在最优秀的作家当中，至少有60%至70%都是男同性恋——如果没有高达90%的话。我到处都能碰到他们，跟他们聊天，交换手稿——在派对上、朗诵会上，他们无处不在。但这并不妨碍一个非同性恋作家成为作家，也不妨碍他跟同性恋作家交往——拉菲尔也是如此，他像我一样，跟谁都熟——我可以拿出一英里长的名单，全都是同性恋艺术家，而我觉得每个人都可以各有所爱，并无伤大雅——

欧文写信告诉我，他们会在一周之内到达。我赶紧鼓足干劲，在他们说要来临的那一天就把小说赶完了，但他们要迟两个星期才能到达，因为他们要在中途去瓜达拉哈拉拜访一位莫名其妙的所谓女诗人,真是无聊透顶。于是,我不必再坐在屋顶上,盯着下面的街道,痴盼着这四个马克斯[1]兄弟从奥里萨巴[2]漫步而来。

老哥内斯也在焦急地等着他们到来。多年的流放生活(从家庭和法律两方面)让他变得十分孤独,此外,他跟欧文相交已久。1945年,欧文、哈巴德和我在时代广场一带的酒吧厮混、嗑药的时候,就常跟他混在一起。那时候,哥内斯正处于他作为一个"大衣窃贼"全盛期的顶峰,常对我们发表人类学和考古学方面的演讲,甚至对达菲雕像发表演说,尽管根本无人倾听。——直到后来,我才萌发了那个伟大的念头:倾听哥内斯;而后不久,欧文也开始学我的样子。

而今,欧文是个同性恋者。我跟科迪在路上的那些日子,他跟着我们去丹佛,还有其他地方,随身携带着他那启示录式的诗歌,和他那双眼睛。而今,他已经是一个成熟而闻名的诗人,为所欲为,四处行走,却懒于写作,目标混乱——也许该把他叫作"加登嬷嬷"。

每个白昼,我坐在屋顶,凝视着大街,梦想着他们的到来。有时我会扔下几块鹅卵石,大喊大叫,为他们的迟迟不来而觉得不可思议。但我从来没有想到,他们会真的到来,抵达这阴郁的现实之城。

---

[1] Four Marx Brothers,马克斯四兄弟,美国喜剧演员家族。

[2] Orizaba,墨西哥中东部韦拉克鲁斯州城市,位于奥里萨巴火山东南坡山谷中,该火山为墨西哥最高峰。在此应指奥里萨巴街。

十

我睡觉了。整个长夜，我都在就着烛光写诗、写布鲁斯歌谣。之后我通常会睡到中午才起床。这时，门被推开了，欧文走了进来。在旧金山的时候，诗人本·法根曾跟他说："一到墨西哥就给我写信，告诉我你对杰克房间的第一印象。"后来欧文是这样写的："松垮的裤子挂在墙钉上。"——他进门之后，就站在房子里东张西望。我揉了揉眼睛，开口说："你他妈的迟到了两个星期……"

"我们在瓜达拉哈拉过夜，去拜访一个叫艾丽丝·纳博科夫的奇怪女诗人。你无法想象那一切有多么神秘——她的鹦鹉、她的房子和她的丈夫！——杰克，你过得怎么样？"他把手轻轻搭在我肩上。

在人的一生之中，那些漫长的旅途是那么的奇妙莫名。我和欧文在纽约的哥伦比亚大学校园里开始我们的友情。而此刻，我们却在墨西哥的一间简陋的毛坯房里面面相觑。人们的历史就像一条长虫穿越漆黑的广场——前前后后，上上下下，好好坏坏，它让你怀疑我们祖先的生活方式——"我们的祖先到底是怎么生活的？"

欧文回答："他们在房子里痴笑。快起床，快，我们马上进城，去看看窃贼超市。拉菲尔在从提瓦纳过来的路上已经完成一首疯狂的长诗，写的是墨西哥的末日。我要带他去看看真正的末日，看看超市里的东西。你以前看过他们卖的玩具吗——那些缺胳膊少腿、破烂不堪的玩具？还有那些蛀迹斑斑、年老佝偻、一碰就碎的阿兹特克木像？"

"以及用过的罐头起子。"

"还有1910年的购物袋，如此奇异。"

我们又故态复萌——似乎我们的每场对话都会变成一首摇曳的诗，除非我们谈到什么具体的事情。

"豌豆汤里漂浮着凝乳。"

"你们找到住处了吗？"

"我们的第一件事情就是租间房。哥内斯说我们可以租楼下的房子，既便宜还带厨房。"

"他们在哪儿？"

"都在哥内斯的房子里。"

"哥内斯正侃侃而谈。"

"没错，哥内斯正侃侃而谈，跟他们大谈古希腊克里特文明。走吧！"

在哥内斯的房间里，15岁的拉撒路正沉默寡言地坐在一边，睁着一双无辜的大眼睛，听哥内斯大放厥词。拉菲尔则躺在哥内斯的安乐椅上，消化着他的演讲。哥内斯坐在床头，一边发表演说一边用牙咬紧领带，让血管暴露出来，以便扎一针吗啡。西蒙站在角落，就像一位俄罗斯圣人。真是奇妙，所有的人都汇聚在同一间房子里。

欧文让哥内斯给他来了一针，躺在床上，开始叹息。粉红色的窗帘飘在他的身体上方。少年拉撒路喝了一瓶哥内斯的软饮料。拉菲尔翻着《世界史纲》,想了解哥内斯对亚历山大大帝的见解。"我想成为亚历山大大帝!"他叫了起来,他总是喜欢这样大呼小叫,"我要身着华贵的将军服,拔剑直指印巴大陆,睥睨撒马尔罕[1]!"

"好啊,"我说,"不过你可能不想让你的第一个副官被杀死,或者整个村庄的妇孺被残杀吧!"于是,争论开始了。我现在回忆起来,我们争论的第一个话题就是亚历山大大帝。

我很喜欢拉菲尔·乌尔索,尽管他以前曾是纽约的一个激烈好辩的论战者——或者这正是我喜欢他的一个原因。他非常尊重我,虽然他经常站在我的背后说话——这是他的说话方式,他站在每个人的背后说话。这一刻,他站在角落里,从背后向我耳语:"哥内斯是一个贪心鬼。"

"你这是什么意思?"

"一个贪婪的时代已经来临,驼子四处蔓延……"

"可我还以为你喜欢他呢!"

"你看看我的诗!"他打开笔记本,上面用黑墨水写满了字,还有草草涂鸦,那是一些惊人而怪诞的草图,画着饥饿的孩子们,从一个巨大的可口可乐瓶里喝着饮料,头发上贴着"墨西哥末日"的标签。

---

[1] Samarkand,苏联中亚地区的城市,位于塔什干西南部。始于公元前3000年或4000年,公元329年被亚历山大大帝征服,公元8世纪被阿拉伯人夺走,13世纪20年代被成吉思汗摧毁。

"墨西哥充满了死亡的气息——我看见一架风车，正在旋转着死亡——我不喜欢这里——而你的老哥内斯是一个贪心鬼。"

他就是这样。但我还是喜欢他，他那混乱不堪的沉思，他站在街角的样子，在夜里，手撑着眉，思索着在这世上究竟该向何处去。他总是那么戏剧化，而他的诗真是令人惊叹。善良残疾的老哥内斯被他称为"贪心鬼"，这就是他残酷而真诚的可怕之处。

至于拉撒路，如果你问他"嘿，雷兹，你还好吗？"，他只是抬起他那无辜的蓝眼睛，露出天使般隐隐的微笑，略带悲哀，却从不回答。他比任何人都更让我回忆起我的哥哥杰拉德。拉撒路是一个身体顾长而颓废的少年，轮廓非常漂亮，现在正长着几颗青春痘。如果没有西蒙的照顾和呵护，他将全然无助。他甚至连数钱都不会，问路对他也是件十分棘手的事，根本没法找工作，甚至连报纸新闻都看不懂。他已经到了紧张性精神分裂症的边缘，有点像他在精神病院里的一个老大哥——这个老大哥曾经是他的偶像。如果不是西蒙和欧文一直照顾他，给他提供床和膳食，那些机构会立马把他带走。他并非白痴，亦非弱智。实际上，他非常聪明。我看过他14岁写的东西，那时他还没有陷入如今的沉默之中；他的文字十分正常，而且超过了平均水准，事实上很有灵性，也超过我在14岁时写出的全部文字——在那个年龄，我也是个性格内向的无知少年。他嗜好绘画，水准已经超越了当代大部分活着的艺术家。我一直觉得，他已经是一位伟大的艺术家。他故作孤僻，只是为了让自己能够独处，也免得被人押着去找活干。有时，他瞥视我的目光十分奇特,就像是在这个无聊的世界上一个兄弟般的同谋,似乎在说——

"我明白,杰克,你知道我所做的一切,而你也在以你自己的方式做着同样的一切。"雷兹像我一样,可以整个下午都凝视着眼前的虚空,什么也不做——除了梳头,他聆听着自己内心的声音,跟他的守护天使孤独相守。西蒙很忙,但在每半年一度的"精神错乱式"写作时,他会抽身退出所有社交场合,也像雷兹一样,坐在自己的房间里,什么也不做。我要说,这可是一对真正的俄罗斯兄弟。(实际上,还有部分波兰血统。)

十一

当欧文第一次遇到西蒙时,西蒙指着树林说:"看,它们正向我挥手致意。"如果除掉那神秘怪异的天性,他完全是一个天使般的少年。比如,现在,他已经快手快脚地上楼倒掉了老哥内斯的马桶,而且还把它刷得干干净净。在下楼的时候向好奇的女房东点头微笑(女房东正在厨房里煮豆子、煎玉米饼)——然后用扫帚和簸箕打扫房屋,严厉地让我们靠边站着,把墙壁、桌子都打扫一新。他几乎是卑躬屈膝地请求哥内斯,如果想要什么东西,就让他到商店里去买回来。而他对我的态度,就像是马上就要给我端来两个煎鸡蛋,还一边催我"吃啊,快吃"。我会说我不饿,而他会叫起来:"快吃,你这个乳臭未干的小子!如果你不提防着点,我们会闹一场革命,让你去磨坊干活!"

西蒙、雷兹、拉菲尔和欧文在一起真是笑料百出，尤其是当我们一起跟女房东争论房租的时候——他们想租一楼的房子，窗户开向后院。

女房东实际上是个欧洲人，我猜应该是法国人；当我告诉她"诗人们"会来到之后，她的举止顿时显得十分端庄，准备给诗人们留下深刻印象。不过她对诗人的了解还停留在缪塞、马拉美之辈，他们具有诗人的优雅体面——而我们这帮人却是一群乌合之众。欧文还跟她讨价还价，为100比索争执不休，抱怨这里没有热水，床位还不够。她用法语对我说："杜劳斯先生，这些人真的是诗人吗？"

"没错，夫人。"欧文以他最优雅的声调回答，假装自己就是他所谓的彬彬有礼的匈牙利人。"我们继承了惠特曼、麦尔维尔、特别是布莱克的传统。"

"这个年轻人也是诗人？"她指着雷兹问。"他也是诗人？"

"当然，不过他的风格跟我们不一样。"欧文回答。

"那好，你到底有没有500个比索租房子？"

"多少？"

"500比索——500比索。"

"你这里不值这么多。"欧文用西班牙语说，"整幢公寓500比索还差不多。"

她能听懂三种语言，最后终于让了步。解决问题之后，我们都冲了出去,准备进城光顾窃贼超市。我们急匆匆地走在大街上,一些墨西哥少年在喝着可乐,对我们打了一声长长的呼哨。我当下就被激怒了,因为我现在不得不陪着这群怪异的小丑,虽然我觉得这样想有失公平。而欧文说:"这种呼哨并不是向同性恋打的呼哨,也不是在你的偏执狂想象里想到的其他什么玩意儿——它完全是在表达一种敬意。"

"敬意?"

"那当然。"接下来的几个夜晚似乎证实了这一点,墨西哥人手里端着龙舌兰酒,敲开我们的门,跟我们一起喝酒干杯——在两层楼之上,住着一群墨西哥医学院学生(之后不久)。

我们走向奥里萨巴街,这是我们在墨西哥的初次漫步。我和欧文、西蒙走在前面聊天;拉菲尔独自走在街边一隅,一路沉思默想;拉撒路步履缓慢,远远落在后面,至少半个街区,有时低头看着手里的分币,想着从哪儿弄杯冰淇淋苏打。后来,我们在走回去的路上,看见他正走向一家鱼店。我们不得不再折回头,带他回家。他正站在一个咯咯傻笑的女孩子面前,手里拿着分币,不断重复着:"冰淇淋苏打,我要冰淇淋苏打……"他带着可笑的纽约口音,嘀嘀咕咕,无辜地看着他们。

"可是,先生,我听不懂。"

"冰淇淋苏打。"

欧文和西蒙很温和地把他领了出来。当我们继续散步的时候,他又落后了半个街区;这时,拉菲尔哭得很伤心:"可怜的拉撒路——为了比索而徘徊！""迷失在墨西哥，为了比索而徘徊！如此悲哀，如此悲哀，生活，生活，谁能忍受得了它！"

但欧文和西蒙却欢快地前行，寻找新的冒险。

十二

总之，我在墨西哥城的安宁日子已经一去不返。不过，我倒并不是太在意，因为我的写作已经告一段落。但这也太过分了——第二天早上，我正在孤独的阁楼上睡得香甜，欧文就闯了进来，大叫着："起床！我们马上就要去墨西哥城大学！"

"我才不管什么墨西哥城大学呢，让我睡觉！"我正在做梦，梦见一座神秘的世界之峰，万事万物俱足，为什么要来打扰我？

"你这个傻瓜，"欧文用一种罕见的疏远的语气说道（当他无意中吐露出自己对我的真实想法时，就是这种语气）："你怎么能这样昏睡终日，不走出门去看看，不去感受生命的气息？！"

"你这该死的杂种，我可把你看透了！"

"真的吗？"他突然兴致勃勃地在我床边坐下。"那你说说看，生命到底是什么样的？"

"生命就像是一群小加登傻乎乎地走向坟墓，一边还在讨论着奇迹……"这是我们的一个老话题，争论轮回（此岸世界）和涅槃（彼岸世界）之间的区别，而尊贵的佛陀认为（据大乘佛教），它们根本无二，就是一回事——海德格尔和他的"存在"以及"虚无"——"既然如此,"我说,"我要继续睡觉了。"

"但轮回只是涅槃的表面神秘记号而已——如果你拒绝这个世界,像现在这样不闻不问,而它不过是你所思所想之事的一个表面,可怜的人,你又该如何?"

"所以我就该坐上该死的巴士去一所愚蠢的大学,参观那个心型露天运动场或者其他的玩意儿?"

"但那是一所全球闻名的大学,校园里满是笨蛋和无政府主义者,还有从德里和莫斯科来的学生……"

"那就去参观莫斯科好了!"

这时,拉撒路搬了张椅子上来,还有一大摞新书,那是他昨天要西蒙买给他的漫画书,书价奇贵无比——他在阁楼边放好椅子,晒着太阳开始看书,而洗衣妇在一边窃笑。但当我和欧文继续争论涅槃的时候,他站起来,走下楼去,把椅子和书册都留在这里——而且决不会再看上一眼。

"真是精神病!"我喊了起来。"我可以带你去看陶蒂华康金字塔[1]或者其他有意思的东西,但绝不是去看一所愚蠢的大学!"不过我还是跟他们去了,因为我想看看他们的下一步安排。

实际上,无论是对于生活还是故事,唯一的理由无非就是"下一步会发生什么"。

---

1 Teotihuacan,墨西哥有名的古文明遗址。公元100年至500年间,玛雅人在高原上创建了一座繁华城市Teotihuacan,距今天的墨西哥城大约25英里。他有整齐划一的街道,十五座雄伟的金字塔环绕着巨大的广场,其中太阳金字塔和月亮金字塔最为闻名。

十三

公寓下面散发出一股难闻的味道。欧文和西蒙睡在唯一一间卧室的双人床上,拉撒路睡在起居室的睡椅上,用白床单把自己裹得严严实实的,就像一具木乃伊。而拉菲尔则睡在房子里的一张短椅上,把所有的衣服都团成一团盖在身上,那堆衣服也弥散着高贵而悲伤的气息。

厨房里胡乱堆着芒果、香蕉、橙子、鹰嘴豆、苹果、甘蓝和我们昨天一并从墨西哥超市买回来的那些大麻。

我通常坐在那里,手捧一杯啤酒,观望着他们。我卷好大麻之后,他们都会拿去抽,但却一直默然无言。

"我想要烤牛肉!"拉菲尔从短椅上醒过来,嚷嚷道,"肉呢?肉在哪儿?墨西哥肉食呢?"

"但我们要先去大学!"

"我要先吃肉!我要大蒜!"

"拉菲尔,"我也叫了起来,"等我们从欧文的大学回来之后,我一定会带你去库库餐厅吃肉,你可以吃到大块的丁字牛排,然后像亚历山大大帝一样把骨头扔向背后!"

"我想要香蕉。"拉撒路说。

"你这个疯子,昨晚你就把香蕉一扫而光了。"西蒙一边说,一边帮拉撒路整理睡椅,把床单铺得整整齐齐。

"啊,真是迷人,"欧文从卧室里走出来,手里拿着拉菲尔的笔记本,一边大声念诵:"'火焰点燃,干草般的宇宙迅疾地涌向那绚丽而无根的骗子般墨水……'喔,真是太伟大了——你们难道没有意识到它有多么杰出吗?整个宇宙在火把上燃烧,而一个伟大的诈骗犯,就像麦尔维尔[1]笔下自信满满的男人,在火焰的薄纱上书写历史或者其他什么,但在一切之上,是那自行消退的墨水,一个欺骗了所有人的瘾君子,就像巫师一样创造了世界,又让它们自行消失……"

"在大学里他们会教这个吗?"我故意问道。但我们还是出发了。我们上了一辆公车,坐了好几英里的路,什么也没有发生。我们在巨大的阿兹特克式校园里漫步。我唯一能清楚记得的事情就是,我在阅览室里面读了一篇巴黎报纸上科克托[2]的文章。于是,唯一真正发生过的事情就是巫师的薄纱循形无迹了。

回到镇上,我带着这帮男孩们去了库库餐厅、戈拉维拉和起义大道上的酒吧。这家餐厅是多年以前哈巴德推荐给我的(在这部小说的开头哈巴德就曾出现过),是一家非常诱人的维也纳餐厅(相对于印第安城市而言),店主是个精力旺盛、野心勃勃的维也纳人。在这里,五比索一碗的汤里面几乎盛满了世界上的所有物产,可以饱食终日,而丰盛的丁字牛排加上所有配料仅要80美分。在昏暗的烛光下,啃着

---

[1] Herman Melville(1819—1891),赫尔曼·麦尔维尔,生于纽约。他最初生活穷困潦倒,在海上闯荡,后来开始写作,以《白鲸》闻名于世。

[2] Jean Cocteau(1889—1963),法国先锋派诗人,他的创作追求奇巧,被称为"耍弄文字的巫师",曾创作电影《美女与野兽》。

巨大的牛排，一杯接一杯地喝着上好生啤……我在墨西哥城写作的那段时间，一头金发的维也纳店老板匆匆忙忙地跑来跑去，检查着是否万事俱备。但就在昨晚（我指的是现在，1961年的现在）我回到这家店里，发现老板正在厨房的椅子上昏昏欲睡，服务生在餐厅一角吵嘴，餐厅洗手间里没有水。他们给我拿来了一块老得不行的牛排，煎得很糟糕，胡乱地堆了几块马铃薯——不过在那些日子里[1]，牛排还是非常美味的。那帮男孩们冲进来就用黄油刀拼命切牛排，我说："就像我说过的，像亚历山大大帝那样，用手来吃牛排吧！"他们鬼鬼祟祟地张望了一下昏暗的餐厅，全都伸手抓起牛排，用他们的利齿撕扯牛肉。然而，他们看起来仍然那么谦恭，就因为他们是在餐馆里！

那一夜，回到住处之后，大雨瓢泼，倾落在院子里。雷兹突然发烧，上床躺着。老布尔·哥内斯刚走完他每天铁定的晚间漫步回来，穿着他最好的那件斜纹大衣——当然是偷回来的。雷兹染上了一种神秘的病毒，大部分美国旅游者到墨西哥来都会染上这种病毒，不是痢疾，而是某种还未得到确诊的疾病。

"只有一种治疗方式，"布尔说，"那就是来一针吗啡。"欧文和西蒙激烈地讨论了半天，终于决定一试。雷兹十分痛苦，出汗，抽筋，恶心。哥内斯坐在床边，扎起他的胳膊，注射了十六分之一格令吗啡。第二天一早，拉撒路彻底痊愈了，又活蹦乱跳地冲出去

---

[1] 本书上卷完成于1956年，下卷完成于1961年。此处叙述的内容紧接上卷，"那些日子"指上卷完成后。旧金山的朋友们到墨西哥城来看他的时间应在1956年。

找"冰淇淋苏打"。这让你觉得，美国的药品限制是因为有些医生不希望他们的病人自己治愈自己——

阿门，安斯林格[1]——

十四

伟大的日子到来了——我们都去参观陶蒂华康金字塔。我们先在市中心的公园和林阴大道让摄影师照了一堆照片，我们都显得趾高气扬。欧文、西蒙和我站着（而今，我十分惊讶地发现，原来那时候我的肩膀那么宽阔），拉菲尔和雷兹则屈膝半跪在前排，就像一支球队拍出来的照片。

啊，真是悲从中来……而今，它们就像所有的老照片一样发黄了，像我的外祖父和他的朋友们1890年在新罕布什尔州的合影——他们的髭须，他们头上的光亮……或者，就像你从康涅狄格州荒废的农舍阁楼里找到一张1860年摇篮里的婴儿照片，而此刻，他已经死去，而你也将要死去——1860年康涅狄格已逝之流光足以让汤姆·沃尔夫[2]哭着写出华丽的辞藻，歌颂那个小婴儿骄傲的、忙碌的、被太阳晒成棕褐色的茫然的母亲——我们的照片

---

[1] Harry Anlinger(1892—1975)，哈里·安斯林格，美国"毒品战之父"。

[2] Tom Wolfe，生于1931年，美国新闻记者，提倡"新新闻写作"。他的代表作《太空英雄》入选美国100本经典非虚构类小说。他与"垮掉派"关系密切，曾多次报道"垮掉派"活动，令"快乐的恶作剧者"声名大噪。

倒有点像内战时期的战友合影,骄傲的联邦俘虏凝视着眼前的北方佬,但却没有愤怒,只有芳香的甜美,这正是老惠特曼式的芳香甜美——它令惠特曼泪流满面,心甘情愿成为一名护士[1]。

我们跳上了一辆巴士,闹哄哄地前往二三十英里外的金字塔,外面晃过龙舌兰酒的产地。拉撒路盯着那些陌生的墨西哥拉撒路们看,而他们也像他一样睁着无辜的大眼睛盯着他看,只不过他们的眼眸不是蓝色而是深棕。

到达之后,我们开始走向金字塔,队形仍然散乱不堪——欧文、西蒙和我走在前面,边走边谈,拉菲尔在一边沉思,而雷兹落后了50码,像科学怪人弗兰肯斯坦一般笨拙地踏步而行。我们开始爬太阳金字塔的石头台阶。

所有的拜火教徒向太阳敬拜,当他们向太阳献祭活人之后,再吃掉活人的心脏——这意味着吃下了太阳。这就是金字塔令人恐怖之处,在这里,他们把牺牲者按到一个石案上,用一把挖心利剪,只需要一两下就把正在嘭嘭跳动的心脏挖出来,把心脏举向太阳,然后把它吃掉[2]。——而今天,墨西哥的孩子们会在万圣节吃下心脏型蛋糕和头盖骨型蛋糕……

---

[1] 南北战争期间,惠特曼主动到华盛顿去当护士,终日尽心护理伤病的士兵,以致于严重损害了健康。他的生活十分艰苦,借抄写度日,把节省下来的钱用在伤病员身上。在他当护士将近两年的时间中,大约接触了10万名士兵,有许多人后来还一直和他保持联系。

[2] 以活人的血祭祀是玛雅文明的一部分。心脏上的血将涂到神灵偶像上。如果死者生前为英勇武士,则其尸身将被分而食之。

你们印第安纳稻草人正是古老图林根人[1]的幻象……

我们爬到金字塔顶端之后，我点了一支大麻，这样我们全都能够体会到对这个地方的原初感觉。拉撒路把双臂伸向太阳，而我们并没有告诉他这里究竟是用来干什么的，也没有告诉他该怎么做。尽管他的动作十分笨拙可笑，但我认为，他一定比我们其中的任何人都更明白其中的奥秘。

不必再提你的复活节兔子……

他笔直地伸出双臂，大约三十秒钟，就像真的已经抓住了太阳。我似乎游离于这一切之外，而尊贵的佛陀正盘腿坐在顶端，把我的双手按下。片刻之间，我感到一阵尖锐的刺痛。"我的神啊，最终我还是被蝎子刺痛了！"我审视自己流血的手掌，而它只不过是被游客留下的玻璃碴给割伤了。我用红围巾把手掌包裹起来。

坐在高高的金字塔顶端，思绪起浮，我似乎看到了在书本之外的另一种墨西哥历史。信使气喘吁吁地向特斯科科[2]奔跑而来，带来再度卷入战争的危险铁红色信号。你能看到在南方的地平线上，特斯科科所有的湖面都像一个警告似的闪闪发光；而在西方那一团混乱的庞然大物之后，似乎还能看到在峰峦之间隐藏着一个更为强大的王国——阿兹特克王国。噢！陶蒂华康的祭司们用活人的献祭换取百万神灵的和解——他们还在发明更多的神灵。

---

[1] 图灵根人是公元6世纪前一直居住在德国中部的一个古代部落。

[2] Texoco，古印度加帝国的都城，现为墨西哥的艺术之城。

两个强大的帝国，相距不过三十英里之遥，在他们那火葬的柴堆上，互相用肉眼就能看到。因而，在恐惧之中，将视线调转，望向北方那青草覆顶的美丽山峦，无疑——我坐在这里想——在那隐居小房之中必有圣人，那才是陶蒂华康真正的王者。每个黄昏，他们将爬到山上，到茅屋中聆听他的教诲。他轻轻挥着一根羽毛，似乎世界于他轻若鸿毛；他只不过轻轻发出"哦"或者是"喔"的声音……

我把这些想法都告诉了拉菲尔，他正像个将军似的，用手圈成望远镜，罩住双眼，望向远方的闪闪湖泊。"天哪，你说得太对了，他们肯定还气喘吁吁地在这里撒尿。"然后，我跟他说大山背后的故事，还有那个圣人，但他说："那是些怪异的牧羊人，就像俄狄浦斯。"而拉撒路还在努力攫住太阳。

孩子们跑上来，向我们兜售据说是在地上找到的真正遗物：小小的石头脑袋和身体。就在下面的村落，有些手艺人能把这玩意儿做得惟妙惟肖；在黄昏的薄暮之中，孩子们在那里玩着悲凉的篮球……

"我们去看墓穴吧！"西蒙招呼道。这时，一个美国女游客正在帮我们照合影，她要我们坐着别动。我盘腿坐下，手上还扎着围巾，当她按下快门的时候，我正转过头去看挥手致意的欧文，其他人则在傻笑。我们给了她地址，后来，她从瓜达拉哈拉把照片寄了过来。

我们向下走，穿过金字塔内部的窄路，去看墓穴。我和西蒙躲在一个不能通行的墓穴里傻笑,欧文和拉菲尔摸索着走过来,我们朝他俩大叫一声"喔噢"。拉撒路,以他惯常的僵直步伐,静静地走向金字塔底部。你根本不可能惊吓到他——哪怕在他的浴室里塞进一艘十英尺长的船。我最后一次扮演幽灵的角色是在战争期间,冰岛的海岸线旁。

我们从墓穴里出来,回到地面,穿过月亮金字塔边上的一块旷野,那里堆满了层层叠叠的巨大蚁窝。拉菲尔拿了一根小树枝压在那些勇敢的小斯巴达战士蚂蚁的身上,所有的勇士们立即过来,把它搬走了,以免伤及他们的元老会和破损的法官席。整整一个小时,我们吸着大麻,躺在一边,观看着这个蚂蚁部落。我们不想伤害任何一个公民。"看!那只公蚁从市镇的边缘急匆匆地过来,背着一片死蝎子肉,准备拖进洞穴——"它要把肉拖到里面准备过冬。"如果我们有一罐蜂蜜,它们会不会认为世界末日[1]到了?"

"它们会让摩门巫师在鸽子面前作法的。"

"还会搭起帐篷,用蚂蚁尿尿湿蜂蜜罐!"

"没错,杰克!也许它们会把那罐蜂蜜储藏起来,然后把你忘得一干二净……"这是欧文的话。

"在这些蚁堆下面,有没有蚂蚁医院?"我们五人躺在蚁巢边上,胡思乱想。我们堆了一个小土堆,蚂蚁们发现之后,立即开始

---

[1] Armageddon,《圣经》中世界末日善恶决战的战场。

了一项伟大的举国出动工程，努力移开它。

"你可以轻易粉碎这整个村庄，引起它们的愤怒和恐慌，这只需要轻轻一脚！"

"陶蒂华康的祭司们把这里搞得一团糟的时候，蚂蚁们就在这里开始挖掘一个巨大的地下超市了……"

"那现在肯定很壮观了！"

"我们可以用根短棒捅开看看，他们的回廊走道——多么遗憾啊，上帝肯定没法走进这里……"然而，说时迟那时快，拉撒路已经离开了我们，返回墓穴，在路上留下一道可怕而笔直的足迹，茫然无知地穿过半打以上的"罗马村落"，毁掉了这些充满生命热望的蚁巢。

我们跟着拉撒路回去，都小心地绕着蚁巢外围走。我说："欧文，难道雷兹什么都没听到吗？我们说这些蚂蚁足足说了一个小时！"

"哦，他听到了，"欧文欢快地说，"不过他现在正在思考别的东西。"

"可是他就那么笔直地穿了过去，从那些村庄和生命上践踏过去……"

"哦，呀……"

"用他那么巨大的鞋子！"

"没错没错，可他正在思考别的东西或者别的人……"

"那是什么？"

"我不知道。——幸好他不是骑自行车来的，要不那就更惨了……"

我们看着前面的雷兹，一路踏过去，朝着月亮金字塔踏过去。他的目标是一块岩石，他可以过去坐在那上面。

"他是一只野兽！"我叫了起来。

"好吧，你也是一只野兽，你不也要吃肉吗？——想想看，那些活蹦乱跳的微生物，不得不通过你那该死的酸性食道，并葬身其中……"

"它们全都变成了头发丝一样的绳结！"西蒙补充道。

十五

就这样，拉撒路从蚂蚁村庄里踏过去。就这样，上帝从我们的生命里踏过去。我们就像工蚁和战斗蚁一样。我们杞人忧天地匆匆修复一切损毁，而其实，一切都于事无补。上帝的足迹远远比拉撒路的更为巨大，毁掉所有的特斯科科，毁掉明天之后的明天……

我们看完了公车站边上印第安孩子们的黄昏篮球游戏，站在一棵树下，尘土漫天，从墨西哥高原浩浩荡荡地吹过来，就像怀俄明州的十月，也许没这么荒凉，但也许更甚……去年十月……

又及：最后一次去陶蒂华康，哈巴德对我说："老弟，想看看蝎子吗?"然后揭起一块石头——那里面藏着一只母蝎子,正坐在公蝎子的尸骸边,已经快把公蝎的尸身吃完了。哈巴德哇哇大叫起来,赶紧扔了另一块大石头朝那里砸过去。尽管我不喜欢哈巴德,但那一刻,我对他的行动举双手赞成。

十六

试想,你如果梦见了那些放荡的站满娼妓的街道和舞场夜总会,你将会觉得这个真实的世界是如何的阴郁荒凉。这时,你必须打住,就像我和欧文、西蒙一样。那一夜,我们一起外出,看着夜晚阴冷而又硌脚的碎石路——尽管小巷的尽头也许会有霓虹闪耀,但这也无法掩盖巷子里那无尽的悲凉——我们都穿着休闲服,去孟买俱乐部跳舞。正在沉思默想的拉菲尔嗅着街上死狗的气息,看着身穿污糟服装的墨西哥街头歌手,听着混乱而可怕的呜咽声——这就是一个现代城市的夜晚,拉菲尔独自坐出租车回去了,他说:"他妈的这一切,我真想要欧律狄刻和珀尔塞福涅[1]的电话……我不想穿过这尘土滚滚的病态的街道!"

欧文带着镇定自若、坚定不移的欢乐精神,引领我们(我和西蒙)走向那污糟的光亮——在孟买俱乐部里,一大群疯狂的墨西哥女孩在里面跳舞,一比索一次,把髋骨频频送到男人眼前。有时,她

---

[1] Persephone,宙斯之女,被冥王劫持到地府成为冥后。欧律狄刻为俄耳甫斯之妻,死后,俄耳甫斯用竖琴把她带出冥府,可惜因回头而功亏一篑。

们气喘吁吁地撩拨着男人，碰触他们的裤子，像一只忧郁的小号在悲哀的乐队里唱起了伤感的歌谣——小号手表情漠然，曼波[1]鼓手百无聊赖，歌手似乎觉得他是在诺加利[2]的星光下唱着小夜曲，而其实，他却是在贫民窟最肮脏的地方，被我们嘴唇里的泥土埋葬。唇如土色的娼妓们仍然徘徊在孟买俱乐部边上龌龊的街角，排列在布满臭虫和蟑螂的墙前，跟那些好色之徒招徕搭讪；他们在街边反复逡巡，想在黑夜里看清她们的面目。西蒙穿着一件打眼的茶褐色休闲外套，带着他的美钞，在舞厅里浪漫起舞，向他的棕发舞伴彬彬有礼地鞠躬相邀。

"他真是罗曼蒂克……"欧文说。我们坐在舞厅里，喝着道斯恩奎斯酒。

"嗯，他实在不像美国游客中到墨西哥来寻欢作乐的同性恋形象……"

"为什么不像？"欧文有点生气了。

"这个世界是如此愚昧——就像你设想自己和西蒙到了巴黎，处处都是雨衣和回廊拱顶，带着明媚的忧伤，而其实你可能一直都在公共车站打着呵欠。"

"不管怎么说，西蒙挺开心的。"其实欧文并不完全同意我的看法。我们离开孟买俱乐部，走进漆黑的娼妓街。他瞥了一眼粉色

---

[1] 曼波音乐源于拉丁美洲，可在其伴奏下跳曼波舞，类似于伦巴舞。
[2] Nogales，位于美国和墨西哥边境的一座城市。

帘幕后面那些肮脏不堪的妓寮，惊得瑟瑟发抖。他根本没法带个姑娘走进去。我和西蒙准备这么干。我在门口看到一群妓女像个大家庭似的坐在一起，年老的保护着年轻的。我看中了最年轻的那个，只有14岁。我们一起走进妓寮时，她朝另一个弄热水的妓女叫了一声"热水"。在薄薄的布帘后面，能听到露台上的吱吱声，在那里，单薄的床垫就铺在烂木板上。墙壁破败不堪，如同世界末日。一个墨西哥姑娘很快从帘子后面现身，你能看到她转身迈向地板，露出了黑色的大腿和廉价的丝袜。我的小姑娘带我进去，蹲在地上随随便便地开始洗澡。"3美元。"她非常坚决地要价，而且一定要在干事之前拿到24美分。她实在是太瘦小了，我们开始之后，好几分钟都找不到地方……很快就完事了，就像美国中学里的那些毛头小伙子一样……但她似乎毫不在意。我在她面前完全颜面扫地，甚至都没有设法挽回自己的尊严，比如安慰自己："在这里，我就像在疯狂的牲口棚里的野兽一样自由！"就这样，我走了，谁也没有在意。

而西蒙，他以俄罗斯人的奇怪口味，挑选了一个肥胖的老年娼妓，是个荷瑞斯[1]人。他把她带进去之后，我们都能听到响亮的笑声持续不断，西蒙总是会对着女人发笑。圣母玛丽亚的画像似在墙洞里燃烧发亮。角落里的小号，发霉煎香肠的味道，砖头的气味，潮湿的砖头，泥土，香蕉皮——从一面缺口的墙能望见星光。

---

[1] Juarez，墨西哥第四大城市。

一个星期后,可怜的西蒙染上了淋病,打了无数盘尼西林。他甚至都懒得去清理敷用的药膏,而我就那么干过。

十七

当我们离开娼妓街的时候,他当然不知道自己会染上淋病。我们沿着墨西哥城夜生活的主干道雷东达斯大街漫步,忽然见到了令人惊讶的一幕。一个大约16岁的同性恋美少年匆匆忙忙走过我们身边,手里拉着一个印第安男孩的手——那男孩大约12岁左右,赤着双脚,衣衫褴褛。他们不停地回头看着。我也回头看了一眼,发现警察正在监视着他们。他们在前面一个急转弯,躲到了一个黑黑的门洞里。欧文看得入了迷。"你没发现那个大一点的男孩就像查理·卓别林吗?两个男孩手牵着手,如两颗星划过街道,彼此相爱,被那该死的同性恋警员追逐——我们去跟他们聊聊!"

我们朝那一对奇怪的少年走过去,但他们却惊慌失措地逃走了。欧文要我们沿着那条街四下寻觅,终于又碰到了他们。警察已经不见了。大一点的男孩感觉到了欧文眼神里的某种同情,停下来,跟我们聊天,问我们要了一支香烟。欧文用西班牙语问了个清楚,他们是一对同性伴侣,但无家可归;那个警察追踪他们,只是为了鸡奸或者出于嫉妒。他们用报纸或者从广告牌上撕下来的海报垫在空房子里过夜。大男孩是个同性恋,但却不像美国同性恋那么多愁善感。他严肃、单纯、坚定,对同性恋具有一种专业的献身精神。那个可怜的印第安小男孩长着一双棕色的大眼睛,或许是个孤儿。他的愿望就是比奇能偶尔给他一个玉米饼,和一个能安全过夜的地方——比奇就是那个大男孩,涂着紫色的眼影,绚丽而俗气,看起来像个舞台演员。当警察重新出现之后——他们又匆匆忙忙地走开了,隐身于蓝紫色的巷陌之中。我们目送着他们离开,两人轻快地走向市场里那些黑暗的小屋。他们的存在,令欧文和西蒙顿时显得平淡无奇。

几乎所有的墨西哥嬉普士都从四面八方涌了出来。大部分留着髭须,全都一文不名,相当一部分具有意大利或古巴血统。我后来发现,其中一部分甚至还会写诗,并且像纽约的诗人一样,同样维持着一种正规的师徒关系。你可以看到,领头的穿着大衣,向徒弟们讲解历史和哲学中的晦暗不明之处,而徒弟们一边抽烟一边聆听。因为抽了大麻的缘故,他们坐在屋子里直到黎明来临,仍然奇怪自己为何无法入眠。但跟美国嬉普士不一样的是,在第二天早上,他们都得赶去"上班"。他们都是小偷,不过他们偷各种稀奇古怪之物,不像那些职业小偷专偷钱夹——尽管职业小偷也都在雷东达斯出没。这是一条可怕的街道,令人恶心。随处可闻的小号甚至增加了这种恶心感。事实上,"嬉普士"唯一的定义就是,他是一个这样的人——他能在世界上随便哪个外国大城市的街角一站,无需了解当地语言就能弄到大麻和毒品。这让我恨不得马上回到美国,去面对杜鲁门总统那张脸。

十八

——那就是拉菲尔痛不欲生想做的事情,他比我们都更容易受到折磨——"天啊,"他哭了起来,"这就像是一块在男厕所里抹地的脏抹布!我要马上飞回纽约,我要朝这里吐口水!我要到市中心去订一间豪华旅店,等着我的汇款!我不想待在这里耗费我的生命,去研究垃圾罐里的废品!我要一座带护城河的城堡,要把天鹅绒似的头巾披在我莱昂纳多式的头顶上!我要老本杰明·福兰克林的摇摇椅!我要紫色天鹅绒窗帘!我要摇铃叫男管家!我要月光覆着我的头发!……"

我们已经回到住地,听着他一边滔滔不绝发牢骚,一边开始打包。当我们在街上游荡的时候,拉菲尔就已经独自回来,跟可怜的老布尔聊了一整晚,试了一下吗啡。第二天,老布尔愉快地说:"拉菲尔是你们中间最聪明的一个。"而拉撒路整晚独自待在家里,天知道他到底在做些什么,或者就那么倾听着,在房子里凝视虚空并倾听着。看着这个可怜的、陷于疯狂肮脏世界的孩子,你会怀疑,我们的命运到底将走向何处,我们全部最终将被抛向永恒之毁灭——

"我要死于更好之死。"拉菲尔继续说,我们都在留心听他说话。"我为什么不在一座俄罗斯老教堂的阁楼上,听着管风琴演奏的颂歌进行写作!为什么我要去杂货店干活?这太可怕了!"他把"可怕"发成了纽约口音。"我不想丧失我自己的方式!我要得到我想要的东西!当我还是个尿床的孩子、把床单偷偷藏起来的时候,我就知道一切都将变得毛骨悚然!床单飘落到可怕的街道上,我眼睁睁地看着那可怜的床单掉向那可怕的消防栓。"我们全都笑了起来。他正在为他的夜间诗歌热身呢。"我想要摩尔式[1]的天顶和烤牛排!自从我们抵达之后,就没有吃过一顿像样的饭菜!为什么今天的午夜,我们不去敲响大教堂的钟声?"

"好吧,"欧文说,"明天我们就去佐卡罗大教堂,要求敲他们的钟。"第二天他们三个果然去了,他们得到了守门人的允许,抓住粗大的绳子摇晃,敲出了巨大的钟声,或许渗入到了我的耳中——当时,我正坐在露台的阳光下,独自读着《金刚经》。我没有跟他们一起去,所以不能确定他们的经历究竟如何。

现在拉菲尔开始写诗了,他会突然停下话头——此刻,欧文点燃了一支蜡烛,我们正用低低的声音轻松交谈。这时能听到拉菲尔刷刷的钢笔声,急促而又疯狂。从世界之初到世界末日,你都能听到诗的声音。笔尖的刮擦声就像拉菲尔的叫声,带着同样的劝诫和抱怨的节奏。在那刮擦声里,从七岁开始在下东城从来不说英语的这个意大利脑子里流泻出奇迹般的英语诗句。他的心灵如蜂巢产蜜,十分深沉,充满各种惊人的想象力,每天当他给我们念诗的时候都会冲击我们的心灵。前晚,他给我们念诵了赫·齐·威尔斯的历史书,我们坐在那里,心灵在瞬间被历史人物的名词如

---

[1] 8世纪至16世纪西班牙的一种建筑风格,具有马蹄形拱和华丽装饰的特征。

洪水淹没，令人激颤——帕提亚[1]和塞西亚[2]的碎片让你身临其境地感受到历史，而不是仅仅了解这段历史。当他就着深夜的烛光在纸上刷刷刷地写诗之际，我们甚至都不敢说话，以免惊动他。我感觉到我们的愚钝。这种愚钝是如此无辜，与那些权威人士所说的"生活就是活着"如出一辙。五个成年男人在一间点着蜡烛的房子里，刷刷刷刷……当他写完之后，我会说："好了，现在把你的诗念出来吧……"

"哦，霍桑松垂的裤子，那不可更改的角色……"在他的诗里，你几乎能见到那个可怜的霍桑，戴着他笨拙的王冠，不修边幅地待在新英格兰风雪漫天的阁楼上。尽管这似乎并没有使朗诵者震惊，却震惊了我们，甚至震惊了拉撒路，我们由衷地热爱着拉菲尔。我们全都在同一条船上，可怜的，在这块陌生的异国的土地上；我们的作品被世人拒绝，因为它们疯狂、野心勃勃，还带有一点孩子似的天真。(到后来，我们才变得十分出名，我们那孩子似的天真也同时受到侮辱，不过那都是以后的事了。)

在楼上的院子里，能清楚地听到那帮墨西哥学生对我们吹的口哨和弹拨的吉他声，十分美妙——高原住民都热爱音乐。而后，突然插入了一段愚蠢的摇滚，也许是专门为我们准备的。作为回应，我和欧文唱起了ELI ELI，缓慢而又深沉。欧文是一个非常了

---

[1] Parthian，伊朗东北部古国。
[2] Scythian，亚洲与欧洲东南部之一的古老地区。

不起的犹太领唱者，带着震颤的喉音。墨西哥学生倾听着，陷入死一般的沉寂。在墨西哥，哪怕在半夜之后，人们也打开窗户放声高歌。

十九

第二天，拉菲尔进行了最后一次尝试，去超市买回一块巨大的牛排，在上面涂满蒜味丁香，把它扔进烤箱，味道非常鲜美，甚至哥内斯也被吸引过来，跟我们一起大吃牛排。可突然之间，那帮墨西哥学生手里端着龙舌兰酒在门口蜂拥出现。哥内斯和拉菲尔偷偷开溜了，而我们则心情沮丧地接受他们的款待。这帮人的头目是一个坚毅、英俊、善良的印第安人，穿着白衬衫，注重责任，喜欢开玩笑。他一定会是一个好医生。其他的一些学生留着连鬓胡，出身于混血中产家庭；最后进来的那个学生肯定永远也成不了医生，他沉溺于喝酒作乐，坚持要把我们带去娼寮，去了之后我们发现那里要价极高，而他最后因为喝得酩酊大醉被扔了出来。我们又再次回到了大街上，茫然四顾。

所以，我们把拉菲尔搬了出来，让他住到了他心爱的旅店里。那里摆放着巨大的花瓶，铺着小地毯，有摩尔式的华丽天篷，美国女游客在大厅里写信。可怜的拉菲尔坐在巨大的橡木椅子里，东张西望，寻觅着他的女施主，好把他带回她在芝加哥豪华的顶层公寓。我们把他留在大厅里自娱自乐。第二天，他就飞到了华盛顿特区，受邀在国会图书馆的诗歌协会暂驻，而后我将在意想不到的情况下与他重逢。

　　我看到了拉菲尔的幻象，在风尘漫天的街道一角，他深棕色的眼睛隐在高高的颧骨下，浅黄色的头发理着平头，或者说是萨梯式[1]的头发，就像是美国城市里那些穿街走巷的少年……雪莱是怎么回事？查特顿[2]呢？为什么到这里来，既没火葬堆、又没有济慈、没有耶和华、没有快马，也没有小天使？……天知道他到底在想什么。("油煎鞋子。"他后来对《时代》杂志说，但显然他是在开玩笑。)

二十

　　欧文、西蒙和我偶然去了霍奇米尔科[3]湖和浮岛，度过了一个迷人的下午。那里真是天堂。一群墨西哥人把我们从公园带到了浮岛。我们在水边的一家火鸡餐厅里吃了顿中餐，火鸡上会根据不同季节淋上不同的巧克力酱，美味无比。店主也卖生酿龙舌兰酒，我喝醉了。我敢说，在整个世界上，再也找不到第二个地方比水上花园更适合醉饮了。我们租了一条游船，沿着如梦境般美丽的河道泛舟，沿河都是漂浮的繁花和一些零落的岛屿——好几条

---

[1] Satyr，希腊神话中的森林之神，被描述成具有人形却有山羊尖耳、腿和短角，喜欢毫无节制地寻欢作乐。

[2] Thomas Chatterton(1752—1770)，英国诗人，曾称其诗歌为15世纪修士托马斯·罗利所写来愚弄学者。查特顿无法通过写作维持生计，以致穷困潦倒并于18岁自杀，对浪漫主义诗人影响极大。

[3] Xochimilco，墨西哥著名的水都。

游船划到了我们前头,摆渡者都是那么严肃庄重,那是结婚礼船,整个家族都在甲板上欢庆。我盘腿坐着,龙舌兰酒放在鞋边。忽然之间,仙乐飘然而至,经过我的身边,船上美女如云,还有孩子们和耄耋老人。女人们坐在低低的"开爱客"[1]里,划着船卖花,繁花几乎淹没了船身。附近有一片极美的苇荡,她们偶尔在那里歇息,重新摆放花束。在阳光普照的温软空气中,流浪歌手南北穿梭,不时拨弄琴弦。轻舟若莲,略一划动便滑过水面,无需摇橹,更不必马达。我因龙舌兰酒而烂醉如泥——那是用仙人掌酿制而成的酒,没有经过提纯,像绿色的牛奶,噢,一比索一杯。我朝那些欢庆的家族挥手致意。大多数时间,我沉浸在一种狂喜之中,似乎四周正是鲜花簇拥的佛土,空中佛号宣唱。霍奇米尔都是填湖建造墨西哥城后剩下的半面湖泊。你可以想象在阿兹特克时代的盛况,月光下,乘载着官妓和巫师的轻舟……

黄昏时分,我们在附近的一座教堂玩"背小猪"游戏,进行竞赛。西蒙骑到我的背上之后,我们试图推倒潘丘,他的背上驮着欧文。

在回来的路上,我们看到了宪法广场[2] 11月16日燃放的一场烟火。只要墨西哥放烟火,每一个人都会挤到那里,大声"噢噢噢"地叫着,沐浴着坠落如雨的烟火碎片,令人匪夷所思,简直像

---

[1] Kyak,一种爱斯基摩独木舟。
[2] Zocalo,墨西哥城的中心广场。

一场战争。谁都不在乎危险。我曾亲眼看到一片燃烧的碎片飞旋着落到广场的人群里。男人们赶紧把摇篮里的婴儿推到安全的地方。墨西哥人燃放的烟火越来越大,越来越疯狂。它们呼啸着,发出嘶嘶声,四处炸响。最后,一连串美丽的烟火之后,上帝最后的炸弹炸响,轰!(然后每个人都回家了。)

二十一

在这些疯疯癫癫的日子之后,我回到顶楼的房间,带着一声叹息扑到床上。"等他们走了之后,我要回到自己的生活里。"宁静的午夜、悠长的睡眠——只不过我已经无法想象在这里我还能再做些什么。欧文察觉到这一点,他总是用某种方式引导我:"杰克,你已经在墨西哥和孤独峰拥有了你的全部宁静,现在为什么不跟我们一起回纽约呢?你的书最后肯定会出版,说不定还用不了一年;你又能见到朱利安[1]了,在随便哪儿弄套房子或者弄间屋。时候已到,你该这样做了!"他嚷了起来,"是时候了!"

"该做什么?"

"出版你的书,跟每个人打交道,挣钱,成为一个全球知名的'行走作家',给流连在奥棕公园[2]的那些老妇人签名……"

---

[1] Julien,其原型为Lucien Carr,他是"垮掉的一代"早期的重要人物,虽然他不是作家,但正是他介绍了"垮掉的一代"的主要代表金斯堡、凯鲁亚克和巴勒斯等人互相认识。

[2] Ozone Park,位于纽约皇后区。

"你们准备怎么去纽约？"

"我们查报纸上的顺风车——今天就有一辆顺风车。也许我们甚至可以穿越新奥尔良——"

"谁想穿越那该死的老新奥尔良！"

"哦，你这个傻瓜——我从来没有到过新奥尔良！"他又嚷了起来，"我想去看看！"

"这样你就可以告诉别人你已经去看过了？"

"那无关紧要。啊，杰克，"他轻轻地摇着他的头，"可怜的杰克，痛苦的杰克——在臭虫的包围下孤独地寄居在老女人的屋檐下……杰克，跟我们一起去纽约吧，我们可以参观博物馆，我们甚至可以重回哥伦比亚校园漫步，拧老斯耐普的耳朵……我们还可以向范多伦[1]做一番建立新世界的演说……我们还可以驻扎在特里林[2]的门口，直到他把宿舍还给我们……"（他提到的是学校里的几个教授。）

"所有的文学艺术都无聊透顶。"

"没错，但它对自身还是有兴趣的。我们可以去看看那美丽的校园——你那陀思妥耶夫斯基式的好奇心哪去了？你变得太牢骚满腹了！你会越来越像个年老多病的瘾君子，就在房间里独坐终日，与世隔绝。是时候了，你应该戴上你的贝雷帽，突然出现在大家面前，让他们大吃一惊——他们早已忘记你是一位伟大的世界

---

[1] Mark Van Doren，美国知名教授及作家，曾在哥伦比亚大学任教多年。

[2] Lionel Trilling(1905—1975)，美国文学评论家，哥伦比亚大学教授，其主要著作包括《文化之外》和《真诚与真实性》。

级作家,甚至是一个名流。我们能做我们想做的一切事情!"他大声说,"拍电影!去巴黎!买岛屿!一切!"

"就像拉菲尔。"

"就算是,可拉菲尔不像你这样无病呻吟。他曾经迷失过,可他现在已经找到了他自己的道路——想想看,他现在正在华盛顿受到热情款待,出席鸡尾酒会,会见参议员——是时候了,诗人们该影响整个美国文化了!"欧文·加登,就像某个当代的美国小说家,那人在卡内基音乐厅宣称自己是握着两个拳头的左翼嬉普士领袖;他也像某些身居高位的哈佛学者,对政治怀有隐秘的兴趣,尽管他会把它隐含在对于永恒之幻影的某种言说之内……

"欧文,如果你真的已经看到了永恒之幻影,你就不会关心自己能不能对美国文化造成影响了。"

"但你总得承认,我有权力表达我自己的观点,去取代那些陈词滥调,那些社会学手册里的胡说八道……我要为美国带来布莱克[1]式的预言!"

"喔……那你下一步准备做什么?"

"我会成为一个具有大众影响力的诗人——在每一个傍晚,跟朋友们共度平静的时光,或许随意地穿着便服——去超市买回所有我想要的东西——我要加入到超市之中!"

"然后呢?"

---

[1] 英国诗人威廉·布莱克曾写过《先知书》。

"而你,可以立即安排出书,那些该死的混账迟迟拖延着不出。你的《在路上》是一部伟大而疯狂的作品,它将会改变美国!他们甚至可以靠它挣钱。你可以在你的狂热爱好者们的来信上裸舞!伟大的福克纳和海明威会因为你而变得深思熟虑。是时候了!"

欧文像乐团指挥似的挥舞着双手。他的眼睛灼热地盯着我,带着被催眠的疯癫入魔。(有一次在"飞"起来之后,他曾经严肃地跟我说:"你要听我的演说,要像在红场上那样。")"美国的耶稣将要诞生了!如果美国没有一位先知诗人,怎么能指望东方尊敬你?!羔羊[1]必须诞生!伟大而战栗的俄克拉何马需要诗人和赤裸!飞机将从一颗温柔的心灵飞向一颗开放的心灵!在办公室那些多愁善感、矫揉造作、磨磨蹭蹭、虚度光阴的人,必须有人给他们带来一点振奋!把乡下人都送到印度去!嬉皮一代的经典混乱场面将发生在公交车站、港务局、或者第七大道的厕所、或者洛克太太的东方会客室里或者别的地方……"他激动地用纽约嬉普士的方式耸着肩,脖子扭曲痉挛……

"好了,说不定我会跟你们一起走。"

"你甚至还能在纽约找个女朋友——就像你以前一样。杜劳斯,你的问题就在于好几年都没有姑娘陪你了。为什么你非要这么认为,因为自己有一双肮脏的黑手,就不能抚摸姑娘们雪白的肉体?她们都希望被爱,可她们那人类的灵魂都在你面前颤抖惊

---

[1] 羔羊是耶稣的喻体。

恐,因为你怒视着她们,因为你畏惧她们!"

"杰克,他说得对!"西蒙嘴里还含着烟斗。"给那些姑娘们一个好小伙,一个小宝贝,嘿,一个宝贝!"他走过来,使劲摇着我的膝盖。

"拉撒路会跟我们一起去吗?"我问道。

"那当然了。拉撒路可以在第二大道上尽情漫步,看看裸麦粗面包,或者帮助老年人走进图书馆。"

"他可以在帝国大厦倒立着读报。"西蒙边说边笑。

"我可以从河里捞柴火。"拉撒路自己发言了。他躺在床上,床单裹到了下巴。

"什么?"我们全都转向他。他已经24小时没出过声了。

"我可以从河里捞柴火。"他结束这句话的时候,就像发表了一个根本无需讨论的声明。不过他还是又重复了一遍:"从河里"。而后他再加了一句:"柴火"。突然他给了我极具幽默感的一瞥,似乎在说,他刚才其实跟大家开了个玩笑,但不必说出来。

第 二 部

PART TWO

穿 越 纽 约

PASSING THROUGH NEW YORK

二十二

这真是一场可怕的旅行。我们接触了——应该说是欧文以完美的商业高效率接触了一个意大利人,他是一位外语老师,从纽约来到墨西哥。不过看起来他更像是一个拉斯维加斯赌徒,或者勿街[1]的街头恶棍。我一直在怀疑,他到墨西哥到底来干什么。他在报纸上登了一条广告,他要开车回纽约,已经有一位波多黎各乘客,而我们这些人把剩下的空间挤得满满的,全部家当都搁在小车车顶上。三个坐前排,三个坐后排,膝盖顶着膝盖——太可怕了,路上足足有三千英里的距离……但我们别无选择——

在一个早上,我们出发了。(我忘了说,哥内斯犯了好几次毒瘾,派我们到城里给他弄毒品,这不仅非常困难,而且十分危险。)在那个早上,哥内斯又犯瘾了,但我们还是匆匆忙忙地溜掉了,没被他发现。其实,我很想走进他的房间,和他道别,但外面小车正等着我们,而且毫无疑问,他一定会要求我进城帮他弄吗啡(他又缺货了)。早上八点,当我们穿过那悲哀地飘着粉色窗帘的窗口时,听到了他咳嗽的声音。我实在忍不住,从窗口探进头去,对他说:"嘿,布尔,我们要走了。我们会再见的,等我再来的时候——我很快就会再来的——"

"别!别!"他用那沙哑颤抖的声音说着,企图把那种毒瘾发作的阵痛转化为巴比妥盐酸带来的迟钝,结果弄得一团糟,他身

---

[1] Mott Street, 亦称毛街或摩特街, 纽约唐人街的主要街道之一。

上卷着浴衣和床单,还有溅上的尿渍。"别走!去城里帮我弄点东西回来——很快就能回来——"

欧文从窗口跟他说话,试图让他镇静下来,但哥内斯开始哭泣。"像我这样一个老人,你们不应该把我丢下。我从来没有碰到过这么难熬的情况,浑身不舒服,手都没法抬起来找根烟抽……"

"可是,在我和杰克来之前,你不也好端端的吗?你会好起来的。"

"不,不,叫杰克过来!不要这样抛下我!难道你忘了我们过去共度的老日子了吗?那时候,我用那些当票补助你们,还给了你们钱……今天早上如果你们就这样走掉的话,我会死掉的!"他大叫起来。我们看不见他,只能听到他从枕头里传出来的声音。欧文让西蒙再对哥内斯说几句,然后我们就羞愧不安地匆匆跑了,带着我们的行李,走向大街——西蒙脸色苍白地看着我们。我们在人行道上转来转去,一片混乱。但我们叫的车已经停在那里了,我们唯一能做的、不光彩的事就是钻到车里,直奔纽约。西蒙也追了过来,跳上车。大家都轻松地喘了一口气,但我永远也不知道哥内斯如何摆脱他此刻的痛苦。当然,他的确摆脱了。不过随后,你会看到到底发生了什么……

司机的名字叫诺曼。我们在诺曼先生的车里坐定后,他不满地说车的弹簧片肯定会在到纽约甚至得州之前就会破裂——六个男人和一堆紧紧捆绑在车顶的行李和包裹—— 一幅悲惨的美国风情画。

诺曼先生发动了车子,全速前进。就像美国南部题材的电影里那些运炸药的大卡车,车每小时只爬行一英里,然后两英里,然后五英里。我们全都屏住了呼吸,接着是二十英里,三十英里,最后我们到了高速公路上,时速提高到了四五十英里。我们突然意识到这是一个漫长的旅程。我们坐在一部老式的优质美国汽车里,像一阵微风般掠过高速公路。

我们开始安静下来,分享大麻——那个年轻的波多黎各人托尼并不反对我们的做法——他准备去哈莱姆区[1]。最不可思议的事情发生了,像土匪一样强壮的诺曼先生竟然一边开车一边大唱咏叹调,声音尖锐刺耳,一路不停,从白天唱到晚上,直到蒙特雷[2]。欧文跟我坐在后排,他也加入了咏叹调的行列。我甚至从来不知道他居然会唱咏叹调,或者唱巴赫的托卡塔[3]和赋格曲。这么多年以来,我一直耽于行走,身心疲惫,甚至都已经忘记,我和欧文在哥伦比亚大学校园里,经常一起戴着耳机听巴赫的托卡塔和赋格。

拉撒路坐在前排,波多黎各人满怀兴致地问他问题,后来就连诺曼都意识到拉撒路不同寻常。三天三夜之后,当我们到达纽约时,诺曼很严肃地建议拉撒路加强锻炼,多喝牛奶,正步走,然后参军。

不过一开始,我们之间还充满敌意。诺曼对我们很粗暴,认

---

[1] Harlem,位于纽约曼哈顿北部。自1910年以来,该地区成为美国最大的黑人聚居地,20世纪20年代黑人艺术及文学的兴起被称为哈莱姆文艺复兴。

[2] Monterey,蒙特雷,墨西哥东北部城市。

[3] Toccata,一种形式自由、速度很快的即兴风琴曲或钢琴曲。

为我们是一群同性恋诗人。翻越锡马潘山时,我们都因为大麻的作用变得十分兴奋,而且变得敏感多疑。而诺曼先生的说法更是雪上加霜。"你们要把我当成这艘船上的船长和绝对主宰!你们不能干坐着,无所事事,全都让我一个人扛着。大家一起加油吧!当车子左转弯的时候,我们就一起高声唱朝左边倾斜;右转弯就朝右边倾斜。明白了吗?"我觉得挺有趣的,笑了起来。(他还说这对轮胎也有好处。)第一个转弯处,我们都朝一边斜过身子,但诺曼和托尼根本没有动,反而放声大笑。"现在朝右边!"诺曼下令道,我们又愚蠢地重复了一遍。

"嘿,你为什么不倾斜身子?!"我朝他叫道。

"我要专心致志地开车。你们这些家伙只要按我说的做,就会一路无阻到达纽约!"他大声说着,带着一点暴躁。我起先有点怕他。在大麻的作用下,我怀疑他和托尼都是骗子,会在路上把我们的东西席卷一空——不过也没什么值钱的东西。车子继续往前开,他变得越来越饶舌,从不生气的欧文终于开口了:"你给我闭嘴!"

于是,车里就此清静下来。

二十三

旅途甚至变得愉快起来,还带上了几分乐趣。在拉雷多[1]边

---

[1] Laredo,美国得州南部的一座城市。

界，戴着钢框护目镜的卫兵要检查我们堆在车顶的那堆行李，其中包括诺曼先生的自行车；最后他们发现实在没法检查这堆令人绝望的破烂里的每一件物品，不得不给我们放行。

在穿越格兰德河谷[1]时，风声呼啸，十分强劲。我们又回到了得州的土地上，你甚至能嗅出它的气息。我毫不犹豫地买了一堆冰淇淋回来，无人能抗拒它的诱惑。当晚我们到达圣安东尼奥。那天正好是感恩节。在圣安东尼奥的小餐厅，侍者悲哀地推销着火鸡晚餐。我们不敢停留。在美国公路上，那些无休止的赶路者片刻也不敢放松。到晚上十点，我们已经离开了圣安东尼奥。诺曼先生已筋疲力尽，实在开不动了，就把车停在干涸的河床附近，在前座打盹。我和欧文、西蒙、拉撒路拿出睡袋，铺在大约20度的冰冷地面上。托尼睡在后座上。欧文和西蒙钻进了欧文在墨西哥新买的带兜帽的蓝色法国睡袋，但睡袋太短了，连他们的脚也伸不开。拉撒路跟我共用我的军用睡袋。我让他先钻，然后我再挤进去，在脖子边拉上拉链。如果不事先打招呼，这样根本没法翻身。星星冷冰冰的。山艾结着霜，空气里充满冬天寒冷的牛粪味道。不过空气清新，在那神圣的原野的空气中，我还是睡着了。中间我翻了一个身，拉撒路也翻了过来，真是无可奈何。这让人睡得非常不舒服，因为你根本无法动弹，除非两个人同时翻身。不过还算好，倒是诺曼和托尼终于忍受不了寒冷，在凌晨三点把我们叫醒了，

---

[1] Rio Grande Valley，位于得州与墨西哥之间的河流，相当一部分流域形成美国与墨西哥之间的边界。

继续我们的旅程。

弗雷德里克斯堡晨光斑驳，五色杂陈。或许是别处的晨光，而我似乎已经穿越千次以上。

二十四

在下午乘车穿越一个州，单调而漫长。我们之中，有人打盹，有人说话，有人沮丧地吃着三明治。每当我从迷迷糊糊的小睡中清醒过来之际，我都带着一种奇异的感觉，似乎我正坐在开往天国的车上，驾驶座上的人不管是谁，都是来自天国的司机。这的确比较奇怪——某个人在控制着车子，而其他人都在昏睡中把自己的生命交给他那坚定的双手，这似乎具有某种高贵感，来自人类的古老传承，对老好人的信任传统。你昏昏欲睡、以为自己还在屋顶床上睡着。这时你从梦中睁开眼睛，发现自己置身于时速60英里的车内，窗外是阿肯色州的松林荒野，你会惊讶自己为什么会在这里，看看前面的司机——而他，依然坚定、安静、孤独地开着车。

傍晚我们到达了孟菲斯，在餐馆里饱餐一顿。就在那时，欧文发作了，他已经再也无法忍受诺曼了，我真担心诺曼先生把车一停，立即跟欧文在马路边干一架。其实，说诺曼一路都在惹人生厌也未免有失偏颇，所以我说："欧文，你不能这样指责他，他有权利做他想做的事。"于是，我便在车里树立起了这样一种形象——我是一个装模作样、废话连篇的人，决不会因为任何原因跟人干仗。幸好欧文没对我发作。而诺曼则突然沉默不语。我唯一的一次打架是因为有人暴打我的童年死党斯蒂夫·沃德科夫斯基。那是在一个夜里,他被按在车上痛打,对方是一个大个子。我冲过马路,左右开弓加入战斗,朝着那家伙的后背一阵猛捶暴打。他的父亲吓得惊慌失措,赶紧把我拉开。我从来不能自卫,只能为朋友两肋插刀。我倒是挺想看欧文和诺曼干一仗。曾经有一次(1953年),我对欧文发作了,我说我会踢他的裤子。欧文说:"我会使用一种神秘之力把你击倒。"结果他把我唬住了。实际上,欧文不会对任何人压下火气,而我则会静坐一旁,持守我的佛教"慈悲念"——这是我在森林里独自发下的誓愿,心里充满压抑地腹诽谩骂一番,但从不表现出来。从前有个人,听说佛陀从不回应谩骂侮辱——佛陀是我的偶像(耶稣是我的另一个偶像)——他叫了一声"世尊"就把口水吐到了佛陀的脸上。据记载,佛陀如是回应:"既然我无法消受你的侮辱,你还是自己拿回去吧。"

在孟菲斯的加油站,西蒙和雷兹兄弟在人行道上嬉闹起来。拉撒路突然间恼了,猛地推开西蒙,竟然把他一把推过了街中心,就像公牛一样有力。这种俄罗斯东正教式的强大一推令我吃惊。雷兹六英尺高,像铁丝一样瘦长,他走路总是驼着背,像一个1910年的老嬉普士,或者更确切地说,像是城市里的农民——"垮掉"这个词,就是来自南部农村。

在西弗吉尼亚的黎明,诺曼突然做出了一个令人意外的决定——让我来开车。"你能行,别急,开吧。我要放松一下。"就是在那个清晨,我真的学会了开车。一只手放在方向盘下端控制方向,在狭窄的两车道上,完美无缺地进行各种左右转弯,并避开其他车辆。右转弯用右手,左转弯用左手。我为自己的技巧感到吃惊。他们都在后座上昏昏欲睡,只有诺曼还在跟托尼闲聊。

我为自己感到无比自豪。那天晚上,我买了一夸脱的葡萄酒奖励自己,在车上喝。这真是旅途之中一个美好的夜晚。我们都兴高采烈,几乎同时唱了一百万首咏叹调;而西蒙则在一丝不苟地开着车(他原来可做过救护车司机),黎明时分已经能看到华盛顿特区的近影。我们在高速路上,开车穿过了一片森林。当我们进城之后,欧文叫了起来,使劲想把拉撒路摇醒,让他看看我们国家的首都。拉撒路说:"我想睡觉。"

"不行,快醒醒!你也许再也看不到华盛顿了!看!白宫那巨大的白色圆顶,笼罩在一片灯光之中!华盛顿纪念碑,巨大的尖顶直刺天空——"

当它从窗外一掠而过之际,我说:"真不赖。"

"这是历届美国总统居住并思考美国未来的地方。快醒醒……坐好了……看,司法部,他们在这里制定规则……"

拉撒路一边看着一边点头。

"帝国大厦在哪儿?"雷兹问。他以为华盛顿是在纽约。或许,在他的眼里,墨西哥就是围绕在我们周围的一个圆圈。

二十五

　　早上，眼睛干涩。我们朝新泽西收费公路狂奔而去。穿越一个又一个的州，就像穿越美国的历史，从四轮马车到福特车的历史——在华盛顿，欧文打电话到国会图书馆的诗人协会找拉菲尔，但他还没有到（不过诗人就是诗人）——当我们开到收费公路之后，前座的诺曼和托尼开始热烈地给雷兹出主意，目前该怎么生活，不要混日子，更好地把握自己……当他们建议他参军服役的时候，雷兹终于发话了："我不想被人牵着鼻子走。"但诺曼却坚持认为，我们每个人都需要听取别人的意见，但我不同意诺曼的看法，因为我对陆军或海军的态度跟拉撒路一致——如果我能侥幸逃脱它，如果他能潜入自我之夜，迷上他自己的守护天使——欧文和西蒙都已经精疲力竭，直挺挺地坐在我身边，脑袋都汗津津地垂下来，压迫着胸部；一眼看过去，是他们那疲惫不堪、不修边幅但颇具魅力的面孔，嘴里还喘着粗气。啊——我在这片刻忽然意识到，离开我在墨西哥那带着月光的阁楼、离开那安宁的生活，跟他们游荡这个荒谬可笑的世界还是值得的，一起朝向愚蠢但神圣的目的地，朝向圣灵的另一面——尽管我对诗歌和平安自有看法，不过，我还是情不自禁地热爱他们，热爱他们那汗湿的脸和蓬乱的头发——就像我发现父亲已经死在椅子上（在我们家的椅子上），带着那一头蓬乱的头发——那时我根本无法相信爸爸真的会死去，会剩下我独自一人——这两个疯狂的男人，在这么多年的消耗之后,终于垂下了头,像我死去的父亲那样(而我曾跟他激烈地争吵过,可那是为什么呢?可又为什么不能争吵呢?就连天使也会大喊大叫)……可怜的欧文和西蒙,在这世上相依为命,眉毛就像一座荒凉的停车场,鼻子上油腻腻的……永远无法安定的哲学家……从过去而来的圣哲和天使,在孩子们的天国里聚集……他们向下坠落、坠落、不断坠落,我和撒旦还有诺曼,在车里向下坠落、坠落……

欧文死后会怎么样呢?我的猫大概在坟墓里只剩下那双脚爪了。欧文会变成一只牙刷?西蒙呢?剩下一撇眉毛?在车里变成一具狞笑的骸骨?如果他们死了,拉撒路会被迫参军吗?母亲们会在起居室的暗影里思念成疾?父亲们长着茧子的手掌,会把尘土铲向他们的胸膛?[1]或者墨迹斑斑的手指将弯向那放满玫瑰的墓碑?而他们的祖先呢?咏叹歌手将吞下泥土?就在此刻?那个波多黎各人,他的铅色墓地会长出蒹葭苍苍,成为苍鹭的巢穴?加勒比海柔和的晨风是否会扰乱卡马乔的石油投机?加拿大法裔那法国式的面孔会在地下永远凝望?《墨西哥黎明》的歌者会情绪错乱不安,不再打开高高的禁窗,唱着小夜曲,接受姑娘们的芳唇?

不会。

会的。

---

[1] 在西方的基督教葬礼中,亲人们会在牧师的引导下,依次向死者的灵柩撒土。

二十六

我想去找一个姑娘,让我遗忘死亡——至少遗忘一段时间。她的名字叫卢斯·希珀[1]。

事情是这样发生的——

我们在十一月一个微风吹拂的清晨,到达了曼哈顿。诺曼向我们道别时,我们四个人都站在人行道上。我们都睡得太少而大麻抽得太多,一个个像得了肺结核似的咳个不停。我甚至怀疑自己真的得了结核。我从来没有这么消瘦,大约只有155磅(而我现在却足足195磅),两颊下陷、眼窝深陷,像两个巨大的洞穴,而此刻纽约已经很冷了。我不可遏止地想到,我们都会死掉,身无分文,背着大包小包站在人行道上,拼命咳嗽,朝曼哈顿四面张望。

"老曼哈顿!""四面都是海水的城市!"载重货车从隧道里呼啸而过,或者开上船坞。糖果店里那些眼神空洞、咳喘不止的看门人仍然记得昔日的壮美与荣耀……旧时……往事……"欧文,你他妈的接下来到底想干什么?"

"别着急。我们可以去按菲利普·沃恩的门铃,只要过去两个街区,在14大街。"——可菲利普·沃恩根本不在家——"他的屋子里铺满了旧地毯,我们可以先在他家打地铺,再去找住的地方。

---

[1] 其原型为 Helen Weaver,凯鲁亚克在纽约的女友。

现在,我们去见见两个姑娘吧。"

听起来倒不错。不过,我猜想,我们会见到两个对我们毫无兴趣的女同性恋。我们来到切尔西区,朝一间狄更斯式的窗户叫喊她们的名字,嘴唇在冰冷的阳光中呼出雾气。她们从窗口探出头来,长着一头漂亮的黑发,看着楼下的四个游民,站在一堆散发着汗臭的行李中间。

"谁在叫我们?"

"欧文·加登!"

"加登!你好!"

"我们刚从墨西哥回来,在那里就这样在街上给姑娘们唱小夜曲……"

"那就唱吧,别光站在那里咳嗽。"

"我们要先上去,打几个电话,休息一分钟……"

"那就来吧。"

这可真是"一分钟"……

我们趾高气扬地飞奔上去,冲进了她们的房间。屋子里铺了木地板,吱吱嘎嘎响个不停,边上还有座壁炉。迎面而来的女孩名叫卢斯·埃里克森,我突然记起了她——她是朱利安的前女友,那是朱利安结婚前的事。他说她身上有种密苏里河流的气息,带着泥浆,穿过她的头发。这就意味着他喜欢她的头发,而且也喜欢密苏里——那是他家乡的河流;并且,他也喜欢黑发女子。她皮肤白晳，黑眼睛，头发浓黑，胸部丰满，就像个可爱的洋娃娃。我想，自从上次我跟朱利安、她和她的室友一起喝醉了之后，她又长得更高挑了。卢斯·希珀从另一间卧室走出来，身上还穿着睡衣，黑发如丝披覆，黑眼睛，有点撅着嘴，似乎在问"你们是谁"，"到这里来干什么"。她的身材真是无法形容。就如预言家埃德加·凯西所说，无法形容。

一切都很正常。直到她在椅子里坐下，我看到了她睡衣里面的部分，我开始为她疯狂了。而且，在她的面孔上，也有一种我从未见过的表情：在少女玫瑰色的红唇、柔软的面颊之中，露出一种奇特的孩子气的表情，或者说是淘气的小妖精似的表情。

"卢斯·希珀？"在介绍了她的名字之后，我问道，"就是跳过麦堆旁边的那个路得？"[1]

"没错。"她说。也许只是我认为她说过，我已经不记得了。

这时，埃里克森下楼拿回了星期天的报纸，而欧文正在浴室里洗澡，所以我们都开始看报，但我却忍不住一直幻想着裹在希珀睡衣里面那美丽的大腿。

此刻，在曼哈顿，埃里克森对我们来说简直必不可少。她魅力十足，惯于对男人射出丘比特之箭，令男人犯罪。她是一个很放得开的女孩，我一见到她就不由得暗生邪念，但我觉得这倒不

---

[1] 在《圣经·旧约》中，"Ruth"（卢斯）的译名为"路得"。在这里，凯鲁亚克用双关语开了个玩笑，在《路得记》中，路得绕道麦堆的旁边，跟波阿斯同睡，醒后波阿斯娶了路得。而麦堆的英文"heap of corn"恰好与希珀"Heaper"谐音。

能说令男人犯罪是她的过错。而希珀的眼睛里总有一种戏谑的神情——她被祖父宠坏了，他每到圣诞节就送来电视机这一类的贵重礼物，而她根本不当回事。后来我听说，她还曾穿着靴子、带着马鞭徒步格林威治村。

我们四个人都想跟她上床，这四个丑陋的、在她们的台阶上咳个不停的流浪汉，都想跟她上床。不过我发现我占了先手，因为我的目光是如此饥渴。我直视着她，目光里清楚地写满了"性爱"——我想"要"她——我疲惫不堪，行为粗野，已经完全失控——埃里克森给我带来一听啤酒——我要么跟希珀做爱，要么去死——我想，她一定知道这一点。她唱完了《窈窕淑女》里面所有的插曲，将朱莉·安德鲁斯[1]的声音模仿得惟妙惟肖（包括她的一点伦敦腔），有若天籁。我恍然觉得，她的前世就是伦敦的小偷和皮条客，就带着这样的伦敦口音——而现在，她又回来了。

像往常一样，我们四个轮流洗澡沐浴，把自己弄得干干净净，甚至还刮了胡子。——我们想再走访几个西蒙的朋友，带着快乐的卢斯姐妹，度过一个快乐的夜晚。哦，天啊，在这可爱的纽约寒风中，带着爱情行走——

对我们这次旅程来说，再也不可能有一个比这更好的结局了。

---

[1] Julie Andrews，20世纪60年代美国女星，她以电影《音乐之声》《欢乐满人间》以及舞台剧《窈窕淑女》等名扬全球。

二十七

可我的"安宁"呢?

啊,就在那睡衣包裹的小麦色腹部里。那个淘气的女孩,长着一双闪闪发光的黑眼睛,知道我在爱着她。我们走在格林威治的树下,敲打别人家的窗户,漫步华盛顿广场,我甚至迈出了一个漂亮的芭蕾舞步,以便取悦我的卢斯——我们走在他们后面,手牵着手——我想,西蒙肯定会因自己没有得到垂青而略感失望。卢斯忽然提出,我们俩应该回去再听一次《窈窕淑女》全剧,随后再跟他们会合。我们仍然手牵着手,我指着我的疯狂曼哈顿的窗户宣布:"我要写出在这些窗户后面发生的所有事情!"

"太好了!"

在她卧室的地板上,当她放音乐的时候,我吻了她,像个敌人似的吻了她。她也像敌人似的回吻了我,并且说,她不会选择在地板上做爱。好了,现在,出于百分之百的文学性,我想描述我们的情爱。

二十八

那就像是毕加索一幅巨大的超现实主义作品——甚至毕加索本人也不可能画得比这更逼真了。就像回到了伊甸园,万物生长。世上再也没有任何一件事情,会比怀里抱着一个赤裸的胴体、坐在床沿并开始初吻更为美好——无论是从生命意义还是从审美角度而言。那有如天鹅绒般光滑柔软的背部。幼发拉底河在她的发间奔涌。她的脖颈何其美好，如同伊甸园里的第一个女人，绰约曼妙的夏娃现身于秋日的乐园，那充满灵魂的、活生生的肉体，没有掺杂一点性欲——而那整个的胴体，是如此的柔软、如此的不可思议——如果男人也拥有这柔软的肉身，那么，我也将会爱上他们——设想一下，柔软如花的女人居然会羡慕坚硬多毛的男人！一个念头冒了出来：什么是美？而卢斯却说，她厌恶自己过度柔软的小麦色腹部，她对这一切都感到无比厌倦。她渴望粗暴，她觉得那才是美。——我们再度回到了毕加索的画布之内，回到了让·马勒[1]的花园之内，交换着柔软与坚硬。我们整夜沉浸在无休止的纯粹欢爱中，直到睡去。

我们互相开垦、互相进入，如饥似渴。

第二天，她告诉埃里克森，在她的生命里，这是她第一次感到心醉神迷。在喝完咖啡后，埃里克森转述给我听。我当然很受恭维，但却难以置信。我到14大街买了一件红色的夹克，晚上，我和欧文这帮老友一起去找房子。有那么一瞬间，我几乎想在基督教青年会租下一间两居屋，带着雷兹一起住下，但我意识到，我得留住最后几个美元。后来我们给雷兹找到一间波多黎各人的房子，又冷又潮，十分凄凉。我们就把他留在那儿，留在凄凉之中。欧文

---

[1] Jan Muller（1922—1958），美籍德裔画家，绘画带有独特的印象派风格，色彩浓烈。

和西蒙去蹭中产阶级学者菲利普的房子。希珀说，我可以跟她睡在一起，可以跟她一起生活。我可以每晚都跟她同床共枕，第二天她去上班之后，我可以开始写作，下午跟埃里克森喝咖啡、啤酒或者聊天，直到她晚上回来。然后，我可以在浴室里为她的小疹子擦上油膏。

二十九

卢斯·埃里克森在公寓里养了一只大狗，是一只巨型的德国警犬，或者牧羊犬，要不就是一只狼狗。它特别喜欢在壁炉边的木地板上跟我角力。它能一口吞下一个诗人或者恶棍，不过它知道埃里克森对我十分友好——埃里克森把它称为她的情人。我有次带它去遛弯，牵着皮带，带它到路边的小石子上蹦跶，解决拉撒问题。可它实在太强壮了，为了追寻某种气味，足足把我拉了半个街区。我向埃里克森抱怨，把这样一只庞然大物套上皮带、关在房子里实在太不人道了。不过据说最近在它快要死的时候，正是埃里克森对它进行了24小时悉心监护，可见她是真心关爱它。

埃里克森的卧室里也有一个壁炉。她的衣服上满是珠宝。某次，她的一个加籍法裔朋友从蒙特利尔过来——我可信不过他，因为他跟我借过5美元，可是一直没有还给我——然后拿走了她最昂贵的一枚戒指。她问我到底会是谁干的——不可能是雷兹，不可能是西蒙，不可能是欧文，当然，更不可能是我。"肯定是蒙特利尔那个骗子。"她倒是渴望我能成为她的情人,不过因为希珀的存在,所以我们根本不可能。在长长的下午,我们没完没了地聊天,然后互相凝视。希珀下班回来的时候,我们就做意大利面,点上蜡烛,吃顿大餐。每个夜里,都有一些准情人前来追求埃里克森,但都被她拒绝了——唯一的例外就是蒙特利尔那家伙。不过他似乎没能得手,除非他趁我不在的时候跟希珀有了一腿。另一个家伙是吉姆·麦克卡弗雷,一个年轻的新闻周刊编辑,留着詹姆斯·狄恩[1]式的发型。他对我说,由于我的祝福,所以他得手了,甚至还特意过来问我,他这样做行不行。很显然,这是埃里克森故意打发他来戏弄我的。

谁还能得到一种更好的生活?或者说,谁还能想到一种更糟的生活?

三十

为什么说"更糟"?在这世界上,最甜蜜的事情莫过于让一个女人怀上你的孩子,婴儿们哭喊着跑出子宫,要求得到温柔怜爱,就像是从此被扔进了生活的鳄鱼之口——在生活的河流中——温柔苏格兰的先生们女士们,这就是出生——我曾经写过:"孩子们尖叫着,在这个镇里出生,成为一个不幸的样板——而这样的不

---

[1] Jeams Dean(1931—1955),好莱坞传奇明星,20世纪50年代叛逆少年代言人,死于车祸。曾获奥斯卡最佳男主角提名。

幸，随时随地都在发生……小女孩在人行道边留下的影子，比死亡的阴影更短促——在这个镇里……"卢斯姐妹也曾是这种尖叫着出生的小女孩，但在14岁上下的年纪，她们突然变得兴致勃勃，发出了另一种尖叫——真是可怕——佛陀最基本的教导就是"勿再堕轮回"。然而，这个教导却被故意隐藏起来了，或者被扭曲、颠倒了，甚至被诽谤——现今，所有关于佛教的大部头泛滥成灾，它们不仅言之无物，反而成为魔鬼的个人战争——反对佛陀本质教导的一场战争。佛陀曾在1250个信众面前讲道，而庵摩罗[1]和她的侍女们怀着朝拜之心，将布施铺满了孟加拉的草地。他说："虽然这个女子美丽无比，且广有布施，但你们宁肯落入虎口，也强如落入她的罗网。"喔，是吗？——他的意思是说，即便每一个克拉克·盖博或加里·库珀诞生，甚或是海明威，他们带着所有尘世的荣耀，也无法逃避生老病死的悲哀疾苦——他的意思是说，每一个受到母亲呵护、听着摇篮曲的可爱小宝贝，都同时是一个将要在这个大地上腐烂生蛆的肉体。

三十一

但女人的天性却是疯狂地渴慕男人，于是，生死之轮就这样不停地永劫轮回下去。而有些魔鬼自己也会出来亲手推动轮回，

---

[1] 庵摩罗是一个美丽的妓女，心地善良，虔诚信佛。她恭请佛陀去她家接受供养，许多智者、长者劝他拒绝，但他认为众生平等，当晚便率弟子住进了庵摩罗的后花园。

或甜蜜或苦涩,在天空之虚无里留下自己的印记——尽管无论什么东西都能留下印记,哪怕是飞机上的百事可乐广告,更不用说启示了——魔鬼正是这样做工,令男女互相爱慕,而得到女人受胎的结果——在领主时代,我们将会为之自豪;然而,时至今日,它却令我们陷入了沉思之苦。所有的超市都安装了电动旋转门,以便于孕妇购买食品——去喂养一个必死的将来——合众社,把我的话发表出来吧——

男人被那颤动的事物所包围——印度人称之为"莉拉"(即花朵),因此,男人无可奈何,除了投降别无选择,除非他逃进修道院——而在那里,或许也有反常的同性在等着他——因而,为何不将自己枕在那小麦色的腹部之上呢?但我知道结局终将到来。

欧文是对的。他出面安排跟出版商会面,洽谈出版和版税。结果,我获得了1000美元的报酬,每月支付100美元。在我完美无缺的文字面前,他们低下鹬鹚似的头颅,准备出版我的书——于是,我有点想跟希珀结婚,然后搬到康涅狄格的乡下居住。

她皮肤上的小疹子,援用埃里克森的解释,是因为我的到来和做爱引起的。

三十二

卢斯·埃里克森跟我每日闲聊,以至于无话不谈。她向我透露她对朱利安的爱情——哇!——朱利安是我最好的朋友,当我初次遇到埃里克森的时候，我正跟朱利安合住在23大街的阁楼上。他疯狂地爱上了她，而她不愿回报——但就我所知，在那个时刻，她是愿意回报的。而今，朱利安已经跟世界上最有魅力的女人——凡妮莎·范·萨尔兹伯格结婚了，我的机智风趣的朋友，或者说是我的红颜知己。哦，现在，她想要朱利安！他甚至在中东给她挂来长途电话，但在那时候似乎无济于事——她的头发里涌动着密苏里河的气息，也许是冥河，或许说米蒂利尼[1]的气息要更确切些。

这就是老朱利安。从办公室回到家，舒舒服服地坐在豪华而舒服的皮椅里，这是他妻子给他买下的第一件家具。这时，朱利安已经是一名成功的商人了。打着领带，留着胡子，不再像早些年，跟我一起坐在水坑边上，不顾大雨瓢泼而下，朝墨西哥的醉鬼流氓大喊大叫——现在，他坐在摇篮前，坐在劈劈啪啪的火炉边，摸着他的胡子，一边说："人生无非就是养孩子和养胡子。"朱利安告诉我，他就是新的佛陀，乘愿而来重入轮回的佛陀！——这个新佛陀的誓愿就是献身于被伤害！

我常去他的办公室，看他工作，他的办公方式，听他滔滔不绝的生意经——他是整个电缆生意的最佳业务代表。如果不跟埃里克森继续喝咖啡，我就会去拜访朱利安的住所——那是全曼哈顿最漂亮的公寓楼，那正是朱利安喜欢的风格，带着小小的露台，

---

[1] Mytilene，古希腊的一座小岛，女诗人萨福的故乡。

整个街区霓虹闪烁,绿树成荫,车水马龙。厨房的冰柜里储满了冰块和可乐,便于喝几杯"老友记"加冰威士忌。——跟他的妻子凡妮莎聊天,也跟孩子们说说话。当电视上开始播米老鼠动画片的时候,孩子们就要求我们噤声。朱利安下班回家了,穿着西装,打着领带,一边抱怨:"妈的,劳碌一天,终于回到家里,却还要面对这个麦卡锡式的杜劳斯!"有时候,他会带着他的助理一起回来——乔·斯克里伯纳或者是提姆·佛塞特——佛塞特耳聋,戴着一副助听器,是一个受苦受难的天主教徒,热爱着受苦受难的朱利安。在凡妮莎生火之前,朱利安就一屁股坐进那张安乐皮椅,摸着自己的小胡子——欧文和哈巴德认为,朱利安留了胡子之后,变得又老又丑,完全掩盖了他的美貌。"有吃的吗?"他嚷道。凡妮莎为他端来半只烤鸡,他胡乱地就着一杯咖啡吃烤鸡,盼望我再下楼去买一品脱"老友记"威士忌回来——

"我出一半钱。"

"哈,你这家伙总是出一半钱。"我们一起出门了,带着一条黑色的西班牙猎狗。在到达卖酒的商店之前,我们进酒吧去喝了几杯黑麦啤酒,混在其他悲哀的纽约人中间喝可乐、看电视。

"可恶,杜劳斯,可恶极了……"

"你想说什么?"

他突然攥住我的衬衫,猛地扯掉了两颗纽扣。

"你为什么老是要扯我的衬衫?!"

"可你母亲不会到这里来帮你缝纽扣了,对不对?"他继续用力撕扯我可怜的衬衫，然后悲哀地看着我。朱利安的悲哀凝视似乎是这样的凝视——

"啊，狗屁男人，你和我这样的蠢蛋让自己的小屁股迎合一天24小时的时钟运转，当我们进入天堂之后，我们甚至都不知道该说些什么，也不知道我们到底是什么模样……"

我曾经遇到过一个女孩，跟朱利安这样描述她："一个美丽而悲哀的姑娘。"朱利安却说："每个人都美丽而悲哀。"

"为什么这样说？"

"你不会知道的，你这个可恶的……"

"你为什么老说我可恶？"

"因为你继承了家族的特性。"

他是这个世界上唯一能侮辱我家族的人——没错，因为他侮辱地球上的每一个家族。

"那么你的家族呢？"

他答非所问。"如果你的头上戴着王冠，他们会把你绞死得更快。"

在回到公寓的楼梯上，他开始挑逗那只母狗："哦，你黑色的小屁股是多么的……"

12月的风雪将至。卢斯·埃里克森按原计划过来了，正跟凡妮莎说个不停。我和朱利安偷偷摸摸地从他的卧室溜出去，穿过安全通道，到酒吧里喝黑麦啤酒和苏打水。他在我的前面，从安全通道敏捷地一跳，我也学他的样儿，但我忘了他早已训练有素。从安全通道到人行道足足有10英尺高，但当我意识到这一点的时候，已经来不及了。我头重脚轻地翻转，结果不幸以头着地。噼啪！朱利安赶紧过来扶起我，我已经是头破血流了。

"这一切就是为了从女人身边逃走吗？不过，杜劳斯，你流血的时候似乎看起来更顺眼……"

"可恶的逃跑。"在酒吧里他补充了一句。不过这倒不是恶毒，就只是说说而已。"在老英格兰，他们经常头破血流。"当他看到我脸上痛苦的表情时，表达了一点怜悯之情。

"可怜的杰克。"他的脑袋转过去，像欧文一样，为了同样以及非同样的理由。"你应该待在你原来待着的地方，不管是哪儿——"他叫侍者拿点红药水来帮我涂伤口。"老杰克，"这时候，他在我面前变得十分谦卑，而且老想弄明白我到底在想些什么，或者他自己到底在想些什么。"你的看法非常有价值。"

我第一次跟朱利安相遇是在1944年，当时我觉得他是个不良少年。那是我唯一一次在他面前吸大麻兴奋了。我感觉他也不喜欢我。不过，从那以后，我们经常在一起醉酒……现在仍然如此。朱利安长着狭长的细眼睛，带着泰龙·鲍尔式纤瘦而刚毅的男子气。

"我们去看看你的姑娘吧。"我们叫了一辆出租车，在雪中穿行，去见希珀。我们一走进去，希珀就发现我喝醉了。她伸手抓住我的头发，猛地一拉，甚至拉掉了我头顶最重要的几根头发，而且开始打我的脸。朱利安坐在那儿叫她为"击球手"。所以，我们只能离开。

"击球手不喜欢你,老兄。"我们搭了一辆出租车,朱利安愉快地说。我们回到他家,埃里克森还在跟凡妮莎聊天。天哪,所有伟大的作家都应该变成女人。

三十三

快到看电视的时间了。我和凡妮莎在厨房里准备了更多的黑麦啤酒和可乐,把它们叮叮当当地搬到壁炉边,把椅子都搬到电视机前,欣赏克拉克·盖博和简·哈洛[1]的表演。那是30年代一个橡胶园的故事。简·哈洛正在一边清理鹦鹉笼,一边对鹦鹉说:"你刚才到底吃了什么?难道是水泥吗?"我们轰然大笑。

"老弟,他们现在再也不拍这样的片子了。"朱利安叹道,一边吸着饮料,摸着胡子。

后来又播了一部关于苏格兰的片子。朱利安和我十分静默地回顾着我们往昔的岁月,而凡妮莎却在哈哈大笑。她唯一的童年记忆就是摇篮和银版照相。我们看到劳埃德[2]演的伦敦狼人,从一间房子里退出,却带着邪恶而淫荡的目光。

"这个婊子养得绝对一钱不值!"朱利安叫了起来。

---

[1] Jean Harlow(1911—1937),好莱坞明星,被《飞行家》中的原型霍华德·休斯一手捧红。她以美貌和尖刻的妙语闻名,代表作为《地狱天使》和《红尘》。26岁时,简·哈洛服毒自杀,香消玉殒。

[2] Lloyd,也许是指 Harold Clayton(1894—1971),美国著名默片演员。

"加上床架都不值。"我补充道。

"再给壁炉加点木头,妈兹。"——"妈兹"是朱利安用来称呼妻子的,而"戴兹"用来称呼孩子们。她欣然听从了他的吩咐。我们看片的乐趣被一个来访者打断了,提姆从办公室赶了过来,朝着我们大喊大叫(因为他自己耳聋)——

"国际合众社的一个人跟我说了一个母亲的事。她是个妓女,竟然跟自己的私生子发生了关系,真是可怕极了!"

"是吗?小私生子死了吧?"

"死了?他在哈里斯堡旅馆里把头洗得干干净净——"

后来,我们全都喝醉了。我睡在朱利安的卧室,他自己跟凡妮莎把沙发打开当床用。我打开窗户,呼吸了一点带着雪花的新鲜空气,而后在朱利安祖父的画像下面睡着了。他祖父被埋葬在弗吉尼亚列克星敦墓园,就在"石墙"将军杰克逊的墓边。

第二天早晨,我醒来,发现地板上已经铺了两英尺的厚雪,还有一些雪甚至飘到了床上。朱利安坐在起居室里,脸色苍白,浑身都不舒服。他甚至连啤酒都不碰,只吃了一个白煮蛋,因为他不得不去上班。他打上领带,因为要上班而恐惧得浑身瑟瑟发抖。我下楼买了一堆啤酒,跟凡妮莎和孩子们打发了一天,跟他们玩背小猪游戏——天黑下来的时候,朱利安回来了。我们又开始喝酒。凡妮莎做了芦笋、排骨,还准备了葡萄酒。那一晚,其他全体人员——欧文、西蒙、雷兹、埃里克森和一些作家(都是从格林威治村来的,

(其中有几个意大利人)都来了,跟我们一起看电视。我们看到派瑞·科摩[1]和盖伊·伦巴多[2]在一个华丽的电视节目里相互拥抱。"妈的,"朱利安说,一边在皮椅子里面喝酒,甚至忘了摸他的胡子,"那些该死的拉丁佬[3]回家吃意大利小方饺,全都呕吐而死!"

我是唯一发笑的(凡妮莎只是偷笑)。因为在全纽约,朱利安是绝无仅有的"心直口快"者——他会当即说出自己所思所想的人,不管心里想的是什么,都会不假思索地说出来。这就是我爱他的原因——他是一个领主,先生。(拉丁佬,请原谅我们吧。)

三十四

我曾经见过朱利安14岁时的照片,挂在他母亲的房间里——真是无法想象,有人能长得如此美貌——金发上染着一轮淡淡的光环,深深的轮廓,一双东方人的眼睛。我在想:"妈的,在他14岁的花样年华,我是否也可能会爱上他?"不久之后,我就告诉他姐姐,她给朱利安照了一张伟大的照片。一年之后,我偶然拜会她在公园大道的寓所,却没找到这张伟大照片。它不见了,不是被她藏了起

---

[1] Perry Como,爵士歌手,出生于宾夕法尼亚州一个意大利家庭,后成为美国爵士乐歌坛一颗巨星。

[2] Guy Lombardo,20世纪加拿大最负盛名的乐队,由他们演奏的《友谊地久天长》风靡一时。该乐队由 Guy Lombardo 领导。

[3] 美国对意大利人、西班牙人和葡萄牙人的蔑称。

来,就是被她毁了——可怜的朱利安,在他那金发的背后,我看到美国的停车场和凄凉至极的闪光——这闪光似乎在问,"你是谁,蠢驴?"——一个悲哀的少年,我透彻地明白他的心境,因为我认识许多忧伤的法裔加拿大少年,正如欧文认识许多忧伤的纽约犹太人——一个美貌非凡的少年,最后被妻子救赎,善良的老凡妮莎,她曾经对我说:"你在沙发上昏睡之际,我看到你的裤子在撑船!"

我跟朱利安开玩笑:"以后我要把凡妮莎叫作'美腿小姐',因为她的腿太漂亮了。"他回答说:"如果你对凡妮莎有任何非分之想,我会把你杀了!"看得出来,他会说到做到。

他有两个儿子,彼得和加雷斯。还有一个儿子正在孕育之中,日后他将以"以斯拉"[1]之名而闻名。

三十五

朱利安对我发狂了,因为我跟他的一个旧女友上过床——倒不是卢斯·埃里克森。但当我们到卢斯家开派对的时候,却有人朝埃里克森的窗户扔臭鸡蛋。我和欧文随后下楼去查找线索。一星期前,西蒙和欧文被一伙少年犯拦住,用碎玻璃酒瓶抵着他们的

---

[1] "以斯拉"是希伯来传说中的犹太预言家,加雷斯为传说中亚瑟王的侄子,而彼得则是《圣经》里使徒的名字。

喉咙,仅仅是因为西蒙在百货店前打量过他们一眼——此刻,我们又跟这伙少年犯重逢了。

"谁扔的臭鸡蛋?"我问。

"那只狗在哪儿?"一个少年往上走。

"他不会伤害你的。是你扔的臭鸡蛋吗?"

"什么鸡蛋?"

我跟他们交涉的时候,发现他们想拔刀扎我,我开始害怕了。但他们却散掉了。我看到其中一个男孩的夹克衫背后写着"鲍尔"——我说:"好吧,鲍尔老弟,以后别再扔鸡蛋了。"他转过头来看着我。"这是一个很酷的名字,"我说,"鲍尔老弟。"大概这件事就这样了结了。

这时,欧文和西蒙安排了一场活动,跟萨尔瓦多·达利[1]会面。但是在此之前我得先说说我的外套,不过还是从拉撒路的哥哥托尼说起吧。

西蒙和拉撒路在疯人院有两个哥哥,其中一个患有无可救药的紧张症,拒绝一切护理。也许当他看到护理员的时候会想:"我真希望这些家伙别再叫我去触摸他们,因为我全身缠满了无可救药的、带电的毒蛇……"另一个哥哥是个精神分裂症,西蒙帮他从长岛的医院里逃了出来——所以,现在托尼就来到了外面的世界,

---

[1] 西班牙超现实主义绘画大师。

在鲍威利[1]的一家保龄球馆找了份球童的工作（像我年少时一样，什么都能干）。我们曾经去过那家保龄球馆，看见他行动十分迅速，重新捡起球柱排好——后来，第二天夜里，我在菲利浦·沃恩的公寓阅读法文版的马拉美和普鲁斯特，欧文按了门铃，我出去开门的时候，看到他们三个——欧文、西蒙，长满粉刺、身形瘦小的金发托尼站在他们中间。"托尼，这是杰克。"当托尼看到我的脸、或者眼睛、或者身体，或者其他的任何东西，总之，他突然转身跑了，以后我就再也没有见过他。

我想，也许是我看上去有点像他的紧张症哥哥，总之，雷兹就是这么跟我说的。

然后，我去拜访了我的老朋友德尼·布鲁。

在我"在路上"的日子里，德尼·布鲁是整个西海岸最有趣的人物。他会偷走一切他看到的东西，但他心地善良，不时会把它们送给寡妇。目前他住在十三大街的公寓里，靠近码头。他家里有一个冰柜，用来冷藏他的秘制肉汤。他戴着厨师帽，在感恩节烤着整只巨大的火鸡，分给格林威治村的嬉普士和垮掉派。当他们死了之后，大衣里还塞着他送的鸡腿呢——而德尼·布鲁的目的在于邂逅一个很酷的格林威治姑娘——可怜的德尼。德尼有一部电话，一个满满的冰柜，和一群在他家大吃大喝的流浪者。有时德尼周末出门，流浪者们会把灯通宵开着，水龙头打开，让水哗哗地往外

---

[1] Bowery，美国纽约城曼哈顿南部的一个区。鲍威利区因酒吧、罪犯行为和流浪汉而恶名远扬。

流，而且门也不锁。德尼总是被人出卖，甚至被我，总之他是这样宣称的。"现在，杜劳斯，"这个220磅的黑发法国胖子(以前他喜欢偷窃，不过现在他只偷应该属于他的东西)说，"你总是把我的生活搞得一团糟，不管你到底想干什么——我现在见到你，真为你感到惋惜……"他抽出一些政府公债，还有他指着这些政府公债的照片，上面用红笔写着："我总能吃得起肉汤和火鸡。"他家离卢斯家只有一个街区。

"我看你现在衣衫褴褛，穷困潦倒，甚至连酒都买不起，甚至不肯对我说'德尼，你已经救过我很多次急了，现在你能再借点钱给我吗？'因为你永远、永远也不会开口向我借钱。"他做过水手和家具搬运工，是我在预科学校就认识的老朋友，我父亲见过他而且很喜欢他。朱利安觉得他的手脚都太纤细了，跟他的巨大体型实在不相衬——你觉得谁的意见更有道理？——他对我说："我要给你一件货真价实的小羊驼大衣，只要等我用剃刀把它们分割裁剪好……"

"你从哪儿弄到的大衣？"

"你就别管了，不过你如果坚持的话——因为你总是喜欢把我的生活弄得一团糟，那么我告诉你，这件衣服是我在搬家具的时候从一间空货仓里拿的。真的很凑巧，我觉得大衣原来的主人肯定已经死了，那里堆了一大堆，所以我顺手拿了一件。你能理解吧，杜劳斯？"

"好吧。"

"他说了'好吧'，"他抬头望着他天使般的汤姆·沃尔夫兄弟，

"我要给他一件两百美元的大衣,而他所说的一切就是两个字——'好吧'!"(一年之后,华盛顿开始声讨小羊驼大衣和小牛皮大衣)。大衣超长,盖到了我的鞋上。

"德尼,你希望我穿着这样一件盖到鞋面的大衣走在纽约的街上?"

"我不仅希望如此,"他在我头上戴上羊毛滑雪帽,把它猛地往下一拉,盖住我的耳朵,"而且还希望你能按我教你的方式搅鸡蛋。"他把六个鸡蛋搅在一起,加上四分之一磅黄油、奶酪和调料,用小火煎;他一忙就让我帮他搅,因为他要把黄油捣碎、把土豆捣碎过滤,然后在半夜开始吃晚餐,味道很不错。他给我展示了他的印第安象牙微雕(就像一颗土粒那么大),向我解释做工是多么精致,而且,在去年新年的某个酒吧里,有人开玩笑似的把它们从他手里一口气吹走了。他还向我推荐了一种汤姆利乔酒,我们喝个了通宵。他希望我把他介绍给卢斯姐妹。我知道那不管用。他是一个典型的老式法国人,锦衣玉食,夸夸其谈,需要一个法国妻子,而不应该在格林威治村鬼鬼祟祟地找那些冷若冰霜的单身姑娘。像往常一样,他挽着我的胳膊,跟我倾诉他所有的故事;当我邀请他跟朱利安和凡妮莎喝酒的时候,他又絮絮叨叨地重复了一遍。趁这个机会,他给他的一个女友(是他喜欢但没有兴趣的类型)拍了封电报,告诉他我们会在这地方喝鸡尾酒,但她没有出现。他讲完所有的笑话之后,凡妮莎开始说自己的笑话,德尼笑得太厉害了,结果把裤子弄湿了。他赶紧冲到浴室里(他会因此把我杀掉的),把短裤冲洗干净,挂在那里；然后，他回来接着大笑不止，把短裤忘得一干二净。第二天，我和朱利安、凡妮莎醒来，目光黯淡而悲哀，突然间看到浴室里飘扬着巨大的短裤，不由放声大笑。"天哪，谁会有力气洗这么肥大的短裤？"

德尼可不是个懒汉。

三十六

穿着德尼的巨型小羊驼外套，戴着盖过耳朵的滑雪帽，在纽约12月的刺骨寒风中，欧文和西蒙带我去俄罗斯茶室见萨尔瓦多·达利。

他坐在茶桌旁，下巴靠在一根十分精致的花边包瓷蓝白手杖上，边上挨着他的妻子。他留着一撮打蜡的胡子，很薄。招待过来请他点餐，他说："一个柚子……"他的眼睛大而蓝，像婴儿的眼，真是一个地地道道的西班牙人。他向我们宣称，只有能挣到钱的艺术家才能称得上是一个伟大的艺术家。他指的是乌切罗[1]这些人吗？我们甚至都不知道钱到底是什么，以及用来干什么。达利已经看过一篇关于"反叛的垮掉一代"的文章，对我们很有兴趣。欧文用西班牙语跟他说，我们想过去见见马龙·白兰度（他也在茶室里就餐），达利对我晃着三根手指："他比马龙·白兰度英俊多了……"

---

[1] Ucello(1397—1475)意大利文艺复兴时期画家，画风独特，相当醉心于透视法的钻研。在纽约的一家旧书店，店员曾在一本乌切罗的画册上，发现了萨尔瓦多·达利的满纸涂鸦。

我不知道他为什么这么说。也许他跟老马龙吵过架。他似乎很在意我的眼睛,像他的眼睛一样蓝;还有我的头发,像他的头发一样黑。我凝视着他的眼睛,他也凝望着我,我们几乎无法承受这所有的悲哀。当我们照镜子的时候,我们无法承受这所有的悲哀。对达利而言,悲哀如此美丽。他说:"在政治上我是一个保皇党人。我希望看到西班牙恢复君主制,佛朗哥[1]这些人统统滚开——昨天晚上,我画完了一幅最新的作品,最后一笔是用一根阴毛画的。"

"真的?"

他妻子对此毫不在意,似乎这是一个再自然不过的话题——当然,它的确也是。我跟他妻子倒是相处融洽,而达利正操着他那口破法语、英语、西班牙语大杂烩跟疯子欧文聊天,欧文假装(或者是真的)一副听懂了的样子。

第二天,老达利(不是他亲自出马但也差不多)请我抬一个煤气炉上六楼,让我赚四美元——我们费力地把煤气炉抬到了公寓六楼某个同性恋的家里,有人看到我的手腕流血了,非常好心地给我涂上了红药水。

---

[1] Franco(1892—1975),西班牙军人和政治领袖,领导民族主义政府在反对西班牙内战中击退共和党员的武装力量。他在位期间推行独裁统治,死后西班牙皇室君主政体复位,

三十七

圣诞节快到了。希珀的祖父又给她送来一个便携式电视,令希珀心烦不已。我要回南方去陪我妈妈。希珀跟我吻别,说了不少恋人之间的甜言蜜语。在途中,我想去见见拉菲尔——他住在瓦纳姆·朗顿[1]家里。真是乱糟糟!可又是多么有趣!即使是朗顿本人,都将带着可怕的欢乐,回忆这次会见。一辆出租车把我从火车站拉到了华盛顿市郊。

我看到夜晚昏暗的灯光笼罩着时尚漂亮的住宅。我按响了门铃,应门的是拉菲尔。他说:"你不应该在这里,不过是我告诉你我在这里,所以你也到这里来吧。"

"那么,朗顿同意吗?"

"别管他,他跟老婆已经睡觉了。"

"有酒喝吗?"

"你明天会看到他的两个女儿,含苞待放,十分美丽。一场真正的舞会,但不是为你准备的。我们可以开着他的奔驰去动物园——"

"你抽大麻了?"

"是从墨西哥弄来的。"

我们走进了一间空阔的起居室,里面有架钢琴。拉菲尔睡在

---

[1] 其原型为 Randall Jarrell(1914—1965),大学教授,也是华盛顿著名诗人、作家、评论家。

沙发上，我到地下室住在小卧室里，睡在朗顿为拉菲尔准备的一张床上。

在大麻的作用下，我看到无数油画的叠影，水彩画册，而且在我入睡之前画了两幅画："天使"和"猫咪"……

第二天一早，我才发现，我的到来引起了一场可怕的混乱——而我只不过是想见拉菲尔。我唯一记得的就是，匪夷所思的拉菲尔和匪夷所思的我给这个平静而温馨的家庭留下了无法磨灭的深刻印记。朗顿，留着一撮山羊胡，非常友善，我猜想他可能是个耶稣会士，对一切都带有贵族式的优雅，就像我也会对他投桃报李似的。不过朗顿认为，拉菲尔是个真正的天才。第二天下午，他带拉菲尔参加在"克莉奥佩特拉方尖碑"餐厅[1]举行的鸡尾酒会，而我在起居室里写诗，跟他的两个女儿聊天——小的14岁，大的18岁，还老是想在房子里找到杰克丹尼[2]波旁酒的藏身之地——后来终于被我找到了——

像瓦纳姆·朗顿如此伟大的美国诗人，也会抛下他的《伦敦文学增刊》，在电视里收看"泥杯"球赛[3]，看来耶稣会士对橄榄球都很有兴趣。他给我看过他的诗，在文采和技巧上可与默顿[4]和洛

---

[1] Cleopatra's Needle，克莉奥佩特拉方尖碑为泰晤士河畔的地标建筑，此处应指一家吃中东菜的餐厅。

[2] Jack Daniels，一种美国烈性威士忌。

[3] 美国橄榄球赛中，使用天然草皮的球场，每逢天降暴雨，球场就会变得满地泥浆，球员便在泥里进行比赛，一个个摔成泥人，被称为"泥杯"球赛。

[4] Thomas Merton（1915—1968），美国天主教教士和作家，作品有《七重山》和《无人孤岛》。

威尔[1]媲美——学院派写作会限制人的思维，我也无法幸免。如果要为战争中那些飞机哀悼，我会加上最后的暗黑的一笔。如果那些不可一世的人死去，那么如同谢安所言，每个人都应该在日出时分死去——在墨西哥、缅甸、全世界都是如此……（还有印第安纳……）但在这个真实的世界里，事情不会如此这般地发生。在蒙马特，当阿波利奈尔[2]醉醺醺地踩着一堆砖头想爬进房子时，二月的风吹了过来。祝福他吧。

三十八

拉菲尔发疯似的往墙上揳钉子。他拿着一把大锤子，把钉子打进装饰精致的墙体，就为了挂米开朗琪罗的《大卫像》。女主人吓了一跳。拉菲尔显然觉得，这幅画应该永远挂在墙上，与鲍德温钢琴和唐代挂毯相依相伴。然后，他得寸进尺地要求吃早点。我觉得我最好还是避而远之。但朗顿挽留我再住一天，我就在安菲他明的兴奋里写了一下午的诗，我把它们称为《华盛顿特区布鲁斯》。朗顿和乌尔索跟我探讨自发写作。朗顿从厨房里拿出一瓶"杰克丹尼"，一边问我："你怎么能把那些精心构思的东西变成即兴'自发流'呢？也许它会变成一通胡言乱语。"

---

[1] James Russell Lowell（1819—1891），美国编辑、诗人和外交家。
[2] Guillaume Apollinaire（1880—1918），出生于罗马，是法国诗人、作家、美食家和超现实主义的诠释人，前卫艺术领域的领军人物。

"如果变成胡言乱语,那就是胡言乱语。就像一个人在酒吧里不间断地讲故事,他总是有所控制的……"

"也许这种小伎俩能流行起来,不过我宁愿把我的作品视为一门手艺。"

"手艺就是手艺。"

"是吗?你想说什么呢?"

"手艺会熟能生巧。在手艺里如何展现灵魂?"

拉菲尔站在朗顿一边。

"雪莱根本不关心什么写作理论,但他写出了《云雀》。杜劳斯,你脑子里灌满了那些大学老教授的理论,你以为你无所不知。""你以为你独一无二。"他又对自己补充了一句。带着胜利的欣然,他坐上了朗顿的奔驰,去见卡尔·桑德堡[1]或其他什么人。我对他们的背影大叫:

"如果我是个学院派诗人,你们知道我会在走廊里写下什么吗?"

"不知道。你会写什么?"

"在这里,我学到学习即无知!绅士们,不要伤害我的耳朵!诗歌一如尘土,而我作此预言!我将流放所有学院,我不在乎!"他们竟然不带我去见卡尔·桑德堡,那是我七年前就在聚会里认识的诗人。他穿着无尾短礼服,站在壁炉前,谈论着1910年伊利

---

[1] Carl Sandburg (1878—1967),美国作家,以其歌颂美国人民、地理、工业的自由体诗和六卷传记《亚伯将军·林肯》而闻名。

诺伊的载重货车。然后他张开两臂抱住我,大笑:"哈哈哈!你太像我了!"

为什么我要说这些?——我觉得我被他们遗弃了,十分迷惘。后来,拉菲尔和朗顿太太带我去动物园,我看到了一只母猴子,正在跟一只公猴子交配,我脱口而出:"你见过它们口交吗?"朗顿太太顿时羞得满面通红。拉菲尔说:"别这样口不择言!"——那么,他们以前会在哪儿听过"口交"这个词呢?

不过最后我们到市里吃了一顿可口的晚餐。华盛顿人惊讶地看着一个长着山羊胡、穿着小羊驼大衣的男人(我用这件大衣跟朗顿交换了一件空军羽绒服),两个美丽的女儿跟在他的后面,身边还有一位优雅的夫人;同时,头发一团糟的拉菲尔拿着菜单,我穿着牛仔裤,坐在吧台喝啤酒,泡姑娘。而这所有的一切,都是同一辆梅赛德斯奔驰带来的。

三十九

我预见到,在功成名就之后会有一种新的悲凉。那晚,我叫了一辆出租把我送到汽车站。在候车的时候喝掉了半瓶"杰克丹尼",坐在凳子上,给那个漂亮的大女儿画素描——她正在前往萨拉·劳伦斯学院的路上,准备学习埃里克·弗洛姆的东西。我把那张素描给了她,认定她一定会将它珍藏终生,就像拉菲尔珍藏米开朗琪罗的作品那样。一个月后,当我们再回纽约的时候,我们收到了一只大箱子,里面装满了我们的素描、绘画和T恤,没有任何解释,似乎只是在说"谢谢你们终于离开了"。我并不怪他们,我只是为自己不请而至感到羞愧。以前我从未做过这种事,以后也决不会再做。

我背着背包走到车站,因为喝了"杰克丹尼"而有点失态,开始喋喋不休地跟一些水手聊天。他们后来弄了一辆车到华盛顿后街找酒喝。一个黑人正跟我们讨价还价,另一个黑人警察走了过来,想搜查我们,但看我们人多势众,于是放弃了。我背上背包扬长而去,回到车站,上了车,就那样枕在背包上睡着了。当我醒来的时候,黎明已逝,我的背包不见了。有人在里士满下车的时候把它偷走了。我的头落到了粗糙的座位上。如果某人愚蠢地喝醉了酒,无论在哪儿也不会落得比在美国更悲惨的境地。一部新的小说(《孤独天使》)、一整部诗集、另一部小说的部分章节,还有我在这个世界上的全部财产(睡袋、雨布、我挚爱的毛线衫、多年来的思考心得)——它们全都消失了,不见了。我开始痛哭。我抬起眼,看到那荒凉的群山之上荒凉的松林,它们给我带来最后的绝望。作为一个绝望的男人,我唯一想做的事情就是永远离开这个星球。士兵们一边等车一边抽烟。肥胖的北卡罗来纳州老人看着手掌。这是一个星期天的早晨,我两手空空,一无所有,但生活还得继续下去。一个孤零零的孤儿,无处可去,痛苦地哭泣。像临终之人,这些年来的碎片在我眼前一晃而过,我父亲为了生活更有意义而做的全部努力,最后却以死亡告终,在那些毫无意义的日子里荒芜地死去,然后被埋葬在毫无意义的公墓里——生活到处都是墓地。我看到母亲那张阴沉的脸，还有欧文、朱利安和卢斯的脸，似乎都企图在没有希望之处保持信仰。汽车后座上那些欢快的大学生让我更为难过，他们全部美好的设想最终都会盲目地终结于墓地，什么也没留下。在更远处，那些老骡子会被葬于荒凉的松冈还是被兀鹰吞噬？咔咔，整个世界发出咔咔的笑声。我记起了我24岁时那个绝望的时期，母亲到鞋厂上班，我终日独坐在家，独坐在父亲死去的那张安乐椅里，就像歌德的塑像一样，一动不动地凝望虚空。偶尔起身在钢琴上乱弹一通奏鸣曲，然后躺到床上放声大哭，凝视着窗外克罗斯贝林阴大道的车流。低头看到的是我的第一部小说手稿，因为悲伤而无法进行下去。不知道戈德史密斯和约翰逊如何能在漫长的一生中，靠着火炉，打着悲伤之嗝。我父亲在临终前一夜曾对我说："生命过于漫长……"

我怀疑，上帝是否是一个人格化的上帝，他是否会关注发生在我们每个人身上的一切？把我们担负起来？还是把我们交给时间？交给出生的恐惧和不可避免的死亡？这一切又有何目的？难道就因为我们都是堕落天使，因为我们在天堂说过"天堂真好，比其他地方都好"这类的话，所以我们全都被驱出了乐园？但你我谁还记得我们是否曾做过这样的事情？

我所记得的一切，就是出生之前，福佑已在。我真切地记得1917年那满溢的福佑，尽管五年之后我才出生。新年来到了，我受到赐福。但当我从母亲的子宫里被牵引出来之后，一个忧郁的婴儿，他们叫醒了我的生命，拍打着我的身体，就在那时我受到了惩罚，丧失了所有美好的一切。如果仍然还有福佑，就不会有人拍打我！上帝是全能的吗？如果上帝是全能的，那么，拍打我的正是上帝本人。是因为他是人格化的神吗？我是否别无选择地必须背负我的肉身并宣称这就是"我自己"？……

然而，过了一段时间，一个蓝眼睛的高个南方人告诉我，我的背包已经转运到温特公园终点站了。"上帝保佑你。"我说，而他平静地接受了。

四十

世上再也找不出一个像我母亲这样的人，真的。她忍受着我，难道仅为了一个小天使祝福她的心灵吗？她有她的隐秘愿望。

这个时候，她已经退休了。我母亲几乎在鞋厂干了一辈子，从14岁开始，她就在新英格兰的鞋厂做工，然后到了纽约。现在，她拿着微薄的社会保险金，跟我出嫁的姐姐住在一起。我母亲成了优秀的家庭主妇，尽管她根本没有刻意做家务，但似乎天性如此。

1895年，一个可爱的法裔加拿大女孩诞生在圣帕克姆。她的母亲带着身孕，从新罕布什尔州来到加拿大。她生下了一对双胞胎，但那个小的婴儿死掉了（哦，那一刻她会是什么样的心情？），随后她也离开了人世。因此，我母亲在这世上变得孤苦伶仃。她的父亲英年早逝，死的时候才38岁。她不停地给叔叔婶婶们做着家务，直到她遇到我父亲，他对我母亲受到的遭遇简直怒不可遏。然而，我父亲也去世了，我成了一个流浪汉，她又成了一个到处给亲戚帮工的家庭主妇。早先,在鞋厂,她每周能挣120美元;在那些日子,当我太过于悲哀,对我的朋友们和妻子感到厌倦时,就会回到家住一段时间。而她则无条件地支持我写作,甚至从没妄想过它们有朝一日能出版。1949年,我的第一部小说大约挣到了一千美元,但就再也没有下文了,所以她现在只能住在我姐姐家。你可以看到她在门口、在后院里倒垃圾,在炉子里烤肉,在水槽里洗碗,在熨衣服,在吸尘,而且心情愉快。

我母亲其实也是一个猜疑妄想狂——她告诫我,欧文和朱利安都是魔鬼,会把我毁掉(也许她说得没错)。但在她的童年时代,她一直都保持着愉快心情,所以人人都爱她。我父亲对她的唯一抱怨,就是每逢他赌输了钱,她会很生气。老头快死的时候(57岁时)跟她说:"你是一个伟大的女人,可我以前从来没有意识到这一点。你能原谅我以往所有的过错吗?我曾经离家不归,输掉所有的钱——为什么我不能用这点可怜的钱为你买顶无聊的帽子呢?"

"没错,埃米尔,但你给了我们钱买吃的,付租金。"

"那倒是。不过我在赛马、玩牌上输的钱比那要多得多。我还在流浪汉们身上散了不少钱。啊,现在我想我快要死了,你还要去鞋厂干活,杰克会在这里照顾我,而其实我根本不值得你们这么做——直到现在,我才知道我失去了什么,在这些年来失去了什么——"有天晚上他说想吃中国菜,妈妈给了我五美元,让我搭地铁从奥棕公园去纽约的唐人街买中国菜,用硬纸盒装着带回来。父亲把它们吃得干干净净,但最后都吐了出来(他患的是肝癌)。

葬他的时候，母亲坚持要用一副极为昂贵的棺材，简直让我发疯。不仅如此，她还坚持移柩回新罕布什尔举行葬礼，把他葬在他的大儿子、我那天使般的哥哥杰拉德的坟墓边。此刻，墨西哥城的闪电在我写作之际在天空炸响。他们仍然在那里，彼此相依。他们至今已长埋于地下分别有35个和15个年头。我再也没有探望过他们的坟墓，因为他们不再是我的父亲埃米尔和兄长杰拉德——他们早已化为了粪土。

四十一

我对此洞若观火——上帝必须是个人性化的上帝，因为我已经了解到许多不在《圣经》记载之内的事情。我在哥伦比亚大学读书的时候，经常逃课在家，在上帝的怀抱里呼呼大睡。这就是唯物主义者所说的"天使倾向"或者精神病学家所说的"精神分裂症倾向"。去坟墓里问问我的父亲和兄长，何为他们的倾向。

我看见他们，面朝永恒佛性——在那里，所有的过往都将永远被再度保存，你所爱过的一切将被净化为纯粹本质——那唯一者。

平安夜，我们围坐在电视机前，喝着马提尼酒。那只可怜的灰猫戴维曾跟随我去过北卡罗来纳州森林，我还带了好几条狗，去那里隐居冥想。戴维老是匿身于我头顶的树枝里，时不时扔点树枝或者树叶下来，好让我对它多加注目。它现在毛发参差不齐，经常参加酒宴，喜欢打闹，甚至还被蛇咬过一口。我想让它坐在我大腿上，但它显然对我已经毫无记忆（我的姐夫倒是老把它扔出门外）。老波伯（一只狗）曾经带我穿越过午夜的森林幽径，在那些不知名的所在不时白光闪烁——它现在已经死了。我想，也许戴维很想念它。

我拿出速写本，给妈画素描。她正在椅子里打瞌睡，在纽约的午夜。后来我把素描拿给纽约的一个女朋友看，她说有种很强的中世纪色彩——强壮的胳膊、严厉的表情、平静的睡眠。

某次我带了五个混混回家，他们在墨西哥城给我弄大麻。不过后来他们都成了小偷。我一转身他们就偷走了我的苏格兰小刀、头灯、Noxzema护肤霜。其实我早已发现他们这种偷偷摸摸的行为，但我不置一词。因为他们的头目就站在我身后，挨着我坐下，也许就在三十秒钟的沉寂之后，他会突然用我的小刀刺向我，以便能悠闲地搜查我的公寓，寻找剩下的钱财。但我并不恐惧，我坐在那里，丝毫无惧，无比兴奋。他们终于在天亮的时候走了，其中一个混混要求我把那件价值50美元的雨衣给他。"不行。"我直截了当地回绝掉。为了加强效果，我最后补充道，如果被我妈知道了，她一定会杀了我。"我的妈，扑！"我用西班牙语说着，做了一个打我的下巴的假动作。而后，那个头目用英语跟我说："这么说，你心里的确有所畏惧。"

在走廊里，放着我的拉盖书桌，堆满了我那些未能发表的手稿。边上有张长沙发椅，那就是我睡觉的地方。坐在我的破书桌边，目光如此悲哀。就在这里，我写过四部小说，无数的诗与梦，还有数不清的便条。我突然醒悟，我跟世界上其他任何人一样勤奋，为什么要责备自己呢？圣保罗写道（《哥林多后书8:10》）[1]："所以我不在你们那里的时候，把这话写给你们，好叫我见你们的时候，不用照主所给我的权柄，严厉地待你们。这权柄原是为造就人，并不是为败坏人。"

妈妈为新年做好一顿土耳其式美味豪华盛宴之后，我走了，告诉她我会在秋天回来。那时候，我设想自己已经靠刚刚出版的那本书挣了一大笔钱，可以给她买一幢属于她自己的独立小房子。她说："我真的想要一幢属于自己的小房子。"她一边说一边几乎落泪。我吻了吻她，跟她告别。"别让纽约那些流氓把你带坏了。"她补充了一句。那时，她确信欧文·加登会跟我碰头，正如我父亲所预言的那样："小天使，告诉杰克，有朝一日欧文·加登会毁了他，哈巴德也会把他毁了——朱利安还成——但加登和哈巴德会把他毁了。"这是父亲在临终前说的话，以他那先知般寂静的声音，带有令人无法磨灭的印记。那一刻，我就像是圣保罗甚至就是耶稣本人，跟命中注定要卖主的犹大和那些敌人一起，置身于神的国度。"离开他们！责备那些给你雪茄的小女友！"母亲对我喊道。她指的是卢斯·希珀，曾在圣诞节给我寄来一盒雪茄。"再不警醒，他们就会把你毁了！我不喜欢他们脸上那种游戏一切的表情！"而事实上，我却正是去找欧文借225美元作盘缠，以便能到摩洛哥的丹吉尔港去见哈巴德。

哎呀。

---

[1] 这里应该是凯鲁亚克记忆有误，下面所引《圣经》应该是《哥林多后书13:10》。

四十二

与此同时，欧文、拉菲尔和卢斯·希珀在卢斯家合影，拍了一批极为险恶的照片。欧文穿着黑色的套头衫，拉菲尔戴着一顶邪恶的帽子(显然正在跟卢斯做爱)，而卢斯则穿着她的睡衣。

拉菲尔总是跟我的姑娘们泡在一起。遗憾的是，我父亲从来没有见过他。

在前往纽约的火车上，我看到一个孕妇，在一座墓地前推着一辆婴儿车。

当我在卢斯·希珀的卧室里打开行李的时候，我了解到的第一件事就是《生活》杂志要发表我们在格林威冶村杰拉德·罗斯冲印店拍出来的那些照片。这是欧文安排的。杰拉德·罗斯根本不喜欢我，也不喜欢这个主意。杰拉德·罗斯是一个早期的"地下人"，很酷，性格暴躁，情绪低落，但却长得一表人才，就像杰拉德·菲利普。哈巴德见过他之后，对我这样评价杰拉德——"我可以想象，当蒙古人入侵纽约时，我跟杰拉德一起坐在酒吧里——杰拉德会把头埋在手心里，然后说'到处都是鞑靼'。"不过我还是挺喜欢杰拉德，那个秋天我的书终于出版了。他嚷了起来："嗬嗬！垮掉一代的花花公子！买辆梅赛德斯如何？"他说话的语气就像我随时都买得起一辆奔驰似的。

为了《生活》杂志的照片，我喝了酒，兴致勃勃地梳了梳头发，让他们做出朝我脑袋冲击的姿态："告诉他们这就是谢绝医生的最好方式！"而他们的脸上甚至连一丝笑容都没有。他们帮我们（拉菲尔、欧文、西蒙和我）拍了一些坐在地板上的照片，还采访了我们，记下笔记，离开的时候邀请我们去参加一个派对活动，但从来没有发表过那些照片或者是采访内容。据说在《生活》杂志剪片室的地板上扔了高达一尺厚的"颓废的面孔"。不过这种挫折倒是没有摧毁我作为一个艺术家或作家的潜力，只是给我的感觉很不舒服。

我们象征性地去参加了那个派对，听到一个穿布鲁克斯兄弟夹克的男人发表议论："说到底，谁愿意成为一个派对傻子呢？"我们在听到"傻子"这个词的同时就已经起身离开了。这听起来实在不合时宜，就像夏令营辅导员放的屁。

四十三

没错，这只是一个开始。但在那些日子里，仍然有不少极为有趣的事情。比如拉菲尔在第8大道第14街一家酒吧的墙上画了一幅壁画，赚了一笔钱。酒吧主人是群怀揣手枪的意大利黑帮分子。他们身穿宽松的便装，站在拉菲尔身后看着他画一群巨大无比的猴子。"我越看就越喜欢。"其中一个匪徒表示。这时电话响了，他冲过去下注。而后，他接着刚才的话题说道："我不知道，我猜拉菲尔自己都不知道自己在干什么。"

拉菲尔一只手转动着毛刷，另一只手像意大利人那样伸出食指:"你们这帮家伙!你们根本不知道什么是美!你们只不过是一群乌合之众,搞不明白美藏身于何处!告诉你们,美就藏身于拉菲尔处!"

"美为什么会藏在拉菲尔那里?"他们煞有介事地互相询问,搔着他们的腋窝,推着他们的帽子,一边冲向电话去下更多的赌注。

我坐在那里喝啤酒,思忖着接下来会发生什么。然而,接下来,拉菲尔仍然在朝他们大喊大叫。我突然意识到,也许他已经造就了全纽约甚至是全黑手党社会最美的匪徒。他冲他们喊道:"在你们的童年时代,你们走在金门街上吮着冰棒;现在你们长大了,却早已经丧失了冰棒之美。看看这幅画!这就是美!"

"我也在里面吗?"酒吧老板罗可带着笨拙的天使般的表情看着壁画。其他的几个家伙笑了起来。

"你当然在里面了,就是最后面的那只猴子,那只黑猴——还需要补上一头白发!"拉菲尔一边嚷嚷,一边把油漆刷子放进白颜料桶里搅拌,然后在那只黑猴子的脑袋上泼画出大卷大卷水波状的白发。

"嘿!"罗可惊得目瞪口呆,"可我根本就没有白头发,更没有长长的白头发!"

"但你现在已经有了,因为我已经宣布过了,我已经宣布了你的头发之美!"拉菲尔涂了更多的白颜料,用它覆盖了整面墙壁,把壁画全都毁了。每个人都在笑,而拉菲尔则露出了一个拉菲尔式的怪笑，仿佛笑声堵在他的喉头，而他不想把它泄露出来。在那一刻，我由衷地爱上了他，因为他不惧任何暴徒的勇气。而实际上，他本人就是一个暴徒，所有的暴徒都与他心照不宣。当我们匆匆从酒吧赶回卢斯家吃通心粉晚餐的时候，拉菲尔愤然说道："啊，我应该远离这种喧哗的生活。我喜欢屋顶上栖息着鸽子、在卡普里岛或者克里特岛有一栋乡村别墅的生活。我不愿意跟那些愚蠢的赌徒和恶棍打交道，我喜欢邂逅伯爵和公主。"

"你还喜欢护城河吧！"

"我喜欢像达利那样的心型护城河——当我遇到柯克·道格拉斯[1]之际，我不必向他道歉。"在卢斯家，他迫不及待地用一大罐油来煮罐头蛤蜊，同时煮上通心粉，然后把两者混在一起，再做了一份沙拉，点上蜡烛，我们便享受到一顿十分美味的蛤蜊意大利通心粉，一边吃一边欢声笑语。前卫歌剧的歌手们冲进来开始放声高歌，跟埃里克森合唱普塞尔[2]那些动听的歌曲，但拉菲尔却不屑一顾地问我："那些爬虫是什么东西？"他很想亲吻卢斯·希珀，但碍着我在场，只好冲出去，到米纳塔兰酒吧找姑娘。那是一家黑人和白人混杂的酒吧，不过现在已经关门了。

翌日，欧文开车把我和西蒙、拉菲尔载到车站，我们准备前往新泽西卢瑟福拜会20世纪美国最伟大的诗人威廉·卡洛斯·威

---

1 Kirk Gouglas，迈克尔·道格拉斯之父，好莱坞老牌影帝，1996年获奥斯卡终身成就奖。

2 Henry Purcell(1659—1695)，美国作曲家，开启了英国巴洛克音乐风格，其代表作为《印度女王》《阿瑟王》《玛丽女王生日颂歌》。

廉斯[1]。威廉斯从医四十年了,他的诊所现在还在——行医生涯为他提供了不少素材,令他成为诗人中的托马斯·哈代。他坐在那里凝视着窗外,听我们朗诵我们的诗和散文。看上去他已经不胜其烦。是啊,作为一个72岁高龄的老人,谁能不觉得厌烦?他显得清瘦而庄严,精神矍铄,最后,他还是到地下室给我们取来了一瓶酒,以兹祝贺。他勉励我们说:"就这样写下去吧。"他喜欢西蒙的诗,后来还为他写了评论,称誉他为美国最有意思的新诗人——西蒙是这样写诗的:"那灭火的水龙是否会流下如我一般的泪水?"要不就是"在我的烟头上/闪烁着一颗红星"——此外,威廉斯先生也欣赏欧文,认为他是新泽西帕特森地区最好的诗人,因为他那首冗长、无以置喙的《嚎叫》已经接近一部伟大作品(就像迪兹·葛拉斯彼[2]的小号,他不是用句子来思考,而是用声波来思考)——让欧文或者迪兹热热身,墙壁将倾覆而下,至少你耳膜的墙壁将倾覆而下——欧文以一种巨大的撕心裂肺的嘶吼来刻画泪水,这是年老的威廉斯无法领会的——在这个历史性的际遇之中,我们这些愚钝的诗人最后向他征询意见。他站在那里,透过起居室的薄纱帘子,望着窗外新泽西州的车水马龙,说了一句话:"到处都是杂种。"

从那一刻起,我就开始思考这个问题。

我的大部分时间都花在跟他的夫人交谈上。她65岁,气质迷

---

[1] William Carlos Williams,美国诗人,诗风明白易懂,对日常琐事具有敏锐的观察力,主要作品为《诗集》《红色手推车》《帕特森》。

[2] Bebop 爵士乐风的宗师,拉丁爵士的创始者。

人。她向我们回忆,比尔在年轻时代,是一个多么英俊的男子。

但是,唯有那个男人属于你。

四十四

欧文·加登的父亲哈里开车来接我们回去,回到他在帕特森的故园。我们一边吃晚餐一边大张旗鼓地讨论诗歌——哈里也是一名诗人,每年都会在《时代》或者《论坛报》的扉页上读到几次他的情诗或是感伤诗——他喜欢说双关语,当他走进威廉斯的房间时,他叫道:"嘿,你们在喝酒?为何酒杯常空,正因为常常喝酒——""哈哈哈——"这的确是一个不错的双关语。但欧文却以奇异的目光看着我,似乎这正是陀思妥斯夫笔下那些不可思议的场景。"谁会带着满手油污去买领带呢?"

哈里年近六十,快从高中老师的职位上退休了。他长着一双蓝眼睛,一头浅黄棕色头发,像他的长子莱昂纳多(他正在做律师)。欧文却长着一头黑发,眼睛也是黑色的,像他美丽的母亲丽贝卡。他曾在诗里写过她,而她已经溘然长逝。

哈里带我们回到他家。他显得生气勃勃,浑身充满活力,似乎比他孙子辈的小伙子还要年轻。在他的厨房里贴着涡状壁纸。我喝酒喝晕了,而他则一边喝咖啡,一边朗读、说双关语。我们对他的研究不感冒了。我开始朗诵我愚蠢的近作,里面充满了含糊的呓语,或者用"grrrr""frrrrt"来形容墨西哥城大街上的车来车往——

拉菲尔叫了起来:"啊,这根本不是诗!"老哈里用他清澈的蓝眼睛看着我们说:"你们在吵架?"我捕捉到欧文的迅速一瞥。西蒙乐得表示中立。

拉菲尔这个流氓带来的争吵发生在从帕特森返回纽约的长途车上。我上了车,付了我的钱;西蒙付了自己的车费(欧文留在他父亲家里),但拉菲尔却嚷了起来:"我身上没钱,杰克,你们为什么不帮我付钱?"我拒绝了。西蒙用欧文的钱替他付了账。拉菲尔开始长篇大论地指责我是个冷血的吝啬的守财奴。当我们到达港务局的时候,我几乎都要哭出来了。他仍然没有住口:"你在你的本来之美里藏起了钱财,这让你变得丑陋无比!你会死在满手的钱物当中,而惊诧于天使为什么不来把你升向天国!"

"你老是存不住钱是因为你花得太快了!"

"没错,我喜欢花钱!我为什么不花?金钱不过是谎言,诗歌才是真理!——可是我能用真理来付我的车费吗?司机会明白吗?不会!因为他就像你一样,杜劳斯,一个担惊受怕的守财奴,而他那个婊子养的儿子甚至比他还吝啬,把钱藏在他的袜子里。他所做的一切无非是死!"

我如果要反驳他,就不得不找出一大堆的理由。比如从墨西哥城返回美国之际,为什么他要把钱花在坐飞机上,而不跟我们一起挤车?……但我无言以对,只能潸然泪下。我不知道为何会流泪,也许他是对的。我们所做的一切最后无非是为了一场盛大的葬礼。——啊,在我面前所有的那些葬礼,我都不得不打着领带出席！朱利安的葬礼、欧文的葬礼、西蒙的葬礼、拉菲尔的葬礼、妈妈的葬礼、姐姐的葬礼，而我曾经打上领带，凄凉地参加过父亲的葬礼！花朵、葬礼，永远失去了那宽阔的肩膀！再也没有他那急速的脚步声拍打在人行道上，只剩下了坟墓里可怕的斗争！就像在一部法国影片里，甚至连十字架也无法直立于如此这般的愚蠢泥土之中！

"拉菲尔，我只想让你知道，我爱你。"（这个信息在第二天就被西蒙迫不及待地传递给了欧文，他认为这一点很重要。）"但是不要在钱财方面再指责我了。你总是在谈你如何视金钱如粪土，可实际上这才是你唯一追求的目标。你在不知不觉中已经被它俘获了。我至少还能对自己承认这一点。不过，我爱你。"

"你就守着你的钱吧！我要去希腊——人们会给我很多钱，但我会把它们扔在一边！我会在金钱上呼呼大睡——我会在我对金钱的梦想里彻底翻身！"

天上开始飘雪。拉菲尔跟我一起回到卢斯·希珀的住处。我们打算在那里先吃晚餐，然后向她述说我们跟威廉斯见面的情况。但是我看到她的眼里掠过一抹古怪的目光，埃里克森也是如此。

"怎么了？"

在她的卧室，我的情人卢斯跟我说，她的心理治疗师建议她要我从她那里搬出去，自己住一间单独的房子，这样对彼此的身心都有益处。

"那个狗娘养的自己想跟你性交！"

"性交这个词用得真贴切。他说,你只不过是想利用我,根本不想对我负责任,对我毫无益处。每天都喝得醉醺醺的,还带一帮醉醺醺的朋友过来——整夜狂饮——害得我没法睡觉。"

我把所有行李打了包,跟拉菲尔一起走进茫茫风雪之中。我们来到布里克街[1],或者说凄凉街,拉菲尔这时也为我感到难过。他在我的面颊上吻了一下,向我道别(他要去住宅区跟一个姑娘约会):"可怜的杰克,原谅我吧,我也爱你。"

我孤独地伫立于风雪之中,后来我去了朱利安家。我们又在电视前喝醉了。朱利安发了酒疯,把我的衬衫和T恤的后背都撕烂了。我在起居室的地板上睡着了,一觉睡到大中午。

第二天,我在第八街的马尔顿旅馆找了一个房间,开始在打字机上敲打我在墨西哥写下的文字。为了交给出版商,我采用两倍行距,整整齐齐地把它们打出来。我仿佛看到,在我的背包里,隐藏了数以千计的美钞。

四十五

带着仅剩的10美元(从卢斯姑娘手里借的),我到第五大道转角的杂货店买了一盒黄油,心里盘算着我还能再买一只烤鸡,晚上边打字边吃。杂货店的店员跟我打招呼:"怎么样,格拉卡摩拉是否依

---

[1] Bleecker,位于格林威治村,街道两边以各式各样充满特色的个性商店而著称。

旧[1]？你就住在转角还是印第安纳？你知道吗，那个老流氓在踢屁股的时候会说些什么……"但我回到房间的时候发现，他只找了五块钱零头给我。我重新回到那家店子，但店员已经下班了，而店主则满腹狐疑地看着我。"你的店子就这样短斤少两欺骗顾客吗？我不想对任何人指手画脚，但我一定要把钱拿回来——我已经饿坏了！"可我根本没法把钱拿回来，我真应该捅自己的屁股。于是，我只能喝着咖啡打字。我给欧文打了电话，他让我跟拉菲尔的姑娘联系，也许我能够跟她住一段，因为她已经烦透了拉菲尔。

"她为什么烦透了拉菲尔？"

"因为他永远躺在床上不起来，要她'喂我拉菲尔'！真是的！我想她可能会喜欢你。杰克，给她打个电话吧，要冷静而优雅——"我给她打了电话。她叫艾丽丝·纽曼[2]，告诉她我快饿死了，问她愿不愿意在第六大街的霍华德·约翰逊酒店跟我碰面，给我买两根法兰克福香肠？她说好，她会穿着红衣服，金发，个子矮小。晚上8点，我看到了她。

她给我买了热狗，我狼吞虎咽把它们一扫而光。我看着她说："为什么不让我到你家去呢？我还要打很多文字，而杂货店又骗去了我的钱……"

"好啊，只要你想去。"

---

[1] 凯鲁亚克在这里说的是"How are things in Glacamora"，而爱尔兰有一首民谣名为 *How are Things in Glocamora*，充满了对家乡的怀旧，两者很可能为同一所指。

[2] Alyce Newman，其原型为 Joyce Johnson，传记作家，凯鲁亚克的纽约女友。

四十六

　　但也许这只是一个开始,也许我将会邂逅一场最美好的艳遇,因为艾丽丝是个年轻可爱的犹太女子,带着中产阶级优雅的忧郁,寻求着某种更高的事物——她看上去很像波兰人,长着一双乡下人的粗腿,屁股低沉,头上戴着发饰,有一双忧郁而明白一切的眸子。她几乎对我一见钟情,但我不想利用她。凌晨两点,我十分真诚地让她给我弄点咸肉、鸡蛋和苹果汁。她满心欢喜地替我做了。"真诚"?难道"喂我拉菲尔"不真诚?22岁的老艾丽丝却说:"我相信你一定能成为一个伟大的文学家上帝。到时候每个人都想把你吃光,所以我要保护你。"

　　"他们怎么可以吃光文学家上帝呢?"

　　"他们会不断地骚扰,啃啊啃啊直到把你啃光,一点都不剩。"

　　"你怎么知道?"

　　"我读过书——我见过作家——我自己也写过一本小说——我记得它的题目好像叫《现在就飞,随后付款》,不过出版商觉得可能会引起航空业的麻烦。"

　　"那就把它改名为《随后付我便士》。"

　　"听起来不错。要不给你念上一章?"于是,我突然置身于一间安静的房间,开着台灯,面对着一个也许会在床上变得疯狂的淑女,可是我的天啊——我不喜欢金发女郎。

　　"我不喜欢金发女郎。"我脱口而出。

"但也许你会喜欢我。如果我把头发染了,你会喜欢吗?"

"金发代表着柔弱的个性——而我将终其一生避免跟柔弱打交道——"

"你现在还想要强硬?卢斯·希珀并不像你想象的那么伟大,她只不过是一个笨拙的女孩子,根本不知道自己该做什么。"

我算是有了个伴。晚上,我到"白马"酒吧纵酒——我喝醉了,看到卢斯·希珀走了进来,还有埃里克森的那条狗。卢斯走过来跟我说话,劝说我跟她一起回去。

"但我现在跟艾丽丝住在一起了——"

"但你不是还在爱着我吗?"

"你说过你的医生说——"

"别说了!"

这时,艾丽丝赶到了"白马",几乎强行把我拉走了,似乎是拖着头发拉走的,把我塞进出租车,回到了她的家。这让我了解到,艾丽丝·纽曼决不容许任何人抢走她的男人,不管他是谁。我感到十分自豪。在回家的路上,我在出租车里唱起了西纳特拉[1]的《我是一个傻瓜》。北河码头的船坞闪烁的灯光掠过了车窗。

---

[1] Frank Sinatra, 好莱坞传奇巨星, 集歌手、演员、电台、电视节目主持人、唱片公司老板等多重身份于一身。他主演的影片《从这里到永远》曾获奥斯卡奖。

四十七

艾丽丝和我真是无比幸福的天生一对。她唯一想从我这里得到的就是快乐,而她也使尽浑身解数让我快乐。"你应该结识更多的犹太姑娘。她们不仅仅是爱你,而且会在一早给你端来早餐咖啡、裸麦面包和美味的黄油。"

"你父亲是什么样的人?"

"他爱抽雪茄——"

"那你母亲呢?"

"起居室里的蕾丝桌布——"

"你呢?"

"我不知道。"

"你想要成为一个伟大的小说家——谁是你的原型?"可她完全选错了原型,不过我想她还是能够做到,成为世界上第一个伟大的女作家——她的闺中密友,黑头发的芭芭拉·里普,当时恰好爱上了欧文·加登——欧文为我提供了一个避难所,在这个避难所,我跟艾丽丝上床、做爱,完事之后,我会回到外面的卧室,把窗户打开,把暖炉关掉,睡在睡袋里。用这种方式,我终于成功地摆脱了墨西哥咳嗽——也就是说,我不再声音沙哑、说话无力了(妈经常这样指责我)。

四十八

欧文口袋里的225美元首先能让我去洛克菲勒中心办护照。然后,我们在市中心徘徊逡巡,谈论我们在大学时代做过的每一件事。"你现在要去丹吉尔看哈巴德?"

"可我母亲说,他会毁了我。"

"哦,他可能想把你毁了,但毁不掉,就像我一样。"他的脑袋顶在我的面颊上,笑了起来——这个欧文。"如果我把我的头靠在桥上,那些想把我毁掉的人会有什么办法?"

"什么桥?"

"布鲁克林桥。帕特森那座横贯于帕塞伊克河[1]之上的桥。甚至是你的家乡充满疯笑的梅里麦克桥。每一座桥。在任何时刻,我都会把头靠在每一座桥上。第七大道的厕所里有一把铁铲,就把它的头靠在厕所或者其他的事物上。我不想跟上帝作战。"

"上帝是谁?"

"就是天空那架巨大的雷达,我猜想。或者,只有死去的眼睛才得以看见。"他引用了他少年时代所写的诗句。"死去的眼睛才得以看见。"

---

[1] Passaic River,穿越新泽西州东北部的河流,长约129公里。

"死去的眼睛到底见到了什么?"

"你还记得吗?有一天早晨,我们在34街上见到一幢大楼,那天我们都很兴奋,我们说那里面有一个巨人?"

"是啊——还说过如果他把腿伸出来之类的……那已经是很久以前的事了。"

"死去的眼睛正好能见到那个巨人,除非那不可见的墨迹已经消逝,而巨人已经离去。"

"你喜欢艾丽丝吗?"

"她还不错。"

"她告诉我,芭芭拉爱上你了。"

"我猜是这么回事。"他似乎不胜其烦。"我爱西蒙,我不愿听到一个犹太老婆整天为了锅碗瓢盆朝我嚷嚷——"我转过头去看一个姑娘的背影。

"厌烦了?怎么办呢?"

"冷笑,绝望,离开。就这样。"

"上帝不爱她吗?"

"哦,你再读读莎士比亚吧,你会变得更为多愁善感。"但他甚至没有兴趣再说下去。他环顾着洛克菲勒大厦。"看看谁在那儿!"那是芭芭拉·里普,她朝我们挥手,然后走了过来。

简单地交谈了几句,拿到护照之后,我们一边聊天一边走向市中心。当我们穿过第四大道时,芭芭拉又出现了,朝我们挥手,真是奇怪。

"今天第二次碰到你了。"芭芭拉说,她看起来很像欧文,同样的黑发黑眸,同样的低沉嗓音。

欧文说:"我们正在寻找巨人的子弹。"

"什么巨人的子弹?"芭芭拉问。

"一些巨大的尿弹。"于是骤然引发了一场关于尿弹的犹太语争论,我根本听不明白。他们在我面前放声大笑。这些曼哈顿的懒女人……

四十九

我在14街一家破烂的南斯拉夫运输事务所拿到了船票,出航的日期是星期天——那天是星期五,船名为"S.S. 斯洛文尼亚"。

星期六一早,我就去了朱利安的家。我戴着墨镜,因为宿醉令我眼睛酸痛;我在脖子上系着围巾以防咳嗽——艾丽丝刚跟我一起进行了最后一次出租车之旅,到哈得逊河码头去看自由号和伊丽莎白号巨大的船锚——朱利安看着我,大叫:"费尔南多!"

他指的是墨西哥演员费尔南多·拉马斯。"费尔南多这个国际主义享乐者!去丹吉尔港研究阿拉伯姑娘,嘿嘿——"

凡妮莎匆忙把孩子们塞进他们的衣服里,让他们穿得暖暖的。这是朱利安的假日,我们去布鲁克林码头,在我的那间船舱里举行告别派对。我订的特等舱里有两个床位,但因为没有别的乘客,所以它成了我的包间——除了间谍和阴谋家,谁也不会坐南斯拉夫的船只。艾丽丝兴奋地打量着船桅,正午的太阳照射着港湾的海水。多年以前，她曾经把沃尔夫送到特里林那里。朱利安一家忙于在轮船里爬上爬下。我在船舱里调酒喝。这时，由于正在装载货物，整个船体（包括甲板）都倾斜得厉害。可爱的凡妮莎送了我一件告别礼物——《危险丹吉尔》，一本通俗的法国小说，说的是阿拉伯人如何向英国领事的脑袋上扔砖头的故事。船上的水手甚至连英语都不会讲，只会讲南斯拉夫语，但当他们看到艾丽丝和凡妮莎的时候，却露出一副发号施令的表情，似乎任何语言对他们来说都不在话下。我和朱利安把孩子们带到浮桥去看货物装载。

设想一下，在你的生命里，每时每分都不得不披戴着你自己的面孔而行，而且，还必须让它看起来的确像是你自己的面孔！好一个费尔南多·拉马斯！可怜的朱利安，满脸胡子把他的面孔变得阴森可怕，但他毫不在意，不管别人说些什么，也不管别人是不是哲学家。把一个湿湿的面具刻写成你自己的面孔。而此刻，你的肝在化脓，你的心在碎裂，连上帝也忍不住哭了起来："我的孩子们，你们都已经成为殉道者，我想把你们带回安全之庇护所！为什么我要把你们逐出乐园，难道仅仅是为了看到一部活生生的影片吗？"那些孕妇面带笑容，连做梦也想不到这一切。上帝是全能的，从来如此，是我在孤独峰上所见的那一位，但他同时也像个微笑的孕妇，连做梦也想不到这一切。如果我抱怨他们在上海对待克拉克·盖博或者在《正午》里对待加里·库珀的粗暴方式，或者，我是如何在大学校园的月光下迷失了我的道路——啊，月光，月光，我的月光，月光——我的月色光芒，也照在你的身上。朱利安老是拉扯着自己的嘴唇，凡妮莎仰着高高的颧骨，艾丽丝长发飘飘，轻声哼着，带着忧伤的气息，而孩子们死气沉沉缄默着。哲学家老费尔南多渴望能训示朱利安，再通过他把训示传播宇内、遍及众生。但南斯拉夫红星搬运工对一切都满不在乎，只管三件事：胡子、酒和女人——当然，如果铁托从他们面前走过，他们也会起劲地盯着他看——像这样，不得不每天披戴自己的面孔过日子。你也许会把它从脸上剥落(就像欧文那样)，但最后，令你惊讶的是，某个天使般的疑问会充塞在你的体内。朱利安和我一边调酒一边喝。在薄暮时分，他和凡妮莎终于带着孩子们走向了踏板。艾丽丝和我躺在船舱里，一直到夜里十一点。南斯拉夫船员敲响了我的门，问我是不是一直待在船上。然后，他走开了，跟其他人一起到布鲁克林狂饮去了——我和艾丽丝在凌晨一点钟再度醒来，互相枕着胳膊，怀抱着对方，在这间带有某种阴郁气息的船舱里，啊——只有一个守夜人在外面踱步，全体船员都到纽约酒吧尽情狂欢了。

"艾丽丝，我们起床吧。洗漱一下，再坐地铁到纽约——我们去西区泡酒吧。"但是，在西区是否只有死亡？

而艾丽丝只想和我一起去非洲。可我们还是起身穿好了衣服，手牵着手，下了踏板，走向空空的码头，然后穿过布鲁克林的巨大广场。那是流氓经常出没的地方，我手里握着一个酒瓶，就像握着一件武器。

我们最后到了巴罗厅，下去搭地铁。它把我们带到110街和百老汇。我们走进一家酒吧——我的老朋友、店老板约翰正在照顾客人。

我要了波旁酒和威士忌——我看到那些形容枯槁、如死人般可怕的面孔一个接一个地掠过我的面前，而我的上帝却全都坐在火车上，那无穷无尽的火车，无穷无尽地驶向墓地。我该怎么办？我跟艾丽丝说——

"丽茜，无论在哪里，我都只能看到惊惧和恐怖——"

"那是因为你喝得太多了。"

"但我该怎么办？那些惊惧和恐怖——"

"老兄，睡觉就行了。"

"可是店老板用那种眼光看着我，那么凄惨，就像我要死了一样。"

"这倒有可能，没准你是要死了。"

"因为我离开了你？"

"没错。"

"但这是对于我们一起承受的恐怖的一种愚蠢的、满怀妇人之见的唯我论解释——"

"一起承受，或者说类似于一起承受。"

无尽的火车驶向无尽的坟墓，装满蟑螂，永无休止地驶向店老板约翰那饥渴而枯槁的眼睛——我说："约翰，难道你没有发觉吗？我们全都是为了背叛而生的……"刹那之间，我意识到，我正在写诗，但它根本一无所是，就像以往一样。如果我就是一部"巴勒斯算术计算机"，也只会有一群数字在我面前乱舞。一切，一切的一切都是灾难。

可怜的丽茜，她根本就无法明白我。

那就到第三部吧。

第 三 部
PART THREE

穿越丹吉尔、法国和伦敦

PASSING THROUGH TANGIERS, FRANCE AND LONDON

五十

这真是一种疯狂的景致,也许是最为典型的美国景致——某个人坐在船头,盯着自己的指甲沉思,思索着自己该何去何从——我猛然意识到,我其实根本无处可归。

这次旅程对于我的一生而言是一次重大的转变,被我称之为"彻底的转变",由早年的青春冒险冲动转向对于广袤世界的惊惧体验。我在海上开始晕船恶心。所有感觉都骤然改变。这一改变的第一个信号是在去墨西哥之前,我在孤独峰上那孤独的两个月时光,有如梦幻,亦有所温暖;此后,我又跟我的朋友们混在一起,继续着往日的冒险史,但正如你所见证的那样,并不是那么"美好"。而今,我又再次孤独了。那种感觉再次来袭:逃避这个世界,它只不过是琐屑和无聊的混合体,最终了无意义。但用什么来替代它呢?此刻,我再次被抛向更为残酷的"冒险",将要横渡眼前的海洋。而一旦到达丹吉尔港,过量的药瘾将令所谓"彻底的转变"化为乌有。而马上——同时另一种体验,海上旅行的体验,就像一个不祥的预兆,令我对整个世界感到恐惧。

一阵暴风雨从北方刮来,从冰岛和巴芬湾[1]刮来,猛烈地袭击着我们的轮船。在二战时期,我经常在北冰洋的海面上航行,但那时正值盛夏时节;而现在,在离北冰洋一千英里以南的一月虚空

---

1 Baffin,加拿大东北部的一个大海岛。

之海，竟是如此阴郁。我们的船破浪而行，海浪波峰高如房椽，在船首如河流倾泻。船只就这样在大风大浪里上下颠簸。风声呼啸，雷鸣电闪，有如布莱克诗中的阴暗。布列塔尼人对于大海的一些知识在我的血液里复活过来，令我毛骨悚然。我看到高墙般的海浪一个接一个地打过来，像战场上的血流成河（只不过它是铅灰色），方圆数英里之内看不到尽头。我的灵魂不由软弱得近乎歇斯底里：为什么我不待在家里？！但现在悔之已晚。到了第三天，船身摇晃得实在厉害，就连南斯拉夫船员也不得不上床待着，把枕头和毛毯捂得严严实实。厨房更是一片狼藉。不管厨师们如何防范，锅碗瓢盆还是不时地倾倒摔碎。厨房里的尖叫声甚至把水手都吓坏了。吃饭的时候，乘务员把碟子放在湿餐布上，汤也不再盛到汤碗里，而是装到杯子里，但就是这样也无济于事。人们摇摇晃晃地跪在湿漉漉的防雨布上，吃着饼干。我试图到后甲板去站一会儿，发现那高墙般的海浪完全可以把我笔直地打飞到船舷外面去。甲板上的货车嘎嘎吱吱地叫着，由于缆索断裂而四处横冲直撞。这就像是《圣经》里面说的大劫难。那个夜里，我瑟瑟发抖地向上帝祷告——他把我们船上的每一个人和我们的灵魂放在这样可怕的处境里，只为了他自己的、不为人知的理由……

在我的半谵妄状态下，我似乎看到雪白的天梯从天空垂了下来，救度我们。我看到斯特拉·玛丽亚[1]在海上升起，就像自由女

---

1 指的是被称为"海洋保护神"的圣马丽亚。

神像一般,浑身光芒四射。我也仿佛看到了古往今来毙溺在海里的所有生命,我被这个幻觉哽塞住了,近乎窒息——3000年来的溺水者,从古代的腓尼基人到上次大战的那些可怕的少年水兵(我曾经跟其中的一些水兵一起航行过,在安全的地带)——在汪洋中间,地毯似的海面呈现出深蓝绿色,它的花纹却是那些该死的白色泡沫,哪怕你只是瞥视它的表面,也能看到那些令人窒息的、可厌的、大量的泡沫。而在表面之下,则是数英里深的冰冷海水往上涌动——摇晃、翻滚、冲撞、咆哮、倾覆、旋转——看不到任何一张面孔!不仅如此,船身还会突然没入水中!整艘船战栗着被浪头淹没,疯狂的船员猛烈地调转船头但无济于事。船身震颤着,噼啪作响。船首上翘,几乎要立起来了。船员都在深深的海水里挣扎着。船体露出来的部分连十英尺高都不到——就像那样——就像脸上结满的寒霜,就像远古的祖先那冰冷的嘴唇,就像海里一片裂开的木头——甚至连一条鱼也看不到。似乎尼普顿海神[1]正用雷电召开巨大的庆祝盛典,而他那嗜血成性的风暴将掠走人们的性命。"我应该待在家里,放弃这一切,买座小房子,我和妈妈住在里面过着安静的生活、沉思的生活;在阳光下读书;在月光下饮酒——穿着我的旧衣服,宠爱我的小猫,每晚睡个好觉——可是妈的,看看现在我落得如此petrain的惨境(petrain是16世纪的法语,意为'一团糟')!"不过上帝最后选择了放我们一条生路。天亮之前,船长调转了船头,走

---

[1] Neptune,罗马神话中的海神,相当于希腊神话中的波塞冬。

向另一条航线,终于离开了风暴中心。然后转向东方,朝着非洲前进,朝着星斗前进。

五十一

我觉得我无法给出一个正确的解释。但无论如何,我们祷告风暴停息,最终它停息了。

此后,我度过了十天平静的时光。这艘货船在静如止水的海面上行驶,似乎毫无前进的目标。我开始读一本世界史,写一些零碎的字句,夜晚开始在甲板上漫步。(当他们写到西班牙舰队在爱尔兰附近的风暴当中沉没的时候,是多么的漫不经心呀!)(哪怕是一个微不足道的加利利渔夫,永远地被大海吞没。)

但即便是如此的平静,我躺在如此舒适的船舱里,读着我的世界历史,我仍然无法遏止地对一切事物感到厌憎——一切事物,包括尚未出现人类之前就已经发生过的混乱之事。它们足以让太阳神阿波罗为之哭泣,或者令阿特拉斯放下他肩头的苍天。我的上帝——这屠杀者、肃清者、十一税的窃取者、被绞死的盗贼、骗子统治者、袭击游牧部落营火的狼群、成吉思汗的毁灭者——无数雄性的睾丸在战争中被碾碎、无数女人在硝烟中被奸污、孩子们被武装起来、动物们被屠杀死去、刀剑闪烁、尸骨遍野——愚蠢的国王满嘴流着肉汁,在每个人的头上拉屎,用丝绸擦屁股——乞丐们只能用粗麻布——错误,到处都是错误!空气里充斥着殖民者的气味,他们的烹锅和大便的气味——红衣主教就像"塞满泥巴的丝袜"，国会议员们则"像月光下腐烂的鲭鱼一样亮闪闪却臭气熏天"——从达科他到塔希提剥掉的头皮——人类的视线落在断头台上，在黎明点燃火刑柱，黑暗，桥梁，迷雾，罗网，受创的手掌，废弃的教衣，这就是可怜的人类数千年以来的所谓"历史"，而这一切不过是可怕的错误。上帝为何要这么做？或许，真的是由一个魔鬼来引导这一堕落？天堂的灵魂叫道："我们想要成为人类。哦，上帝，撒旦说那将会是很伟大的存在！"——砰！我们从天堂堕落了，来到这里，来到这个世界——集中营、焚尸炉、带刺的铁丝网、原子弹、电视杀手、玻利维亚灾荒、小偷穿着丝绸打着领带出入办公室、报纸混淆视听、官僚主义、凌辱、愤怒、沮丧、恐惧、梦魇、秘密处死、癌症、溃疡、勒死、化脓、老去、老年之家、拐棍、臃肿、齿发摇落、发臭、泪水，最后一了百了，告别尘世。也许别人会写这些，我不知道该怎么去写。

那么，如何才能欢乐而安宁地生活？背上背包，从一个地方流浪到另一个地方，但却是每况愈下，黑暗穿透恐惧的心灵。心脏只不过是一个怦然跳动的脏器，由动脉和血管精密地纠结而成，一旦剪断就会停止跳动，心室关闭，最后成为某人的盘中餐。一边拿着刀叉切片，一边发笑（无论如何，至少总会笑上片刻）。

朱利安肯定会说："老弟，你反正无能为力，不如尽兴狂欢吧——随时举杯痛饮，向费尔南多致敬。"我想到了费尔南多那双浸透了酒精的水泡眼（就像我的一样），在熹微的晨光里眺望着窗外荒凉的棕榈树，在披巾下面瑟瑟发抖——在最后的弗里斯兰山脉下，一把大镰刀正在割除他的希望之雏菊。然而,每个新年,他都会为此迫不及待地在里约热内卢或者孟买庆祝一番。在好莱坞,他们敏捷地把老导演踢到一边。阿尔道斯·赫胥黎[1]半盲的眼睛目睹自己的房子被烧毁,那时他已年过七十,远离了牛津大学那把舒服的胡桃木椅。没有,没有,没有——噢,在这个世界上,没有任何事物能令我哪怕产生一秒钟的兴趣。可是,除此以外,又有何可为之事呢?

在鸦片的作用下,这一切被强化为一点:我真该立即起来,打好背包,回到美国,为自己找一个家了。

五十二

一旦对海的恐惧感消退无影,我就开始热爱这趟非洲之行了。一到非洲,我又将可以尽兴而欢。

一九五七年二月,一个阳光灿烂的下午,我们的视线初次触及非洲五色杂陈的大地。黄土地和绿牧场混合着勾勒出遥远非洲那模糊暧昧的海岸线。在那个昏昏沉沉的下午,非洲变得逐渐清晰起来,我甚至能看见一直困扰着我的那个小白点原来是山坡上的某个储油罐。这时候,非洲大地看起来有点像罩着白袍的伊斯兰妇人,而水天之间的丹吉尔港恰好就在手肘位置。喔,在这个蓝

---

[1] 英国作家,"反乌托邦三部曲"之《美丽新世界》的作者。其祖父为著名生物学家托马斯·赫胥黎,严复曾翻译过他的《天演论》。

色下午的海上,梦想着雪白的罩着长袍的非洲——这到底是谁的梦想?兰波!麦哲伦!德拉克洛瓦[1]!拿破仑!屋顶上飞扬的白床单!

忽然间,一只小小的摩洛哥渔船开了过来。它带着高高的尾舱,用黎巴嫩木雕刻而成;几只猫在甲板上嬉戏。渔船嘭嘭嘭地转向南海岸,准备晚上在圣母玛丽亚的星光下捕鱼(现在天空就已浮现出星星)——玛丽亚是所有在海上捕鱼的渔夫们的守护神。在狂暴不安的大海之上,她以天使长般的祷告为他们带来希望。还有一些穆罕默德之星,在保佑着他们。微风轻拂,吹皱他们的衣裳,吹乱他们的头发。"那是真正的非洲人真正的头发。"我惊异不已地自言自语。——如果不能回到孩子式的天真,又何必在大地上行走呢?

丹吉尔港更为清晰了。左边是荒瘠的西班牙沙地,山峦插入直布罗陀海峡——就在赫斯珀里德峰附近。它就像是进入大海之中亚特兰蒂斯的通道。据《诺亚书》记载,亚特兰蒂斯被冰帽融水淹没。这就是赫拉克勒斯先生一边扛起大地一边呻吟的地方——"粗粝的岩石,呻吟的植被……"(布莱克诗)。那些戴着眼罩的国际钻石走私犯拿着蓝色的点四五手枪,偷偷出入丹吉尔港口。疯狂的

---

[1] Delacroix(1798—1863),法国浪漫主义画家,以激情和色彩而闻名,《自由引导人民》为其最广为人知的代表作之一。

西庇阿[1]们就在这里狙击蓝眼睛的迦太基[2]人。在阿特拉斯山背后的荒漠上,我看到了蓝眼睛的加里·库珀,在《火爆三兄弟》[3]里战无不胜。而我,居然要跟哈巴德在丹吉尔过夜!

海轮在这个美丽的小港湾抛锚停船了。它缓缓地旋转了一圈,我正好可以从每个不同的角度观看这座城市。当我准备下船之际,从舷窗里看到了一条伸入海中的岬角。它环抱着丹吉尔港,就像一座灯塔在苍茫暮色中点亮,如同圣玛丽一般给我以安全感。城里闪出点点灯光,仿佛具有某种魔力;卡西巴山丘仿佛在发出低语,令我迫不及待地想要到达那些狭窄的阿拉伯巷陌,寻找印度大麻。我见到的第一个阿拉伯人看上去十分荒谬可笑,简直不可思议——一艘小船靠过来停在我们"雅各的天梯"[4]旁,船里那些衣衫褴褛的阿拉伯少年,穿着像墨西哥少年一样的线衫。船的中央站着一个阿拉伯胖子,戴着一顶肮脏的土耳其毡帽,穿着一套蓝色的西装,背着两手,打算推销香烟给游客,或者从游客手里买点什么货物。我们那英俊过人的斯拉夫船长朝他们大喊大叫,要他们离开舷梯。

---

1 Scipios,公元前246至公元前146年,古罗马与迦太基发生争夺地中海西部统治权的战争,古罗马人称迦太基为"布匿",因而又名"布匿战争"。在第二次和第三次布匿战争中,老西庇阿和两个儿子(大西庇阿、小西庇阿)均成为古罗马方面军队统领,大西庇阿击败汉尼拔,小西庇阿彻底夷平了迦太基。

2 Carthage,非洲北部古代城邦,位于今突尼斯东北部突尼斯湾沿岸。由腓尼基人于公元前9世纪创立。

3 加里·库珀主演的好莱坞影片,1939年出品。该片讲述 Geste 家三兄弟的冒险故事。由于家境贫困,他们参加了外籍兵团,在沙漠地区被军官折磨,从而引发了一场对抗变态军官及阿拉伯游民的战争。

4 据《圣经·创世纪》记载,雅各曾经"梦见一个梯子立在地上,梯子的头顶着天,有神的使者在天梯上,上去下来"。这里把舷梯说成"雅各的天梯"是一种调侃的说法。

大约晚上七点,我们的船开进了船坞,我终于走到了岸上。我那新鲜出炉、纯洁无辜的护照被海关人员盖上了阿拉伯钢戳——他们戴着肮脏的土耳其毡帽,穿着肥大的灯笼裤。这里像极了墨西哥。在当下,这个世界已经不再创造历史——创造历史,亦即去改造历史,朝它发射炸弹和火箭,去猎取那概念上的所谓"最高成就"。

我搭了一辆计程车去哈巴德住的地方。那是一条狭窄陡峭的街道,在万家灯火的阿拉伯居住区下面的欧洲区里。

可怜的布尔身体欠佳,九点半敲响他花园后门的时候,我猜他肯定还在睡觉。可出现在我面前的哈巴德令我大吃一惊。他健康强壮,完全没有瘾君子那副皮包骨的模样。他的皮肤被晒成了茶褐色,肌肉饱满,精力旺盛。哈巴德四十四岁,六英尺高,蓝眼睛,戴着眼镜,浅黄棕色头发,是美国一位商业巨子的继承人,但他们却只给他每月200美元的信托基金,很快又削减到120美元,最后干脆把他弃之不顾,把他从他们豪华的起居室赶了出去——就因为他所写的那些东西和出版物(《赤裸的午餐》),那是一本足以令每个母亲大惊失色的书籍。

布尔取下他的帽子,对我说:"走吧,我带你去参观一下阿拉伯区。"而后,他昂首阔步,就像一位被流放的疯狂德国哲学家,带我穿过花园,走出大门,来到那条充满魔力的小街上。"明天一早,等我吃过简单的茶点面包,我们就去海湾划船。"

显然,这是命令而非邀请。在新奥尔良的那些日子之后,这还是我第一次跟老布尔见面(他也是墨西哥老布尔的一个朋友)。他在新奥尔良成了家，住在路易斯安那阿尔及尔[1]防波堤附近——他一点都不显老，只不过头发不像以前梳得那么精细。我是第二天才意识到这一点的——因为他在房间里写作的时候，疯狂而迷惘，俨然是个一头乱发的天才疯子。他穿着一条美国棉布裤，一件带口袋的T恤，戴一顶渔夫帽，带着一把一尺长的弹簧折刀。"是的，先生，如果没有这把弹簧刀，我早就死了。在一天夜里，一群阿拉伯人蜂拥而上，把我堵在一条小巷子里。我啪地打开这把折刀，对他们说：'你们这群杂种，来吧！'，结果他们一哄而散……"

"你到底怎么对待阿拉伯人？"

"就像对待小鸡鸡似的一把把他们推开。"他一边说，一边突然朝人行道上的一群阿拉伯人横冲直撞地走过去，把他们冲开到两边，嘴里骂骂咧咧地挥动双臂，举止十分夸张，就像一个疯狂的得州百万富翁在香港横冲直撞地招摇过市。

"好啦，布尔，你不能每天都这么干。"

"什么？"他吼叫道，几乎是在咆哮。"小子，把他们推到一边就是了！别让他们的小鸡鸡朝你撒野。"第二天，我突然顿悟，我们每个人都不过是小鸡鸡而已——我，欧文，他自己，阿拉伯人，女人，生意人，美国总统或者是阿里巴巴——阿里巴巴，不管他叫什么名字都好，一个在旷野里放牧羊群、胳膊里抱着羊羔的孩子，

---

[1] Algiers，位于密西西比西岸，路易斯安那州新奥尔良的一个区。

脸上带着甜蜜的表情——就像圣约瑟本人孩提时代的表情——"小鸡鸡！"我明白，这只不过是一种表达方式，它源于布尔的悲哀，因为他永远不可能重新获得那牧羊人的无邪，而它实际上就是，小鸡鸡的无邪。

我们沿着白色的石阶爬上一座山坡。我突然记起了一个逝去的梦境——在梦里，我爬着这样的台阶，走向"爱之圣城"。"你的意思是想告诉我，在这一切之后，我的生活会出现新的转机？"我因为兴奋而自言自语，这时右侧突然传来了沉重的声响，就像是锤子敲在钢铁上。"卡蹦！"我回过头，看到丹吉尔汽车修理厂黑洞洞的出口，我那白色的梦境遽然逝去。一个阿拉伯巨人，挥动着油污的胳膊，机械地敲击着一辆福特车的挡泥板，挂着一只黯淡的墨西哥灯泡用来照明。我累得半死，继续爬着神圣的台阶，沮丧不堪。布尔一直在前面朝我回头叫着："快点，快点！像你这种身强力壮的小伙子居然比不过我这个老家伙？"

"你走得太快了！"

"你们这些愚蠢的嬉普士，什么事都干不成！"

我们几乎是一路小跑，跑下了一座布满石头的陡峭草坡，曲径通幽，来到一条具有非洲风格的奇异街道。我再次被那个梦境击中了："我就是在这里出生的。这条街道就是我的出生之地。"我甚至抬起头，审视那个奇怪的非洲式窗户，仿佛想看看我的摇篮是否还在原地——天哪，布尔房里的大麻——此刻，不知道美国有多少瘾君子就周游在这个世界上，多愁善感，充满了夸大其词的幻觉。幻觉——他们那饱受折磨的脑子只受到古代人类生活的些许影响，所以，上帝保佑瘾君子吧。"如果你是在这条街道出生的话，那你可能早就被淹死了。"我一边说一边沉思。

布尔伸出手挥舞着，推开身边的阿拉伯人，像纳粹似的指着看到的第一家同性恋酒吧，回头叫我："嘿，快看！"我真不知道他哪里修来的道行，竟然如此嚣张；直到后来我才听说，他曾经整整一年待在一个小镇上，坐在房间里，吸食过量的吗啡，然后盯着自己的鞋尖看，恐惧得瑟瑟发抖，八个月没有洗澡。于是，当地阿拉伯人都把他视为"皮包骨战栗者幽灵"。当他康复之后，他们就任由他肆意妄为。每个人都认识他。伙计们都朝他打招呼。

这座昏暗的同性恋酒吧同时也是丹吉尔港的欧美同性恋吃午餐的地方。哈巴德介绍店主给我认识，他是一个中年肥佬。如果在这里找不到一个合适的"伴侣"，他就准备打道回府，返回阿姆斯特丹——我曾经在一篇文章里提到过他。他抱怨西班牙比塞塔钱币贬值了，而我却仿佛看到他在夜里的床上呻吟着，在国际歌的萦绕下，怀着内疚感做爱或者做点别的。奇形怪状的流亡之徒在这里扎堆，咳嗽着、迷失了方向；有些人坐在室外咖啡座上，露出异国忧郁的目光，喝着苦艾酒，看着报纸。走私犯们戴着船长帽，随处可见。没有看到欢快的摩洛哥小手鼓。街上风尘滚滚，到处都是千篇一律。

哈巴德还把他的爱人介绍给了我，是一个20岁的少年，带着甜蜜而忧伤的笑容，这就是可怜的老布尔喜欢的类型，从芝加哥到这里都是如此。我们喝了一点酒就回去了。

"明天,那个法国房东也许会把楼顶那间带浴室和小院的房子租给你。亲爱的,那间房很不错。我倒宁愿住在花园边上,可以跟小猫玩耍,还可以在园里种玫瑰。"花园里有两只小猫,那是中国管家养的,她为这个巴黎房东做卫生,后者大概是通过轮盘赌赢来了这栋公寓,总之是这一类的手段——但后来我发现,真正做清洁的其实是住在地下室的那个努比亚黑女人(我的意思是,如果你想了解丹吉尔事无巨细的浪漫史的话……)。

五十三

但是来不及了!布尔一再要求去划船。我们穿过了水边的发着酸味的整个阿拉伯酒吧区。阿拉伯人用玻璃杯喝绿薄荷茶,用带链条的烟斗抽大麻。他们是半摩尔人半迦太基血统,眼眶奇异地发红,一直注视着我们走过去。"天哪,这些家伙肯定憎恨我们,不知道是出于什么原因。"

"你错了,"布尔说,"他们只不过是在等一个杀人狂跑过去。你看过杀人狂奔跑吗?在这里,时不时地会出现杀人狂。他们会突然拿起一把弯刀狂奔,一路奔过市场,见人就砍,一直要杀掉十几个人。然后,咖啡区的这些伙计听到风声,就会立即起身,跑过去追上他,把他撕成碎片。在这期间,他们会没完没了地抽着大麻……"

"那你每天早晨跑到码头划船,他们会怎么看?"

"他们?反正他们中有人能得到好处……"

好几个男孩正在码头上弄船。布尔给了他们一点钱,我们坐了上去。布尔站在船头,狂热地划了起来,就像一个威尼斯划桨者。

"我在威尼斯的时候学到了这一手。这是唯一正确的划桨姿势,站在船头,像这样划……"他朝前划着桨。"在威尼斯之外,得州毕维尔就是最乏味的小镇。小兄弟,你永远不要去毕维尔,也不要去威尼斯。"

某个六月,在毕维尔,布尔和他老婆把车停在高速路边,开始在车里做爱,被治安官逮个正着。他不得不在监狱里待了两天,被一个戴着钢框眼镜、看起来居心叵测的副警长看守着。"威尼斯——天哪,在月朗风清的夜晚,你甚至可以听到一英里之外圣马克广场[1]传来仙女们的歌声。你可以看到那些功成名就的作家,在夜里划着桨。在运河中间,他们会突然撞向意大利'刚朵拉'……"布尔在威尼斯也留下了趣事——他被邀请到一座宫殿参加上流社会的高雅聚会,带了他在哈佛大学的老朋友欧文·斯文森。他们刚进门时,女主人伸出手让他们亲吻,而斯文森说:"你瞧,在这个圈子里,你必须亲吻女主人的手,这居然算是一种礼仪……"当所有人都错愕地停下来,瞠目结舌地盯着门口看他们

---

[1] Piazza San Marco,威尼斯市中心最热闹繁华的地方,被拿破仑称为"欧洲最美丽的客厅"。威尼斯的守护神和城市象征是圣马克广场上那头带翅膀的狮子。

的时候，布尔却叫了起来："啊，我倒是更想亲吻她的私处！"事情就这样收场了。

他精力充沛地划着桨，我坐在船尾，眺望丹吉尔海湾。一艘阿拉伯小船划了过来，船上的少年们用西班牙语跟布尔交谈："他是你新来的美国朋友？他喜欢小伙子吗？"

"不，他想要姑——娘。"

"为什么？"

"因为他是男人，所以喜欢姑娘。"

他们摆摆手，划着桨离开了，打算从别的同性恋游客身上弄点钱。他们问哈巴德我是不是同性恋。布尔继续划桨，但突然觉得累了，就让我接着划。我们到了防波堤的尽头。海水拍着堤岸。"妈的，我累了。"

"好吧，看在上帝的分上，再使点劲划回去吧！"布尔已经疲惫不堪，只想回到他的房里，做个"麻菌"，开始写书。

五十四

所谓"麻菌"，就是用蜂蜜、香料和生麻做的蛋糕。生麻是带着少量叶子的草茎植物，能提炼出一种叫蕈毒碱的化学物质——布尔把它们卷到一个能吃的丸子里，嚼上好几个小时，再用牙签把它挑出来，就着热茶喝下去——在这两个小时内，我们的虹膜放大、变黑；等它的作用过去之后，我们就到郊外去散步。极度的兴奋有助于情绪宣泄，尤其是这些带有色彩的情绪："看，树下那些花朵那些细致的白色花影……"我们站在那棵树下，俯视丹吉尔港。布尔说："我在这里，看过丹吉尔的气象万千。"他的语气很严肃，开始谈他正在写的那本书。

　　我已经在顶层租下了一间大房子，但我每天都会在他家里打发好几个小时的时间。而他则希望我能从中午待到两点，然后喝鸡尾酒，接着是晚餐，一起度过夜晚。我不时会坐在他的床上看书，而他则一边打字一边突然哈哈大笑地把他刚打完的纸页折起来，或者把它们扔到地板上。他打字的时候，腹部不时会发出奇怪的、被压制的笑声；就连杜鲁门·卡波特[1]都不会把他误认为一个打字员。有时他会抽出笔，在打印纸上潦草地涂鸦，弄完之后就把它们向背后扔去，就像马布斯博士似的，直到地板上到处都扔满了他的手稿。他的头发乱糟糟的——那就是我为他感到焦虑的原因。他会偶尔抬两三次头，用他无辜的蓝色大眼睛看着我："你知不知道，你是世界上唯一一个可以坐在这里看我写作，而我却可以当你不存在的那个人？"这对我真是莫大的恭维。我的方式就是集中注意力沉浸于自己的思想之中，心游万仞，而不去打扰布尔。"当我从这个可怕的双关语上偶尔抬头一瞥时，你却正在研究一瓶科纳克白兰地上面的商标……"

---

[1] 美国作家，其作品常描写感情疏离的、有时精神变态的人物，如《冷血》。他的代表作为《蒂凡尼的早餐》。以他为原型的好莱坞影片《卡波特》获2006年奥斯卡最佳男主角奖。

我倒是想让读者们了解一下他的《赤裸的午餐》[1]，绞刑犯变蓝的白衬衫、阉割、石灰……一些伟大而恐怖的场面，充满想象力的医生，对未来那不确定的幻觉，戒毒药物的作用，他们把世界从人们眼里拿走；当一切终了之际，疯子医生将独自与一部自动操作的录音机相伴，他可以随意剪辑胡乱拼贴，但身边寂寥无人，连一棵树下的手淫症白化黑藜都没有[2]——书里的污言秽语层出不穷，就像一只绑着绷带的蝎子，你必须独自阅读，但它是如此令人惊颤，以至于我在接下来那个星期帮他清晰地打印书稿以备出版之际，竟然夜夜连做可怕的噩梦——比如从我的嘴里源源不断地拉出大红肠，从我的内脏里拉出来，又长又大，拉啊拉啊拉出一切布尔所见和所写的可怕之物……

也许你会跟我谈起美国的伟大作家，比如辛克莱·刘易斯、伍尔芙、海明威或者福克纳，但他们之中，谁的名字也不像你的那么荣耀……哪怕是梭罗。

"为什么这些穿白衬衫的年轻人要被绞死在石灰石洞里？"

"别问我为什么——我只是从另一个星球向你们传递这些信号。我是另一个星球的信使，但我却没有一个彻底悟读的解码器。"

---

[1] 原名为 *Naked Lust*，金斯堡阅读原稿时，因书写潦草，误读为 *Naked Lunch*，就此定为书名。书中写的是反抗毒品的治疗过程，但通篇都充满了污秽的想象。1992年，该小说被拍成电影。

[2] 巴勒斯的写作充满呓语，并将当时的报纸杂志等剪报内容打散重新排序，胡乱塞进小说之中，被某些媒体恶评为"精神病人的呓语"。此处凯鲁亚克的文风是对巴勒斯的戏仿，故意写得词句混乱，令人不知所云。

"可是为什么它们都那样污秽不堪——就像鼻涕……"

"我真他妈讨厌我的中西部教育背景。我就像排泄似的把我所能想到的最令人厌恶的事情一泻而出——记住,是最令人厌恶的肮脏的污秽、最令人恶心的可怕的境地——可亲爱的,一旦我写完这本书,我就会重归天使般的纯洁。这些所谓的伟大的存在主义无政府主义者和恐怖分子永远也不会让自己多愁善感,老弟——他们会为了所谓的社会进步去分析自己的粪便……"

"可是难道你非得让我们被粪便包围吗?"

"那只是为了让我们摆脱粪便,爱较真的杰克。"他喝光了下午的科纳克白兰地(那是下午四点钟)。我们都为之叹息。布尔似乎比我更伤心。

五十五

下午四点,约翰·班克斯该来了。班克斯是一个英俊而颓废的家伙,来自英格兰伯明翰,以前是一个劫匪(据他自己说),后来改行做走私生意,用一艘单桅船塞满走私货物,在丹吉尔港进行走私。也许其实他只是运煤船上的一个伙计,谁知道呢。他拥有一双湛蓝的眼睛,具有英格兰时髦青年的浮夸作风,带着一口英国海军口音,而哈巴德对他青睐有加。事实上,无论是在纽约,还是在墨西哥城,或者纽瓦克,还是其他地方,哈巴德总是跟一些夸夸其谈者混在一起。他会找一个合适的地方,一边喝着鸡尾酒,一边享受着那些骇人听闻的故事。哈巴德是这个世界上最优雅的英国绅士。我还记得他在伦敦的情景。他坐在俱乐部的壁炉前面,手里捧着白兰地,端坐在一群名流之中,讲述他的世界见闻,不时发出大笑,活脱脱一个夏洛克·福尔摩斯。某次,疯子预言家欧文·加登曾经一本正经地告诉我:"你没有意识到哈巴德就像夏洛克·福尔摩斯的老兄吗?"

"夏洛克·福尔摩斯的老兄?"

"难道你没有读过柯南·道尔的故事?每当他在侦破过程中碰到难题的时候,就会叫上一辆计程车,直奔苏霍区[1],请求他老兄帮他解决。而他老兄总是待在一间廉价的屋子里,醉醺醺地躺着喝酒。啊,那多有意思!就像你在旧金山一样……"

"然后呢?"

"然后,大福尔摩斯总是会告诉夏洛克怎么解决问题——他似乎对伦敦发生的一切无所不知。"

"难道福尔摩斯的老兄从来就不会打上领带,出现在俱乐部吗?"

欧文转移了话题,但从那时候起,我觉得布尔就是夏洛克·福尔摩斯的老兄,在伦敦跟伯明翰的劫匪说行话,用流行的粗话骂人;他不仅是个哲学家,还同时是个语言学家,不仅对当地的狗屁方言感兴趣,还对其他各郡的方言兴致盎然,但都限于时下的粗话俚语。

---

[1] Soho,英格兰伦敦中部的一个区。

约翰·班克斯一边喝科纳克，一边抽着大麻聊他在缅甸的见闻故事，窗外的天色正在暗下去。班克斯嘴里冒出不可思议的句子——

"她用她的如簧之舌欺骗了我，羊杂碎——"

"甜面包[1]？"

"当然不是裸麦面包，小子！"

"那又怎么样？"布尔捧腹大笑，眸子里闪烁着温柔的蓝色光芒。但很可能在下一秒，他就端起一支来复枪对准我们说："我一直想把这个带到亚马逊去，如果它还能大量地杀死食人鱼……"

"可我还没有讲完我的缅甸故事！"然后，他们接着喝科纳克，接着聊天讲故事。我不时溜到花园里透透气，凝望那奇异的、在落日下呈现为紫红色的海湾。当约翰·班克斯或者其他夸夸其谈者走了之后，布尔和我会漫步到镇里最好的餐馆吃晚餐，通常都吃黑椒牛排，或其他美味可口的佳肴。我们喝着上好的法国葡萄酒。布尔把鸡骨头往背后扔，也不管餐馆里有没有女顾客在座。

"嘿，布尔，在你后面的桌子，有一个脖子很长的巴黎女子，还戴着珍珠项链……"

"美丽的gashe[2]，"他又毫不犹豫地向后扔了一块鸡骨头，"怎么啦？"

---

[1] 羊杂碎的单词为"sweetbread"，而甜面包为同一个单词，凯鲁亚克把这个单词拆成了两个单词来理解。
[2] Gashe，埃塞俄比亚人对长辈的尊称，此处用意待考。

"他们正用优雅的长玻璃杯喝酒……"

"别用你那套新英格兰戒律来烦我。"他说。不过他倒是从来没有把整个碟子朝肩后扔去。1944年,朱利安曾这么干过,把碟子摔碎了。布尔心满意足地点着了一根长长的大麻烟。

"你居然在这里抽大麻?"

他满不在乎地叫了一份带甜点的汤姆利乔酒。上帝啊,他已经感到厌烦了。"欧文什么时候到?"欧文跟西蒙正在路上,他们坐另一艘南斯拉夫货船过来,不过要四月份才出发,他们不会遭遇到风暴。回到家后,他拿着一副望远镜来了我的房间,眺望大海。"他什么时候来?"问完之后,他突然埋在我的肩头哭了起来。

"你怎么啦?"

"我不知道……"他是真的在哭泣,而且他真的想哭。很多年来,他一直爱着欧文。有一次,我给他看过一幅欧文的涂鸦之作,原本是要画丘比特的神箭穿过两颗心,但欧文一时迷糊,只画了一颗心。布尔·哈巴德一看就叫了起来:"没错,那就是我想说的!"

"那你想说什么?"

"每一个自我之人都只能爱上他自己的影子。"

"唉,那就是这些成年男人之间的爱情。"1954年,我跟母亲正坐在家里,门铃突然响了,哈巴德推门而入,问我要一块美元付出租车钱。母亲当然给了他钱。然后他在我们身边坐下来,心烦意乱地写一封长信。就是在那个时候,我母亲告诫我:"别跟哈巴德走得太近,他会毁了你。"我从来没有碰到过比这更奇怪的场面。我妈忽然说——

"哈巴德先生,你要吃三明治吗?"他摇摇头,继续写他的长信。那封信就是写给欧文(当时在加州)的情书。而他跑到我家来的原因,他现在终于在丹吉尔向我坦白了,声音显得疲倦而受伤:"因为那个时候我跟欧文取得联系的唯一方式就是你。你曾经从他那里收到过从旧金山寄来的长信,上面写满了费解的诗行;我必须跟他取得联系,我觉得找找你应该聊胜于无。"不过我不会因为他这样说而觉得受伤害。那天,我们偷偷从母亲的住所里溜出去,跑进一家拐角处的酒吧。他继续写那封长信,而我这个"聊胜于无"的鬼魅就在一旁不停地喝酒,或者沉默地观看。我爱哈巴德,哪怕为他那愚蠢自负的灵魂而爱他。倒不是说欧文不值得他爱,而是在这个世界上,他们如何能够实现如此伟大而浪漫的爱情?

如果"白痴"挑逗了伊波利特(当然他没有),那么伪币制造者埃多阿德就不会朝甜蜜而疯狂的伯纳德咬牙切齿——哈巴德无休无止地写着那封长信;中国洗衣工穿过马路,一边看着他一边暗暗点头。那时候,欧文在旧金山找了一个姑娘,哈巴德嫉妒地说:"我对那个伟大的婊子了解得一清二楚——"其实他根本没必要为此担忧,因为欧文随后不久就遇到了西蒙。

"西蒙到底是何方神圣?"他伏在我肩头哭泣着问——在这里,在丹吉尔的土地上。(噢,如果我母亲看见,夏洛克·福尔摩斯的兄长伏在我肩头哭泣,她会怎么想?)我拿铅笔画了一幅西蒙的速写给他看——疯狂的眼睛和面孔。他不太相信我的技法。"下楼去我的房间'敲敲锣'吧。"这是"用烟斗抽鸦片"的另一种表达。这个"烟斗"是我们在散漫的咖啡时光里从一个戴红毡帽的男人那里捡来的。哈巴德曾经私下里跟我诅咒过他——据说他就是丹吉尔港肝炎传播的源头。所谓"烟斗"其实是在一个用过的橄榄油罐头上开了个洞口；我们往里面塞满了红色的鸦片，把它点燃，然后吸进那淡蓝色的烟霭。这时，我们的一个美国同伴过来了，告诉我，他已经帮我找来了妓女。当布尔·哈巴德和班克斯跟我一起吞云吐雾的时候，吉姆去帮我们物色了几个女孩，她们站在香烟的霓虹灯广告下，裹着长长的罩袍。吉姆轮流把她们领了进来，然后下去继续抽鸦片。阿拉伯妓女最有意思的地方，就是从鼻端揭开面纱的那一刻，然后，就是那长长的袍子，突然间，一个桃色的胴体横陈眼前，目光挑逗而淫荡，身上一丝不挂——而在街道上，她们是如此圣洁（悲哀的圣洁），她们的眼眸，她们孤独的黑眼眸，被遮蔽在那最贞洁的长袍之下……

　　布尔后来跟我打趣说："我什么感觉都没有。你有吗？"

　　我说："没有。我们肯定是喝得太醉了。"

　　"我们喝掉它吧。"布尔说。我们在热茶里撒了一点生大麻，把它喝了下去。在一分钟之内，我们就感到浑身发冷，像石头一样冷，几乎要死了。我上了楼，在茶里加了更多的"料"——这些茶是在一个小煤油炉上烧好的。布尔送了我这个煤油炉，他的交换条件是让我帮他打出那本书的头几个段落。在已逝的24小时里，我盯着天花板；而圣女玛丽的头灯照亮了海湾岬角；救赎之光芒在空中交错，照耀着我天花板上的流浪汉图画，那画像的嘴张开着，像阿兹特克人的脸——它穿过了可见的天堂——我的烛光——在神圣的鸦片里熄灭——我体验着"回转"这个词的含义，它仿佛在说："杰克，这就是你世界之旅的终结——回家吧——在美国成家——尽管此即是彼，彼即是此，但一切都并非为你预备。在那看似荒谬可笑的家乡，有一只看似荒谬可笑的老猫在屋顶上为你哭泣，提让——这些家伙根本不理解你，阿拉伯人鞭打着他们的骡子——"（那天早些时候，我看到一个阿拉伯人正在抽他的骡子，我几乎想冲上去夺过他手里的鞭子，用那鞭子抽他，也许这将在开罗电台或者雅法[1]——不管在哪儿，只要是有白痴们鞭打他们宠爱的动物〈或者骡子，或者那些不堪重负的受伤害者〉的地方——引起一场突如其来的暴动。）返回其实就是到来。来吧"到来"，它终将实现。请把它印刷在《真理报》上。

我躺在那里，盯着天花板，也许过了24小时，也许是36小时。我在厕所里呕吐，无法忍受鸦片那令人作呕的味道。隔壁的房子里有两个同性恋在鸡奸，把床压得吱吱响。这倒也无所谓，可是第二天一早，那个带着可爱笑容的拉丁少年竟然在我的浴盆里拉了一大泡屎，把我恶心坏了。除了那个努比亚女王[2]，还有谁能弯腰俯身去清理这堆粪便？米拉？

在墨西哥城，哥内斯老是跟我说，中国人认为鸦片是帮助睡

---

[1] Jaffa，以色列中西部的古城，位于地中海沿岸。

[2] 指哥内斯所住楼房所用的那个黑人女仆。

眠的。可是对于我，它却让我无法入眠。虽然躺在床上，却不停地在可怕而焦虑的幻境中转来转去(人们自我毒害，痛苦呻吟)，最终意识到"鸦片是带来焦虑的——哦，我的天哪，德·昆西[1]"——我这时想到，母亲正在等我把她带回家，我的母亲，我的母亲从她的子宫里微笑着把我诞出——尽管我老是不厌其烦地唱着"为什么我会出生？"(格什温[2]作曲)，她急忙问道："为什么你会唱这个？"——我含含糊糊地哼出了最后的那个"噢"。

在天主教堂后面，幸福的牧师们正在玩篮球；他们会在一早起床，敲响本尼迪克大钟——钟声为我而鸣，正如大海之星玛丽亚的星光在为数百万毙溺的孩子们——他们仍然躺在大海的子宫里微笑着——无助地闪耀。嘭！我走到屋顶，阴郁地注视着路人，牧师们也在抬头看着我。我们只是互相凝视着。我的朋友们正在修道院里四处撞钟。钟声发出共鸣，回荡往复。哪怕圣器收藏所的教士也毫无希望。就算再也不会重见奥尔良大桥，也不一定能得到安全救赎。最好的方式就是回到婴孩的样式[3]。

---

1 De Quincey（1785—1860），英国作家，出生于曼彻斯特，终生多病，对鸦片产生了依赖。因其自传《一个瘾君子的自白》而出名。

2 格什温为美国作曲家，把爵士带入古典音乐，并为不少音乐戏剧谱曲。

3 据《圣经·新约》，耶稣曾在讲道中说："我实在告诉你们，你们若不回转，变成小孩子的样式，断不能进天国。"在基督教教义里，人们要回到婴孩的样式才能得到拯救。

五十六

  我由衷地喜欢上了丹吉尔。那些优雅的阿拉伯人从来不在街上打量我。他们的目光内视自身，不像墨西哥四下里都是窥探的目光。从那间带瓷砖小院的楼顶屋望下去，那些小小的西班牙式摩洛哥住宅坐落在圈养着羊群的山坡牧草之间——从屋顶眺望神奇的海湾，海水拍打着乌尔提墨岬角。在空气清朗的日子，还能看到远处直布罗陀的淡淡阴影。在阳光灿烂的早晨，我会坐在天井里看书，享受麻醉品带来的晕眩，倾听天主堂的钟声——我把身子斜出去，就能看到孩子们在玩篮球游戏；或者向下凝望，就能看到布尔的花园和他的猫，至于他本人，则在太阳底下沉思片刻——在漫天星光的美好夜晚，靠在屋顶的水泥栏杆上，眺望大海，不时看到来自卡萨布兰卡的渔船闪烁着点点渔火。我想，这趟旅行实在太值得了。在药瘾的作用下，我感到非洲、欧洲、整个世界都混乱可怕——此刻，我的全部理想就是拥有一片麦田，一扇带着松风的橱窗，当然，是在美国。或许，这是对童年记忆的一种重寻——在异国他乡，美国人会突然陷入到一种孩童的思乡病之中，就像沃尔夫痛苦地躺在牛津的房间里，刹然忆及在北卡罗来纳州的晨光之中，送奶人那孤独撞响的牛奶瓶；或者像海明威在柏林的妓院，却恍然遥望到了安阿伯[1]的秋叶。在西班牙，斯科

---

[1] Ann Arbor，密歇根州底特律西部城市。

特·菲茨杰拉德念及家乡农舍门口父亲的旧鞋,泪水便涌上了眼眶。旅行家约翰尼·史密斯从伊斯坦布尔的旅店带着宿醉醒来,竟然为了里士满山中心星期天下午的冰淇淋苏打而泪流满面。

当欧文和西蒙最终抵达非洲、跟我们胜利会师之时,他们已经来得太迟。我已经在我的屋顶上消磨了太多太多的时间,现在已经开始看凡·W·布鲁克斯[1]的书(关于惠特曼、布勒特·哈特[2]、以及南卡罗来纳州的查尔斯·尼姆罗德的生活评述),以慰藉我的乡愁,以忘怀异乡的荒凉阴郁,哪怕片刻。我想起遗落于罗阿诺克拉皮兹[3]的那些泪水——然而,哪怕是从那时候起,我已然失落继续探寻外部世界的梦想。坎特伯雷大主教拉姆齐博士说,每一个愿望都只能在孤独的静谧中期待上帝的降临。这或多或少表达了他自己对这个嘤嘤嗡嗡世界的切身感受。当时我认真地相信,唯一的正经事就是在孤独之中为众生祷告。在我的屋顶上,我拥有了许多秘密的喜悦,哪怕欧文和布尔正等着我下楼;正如那一个清晨,我感到整个世界都生气勃勃,卷入到欢乐的漩涡之中;而所有死去的生命,也流露出欣悦的气息。有时,我看到牧师们正在神学院的窗户里向我张望,有时,他们会从窗户里探身眺望大海——我想,他们一定对我了如指掌——一个快乐的妄想狂。我想,他们在敲钟时一定会怀着特别

---

[1] Van Wyck Brooks,美国知名的文学评论家,以提出"a usable past"一词而名噪一时,即历史可以得到再诠释和再创造,并为现在所用。

[2] Bret Harte(1836—1902),美国作家。作品多描写淘金工人的艰苦生活,如《咆哮营的幸运儿》。

[3] 位于北卡罗来纳州的一座城市。

的热情。一天之中，最美好的时光就是倒在床上，就着一盏床头灯看书，面朝通向小院的窗户，那里有大海和星斗。我能听到大海的潮声，响彻耳际。

五十七

与此同时，随着欧文和西蒙的到来，哈巴德突然变了样，开始酗酒，朝欧文挥舞着他的弯刀——欧文正在劝他不要再跟每个人为敌。哈巴德已经等待得太久，太痛苦，也许此刻他突然意识到他从嗑药里得到的那一切感觉只不过是虚幻，毫无价值——某次他曾经提到过他在伦敦遇见的一个漂亮姑娘，是一个医生的女儿，我问他："为什么你不找一个这样的姑娘结婚呢？"他回答说："哦，亲爱的，我是一个学者，我想过一个人的生活。"他从来没有特别想要跟某个确定的人生活在一起。他就像拉撒路一样，像我一样，可以整天盯着天花板发呆。但现在，欧文却试图把每件事情都引上正轨：吃晚餐、沿着阿拉伯居住区散步，甚至提议一趟火车之旅、看马戏、喝咖啡、到海里游泳、远足——我几乎能看到哈巴德沮丧地抓住自己脑袋的样子。他只想做同一件事：每天下午四点钟，喝杯开胃酒，听听激动人心的新闻。当约翰·班克斯和其他几个侃爷蜂拥而至，跟哈巴德谈笑风生、杯觥交错之际，可怜的欧文正弯着腰用煤油炉烧着他下午从市场上买回来的鱼。哈巴德曾经为我们所有人吃的晚餐买过一次单，但那实在是太贵了。我正在等着出版商把第二笔稿费给我,让我能够穿过巴黎和伦敦回到美国。

忽然间,心头涌上一丝悲凉。哈巴德也许是太累了,不愿意出门,欧文和西蒙就从花园里跑过来叫我。他们就像孩子似的,在窗户外叫着我的名字:"杰——基!"那一刻,眼泪几乎夺眶而出,令我无法自控,不得不下楼跟他们一起出发。"你怎么突然就退出所有活动了呢?"西蒙问我。我无法向他们解释清楚,除非我告诉他们,他们像其他事物一样已经干扰了我,可是,要跟朝夕相处的人说这样的话真是一件匪夷所思的事。泪水联结着这个毫无希望的暗黑世界,所以,还是闭嘴吧。

我们一起探索丹吉尔这座城市。欧文和西蒙却在丹吉尔和卡萨布兰卡大摇大摆地走进伊斯兰咖啡厅,在那里跟阿拉伯人一起吸大麻,甚至还从他们手里买了一些带回家。现在,我们走进了一个奇特的会堂,里面摆放着桌椅,很多孩子们坐在里面,也有些孩子在上面睡觉,还有些孩子在玩棋,或者喝着玻璃杯里的绿薄荷茶。最大的那个孩子是个流浪儿,身上鹑衣百结,赤脚上还包扎着伤口;他身后站着一个穿长袍的无赖,看起来有点像圣约瑟,大概22岁,名叫穆罕默德·迈耶,他邀请我们到他那一桌去,弄了一点"麻菌"——他用拇指把大麻塞到一根长长的烟斗里,把它点燃,然后传给我们。一部收音机没完没了地播放着《开罗之声》。欧文告诉迈耶,他本人是个犹太人,伊斯兰教徒应该跟所有人联合起来,尤其是嬉普士和孩子们,他们也许将会是东方新的"垮掉一代"——所谓"垮掉",它最根本的意义就是"自行其是"——我们看到成群结队的阿拉伯少年,穿着蓝色的牛仔裤,在疯狂的点唱机房里唱摇滚,玩弹球游戏,跟新墨西哥的阿尔布克尔克[1]或其他地方的少年一模一样。当西蒙对玩戏法的人哈哈大笑时,他们全都转过头来,对西蒙欢呼鼓掌,叫着"耶!耶!",就像布朗克斯舞会上的小流氓。后来欧文去了更远的地方,发现欧洲的情形也差不多,甚至在俄罗斯和韩国也是如此。虔诚的伊斯兰教长者被称为"阿訇"。他们穿着白色长袍、蓄着长须走过街道,据说他们是绝无仅有的仅看一眼就能让这帮阿拉伯嬉普士作鸟兽散的人。警察对此无能为力。我们曾目睹在佐科格兰德的一场骚动,在西班牙警察和摩洛哥士兵之间爆发了一场争斗。布尔·哈巴德也跟我们在一起。骤然之间,群情激奋的警察、士兵、裹着长袍的老人、穿着蓝色牛仔的阿飞充满了大街小巷,把道路围得水泄不通,我们赶紧转过身夺路而逃。我一个人落了单,闯进了一条小巷,身边有两个十来岁的阿拉伯少年,在我们逃跑的时候,一直笑着跟着我。我躲进一家卖酒的西班牙店铺,店老板赶紧把铁门紧紧拴上,口邦!我叫了一杯马拉加白葡萄酒,骚乱在继续扩散,蔓延到整条街道。最后我在一家咖啡店见到了欧文他们。"每天都有骚乱。"布尔骄傲地声称。

但是在中东,我们所目睹之"骚乱"并不像护照上所说的那

---

[1] 新墨西哥州中部格兰德河上游的一个城市,是著名的疗养胜地。

么简单。比如，1957年，官方禁止我们进入以色列，这差点让欧文发疯。他们的理由是阿拉伯人根本不在乎欧文到底是不是犹太人。我指的是那些所谓的"国际消息灵通人士"。

我们去美国领事馆例行公事一番。只要看看那些官员，你就知道美国对"费拉"[1]世界的外交政策——领事馆广场显得生硬而轻蔑，它甚至会蔑视那些偶尔没打领带的美国公民，似乎领带具有某种象征性，尤其是对那些在每个周末的清晨都骑着温驯毛驴进城的饥饿的柏柏尔人（像救世主似的）来说[2]。他们扛着大篮大篮可怜的水果或者点心来到丹吉尔，然后于暮色苍茫之际踏上归途，沿着山冈铁轨而行，被向晚的天色勾出一幅剪影。至今仍有先知们赤脚走过铁路，沿途向孩子们传授《古兰经》。为何美国领事不能走进穆罕默德·迈耶坐着抽大麻的儿童会堂？或者，为何不能跟阿拉伯老人蹲在空旷的建筑群背后，用手语交谈？或者干点其他任何事情？正相反，取而代之的是豪华的私人轿车、酒店高级餐馆、郊区的派对狂欢以及在"民主"的名义下拒斥一切廉价货。

当穆罕默德·迈耶把烈性大麻烟在我们手里轮流传递时，那些乞儿正把头枕在桌子上打瞌睡。迈耶向我们介绍他的城市，指着矮墙下的窗户说："以前那里就是大海。"那就像是对于某次大洪水的记忆，而洪水至今并未消退，依然淹没了家家户户的门槛。

---

[1] Fellaheen，指阿拉伯国家的农夫。

[2] 据《圣经》记载，救世主耶稣曾经骑着毛驴进入耶路撒冷。柏柏尔是北非成员国之一，主要居民为穆斯林人或从摩洛哥移居埃及的游牧部落人。

杂技团是个大杂烩，来自北非的身手敏捷的钢丝杂技演员，来自印度的神秘吞火表演者，白色的鸽子在银梯上踱步，疯狂的小丑玩着我们看不懂的噱头，还有爱德·沙利文[1]从未见过的自行车演员，他真应该来看一看。这就像"马里奥与魔术师"，是一个喧腾之夜、掌声之夜，最后终结于一个无人喝彩的邪恶魔术。

五十八

我的钱终于到手了。我该走了，但可怜的欧文又在午夜的花园里呼唤我："杰——基，下来吧，布尔屋里来了一大帮巴黎的红男绿女……"就像在纽约、旧金山和其他任何地方一样，一群人蜷缩在一起，抽着大麻聊天，酷女郎们穿着松松的休闲裤，两腿修长；小伙子们留着山羊胡，个个吸毒过量，而那时候(1957年)，"垮掉的一代"这个词还没有得到正式使用。当时，《在路上》已经排好版，马上就要出版了，而我对整个的一切都已经感到厌倦。没有什么比"酷"更可怕的东西了（既不是欧文的冷静，也不是布尔和西蒙那种自然的平静），那只是一个姿态，一种秘密而刻板的冷漠。它遮掩了这一事实，即个体无法传播这一姿态。它只能以社会学的方式将冷漠麻木演变成中产阶级青年当中的流行时尚。它甚至成为一种冒犯，也许是无意识的冒犯——比如我跟一个巴黎女孩聊天时，她说她刚去参

---

[1] 美国电视专栏主持人，曾主持电视综艺栏目 *ED Sullivan Show*。

加过一个来丹吉尔打猎的波斯王公的狩猎会。我问她,"你自己亲自上阵打老虎了吗?"她冰冷冷地看了我一眼,就像我企图在戏剧学校的窗口强吻她似的。或者说,是我企图要诱捕女猎人。或者是别的什么诸如此类的事情。于是,我只能坐在床沿,像拉撒路一样茫然地听着他们说话,那些令人生厌的"爱好""如你所知""喔,真疯狂""一个法官,老兄""真实气体"——所有这一切每天都在美国潜滋暗长,包括在高中校园,而且竟然部分归结到我头上!但欧文对一切都熟视无睹,只想了解他们到底在想些什么。

乔·波特曼像死人一样摊手摊脚地躺在床上,他是一个著名旅行作家的儿子。他对我说:"我听说你准备去欧洲。我们俩一起坐船走如何?这个星期就订票。"

"没问题。"

巴黎风格的爵士乐正在播放,它表明查理·帕克还不够训练有素,爵士需要欧洲古典音乐元素的渗透来得以深化。最后,我在查理·帕克的爵士乐中上了楼。

五十九

我们沿着海岸线进行了一次漫长的远足,登上柏柏尔山丘,眺望着"莫格拉伯"——这是这个国家的阿拉伯名称——法国人把它叫作"La Marocaine"——随后不久,我就打好了背包,拿到了票。在海滩上,有个擦皮鞋的小男孩,他在叫我名字的时候,几乎是像吐口水似的吐出来。他的脸上也带着凶狠的表情，远远超过了要向我兜售几张色情图片或者想要冲向沙滩玩一把橄榄球的程度。比他年龄大一些的混混告诉我，在这里弄不到年轻姑娘，因为她们仇视"基督徒"。但问我要不要弄个男孩子？……我看着那个小男孩，有个美国同性恋气愤地把色情图片撕成碎片，把它们撒在风里，然后一边哭一边匆匆离开海滩。

当我离开的时候，可怜的哈巴德躺在床上，怏怏不乐。他握着我的手说："杰克，好好保重。"他故意把我的名字念得轻松而昂扬，以冲淡离别的凝重气氛。在码头上，欧文和西蒙朝我挥手道别，目送着轮船离港。他们俩都戴着眼镜，轮船调了个头，他俩很快就失去了踪影，只剩下我独自挥手。轮船在直布罗陀海峡乘风破浪，平静如镜的水面骤然波澜起伏。"天哪，亚特兰蒂斯在海底呼啸了。"

在这趟旅行中，我几乎看不到波特曼。我们可怜巴巴地躺在阴沉沉的粗布铺位上，四周都是法国军队。我的隔壁就是一个法国士兵，在船上度过的好几个昼夜里，他都没有跟我说过一句话，只是躺在铺位上，盯着头顶的拱顶，从来没有起过床跟我们一起排队等待大豆配给，也从来没有干过别的任何事，甚至没有睡过觉。他从卡萨布兰卡退役——也许是从阿尔及利亚的战争退役回家。我忽然意识到，他肯定是个瘾君子。他对一切事情都毫无兴趣，只关注自己的想法。有三个伊斯兰乘客跟法国军队同船，他们会突然在半夜里爬起来，在午饭时喋喋不休——这是斋月，他们要禁食一段时间。我再次意识到，报纸和政府灌输给我们的所谓

"世界历史"是多么的陈词滥调。这三个皮包骨的可怜阿拉伯人,在每个午夜扰乱了165个法国武装军人的睡眠,却没有任何人恃强凌弱,也没有任何军官对他们大声呵斥:"给我安静点!"他们都忍受着静夜的噪音和失眠,却对那三个阿拉伯人的信仰和人格保持尊重。那么,世上为什么还有战争?

在白天,法国大兵们在甲板上唱歌,吃着定额分配的豆子。轮船驶过了巴利阿里群岛。从那时起,这些法国大兵似乎就在翘首眺望前方,期待着法国家乡将带来的快乐和激动;尤其是巴黎,姑娘们,激颤,近乡之情,快活,一个新的未来,或者完美的幸福爱情,或者哪怕仅仅是凯旋门,总之,一切的一切。无论一个从未到过法国或巴黎的美国人会有怎样的感观,我都将一一体验——有可能让·加宾[1]正坐在垃圾堆的破护栏上抽烟,这位高卢英雄用他的嘴唇轻轻发出"C"的唇语,我像少年时代那样战栗,回想起所有这些现实而正直的法国人;或者是路易·茹维[2]穿着松松垮垮的裤子,走上一家廉价旅店的楼梯;我的脑子里充满了对巴黎午夜街道的梦想,那里一定充满了各种寻欢作乐的气息,正好去看

---

[1] Jean Gabin(1904—1976),与阿兰·德隆齐名的法国演员。
[2] Louis Jouvet,法国著名导演及演员,法国名片《最后一班地铁》中史坦纳的原型就是茹维。

一场电影；或者，会突然邂逅一位绝色美人，披风和贝雷帽已经淋湿……我想的全是这些微不足道的细节，而翌日一早，当我看到马赛那令人生畏的白色石灰岩悬崖时，所有这些想象立即消失得无影无踪。马赛一片雾蒙蒙的，悬崖上有一座大教堂，荒凉而阴郁。我咬紧嘴唇，似乎想忘掉我那些愚蠢的记忆。甚至连那些士兵都变得阴沉沉的。轮船穿过几条阴暗的运河，驶向海关。那是星期天清晨的马赛。而今，他们身在何处？某人在装饰着花边的起居室里，某人在桌球场，某人在高速公路旁郊区乡村别墅的楼上？某人在公寓三楼里，某人在点心房，某人在储木场（就像蒙特利尔派匹纽街所有的储木场那样荒凉。）（乡村小别墅的楼下住着一位牙医。）某人甚至正沿着勃艮第透迤火热的墙垣，朝向黑衣女士华丽庸俗的客厅？某人要去巴黎？或者某人在寒风呼啸的冬日早晨在菜市场卖花？或者在圣丹尼街[1]做一个铁匠，满街都是穿着黑披风的娼妓？或者在克利尼雍科[2]的午后无所事事、虚度光阴？或者在风雪交加的夜里，在毕

---

[1] 圣丹尼是巴黎第一个主教，在高卢传教时被斩首殉道。而圣丹尼街后来却成为一条有名的"花街"，以性交易而知名。

[2] Clignancourt，巴黎有名的跳蚤市场。

加尔[1]的夜总会里狂热地打电话？或者在罗什舒瓦尔[2]阴暗的地下室做一名搬运工？说实话，我一无所知。

我背着我的大包独自离开，前往美国，我的家乡，以及属于我一个人的荒芜的法兰西帝国。

六十

在巴黎，我坐在波拿巴[3]咖啡馆的户外长椅上，跟年轻的艺术家和姑娘们谈天，在太阳底下喝酒。在巴黎，我刚刚待了不到四个小时。拉菲尔从圣杰曼广场大摇大摆地走过来，在一英里外就看见了我，冲我大喊大叫："杰克！你来了！成千上万个姑娘围着你转！你为什么这么无精打采？让我带你看看巴黎！到处都是爱！我刚写了一首诗，题目叫《秘鲁》！……我给你弄了个姑娘。"但他只不过是在开玩笑而已。太阳十分温暖，我们都为能再次重聚、一起喝酒而开心。那些姑娘们都是从英格兰和荷兰到巴黎来寻找机会的傲慢女学生，仅仅因为我没有表现出要花上一整个季节用鲜花、便条向她们献殷勤，或者因为她们而备受煎熬的迹象，她们

---

1 Pigalle，巴黎著名的声色场所，靠近蒙马特高地，在19世纪初是穷人、艺术家和黑人爵士乐手的"度假天堂"。

2 Rochechouart，离蒙马特不远，有较多阿拉伯人居住。

3 Bonaparte 街是巴黎一条名店云集的大街，街道两旁多为画廊及古董店。

就毫不迟疑地把我称为"怪人",令我十分不悦。我只希望她们在人类的床上叉开两腿,然后把这一切都遗忘。我的上帝啊,你不能这么干,因为萨特也生活在这座浪漫的存在主义之城!不久之后,她们会抵达另一个首都,跟她们的拉丁护花使者发嗲:"老兄,我们正在等待戈多。"

时不时地,真正惹火的尤物在街道上穿梭,然而,最后她们都走向了别处——在那里,也许某个年轻优雅的法国男人正在满怀欲火地期待着她们的到来。我怀着波德莱尔式的倦怠返回美国,这倦怠也许过于漫长,它始于二十岁左右的青春年华。拉菲尔和我迫不及待地买了一大瓶科纳克白兰地,拉了一个红发爱尔兰人和两个姑娘,前往布洛涅森林[1],在太阳下一边喝酒一边聊天。通过朦胧醉眼,我打量着这座温柔的森林和这里的妇孺,正如普鲁斯特所言,欢乐如花开放。我看到巴黎的警察正在四处巡游,对于妇女极为温文尔雅,无论哪里有麻烦发生,他们都会出现——自然,带着他们著名的斗篷。我喜欢这样散漫地打量巴黎的生活,它仿佛很适合个人私密的目光,而不像格林威治村。哪怕你花上好几天时间,也难以判断你到底在那里看到了什么。拉菲尔接着把我拉到一些寓所和酒吧,让我见识那些令人厌恶的所谓美国"垮掉的一代",于是,我已经见识过的"酷"又卷土重来,只不过这里

---

[1] 位于巴黎西面,风景如画,以前曾为国王狩猎场。

更为东方一些。而且,在巴黎稀奇古怪的糖果店里,你能看到橱窗里挂着三英尺长的巧克力鱼。我们绕着圣米歇尔、圣杰曼穿梭,不停地走啊走,直到午夜。我们伫立街头,茫然四顾,不知何处可去,就像在纽约一样。"说不定我们会发现塞林[1]正在塞纳河撒尿或者正在什么地方折腾兔子窝?"

"我们去看我的姑娘纳内特吧!我会把她让给你的。"可当我见到她的第一面,我就知道他绝不可能把她让给我。她美艳绝伦,而且显然深深地爱着拉菲尔。我们兴致勃勃地去吃羊肉串,听爵士乐。我整个晚上的工作就是把她的法语译给拉菲尔听,替她表达她有多爱他;再把拉菲尔的英语翻译给她听,他很了解她的爱,但是——

"拉菲尔说他也爱你,但是他想跟星星做爱,他就是这么说的,他是在用他自己有趣的方式跟你做爱——"

在嘈杂的阿拉伯鸡尾酒厅里,美人纳内特附在我耳边说:"告诉他,我姐姐明天会给我钱。"

我忍不住了。"拉菲尔,你为什么不把她让给我?她已经没钱了!"

"她到底说什么了?"拉菲尔没理我的话,追问道。拉菲尔真有本事,他甚至不需要说任何一句话,就能让姑娘们死心塌地地爱上他。等我再次醒来的时候,发现有个男人正在敲我的肩膀,我

---

[1] Celine,塞林·扬是凯鲁亚克的一位朋友,曾在他的小说里多次以化名出现,是吕西安·卡尔的情人。

的头正枕在一家酒吧的桌子上，那里正在放着酷爵士。"您总共消费了五千法郎。"就这样，我的八千法郎几乎被一卷而光，只剩下三千法郎，折合为七点五美元(在当时)——仅仅够到伦敦的车费，我必须再到那里向我的英国出版商索要全部稿费，才能回到美国。拉菲尔竟然让我花光了全部财产，我简直快要疯掉了。但拉菲尔反而对我一顿训斥，指责我好酒贪杯、一无是处。不仅如此，那个夜里，我睡在他房间外面的地板上，他竟然整夜都在跟纳内特做爱，而她则不停地呻吟。第二天一早，我就借口说有个女孩正在咖啡厅等着我，偷偷溜了出去，再也没有回来。我背着包在巴黎漫步，看上去如此格格不入，甚至连圣丹尼的妓女都不愿搭理我。我买了到伦敦的票，终于快要成行了。

就在我喝咖啡的空荡荡的酒吧里，我看到了梦寐以求的巴黎女人。酒吧只有一个男人在座，那是一个很英俊的小伙子。这时，酒吧里迈入了一位巴黎美人，缓缓地迈着挑逗的步子，似乎哪儿也不会去似的；她的手插在衣袋里，只简单地向他问了两句："好吗？生活怎么样？"显然，他是她的旧情人。

"还凑合。"她冲他露出一个慵懒的笑容，比她裸露整个胴体更为迷人。那是一个哲学意义上的纯粹笑容，懒洋洋地怀着爱恋，又似乎随时可将一切奉送，无论是在淫雨霏霏的下午，还是在需要系上帽子的码头——她像雷诺阿[1]的女人，无所事事，重访旧

---

[1] 法国印象派画家，他的作品色彩绚烂，多描绘当时的中产阶级妇女。

爱，用奚落的语气向他质疑生活。你也可能会在奥什科什[1]或者森林山冈看到这一幕，然而，这是怎样的步履啊，如此慵懒，又如此优雅。哪怕她的情人骑着自行车沿着铁轨追她，她也绝不会回头顾盼。埃迪斯·比阿芙[2]所唱的就是这类巴黎女子，用整个下午的时间梳弄头发，充满倦怠，直到为外套的花费突然产生了争执，激烈的声音飘出了窗外，悲伤的老治安官最后会跑来平息事端，安抚美人。他心里明白，这既非悲剧亦不美好的一幕只因为巴黎式的倦怠，只因为无所事事的爱情。巴黎的情人们擦去汗水，揉碎长面包，从"诸神的黄昏"[3]泅渡马恩河[4]（我猜）（他们从来没有在柏林的街道上遇到马琳·黛德丽[5]）——

傍晚，我抵达伦敦的维多利亚车站，立即走进了一家名为"莎士比亚"的酒吧。但显然我走错了地方——雪白的餐布，蹑足潜行的招待、橡木镶板、穿着燕尾服的侍者……我毫不犹豫地拔腿而逃，背着包在伦敦的夜街上徘徊。警察们脸上挂着凝滞的奇怪笑容盯着我，我对这种笑容记忆犹新，它意味着："注意了，我看得清清楚楚，杰克这家伙又回到犯罪地点，你们一定得把他盯紧点，

---

1 美国威斯康星州东部城市，现为旅游胜地。
2 法国歌手，艺名有"燕雀"之意。她最让人难忘的歌曲包括《玫瑰色人生》和《不，我一点也不后悔》。
3 瓦格纳歌剧《尼伯龙根的指环》最后一幕为"诸神的黄昏"。
4 位于法国东北部，大致呈弧形向西北方向流注到巴黎附近的塞纳河。
5 德裔美国女演员和歌星，其名作为《上海特快》和《金发维纳斯》。

我去叫巡逻员。"

六十一

也许不能责怪这些警察。当我穿过切尔西的雾气,想找点鱼或者煎土豆填肚子的时候,一个警察正好走在前面半个街区的地方。我只能看到他模糊的后背和高筒警帽。这时,我想起了一首令人毛骨悚然的诗:"谁会扼死雾中的警察?"——不知道我为何会这么想,也许是因为雾太大了,而他的背影又模糊不清,而我又穿了一双轻便无声的沙漠靴,就像拦路贼的鞋。在边境,就在英吉利海峡的海关,他们都用奇怪的目光盯着我看,就像他们认识我似的;因为我口袋里只有15先令（折合两美元）,所以他们恨不得禁止我进入英格兰,直到我证实自己是个美国作家,他们才变得和颜悦色起来。尽管如此,好些警察还是带着半笑不笑的神情打量着我,故作聪明地摩挲着他们的下巴,甚至还跟我点了点头,口里却在说:"我们以前好像见过他。"看起来,如果我是跟约翰·班克斯一起出来的话,我现在就已经在监狱里蹲着了。

我背着我可怜的背包,在这个雾蒙蒙的夜晚,从切尔西进入伦敦,筋疲力尽地到达舰队街。上帝啊,这时我看到一个苏格兰人,像极了朱利安,不过是55岁左右的朱利安,迈着罗圈腿,从《格拉斯哥时报》社冒了出来,捻着他的胡须——连这一点都跟朱利安一模一样（朱利安正是苏格兰后裔），以新闻工作者耀眼的步伐匆匆忙忙地冲向最近的一家酒馆——国王酒馆。在那里，英国啤酒桶里的啤酒将在他的酒杯里激起浮沫。路灯下面就是约翰逊[1]和博斯韦尔徜徉过的地方；他走了进去，穿着花呢外套，为爱丁堡、福克兰等地的新闻而烦恼。

我设法在英国代理人那里成功地借到了五英镑，然后立即冲向苏霍区找房子过夜。现在已经是星期六的午夜了。我站在一家唱片店门口，看着唱片封套上杰瑞·莫里根[2]那张巨大而愚蠢的美国嬉普士脸孔，一群阿飞从苏霍区的卡巴莱夜总会冲了过来，简直有成千上万个坏男孩，很像摩洛哥的蓝牛仔嬉普士，不过这群英国的阿飞倒是穿得衣冠楚楚——马甲、熨过的裤子和亮闪闪的鞋子。他们对我发问："这么说，你也知道杰瑞·莫里根？"真不知道他们是如何从我的衣衫褴褛和粗布背包中发现这一点的。苏霍区就是伦敦版的格林威治，满是忧伤的希腊和意大利餐馆，铺着色彩多变的方格餐布，点着蜡烛；还有爵士窝点、夜总会、脱衣舞场或者诸如此类的地方，在那里一大群金发美女和黑发美女在想尽办法榨你的钱："我说，你这家伙……"可是她们没有一个看我一眼，就因为我衣衫褴褛。我浑身破破烂烂地来到欧洲，唯一的指望就是能在干草堆上睡一觉，另外还要点酒和面包。只不过，

---

[1] 此处应指 Samuel Johnson，英国作家，辞书编纂者。著有《英语词典》《诗人传记》。
[2] 20世纪50年代初西岸酷派爵士乐的主流人物之一，也是60年代至80年代爵士乐坛的活跃人物。

全欧洲也找不到这样的干草堆。英国的阿飞就相当于美国的嬉普士,跟无所事事的"愤怒青年"毫无瓜葛——他们可不是街头转角玩弄着钥匙链的小混混,而是受过良好教育、智力超群的中产阶级分子,但现在都已经衰退了;或者他们并没有衰退,只不过是以政治取代了艺术而已。英国阿飞们都是些花花公子(有点像我们本土产的那些衣冠楚楚的华丽嬉普士或者至少是"时髦"嬉普士,他们至少穿着翻领夹克衫或是柔软的好莱坞-拉斯维加斯运动衫)。英国阿飞还没有开始写作,也没有出版过任何东西,一旦他们开始干这个,那么"愤怒青年"就会成为装腔作势的学院派。苏霍区也有一些长着小胡子的波希米亚人混迹其间,不过他们早在道森[1]和德·昆西时代之前就已经在这里混了。

我在皮卡迪利广场[2]订了一间廉价旅馆。皮卡迪利广场就是伦敦的时代广场,迷人的街头艺术家们为了几个便士不停地唱歌跳舞。哀婉的小提琴声令人怅然回忆起狄更斯时代的伦敦。

伦敦最令我惊讶的事物莫过于那些肥胖而镇静的小花猫了。它们安安静静地睡在屠夫们的门边,人们小心翼翼地从它们身边走过。它们躺在太阳下,身上还带着锯末灰,鼻子远离车水马龙、熙熙攘攘的马路。英格兰大概是猫之国度,人们宽宏大量地容忍着它们爬满圣约翰伍德[3]的黑色栅栏。德高望重的女士们充满爱心地喂养它们,就像我妈妈喂养我的猫一样。在丹吉尔或者墨西

---

[1] Ernest Dowson(1867—1900),英国颓废派诗人。

[2] 伦敦最繁华的广场及娱乐场所。

[3] 伦敦最繁华的一条街。

哥城都很少看到猫，尤其是在这样的深夜，因为穷人会把猫捉住杀来吃。我想，伦敦会因为它对猫的善念而蒙福。如果说巴黎是一个被纳粹入侵的女人，那么，伦敦更像一个从未被入侵的男人，悠闲地抽着烟斗，摸着猫咪的脑袋给它们祝福。

在巴黎阴冷的夜晚，塞纳河边的公寓楼显得十分阴郁，就像一月纽约的夜晚。哈得逊河滨大道的那些公寓楼，冷面杀手在大厅的角落动手。然而，在泰晤士河的两岸，波光闪烁的河流却似乎带来了希望。它穿过伦敦东区，带来了一种忙忙碌碌的英格兰式的希望。战争期间，我也曾经深入过英格兰内陆，那些不可思议的乡村绿野，那些自行车骑士候在铁轨边等待着穿过铁路，回到茅屋和壁炉边——我真的热爱英国。可是我没有时间也没有心情再滞留他乡了。我一门心思只想回家。

某个晚上，我散步经过贝克街的时候，不由自主地寻找着夏洛克·福尔摩斯的住址，完全忘记他只不过是柯南·道尔的精神产品！

我从斯特兰德街出版代理处拿到了全部稿酬，买了一张去纽约的船票。那是一艘丹麦轮船，新阿姆斯特丹号，当晚就将从南安普顿起航。

第 四 部

PART FOUR

再 度 穿 越 美 国

PASSING THROUGH AMERICA AGAIN

六十二

看来,在我的生命里,我恰好是在一个最不合时宜的阶段完成我向往已久的欧洲之旅——在那个时候,我正好厌倦了一切新的经验,以及一切的一切。我仓促地在那块大地上走马观花了一趟,然后,在1957年3月,踏上了归家之旅。我回来了,形容枯槁、衣衫褴褛、心情郁闷,看上去愁眉苦脸、表情呆滞。

"新阿姆斯特丹"号从南安普顿船坞离港起航的那个夜里,我饥肠辘辘地走进三等舱的餐厅,那里面已经塞满了250名乘客;他们穿得一丝不苟,挨着洁白的桌布坐着,餐具闪闪发光;在巨大的枝形吊灯下,穿着无尾礼服的侍者们急匆匆地往来穿梭。在这个正式的场合,我身上的牛仔裤(我唯一的裤子)和开领法兰绒衬衫令侍者们对我冷眼相看。我穿过他们长长的手套阵,走向被分派到的那一桌;它恰好位于餐厅的正中间,喔,我的四个同伴们都打扮得衣冠楚楚,无可挑剔。一个老爱发笑的德国女郎穿着晚装,另一个德国男人也西装革履、优雅得体;两个年轻的条顿[1]商人准备前往德国卢州在纽约的出口公司做贸易。我别无选择,只能在他们中间坐下来。不过,令我意外的是,那个德国男人对我显得彬彬有礼,甚至似乎对我抱有几分好感——不知何故,德国男人很容易对我产生好感。我看菜单的时候,那个脾气暴躁的侍者显得很不

---

[1] 条顿人(Teutonen)是古代日耳曼人的一个分支。后常以条顿人泛指日耳曼人及其后裔,或是直接以此称呼德国人。

耐烦，而我则在异常丰盛的菜谱中反复权衡、难以抉择——"啊，我是要杏仁鲑鱼加葡萄酒呢，还是要烤牛肉原汤加小马铃薯，或者特色煎蛋加鳄梨沙拉或者蘑菇酱鱼片……甜蜜的主啊，我该何去何从？"侍者不耐烦地频频敲着手腕，令人不快地催促着我："快点定下来！"这时，那个德国男子十分愤怒地盯了侍者一眼。我最后点了烤上脑和蛋黄奶油酸辣酱。侍者走开的时候，德国男子操着带浓重口音的英语对我说："如果我是你的话，我绝不会从一个服务生手里去拿菜单！"他语气急促，就像一个纳粹分子，或者说像一个出身优裕的德国人。无论如何，他以一种欧洲绅士的风度对我表达同情。但我回应道——

"没事，我无所谓。"

他向我指出，我们一定要"有所谓"，否则"这些人就会越来越放肆，然后忘了自己的身份地位"！我无法向他解释。我对这一切无所谓，因为我本人就是一个法裔加拿大易洛魁族美国贵族，布列塔尼凯尔特民主主义者，或者说是一个垮掉的嬉普士；当那个侍者帮我把晚餐端过来的时候，德国绅士故意要一份加餐，以便让侍者再跑一趟。而那位德国女郎正在十分欢欣雀跃地憧憬着她未来的六天海上之旅——被簇拥在三个欧洲帅哥中间的快乐之旅，她甚至对我也露出了一个含情脉脉的笑容。(当我徘徊在萨维尔街[1]、索莱

---

[1] 伦敦相当有名的一条街道，此处汇集了许多服装行业的精品店。

得尼德大街[1]甚至是唐宁街上时,我已经深深了解到欧洲人的势利眼。那些混迹在政府部门的纨绔子弟们穿着紧身背心,盯着我看;我想,如果他们能再加一副长柄望远镜之类的道具就更像模像样了。)可是第二天我就被打发到角落一张靠边的桌子,免得我丢人现眼。就我自身而言,我倒是宁愿在厨房里吃饭,可以随便把胳膊支在桌子上胡吃海喝。不过,现在我已经被三个年高德劭的荷兰教师包围了,还有一个8岁的小女孩和一个22岁的美国女郎——过度放纵已经在她的容颜上留下了黑眼圈,不过这倒跟我毫不相干。令我无法忍受的是,她拿她的德国安眠药换走了我的摩洛哥安眠药,而我发现她的药不仅不能催眠,反而令人兴奋,甚至整夜无法入睡。

于是,一日三餐,我都要蹩到这个角落里来,脸上挂着苍白无力的笑容,混在这堆女人中间。而从我原来那张德国餐桌上,却不断传来欢乐喧哗的笑声。

跟我同舱的荷兰老头喜欢抽烟斗,他倒是个好人,但我受不了他太太不停地进来,拉着他的手跟他说话;每当这时,我宁肯到水槽边洗漱一番。我住在上铺,可以没日没夜地躺在上面看书。我注意到,那个老太太前额白皙,皮肤几乎吹弹得破,隐隐透出淡蓝色的血管,极像伦勃朗的肖像画……我们的三等舱位于船尾,整艘船正在跌跌撞撞、摇摇晃晃地行驶在由南塔基特岛[2]灯塔船标

---

[1] Threadneedle Street,英国的金融中心,位于这条街道上的英格兰银行便被戏称为"索莱得尼德老妇人"。
[2] Nantucket,位于美国马萨诸塞州的一个小岛。

示的海面上。而最初我被分派到的那张餐桌上，人数每天都在减少，大家都开始晕船。头一天晚上，邻桌的一大家子荷兰人在欢声笑语中大快朵颐，看来这个大家庭所有的兄弟姐妹连襟妯娌们都一齐出动了，打算到美国观光游览或者生活居住；但在我们离开南安普顿两天之后，便只剩下一个晕船晕得半死不活的兄长还挣扎着到餐厅吃饭，就像我一样，生怕浪费了已经包在225美元船费里的豪华美食。他甚至连加餐也不愿浪费，尽力把它吃得干干净净。我也不比他逊色，把那个年轻的新侍者支得团团转，让他给我多拿几份甜点——不管是否会吐出来，我都不想错过冰淇淋。

到了晚上，快乐的水手们戴着各式各样可笑的帽子，在甲板上开舞会。我穿上拉链风衣，裹上围巾，走上甲板，有时偷偷溜到一等舱的甲板，那里空无一人，只有长风徘徊。我开始怀念我那艘孤独荒芜的南斯拉夫老货船，尽管在白天也能见到满满一甲板的人，晕船晕得厉害，只能躺在椅子上，目光凝视虚空。

早餐我一般要一份冷的烤牛肉和荷兰糖粉葡萄干面包，再加一份熏肉、鸡蛋和一壶咖啡。

某次，有个美国女孩和她的英国金发女伴约我一起去健身房，里面空荡荡的没有人影；后来我才意识到，也许她们是想跟我做爱。她们一直充满激情地盯着那些英俊的水手，而他们却一直在读着关于海上艳遇的小说，拼命地想在抵达纽约前照本宣科地玩上一票。有时我会梦见银箔上的烤小牛肉和火腿。某天清晨，海上雾气弥漫，水面静若琉璃，南塔基特灯塔船早已远离了好几个小时的路程；海上漂浮着从纽约冲来的垃圾，其中有一个空盒子，我看到上面写着"坎贝尔猪肉豆"的字样。这几乎令我喜极而泣。我刻骨铭心地想起了美国，以及从波士顿运往西雅图的所有猪肉豆……也许，还有那些清晨静立于故乡窗边的松树。

六十三

我带着另一个出版商给我的一百美元稿酬，匆匆离开了纽约，南下去接母亲——我只在纽约停了两天，跟艾丽丝厮混在一起。她已经换上了春装，既光彩照人又温柔可人，对我的到来十分欢迎——然后，一点啤酒，一点爱情，再加一点耳鬓厮磨的低语，就到了我为了"新生活"而离开纽约的时候，我向她承诺——一定会尽快回到她身边。

我和母亲把这些年来所有的可怜的家什都打好包，请搬家公司运到加州我唯一知道的地址：本·法根在伯克利的住址。我计划搭长途车过去，跋涉三千英里的路途，到伯克利租间房子，也许还赶得上更改地址，让搬家公司直接把东西搬到我们的新家去。我对自己承诺，那里将是我最后一个快乐的庇护所，我渴望在那里看到记忆中的松树。

我们的"家什"包括一堆我永远不会再穿的破衣烂衫；无数箱我从1939年以来保存的手稿，很多纸面已经泛黄；几盏可怜的烤灯；套鞋里塞满了东西(老英格兰式套鞋)；洗涤剂和圣水，存积了很多年的老灯泡,我的老烟斗,一只篮球,一副棒球手套,上帝啊甚至还有一支球棒;以及永远都是备而不需的旧窗帘;卷成一团、毫无用途的破地毯;上吨重的书籍(甚至还有掉光封皮的旧版拉伯雷)、多得不可思议的锅和瓶瓶罐罐、和人们为了让生活得以继续下去的所有那些可悲的零碎——因为,我仍然记得那时的美国,人们两手空空地四处奔波,唯一的行李就是一个纸箱,上面捆着绳子——我仍然记得那时的美国,人们排成长队,等候着咖啡和甜甜圈——那是1932年的美国[1],人们疯狂劫掠着河岸边的垃圾,翻寻着能够卖点钱的破烂货——那时候,我父亲在为罗斯福的公共事业振兴署卖领带或者挖壕沟——在夜里,年迈的老头拎着粗麻袋,逡巡着搜寻垃圾罐,或者在街上捡拾珍贵的马粪——那时候,连最平凡的山药也能为人们带来莫大的喜悦。然而,这已经是1957年的美国,在这个繁荣的国度,每个人都忍不住嘲笑我们的这堆破烂——在这堆破烂中间,我母亲毫不掩饰地堆放着她必不可少的针线盒、她必不可少的耶稣十字架、她必不可少的家庭相册——更不用说,还有那些她必不可少的盐瓶、胡椒瓶和糖瓶,每一个都装得满满的;以及她必不可少的肥皂条(已经用得差不多了),这一切全都卷在她必不可少的被单和毛毯之中,只不过,我们现在还没有床。

---

[1] 1929年胡佛当政后,奉行自由资本主义经典理论,引起有史以来最大的经济危机,给美国人民带来巨大灾难,到1932年美国经济已经濒临崩溃边缘,胡佛总统因此被称为"饥饿总统",城中无家可归者搭起的简易窝棚被称为"胡佛村",流浪汉乞讨的袋子被称为"胡佛袋",因无力购买汽油而由牲畜拉动的汽车被称为"胡佛车"……1933年,新当选的罗斯福总统推行新政,这一灾难局面才被扭转。

六十四

现在，我将郑重推出在我的整个故事里最重要也是最伟大的人物——我的母亲。我发现，我的很多作家同道们看起来都十分"憎恨"他们的母亲，并且热衷于用弗洛伊德那套理论或者社会学的哲学对此高谈阔论，或者拿来充当他们各种狂想的主题，乐此不疲——我总是在想，如果他们一觉睡到下午四点，醒来的时候，看到母亲正就着窗口可怜的光线为他们缝补袜子；又或者，如果他们从周末的革命恐怖气氛中返回家里，看到母亲正低着那安静而永远弯曲的头颈，为他们缝补着染血衬衫上的裂口——母亲从来不会摆出一副殉道者的姿态，也不会说出任何抱怨，她似乎正沉迷于某种高于缝补之境界，似乎她正在缝补痛苦、荒唐和所有失去的一切，以决然的快乐和沉重缝补着你每天的生活——天冷之后，她披上围巾继续缝补着，土豆永远在火炉上嘟嘟冒着热气——屋子里竟然存在这样一位心智健全者，会让那些精神分裂者为之发疯——有时，这同时会让我为之发疯，因为我竟会如此愚蠢地撕烂了衬衣丢失了鞋子，并且丢失了希望或者把希望撕成了碎片，而一切都源于愚蠢的"野性"——"你必须找到一个出口！"朱利安总是冲我大喊大叫，"发泄掉过剩的精力，否则你就会疯掉！"他扯烂我的衬衫，其结果就是两天之后，母亲坐在她的椅子里为我缝补这件衬衫，而这一切仅仅因为这是我的衬衫，而我是她的儿子——她只是想为我缝补衬衫，并不想让我带有任何内疚之情——虽然，我总是怀着内疚之情听她说："这可是一件上好的衬衫，我花了3.25美元从沃尔伍斯店买回来的，你干吗要让那些傻瓜把你的衣服扯烂？那可不是好事情。"如果衬衫已经破得不成样子，实在无法修补，母亲就会把衣服洗得干干净净，储备起来"以便缝补其他衣服"，或者拿它做成碎布垫子。在同一个垫子里，我看到三个象征性的生活阶段——除了我的衣服之外，还有母亲、父亲和妹妹的衣服碎片，它们俨然成为备受折磨的痛苦象征。如果可能的话，她甚至会把坟墓也缝补起来备用。对于食物，母亲绝对不会浪费：吃剩的半块土豆会被当成珍品、美滋滋地烩进下一顿肉菜，而只剩四分之一的洋葱也会发现自己成为自制腌洋葱里的新成员，或者是烤牛肉的边角料被掺进香喷喷的酱汁炖肉里。哪怕是一块又破又旧的手帕，也会被母亲洗干净，缝补一新，擦起鼻子来非常舒服，比起那些崭新的、打着漂亮褶子、印着花押字母的布鲁克斯兄弟手帕[1]强上一万倍。我给她的"小玩意儿陈列架"买了些零零碎碎的玩意儿，比如墨西哥塑料小毛驴、小猪储钱罐或者小花瓶等等，它们一件都不少地按照母亲的审美品位年复一年地摆在架子上，慢慢被岁月蒙上了尘土，颜色因年深月久而发暗。一条被香烟烧出了小洞的旧牛仔裤，突然被缝补好了，用的是某件1940年的牛仔裤碎布。她针线篮里的那套木制缝针在这世上存在的历史甚至比我还要悠久。还有一些缝针则是从1910

---

[1] Brooks Brothers，美国知名服装品牌，创始于1818年。

年的纳舒亚带来的。随着时间的流逝,她的亲戚在把她的孤儿抚恤费花光之后,终于意识到他们失去了她是多大的损失,便开始在书信里对她表达深情厚谊。1950年我用可怜的薪水给她买了部电视机,她当时瞠目结舌,惊讶得难以置信;而至今,她还在使用1949年出产的摩托罗拉旧式接收器。她喜欢看广告,女人们在涂脂抹粉,男人们在自吹自擂,她都能看得津津有味,甚至忘了我正待在她身边。在她眼里,一切都是戏。有时我会因为她而做噩梦,我梦见星期六的早晨,熏牛肉厚厚地铺满了新泽西废品站;或者她的橱柜抽屉暴露在美国的公路中央,其中有丝绸灯笼裤、玫瑰经念珠[1]、装满纽扣的锡盒、一卷卷的缎带、针织垫子、圆点大坐垫、旧式贝雷帽,以及被从各式各样的老药瓶里收集起来的棉花塞满的盒子。谁能够拒绝这样一个老妇人?不管我需要什么,她总是随时能够满足——一片阿司匹林、一个冰袋、一卷绷带或者一罐价廉物美的通心粉……甚至是一支蜡烛——如果庞大的城市电力系统突然失效的话。

母亲在浴室、厕所和洗碗槽都放着大罐的去污粉和消毒液。每周两次,她用干拖布把从窗台飘落到我床底的飞屑积尘拖得干干净净,然后向我宣布:"行了,你的房间干净了!"在其中一个打好包的纸箱里,是一大篮的晒衣夹,她到哪儿都得随身带着,洗完衣服就夹上晾干——我时常看到她拖着一篮洗好的衣服,嘴里

---

[1] 玫瑰经是对圣母玛利亚表示虔诚的修炼方式,念珠由5至15颗珠子组成,念玫瑰经时用来数算念珠。

含着晒衣夹；如果没有院子，那就晾在厨房吧！她在水里搓洗着衣服，却从冰箱里给我拿来啤酒。我敢打赌，她就像慧能的母亲，能以一种真正的禅性开启任何的心灵，无论在什么时代，都能让他们恰如其分、各得其所地生活。

道家说，简而言之，一个用心持家的女人可等同于天地。

每逢周六夜晚，她就在一块旧的熨衣板上开始熨衣服，那块熨衣板简直比她的整个一生更为苍老。上面的布片尽是烧焦的痕迹，几条木腿吱吱嘎嘎地颤响着，然而，就在这张熨衣板上，所有的衣服却都被熨得平整净洁，再折叠起来，完美无缺地收进纸板隔出来的衣橱里，等待着被穿走。

每天夜里，当母亲入睡之后，我都会羞愧地低下脑袋。我知道，当我第二天早上（或者中午）醒来的时候，她已经迈动她粗壮结实的"农民腿"，到商店买完东西回来了。她手里提着满满的食品袋，最上面是一些零钞和我的香烟，然后向我"展示"热狗、汉堡、番茄和其他食物，最底层是可怜的尼龙袜，似乎很不好意思进入我的视线——啊，我，以及我在全美国认识的所有姑娘们啊！她们有谁会做蓝纹干酪并且让它在窗台上风干变硬呢？她们只会在镜子前耗掉好几个小时的时间，为自己涂上蓝色眼影！她们只会为喝一杯牛奶而叫一辆出租车！她们只会在星期天因为没有烤肉而哀叹！她们只会因为我抱怨而离开我！

按当下流行的说法，就是母亲会妨碍你的性生活，似乎我在旧金山或者纽约的公寓里跟不同的女郎做爱跟另一种生活有什么相干似的——每到星期天的晚上，我回到自己舒适自在的卧室，或者看书，或者写作；微风吹动窗帘，车声隐约而过——小猫在冰箱上面喵喵叫唤，妈已经在周六早晨给我的这只小宝贝买好了猫食(记在她的购买单上)——虽然我过去对女人的爱只是性爱。

六十五

母亲的智慧让我感到安宁——她从来不会因为鸡毛蒜皮的小事哭泣、抱怨我不爱她、把化妆台上的东西统统打翻在地——她不像别的女人那样贪婪成性地想独占我，也不会因为我想着自己的事情而喋喋不休——她只会在晚上十一点打着哈欠上床，手里握着她的玫瑰经念珠，就像跟尊敬的奥莎修女一起住在修道院一样——而我则躺在干净舒适的床单上，满脑子想着到外面去找只淫荡的"野鸡"，这跟我老妈又有什么关系呢。我想干什么就干什么——任何一个男人，如果他热爱自己的朋友，那么他就会恪守诺言，尽量让自己的朋友和他的妻子单独相处，同样地，他也应该对自己的父亲这么做——而她属于我父亲。

不过那些可悲的猥琐小人们不这么看。他们说："一个男人如果还跟母亲住在一起，那他就是一个失败者。"甚至是百花的神圣认知者让·热内[1]都这么说：一个热爱母亲的男人是卑鄙者中的尤

---

[1] 让·热内曾经写过一本书《百花圣母》。

其卑鄙者。那些精神病学家们——就像卢斯·希珀的精神病医生一样，手腕上长着浓密的汗毛，心跳颤抖地偷看年轻女病人雪白的大腿；或者那些病态的已婚男人，他们目光浮躁，在单身汉的斗室里夸夸其谈、肆意狂欢；或者那些半死不活的化学家，他们的思想不抱任何希望。他们都在对我喊："杜劳斯，你这个撒谎者！去跟女人生活、抗争，去受她们的伤害吧！去发现愤怒，去愤怒吧！去成为历史吧！"而我却静坐一隅，欣然体会着母亲那甜蜜愚蠢的安宁。一个像她那样的女人，你在这个世界上再也难以找到相似的摹本，除非，你走到了新疆、西藏或者更遥远的异乡。

六十六

此刻，我们正在佛罗里达，手里拿着两张前往加州的车票，等候着去新奥尔良的巴士，在那里转乘到埃尔帕索和洛杉矶——这正是五月份，佛罗里达热不可耐——我渴望逃离此地，一路向西而行，向西、向西、再向西，直到东得克萨斯平原、直到墨西哥高原、直到干涸的亚利桑那的分水岭、直到更远——可怜的妈妈无助地站在队伍中，完全依靠着我，表情茫然痴愚——就如同你曾经目睹过的我的样子。我思忖着天堂的父亲会对我说些什么？"你这个疯子提尔！竟然让你妈妈坐三千英里苦不堪言的长途车，只是为了完成一个虚妄的松树的梦想！"当我开始怀疑我们到底能否到达目的地或者巴士是否会到来之际，排在我们身边的一个小孩子对我说——

"别担心,你会到达那里的。"

我想知道,他为什么如此确信。

"你不仅会到达那里,而且你还会回来,然后再度出发到别的地方。哈哈哈!"

在我看来,整个世界上——至少在整个美国——再没有比搭乘州际长途车更悲惨的事情了——三天三夜以上的时间,身上套着同一件脏衣服,在颠簸中穿过一座又一座的城镇;当凌晨三点,你恍然入睡之际,巴士颠簸着穿越奥什科什铁路,灯光骤然闪亮,把你旅途的狼狈灰败照得无所遁形——对于我这样的年轻男人来说,尽管习以为常,尚且难以忍受,何况是对于一个62岁的老妇人……我真的很想知道,父亲在天上究竟在想些什么,我只能祷告,但愿他能给她力量,让她平安无事地度过这段路途——不过,看起来,她似乎比我更自在——而且,为了能让我们保持体面,她几乎想尽了办法,比如每天三次就着可乐吞服阿司匹林,以便镇静紧张的神经。

那天下午接近傍晚时分,我们从佛罗里达中部动身,翻过延绵不断的橘色山林,朝向狭长的塔拉哈西进发。清晨,阿拉巴马的群山从窗外掠过。直到中午,我们才到达新奥尔良,筋疲力尽、疲惫不堪。当你乘坐长途车穿越大地时,你才会意识到,自己所在的国度居然如此广袤;透过昏沉的目光,每座被拉长的城市都千篇一律,单调地重复着同一种丑陋;这无法逃离的汽车随处停留,似乎永远无法抵达彼岸（据说灰狗汽车在每个路标都会停下来）；而在一切不幸之中最不幸的是，那些司机们充满活力、虎虎生威。每过两三英里就要谆谆告诫所有乘客，一定要放松、要开心……

有时，在夜深人静之际，我会望着我那可怜的熟睡的母亲，在这样的美国的夜晚，受苦受难，只是因为我们没有钱，没有挣钱的希望，也没有家，一无所有。她只有这个愚蠢的儿子，满脑子都是不切实际的计划，跟那永恒之暗夜合为一体。上帝啊，海明威实在太伟大了，他早就说过，生活无可救药……无可救药！只能在我的狂想里，我向至高的天国挥拳，我发誓，我要狠狠地暴打人类第一个私生子，正是他令人类无可救药、毫无希望。我向早已在坟墓中化成粪土的父亲祈祷——我知道这很荒谬，但我别无选择，只能向他祈祷，舍此之外又有谁在？我又能何为？冷笑？翻乱桌上的纸张，打着理性主义的饱嗝？啊，感谢上帝，所有的理性主义者都逃不掉蛆虫的宿命；感谢上帝，那些可厌的政治小册子的贩卖者在墓穴之中不能再叫嚣左倾或右倾……我已然领悟，我们都将与"唯一"一起重生，那时我们不再是所谓的"我们自己"，而是"唯一之同行"，这正是我继续生活的原因，也是我母亲继续生活的原因。她带着她的玫瑰经念珠上车，不必轻视她，那就是她面对现实的方式。如果人与人之间不再有爱，那么，至少在人和上帝之间还有爱。如果上帝是一剂鸦片，那么，我也一样。所以，把我吞没吧。吞没整个夜色,吞没桑福德[1]与斯拉姆福德、布拉姆福德和克拉普福德之间的美国,吞没大地的血液,吞没已死的印第安人,吞没已死的先驱,吞没已死的密西西比河,吞没已死的、被遗弃在无底深渊中的肢体——他们是谁,能伤害另一些人?他们是谁,穿着衣裤在冷笑?我到底在说什么?我在诉说着人类在生死之暗黑中的绝望和孤独,他们狂乱地问着:"他们在笑什么?""我们在碎肉机里能够变得更聪明吗?""谁在苦中作乐?"而我的母亲,她那从未要求出生的肉体,正睡在不安宁之中,做着无望的梦;在她身边,就是她同样从未要求出生的儿子,正失陷在绝望的思想之中,做着无望的祷告。在大地之上,在这颠簸的交通工具之中,从此无名之处到彼无名之处,从夜到夜,最糟糕的是那残忍的湾区海岸[2]公路在正午的阳光下炫目闪光——支撑着人类的石头何在?为何我们在此?哪所疯狂的大学会召开一个关于永恒绝望的研讨会?

当妈在午夜醒来,发出呻吟的时候,我的心碎了——汽车正在蹒跚着往回开,开过一路狗屁城镇,以便在黎明的车站接到某个包裹。到处都是呻吟,一路上后座的人们都在发出呻吟,后座那些黑色受害者不会因为他们的皮肤是黑色的就能减少伤害。是的,

---

[1] Sanford,佛罗里达中部一城市,位于奥兰多东北。后面三个地名为凯鲁亚克即兴杜撰。
[2] Gulf Coast,包括西佛罗里达、阿拉巴马、密西西比、路易斯安那和得克萨斯海岸。

"自由骑士",没错,仅仅因为你有"白色"肌肤就可以坐在前面,而不必受那么多苦——

没有任何希望。因为我们不和,因为我们可耻。如果乔说生活是悲哀的,吉姆就会说乔是一个不知所云的傻瓜。或者,如果乔说我们需要帮助,吉姆就会说乔是在惺惺作态。或者,如果乔说吉姆很自私卑鄙,吉姆就会在夜里放声大哭。或者,其他诸如此类的事情。一切都令人绝望。唯一能做的就是像我母亲一样:忍耐、相信、谨慎、苍白、自我保护、为小恩小惠感到快乐、对大恩大德保持怀疑、走自己的路、不伤害别人、自我完善、与上帝保持紧密的联系。上帝是我们的守护天使,而这是一个不证自明的事实;如果要去证明它,那么,只有等证明本身不存在了才有可能。

永恒,就是此时此刻,就是当下。

把这个信息传递回去,传回给哈佛大学的施莱辛格[1],或者赫伯特·胡佛总统。

六十七

我曾经说过,汽车会在中午到达新奥尔良。然后,我们拖着

---

[1] 哈佛大学有过多位 Schlesinger,很可能此处所指是1929年出生的 Schlesinger,哈佛大学毕业,60年代任职于美国原子能委员会,1973年任中央情报局局长,1973年至1975年间任美国国防部长。

那堆混乱不堪的行李等着通往埃勒帕索的专线车，通常都要等好几个钟头。妈和我决定活动一下坐僵的腿，游览一下新奥尔良。我已经盘算好，一定要去一家有着雕花包间和棕榈树的拉丁鲍鱼餐馆大吃一顿。但是，当我们在波旁街找到一家鲍鱼餐馆之后，却发现菜单上的价格实在超出了我们的承受力，所以，我们只好像绵羊一样怯生生地蹩了出门，而那些商人、议员和税吏却正在大吃大喝。下午三点，他们将回到办公室，把那些繁文缛节的文件折腾来折腾去，把它们放进造纸机里进出十次，最后变成了一式三份；而当他们拿到薪水之后，这些文件就全部被扔进了废纸筐。酒足饭饱之后，他们会心满意足地把那三份文件签字上交，而我完全不明白这有什么意义，这跟在海湾区散射的阳光下那些挖着壕沟、挥汗如雨的胳膊有什么关系……

仅仅是一时兴起，妈和我走进了一家新奥尔良的蚝吧。在她这一生中，第一次喝着葡萄酒，吃着加了调料、带着一半壳的蚝，兴致勃勃地跟那个做菜的意大利老男人搭讪。"你结婚了没，啊？"（她总是会追问一些老男人结婚了没有，女人在最后关头寻找归宿的冲动真是令人目瞪口呆）。没有，他没结过婚，她是不是想要加一点蛤，蒸蛤怎么样？他们交换了名字和地址，不过，他们从来没有通过信。妈最后很兴奋，因为她此刻可是置身于著名的新奥尔良。我们在附近走了一圈，她兴致高涨地在商店里买了澳洲土著小女孩的洋娃娃和糖果，把它们包好，放到行李堆中，打算邮寄给我佛罗里达的妹妹作礼物。一个多么残酷的希望。就像父亲一样，她不会让任何事情阻碍自己的决定。我走在她身边,怯生生的,像一只羔羊。而她已经以她自己的方式生活了62年。在她14岁的时候,她就开始到鞋厂做工,每天一早步行到鞋厂,工作到晚上六点,直到周六的夜里才休息一天。每周工作72小时,全部的欢乐就在于期待周六夜晚和周日的到来,他们可以一边吃着爆米花,一边唱歌跳舞。你怎么可能战胜这样一个人?!当抽取什一税的封建领主残酷掠夺时,面对佃户们的欢乐,他们是不是也会像我一样,感到胆怯?(他们被阴沉的武士围困,武士们内心渴望着被来自其他领地的虐待狂们鸡奸……)

我们回到车站,在蓝色的汽车尾气中站了一小时,终于等到了开往埃勒帕索的快车。我们把礼物和行李搬上车,跟每个人搭着讪,离开了新奥尔良。我们呼啸着穿过河流,越过路易斯安那平原;我们依然坐在前排,感到欢欣快乐,疲惫的肢体得到了放松。当然,最主要的是我买了一小瓶酒在车上喝。

"我才不管别人怎么说。"妈说完,把酒倒进她那看上去非常淑女的便携式酒杯里,"反正喝口酒也不会碍着谁!"我自然同意她的意见,于是,我低下头,躲过司机的后视镜,抿了一口烈酒。我们到达了拉斐特。令我们吃惊的是,当地人竟然用法语交谈,我们就像回到了魁北克。他们是路易斯安那州的阿卡迪亚人[1],不过时间所剩无几,我们的车马上又将离开,前往得克萨斯。

---

[1] Cajun,路易斯安那州南部的几个民族之一,是18世纪从阿卡迪亚(Acadian)放逐的法国殖民者的后裔。

六十八

在暗红的暮霭之中,我们穿越了得克萨斯州的原野,一边聊天一边喝酒,不过很快酒瓶就见底了。可怜的妈妈又开始打盹,像是这个大地上一个无助的孩子,但她仍然不得不挨过漫长的旅途,而我们又将何时为何而抵达?阴郁的汽车走走停停,四面传出叹息声,这没完没了永不到站的旅途,我们只穿越了一半的路程;另一个无眠的夜晚就在眼前,接着,是另一个无眠之夜,一个接一个……噢,我的上帝啊——

经过一昼夜再加6个多小时的跋涉,我们终于穿过了格兰德峡谷,进入灯火闪烁的埃勒帕索之夜。主啊,终于把得克萨斯可怜的九百英里距离抛在了后面。我们都已经疲惫不堪,头昏脑涨,四肢麻木。我意识到,我们没有其他任何选择,只能走下汽车,找一家旅馆,睡一个好觉,然后,开始另一段上千英里崎岖颠簸之旅,直到加利福尼亚——

不过,我还可以在通往华雷斯[1]的小桥上指给妈看看,那边就是墨西哥。

---

[1] 墨西哥的第四大城市,位于美国和墨西哥边界。

六十九

每个人都知道,当你在车轮上颠簸了两天两夜之后,睡在平稳的大地和静止的床榻之上是什么样的感觉。我就在车站旁边订了个套房,去买了鸡肉快餐,妈开始洗餐具——这时,我回顾这两天的旅程,意识到对于她来说,新奥尔良之旅是一场多么伟大的冒险;而此刻,她住在4.5美元一晚的套间里;明天,她将在生命里头一次走近墨西哥——我们又喝了半瓶酒,吃完了鸡肉,然后睡得像木头一样死。

第二天早上,我们还剩下八个钟头的逗留时间。我们把行李重新打好包,花了25美分存在车站储物柜,就带着充沛的精力朝墨西哥出发了——我甚至带她在墨西哥桥上走了一英里的路——我们每人交了三美分的过桥费,走到桥的那一边。

于是,突然间,我们就已经置身在墨西哥的土地上——在印第安大地上,置身于印第安人之间;置身于泥土、鸡禽的气息之间;置身于齐瓦瓦的尘土之间,四周都是剥落的石灰、马匹、草帽和印第安式的倦怠。空气里混合着浓烈的酒馆、啤酒和潮气的味道,市场的味道——美丽的老式西班式教堂在太阳下矗立,墙上映现着瓜达卢佩圣母玛丽亚悲哀的雕像、十字架和数不清的裂缝——"哦,提让!我想到教堂去为你爸爸点一支蜡烛!"

"好。"于是,我们走到了教堂里面,看到一个老人正跪在过道里,双臂伸出,正在忏悔。一个忏悔苦修者,披着大大的瑟拉佩[1],穿着一双旧鞋,帽子搁在地板上,花白的胡子虬结成团,在这里长跪不起。

"哦,提让,他到底做过什么,为何如此悲伤?我无法相信这个老人会犯过任何错误!"

"他是一个忏悔苦修者,"我用法语跟她说,"他是一个罪人,他害怕上帝会遗忘他。"

"可怜的老好人!"妈用法语说这句话时,一个妇人转过身来看着她,也许以为她说的是西班牙语"Pobrecito"[2],不过这的确也是她真正想表达的意思。不过,在这座华雷斯教堂里,最悲惨的一幕却是突然见到一个围着披肩、浑身黑衣的女人。她赤着脚,怀里抱着一个孩子,跪在过道里,缓缓向圣坛挪动。

"这里到底发生了什么?"母亲吃惊地叫了起来。"那个可怜的小妈妈没有任何错!难道她的丈夫被抓到牢里了吗?她还抱着那么小的孩子!"我倒是挺高兴的,在这趟奔波中,就算没有别的收获,至少我把妈妈带来,看到了一所真正的教堂。"难道她也是一个忏悔苦修者?难道那个小婴孩也是忏悔苦修者?她都能用披肩把他全部包起来!"

"我也不明白。"

---

1 一种墨西哥大披肩,留着穗子,色彩亮丽。
2 西班牙语,意为"可怜""贫穷",跟法语 Pauvre 意义近似。

"为什么没有牧师来祝福她？他们都到哪里去了？为什么这里只有这个可怜的小妈妈和那个可怜的老人？这是圣母堂吗？"

"这是瓜达卢佩圣母堂。一个乡下人的披肩上显现了圣母的脸容，而且就像女人们用来包裹耶稣十字架的布一样，圣容留下了印迹。"[1]

"这一切发生在墨西哥？"

"或许。"

"他们向玛丽亚祷告？可你看看那个可怜的小妈妈，还没有跪完一半的过道——她用膝盖慢慢地、无声地向前跪行。啊，你是说，这些人、这些印第安人都是好人？"

"是的——这些印第安人和美国印第安人一样，只不过，西班牙人没能摧毁他们。"我用法语说："西班牙人还跟印第安人通婚。"

"可怜的人！他们就像我们一样信仰上帝！提让，我以前都不知道是这样，我从来没有见过这样的场面！"我们蹑足走到礼拜堂里，点燃了蜡烛，在教堂里留了一毛钱硬币付香火费。妈向上帝祷告，划了一个十字。齐瓦瓦沙漠的风沙吹进了教堂。那个年轻的母亲仍然跪在地上，慢慢向礼拜堂靠近，婴孩已经在她的臂弯里安睡。妈妈的眼里噙满了泪水。现在，她终于开始了解墨西哥，也开始懂得为什么我会如此频繁地来到墨西哥，尽管我会染上痢

---

[1] Guadalupe，每年12月12日为墨西哥的瓜达卢佩圣母节。16世纪的墨西哥是西班牙的殖民地，当地人敬拜蛇神。据称，某天印第安教徒璜·地牙哥去面觐主教时，他的披肩上圣母显露圣容，并在冬天开出玫瑰。圣母告诉地牙哥，她名为瓜达卢佩，即"踩碎毒蛇的头"之意。

疾并且变得瘦弱。

"他们心里牵挂着整个世界,"她用法语悄声低语,"他们都是有心灵有感情的人!"

"是啊。"

她在教堂募捐箱里留了一美元,但愿它能做点善事。她永远不曾忘记那个下午,事实上,直至五年后的今日,她仍然在为那个怀抱着婴孩向着祭坛跪行的小母亲做祷告:"她的生活里出现了一些问题,她的丈夫,也许她的孩子病了——但我将永远为那个小女人祷告。提让,当你把我带到那里的时候,你让我看到了我从来无法相信也从来没有见过的一些东西……"

数年之后,当我在伯利恒本笃修道院见到修道院长时,透过木头的隔栅,我向她述说着这一切的时候,她哭了……

那个老年苦修者仍然跪在地上,伸开着他的双臂;所有的萨帕特[1]、卡斯特罗们都会物换星移,这个苍老的苦修者却仍然在此,而且将永远在此,就像栖居在北面纳瓦霍山脉和梅斯卡勒罗丘陵里那些郊狼般苍老的男人们一样——

| 发狂的头马遥望北方 | * | 吉拉尼摩[2]为之落泪—— |
| 满眼泪水—— | * | 没有一匹毯子 |

---

1 Zapata Emiliano(1879—1919),墨西哥革命者,为进行土地改革发动起义,曾三次占领墨西哥。
2 Geronimo,19世纪末阿帕切族印第安人首领,带领印第安人坚决反抗西班牙人的殖民和北美人的入侵。

初雪飘覆下来。　　*　　覆盖着小马。

七十

在墨西哥接下来的经历也很有意思。当我们走出圣母堂之后，在公园里坐下休息，享受着阳光。挨着我们坐的是一个老印第安人，披着大披肩，跟他的妻子一起，却相对无言。他们的目光凝视着远处的荒山野漠，他们正是从那里出发，进行了这次盛大的华雷斯之旅——坐汽车或者是搭驴车——妈给他们递了一支香烟。一开始，老印第安人有点慌张，最后他还是接受了香烟。妈又另外拿了一支，让他给他的妻子抽，她用魁北克-易洛魁法语说："来吧，别害臊，这支给你太太。"他接过去，但显然很困惑——他的女人从来没敢正视过我妈——他们知道我们是美国游客，但从来没有游客对他们这样——老印第安人缓缓把烟点燃，又开始直视前方——妈说："他们是不是害怕跟我们说话？"

"他们无所适从。他们从来没有遇到过任何人。他们是从沙漠那边来的。他们不说西班牙语只说印第安语。你可以对他们说'Tarahumara'[1]。"

"那是什么话？"

"那就说'Chihuahua'吧。"

---

[1] Tarahumara，生活在墨西哥中北部地区的美洲土著居民，大多在齐瓦瓦省（Chihuahua）境内。

妈对他们说Chihuahua，老印第安人对妈露齿而笑，他的女人也笑了。"再见。"妈向他们告别，我们离开了。我们在美丽的小公园里漫步，到处都是孩子和人群，还有冰淇淋和气球。有个奇怪的男人提着鸟笼过来，引起了我们的注意。

"他想干吗？"

"运气！他的小鸟会告诉你未来的运气！我们只要给他一比索，他的小鸟就会抓起一张纸，你的运气就在其中！"

"好啊，我们试试看！"

小鸟用喙从一堆纸片当中衔起了一张小纸片，递给了那个男人。男人长着一撮小胡子，眼里充满欢快的神情。他打开纸片，上面写着——

"你会有一个很好的未来，这个带来好运的人就是你的儿子，他很爱你。——小鸟"

他把纸片递给我们，笑了起来。这真是令人惊奇。

七十一

"那么，"我跟妈挽着胳膊，穿过老华雷斯大街，"那只无知的小鸟怎么可能知道我有个儿子或者其他任何事情呢？哟，街上的尘土真多！"仿佛成千上万的沙粒降落下来，落在每个门口。"你能跟我解释清楚吗？为什么花一比索也就是八美分，那小鸟就会知道所有这一切？哈？"就像托马斯·沃尔夫笔下的以斯帖，

"哈？"那意味着一种更绵长不断的爱。"那个长胡子的男人根本不认识我们。他的小鸟更是一无所知。"她一边说，一边把那张纸小心地保留在钱包里。

"小鸟认识杰拉德。"

"想想看，那只小鸟居然叨出这张纸片！它的表情真是疯狂！啊，不过这里的人真的很穷，哈？"

"是的——不过政府已经很照顾他们了。以前很多人家都只能睡在马路边，身上裹着报纸或者斗牛的海报。女孩们为了二十分钱就能出卖自己。自从阿莱曼[1]、卡德纳斯[2]、科提内斯[3]执政以来，政府越来越好了……"

"墨西卡可怜的小鸟呀！还有那可怜的小妈妈！我可以宣称，自己已经见识过墨西卡了。"她把"墨西哥"发成了"墨西卡"。

我买了一品脱的华雷斯波旁酒，回到埃勒帕索的美国车站，上了一辆庞大的双层灰狗汽车，告诉司机我们要去洛杉矶，然后就在红色的沙漠黄昏中坐在前座上，一边喝酒一边跟身边的美国水手聊天。他既不知道海上的圣玛丽亚守护神，也不知道墨西哥小鸟，但他却是一个好小伙子。

汽车开上了沙漠之中空旷的道路，穿过一座座沙丘和火山岩丘——它就像月亮的表面——孤独地跋涉过一英里接一英里的大

---

[1] Aleman, 1946—1952年担任墨西哥总统。

[2] Cardenas, 1934—1940年担任墨西哥总统, 民族解放运动领导人。

[3] Cortines, 1952—1958年担任墨西哥总统。

地，朝向南方绵延不断的、黯淡的齐瓦瓦山脉，或者朝向北方干枯的新墨西哥岩石地带。妈妈一边喝酒一边说："我害怕那群山——它们似乎想要对我们说些什么——它们每分钟都有可能崩塌下来，就砸在我们身上！"她斜过身子，跟水手们说了这番话，而他们哈哈大笑起来。她分给他们一点酒，甚至还亲了亲他们彬彬有礼的面颊，他们挺高兴的，真是一个疯狂的母亲——在美国，没有任何人能够明白她在墨西哥或者整个宇宙的亲历感受，他们不明白她想说什么。"那些山峰不是平白无故出现在那里的！它们要向我们传达信息！他们都是一些好小伙子……"于是，母亲打起了盹，睡着了。而汽车带着低沉的发动声，驶向亚利桑那。

七十二

我们又回到了美国的土地上。微明时分，我们到达了洛杉矶，把行李锁进了储物柜，等着上午十点钟去旧金山的车，然后到灰暗的街道去找一个地方喝点咖啡吃片吐司；但谁也看不出来这座城市跟"天使"有什么关系。

这是凌晨五点钟，什么都干不了。我们看到街上那群属于恐怖夜晚的流氓仍在出没，流着血的醉鬼摇摇晃晃地四处蹒跚。我原本想带她看洛杉矶那幸福欢快的一面，林克特[1]的电视秀或者好莱

---

[1] 美国传奇电视主持人，获艾美奖终身成就奖。

坞一瞥，结果看到的却是一个令人厌恶、可怕的宿夜残局——垮掉的吸毒者，娼妓，绑着绳子的手提箱，空荡荡的交通灯，没有飞鸟，没有玛丽亚——只有污垢和死亡。尽管在这怨苦肮脏的街道几英里之外，就是一片温柔闪烁的金·诺瓦克[1]太平洋海岸，那是她从未到达过的地方——在那里，制片人把他们妻子的形象混合在一部从未完成的电影里——不过所有可怜的母亲，在洛杉矶遭遇到的却都是将明未明的暗夜，那残旧的气息、满大街的阿飞（有些是美裔印第安人）、死寂的街道、搜捕的巡警车，如同末日景象；凌晨的呼啸声就像马赛凌晨的呼啸，这丑陋可怕的加利福尼亚街道，我在这里不知所措，这屎一样的地方——啊，那些曾经生活在美国、曾经被美国伤害过的人们应该明白我在说什么！那些在克利夫兰开过煤车的人们、那些在华盛顿特区张望过公共邮箱的人们应该明白我在说什么！那些在西雅图流过血的人们或者在蒙大拿再度流过血的人们；那些在明尼阿波利斯被抢尽最后一件衣服的人们；那些在丹佛死去的人们；那些在芝加哥哭喊的人们，或者在纽华克说着"对不起我着火了"的人们；那些在温星敦卖鞋的人们；或者还有，那些在费城怒火中烧的人们，那些在图内维尔暴怒的人们……！我要告诉你，在这个世界上，再也没有什么比美国黎明前的空寂街道更可怕的事物了，除非把它们扔进尼罗河的鳄鱼嘴里，而猫巫师在一旁冷笑。每一间厕所里的贱货，每一个暗洞里的蟊贼，每一家酒吧的皮条

---

[1] Kim Novak，20世纪50年代好莱坞明星，曾主演希区柯克《迷魂记》而名动一时。

客,政府签下红灯区的许可证——到处都是成群结队的梳着鸭尾发穿着黑夹克的团伙,其中有些是花衣墨西哥阿飞——我向爸爸祈祷:"原谅我吧,把妈妈拉到这样的地方来,只是为了找一杯咖啡"——其实,这还是以前我所了解的那些街道,然而那时她却并不在身边——但是,当看见一个男人跟他的母亲在一起时,每一条邪恶之狗都能明白这一点,所以,我祝福你们每一个。

七十三

圣华金峡谷风景很美,一路都是绿色原野和果园。经过一整天的行程,连母亲也被路上的风景所打动,尽管她也提起了远山上干枯的植物(她已经抱怨过图森风化的干地和莫森韦沙漠)。自然,我们已经累得半死,像石头一样僵硬,不过从圣华金往北只剩下五百英里的路途了。这条路线要说起来真是很复杂,总之,我们在黄昏时到达了弗雷斯诺,散了一会儿步,再回到车上,这时换了一个精力充沛的印第安司机,还上了一些从梅德罗来的墨西哥孩子。然后我们开往奥克兰,司机在只有两车道的峡谷线(99号公路)上横冲直撞,所有的来车都纷纷避让后再回到公路上——看上去他几乎跟每一部来车都马上要相撞。

我们在星期六的晚上到达奥克兰。我们喝完了在加州买的最后一滴酒(用劣质酒和从车站弄到的冰块混在一起的酒)。在那里,我们目睹的第一件事就是一个浑身流血的醉鬼跌跌撞撞地穿过车站,请求紧急援助——母亲从弗雷斯诺过来，早已昏然欲睡，已经不能再承受这样的场面，但她还是看见了，发出了一声叹息，忧虑着下一步行程，这是纽约吗？还是地狱或下东区？我发誓我一定要让她过上更体面的生活，一间美好的小房子，安静的氛围，还有树木，就如同我父亲跟她从新英格兰迁到纽约的时候所发的誓言那样——我提起了所有的行李，截住了一辆去伯克利的车。

很快我们就离开了奥克兰市区的街道，离开了满街空寂的电影招牌和阴郁的喷泉，我们转进了一些狭长的巷道，两边排满了1910年的老式村舍和棕榈树。不过更多的还是其他树木，加州的北部树种——胡桃木、橡树和柏树。最终我们到达了加州大学的附近，我带她下车，背着我们的大包小包走上一条覆满落叶的小巷，走向老和尚本·法根那日暗灯昏的后院小屋。他会告诉我们去哪里订旅馆，明天再帮我们找一间公寓，或者一幢小楼的半层。他是我在伯克利唯一的接头人。天哪，当我们穿过院中长长的蒿草时，透过装饰着玫瑰的窗户，我们看到他正低头研究《楞伽经》，而且面带微笑！我无法理解，他因何而微笑？摩耶幻境？佛陀在楞伽山上微笑？而我们却这样闯了进来，蓬头垢面，提着一堆乱糟糟的行李，像是从海里冒出来的鬼怪。而他，在微笑？

那一刻，我拉着母亲往后退了几步，屏息静气，以便好好地看着他 (墨西哥人把我叫作"冒险家")——上帝呀，他在这样独处的夜里，对着印度古老的佛法微笑。跟随他，你不可能走向错误的道路。他笑得那么幸福，我觉得此刻打扰他就是一种犯罪——但我不得不打扰他，尽管他是那么快乐，而且可能因为洞察了"摩耶"的真相而震撼，但我还是不得不踏上他的门廊，对他说："本，我是杰克，我跟我妈来了。"可怜的妈妈站在我后面，可怜的眼睛因为过度的疲惫而半阖着，心中充满了沮丧，在担忧着"现在如何是好"；这时，高大的老法根从同样装饰着玫瑰的小门走了出来，嘴里还含着烟斗，一边说："好啊，好啊，好啊……"本是个聪明的老好人，他根本不会说"好啊，欢迎到这里来，你们什么时候来的？"这一类的客套话。我之前曾经给他写过信，不过原本是希望能在白天到达，先找到住房，然后再来拜访他，也许会独自前来，让妈妈在旅馆里读她的《生活》杂志或者吃着三明治。而现在却是凌晨两点，我已经完全麻木了。我在车里看不到任何的旅馆或者房间可以入住——我真想把肩膀靠在本的身上。明天一早他还要去工作。但是那个微笑，那如花之寂静的微笑，伯克利的凡人已经入睡，而《楞伽经》却似乎在诉说，看那发网，愚人说，那就是真实；或者生活如月映万川，何为本来之月？它意味着：现实是否是非现实的一个虚幻部分？或者反之亦然。当你打开门之后，会有谁将进入？或者那就是你自己？

七十四

对着西部的夜晚微笑，星光像水瀑一样泻满他的屋顶，又像醉汉提着灯笼下楼。我爱着北加州的夜晚，整个露水般的凉夜，像雨林一样清新,空气里浮动着薄荷气息,从错杂的芦苇丛和花簇里飘出来。

我以前就知道,这间小房子已经有过一段久远的历史了。它曾是达摩流浪者的避难所,我们曾一起喝着茶,讨论着禅;或者在这里肆意跟姑娘们作乐;也曾经在这里用留声机放过音乐,像快乐的墨西哥邻居那样通宵狂饮,反正没有任何人投诉——还是那把残破的摇椅,还是放在惠特曼式的葡萄藤玫瑰花镶边的门廊里,还是那些花盆和变形的木头——在后院还是放着欧文·加登那把小破壶,还有他种下的番茄,也许还有我们丢失的一些分币或者快照——当所有人都已经向东方作鸟兽散之后(瓦格纳甚至东渡到日本),本(来自俄勒冈的加州诗人)接管了这间美好的小屋。于是,他坐在那里,对着《楞伽经》微笑。在这个寂静的加利福尼亚之夜,在从佛罗里达跋涉三千英里来到这里,经过路上的一切之后,我对此更有了一种奇特而美好的感受——当他邀请我们坐下之时,仍然带着那个微笑。

"现在怎么办?"可怜的妈妈叹道。"杰克把我从佛罗里达我女儿家里拖了出来,现在毫无头绪,而且也没有钱。"

"这附近有很多好房子,每个月50美元,"我说,"而且,今晚本就能带我们去看房。"老好人本抽着烟、微笑着、帮我们拎着大部分行李,在五个街区开外、大学校园的附近给我们找到了一家旅馆。我们订了两间房,然后睡觉。不过,等妈睡着之后,我又溜了出去,到那间小房子跟本重温往日时光。自从1955年我们在旧金山面对一大群听众朗诵新诗（不过我从来没有朗诵过，我只是夹在人群中喝酒）那个疯狂的禅宗时代，到后来被连篇累牍的报道评论称为"旧金山垮掉一代的诗歌文艺复兴"，这其间对于我们来说历经了如此异样的沉寂——本盘腿坐着说："噢，这里没发生过什么事情。我很快就会回到俄勒冈了。"本身材高大健壮，带着一副眼镜，长着一双大而安静的蓝眼睛，就像月亮书虫的眼睛，或者就像和尚的眼睛。（其实也很像帕特·欧布莱恩[1]的眼睛，不过当我初次遇到本，问他是不是爱尔兰人的时候，他差点把我给宰了。）没有任何事情能让他惊讶，无论是我携母亲深夜来临，或是月映万川，或是母鸡下更多鸡蛋——没有任何人知道这无穷无尽的母鸡的起源，先有鸡或是先有蛋。"当我在窗前看到你的时候，你在为何而微笑？"他走进小厨房，沏了一杯茶。"我讨厌自己扰乱你的隐修。"

"我也许在微笑吧，因为我在书页里发现了一只被困的蝴蝶。我把它解脱出来，放走它之后，白猫和黑猫都跑去追赶它……"

"然后，一朵花去追赶那两只猫？"

"不，然后，杰克·杜劳斯带着一张焦虑的面孔出现了，在凌晨两点出现，甚至都没有点上一支蜡烛。"

"你会喜欢我母亲的，她是一个真正的菩萨。"

"我已经喜欢上她了。我喜欢她跟你一起跋涉这疯狂的三千英里路程的做法。"

---

[1] 20世纪四五十年代，美国曾有一个叫 Pat O'Brien 的演员，主演过 *The Boy with Green Hair*。

"她对万物都有一念之慈……"

我想起了本的一些趣事。我和欧文刚认识他的那个晚上,他整晚都面朝地板哭泣,我们无论如何都无法劝慰他。而自从他停止哭泣之后,他就再也没有哭过了。他也曾做过一个夏天的山火瞭望员(在拓荒者山),就像我后来所做的一样。他写了一整本新诗,但他却憎恨它们,他哭泣着:"诗歌就是一堆废话。谁还愿意耗费自己的智力去写诗呢——既然这世界已经死去,已经消逝在彼岸。世界已死,诗人何为?!"但现在,他却带着那微笑说:"一切皆空。我梦见我就是如来,十二英尺高,金色的脚趾,我觉得一切皆空。"他盘腿坐在那里,微微斜向左侧,带着马来亚山的微笑,穿过黑夜。在五千英里之外的诗人之居,他将化现为一阵蓝色雾霭。他独自一人,俯视书本,带着微笑,一个奇异而神秘的生命。

第二天一早,母亲在旅馆问我:"你那个本尼到底是什么样的人?没有老婆,没有家庭,什么也不干?他有工作吗?"

"他有份兼职的工作,在山上的大学实验室检查鸡蛋。他挣的钱刚够喝酒吃饭。他是一个佛教徒!"

"你和你的那些佛教徒!你为什么不能坚持自己的信仰?"

我们在早上九点出门了,很快就奇迹般地找到了一间漂亮的新公寓,石头地板,带着盛放的花园。我们预交了一个月的租金就搬了进去。那是在伯克利街1943号,附近都是商店,从我的卧室窗口,目光穿过层层屋顶,能看到十英里开外的金门大桥,横跨过江水。屋里甚至还有壁炉。当本下班之后,我跟他在小屋里会合,一起去买了一只炸鸡,一夸脱威士忌,还买了奶酪、面包和一些副食。那天晚上,我们坐在新公寓里,就着壁炉的火光喝酒,我把从山上背回来的煎锅架在木头上,把鸡煎热,这真是一顿丰盛的晚餐。本送了我一件礼物,一个往烟斗里装烟丝的填塞器;我们跟妈妈坐在火边,抽着烟。

不过我们有点喝高了,很快就昏昏欲睡地倒下了。公寓里已经备有两张床,当我半夜醒来之际,听到妈还在因为威士忌的后劲而呻吟。我突然意识到,我们的新家已经受到了诅咒。

七十五

此外,妈还说,如果发生地震的话,伯克利山一定会倾塌在我们的房子上——另外,她也无法承受伯克利的晨雾——当她走进街边上好的超市时,却没有足够的钱去买她想要的任何商品——我赶紧冲出门,给她买回一个12美元的收音机和所有的报纸,好让她感觉安心一点,但她对这些根本不感兴趣。她说:"加州太险恶了,我宁愿在佛罗里达花掉我的社保金。"(我们每个月的生活费是我的100美元加上她的84美元。)我开始明白,除非跟我妹妹住在一起(那是她最好的同伴),或者住在纽约(那是她最大的梦想),否则她根本没法在其他任何地方安居。妈妈喜欢我,但我不会像女人那样跟她闲聊,我的大部分时间都用来读书和写作。老好人本不时会过来逗大家开心,但效果总是适得其反,反而让妈更担心。("他就像一个老祖父!你怎么会认识像他那样的人?他根本不是一个年轻人,他是一个老祖父!")我服用墨西哥兴奋剂,在房间里点着蜡烛,在那疯狂的天使之午夜,不停地写啊写,除此之外我无事可干。有时,我会沿着落叶飘覆的小巷漫步,观察那黄色街灯和白色月光之间的差别,然后,回到家,在廉价的白纸上把它们画下来,同时喝着廉价的烈酒。妈妈更是无事可干。我们的家具很快就会从佛罗里达运过来,那真是一件麻烦事。我意识到,我是一个被困在美国的弱智诗人,跟不满的母亲在贫穷和耻辱中度日。我几乎为此发疯,因为我籍籍无名,不能住在佛蒙特的农庄,烤着龙虾,携着妻子一起漫步,或者在我自己的小木屋里沉思打坐。我在荒谬的绝望中不停地写啊写,而可怜的妈妈在另一间屋子里补着我的旧裤子。本·法根看到了全部的悲哀,他用胳膊揽住我的肩,轻声笑了起来。

七十六

某个晚上,我去了附近的一家电影院,在别人的悲剧里(杰克·卡森[1]和杰夫·钱德勒[2]的片子)沉陷了三个小时。午夜时分,我从剧院走出来,从街头眺望旧金山海湾,完全不知今夕何夕、身在何地。我看到金门大桥在夜色中灯火闪烁,而我则在恐惧中战栗,仿佛某种根本

---

1 Jack Carson,20世纪40年代活跃在好莱坞的男演员,1958年曾与保罗·纽曼和伊丽莎白·泰勒主演《铁皮屋顶的猫》,他另外还主演过由福克纳小说改编的电影《碧海青天夜夜心》。

2 Jeff Chandler,20世纪50年代好莱坞演员,1957年曾主演影片《一代香妃》。

之物离开了我的灵魂。某件与桥相关的事件，某件像妈所说的"险恶"之物，某件有如梦魇之后残缺的碎片——穿越了三千英里的距离，来到这里战栗。回到家，妈正缩在她的围巾里，不知该干什么好——真是无计可施。比如，我们有一个小小的浴室，就在倾斜的屋檐下，我每晚都快快活活地用热水和液体皂洗一个泡泡浴，可是妈却抱怨说她害怕浴缸！她不想洗澡，因为她害怕会摔倒，她说。她正在给我妹妹写回信，我们的家具甚至还没有从佛罗里达运过来！

上帝啊！谁要求被降生到这个世界上了？该如何去面对旅人那苍凉的面孔？该如何去面对本·法根的烟斗？

七十七

在一个雾气弥漫的早晨，疯狂的老亚历克斯·费尔布拉热[1]穿着百慕大短裤到来了，给我搬来一个书架。其实那也不算是一个真正的书架，而是一些木板和红砖。老亚历克斯·费尔布拉热曾经跟我和杰里一起爬过山，那时候，我们都是达摩流浪者，睥睨一切——而此刻，时间已经赶上了我们——他还想付我一天的工钱，让我帮他清理他在布纳维斯塔的房子。他既没有朝我妈微笑也没朝她问候，而是直截了当地跟我说话，就像1955年那样。他完全

---

[1] Alex Fairbrother，其原型为 John Montgomery。

忽略她的存在，哪怕她给他端来咖啡亦是如此："好吧，杜劳斯，我看你还是得回西海岸去。说到那些弗吉尼亚的老爷们，他们就回到了英格兰——伦敦市长在350周年庆典时接待了大概50位客人，伊丽莎白二世向他们展示了伊丽莎白一世的假发（我猜想），还有很多以前从来没有拿出来过的伦敦塔的东西。你知道，我以前曾有过一个弗吉尼亚姑娘……哪种印第安人是梅斯卡勒罗人？今天图书馆关门了……"这时妈就在厨房自言自语，说我所有的朋友都是些疯子。不过，我确实需要从亚历克斯那里得到一天的薪水。我曾去过一家工厂找工作，但我看到两个少年推着一堆箱子，被一个外表迟钝的工头支得团团转。我猜想，在吃午餐的时候，他肯定会盘问他们的私生活，所以我就转身走开了——我甚至都走进了招工办，然后又走了出去，就像陀思妥耶夫斯基书中的人物。当你年轻的时候，你必须工作，因为你需要钱；而当你年老之时，你已经明白，你唯一需要的就是死亡，还有什么可为之工作的？而且，"工作"总是意味着别人的工作，你推走另外一个男人的箱子，然后开始奇怪，"他为什么不推着自己的箱子走呢？"

不管怎么说，为费尔布拉热工作，我是在为一个朋友干活；如果他让我为他修剪灌木，我至少可以这么想："我是在为老亚历克斯·费尔布拉热修剪灌木。他这个人很有趣，两年前我们曾经一起爬过山。"第二天一早，我们就步行出发去工作了。当我们穿过一条小巷时，一个警察走了过来，给了我们两张罚单，每张三美元，因为我们擅自穿越马路，而那就是我的一半薪水。我吃惊地看着加利福尼亚警察那张阴郁的脸。"我们在说话,没有注意到红灯,"我说,"这是早上八点钟,街上根本没有车!"另外,他应该能看到我们扛着铁铲,显然是要去干活。

"我只是在尽我的职责,"他说,"就像你们一样。"我发誓,以后我在美国再也不做这种日工了。不过,这很困难,因为我还得养活妈妈。从丹吉尔港那浪漫慵懒的蓝色到一个美国交警那空洞的蓝眼睛,一方面带有一抹多愁善感的色彩,就像中学舍监的眼睛那样;另一方面又带有不动感情的冷静,像是在平安夜敲着手鼓的救世军女孩们的眼睛。"我的职责就是监督大家遵守规则。"他心不在焉地说着,他们从来不会对此多说什么,这个世界上有这么多愚蠢的法律和规则,也许很快就会有关于所谓"肠胃胀"即放屁的法律,它们被弄得一团混乱,甚至都不再被称为"法令"了。在他给我们这些训诫的时候,也许两个街区外就有人戴着万圣节面具在抢劫商店,或者,更糟糕的是,议员们正在提议一项新的法律,要求对所谓"擅自穿越马路"的人进行更严厉的惩罚。我看到乔治·华盛顿违规穿过马路,光着头,目光困惑,像拉撒路们一样为共和国担心,在超市门口跳着波尔卡撞上了一个警察——

不过,亚历克斯·费尔布拉热对这一切都习以为常,对整件事他用的是一个分析型讽刺作家的心态,以他毫无幽默感的方式嘲笑它,最后,那天剩下的时光我们过得很不错。尽管,我稍稍欺骗了他一下,当他让我处理一堆灌木枝的时候,我干脆把它扔进了石墙那边的另一块空地上。我知道他反正看不到我,他正在手脚并用地爬在地下室的尘土里,一把把地把树枝拽出来,然后让我给拖出去。他是一个奇怪的家伙,总是在不断地调换家具的位置、翻修房子或者别的东西;如果他在磨坊谷租到一间小房子,那他就会亲自动手,耗费全部时间来建一个小平台,然后又突然离开,到另一个地方,也许他又会扯下所有的壁纸。若是突然看到他走在大街上,扛着两张钢琴凳或者四张空画框或者一堆书籍,你完全不必惊讶;事实上,我根本不了解他,但我喜欢他。有一次他曾经给我寄了一盒"斯科特男孩"曲奇,在三千英里的邮寄过程中,曲奇已经被全部压成了碎末。而他本身,仿佛也有某种易碎性。他不断地在美国游荡,从一个地方换到另一个地方工作,当图书管理员,迷惑了一个又一个女图书管理员。他十分博学,但却庞杂无绪,结果没有人能搞懂他到底懂些什么。实际上,他很忧愁。他擦着眼镜,叹着气说:"人口爆炸会削弱美国对他们的援助,这真令人不安——也许我们该给她们用壳牌汽油桶寄去阴道妇科药膏?这也许会在美国成为一种新的'潮流投机事业'。"(他其实说的是印在销往海外的汰渍[1]肥皂包装盒上的玩意儿,他知道自己在说什么,可别人却很难搞明白。)也许这很残酷,去追问为什么在这个暧昧的世界里,每个人都能像他们正在生活的那样生存下去。正如布尔·哈巴德所说(我猜),生活是"不可忍受的无聊"。我最后说:"费尔布拉热,我已经厌倦了!"

他移移眼镜,继续叹息:"你要温和一点。阿兹特克人总是用

---

[1] 潮流和汰渍是同一个词:Tide。亚历克斯此处故意用了这样一个双关语。

鹰牌汽油。它取一个以Q开头的、然后以汽油这个词结尾的长长的名字，比如，夸兹拉寇特汽油。这样他们就可以用'羽毛蛇'洗掉那些特别黏糊糊的东西[1]。也许他们甚至可以在碎裂你的心脏之前，挠得你心痒痒。你总是很难认出美国记者，他们会长着大胡子，身上带着笔。"

我刹然发现，他其实只不过是一个孤独而疯狂的诗人，滔滔不绝地进行着诗的独白，对自己，或者对其他任何人，无论白天还是夜晚。

"嘿，亚历克斯，你那个发音错误的什么'夸扎尔寇特'，它应该发成'魁沙夸特'，就像coyotl要发成co-yo-tay, peotl要发成pey-o-tay, 而Popocatepetl火山要发成Popo-ca-tep-atay。"

"好吧，你的唾沫会在路上砸出坑来，而我用的是老西奈山观察站的发音……毕竟，当你住在洞穴之中，怎么发出D.O.M这个音？"

"我不知道，我只是一个凯尔特康沃尔郡人。"

"康沃尔人的语言叫'Kernuak'。如果'Celt'和'Cymry'的'C'都发得很轻柔，把康沃尔'Cornwall'发成'Sornwall'，那么，我们吃的玉米将会怎么办？[2] 如果你去布德就得小心回头浪，如果去帕特斯托就不能长得太帅。你最好是走进一家酒

---

[1] "羽毛蛇"是南美印加人的图腾，羽毛蛇神 quetzlacoatl 就是亚历克斯杜撰的汽油名称，后文是一种语言游戏，故意用"羽毛蛇"代替"夸兹拉寇特汽油"一词。

[2] 玉米的英文单词为 corn，而如果发成 sorn 则是"强求膳宿"之意。

吧，向Penhagard先生、Ventongimps先生、Maranzanvose先生、Trevisquite先生和Tregeargate先生抬起你的眼镜，或者左顾右盼寻找石棺，或者是以圣Teath、圣Erth、圣Breock、圣Gorran和圣Kew之名向大地祈祷，那就离被废弃的锡矿烟囱不远了。向黑色之王致敬！"他说着这些话的时候，我们正扛着"铁产"，在落日时分吃着卷筒冰淇淋(在听了他这些乱七八糟的话之后，你不能责备我写错了"铁铲"这个词)。

他最后补充道："无疑，杰克，你最适合的就是做一个大地漫游者，在内蒙古扎营露宿，除非你想带一盏床头灯。"我能做的一切，其他所有人能做到的一切，就是对他的话耸耸肩，无能为力地耸耸肩，但他就是这样。

我们回到1943号公寓的时候，家具正好从佛罗里达抵达。妈和本正在兴高采烈地喝着酒打开行李箱。那天晚上，老好人本买了酒过来，尽管他明白她其实根本不想开包，宁肯回到佛罗里达——实际上，三个星期之后，我们就搬回佛罗里达了。这真是我的生活里混乱不堪的一年。

七十八

我和本在那个晚上喝醉了。我们坐在青草上，用瓶子喝着威士忌，盘腿互相面对，就像那往日时光。我们就像在打着禅语机锋："在那静树之下，谁在吹动我的弱柳？"

"是你吗？"

"为何圣人总是张嘴睡觉?"

"因为他们还想饮酒?"

"为什么圣人会跪坐在黑暗里?"

"因为他们要说话?"

"火朝着哪个方向?"

"朝右边。"

"你怎么知道?"

"因为它烧着了我。"

"你怎么知道?"

"我不知道。"

诸如此类的废话。我们还说了一堆童年往事——"本,你意识到没有,每个人都有很多的童年和往事可写,但每个人都很失望,不愿意去读这样的东西——童年和往事大爆炸,我们需要一个伟大的头脑把它们以显微镜式的方式记录在胶片上,然后储藏到火星上去,让天堂得到一切消息……哇噢,万物皆是自由的!"

"谁也不会在意这些,我们把一切都留给它们自己吧……让我们消失,在宇宙中得到自由吧!"

"我们正在这么做。"

某个晚上,我们因为佩奥特的作用而兴奋起来,在三个小时的恶心反应之后,这种仙人掌果实就会给你带来幻觉——那天,本收到了杰里从日本寄给他的一套袈裟,而正是那天,我决心画一幅伟大的杰作,用我那套可怜的刷墙涂料。在一阵无害的精神错乱中画下这两个孤独地坚持诗歌的傻瓜——太阳正在西沉,伯克利的正常人正在吃着他们的晚餐(在西班牙语中,"晚餐"被悲哀而谦卑地冠以"La Cena"[1]之名,它收揽了地球上所有卑微简陋的食物,一切生命用以果腹、不可或缺的食物),但我和本却腹中空空,只有一小块绿色的仙人掌,我们的眼睛虹膜泛散、目光狂野;他穿着那件夸张的袈裟,寂然坐在他的木地板上,凝目黑夜,双手合十;当我在后院叫喊之际,他完全不为所动,似乎在他那静寂的眸子里已经看到那永恒的天国之前的天国,像万花筒似的变幻,呈现出深蓝和玫瑰光泽——而我则跪在青草之中,跪在半明半暗之中,把我的墙漆颜料倒在纸上,然后把它吹开、混合……那真是一幅伟大的杰作,直到一只甲虫爬过我黏糊糊的大作,它居然没有受伤,也没有被扯掉胳膊腿什么的,但它再也走不动了——我躺了下来,看着这只小小的甲虫在颜料之中挣扎,意识到为了这只小甲虫的生命——不管它是什么或者将是什么——我不应该再画了——这真是一只奇特的小甲虫,像龙一样,长着高贵的前额和身形——我几乎哭了起来——第二天画幅干了,那只小甲虫还在画上,但已经死了——在几个月的时间里,它化成了灰,完全从画上消逝而去——或者是本·法根从他的空想之中派来了这只小甲虫,向我揭示艺术之纯之真其实非纯非真?

(而就在此刻,因我下笔太快,结果我的笔尖弄死了一只小甲虫,啊——)

---

[1] 该词在字面上很接近 Cenacle,即耶稣用最后晚餐的房间,怀有一种悲哀的意味。

七十九

那么,在这个如此虚空、我们不断被警示随时都有可能在疼痛、疾病、老迈、恐惧中死去的生活之中,我们到底在为何而活?——海明威把死亡称为肮脏的诡计。这也许是一个邪恶的时空审判者加诸我们之上的古老折磨。这是一种筛网和剪子的折磨,或者说,这是一种水的折磨,一种将你的手指和脚趾捆在一起、然后把你扔进水里的折磨,哦,上帝啊——只有撒旦才能如此残忍,而我就是撒旦,但我并不残忍,实际上,撒旦上了天国——那些躺在床上的温暖的唇和温暖的颈都在挣扎着试图摆脱死亡的肮脏诡计——

当本和我酒醒之后,我说:"生活如此恐怖,怎么办?"

"那是地母迦梨[1]在跳舞,边跳边吞下她生出的万物,把它们统统吞回去——她戴着炫目的珠宝跳舞,身上披覆着丝绸、饰物和羽毛,她的舞蹈令男人魔怔。她全身唯一没有遮盖的就是她的阴道,那里环饰着翡翠曼陀罗花冠、天青石、红珍珠和珍珠之母。"

"没有钻石。"

"没有,那个除外……"

我问我妈,怎么看待生活的不幸和惊惧,当然没跟她提到迦

---

[1] Kali,印度教的时间女神和死神,传说也是万物之母,她代表黑夜、法力、纯洁和破坏。

梨地母以免惊吓到她,她已经超越了迦梨地母。她说:"人们总是要做正确的事情——我们应该从这个恶心的加州搬出去,你看看这里的警察都不让你过马路,还有大雾,还有那些该死的山峰,好像马上就要掉下来压住我们,我们回家吧。"

"回哪里的家?"

"所谓家就是跟你的家人住在一起——而你只有一个妹妹——我也只有一个外孙——唯一的儿子就是你——让我们全都安安静静地住在一起吧。像本·法根这样的人,你可怜的亚历克斯兄弟,还有你的什么欧文斯基,他们根本不懂得该如何生活!——你必须拥有乐趣、美食和大床,此外别无他求——安宁才是最重要的——永远都不必焦虑,不必大惊小怪,把你自身变成这个世界的一个避难所,天堂就会来临。"

然而,世上并没有活羔羊的避难所,只有许多死去羔羊的避难所。但我会顺从母亲的,因为她提到了"宁静"。事实上,她并没有意识到,正是我的到来破坏了本·法根的宁静,不过这一切都无所谓了。我们已经开始打包,准备打道回府。我曾经说过,她拥有社保基金的支票,而我的一本书将会在月内出版。她真正传递给我的是关于"宁静"的信息:她在前世一定是——如果个体的灵魂真的存在所谓前世的话——她一定是遥远的安达卢亚西人或者甚至是希腊神庙里的住持。在她上床就寝时,我听到她的玫瑰经念珠发出声响。"谁会在乎永恒呢?我们只在乎'此在'和'当下'!"

街上的蛇舞者、暴乱者、格尔尼卡的手榴弹和轰炸机扔下的炸弹在狂啸。而当母亲在夜里从枕上轻柔地醒来,张开她疲倦而虔诚的双眼,她也许会想:"永恒?此在和当下?他们到底在说什么?"

灵床上的莫扎特也许了悟这一切——

尤其是,那个伟大的帕斯卡。

八十

对我那个关于生活恐怖的问题,亚历克斯唯一的回答就在他的眼睛里面。他的言词一片混乱,就像乔伊斯的意识流:"恐怖无处不在?听起来倒像是给新旅游局的一个好点子。你可以把科克西[1]请愿军安排到亚利桑那州峡谷,从羞怯的纳瓦霍人手里买玉米饼和冰淇淋,只有那里的冰淇淋才是真正的佩奥特冰淇淋,像开心果一样发绿,每个人都唱着Adios Muchachos Companéros de la Vida——"[2]

诸如此类。只有在他那叹息的眼睛里你才能看到,在他那破碎的眼睛里,在他那醒悟的孩子气的苏格兰领袖的眼睛里你才能看到回答……

某一天,这一切戛然而止。科迪突然冲过来,冲进我们的走

---

[1] 指在1894年经济萧条时,从美国各地向首都华盛顿进军的几批失业者中唯一到达目的地的一批。

[2] 此句为西班牙语,意思是:再见Vida的男孩伙伴。

廊,急不可耐地向我们借10美元去买大麻。我来到加州实际上就是想离科迪近一点,但他妻子这段时间很不情愿接待我,也许是因为我跟妈妈在一起,也许是她害怕他又像在路上那段时间一样,又跟着我们发疯——对科迪而言,其实生活并无分别,他永远也不会改变,他只不过是想要10美元而已。除了向我借10美元,他还向本借了价值10美元的《西藏度亡经》就跑了。他还像以前那样穿着T恤和破牛仔,也像以前那样精力充沛——疯狂的科迪。"这附近有姑娘吗?"他一边开车离开,一边焦虑地叫喊。

一个星期之后,我就带着妈妈去了趟旧金山,带她坐出租车、在唐人街吃饭,还买了玩具,然后我让她在哥伦布大道一间天主教大教堂等我,自己急忙冲到科迪的住所,看我能不能从他手里把那10美元拿回来。这家伙竟然在喝啤酒,跟一个山羊胡子在下棋。他见到我似乎有些吃惊,不过很快就明白我肯定是想要回我的钱。他在酒吧里兑现了20美元,把钱还给了我,甚至还跟我一起去教堂见我妈妈。当我们走进教堂之后,他像我一样跪了下来划了十字,而妈妈转过身来正好看到我们的行为。她认为我跟科迪的确是很要好的朋友,而不像那帮坏孩子。

三天之后,我跪在地板上,打开一箱书,里面是我的小说《在路上》的样书。那本书全部都是关于我和科迪、乔安纳[1]和"大个

---

[1] 科迪(即卡萨迪)的第一任妻子 Luanne Henderson,在《在路上》中,她的名字为 Mary Lou。

子"斯利姆·巴寇[1]这帮人在路上的经历。妈妈去了商店,我一个人待在家里。突然之间,一束金色的灯光从门廊上方静静地射了进来,我抬起头,发现科迪和金发美女乔安纳就站在我的面前,还有大个子斯利姆,在他们后面是小侏儒吉米·娄,但他并不是因侏儒而出名,而只是因为他是吉米,德尼·布鲁曾经把他叫作"可爱小男人"。我们在那束金色的灯光里面面相觑,大家都悄无声息。我的手里还握着一本《在路上》,手都握红了,而我甚至来不及在第一时间看上一眼!我本能地向科迪伸出一只手,他是这本可怜而疯狂的小说里当之无愧的主人公。这是我一生当中为数不多的特殊场合:每当我跟科迪见面之时,似乎夜空中都充满了静谧的金色灯光,随后我还会再提到一次,但我却不明其意——除非它意味着科迪就是某种天使或天使长,他降临尘世,被我慧眼所识。在这个日子里,谈到天使真是一件美好的事情,尤其是相对于他现在所过的不羁生活、将于六个月内悲惨结束的不羁生活而言(我很快就会谈到这件事的)……在这个日子里,谈到天使是一件美好的事情,当那些随处可见的小偷在街上打碎了受害人的玫瑰圣珠……如果这个地球上的最高理想建立在残酷流血的革命岁月之上,不仅如此,最高理想只不过是谋杀和掠夺的一套新说词——那么天使呢?既然我们从未目睹过天使降临,那么,天使究竟意味着什么?但基督徒会说:"既然你从未见到我父,你又从何得知我父?"

---

[1] Slim Buckle, 即《在路上》一书中的 Ed Dunkel, 凯鲁亚克在路上结识的同行者。

八十一

啊,也许是我错了,所有的基督徒、穆斯林、新柏拉图主义者、佛教徒、印度教徒和神秘主义的禅宗关于神秘超验存在的说法都错了,但我不这么看——就像30只飞鸟飞向上帝的近旁,并在他的镜像里看到了它们自身。那30只肮脏的飞鸟,那些鸟群中的970只飞鸟,它们从未飞越过神圣的启示之谷,那里一切完美俱足——现在,还是让我来说说可怜的科迪吧,尽管我已经把他的故事说得差不多了。他信仰生活,同时渴望进入天堂,但因为他热爱生活而过度耽于生活,所以他又认为自己罪孽深重,永远也不配得睹天堂的容颜。他是一个天主教祭坛侍者,尽管他从他可怜的父亲手里乞讨了最后一个藏起来的硬币。一万个目光冷漠的现实主义官员会宣称他们也热爱生活,但他们从不会信奉到犯罪的程度,他们上不了天堂。他们坐在办公桌后,用冰冷的报纸来蔑视热血的热爱生活者,因为他们没有热血,所以他们就没有罪孽吗?不!他们犯下了对生命无知无觉之罪!啊,我还要说说我自己,不用那些散文和诗的形式——科迪拥有一个他深爱的妻子和三个他深爱的孩子,在铁路上拥有一份很好的工作。但每当落日西沉,他就开始热血沸腾——为着像乔安纳这样的旧爱而热血沸腾,为着大麻和闲聊的快感而热血沸腾,为着爵士,为着所有体面高尚的美国人在那日渐乏味的生活中想要的快乐而热血沸腾。但他从不隐藏自己的愿望,也不为枯燥的生活而哭泣。他丢掉了一切。他把车加满油,跟朋友们厮混,酗酒嗑药,四处闲逛,渴望迷狂,就像佐治亚州的那些农夫,每到周六的夜晚,当月色清凉、万籁俱寂之时,听着山冈附近传来的几声吉他。他拥有坚强的密苏里血统,步履矫健。我们都看到过他,跪倒在地,全身冒汗地向上帝祷告!我们去旧金山的那天,警察全面警戒,包围了北海滩的大街小巷,搜逮一个像他那样的疯子。我们的兜里塞满酒瓶和大麻,跟姑娘们调笑,跟小吉米一起参加派对、泡酒吧、去地下室听爵士,居然安然无恙地通过了警察的包围,真是一个奇迹。我真不明白警察们到底想干什么?他们为什么不去抓杀人犯和劫匪?某次我曾经向一个警察提出了这个建议,当时,他把我们拦了下来,因为我在朋友的车上插了一盏铁路照明灯,以免发生事故;警察回答我说:"你可真有想象力啊!"(他的话外之音是,也许我本人就是杀人犯或者劫匪。)我既不是这样的人也不是科迪,因此不得不成为其他那些枯燥乏味者当中的一员。你不得不仇恨生活,去杀人、去劫掠!

八十二

我不想再对加州多费口舌了——后来我在大瑟尔[1]有过一场极其可怕的遭遇,就像年老之时,到了临终前的最后一刻,你不得不去判断一切、去狂乱疯癫、去直面虚无——说说那天科迪跟我

---

[1] Big Sur,北加州海岸的一个风景区,1940年,亨利·米勒曾住在这里,完成了他的"殉色三部曲"。凯鲁亚克后来也写过一本《大瑟尔》。

们道别就够了。从我们认识以来,头一次他没有用眼神向我道别,而是把目光转向了别处——而我不明其意,到现在仍然如此——我只知道,一定有什么地方出了差错,而且还会错得越来越离谱。几个月之后,他因为私藏大麻而被捕,随后在圣昆廷打扫了两年棉花房。而我恰好知道这场磨难的真正原因,并不是因为他的口袋里放了几根烟卷。(两个留着胡子、穿着蓝色牛仔的垮掉派坐在车里问,"谁是那个匆忙的孩子?"而科迪说,"快把我送到车站,我快赶不上火车了。")(他的驾照已经因为超速而被扣押)("我会给你一点大麻作为感谢。")于是他们把车开到了便衣警察那里——除了他不看我的眼睛道别之外的真正原因,是他为了惩罚女儿曾把女儿绑在屋里(我恰好见到过那一幕),那就是他的果报[1]——这就是以眼还眼,以牙还牙——尽管在这两年中,科迪成长为一个更了不起的男人,也许他自己也意识到了这一点——然而,如果根据"一报还一报"的法则,我又该受到什么样的报应?

八十三

啊,不过是经历了一场小型地震——我和妈妈又搭着灰狗汽车踏上了返程之旅,奔往佛罗里达。归去的道路跟来时的道路同样令人备受折磨,家具要稍后才能到达,我们租了一间便宜的后廊公寓搬了进去——第二天下午,阳光直射在后廊的锡皮顶上,

---

[1] 凯鲁亚克对"果报"的一种妄想狂似的理解,他认为科迪被捕的真正原因在于科迪曾粗暴地惩罚过女儿。

我每天都要洗十几个冷水澡,但还是汗流浃背、热不可耐——更让我发狂的是我的外甥里尔·卢克每天都吃我的山核桃三明治曲奇(曲奇是我一生之中最大的那些错误的原因之一),我气得发疯,便搭了一趟汽车返回到墨西哥,到布朗斯维尔[1],到马塔莫罗斯[2],一天半之后又回到墨西哥城。不过至少妈妈感觉很好,因为她离我妹妹只有两个街区的距离,她甚至都喜欢上了那间后廊公寓,因为它带着间厨房,被她命名为"加布之地"——所有热爱生命的心灵都将会意识到,爱就是去爱——尽管我迷失在20世纪灵魂故事代言人难以言喻的精神幽暗之中,只能无端地再度前往墨西哥——我总是想写本书为某人辩护,因为我无法为自己辩护,但也许在这趟无可辩护的墨西哥之行中,我可以再度见到老哥内斯——但他不在那里。

啊,你们那些在伦敦大雾之中抽着海泡石烟斗、欢乐而又悲哀沉思的绅士们,一切将如何降临到你们身上?——在黎明之际为戴着末日假发、自以为是的官吏们而惊恐?——我按哥内斯的旧址去找他,他窗户上的破洞已经修补好了,我爬上顶楼,重温了我住过的那间旧房子和那个洗衣妇—— 一个年轻的西班牙清洁女工已经住进了我那间房,把墙壁刷得雪白,坐在一堆花边中间,跟我的旧房东聊天。我问旧房东:"请问哥内斯先生在哪儿?"当她回答我说"哥内斯先生已经走了……"的时候,我那装满法语的脑

---

[1] Brownsville,美国得克萨斯州南部城市。

[2] Matamoros,墨西哥东北部港口城市。

子竟然听成"哥内斯先生自己死了"——不,她的意思是,自从我离开之后,哥内斯就死了——这真是一件可怕的事情,从某个人的唇上听到另一个人的死讯,哥内斯——这个生活的受害者最终还是死了,他的猝死让我难受,这空间覆没了他所有的恐惧和死亡,那蜜与奶的肉体已经被带往上帝的面前,却没有任何人告诉你——那个拐角商店里的希腊男人也用咬不准的语言说,"戛赫瓦先生已经走了……"——他独自死去了——在他的最后一天,他曾经朝着我、欧文和西蒙哭喊,而我们都急于赶回美国、赶回到这个世界,我们为何要这样做?——从此,老哥内斯再也不可能跟我一起搭着出租车去往无名之地——从此,他再也不可能引导我理解关于生与死的艺术——

八十四

我回到市区,订了一间昂贵的酒店作为补偿——可这是一间阴郁的大理石酒店——哥内斯已经逝去,整个墨西哥城都成了一座阴郁的大理石蜂巢——我们如何继续在这无休无止的阴暗的世间生活下去?我永远都不会知道——爱,受伤害,工作,这是我整个家族的座右铭,但似乎我总是比他们更容易受伤——无论如何,亲爱的老比尔确实在天堂——唯一的问题是杰克将走向何方?——回到佛罗里达还是纽约?——还是走向更远的虚空?——老思想者思考着他最后的思想——而后,我回到我的酒店房间,很快就堕入睡梦之中,除此之外,我又能有何作为,把哥内斯带回到生命可疑的特权之中?——他已经给了我祝福,那一夜,佛陀将转生为姬娜·露露布里姬妲[1],我听到房间发出声响,衣柜的门缓缓地来回摇晃,墙壁在叹息,我的整张床如同海水晃动,我不由自问:"我到底在哪儿?海里吗?"不过我很快就意识到,我不在海里,而是在墨西哥城里——尽管酒店房间像船只一样摇晃——这是墨西哥的一场巨大地震——那么亲爱的朋友,死亡到底是怎么样的?——容易吗?——我对自己叫喊(就像海上的风暴),然后我跳下床,躲到了床底下,以免天花板坠落——飓风席卷

---

[1] Gina Lollobrigida,1927年出生于意大利罗马的女演员,20世纪五六十年代影星。

了路易斯安那海岸——卡拉奥布雷冈邮局对面的整幢公寓都被摧毁,里面的每一个人都在劫难逃——月色松林下那些斜睨人世的坟墓—— 一切都结束了。

随后我将回到纽约,跟欧文、西蒙、拉菲尔和拉撒路坐在一起,现在,我们都已经算是著名的作家了,而他们想知道,为何我如此颓废,当我置身于出版的小说和诗歌之中时,为何我如此淡漠。至少,我跟母亲住在一起,远离城市,拥有一种宁静的悲哀。一种宁静的悲哀就是我能奉献给这个世界的最大献礼,最后,我要向我的孤独天使道别——新的生活开始了……